W0290362

KNAUR

Über den Autor:
Thore D. Hansen, Politikwissenschaftler und Soziologe, arbeitete erfolgreich als Wirtschaftsjournalist und Kommunikationsberater. Der Spezialist für internationale Politik und Geheimdienstarbeit ist gefragter Experte in den Medien, freier Autor und setzt sich mit den ungeklärten und geheimen Aspekten von Kultur- und Zeitgeschichte auseinander, um diese belletristisch zu verarbeiten.

Thore D. Hansen

SILENT CONTROL

Thriller

KNAUR

Besuchen Sie uns im Internet:
www.knaur.de

FSC
www.fsc.org
MIX
Papier aus verantwortungsvollen Quellen
FSC® C083411

Vollständige Taschenbuchausgabe November 2016
Knaur Taschenbuch
Ein Imprint der Verlagsgruppe
Droemer Knaur GmbH & Co. KG, München

Covergestaltung: ZERO Werbeagentur, München
Coverabbildung: arcangel / Hayden Verry
Satz: Adobe InDesign im Verlag
Druck und Bindung: CPI books GmbH, Leck
ISBN 978-3-426-51991-2

2 4 5 3 1

Meinem geliebten Vater

Derjenige muss in der Tat blind sein,
der nicht sehen kann, dass hier auf Erden
ein großes Vorhaben, ein großer Plan ausgeführt wird,
an dessen Verwirklichung wir als treue Knechte
mitwirken dürfen.

Winston Churchill

Es muss einem jedem in die Augen leuchten,
dass die Fesseln der Knechtschaft nicht anders
als durch die Abhängigkeit des Menschen voneinander
und durch ihre gegenseitigen Bedürfnisse haben
geschmiedet werden können.

Jean-Jacques Rousseau

1

Stockholm

Torben Arnström sah von seinem Schreibtisch auf und starrte auf die tanzenden Schneeflocken vor seinem Fenster. Er nahm einen Schluck Kaffee und lehnte sich zurück. Sein Blick wanderte durch das kleine Büro. Es lag im Innenhof eines sanierten Mietshauses ganz in der Nähe des Riddarfjärden, dort, wo der Mälaren-See in die Ostsee mündet. Noch vor einigen Jahren waren hier die Mieten für die acht- bis zehngeschossigen Stadtwohnungen erträglich. Doch gestern hatte Torben die dritte Erhöhung in Folge bekommen. Als hatte er nicht schon genug Ärger am Hals. An den Wänden des engen Büroraums hingen alte Konzertplakate, deren Ränder sich bereits wellten. Das einzige große Möbelstück war ein überdimensionaler Schreibtisch, auf dem mehrere Rechner standen. Dazwischen türmten sich Berge von Büchern, Unterlagen, Zetteln, Zeitschriften, Kompendien und halb leere Lakritztüten. Man hätte das Sammelsurium für einen Müllhaufen halten können.

Die typische Location eines Nerds eben, dachte Torben selbstironisch. Er mochte den Ausdruck Nerd nicht besonders, musste aber zugeben, dass er auf ihn passte. Sein Leben fand am Computer statt. Seit Wochen hatte er ganze Nächte hinter dem bläulichen Schein der Monitore verbracht, und er pflegte seine eigene Vorstellung von Ordnung. So chaotisch alles aussah, für Torben hatte dieses Chaos System. Alles hatte seinen festen Platz. Und schließlich war dieses Büro definitiv nicht dazu da, irgendjemanden zu beeindrucken.

Gedankenverloren angelte er sich eine Lakritztüte. Lakritz war die einzige Droge, der Torben verfallen war, neben der exzessiven Koffeinzufuhr, mit der er sich in seinen einsamen Nächten wach hielt. Während er sich ein Stück Lakritz aus der Tüte fischte, fiel ein kleines Plastikspielzeug zu Boden, das daraufgelegen hatte. Er hob es auf. Das Aufziehauto war ein Geschenk seiner kleinen Nichte. Ein Relikt aus dem analogen Zeitalter. Irgendwie hing Torben an dem Ding. Es wirkte auf ihn wie die Erinnerung an eine heile Welt, in der Familien gemeinsam frühstückten und Kinder herumtobten. Kein Vergleich mit seiner eremitischen Existenz.

Gähnend stand er auf und dehnte sich. Müdigkeit lastete auf seinen Gliedern, die Nacht über hatte er an seinem neuen Programm gearbeitet. Er stakste in das winzige Bad und schaufelte sich kaltes Wasser ins Gesicht. Dann betrachtete er sich im Spiegel. Dichtes blondes Haar fiel ihm leicht gewellt in die Stirn. Darunter sah er das Gesicht eines Mannes, der zu viel arbeitete und zu wenig schlief. Obwohl Torben erst Mitte zwanzig war, gruben sich schon erste Furchen in seine blasse Haut. Einzig seine lebhaften hellblauen Augen verrieten die Energie eines jungen Mannes.

Eigentlich wäre ein Urlaub fällig gewesen. Doch sein Job bei der Firma Saicom und seine nächtlichen Recherchen ließen ihm keine Zeit dazu. Später, dachte Torben, irgendwann im Sommer. Dann fahre ich vielleicht nach Gomera und schwimme im Meer mit Delfinen. Aber jetzt gibt es Wichtigeres.

Er ging zurück ins Arbeitszimmer, klappte seinen silberfarbenen Laptop auf und checkte die neuesten Blogs. Seit Wochen drehte sich alles nur noch um die Eskalation des virtuellen Kriegs. Ein Jahr zuvor hatte das FBI einige Schlüsselfiguren der berüchtigten Anonymous verhaften können, mithilfe eines Verräters aus deren eigenen Reihen. Damals hatte man angenommen, dass ein entscheidender Schlag gegen die Gruppe gelungen sei. Doch im Netz herrschte weiter Unruhe.

Torben ahnte, dass die Zerschlagung von Anonymous nichts weiter als eine Illusion war, eine gefährliche dazu. Man munkelte über neue Attacken, auch wenn noch nichts offiziell bekannt geworden war. Anonymous waren eine Hydra. Schlug man einen Kopf ab, wuchsen gleich mehrere nach.

Sein Handy klingelte. Stirnrunzelnd sah er auf seine Armbanduhr. Es war erst Viertel nach sieben. Wer um Himmels willen rief um diese Zeit an? Neugierig zog er das Gerät unter einem Stapel Computermagazinen hervor.

»Arnström.«

»Hallo Torben, hier ist Nova. Ich soll dir von Wallins ausrichten, dass sich gleich alle zu einer Besprechung im World Trade Center treffen. Auch die Freelancer.«

»Ist was passiert?«

»Ich weiß nichts Genaues, nur, dass ein fetter Auftrag ansteht. Und dass Wallins großen Wert auf deine Anwesenheit legt. Um acht geht's los.«

»Das ist in einer Dreiviertelstunde!«

»Du hast es präzise erkannt.«

Torben steckte das Handy in die Tasche seiner Jeans. Was hatte der Alte vor? Wallins war der Chef von Saicom. In den letzten fünf Jahren hatte sich die Firma zu einem der Marktführer im Bereich Computersicherheit entwickelt. Kein Wunder. Seit jeder Vorstadthacker in hochsensible Datenbanken vordringen konnte, war der Bedarf rasant gestiegen. Und seit WikiLeaks, Anonymous und andere Hacker immer wieder brisante Regierungsgeheimnisse ins Netz stellten, verteilt über Tausende alternative Server, herrschte nackte Panik in den Chefetagen von Behörden und Konzernen.

Hastig nahm er einen letzten Schluck Kaffee und zog sich seinen alten, abgewetzten Parka über. Seit Wochen versuchte Wallins, ihn davon zu überzeugen, nach dem Studienabschluss ganz bei Saicom einzusteigen. Allerdings bezweifelte Torben zunehmend, dass seine eigenen Pläne dem Geschäftsmodell von Saicom entsprachen. Im Grunde war er ein Außenseiter. Auch wenn er Geld verdienen musste, letztlich gehörte er nicht in das etablierte System. Oder würde er den Spagat schaffen? Tagsüber ein braver Angestellter, nachts ein Nerd, der an einem bahnbrechenden Programm arbeitete?

Als Torben die Schreibtischlampe ausschaltete, fiel sein Blick auf seinen altmodischen roten Aktenordner, der neben dem halb leeren Kaffeebecher lag. Darin befanden sich die Ausdrucke seiner Recherchen der letzten Monate. Es waren die Ergebnisse vieler durchwachter Nächte, eine Ansammlung rätselhafter Puzzlestücke. Nur ein paar Tage noch, und er könnte die Teile sicherlich zusammensetzen.

Draußen blies ihm ein scharfer Wind ins Gesicht. Es war zwar schon fast Ende März, aber der Winter hatte offensichtlich beschlossen, Stockholm noch eine Weile in seinem eisigen Griff zu behalten. Frierend zog Torben die Parkakapuze über seinen Kopf und steuerte die nächste U-Bahn-Station an. Leider hatte die Zeit nicht mehr für sein morgendliches Lieblingsritual gereicht. Seitdem er vor ein paar Jahren sein Kung-Fu-Training bei einem alten chinesischen Meister beendet hatte, hielt er sich mit Schwimmen und Liegestützen bis zur Erschöpfung fit. Egal wie spannend die Arbeit, ein Game oder Programm auch sein mochte, davon wich er selten ab.

Wallins nahm wirklich keine Rücksicht auf seine Mitarbeiter. Ein Meeting um acht Uhr morgens, das grenzte an Straflager. Missmutig kickte Torben eine leere Bierdose in den Rinnstein.

Eine gute halbe Stunde später stand er vor dem World Trade Center Stockholms. Es lag direkt gegenüber dem Hauptbahnhof, ein klotziger mehrstöckiger Bürobau im Stil der späten

Neunzigerjahre, gekrönt von einer gewölbten Glaskonstruktion. Eine architektonische Manifestation der Macht.
Torben lachte leise in sich hinein. Welcher Macht? Das Katz-und-Maus-Spiel zwischen Hackern, Unternehmen und Regierungen glich eher einer Treibjagd in einem System, das um sein Überleben kämpfte. Goliath musste ständig neu gegen David aufrüsten. Die Unternehmen und Regierungen verloren langsam die Nerven, und auch die Stimmung bei Saicom hatte sich in den letzten Wochen zusehends verschlechtert.
Nachdenklich steckte er seine Mitarbeiter-Chipkarte in den Automaten an der Sicherheitskontrolle. Nachdem ein schriller Pfeifton ertönt war, konnte er die Metallsperre passieren. Torben fuhr in den siebten Stock. Er war spät dran. Lautlos öffnete er die Tür zum Konferenzraum. Die Versammlung fand im größten Raum des Stockwerks statt, groß genug für die etwa hundert Mitarbeiter der Saicom AG. Mehrere Reihen mit Stahlrohrstühlen waren zusätzlich aufgestellt worden. Die schmucklosen, weiß gestrichenen Wände und der schwarze Nadelfilzboden verbreiteten eine kühle, unpersönliche Atmosphäre.
Das Meeting hatte schon begonnen. Vorn am Pult stand Mikael Wallins und unterstrich mit ausladenden Gesten jeden einzelnen Satz seines Vortrags. Ein Baum von einem Mann, groß, stämmig, mit einem wallenden Vollbart, der sich allmählich grau färbte.
»Wir müssen diese Challenge nutzen«, sagte Wallins pathetisch. »Es geht nicht nur um das Funktionieren der globalen Strukturen, es geht auch um die Zukunftsfähigkeit von Saicom!«
Die Mitarbeiter lauschten interessiert. Torben drückte sich auf einen freien Platz in der letzten Reihe und ließ seinen Blick schweifen. Ganz vorn saßen Nova und Kilian, seine

Studienkollegen von der Uni. Sie arbeiteten ebenfalls für Saicom. Nova konnte man sowieso nicht übersehen mit ihren grellrot gefärbten Haaren, die so gar nicht zu ihrem adretten, grauen Businesskostüm passten. So wie Kilian konzentrierte sie sich auf die Ansprache des Chefs.

Mikael Wallins hatte sich mal wieder in Rage geredet, was Torben immer ein wenig belustigte. Er nannte ihn insgeheim Mika den Wikinger, weil er ihn mit seinem Bart und seiner hünenhaften Statur an einen Abkömmling des alten Seefahrervolks erinnerte. Daran konnten selbst der elegante Maßanzug und das blütenweiße Hemd nichts ändern.

Die Rede schien kein Ende zu nehmen. Unbehaglich rutschte Torben auf seinem Stuhl hin und her. Er verspürte dieses typische Ziehen in seinen Nackenmuskeln, wenn er zu wenig geschlafen hatte. Doch der Duft von frischem Kaffee und Croissants auf einem Tisch an der Wand hob seine Laune ein wenig.

Endlich machte der Wikinger eine Pause. Übergangslos setzte eine heftige Diskussion über die Informationsfreiheit und die Bedrohung der Wirtschaft durch die Occupy-Bewegung und Anonymous ein. Torben nahm die Wortwechsel nur als Hintergrundgeräusch wahr. Er gähnte verstohlen und vergrub die rechte Hand in seiner blonden Mähne. Teilnahmslos starrte er zur Wand hinter Wallins, auf die Zahlen und Diagramme projiziert worden waren.

Er sah zu Nova hinüber. Sie war sichtlich aufgewühlt. Sie debattierte mit Kilian, während sie sich suchend umsah. Als sie Torben in der hintersten Reihe entdeckte, warf sie ihm einen alarmierten Blick zu. Er konnte ihn nicht entschlüsseln. War etwas geschehen, von dem er nichts wusste?

Seine Müdigkeit hinderte ihn, aufzustehen und mit seinem Stuhl einen Platz in ihrer Nähe zu suchen. Seine Lider wurden immer schwerer. Nur einen gefühlten Augenblick später riss ihn die zu einem Dröhnen gesteigerte Stimme von Mikael Wallins aus seinem Dämmerzustand. Mit ausgestrecktem Zeigefinger deutete der Saicom-Chef gerade auf die Wand hinter sich.

»Was ich euch gleich zeige, ist vermutlich erst der Anfang. Vorher aber gibt es etwas zu klären. Ich weiß, dass einige von euch mit diesen Terroristen von Anonymous sympathisieren. Nur damit wir uns verstehen: Wer das tut, ist hier in Zukunft nicht mehr am richtigen Platz!«

In der Tat hatten Anonymous selbst bei Saicom einige Sympathisanten, was mal mehr, mal weniger offen gezeigt wurde. Ein Tuscheln ging durch die Reihen.

»Die jüngsten Attacken stellen alles Bisherige in den Schatten. Ich erwarte deshalb von jedem, dass er eine Vertraulichkeitsvereinbarung unterzeichnet und damit deutlich Stellung gegen Anonymous bezieht. Wer sich weigert, muss Saicom noch heute verlassen!«

Das klang gar nicht gut. Also stimmten die Vermutungen über neue Angriffe von Anonymous?

Wallins ergriff einen Stapel mit Blättern und reichte die Unterlagen in die erste Reihe. Es wunderte Torben nicht, dass niemand mit Abwehr reagierte. Gut bezahlte Jobs wie bei Saicom waren im Moment auch in Schweden schwer zu bekommen. Und so gingen die Zettel durch die Reihen, und alle unterzeichneten brav.

Nur Nova knüllte demonstrativ das Papier zusammen und warf es auf den Boden.

Torben schluckte. Hatte Nova den Verstand verloren? Wollte sie ihren Rausschmiss riskieren?

Als der Blätterstapel ihn erreichte, verzog er verächtlich den Mund, setzte aber seine Unterschrift auf das Papier. Wallins hatte nicht mal im Ansatz genug Sachverstand, um den tieferen Sinn des Cyberwar zu verstehen. Doch es schien ihm egal zu sein, solange seine Firma durch die täglichen Sicherheitsprobleme, die die Hackerangriffe weltweit verursachten, gut verdiente. Du Idiot hast immer noch nicht verstanden, welche Dimension erreicht ist. Dieser Krieg kann ganze Infrastrukturen mit einem einzigen Virus lahmlegen, und es braucht nicht mehr viel, und jedes Computerkid kann das, dachte Torben. Doch das war nur die eine Seite der Medaille. Mit dem martialischen Tönen der Militärs, die vor der Bedrohung warnten, wurden klammheimlich Zensur und Spionage in jedem Bereich des Netzes und in der Öffentlichkeit durchgesetzt. Aber ich habe bald einen Weg, das alles auf null zu fahren, grinste er in sich hinein, warte nur ab, Wallins, deine Firma ist bald am Ende.

Eben hatte Torben seinen Stift wieder eingesteckt, als Nova auf ihn zustürzte. Ihr feuerrotes Haar leuchtete, ihre Miene war ein einziger Vorwurf.

»Wieso hast du diesen Dreck unterzeichnet?«

Torben zuckte mit den Schultern. Er kannte Nova seit fünf Jahren, und er kannte auch ihr aufbrausendes Temperament. Sie hatten gemeinsam gelernt und gemeinsam gefeiert, hatten Nächte hindurch zusammen am Rechner gesessen. Im Lauf der Zeit war eine tiefe Vertrautheit zwischen ihnen entstanden. Doch die wurde jetzt auf eine harte Probe gestellt.

Novas Augen funkelten zornig. »So, du Feigling. Was ich jetzt tue, war längst überfällig.«

Sie machte auf dem Absatz kehrt und stürmte nach vorn, direkt auf Wallins zu, der von den notorischen Kriechern der Firma zu seinem Vortrag beglückwünscht wurde. Mit verschränkten Armen baute sie sich vor ihm auf und stoppte die Lobpreisungen.

»Schluss! Ich verkaufe mein Talent nicht mehr an dich. Du hast doch nicht einen Funken Moral im Leib. Was, wenn dir als Nächstes die Bankenmafia mehr anbietet als die Regierung? Was müssen wir dann unterschreiben? Eine Vereinbarung, wen wir wählen dürfen? Du kotzt mich an.«

Entgeistert starrte Wallins sie an. Sein Gesicht färbte sich dunkelrot.

»Schön, dass wir die Fronten geklärt haben«, entgegnete er leise. »Du kannst dir gleich deine Papiere abholen und den Sicherheitsausweis abgeben. Aber ich sage dir, das wird dir noch leidtun.«

»Es sind Idioten wie du, die die Menschen auf die Straße treiben! Ja, du mit deiner ekelhaften Profitgier! – Du kannst mich mal!«

Entgeistert verfolgte Torben den Schlagabtausch. Novas Gerechtigkeitssinn in allen Ehren – aber musste sie so die Beherrschung verlieren? Im ganzen Raum war es schlagartig still geworden. Vielen Mitarbeitern war der Unterkiefer runtergefallen, einige grinsten verstohlen, während sie zusahen, wie sich Nova um Kopf und Kragen redete.

Ihre Stimme wurde schrill. »Mika, du bist echt das Letzte. Der Abschaum dieses Schweinesystems!«

Unter Wallins' rechtem Auge zuckte es. »Dann schließ dich doch gleich Anonymous an, genug Zeit hast du ja jetzt dafür.« Der Sarkasmus in seiner Stimme war nicht zu überhören.

Torben sah, wie Nova die Schultern straffte. Dann marschierte sie hoch erhobenen Hauptes aus dem Raum. Völlig durcheinander blickte er ihr hinterher. Er verstand nicht, was plötzlich in seine Freundin gefahren war. Dass sie zu Anonymous gehörte, hielt er für ausgeschlossen, dafür kannte er sie zu gut. Okay, sie war in den letzten beiden Jahren mehrmals in Frankfurt gewesen, um die Occupy-Bewegung zu unter-

stützen. Aber dass sie bereit war, für ihre Überzeugungen den Job zu schmeißen, bestürzte ihn.
Benommen stand er auf und ging auf Kilian zu. Nova und Kilian waren seine engsten Freunde. Eigentlich die einzigen, die er hatte. Wenn er diese beiden Menschen verlor, würde es einsam um ihn werden. Ihn fröstelte.
»Was war das denn eben?«, fragte Kilian kopfschüttelnd.
Er war ein erklärter Gegner von Anonymous.
Ratlos hob Torben die Schultern und knuffte seinen Freund zur Begrüßung in den Arm. Auch Kilian wirkte übernächtigt. Er war so alt wie Torben, ein etwas pummeliger junger Mann, der sofort auffiel mit seiner schwarzen Igelfrisur und der dominanten Hornbrille. In seinem verknitterten hellen Leinenanzug sah er aus wie ein Tourist, der sich aus Versehen in die Räume von Saicom verirrt hatte.
»Auf jeden Fall ist sie ihren Job los«, stellte er bekümmert fest. »Vielleicht besser so.«
Torben sagte nicht, was er wirklich dachte. Die letzten Attacken von Anonymous, über die hinter vorgehaltener Hand gesprochen wurde, wirkten untypisch, weil der Robin-Hood-Touch fehlte. Die Stimmung in der Bevölkerung kippte, viele sahen in der Bewegung gegen Zensur und Ausbeutung jetzt nur noch eine Bande gewissenloser Krimineller. Was, wenn gar nicht Anonymous hinter den letzten Angriffen steckten? Zumindest wäre es eine perfide Taktik, ihnen Taten in die Schuhe zu schieben, die sie gar nicht begangen hatten. Das schadete ihrem Image. Und es war vermutlich die einzige Strategie, um ihnen Unterstützer und Sympathisanten abzujagen.
Torben kratzte sich am Kopf. Oder war das eine allzu verrückte Interpretation? Irgendwie klang es nach Verschwörungstheorie.

Kilian deutete Torbens Schweigen als eine Solidaritätsadresse an die Protestbewegungen.

»Scheint dir ja alles egal zu sein.« Er bedachte Torben mit einem abfälligen Blick. »Nova, die Firma, Anonymous. Oder bist du neuerdings auch einer dieser lachhaften Loser, die vor Banken kampieren?«

Was war das? Warum war Kilian plötzlich so aggressiv? Torben fühlte sich wie vor den Kopf geschlagen. Wollte Kilian jetzt, da die Studienzeit fast beendet war, schon neues Terrain betreten? Bald würden sie ohnehin eigene Wege gehen. Vor allem würden sie sich entscheiden müssen, auf welcher Seite sie standen. Nova hatte es bereits getan. Wieder überlief Torben ein Frösteln. Er wollte seine Freunde nicht verlieren. Auf keinen Fall.

Unterdessen war Wallins an sein Pult zurückgekehrt und forderte seine Mitarbeiter auf, sich wieder zu setzen.

»Was ich euch mitzuteilen habe, unterliegt strengster Geheimhaltung. Ich warne euch. Das ist nicht nur eine der üblichen Floskeln wegen ein paar Geschäftsgeheimnissen.«

Lauernd sah er in die Runde. Die Mitarbeiter nickten stumm. Wallins klickte auf die Tastatur seines Laptops. Eine neue Grafik erschien an der Wand. Mit pathetischer Stimme erläuterte er sie. Es ging wirklich um dramatische Vorgänge. In den vergangenen sechs Wochen, so Wallins, hätten Anonymous damit begonnen, vor allem Banken und die Top-150-Unternehmen im Netz zu attackieren. Sie hätten ganze Serverlandschaften gelöscht, sensible Daten gestohlen und würden diese bestimmt bald schon über sogenannte Mirror Server der Öffentlichkeit zugänglich machen. Geheimdienste und Regierungsbehörden kämen nicht mehr hinterher, erläuterte Wallins. Sobald sie einen Server aufgespürt hätten, werde auch schon der nächste eingerichtet.

Also doch, dachte Torben. Also ist es wahr, dass Anonymous wieder zugeschlagen haben.
Und schon wartete Wallins mit der nächsten schockierenden Information auf. Der Börsencrash drei Monate zuvor, bei dem an einem einzigen Tag über 300 Milliarden Dollar an der Wall Street vernichtet worden waren, gehe ebenfalls auf das Konto von Anonymous.
»Wenn in den kommenden Wochen keine Lösung gefunden wird, wie wir Unternehmen und Regierungen vor weiteren Attacken schützen können, tritt der ›Kill switch act‹ in Kraft«, verkündete der Saicom-Chef düster. »Jedem ist hoffentlich klar, was das bedeutet.«
Normalerweise waren Meetings für Torben ein einziges Schlafmittel, aber jetzt war er hellwach. Hatte er richtig gehört? Man zog allen Ernstes den »Kill switch act« in Erwägung? Das würde ja heißen, dass der Stecker aus der Dose gezogen wird. Das Internet komplett abzuschalten, das kann doch nur ein schlechter Scherz sein! Er spürte, wie sich sein Magen zusammenkrampfte. Das war etwas Neues. Etwas Unheimliches passierte. Er konnte es nur noch nicht richtig einordnen.
Wallins klickte eine weitere Grafik an. Was darauf zu sehen war, erschien noch bedrohlicher. Der Ausfall des Internets in den USA drei Wochen zuvor sei entgegen der öffentlichen Darstellung kein Unfall gewesen. Nachdem Anonymous angekündigt hätten, aktuelle Pläne des US-Militärs zu veröffentlichen, sei das gesamte Internet für drei Tage schlichtweg abgeschaltet worden. Erst als ein intelligenter Crawler alle brisanten Daten gelöscht hätte, sei das Netz wieder aktiviert worden.
Torben stockte der Atem. Er dachte an seinen roten Aktenordner. Am liebsten wäre er sofort zu seinem Büro gefahren,

um die neuen Informationen auszuwerten. Dass es Anonymous geschafft hatten, an militärische Einmarschpläne von US-Bodentruppen zu gelangen, war eine Sensation. Um an solche Daten zu kommen, musste man einen Satelliten hacken – anders konnte man nicht in das Intranet des Pentagons eindringen.

Wenn das stimmte, war Anonymous technisch wesentlich weiter, als Torben angenommen hatte. Nebenbei war es auch eine höchst peinliche Schlappe für Saicom: Ausgerechnet Wallins' Firma hatte die Telemetriedaten der Satelliten verschlüsselt. Offenbar wirkungslos.

Torben nagte an seiner Unterlippe. Einige Wochen lang hatte er Kilian bei der Arbeit geholfen und viele wichtige Details über die Verschlüsselungsmechanismen zwischen Bodenstationen und Satelliten ergattert. Dummerweise noch nicht alle Details. Er hatte vorgehabt, das neu erworbene Wissen für seine eigenen Pläne zu nutzen. Jetzt musste er aber fürchten, dass das Projekt eingestellt werden würde, bevor er alles, was er noch benötigte, in Erfahrung gebracht hatte. Er kniff die Augen zusammen. Verdammt, das war's dann wohl.

Wallins hob beschwörend die Hände. »Also, Leute, macht euch an die Arbeit! Die neue Version des Crawlers und der IP-Fahnder muss in spätestens sechs Wochen ausgeliefert werden und online gehen.«

Damit war das Meeting beendet. Torben zog seinen Parka an. Ein bisschen schadenfroh war er schon, das musste er zugeben. Für den selbstgefälligen Wallins war diese Sicherheitspanne eine bittere Niederlage. Jetzt stand die Zukunft seines Unternehmens auf dem Spiel. Noch ein Fehler, und er konnte den Laden dichtmachen.

Als Torben auf den Flur trat, sah er Nova wild gestikulierend mit einigen Kollegen diskutieren. Die meisten wirkten eher frostig. Sie hatte sich ins Aus geschossen. Von heute an gehörte sie in eine andere Liga. Einer nach dem anderen wandte sich ab und ließ sie einfach stehen.

Torben wollte gerade einen Schritt auf sie zumachen, als ihn jemand von hinten auf die Schulter tippte. Er drehte sich um. Wallins stand vor ihm. Seine Stirn war in tiefe Falten gelegt, ein leichter Schweißfilm lag auf seiner Haut. Das Ganze ging ihm sichtlich nahe.

»Komm bitte mit in mein Büro.«

Torben hob die Augenbrauen. Was würde Wallins ihm jetzt auftischen? Mit einem betont gleichgültigen Gesichtsausdruck folgte er seinem Chef. Während der sich vergewisserte, dass die Bürotür auch wirklich zu war, zog sich Torben den Parka wieder aus und hängte ihn achtlos über den nächstbesten Stuhl.

Wallins' Wirkungsstätte war ein strahlender Tempel, verglichen mit Torbens vermüllter Bude. Ein weitläufiger, hellgrau gestrichener Raum mit edlen Wurzelholzmöbeln und einem mehrfarbigen Designerteppich. An den Wänden hingen hoch dotierte Gemälde zeitgenössischer Künstler – kostbare Dekoration und millionenschweres Investment zugleich. Der Schreibtisch war penibel aufgeräumt. Nur ein Laptop und eine Vase mit einer einzigen Ananasblüte standen darauf. Vor den Fensterfronten, die den Blick auf die Skyline Stockholms freigaben, erstreckte sich ein Konferenztisch, an dem locker mehr als zwanzig Personen Platz fanden.

So sehen die Büros der Führungsriegen aus, dachte Torben. Dann korrigierte er sich innerlich. Nein, so hatten ihre Büros früher ausgesehen. Eine neue Zeit war angebrochen. Diejenigen, die jetzt die Macht eroberten, hatten weder Dienstwagen noch beeindruckende Büros. Sie hockten in kleinen, schäbigen Zimmern wie Torben. Doch von dort aus kontrol-

lierten sie die gewaltigen Informationsströme, die rund um den Globus zirkulierten. Von dort aus drangen sie in die letzten Geheimnisse der Machthaber vor.
Wallins deutete auf den Besprechungstisch und kreuzte die Arme vor der Brust. »Setz dich. Kaffee? Wasser? Saft?«
Torben winkte ab. Er wollte nichts trinken. Er war jetzt nur noch neugierig. Die Hände in den Hosentaschen, ließ er sich am Konferenztisch nieder. Der war vollkommen leer, bis auf einen weißen Umschlag.
Wallins goss sich einen Whisky ein, trotz der frühen Stunde. Er musste wirklich schwer angeschlagen sein. Er nahm einen tiefen Schluck und lehnte sich an seinen Schreibtisch.
»Du weißt, dass ich deine Arbeit immer sehr geschätzt habe, Torben. Aber mal ehrlich: Seit Monaten leistest du nur noch einen Bruchteil dessen, was du wirklich kannst. Ich habe erfahren, dass du deine Nächte und offensichtlich auch deine Zeit im Büro damit verbringst, an einem Programm zu arbeiten, das nicht zu deinen Aufträgen gehört.«
Torben räusperte sich. »Das ist doch Quatsch, ich habe nur …«
»Und was ist das?«
Wallis drehte seinen Laptop so, dass Torben das Display sehen konnte. Sofort erkannte er an den Daten, dass aufgezeichnet worden war, wann und welche Dateien er von seinem Rechner auf einen USB-Stick geladen hatte. Verdammt, er hatte seinen Chef unterschätzt.
Triumphierend klickte Wallins einen Anhang an, der sich öffnete. Es war ein Skript, das Torben sich heruntergeladen hatte. Ein einziges Mal nur hatte er das getan, und schon war er erwischt worden. Heilige Scheiße. Wie stümperhaft!
Er stand auf und betrachtete mit ausdrucksloser Miene das Skript. Cool bleiben, ermahnte er sich. Dem kannst du viel erzählen.

»Ach das.« Er machte eine wegwerfende Handbewegung. »Das ist nur ein Skript, das den Crawler unterstützt, um Websites nach Schädlingen zu durchsuchen und automatisch zu löschen. Daran habe ich wochenlang rumgetüftelt, bin aber nicht wirklich weitergekommen. Deshalb wollte ich zu Hause daran arbeiten.«

Ob Wallins diese Ausrede akzeptierte? Betont langsam kehrte Torben an den Konferenztisch zurück und fläzte sich wieder auf seinen Stuhl. Doch Wallins ließ sich nicht so leicht täuschen.

»Hör zu, Torben. Für mich sieht es danach aus, dass du Ressourcen von Saicom benutzt, um auf eigene Rechnung ein Programm zu entwerfen. Du hast die Wahl. Entweder wirst du jetzt ein Teamplayer, oder es ist besser, du gehst auch.«

Seltsamerweise fühlte sich Torben innerlich völlig ruhig. Ihm wurde bewusst, dass er nie ernsthaft an einen festen Vertrag mit Saicom gedacht hatte. Sollte Wallins ihn doch feuern. Auf die paar Kronen in den letzten Wochen bis zum Examen kam es jetzt auch nicht mehr an.

Er erhob sich und betrachtete noch einmal das Büro. Das Reich eines Dinosauriers.

»Mika, ich sage es dir ungern, aber die Ressourcen von Saicom waren bestenfalls ein Spielfeld für mich. Ihr geht das Problem nur symptomatisch an, nicht grundsätzlich. Na ja, warum solltet ihr das auch tun? Schließlich verdient ihr ja kräftig an jeder neuen Sicherheitslücke. Und damit geht das Spiel ewig weiter. Mir ist dieses Spiel zu blöd geworden.«

Wallins atmete tief durch. Er ging zum Fenster und wandte Torben den Rücken zu.

»Also schön. In dem Umschlag vor dir findest du zwei Dinge. Deine Kündigung, aber auch ein letztes Angebot. Und jetzt raus, bevor ich es mir anders überlege. Aber vergiss

nicht, ich kenne sehr viele Leute. Wenn du uns schadest, kriegst du keinen Fuß mehr auf die Erde.«
Ruckartig drehte er sich zu Torben um. In seinem Blick lag Angriffslust, aber auch Angst. Ja, der große Wikinger hatte Angst. Es schien wirklich ein Riesenschlamassel zu sein, in den er hineingeraten war. Er brauchte Torben. Er brauchte diesen kleinen Nerd, weil er offenbar keinen Besseren hatte. Ein Anflug von Stolz rötete Torbens Wangen.
»Es liegt bei dir, wofür du dich entscheidest«, lenkte Wallins ein. »Wäre doch schade um dein Potenzial. Und das mit diesem Superprogramm schlag dir besser gleich aus dem Kopf. Das schafft keiner.«
Darum also ging es. Offenbar war etwas durchgesickert, an welchem Projekt Torben arbeitete. Hätte Wallins auch nur ansatzweise begriffen, um welche Dimensionen es sich dabei handelte, er hätte Torben seine ganze Firma angeboten, nicht nur einen läppischen Vertrag.
»Also?« Ungeduldig wippte Wallins mit einem Fuß.
Torben schnappte sich seinen Parka und steckte den Umschlag ein. Wieg den Boss in Sicherheit, dachte er. Bloß keinen Eklat provozieren.
»Danke für das Angebot, Mika«, sagte er so freundlich, wie er konnte. »Ich werde es mir überlegen. Übrigens hast du völlig recht: Das Superprogramm ist nichts weiter als ein Phantom. Der feuchte Traum irgendwelcher alberner Hacker. Mit so was gebe ich mich schon lange nicht mehr ab.«
Er nickte dem Wikinger kurz zu, dann verließ er das Büro. Draußen vor dem World Trade Center blieb er unvermittelt stehen. Plötzlich hatte er ein merkwürdiges Gefühl im Bauch. Der Druck verstärkte sich, und jede seiner Zellen schien eine Botschaft zu übertragen:
Du hast einen Fehler gemacht!

Aber welchen? Er schloss die Augen. Woher wusste Wallins von dem Programm, an dem Torben seit Monaten arbeitete? Es gab nur eine einzige Person, die er eingeweiht hatte: Nova. Doch sie würde Torben niemals verraten. Niemals. Oder doch?

Er musste sie sofort sprechen. Reflexartig griff er zum Handy. Nichts! Sie hatte es abgestellt. Verdammt, sie stellt doch sonst nie das Handy ab, dachte Torben, und wieder überflutete ihn das Gefühl, einen Fehler gemacht zu haben. Wallins war alles zuzutrauen, schließlich zählten mehrere Regierungsstellen zu seinen Kunden. Hatte Wallins ihn vielleicht an die Kandare genommen, ohne dass es ihm aufgefallen war, und spionierte ihm jetzt nach? Hatte er vielleicht sogar die Behörden eingeschaltet?

2

Stockholm

Tausend Gedanken wirbelten auf dem Weg nach Hause durch Torbens Kopf. Der Tag fing nicht gut an. Was wusste Wallins wirklich? Bluffte er, oder hatte er tatsächlich verstanden, was Torben ausheckte? Er ballte die Fäuste in den Taschen seines Parkas. Irgendetwas hatte er übersehen. Etwas Entscheidendes. Doch sosehr er sich auch sein Gehirn zermarterte, er kam nicht darauf.

Bevor er in sein Büro ging, machte er halt bei dem Coffeeshop, der fast sein zweites Wohnzimmer geworden war. Hier konnte er abschalten, wenn er es allein nicht mehr aushielt. Torben mochte den schummrigen kleinen Laden mit

den blank gescheuerten Stehtischen und den kitschigen Blumengirlanden unter der Decke.
Als er den Coffeeshop betrat, stand seine heiße Schokolade bereits auf einem der Stehtische. Wenn die Kellnerin ihn um die Ecke biegen sah, wusste sie, dass jetzt Schokolade angesagt war. Am Tresen wählte er einen der gelben Kuchen, die für ihn nur hier den Geschmack von echter Vanille hatten.
Geistesabwesend schlürfte er sein Lieblingsgetränk in sich hinein und biss ein Stück Kuchen ab. Was war mit Nova los? Wieder tippte er ihre Nummer ins Handy, diesmal funktionierte es.
»Nova, wir müssen dringend reden. Kannst du in mein Büro kommen? Du bist schon unterwegs? Perfekt.«
Er ließ sich den Kuchenrest einpacken, trank die heiße Schokolade aus und legte ein paar Münzen auf den Stehtisch.
Als er die Tür zu seinem Büro aufschloss, erschien auch schon Nova auf dem Hinterhof. Sie hatte ihren Businesslook abgelegt, trug bunt gestreifte Strumpfhosen, einen braunen Rock und kniehohe schwarze Stiefel, dazu eine dunkelbraune Lederjacke. Große, gelbe Plastikohrringe baumelten fast bis auf ihre Schultern. Sie sah aus wie Pippi Langstrumpf. Nur die Wut, die ihr noch ins Gesicht geschrieben stand, passte nicht so recht zu ihrem fröhlich bunten Outfit.
»Nova, mein Gott, was war denn das für eine Szene? Du …«
Mit einer aggressiven Geste brachte sie ihn zum Schweigen.
»Das fragst du noch? Du siehst doch, was aus Saicom geworden ist. Die Firma wurde mal gegründet, um die User zu schützen. Aber dieses miese Arschloch Wallins macht uns zu einem reinen Spionageunternehmen. Wie konntest du nur diese Scheißvereinbarung unterschreiben?«
Beschämt schaute Torben zu Boden. Natürlich war es ihm unangenehm, dass er sich so ohne Weiteres gefügt hatte.

»Ich weiß auch nicht. Es ging alles so schnell. Komm doch erst mal rein.«

»Gewissenloser Freak.«

Ein Lächeln huschte über ihr Gesicht. Auf einmal sah sie richtig weiblich aus. Fast hübsch, fand Torben. In sentimentalen Momenten hatte er schon öfter mit dem Gedanken gespielt, dass da mehr zwischen ihnen sein könnte als Freundschaft. Sobald sie unter sich waren, konnte er sich öffnen, er, der Schüchterne und Introvertierte. Er fühlte sich einfach wohl in ihrer Nähe, auch deshalb, weil sie nicht nur den kauzigen Computerfreak in ihm sah. Manchmal hatte er den Eindruck, sie hielt ihn für Thron, den legendären Kämpfer der User, aus dem wohl bekanntesten Film über die Verschmelzung von Mensch und Maschine, der Wächter des Internets, der über all die Bits und Bytes herrscht.

Vor Kälte zitternd, betraten sie das kleine Büro. Torben warf sich auf den Drehstuhl hinter seinem Schreibtisch, Nova hockte sich auf einen Schemel davor. Herausfordernd sah sie ihn an. »Und? Was war es dir wert, deine Seele zu verkaufen?«

»Jetzt mal langsam.« Torben packte den Kuchen aus und hielt Nova das angebissene Stück hin. »Okay, der Alte hat mir ein Angebot gemacht.«

Sie nahm ihm den Kuchen ab, so eine Verköstigung war typisch Torben. »Womit ködert er dich? Eine Million Dollar?«

»Ich habe mir das Angebot noch nicht mal angesehen.«

Er zog den Umschlag aus der Innentasche seines Parkas und fand darin zwei Schreiben. Das eine war seine Kündigung. Als er das andere überflog, pfiff er überrascht durch die Zähne.

»Das kann doch nicht wahr sein! Der Kerl bietet mir tatsächlich 200 000 Kronen jährlich plus Bonus, plus Firmenwagen und wahrscheinlich diverse Bordellbesuche. Letzteres steht natürlich nur zwischen den Zeilen.«

Nova fing laut an zu lachen. »Du in einem Puff? Guter Witz. Bekomme ich einen Kaffee?«
»Ja, klar.«
Im Aufstehen zog Torben seinen Parka aus und ging zu seiner strapazierten Kaffeemaschine, die rund um die Uhr in Betrieb war. Er spülte einen Becher aus und füllte ihn mit der schwarzen, bitteren Brühe.
Nova nahm einen Schluck. Angewidert verzog sie das Gesicht. »Was ist denn das für ein Höllenzeug?«
Torben reagierte nicht. Er setzte sich vor seine Rechner. Sie waren wie immer hochgefahren, wenn auch im Ruhezustand. Wie gewohnt, drückte er auf die Entertaste, um sie zu wecken. Sein Blick wanderte über den Schreibtisch. Irgendetwas stimmte hier nicht. Es fehlte etwas. Der rote Ordner! Der Ordner mit seinen Recherchen und seinen neuen Skripts. Er erinnerte sich genau daran, wo er ihn hingelegt hatte. Hier hatte alles seine unsichtbare Ordnung. Doch sein Allerheiligstes war verschwunden. Panik erfasste ihn.
»Was, zum Teufel, ist hier los?«
Nova hörte auf zu kauen. »Was meinst du?«
»Ich habe hier heute Morgen einen Ordner hingelegt. Mit Skripts für den Crawler. Jetzt ist er weg.« Er sah sie misstrauisch an. »Hast du Wallins etwas über mein Programm erzählt?«
Entrüstet tippte sich Nova an die Stirn. »Spinnst du? Warum sollte ich das tun?«
Torben ärgerte sich über seine dumme Unterstellung.
»Entschuldige. Ich werde nur das Gefühl nicht los, dass Wallins Dinge über mich weiß, die ihn nichts angehen.«
»Du Schlaumeier hast doch selbst in der Firma mit mir darüber gesprochen, als Wallins nur wenige Meter entfernt stand. Vermutlich hat er was aufgeschnappt. Aber keine Sorge, im

schlimmsten Fall hat er gedacht, du wolltest ihm Konkurrenz machen. Für alles andere ist der doch viel zu blöd.«

Zu blöd? Seit dem Gespräch am Morgen war sich Torben da nicht mehr so sicher. Das Blut schoss ihm ins Gesicht. Er spürte, wie seine Wangen glühten.

»O Gott, ich Idiot. Ja, das wird es gewesen sein. Genau deswegen hat er mich heute vor die Wahl gestellt. – Wo ist dieser verdammte Ordner?«

»Wow, Mr. Wichtig hat ein Problem. Schade, jetzt kannst du die Welt nicht mehr retten.«

»Du hast ja keine Ahnung.« Torben startete ein Programm, das seine Festplatten scannte. »Wenn es mir darum ginge, Mr. Wichtig zu sein, hätte ich das Angebot von Wallins angenommen. Hier steht weit mehr auf dem Spiel. Weißt du noch, wie ich dir vor ein paar Wochen erklärt habe, was passieren wird, wenn die Attacken wieder losgehen? Das ist der Auftakt zu einem …«

»Ja, ja – alles ein abgekartetes Spiel«, fiel Nova ihm ins Wort. »Hab's kapiert.«

Torbens Unruhe steigerte sich von Sekunde zu Sekunde. Alles machte ihn jetzt nervös. Wallins Informationen, der verschwundene Aktenordner, Novas ironische Bemerkungen.

»Nichts hast du kapiert. Demnächst drehen sie das Netz ab. Stell dir das mal vor! Ich glaube langsam, dass Anonymous eine ganz andere Rolle spielen, als man es uns glauben machen will. Woher wissen wir denn, ob Anonymous nicht längst von Geheimdiensten unterwandert wurden?«

Nova wischte sich einen Kuchenkrümel von der Unterlippe. »Die gute alte Verschwörungstheorie. Meinst du, es ist wirklich was dran?«

»Nova, wach auf! Es geht nicht um Verschwörung. Im Grunde genommen kannst du mit diesem Wort alles totschlagen.

Es geht um Interessen und Macht. Und das Internet bedroht die alten Machtstrukturen. Aber worüber sich die wenigsten Gedanken machen, ist, welche Art von Kontrolle das Netz den alten Machthabern bietet. Kannst du dich an die Geschichte in Bahrain erinnern? Deutsche Spionagesoftware wurde geliefert, und einige Tage später wurden wie aus dem Nichts Hunderte Regimegegner verhaftet, und das war nichts gegen das, was jetzt droht.«

Hochkonzentriert starrte Torben auf seine Rechner. Sie waren sauber. Gott sei Dank. Keine Spur von einem ungebetenen Besucher. Er atmete auf. Als er zu Nova blickte, wedelte sie mit dem vermissten Ordner herum.

Er sprang auf. »Wo hast du den jetzt her?«

»Ich habe draufgesessen, du paranoider Nerd.«

Hastig nahm er ihr den Ordner ab und blätterte darin. Es schien nichts zu fehlen. Erleichtert sank er auf seinen Stuhl zurück. Dennoch, hier stimmte was nicht. Er legte nie etwas auf dem Schemel ab. Nie. War etwa jemand in seinem Büro gewesen? Fieberhaft erwog er diese Möglichkeit. Das Türschloss war leicht zu knacken, eine Kleinigkeit für einen Profi. Aber wer interessierte sich schon für seine Arbeit? Grimmig schlug er den Ordner zu. »Verspotte mich ruhig. Ich bin fast fertig mit dem Programm, und dann ist Schluss mit lustig.«

Nova war sichtlich neugierig geworden und versuchte, ihm den Ordner zu entwinden.

»Untersteh dich!«

»Hey, jetzt mach mal nicht auf geheimnisvoll. Wir kennen uns lange genug. Du kannst mir vertrauen. Und ich glaube, es wäre ganz gut, wenn dir jemand ab und zu auf die Finger schaut. Sonst stellst du vielleicht noch einen Riesenblödsinn an.«

Torben presste den Ordner an sich. »Vielleicht mache ich uns alle arbeitslos.«

Nova kommentierte seine Worte mit einem ungläubigen Grinsen. Doch als sie ihm in die Augen schaute, verlosch ihr Grinsen. Eine ungewohnte Entschlossenheit, ja Härte lag in seinem Blick.

»Meinst du das etwa ernst?«

»Was sonst?« Torben hatte seine Fassung wiedergewonnen und begann das Prinzip seines Programms Spygate zu erläutern. »Es funktioniert zusammen mit einem Wurm, der sich frei durch das Netz bewegt. Selbst im Fall seiner Entdeckung werden sich alle die Finger wund tippen, sollten sie versuchen, ihn zu löschen. Der Wurm erschafft sich wie ein Perpetuum mobile so lange wieder selbst, bis der Code irgendwann entschlüsselt wird.« Torben war aufgestanden und schritt auf und ab. »Aber bis sie das geschafft haben, arbeiten Wurm und Spygate im Netzwerk unzertrennlich zusammen.«

Nova sah ihn ungläubig an. Was er hier gerade auftischte, war ungeheuerlich. »Ich ahne, worauf du hinauswillst.«

»Helles Köpfchen! Der Wurm wird sich zunächst in den Nervenzellen des Internets schlafen legen, um erst mit einer gewissen Zeitverzögerung aufzuwachen. Er funktioniert wie ein unsichtbarer Agent, wie ein Antikörper, der Grippe, Aids und Ebola auf einmal erkennt«, fuhr Torben mit blitzenden Augen fort. »Wenn es so läuft, wie ich es mir vorstelle, haben in zwei Wochen etwa achtizg Prozent aller Rechner im Netz Spygate.« Torben schlug die Hände zusammen, als wollte er untermauern, welcher Geniestreich ihm gelungen war. »Spygate hängt dann an alle gesendeten Daten so was wie eine Signatur, und der Wurm erkennt an den neuralgischen Punkten des Netzes die Daten anhand der Signatur wieder. Danach werden Facebook und Google ziemlich viele User verlieren.

Wenn die Menschen endlich mal vor Augen haben, wie ihre Daten gleichzeitig bei der CIA und anderen Geheimdiensten zur Auswertung landen.«

Wie er das Ganze programmiert hatte, behielt Torben vorsichtshalber für sich. Längst bewegte er sich auf illegalem Terrain, und es war besser, wenn Nova nicht zu viel wusste. Er steckte sich ein Stück Lakritz in den Mund.

»Ich kann es kaum fassen, was du da zaubern willst, und das soll funktionieren?«, fragte Nova mehr rhetorisch als skeptisch. Sie hatte genug Ahnung von der Materie, um zu verstehen, was Torben plante.

»Wart's nur ab. Es gibt noch ein paar Probleme, die ich lösen muss. Dann starte ich die Testphase.«

Nova stellte ihren Kaffeebecher ab. »Sag mal, bist du völlig bekloppt? Wenn du das wirklich zum Laufen bringst, könnte das ziemlichen Ärger auslösen. Was glaubst du, wer du bist? Robin Hood? Das heißt ja, du enttarnst den Staat!«

»Nova. Es sollen endlich einmal alle sehen, was jeden Tag im Netz mit unseren Daten passiert. Wir haben bei Saicom lange an dieser Lösung gearbeitet. Warum wohl werden diese Lösungen immer wieder systematisch unterdrückt, obwohl sie zum Greifen naheliegen? Wallins verdient an seinen zahlenden Regierungskunden, und die anderen haben ihren Spaß am Hacken. Ich will, dass die Menschen erfahren, wer ihre Daten abfängt, analysiert und auswertet und wie Internetprovider über ihre Hintertüren die Behörden füttern.«

Nova schnaubte einmal aus.

»Wenn ich dich richtig verstehe, willst du jeden Versuch, Daten abzusaugen, sichtbar machen. Damit bringst du nicht nur den Staat gegen dich auf, sondern auch alle Hacker.«

»So ähnlich. Aber mein Gott, ich werde sie warnen, wenn es so weit ist. Die werden sich halt eine Weile zurückhalten müssen. Das alles ist ja nur ein erzwungener Waffenstillstand auf Zeit.«

»Du bist größenwahnsinnig, das klappt nie. Sie werden das irgendwie unterbinden.«

»Nova, wenn Anonymous zumindest für eine Zeit nicht aufhört, landen die alle im Knast. Ich will mich … ja, vielleicht bin ich verrückt … mit dem Programm stelle ich mich eine Zeit lang zwischen die Fronten, was ist so falsch daran?«

Nova sah ihn besorgt an. »Ich glaube, du brauchst mal eine Pause, siehst total fertig aus. Was ist, wollen wir ins Kino gehen?«

»Jetzt? Am Vormittag?«

»Warum nicht?«

Zweifellos meinte sie es gut. Und eine Pause war in der Tat keine schlechte Idee. Seit drei Tagen hatte Torben durchgearbeitet, ein Film würde ihn auf andere Gedanken bringen. Er fuhr die Rechner herunter und bückte sich, um die Sneakers zu suchen, die er sich unter seinem Schreibtisch von den Füßen gestreift hatte.

»Hast recht, time for a break. Was läuft denn eigentlich …«

Die Worte blieben ihm im Hals stecken. Er riss die Augen auf. Das Spielzeugauto! Zertreten unter dem Schreibtisch. Mit zitternden Händen hob er die Plastikteile auf.

Irritiert sah Nova ihm zu. »Was hast du denn?«

Torben konnte nur noch flüstern. »Es war doch jemand hier. Jemand ist hier eingebrochen. Erst der Ordner, jetzt das hier. Mein Gott, Nova, irgendjemand ist hinter mir her. Und nenn mich jetzt bloß nicht paranoid. Ich weiß genau, wo der Ordner gelegen hat, ich weiß genau, wohin ich dieses Spielzeugauto heute früh gelegt habe. Jemand hat meine Sachen durchwühlt!«

»Und du irrst dich auch bestimmt nicht?«

Er schüttelte den Kopf. »Irrtum ausgeschlossen.«
Wieder starrte er auf das zertretene Spielzeugauto. Plötzlich spürte er Angst in sich hochkriechen. Ganz egal, wer hier eingedrungen war, er würde Torben genauso zertreten wie das kleine Auto, wenn ihm jetzt noch ein einziger Fehler unterlief.

3

Stockholm

Auf dem Weg ins Kino überschlugen sich Torbens Gedanken. Den roten Ordner hatte er mitgenommen. Am Nachmittag würde er einen Schlüsseldienst organisieren, um ein Sicherheitsschloss einbauen zu lassen. Das hätte er längst tun sollen. Doch er war sich ganz sicher gewesen, dass niemand von seiner Arbeit wusste. Im Inner Circle der Szene war er für seine ausgefallenen Ideen bekannt, sogar ein bisschen berühmt. Doch in dieser Szene war es undenkbar, irgendwo einzubrechen oder jemanden unter Druck zu setzen. Man kooperierte, anders als in den Chefetagen. Also musste jemand aus einer ganz anderen Ebene hinter ihm her sein. Das Gefühl, ausgespäht worden zu sein, weckte all seine Sinne.
Immer wieder sah er sich um, ob ihnen jemand folgte. Doch die Straße war menschenleer. Es hatte wieder zu schneien begonnen. Bei dem Matschwetter ging ohnehin niemand freiwillig nach draußen.
Nova spürte Torbens Angst und versuchte, ihn abzulenken.
»Sag mal, was denkst du, wie haben Anonymous den neuesten Hack bewerkstelligt?«
»Möglicherweise haben sie die Sicherheitscodes der Satelliten

geknackt«, antwortete Torben und verfiel wieder in seine Grübeleien.

Genau diesen Weg musste er gehen, um in den Fuchsbau, in die Datenbanken zu kommen, von denen Peter sprach. Aber das war mehr als riskant. Er erinnerte sich an das letzte Gespräch mit Peter Norris, seinem väterlichen Freund. Vor zwei Monaten war er nach Kuba geflogen und seither nicht mehr aufgetaucht. In der Szene kursierten Gerüchte, er sei ermordet worden. Am Vorabend der Reise hatten sie noch zusammengesessen und über die Entwicklungen im Netz diskutiert.

Torben rief sich Peters Worte ins Gedächtnis: *Wenn du wissen willst, wer da angreift und was er wirklich vorhat, musst du seine Angst und seine Überzeugungen verstehen lernen. Selbst die finstersten Pläne werden irgendwo aufgezeichnet und dokumentiert. Du hast das Zeug dazu, mehr rauszubekommen, aber viel Zeit bleibt nicht mehr. Ich werde dir nach meiner Rückkehr dabei helfen.*

Nova blieb unvermittelt stehen und hauchte ihre kalten Finger an. »Willst du mir nicht langsam mal sagen, warum du dich seit Wochen nur noch in deinem Büro verkriechst und wieso sich jemand die Mühe machen sollte, dir hinterherzuspionieren?«

Torben zögerte, schaute nach rechts und links.

»Was ist los Torben? Komm runter, wir sind allein!«

Er versuchte, sich zusammenzureißen. Er konnte nicht länger alles mit sich selbst ausmachen, wenigstens Nova sollte etwas von dem erfahren, was Peter ihm gesteckt hatte.

»Erinnerst du dich noch an Peter?«

Ungeduldig trat Nova von einem Fuß auf den anderen. Ihre dünne Lederjacke schützte sie kaum vor der eisigen Kälte, und ihr rotes Haar war von Schneeflocken übersät.

»Wie könnte ich deinen dubiosen Mentor vergessen? Soweit ich weiß, ist er seit einiger Zeit von der Bildfläche verschwunden. Oder hast du Kontakt zu ihm?«
Sie setzten sich wieder in Bewegung. Die Schneeflocken zerschmolzen auf Torbens erhitzten Wangen wie Eiswürfel in der Mikrowelle.
»Nein«, erwiderte er. »In einigen Blogs heißt es, er sei tot. Und da er sich sonst regelmäßig meldet …« Die Stimme versagte ihm. Peter war wie ein Vater für ihn.
Mitfühlend legte Nova einen Arm um Torbens Schulter. »Tot? Wie jetzt – tot? Einfach so gestorben oder …«
Sie beendete den Satz nicht. Torben zog nur die Schultern hoch.
»Du hast mir nie gesagt, wie ihr zusammengekommen seid.«
»Das spielt jetzt keine Rolle! Wichtiger ist, was ich von ihm erfahren habe!«
Peter Norris hatte Torben von einigen hochbrisanten Plänen der CIA erzählt. Nach seinem Ausscheiden aus der Organisation hatte er kaum noch Zugang zu aktuellen Informationen gehabt, und vor allem besaß er nicht Torbens Fähigkeiten, sich diese Informationen über einen digitalen Einbruch zu beschaffen. »Ein bestimmtes Projekt hat ihm besondere Sorgen bereitet. Dabei geht es angeblich um ein ominöses Überwachungsprogramm, aber da war noch mehr. Doch bevor er mich in nähere Details einweihen konnte, war er vielleicht schon tot.«
Stumm schlenderten sie an kleinen Cafés und Geschäften vorbei. Der Neuschnee dämpfte ihre Schritte auf dem Bürgersteig. »Wie konntest du nur so jemandem vertrauen?«, fragte Nova nach einer Weile.
Torbens Miene verfinsterte sich. Er mochte es nicht, wenn man seinen väterlichen Freund in Zweifel zog.

»Er hat eben lange geglaubt, dass diese Dinge wirklich im Interesse seines Landes seien. Denkst du etwa, diese Agenten sind alle Verbrecher? Die sind auch nur Opfer einer Ideologie. All diese Doktrinen und falschen Informationen wurden ihnen doch von Kindesbeinen an eingeimpft. Peter meinte, jetzt würden Dinge ans Tageslicht kommen, die alle zum Aufwachen zwingen. Ich sollte die Memoiren von einst wichtigen Wegbereitern einer Ideologie lesen, die sich erst jetzt richtig entfalten würde. Walter Lippmann oder Edward Bernays.«

»Torben, was soll ich damit anfangen? Wer waren diese Freaks?«

»Diese Freaks haben die Grundlagen dafür gelegt, wie die Massenmedien unser Hirn mit oberflächlicher Scheiße vollpumpen, wie man eine Demokratie vorgaukelt, die in Wirklichkeit vor allem die Interessen einer Elite vertritt, die mit ihrer Profitgier alle gemeinschaftlichen Lebensgrundlagen zerstört. Ach ja, das nennt man ja Privatisierung!«

»Das Internet – das Mekka der Transparenz ...«

»Warum nicht? Mit seiner Hilfe kann entschieden werden, ob wir in eine Diktatur abrutschen oder in eine neue Zeit, in der sich die alten Lager von links und rechts auflösen und wir endlich über die Dinge so reden, wie sie wirklich sind. Gerechtigkeit und so ... du weißt schon.« Torben war erleichtert, mit seinem Lieblingsthema seine düsteren Gedanken vertreiben zu können. »Das Netz ist Himmel und Hölle zugleich. Wie auch immer. Ohne Peter komme ich nicht an das konkrete Projekt heran, vor dem er uns warnen wollte. Er hatte einfach zu wenig Zeit, um mir wenigstens seine Vermutungen verdeutlichen zu können. Alles war ...«

Torben zuckte zusammen. Als hätte er es die ganze Zeit gespürt: An der Ecke stand ein Mann, der ihn mit seinen Bli-

cken zu verfolgen schien. Er nahm Nova bei der Hand und zog sie mit sich.
»Komm, lass uns schneller gehen, der Film fängt gleich an.«
Was sollte das denn? Nova konnte sich nicht daran erinnern, dass Torben sie jemals an die Hand genommen hatte. Ein kurzer Blick über ihre Schulter genügte, um sein merkwürdiges Verhalten zu erklären. In einigem Abstand folgte ihnen ein Mann. Er sah so durchschnittlich und so unauffällig aus, dass er schon wieder auffallend war: graue Winterjacke, graue Wollmütze, schwarze Aktentasche. Er drehte den Kopf weg und wechselte die Straßenseite, als Torben ihn musterte.
Verdammt noch mal, sah er Gespenster? Oder hing das alles zusammen – der Einbruch in seinem Büro, der graue Verfolger, sein Superprogramm und Peters düstere Andeutungen? Ein Gefühl der Ohnmacht übermannte ihn. War seine ganze Arbeit umsonst gewesen? War es ein Fehler gewesen, Peter blind zu vertrauen? Bevor er das nicht herausgefunden hatte, würde er nicht mehr ruhig schlafen können. Irgendwie musste er an Peters Daten kommen. Doch nach dem letzten Angriff von Anonymous würde alles noch schwieriger werden. Die Sicherheitsvorkehrungen wurden täglich verschärft, und das Risiko aufzufliegen stieg von Stunde zu Stunde.
»Torben, hallo! Wir sind da.«
Torben zog sie schnell ins Foyer des Kinos. Er betrachtete sie schwer atmend. »Du hast ihn auch gesehen, stimmt's?«
»Wen denn?«
»Den grauen Typen, der uns gefolgt ist.«
Sie legte ihm eine Hand auf die Schulter.
»Was redest du da? Ich glaube, dass du langsam in eine Riesenscheiße rutschst und paranoid wirst. Sei vorsichtig, ja?«
In diesem Augenblick erschien der grau gekleidete Mann vor der Eingangstür des Kinos und spähte ins Foyer. Ohne eine

Karte zu kaufen, zog Torben Nova zum Kinosaal. Er drückte der Kontrolleurin zwei Hundert-Kronen-Scheine in die Hand.

»Ist ein Notfall«, flüsterte er.

Geduckt steuerte er die hinterste Reihe an und ließ sich in einen Sessel fallen. Er lehnte seinen Kopf an das Sitzpolster. War er wirklich schon paranoid? War sein Projekt vielleicht eine Nummer zu groß für ihn? Oder war am Ende er eine Nummer zu groß für die, die um ihren Einfluss fürchteten? Der Nerd aus Stockholm, der unauffällig im Hinterhof werkelte?

Die Werbespots auf der Leinwand waren noch nicht vorbei. Immer wieder blickte Torben zum Eingang, aber der Mann tauchte nicht auf.

4

Stockholm

Mit einem tiefen Seufzer setzte sich Torben auf seinen Drehstuhl. Eigentlich war er völlig ausgelaugt. Doch an Schlafen war nicht zu denken. Seit dem Mittag konnte er sich in seinem Büro nicht mehr sicher fühlen. In seinen Ohren schrillten Alarmglocken. Vielleicht hatte er nicht mehr viel Zeit.

Nach dem Kino hatte er Nova zu ihrer Wohnung begleitet, die nur zwei Straßen weiter lag. Beim Abschied hatten sie sich umarmt. Ich darf Nova nicht gefährden, war es ihm dabei durch den Kopf gefahren. Keine Telefonate mehr, keine SMS, keine Mails. Vermutlich wurde er schon länger überwacht. Nur von wem?

Er fuhr einen seiner vier Rechner hoch. Gerade als er einen Chat öffnen wollte, sah er, wie der Cursor sich selbstständig machte und einige Programme startete.

Er hatte keine Kontrolle mehr über den Rechner, selbst die Tastatur war abgehängt.

»Das glaub ich nicht!« Wütend hackte er auf der Tastatur herum. Dass ihm das heute auch noch passieren musste! Es war, als würde ihm jemand mitten auf dem Grundschulhof vor den versammelten Mädchen die Hosen runterziehen.

Rasch fuhr er einen zweiten Rechner hoch, rollte mit seinem Stuhl zum nächsten und nächsten Rechner, dann wieder zurück. Er kappte die Verbindungen.

»Kommt schon, kommt schon, fahrt hoch!«

In Windeseile aktivierte er einige Programme. Ein Fenster nach dem anderen öffnete sich, Kolonnen von Zahlen und Buchstaben rasten über die Monitore. Torben tippte mit geisterhafter Geschwindigkeit Befehle ein und wiederholte die Prozedur an zwei weiteren Rechnern.

»Ich krieg dich. Ich krieg dich, wer immer du bist.« Schweißperlen standen auf seiner Stirn. »Na komm schon, gleich hab ich dich.«

Das war kein Virus oder Trojaner. Das war ein direkter Angriff. Doch wie konnte das so schnell nach dem Hochfahren passieren?

Ich bin gerüstet für dich, ermunterte sich Torben. Er hatte jetzt keine Angst mehr. Ganz im Gegenteil, das war ein Kick, den er schon lange nicht mehr gespürt hatte. Der Kick eines Duells auf Augenhöhe. Als ob er nur darauf gelauert hätte, nahm er den Kampf mit seinem unbekannten Gegner auf.

Seine Hände flogen über die Tastatur. Er musste das Programm umgehen, das die IP-Adresse seines Angreifers schützte. Doch nichts funktionierte.

Plötzlich stoppten die Zahlenkolonnen. Hatte der Angreifer aufgegeben?

»Du Feigling! Hast gecheckt, wer hier der Herr im Haus ist, was?«

Er lehnte sich zurück. In den vergangenen Jahren hatte er seine Fähigkeiten immer weiter ausgebaut. Niemand aus der Szene kannte sich mit den Algorithmen von Computerviren so gut aus wie er. Das hatte er schon festgestellt. Entdeckte er ein Virus, dachte er sich etwas Besseres aus, das den Angreifer durch das Netz jagte und zerstörte. Keine Sicherheitslücke von Betriebssystemen und Firewalls entging ihm. In der Firma versammelten sich regelmäßig alle um ihn, wenn es um die Analyse eines neuen Schädlings ging. Als wäre er der legendäre Neo aus dem Film Matrix. Nur sein Kung-Fu fand jetzt auf der Tastatur statt, und er bekam gerade von seinem virtuellen Gegner mächtig eins auf die Klappe.

Torben fuhr den attackierten Rechner wieder hoch und wartete kurz. Spygate hatte er auf seinem Robinson-Rechner abgelegt. Dieser Rechner ging nie ans Netz. Das war der einzige Weg, um sensible Daten zu schützen, das war so, und das würde auch so bleiben. Hätten das alle beim Aufbau der schönen neuen digitalen Welt beachtet, wäre die Lage nicht so prekär, aber all die Warnungen früherer Hacker wurden geflissentlich ignoriert. Während er noch darüber nachdachte, sah er, wie der Hack wieder losging. Innerhalb von Sekunden wurde seine Festplatte durchsucht.

»Hey, hey, hey, woher hast du dieses Tempo? Okay, mach ruhig weiter, mein Junge, du kriegst hier gar nichts. Nur das hier!«

Torben schob ein Programm mitten in einen Datenfluss, dessen Zahlen sich daraufhin auflösten und ein Totenkopfsymbol bildeten. Er lachte laut auf und schlug sich auf die Schenkel, wie ein Trottel, der einen doppelbödigen Witz verstanden hatte. Zu gerne hätte er das Gesicht auf der anderen Seite gesehen. Das Einzige, was sich der Angreifer geholt hatte, war eine mächtige Klatsche.

Doch schon in der nächsten Sekunde dräute neues Unheil. Der Totenkopf fiel in sich zusammen, und es formte sich ein Satz auf dem Schirm:

Wir kennen eure Pläne!

Weitere Sätze folgten, die ihn wie Fausthiebe trafen.

Wir haben euch gewarnt. Wir werden euch verfolgen und entlarven. Das ist erst der Anfang. Wir werden unsere Rechte verteidigen. Wir sind Anonymous, wir sind alle, wir vergessen nichts, wir vergeben nichts, rechnet mit uns!

Das konnte nicht sein. Oder war gar nicht er persönlich gemeint? Kam der Angriff von Saicom? Oder kam er wegen Saicom? Schließlich war Saicom ein erklärter Feind der Hacker.

Er rutschte nach vorne zur Tastatur und versuchte, sich bei Saicom einzuloggen. Abgelehnt? Er hatte doch die Kündigung noch gar nicht abgegeben. Sich dort einzuhacken würde jetzt zu lange dauern. Nur Kilian konnte ihm helfen. Es war später Nachmittag, aber sicher wäre er noch im Büro. Torben wählte Kilians Nummer und klemmte das Handy zwischen Schulter und Ohr. Gleichzeitig versuchte er, seinen Gegner mit einem anderen Programm zu analysieren. Vergeblich. Merkwürdig, dachte er, so gut kann niemand in der Firma sein.

Nach ein paar Freizeichen meldete sich Kilian.

»Hallo Torben, wolltest du nicht wieder reinkommen?«

»Wenn du vor dem Rechner sitzt, logg dich bitte bei Saicom ein«, sagte Torben ohne weitere Erklärung. »Es ist wichtig.«

»Spaßvogel. Ich bin längst drin und arbeite – im Gegensatz zu euch Pfeifen!«

Torben hatte keine Zeit, auf diese Provokation einzugehen. Er wusste, dass Kilian hinter Wallins stand, aber das hatte ihre Freundschaft bisher nie belastet. Nun taten sich Fronten auf, die Torben schmerzten. Zu unüberlegt, zu stromlinienförmig folgte Kilian seinem fragwürdigen Arbeitgeber, fast so wie seinem übermächtigen Vater.
Hastig schickte er ihm eine Mail mit einem kleinen Programm, das seinen eigenen Virus erkennen konnte.
»Öffne bitte das Programm und sag mir, was passiert. Ich habe meinem Angreifer einen guten Schnupfen geschickt, der seine Festplatte löscht. Hoffe nicht, das es der Server von Saicom ist.«
Torben sah sein eigenes Gesicht, das vom Bildschirm reflektiert wurde. Seine Augen brannten, er sehnte sich nach Schlaf. Durchs Handy hörte er das Klackern von Kilians Tastatur.
»Und?«
Kilians Stimme klang rau. »Was soll das Programm?«
»Vertrau mir, es ist nichts Gefährliches, nur ein Scanner. Ich will wissen, ob mich Wallins im Visier hat«, versuchte Torben, seinen Freund zu beruhigen.
Kilian und Torben waren seit Jahren zusammengewachsen. Ihre Gastsemester in Hamburg hatten sie noch fester zusammengeschweißt. Nächtelange Debatten über die theoretischen Inhalte ihres Politikstudiums ließen zwar die Unterschiede ihrer Herkunft deutlich werden, aber ihr Verhältnis war dennoch unbeschwert, da ihre Gegensätzlichkeit sich nicht auf ihr alltägliches Leben auswirkte. Die Mensa war die Mensa und der Campus der Campus, hier waren alle eins. Die Gegensätze zogen sich an, und der nächtliche Spaß in Bars und Diskotheken bescherte ihnen so manches Geheimnis, das sie miteinander teilten. Sie mochten sich einfach. Die Freundschaft ging so weit, dass beide gemeinsam entschieden, ins Informatikstudi-

um nach Stockholm zu wechseln. Seither hatte Torben seine eigentliche Leidenschaft gefunden und überflügelte Kilian um Längen. Die Freundschaft ist geblieben, doch es mischt sich zunehmend Konkurrenzdenken ein, dachte Torben betrübt, während er durch den Hörer Kilian mit sich selbst reden und tippen hörte.

»Nichts, hier ist alles sauber. Sag mal, wollen wir nicht ein paar Bier trinken gehen? Ich hab das Gefühl, dass du von deinem Trip runterkommen musst. Du ziehst dich immer mehr zurück wegen dieses Scheißkriegs, der dir im Kopf rumspukt.«

»Machen wir, aber jetzt habe ich gerade ein anderes Problem. Irgendwer hat mich gehackt, und ich dachte, dass es vielleicht jemand aus der Firma war.«

»Bist du bescheuert? Warum sollte das jemand von uns tun? Mann, was ist los mit dir? Du tickst doch nicht mehr ganz regelmäßig. Keiner hier ist dein Feind und ich schon gar nicht!«

»Ja, ja, weiß ich doch. Ich vertraue einfach Wallins nicht mehr. Ist sonst bei euch alles sauber?«

»Alles clean, du Superhirn.« Kilian ergriff eine der seltenen Gelegenheiten, sich über Torben lustig zu machen. »Was ist los? Hat der King of Bits and Bytes einen schlechten Tag? Dass man ausgerechnet dich gehackt hat, kann ich fast nicht glauben!«

Torben nahm ein Lakritz und kaute so heftig darauf rum, als wollte er seinen unsichtbaren Feind zermalmen. Kilian wurde wieder sachlich. Wallins habe das Tempo erhöht, und er, Kilian komme mit dem Programm zum Schutz der Satelliten nicht weiter.

»Danke für den Support«, sagte Torben. »Wenn du Hilfe brauchst – ich bin morgen den ganzen Tag zu Hause. In die Firma setze ich keinen Fuß mehr, das verstehst du bestimmt.«

»Hast du denn gekündigt?«
Man konnte deutlich hören, wie verunsichert Kilian war.
»Noch nicht, aber mein Passwort ist gesperrt. Hat Wallins was gesagt?«
Es war klar, dass Kilian ihm bei seiner Arbeit nur vertrauen würde, solange er noch Angestellter von Saicom war.
»Ach, das hat nichts zu sagen«, wiegelte Kilian ab. »Wallins hat mal wieder alle Passwörter verändert. Nur Nova ist raus. Was sie gemacht hat, ist so sinnlos. Ich hoffe, du stellst dich nicht auch noch auf die falsche Seite.«
Torben zog eine Grimasse. Er konnte diese braven Bürgersprüche von Kilian nicht mehr hören. Trotz seines unkonventionellen Stylings war Kilian längst im Establishment angekommen. Im Grunde hatte er es nie verlassen, er, der Sohn aus wohlhabendem Hause. Und überhaupt – was war in diesen Zeiten schon richtig oder falsch?
»Lassen wir das, Kilian. Ist sonst irgendetwas bei euch vorgefallen?«
»Nein. Danke für dein Angebot. Ich muss jetzt weitermachen. Krieg dich wieder ein, ich komme morgen früh vorbei.«
Mit einem Klick war die Verbindung beendet. Torben schaute auf den Bildschirm vor sich und sah eine Nachricht von Vox News über den Ticker laufen, die ihm den Rest gab. Der Info-Krieg ging in die nächste Phase.

5

Stockholm

Eine Stunde wanderte Torben nun schon am Hafenkai entlang. Er ging nie spazieren, aber er hatte es in seinem Büro nicht mehr ausgehalten. Dieser Tag wollte einfach kein Ende nehmen. Mit weit ausholenden Schritten stapfte er in der Dunkelheit am Riddarfjärden entlang. Hier draußen war es noch kälter und windiger als in der Stadt. Die See war aufgewühlt, und Torben musste sich im Gehen vorbeugen, um nicht umgeweht zu werden.

Die frische Luft kühlte seinen heißen Kopf. Doch seine Gedanken liefen weiterhin auf Hochtouren. Am Morgen waren über hundert Aktivisten von Anonymous im Rahmen einer weltweit abgestimmten Aktion verhaftet worden. Und in Shanghai hatte man Tausende Demonstranten inhaftiert, bevor sie am nächsten Tag gegen ein Chemiewerk demonstrieren wollten. Sie hatten sich über Facebook und andere Foren verabredet. In Bahrain wurden erneut Regimekritiker hochgenommen, die im Netz korankritische Bemerkungen hinterlassen hatten. Wann würde die Spionagesoftware auch gegen uns eingesetzt werden? Diese Frage quälte Torben seit Wochen. Er nahm einen Stein und warf ihn in die Wellen. Das war noch nicht alles. Das Problem der Anonymous-Bewegung bestand darin, dass sie sich selbst schwer kontrollieren konnte. Mittlerweile mischten sich Black-Hat-Hacker mit kriminellen Aktionen zwischen jene Aktivisten, die für Transparenz und Informationsfreiheit kämpften. Und dann waren da noch die Behörden, die weltweit versuchten, Anonymous zu unterwandern.

Irgendwo musst du Spuren hinterlassen haben, dachte er.

Sonst hätten sie dich nicht gehackt. Plötzlich blieb er wie angewurzelt stehen. Es gab nur noch diese eine Lösung: Auch wenn seine ganze Programmierung vielleicht noch nicht ausgereift war, es wurde höchste Zeit für einen ersten Einsatz. Sofort!

Auf der Stelle machte er kehrt und begann zu laufen. Er hastete zur nächsten größeren Straße. Die U-Bahn-Station lag zu weit entfernt. Er wollte keine Zeit verlieren. Er hielt ein Taxi an.

»Zur Baltzar von Platens Gata – auf dem schnellsten Weg!«

Der Taxifahrer beobachtete ihn im Rückspiegel, während er fuhr. Oder täuschte sich Torben? War er jetzt wirklich ein paranoider Nerd, wie Nova ihn genannt hatte? Doch sie hatte ja selbst miterlebt, dass er verfolgt worden war. Wer es auch immer auf ihn abgesehen hatte, er durfte jetzt nicht einknicken. Er war ein Kämpfer, kein Opfer, verdammt.

Er schaute aus dem Fenster, sah Häuser und kahle Bäume an sich vorüberziehen. Das war die Realität. Dahinter lag eine andere Wirklichkeit. Eine Welt, in der jeder mit jedem Krieg zu führen schien. Nur dass die Waffen sich verändert hatten. Er zog die Schultern hoch. Besaß er die Superwaffe? Auch wenn er nicht sicher war, er musste sie ausprobieren.

Zwanzig Minuten später stieg er zwei Querstraßen von seinem Büro entfernt aus. Wachsam sah er sich um, doch außer ein paar Müttern, die ihre Kinder von der Schule abgeholt hatten, war niemand zu entdecken. Das Kinderlachen gellte in seinen Ohren. Wieder musste er an das zertretene Spielzeugauto denken und an seine kleine Nichte. Sie schien Lichtjahre entfernt zu sein.

Mehr laufend als gehend erreichte er den Hinterhof und schloss die Tür zu seinem Büro auf. Prüfend sah er sich um, konnte aber nichts Verdächtiges entdecken. Ohne seinen

Parka auszuziehen, nahm er ein Kabel und verband einen der Rechner mit seinem Laptop. Seine Hände zitterten. Was würde das Programm anrichten? Die Vorstellung, es ohne vorherigen Test abzusetzen, zerriss ihn förmlich.

Bist du sicher, dass du das tun willst?, fragte sich Torben.

Es gab keine Alternative. Alles schien perfekt, so, wie er es über ein Jahr lang geplant hatte. Dennoch hielt er kurz inne, bevor er die Entertaste drückte. Was er jetzt tun würde, war irreversibel. Ein Klick, und was dann passierte, konnte Sieg oder Untergang bedeuten. Seinen Job war er ohnehin schon los.

Was soll's. No risk, no fun!

Er wartete angespannt, während Spygate seinen Weg ins Netz nahm. Das Blut raste in seinen Schläfen, er spürte seine Hände nicht mehr. Bildlich stellte er sich vor, wie sich der Datensalat jetzt in Lichtgeschwindigkeit um den Globus bewegte und in den Servern einnistete, den Nervenzellen des Internets. Wenn alles gut ging, hatte er gerade sein Baby erfolgreich in die Welt gesetzt, und niemand würde noch verhindern können, dass es sich unaufhörlich weiterentwickelte.

Er fuhr den Rechner herunter und legte zufrieden seine Hände hinter den Kopf.

»So, jetzt müsst *ihr* euch warm anziehen«, murmelte er vor sich hin.

Er dehnte seinen verspannten Körper und stand auf. Schluss für heute. Er musste mit jemandem reden. Mit sicherem Griff zog er einen dicken, wattierten Umschlag aus einem Stapel Zeitschriften hervor und verbarg ihn unter seinem Parka. Jetzt konnte er nicht vorsichtig genug sein.

Als er die Tür hinter sich abschloss, hatte es zu schneien aufgehört. Ein Sonnenstrahl fiel in den schmutzigen Hinterhof. Vielleicht ein Zeichen, dachte er. Todmüde, aber mit einem gewissen Triumphgefühl schlug er den Weg zu Novas Wohnung ein. Du hast das Richtige getan, beschwor er sich innerlich. Und morgen gehst du in die Höhle des Löwen. Jetzt wird nach deinen Regeln gespielt!

Doch in das Gefühl der Allmacht, das ihn für einen kurzen Augenblick in Euphorie versetzt hatte, mischten sich wieder Zweifel. Was, wenn Spygate doch noch Schwächen hatte oder seinen Urheber verriet?

Zehn Minuten später klingelte er an Novas Tür. Er freute sich auf sie. Wenn es neben Kilian irgendeine konstante Beziehung in seinem Leben gab, dann diese Freundschaft.

Nova war nicht im Mindesten überrascht, ihn zu sehen. Mit einer einladenden Geste bat sie ihn herein. Er folgte ihr in die kleine Wohnküche. Der Raum war pinkfarben gestrichen und mit einem Graffito besprüht, das dem Zeichen der subversiven Tierschützer aus dem Film Twelve Monkeys entsprach. Einer ihrer absoluten Lieblingsfilme. Die Mischung aus Endzeitdrama und radikalem Tierschutz passte zu der Spende, die sie oft und nur Sea Shepard zukommen ließ, einer Organisation, die regelmäßig Robbenbabys und Wale mit waghalsigen Manövern weltweit zu schützen versuchte. Abgeschabte Vintagemöbel und ein großer, uralter Kühlschrank in Zitronengelb komplettierten ihr Reich. Auf dem Tisch lagen die Reste eines Fastfood-Mahls. Wie Torben legte Nova keinen besonderen Wert auf Essen. Ein Burger, ein Stück Kuchen zwischendurch und Süßigkeiten für kleine Konzentrationstiefs, das war alles, wovon sie sich ernährten.

Nova deutete auf die unvermeidliche Kaffeemaschine, die auch bei ihr rund um die Uhr in Betrieb war. »Willst du?«

Er grinste. »Soll das eine Frage sein?«

Sie holte eine giftgrüne Tasse aus dem abgestoßenen Küchenschrank und füllte sie bis zum Rand.

»Hier. Du kannst es gebrauchen, bist ja weiß wie die Wand.« Torben trank einen Schluck. Dann holte er den Umschlag hervor. »Hör zu, Nova. Ich habe dir nicht alles erzählt, was Peter betrifft. Ich kann es auch noch nicht. Aber ich möchte dich bitten, dass du diese Kopien für mich aufbewahrst, bis ich das alles hinter mir habe.«

Nova nahm den Umschlag, wickelte ihn in eine Plastiktüte und verstaute ihn im Kühlschrank.

»Da wird niemand suchen. Doch falls du erwartest, dass ich mir den Inhalt nach all den Räuberpistolen der letzten Zeit nicht ansehe, behältst du den Umschlag besser bei dir.«

»Lass die Finger davon. Du musst nicht alles wissen, Pippi Langstrumpf.«

»Hey, ich bin nicht das kleine, dumme Mädchen, das nicht an Papis Schreibtisch darf! Wenn ich dir schon helfe, will ich auch wissen, worum es geht.«

Sie setzte sich zu ihm an den Küchentisch und spielte mit ein paar kalten Pommes herum.

»Nun leg schon los.«

Leicht widerstrebend erzählte er ihr, was er in den vergangenen Monaten von Peter erfahren hatte. Seit den spektakulären Enthüllungen von WikiLeaks herrschte in Regierungen und Geheimdiensten Alarmstufe Rot. Niemand konnte mehr sicher sein, dass nicht eines Tages die letzten Geheimhaltungsgrenzen fielen. Und dann würde jeder Entscheider für seine Taten verantwortlich gemacht werden können.

Gedankenverloren betrachtete Torben das Graffito an der Wand. »Peter sagte, dass nicht alle Anonymous gute Absichten verfolgen. Oder dass sich sogar ganz andere Leute hinter diesem Label verstecken. Er war sich sicher, dass das Internet das wichtigste Instrument unserer Epoche ist. An der Art und Weise, wie die Regierungen das Netz für ihre Zwecke nutzen, um unser Leben, unsere Gedanken auszuspionieren und zu kontrollieren, wird sich zeigen, was die Demokratie noch wert ist. Wir haben nicht mehr viel Zeit, Nova, und die weltweite Krise beschleunigt nun alles.«

»Und welche Interessen bedienen falsche Anonymous?«, erkundigte sich Nova.

»Nun, es ist das Prinzip des Agent Provocateur. Nova, verdammt, wenn das so weitergeht, können die Regierungen die Einführung eines totalen Überwachungssystems rechtfertigen, um die Kontrolle zu behalten. Verstehst du? Dann ist es aus und vorbei mit der Freiheit! Ich kann nur vermuten, dass Peter genau das verhindern wollte.«

Erregt fuhr sich Nova durchs Haar. »Ist das nicht ein bisschen hoch gegriffen? Big Brother, George Orwell und das ganze Zeug?«

Torben stand auf und lehnte sich an die Fensterbank, auf der halb vertrocknete Pflanzen vor sich hin kümmerten. »Die Bedrohung der nationalen Sicherheit aus dem Cyberspace wird inzwischen höher eingestuft als die Gefahr durch terroristische Angriffe. Was meinst denn du, was mittlerweile hinter geschlossenen Türen abgeht? Ich gebe dir ein Beispiel. Vor Kurzem haben die Regierungen eine neue Struktur aufbauen lassen. Ein Bulle in Berlin wurde in einem virtuellen Raum und in Echtzeit mit einem Agenten in Washington, einem Analytiker in Hongkong und einem Forensiker, also einem Experten für die Analyse digitaler Spurensicherung, im Netz in New York verkoppelt, um sofort einen Hackerangriff aufzuklären und die Quelle lahmzulegen.«

»Krass.«

Geistesabwesend zerkrümelte er ein welkes Blatt zwischen den Fingern. »Nach dem, was heute früh passiert ist, kannst du dir ja denken, wie hysterisch die mittlerweile reagieren.

Die sperren in aller Seelenruhe das Internet und löschen alles, was ihnen nicht in den Kram passt. Ich denke, dass Spygate das verhindern kann.«

Eine Weile war es still, jeder hing seinen eigenen Gedanken nach.

Nova schob die Fastfood-Reste zusammen und warf sie in den Mülleimer. Dann drehte sie sich um und stemmte die Hände in die Hüften.

»Angenommen, du hast recht. Gibt es denn eine einzige seriöse Quelle, die den Plan für einen ›Kill switch‹ bestätigt?«

»Seriös, haha. Seriös ist hier gar nichts.« Torben sah aus dem Fenster und erstarrte im nächsten Augenblick. Auf der anderen Straßenseite parkte ein Auto. Das wäre nichts Ungewöhnliches. Doch er glaubte, den Mann, der darin saß, wiederzuerkennen. Als er den Kopf zur Seite wandte, sah Torben, wie das Licht der Straßenlaterne kurz das Gesicht unter der grauen Wollmütze beleuchtete.

Nova trat zu ihm ans Fenster, bevor er sie davon abhalten konnte. »O Gott! Ich glaube, du solltest den Umschlag wieder mitnehmen.«

6

Wüste Nevada – Bunker Whitestar

Andrew Blake flog mit seiner F-16 eine elegante Linie durch die afghanischen Gebirgsketten und schaltete wie befohlen den Funkverkehr ab. Er spürte die Dioden, die fest mit seinem Kopf verbunden waren. Was gleich geschehen würde, wusste er, dafür hatte man ihn lange genug trainiert. Dennoch

war es ein beklemmendes Gefühl, die Kontrolle an jemanden abzugeben, der einige tausend Kilometer entfernt war.
Mit beiden Händen umklammerte Andrew das Steuerruder. Er war Anfang dreißig, muskulös und einer der Besten seines Jahrgangs. Und er war ein Versuchskaninchen. Seit knapp einem Monat zierte der kleine Ausgang des Empfängers seinen Schädel. Das Kabel ragte kurz hinter seinem Ohr hervor. Komisches Gefühl. Wie ferngesteuert.
Jeder noch so kleine Fehler könnte fatale Auswirkungen haben. Außerdem war es bei den vorangegangenen Tests der Hirn-zu-Hirn-Kommunikation immer wieder zu Komplikationen gekommen: mechanische Gewebeverletzungen, allgemeine Unverträglichkeiten, Funktionsverluste durch Kabelbruch oder Einkapselung des Empfängers im Fettgewebe. In der Bodenstation des Whitestar Bunkers in der Wüste von Nevada war man sich dagegen der Sache sicher. Dort saß Leutnant Terry Whisberry inmitten von Kupferspulen. Sie waren eine Adaption jener Spulen, die auf die Erfindung von Nikola Teszla zurückgingen. Die Militärs hatten Milliarden in dieses Projekt investiert. So kam der alte Meister und Widersacher von Thomas Edison auf traurige Art doch noch zum Zug.
Die atemberaubende Dimension der Spulen diente nur einem Zweck: niedrige Energie zu verstärken. Jede der Spulen war gute acht Meter hoch, mit einem Durchmesser von drei Metern. Der Nickelkern war dreihundertfach mit dickem Kupferdraht umwickelt. Am oberen Ende umschloss eine runde Kupferkuppel die Spulen. Das eigentlich Revolutionäre war jedoch die neue Aufgabe, die man dieser alten Technologie zuwies: nämlich Gedanken zu verstärken und unabhängig von jeder weiteren Energieversorgung weiterzutransportieren. Digitale Telepathie. Die neueste Entwicklung der militä-

rischen Forschung. Wieder einmal hatte man sich eines zivilen Forschungsprojekts mit fragwürdigen Methoden bedient. Die meisten der beteiligten Wissenschaftler waren entweder korrupt und ohne jegliche Moral, oder sie wurden im Dienste der nationalen Sicherheit gezwungen, für die CIA zu arbeiten.

Neun dieser wie aus einem Technikmuseum wirkenden Spulen waren im Kreis aufgestellt worden, jede einzelne hatte über zwanzig Millionen Dollar gekostet. Doch der eigentliche Kern der Entwicklung war eine Kontrollstation in der Mitte der Spulen. Ein Rechner, der Gedanken in digitale Zeichen übersetzte. Die elektromagnetischen Strahlen der Kupferspule wurden in einem geheimen Verfahren mit Photonen beladen, die diese Information an einen Empfänger weiterleiten sollten. Das war nur der Auftakt zu einem Forschungsprogramm, das alles in den Schatten stellen würde, was der menschliche Geist sich vorstellen konnte, und es war Roy Clark, der diese Entwicklung im Geheimen mit allem Druck vorantrieb. Die Show heute diente nur der verdeckten Finanzierung.

Whisberry setzte sich die Dioden an die Schläfen und schaltete den Rechner ein. Vom Kommandozentrum aus beobachteten ein Dutzend Militärs sowie einige Mitarbeiter der CIA und des Pentagons das Geschehen.

Roy Clark ergriff dort das Wort. Der Direktor der CIA verschaffte sich schon allein durch seine imposante Erscheinung eine natürliche Autorität. Ein Hüne mit Kampferfahrung aus beiden Golfkriegen und einem längeren Afghanistaneinsatz. Unter dem grauen Anzug konnte man den immer noch durchtrainierten Körper des Fünfundfünfzigjährigen erahnen – auch wenn er längst keine Taliban mehr jagte. Seine Stimme verriet den Befehlston des langjährigen Soldaten.

»So, meine Herren, ich denke, ich habe Ihnen nicht zu viel versprochen«, verkündete Clark und sah durch die Glasscheibe in den Innenraum des Labors, wo Leutnant Whisberry saß. »Wir haben mit unseren Wissenschaftlern intensiv an einer neuen Lösung gearbeitet. Künftig können wir auch bei einem elektromagnetischen Angriff die Kommunikation zu unseren Kampfflugzeugen aufrechterhalten. Und zwar weltweit.«

Er starrte auf die Kontrolllichter der Monitore und strich sich dabei immer wieder durch das kurz geschorene Haar. Dies war *der* Test für ihn. Das Brain-to-brain-Programm hatte viele Millionen verschlungen. War es erfolgreich, würde das Pentagon weitere Mittel bewilligen. Dann konnte er sich jeder erdenklichen Unterstützung sicher sein. Als ehemaliger Neavy-Seal-Kommandeur genoss er unter den Militärs ein Ansehen, wie es selten einem CIA-Chef zuteilwurde. Nur den anwesenden Zivilisten vom Pentagon machte die neue Harmonie zwischen Geheimdienst und Militärs Kopfschmerzen. Aber solange sein verbündeter Verteidigungsminister inmitten des Kabinetts saß, musste Clark sich keine Sorgen machen. Er hatte freie Hand.

Im fernen Afghanistan zog Blake mit seiner F-16 weiter seine Kurven über das Gebirge. Die Monitore zeigten die Bilder der Bordkamera. Clark beugte sich vor und umfasste ein Mikro. Er zögerte kurz, um den Augenblick auszukosten. Dann befahl er: »Starten Sie!«

Whisberry saß bewegungslos da, mit geschlossenen Augen. Ohne die Kabel, die seinen Kopf mit den Spulen verbanden, hätte man meinen können, einem tibetischen Mönch bei der Meditation zuzusehen.

Die Hirn-zu-Hirn-Kommunikation gehörte zu einem Projekt, an dem die Geheimdienste und Militärs schon länger arbeiteten. Auf den Bildschirmen wurden die Gedanken Whisberrys in Schriftform übertragen. Es waren exakte Koordinaten für den simulierten Angriff auf einen Versorgungskonvoi, etwa dreißig Kilometer von der momentanen Position des Piloten entfernt.

Blake wurde kurz übel, als er eine Kurve flog und gleichzeitig die Anweisungen in seinem Kopf spürte. Sie geisterten durch sein Gehirn, als wären sie seine eigenen Gedanken. Und doch drangen sie in seine Ohren, zumindest fühlte es sich so an. Obwohl er am Simulator geübt hatte, war es jetzt unheimlich. Wie befohlen, steuerte Blake das Kampfflugzeug mit waghalsigen Manövern durch die Schluchten, bis eine Reihe von Lastwagen sichtbar wurde.

In der Wüste von Nevada hielten die Zuschauer den Atem an. Der Angriff wirkte wie ein Actionfilm. Doch dies war kein Hollywoodprodukt, dies war echt. Gerade erreichte der Schussbefehl den Piloten. Blake schickte seine Raketen exakt ins Übungsziel. Treffer.

Die Generäle applaudierten begeistert. Sektgläser wurden gefüllt, man prostete sich zu. Clark atmete tief durch. Er hatte gewonnen. Die Sache hatte tatsächlich funktioniert.

Ein bulliger Offizier schob sich an ihn heran.

»Glückwunsch, Roy! Sehr eindrucksvoll!«

Clark nahm das Lob des Offiziers nur mit halbem Ohr wahr. Seine Sekretärin Penny war in den Kontrollraum gekommen. Ihr Gesicht war gerötet. Er stellte sein Sektglas ab und ging ihr entgegen. Sie reichte ihm sofort ein Handy.

Schon bei den ersten Worten, die er hörte, verzog Clark das Gesicht. Schwer atmend, stützte er sich mit einer Hand auf eine Stuhllehne und kehrte den Umstehenden den Rücken

zu. Er presste das Handy fest ans Ohr, als wollte er verhindern, dass ein Wort nach außen dringt.
»Wie bitte, wie ist das möglich? Sind die Forensiker dran?«, fragte er leise. Ohne weiter auf seine Gäste zu achten, ging er zu einem Rechner und loggte sich ein. Halblaut sprach er dabei in das Handy.
»Gut, verstärken Sie die Sicherheitsmaßnahmen. Ich will, dass Mindvision in drei Tagen startet.«

Über zweitausend Meilen entfernt analysierte ein Mitarbeiter in der Zentrale der CIA einen Haufen fremder Daten, die sich vor ihm auf dem Monitor aufbauten. Er war unentschlossen, ob er besser verheimlichen sollte, was er da entdeckt hatte. Am Ende würde man ihm die Schuld dafür geben. Verstohlen sah er sich um. Dann starrte er wieder auf den Monitor. Dies war ein Hackerangriff mit einem Wurm der Extraklasse. Und er hatte keinen blassen Schimmer, was er dagegen tun sollte.

7

Stockholm

Torben hatte schlecht geschlafen. So einen Tag wie gestern hatte er noch nie erlebt. Stunde um Stunde hatte er sich in seinem Bett herumgewälzt, unterbrochen von kurzen Schlafphasen mit wirren Träumen. Im Vergleich zum Chaos seines Büros war sein Schlafzimmer auffallend puristisch. Auf dem rohen Dielenboden lag ein schwarzer Futon, daneben stand ein kleines Sideboard. Jalousien aus grauem Metall vervollständigten den Eindruck klösterlicher Kargheit. Die Woh-

nung lag im ersten Stock des Hauses, in dem Torben auch sein Büro hatte. Er musste nur über den Hinterhof gehen.
Müde rieb er sich die schmerzenden Augen und sah auf die Uhr. Halb sieben. Eine Zeit, in der er normalerweise noch vor seinem Rechner hockte. Er zog die Beine an den Körper und sah reglos an die Decke. Wilde Szenarien schossen ihm durch den Kopf. Schon bald würden sein Wurm und Spygate aktiv werden. Bei der Vorstellung, wie dann weltweit irgendwelche Freaks und Behörden fassungslos an ihren Bildschirmen klebten, musste er grinsen. Die Frage war nur, wie viele Rechner Spygate bis zum Start der Software wirklich infiziert hätte und wie lange es dauern würde, bis man den dazugehörigen Wurm, der den Verlauf der Daten an Spygate meldet, knacken würde.
Wären es genug, hätten alle User einmal ein Bewusstsein dafür, was mit ihren Daten täglich geschah.
Zu schade, dass er nur Nova offenbaren konnte, was er da losgetreten hatte. Das aber musste er unbedingt. Sonst hätte er sich wie jemand gefühlt, der als Einziger ein UFO gesichtet und es für sich behalten hatte.
Die Haustürklingel riss ihn aus seinen Gedanken. Wer stand denn in dieser Herrgottsfrühe bei ihm auf der Matte? Er schlug die Decke zurück, gähnte ausgiebig und ging in den Flur. Wie üblich schaute er erst durch den Spion. Es war Kilian. Torben öffnete und deutete auf seine Armbanduhr.
»Weißt du eigentlich, wie früh es ist?«
»Danke, ich freu mich auch, dich zu sehen.« Kilian musterte Torbens altmodischen, blau gestreiften Pyjama. Er grinste vergnügt. »Mann, du solltest dich mal ansehen. Warst du auf einer Bad-taste-Party? Na, wie auch immer, ich hab nicht viel Zeit. Um acht muss ich bei Saicom sein und Wallins eine Lösung präsentieren. Aber ich finde einfach nicht die Lücke, die

bei diesem verdammten Hack genutzt wurde, obwohl ich schon seit Tagen dransitze.«
»Hättest wenigstens einen Kaffee mitbringen können. Warte einen Moment, ich zieh mir für dich was Schickes an.«
Sein Blick fiel auf ein Foto, das neben der Schlafzimmertür an einer Pinnwand hing. Es zeigte ihn mit Nova und Kilian bei ihrem letzten Skiurlaub. Seitdem hat sich viel, vielleicht zu viel verändert, ging es Torben durch den Kopf, als er in die Jeans stieg.
Wenig später nahm er seinen Parka vom Garderobenhaken und zog die Sneakers an, die er am Abend zuvor achtlos in die Ecke geschleudert hatte.
Ungeduldig sah Kilian ihm zu. »Ist dein Rechner wieder sauber?«
»Jungfräulich wie Maria«, antwortete Torben so gelassen, als wäre nichts Besonderes vorgefallen. »Wir können uns dein Problem in aller Ruhe darauf ansehen.«
In Wirklichkeit wussten beide, dass sie jedes Mal mit einem Bein im Gefängnis standen, wenn sie Saicom-Daten auf einem externen Rechner öffneten. Doch in den letzten Jahren hatten sie auch außerhalb der Firma so oft brisante Programme bearbeitet, dass es schon zur Gewohnheit geworden war.
»Holst du uns Kaffee aus dem Coffeeshop um die Ecke? Dann gehe ich schon runter ins Büro.«
Kilian verdrehte die Augen. »Sonst noch was? Champagner, Kaviar?«
»Nein, aber der Vanillekuchen ist super. Drei Stück, bitte.«
Gemeinsam verließen sie die Wohnung. Während Kilian sich zum Coffeeshop aufmachte, ging Torben über den Hinterhof zu seinem Büro. Gestern war das Türschloss ausgewechselt worden. Doch seinen Rechner konnte auch das neue Sicherheitsschloss nicht schützen.

Er kopierte Kilians Daten so schnell es ging auf einen seiner Rechner. Er hatte ein mulmiges Gefühl dabei. Es war Ehrensache, wenn die Daten eines Freundes und schon gar solche vertraulichen Daten auf dem eigenen Rechner gespeichert wurden. Hoffentlich ging das gut.
Als Kilian an die Tür klopfte, hatte Torben gerade rechtzeitig den Download beendet. Sein Freund hielt zwei Pappbecher mit Kaffee in den Händen und hatte eine Papiertüte unter den Arm geklemmt.
»Das Catering ist da. Hast du schon was?«
»Sekunde, ich habe die Rechner gerade erst hochgefahren«, schwindelte Torben.
Kilian stellte sich neben ihn, während er seinen Kaffee trank. »Findest du nicht, du solltest hier mal ein bisschen aufräumen? Was für ein Müllplatz!«
Torben überhörte den Kommentar. Mit der für ihn typischen Geschwindigkeit überflog er die Protokolle. Danach öffnete er ein weiteres Programm auf seinem Rechner und startete eine Simulation. Jetzt verstand er das Problem: Da war gar keins. Anonymous hatte sich nicht direkt in den Satelliten gehackt, sondern nur in die zuständige Bodenstation. Zumindest sah es auf den ersten Blick so aus. Dann erschien eine neue Zahlenreihe, und Torbens Augen weiteten sich vor Schreck. Also doch. Sie hatten tatsächlich die rohen Daten der Satellitenverschlüsselung.
Verdammt, sie haben es wohl geschafft!, dachte Torben.
»Was ist denn nun?« Kilian boxte Torben freundschaftlich in die Seite.
Doch der schwieg sich über seine Entdeckung aus.
»Tja, ich kann nichts finden. Tut mir leid, aber die haben unmöglich die Telemetriedaten gehabt. Keine Ahnung – bleibt nur der direkte Hack über eine Bodenstation.«

Torben nahm Kilian einen der beiden Kaffeebecher ab. Er konnte seinem Freund ansehen, wie sehr es ihn wurmte, dass er auf Torbens Hilfe angewiesen war. Und nun auch noch ohne befriedigendes Ergebnis dastand.
Ohne ein Wort trank Kilian seinen Kaffee. Das Verhältnis zwischen ihnen hatte sich nach den Streitigkeiten über Occupy deutlich abgekühlt.
Vergeblich hatte Torben versucht zu erklären, warum er diese Protestaktionen für sinnvoll hielt. Für Kilian dagegen war Occupy nichts weiter als ein ungeordneter Haufen von Träumern und Versagern. Er glaubte noch immer an die Reformierbarkeit des Systems.
Enttäuscht setzte Kilian seine schwarze Brille ab. »Scheiße, wenn ich das Ding bis morgen nicht in den Griff kriege, zieht Wallins mich aus dem Programm ab. Wer weiß, vielleicht kündigt er mir sogar.«
Torbens Mitleid hielt sich in Grenzen. Immerhin war Kilian mit einem silbernen Löffel im Mund geboren worden. Sein Vater besaß ein millionenschweres Außenhandelsunternehmen in New York und London, und Kilian war sein einziger Sohn. Der Kronprinz.
»Na und?« Er riss die Kuchentüte auf, die Kilian neben den Rechner gelegt hatte. »Dann steigst du eben in die Firma deines Vaters ein und handelst mit Bananen und Kupfer. Was soll dir schon passieren?«
Kilian warf Torben einen derart verächtlichen Blick zu, dass Torben erschrak. So hatte er Kilian noch nie erlebt. War er zu weit gegangen?
»Deinen Sozialneid kannst du dir sparen.« Aufgebracht schlang sich Kilian seinen Schal um den Hals und knöpfte seinen Trenchcoat zu. »Tut mir leid, dass ich dich gestört habe.« Mit einer blitzschnellen Bewegung riss er dann die ex-

terne Festplatte vom Rechner, drehte sich um und rannte aus dem Büro.
Eine Schrecksekunde später stürzte Torben ihm hinterher. Kilian war schon am Ausgang des Hinterhofs.
»Bist du komplett wahnsinnig geworden?«, schrie Torben ihm hinterher.
Kilian flitzte auf die Straße. Torben rannte ihm nach und konnte nur noch fassungslos ansehen, wie Kilian in seinen Sportwagen hechtete und im winterlichen Dunkel des Morgens davonraste. Damit war das Ende ihrer Freundschaft wohl besiegelt.
Das tat weh. Bitterkeit überkam ihn. Wenn er es genau überlegte, hatte Kilian den Bruch genau in dem Moment herbeigeführt, als Torben ihm nicht mehr nützlich gewesen war. So viel zum Thema Freundschaft. Was für eine miese Ratte. Andererseits hatte er Kilian seine Entdeckung vorenthalten, dass die Satelliten gehackt worden waren. Auch nicht gerade freundschaftlich. War es Instinkt gewesen? Eine dunkle Vorahnung? Jedenfalls war Torben heilfroh, dass Kilian nichts Entscheidendes wusste.
Frierend stand er auf der Straße. Was nun? Er war zu aufgewühlt, um noch einmal ins Bett zu gehen. Mit hängenden Schultern kehrte er in sein Büro zurück.
Dort nahm er ein Stück Kuchen und setzte sich. Noch ziemlich durcheinander, öffnete er den Datensatz eines anderen Rechners und begann, die Unmengen von Protokollen nach einer Spur zu durchsuchen. Es musste doch irgendeinen Hinweis geben, wie man an die Telemetriedaten kam. Zunächst musste er vor allem den richtigen Satelliten finden.
Wie ein Berg stand diese Aufgabe vor ihm. Torben schloss die Augen. Neben dem leisen Summen des CPU-Kühlers war von draußen ein zartes Vogelzwitschern zu hören. Früh-

ling, dachte er. Bald wird es Frühling sein. Aber was bedeutete das für ihn? Nichts. Er würde weiterhin tagaus, tagein hier im Dunkeln sitzen, während das Leben irgendwo anders stattfand.
Ein Gefühl großer Sinnlosigkeit lähmte ihn plötzlich. Warum hielt er sich nicht einfach aus dem ganzen Irrsinn raus? Warum fuhr er nicht einfach in das Ferienhaus seiner Tante und arbeitete in Ruhe an Sicherheitslücken, mit denen Wallins in wenigen Jahren reich geworden war? Doch Peters Warnungen gingen ihm nicht mehr aus dem Kopf. Er steckte schon zu tief drin, um jetzt noch auszusteigen.
Widerstrebend öffnete er die Augen. Nein, wenigstens dies hier musste er zu Ende bringen.
Er klickte auf die Tastatur, und schon rollten wieder Kolonnen von Zahlen und Buchstaben über den Bildschirm. Moment mal! Torben stoppte den Datenfluss.
Er blies die Backen auf. »Ich glaub, ich werd verrückt.«
Jetzt sah er nicht nur die Frequenz und den Zugang zur Telemetrie, er hatte auch den Code unverschlüsselt vor sich. Genau diese Telemetriedaten waren dringend erforderlich, um die Steuerung eines Satelliten übernehmen zu können. Kilian hatte sie entschlüsselt auf der Festplatte gelassen, um Fehler in der Programmierung zu finden. Damit hatte Torben nun alle Voraussetzungen, um sich über den Satelliten in die Datenbanken der CIA zu hacken.
Seine Aufregung wuchs. Er öffnete ein weiteres Programm, das er vorbereitet hatte. Um sich in den Satelliten einzuhacken, brauchte er aber eine Bodenstation. Zum ersten Mal spürte er den unwiderstehlichen Reiz von etwas wirklich Verbotenem. Und die Euphorie des Hackers, der sich über Jahre technisch geschult hatte und jetzt wirklich am Ziel war, um den Hack seines Lebens zu machen.

Sein Atem ging stoßweise. Ja, er wollte etwas Besonderes in der Community sein, etwas, was man in der realen Welt vielleicht nie erreichen würde. Als Lohn reichte ihm aus, dass jemand Unbedeutendes wie er auf etwas so Mächtiges Zugriff haben würde.

»Jungs, ich muss euch kurz beschäftigen.« Torben klatschte in die Hände.

Vor lauter Enthusiasmus vergaß er alle Skrupel und Ängste. Das Programm war offen. Torben war in eine Bodenstation der ESA in Kiruna gelangt. Seine ganzer Körper vibrierte. Der Wurm würde die dortigen Mitarbeiter einige Zeit beschäftigen, bevor sie entdeckten, dass Torben ihnen quasi das Kommando entzogen hatte.

Er gab die Zugangsdaten für den Satelliten ein. Über den Lautsprecher konnte er den Satelliten nun sogar hören. Es piepte wie in schönen alten Zeiten des Amateurfunks. Vor seinem inneren Auge sah er, wie er gerade eine sechshundert Tonnen schwere Parabolantenne bewegte. Von hier! Von seinem kleinen Büro aus hatte er die Kontrolle über die Europäische Weltraumorganisation! Er riss die Arme hoch. Er war tatsächlich drin!

Das ist ja besser als Sex!

»Mir gehört ein Satellit, und nicht irgendeiner!«, trällerte er vor sich hin. »Jetzt schauen wir doch mal, welche Atombomben wir heute abschießen.«

Torben rieb sich die Hände. Dann klickte er auf die Tastatur. Zwei weitere Programme starteten, und plötzlich hatte er die Eingabemaske des Hauptrechners der CIA vor sich. Er konnte es kaum fassen. Das Programm für die Entschlüsselung der Passwörter lief auf Hochtouren. Torben hatte durch das alte Passwort, das Peter ihm geben konnte, einen unschätzbaren Vorteil. Es war zwar immer noch kniffig, aber

er durchschaute die Art der Kryptologie, welche die CIA benutzte. Die RSA-Verschlüsselung war bis dato eine der besten Erfindungen, um das Knacken eines Passworts zu verhindern. Doch nachdem vor einiger Zeit Hacker nach einem Einbruch bei dem Softwaregiganten RSA den Algorithmus, das Prinzip des Verschlüsselungssystems, gestohlen hatten und Saicom mit der Analyse beauftragt worden war, die Schwachstellen zu schließen, hatte Torben in einigen Tagen ein Programm geschrieben, das den 13-stelligen Code, der sich alle dreißig Sekunden erneuerte, knacken konnte.
Ein akustisches Signal kündigte an, dass er auch hier am Ziel war. Er konnte nur spekulieren, wie lange er nun Zeit hatte, bevor die ESA ihn wieder vom Satelliten trennen würde. Mit Hochdruck arbeitete er sich durch die komplexe Datenverwaltung. Schließlich fand er den Ordner für die Abfrage persönlicher Dateien. Er gab den Namen Peter Norris ein, und nach einem Mausklick sah er ein Foto vor sich. Es war Peter, aber deutlich jünger.
»Mann, du sahst ja mal richtig gut aus!«
Seine Begeisterung wich einem flauen Gefühl. Peter war tot. Er würde ihn nie wiedersehen. Aber das hier, das war er ihm schuldig. Vielleicht sah er ja vom Himmel aus zu und hatte seinen Spaß.
Er versuchte, die Operationen einzusehen, an denen Peter beteiligt gewesen war. Nach kurzem Suchen fand er einen Dateiordner und zog ihn auf seinen Desktop. Der Download begann.
Ungeduldig trommelte Torben mit den Fingern auf die Schreibtischplatte. Ging das denn nicht schneller? Er beobachtete den Balken, der sich immer weiter nach rechts schob. 72 Prozent, 84 Prozent, 91 Prozent – und aus! Das war's. Früher als erwartet hatte man ihn getrennt.

Er hieb mit der Faust auf den Tisch. »Verdammte Scheiße, und dafür habe ich das alles riskiert?«

Aber immerhin hatte er die Akte von Peter vor sich.

In Windeseile durchsuchte er die Einträge, bis er den entscheidenden Hinweis fand. Peter war jahrelang gejagt worden. Man hatte ihn tatsächlich töten wollen, und am Ende war das scheinbar auch gelungen.

»Ihr Schweine!«

Unwillkürlich betastete er die silberne Kette, die er immer um den Hals trug. Daran hing ein Schlüssel, den Peter ihm einst gegeben hatte. Der Schlüssel gehörte zu einem Schließfach in einer Bank nahe dem Hamburger Dammtorbahnhof. Was darin lag, wusste Torben nicht. Er wusste nur, dass er dort im Notfall etwas fand, was ihm weiterhelfen würde. Seither hütete er den Schlüssel wie einen Schatz. Er war das einzige Erinnerungsstück, das er von Peter hatte. Wie ein Vermächtnis.

»Zurück in die Wirklichkeit«, ermahnte er sich.

Er speicherte Peters Daten von seinem Rechner auf eine externe Festplatte und ging ins Bad. Dort verlief der Schacht des Schornsteins. Schon vor einiger Zeit hatte Torben ein paar Steine aus der nackten Ziegelwand gelöst und sich auf diese Weise ein Versteck geschaffen. Vorsichtig holte er zwei Ziegel heraus und legte die Festplatte zu einigen anderen in die Öffnung. Auch der wattierte Umschlag lag dort. Er verschloss das Versteck wieder und schob einen kleinen Schrank mit Handwerkszeug davor.

Erschöpft wischte er sich die verschwitzte Stirn. Es war, als ob er aus einem Fiebertraum erwachte. Dann zog er den Parka über und nahm die Festplatte aus dem Rechner, mit dem er gerade die CIA gehackt hatte. Ihm war schwindelig, sein Kopf dröhnte. Doch es war noch nicht vorbei.

Er schlürfte auf die Straße. Auf der gegenüberliegenden Seite blieb er am Kanal stehen. Er atmete einmal tief durch, betrachtete ein letztes Mal die Festplatte und warf sie ins träge dahinfließende Wasser.

8

CIA-Hauptzentrale Langley,
US-Bundesstaat Virginia

Roy Clark sah reglos aus dem Fenster. Er spielte mit dem schweren goldenen Füllfederhalter, den ihm der Präsident bei seiner Ernennung zum CIA-Chef geschenkt hatte. Es war früher Samstagabend, nur wenige Autos waren draußen noch auf dem Parkplatz vor der Zentrale zu sehen.

Sein Büro war auf altmodische Weise repräsentativ. Schwere Regale aus Teakholz bedeckten die Wände bis zur Decke. Neben einer dunkelbraunen Ledercouch verbreitete eine große Messinglampe mit einem seidenen Schirm gelbliches Licht. Clarks wuchtiger Schreibtisch wirkte wie eine Kommandozentrale. Neben seinem Laptop stand ein silbergerahmtes Foto seiner Frau und seiner Tochter. Ein weiteres Foto zeigte ihn in Uniform bei seinem Afghanistaneinsatz.

Seine Gedanken kreisten unablässig um die ehrgeizigen Projekte, die er in Auftrag gegeben hatte. Das Brain-to-brain-Programm war nur ein Spielzeug im Vergleich zu Mindvision, seinem neuesten Coup. Unbehagen bereitete ihm dabei, dass seine besten Männer unter der Leitung von Robert Miles nicht in der Lage waren, die Dimension dieses Wurms zu verstehen.

Mindvision war eine geheime Kommandosache und politisch noch nicht abgesegnet.
Es würde alles übersteigen, was man sich unter Überwachung vorstellen konnte. Ist Mindvision erst mal am Laufen, wird niemand mehr an mir vorbeikommen, dachte Clark. Doch das war noch längst nicht alles. Sollten die Aufstände nicht so unter Kontrolle zu bekommen sein, hatte er noch einen Trumpf in der Hand, bevor jene Lobbyisten, die ihn an diese Position gebracht hatten, die Geduld verlieren würden. Alles musste schneller gehen, damit er als der Mann in die Geschichte einging, der nicht nur das Internet unter Kontrolle gebracht hatte, sondern die gesamte instabile Lage einer Welt, in der Millionen im Begriff waren, alles infrage zu stellen, ohne dabei eine gemeinsame Richtung zu haben. Es war nicht die Angst vor einer Revolution der alten Art, die man einfach mit Waffengewalt niederschlagen könnte. Es war die Angst vor einer neuen Form von Selbstbestimmung des Menschen, in der die alten Hierarchien sich auflösen würden. Wenn seine Pläne öffentlich wurden, bevor er sich grünes Licht von der Regierung geholt hatte, würde das ein empfindlicher Schlag sein, der ihn ganz persönlich traf. Auf jeden Fall war Mindvision mausetot, falls irgendwelche Hacker ihm auf die Schliche kamen. Würde alles gelingen, konnte Mindvision als die perfekte Überwachungssoftware in die Geschichte eingehen, und Clark konnte es kaum erwarten, es im Pentagon zu präsentieren.
»Scheißkerle«, murmelte er vor sich hin. »Ihr gehört alle auf den elektrischen Stuhl. Ich lass mir von euch nicht mein Lebenswerk kaputtmachen.«
Clark war in der New Yorker Bronx aufgewachsen, in einem sozialen Klima brutaler Härte. Dank seiner Intelligenz und nicht zuletzt wegen seiner in Straßenkämpfen seines Viertels

erprobten Durchsetzungsfähigkeit hatte er sich zielstrebig hochgearbeitet. Erst zum Kommandanten der Neavy Seals, dann zum Sicherheitsberater im Weißen Haus. Dort hatte ihn die Welt der transnationalen Großlobbyisten fasziniert, jene ruhige Arroganz, die dem Gefühl der Allmacht entsprang.

Nun war er der Boss des mächtigsten Geheimdienstes der Welt. Und für genau diese Leute noch wertvoller geworden – allerdings nur so lange, wie er die Kontrolle behielt. Wieder fluchte er leise vor sich hin.

Hinter ihm klopfte es an der Tür.

»Herein!«, rief er gereizt, während sich die Tür schon öffnete.

»Sir, Sie sollten schnell ins Rechenzentrum kommen.«

Es war sein Stellvertreter Thomas Eliston, flankiert von Clarks aufgebrachter Sekretärin.

Aalglatt wie ein frisch gewachster Ski, dieser Eliston, dachte Clark. Sein engster Mitarbeiter war Ende vierzig, ein schlanker, stets in teure Anzüge gekleideter Mann. In Clarks Augen war er nur ein Karrierist. Von Yale aus hatte es Eliston nach einem Zwischenspiel bei der Weltbank zum Berater im Weißen Haus und schließlich bis in die CIA-Hauptzentrale gebracht. Clark verstand es, seine Abneigung gegen diesen smarten Aufsteiger zu verbergen. Gefühle konnte er sich in seiner Position nicht leisten.

»Was ist los? Wieder diese verdammten Hacker?«

»Sie sollten sich selbst ein Bild machen.« Eliston wirkte ausgesprochen zurückhaltend. »Ich denke, Miles kann Ihnen das am besten erklären.«

Clark zog die Stirn in Falten. Er steckte Schlüsselbund und Handy in die Hosentasche und klemmte sich seinen Ausweis ans Jackett.

»Vielleicht wieder Anonymous?«

»Wir wissen es nicht. Es ist nichts, was einen direkten Schaden anrichtet. Eher macht es bestimmte Analysen unmöglich. Aber wie gesagt ...«

»Schon gut, Miles erklärt es mir.«

Der CIA-Chef folgte Eliston in das neue Rechenzentrum. Es lag gute zwanzig Meter unter der Erde und war mit dem größten Abhörzentrum der Welt, der NSA in Utah und einem geheimen Bunker in der Wüste Nevada, verbunden. Nach Jahren des Antiterrorkampfs wurde es gerade digital aufgerüstet. Das war nötig gewesen, weil der US-Präsident den Kampf gegen Anonymous und Occupy ausgerufen hatte. Letztere mit islamistischen Terroristen auf eine Stufe zu stellen hatte den Präsidenten viele Sympathien gekostet. Doch nur so konnte er den »Patriot Act 2« gegen Bürger der Vereinigten Staaten zur Anwendung bringen.

Das Gesetz schränkte die Bürgerrechte zugunsten der Suche nach Terrorverdächtigen ohnehin schon massiv ein, vereinfachte etwa die Überwachung von Telefongesprächen und E-Mail-Verkehr. Auch die Einsicht in Bankkonten und medizinische Daten wurde erleichtert. Nachdem einen Tag zuvor in Buenos Aires und Tokio Hunderttausende Menschen wieder den Verkehr lahmgelegt hatten, ganze Unternehmen nicht mehr arbeitsfähig waren und Anonymous Seiten der Vereinten Nationen zur Verbreitung ihrer Aufrufe gekapert hatten, kochte die Entrüstung in den Behörden über.

Im Rechenzentrum angekommen, sahen Clark und Eliston vom Büro des Leiters Robert Miles hinunter auf die etwa achtzig Arbeitsplätze. An jedem standen vier Bildschirme, die parallel ihre Analysen vollzogen. Es war eine gigantische Halle, in der mehrere Flugzeuge Platz gefunden hätten. Das Kontrollzentrum der NASA war ein Schuhkarton dagegen.

Clark fragte sich, ob wirklich alles funktionieren würde. Die

Verbindungen mit vier neuen Satelliten, die im vergangenen Jahr zur Aufstockung der Überwachungskapazitäten ins Weltall geschossen wurden, ermöglichten es, jeden Datenfluss im Netz in Echtzeit ausfindig zu machen und auf die mannshohen Bildschirme über den Köpfen zu projizieren. Hier mündeten die Schlagadern des Internets ins geheime Herz des Systems. Es schlug so schnell, dass Anonymous jetzt an ihre Grenzen gerieten, da die Verfolgung der Computer, von denen die Aktivisten ihre Hacks starteten, immer schneller wurde. Während sich manche Strategen im Pentagon ein Ende des Internets wünschten, war Clark hingegen von der Schlagfertigkeit des Netzes, von Mindvision überzeugt. In den vergangenen Tagen hatte man nur mit der Testversion von Mindvision Hunderte Hacker ausfindig machen und verhaften können.
Mit einem kräftigen Schlag auf die Schulter begrüßte Clark den Leiter des Rechenzentrums.
»Hallo, Miles, alter Junge. Na, was haben wir da?«
Robert Miles war gerade mal Mitte dreißig. Doch ihm ging der Ruf voraus, mit allen Wassern gewaschen zu sein, wenn es um raffinierte Hacks ging. Jetzt allerdings wirkte er tief verunsichert. Sein magerer Körper wand sich, und sein Blick flackerte, als er Clark antwortete.
»Sir, wenn wir das wüssten, hätte ich Sie nicht hergebeten.«
Er nestelte an seinem Hemdkragen und fuhr sich durch das schulterlange dunkle Haar. Dann öffnete er mehrere Programme. »Wir haben gestern Abend für einen kurzen Moment einen Blackout gehabt. Er war so kurz, dass niemand es bemerkt hätte, wenn wir nicht gerade an den Knotenpunkten gearbeitet hätten.«
Clark rollte mit den Augen. Einzelheiten hatten ihn noch nie interessiert. Ihm ging es um Ergebnisse. »Ja, und?«

»Sehen Sie selbst.«

Miles zeigte auf eine Analyse der Forensiker, den digitalen Leichenfledderern.

Clark schlug sich mit der Hand gegen die Stirn. »Das kann doch nicht wahr sein!« Obwohl er kaum verstand, wie komplex die Programme von Mindvision aufgebaut waren, sah er sofort eines: *Enttarnung jeder Spionagesoftware denkbar.*

Es schien, als würde er jeden Augenblick die Beherrschung verlieren. Wutschnaubend starrte er auf den Bildschirm.

»Wir geben zwei Milliarden Dollar aus, und Sie wollen mir erzählen, dass da jemand einfach so durchmarschiert, ein Virus hinpflanzt, und Sie beherrschen das nicht?«

Miles brach der Schweiß aus. Mit bebenden Händen zeigte er auf einen der großen Bildschirme.

»Sir. Dieses Virus ist aber ein Wurm. Ich muss doch wohl nicht erklären, was das heißt, oder? Die Verschlüsselung ist so komplex, das wir Tage brauchen, um die Funktionsweise zu verstehen. Und damit nicht genug: Das ganze Skript ist in einer uns völlig unbekannten Sprache geschrieben. Sobald wir versuchen, es offline zu öffnen, löscht es sich selbst. Online dagegen erschafft es sich innerhalb des Netzes neu und setzt sich wieder an die gleiche Stelle. So etwas habe ich noch nie gesehen. So was kriegt nur ein verdammtes Genie hin.«

Mit der rechten Hand strich sich Clark über die Wange. Fragend sah er Miles an. »Herrgott, können Sie denn nichts dagegen tun?«

»Noch nicht. Aber wir wissen ungefähr, woher der kleine Kerl gekommen ist. Es scheint mit einem Programm zusammenzuhängen, das wir ebenfalls noch nicht vollkommen verstehen«, antwortete Miles und tippte auf ein paar Tasten.

»*Ungefähr* können Sie sich dahin schieben, wo es nie hell wird!« Clark war in den Kasernenhofton verfallen.

Auf dem Bildschirm zog sich eine grüne Linie Punkt für Punkt über den Globus und blieb im Atlantik stehen. Die Linie sollte den Versuch bildhaft machen, die IP-Adresse des Absenders der Programme zu erfassen.
Entschuldigend hob Miles die Hände. »Wir werden leider ein paar Stunden brauchen, bis wir die Quelle haben.«
»Wer immer das ist, schleifen Sie ihn an den Füßen her! Ich kümmere mich persönlich um den Rest!«
»Sir, bei allem Respekt.« Erschrocken musterte Miles seinen Chef. »Bisher schadet das Programm niemandem. Es ist streng genommen einfach nur da. Wir wissen überhaupt noch nicht, was es kann.«
»Wie bitte? Was erzählen Sie da? Und das soll mich beruhigen?« Clark trat gegen einen Papierkorb, der krachend umfiel und seinen Inhalt über den Boden entleerte. »Stellen Sie sofort ein Team zusammen! Ich will, dass Sie das Ding bis morgen früh geknackt haben! Ich hoffe, Sie halten, was der Assistent Director von Ihren Fähigkeiten behauptet hat.«
Miles duckte sich, als erwartete er eine Kopfnuss.
»Sir, das ist völlig unmöglich.«
Anhand einer Grafik erläuterte er, wie ausgefeilt sich der Wurm und das Programm in mehreren Paketen auf unterschiedlichen Servern vernetzt hatten. Er vermutete, dass dem Programm noch etwas fehlte, um seinen wahren Zweck preiszugeben.
Miles stand auf und blieb leicht gebeugt vor Clark stehen, der wie ein Riese neben ihm wirkte.
»Dieses Programm hat ohne Zweifel ein unglaubliches Potenzial. Der Aufwand für die Herstellung muss enorm gewesen sein.«
Clarks Stimme senkte sich. »Kann es Mindvision gefährden?«
»Sir. Ich muss erst …«

»Keine Ausreden, Miles! Kann es oder kann es nicht?«
An Clarks Schläfe pulsierte eine geschwollene Ader.
Für Miles gab es keine Ausflüchte mehr. »Ich kann nicht ausschließen, dass Mindvision im Einsatz sogar enttarnt wird, es wird vielleicht Wochen dauern, bis wir das knacken.«
Wochen? Clark stierte auf den Bildschirm wie auf eine angreifende Giftschlange. So viel Zeit hatte er nicht mehr. Donnernd kehrte er in die Gegenwart zurück.
»In einer Woche soll Mindvision gestartet werden! Es wird alles in den Schatten stellen, was die Welt bisher gesehen hat! Alle erdenklichen Datenströme per Funk, Satellit oder Kabel laufen bereits bei der NSA zur Auswertung ein!« Er holte tief Luft. »Alle Arten der Kommunikation können wir überwachen und auswerten! Komplette Inhalte privater E-Mails und Telefonate, alle Bewegungen im Internet, alle Datenspuren, die jeder Idiot tagtäglich hinterlässt, vom Parkschein bis zum Kassenbon im Supermarkt. Mensch, Miles, ist Ihnen nicht klar, welche Tragweite das alles hat? Morgen präsentiere ich Mindvision im Pentagon! Ich muss wissen, wo wir stehen!«
Miles biss sich auf die Unterlippe und schwieg. Es war ihm deutlich anzusehen, dass er es nicht wagte, seinem Chef weiter zu widersprechen.
Nun meldete sich Eliston zu Wort, der sich während der ganzen Zeit im Hintergrund gehalten hatte. »Der Direktor hat recht. Wie stehen wir da? Da kann uns doch jetzt nicht so ein bescheuerter Wurm in die Quere kommen.«
»Es ist mehr als ein Wurm«, sagte Miles leise. »Es ist ein digitales Wunderwerk. Und wer immer ihn entwickelt hat …«
»… gehört an die Wand gestellt«, wütete Clark. »Sie werden mir dieses Schwein ans Messer liefern, und zwar auf der Stelle! Oder können Sie das etwa nicht?«

Miles wirkte immer verzweifelter. »Doch, schon, aber dafür muss ich das alles erst einmal beobachten. Im Moment ist das Programm noch nicht aktiv.« Auf seiner Stirn hatten sich inzwischen Schweißperlen gebildet. »Sir, ich sag es ungern, aber für mich sieht es so aus, als ob wir ohne die Architekten des Programms nicht weiterkommen. Ich würde empfehlen, diese Personen für uns zu gewinnen. Sie könnten sehr nützlich für uns sein. Wenn Sie meine persönliche Meinung wissen wollen: Es ist nicht mal sicher, ob die selber das Programm noch im Griff haben.«

Das war eine niederschmetternde Nachricht. Das bedeutete, selbst für den Fall, man würde die Täter unter Folter zur Mitarbeit zwingen, wäre es nicht sicher, Mindvision starten zu können.

Clark beschloss einzulenken. Offenbar hatte es keinen Sinn, den Leiter des Rechenzentrums weiter unter Druck zu setzen.

»In Ordnung, Miles. Wir versuchen es erst mal auf die sanfte Tour. Aber ich will diese Mistkerle hierhaben, auf die eine oder andere Weise!«

Das Unbehagen in Elistons Gesicht war nicht zu übersehen, auch wenn er kein Wort mehr sagte.

»Schon gut, Eliston«, erklärte Clark in jovialem Tonfall. »Wir werden die Typen nicht gleich an die Wand stellen. Ein bisschen einschüchtern, ein bisschen Psychokasper, das wird reichen, damit sie alles ausspucken. Und sich danach nie wieder auch nur in die Nähe eines Rechners wagen.«

Eliston tauschte einen entsetzten Blick mit Miles. Es hatte sich gerade so angehört, als befände sich Clark wieder im Krieg.

9

Stockholm

Torben stürzte schon den x-ten Kaffee in sich hinein. Er war um sechs Uhr morgens aufgestanden und hundemüde. Schlaf hatte er in der vergangenen Nacht wieder mal nicht gefunden. Sein Wurm schwebte nun in den Netzwerken umher. Voller Respekt würden weltweit Hacker und Behörden vor den Bildschirmen kleben und die Programmiersprache bewundern. Es wäre, als würde ein unbekanntes Wunderkind aus der Vorstadt gegen Kasparov im Schach gewinnen, und keiner würde verstehen, wie es das angestellt hatte. Es war ein beruhigendes Gefühl, trotz aller Gefahr, der er sich aussetzte. Spygate würde einen Stempel ins Netz setzen, den lange keiner mehr vergessen könnte.

Er sah aus dem Fenster. Draußen schneite es schon wieder. Auf dem Hinterhof lag inzwischen eine dicke Schneeschicht, und am Fenster des Büros hatten sich Eisblumen gebildet. Dennoch überrollte Torben eine Hitzewelle bei dem Gedanken, dass Spygate bald weltweit sichtbar war. Auf privaten Computern. In den Datenbanken von Unternehmen. Und sogar im Rechenzentrum der CIA! Er hatte sich weit vorgewagt und konnte nur hoffen, dass sein Mut ihm nicht zum Verhängnis werden würde.

Gähnend fuhr Torben seinen Rechner hoch. Morgens um zwei hatte er Kontakt zu Anonymous gesucht. Er hatte sie vor den Folgen seines Programms warnen wollen. In einem einschlägigen Blog hatte er geschrieben, dass sie ihre Aktivitäten sofort stoppen müssten – sonst würden sie enttarnt werden.

Während er sich ein Lakritz in den Mund schob, ging er ins Darknet. Ob es wohl schon Reaktionen auf seine Warnung

gab? Er klickte den Blog an. O ja, er war voller Kommentare. Anonymous verhöhnten ihn. Lachten ihn aus.
Er erstarrte, als auf seinem Monitor die Drohung seines anonymen Gegners erschien. Er nannte sich »Anonymous23org«. Die Botschaft war schlicht: »Wir erwischen dich!«
Schnell klickte Torben den Kommentar weg und checkte weitere Einträge des Blogs. Nur ein einziger User, ein Commander Zero, hatte positiv reagiert, mit den Worten: »Du bist gut! Aber du begibst dich in große Gefahr. Ich kann dir einen Weg zeigen, dein Talent besser einzusetzen. In zwei Tagen ist ein Hackerkonvent in New York. Komm her und zeig dich!«
Torben konnte kaum glauben, was er da las. Wer auch immer dieser Jemand war, er hatte ihn, genau ihn gemeint. Und er lud ihn zu einem Hackertreffen nach New York ein. Treffpunkt vor dem Restaurant Trinity Place.
Die Sache wurde immer heißer.
Er hatte seine Warnung abgesetzt. Den Rest würde er hier in aller Ruhe aussitzen, hatte Torben sich vorgenommen. Eine Reise nach New York kam nicht infrage. Ja, er wollte hier in seinem Büro ausharren, bis alles vorbei war.
Eines musste er aber auf alle Fälle tun. Alle Spuren verwischen. Torben schloss den Blog und schickte das letzte Datenpaket von Spygate ins Netz. Dann fuhr er alle Rechner herunter und löschte seine gesamten Daten mit einem Magneten. So, das war's. Jetzt war er unsichtbar.
Er fühlte sich leer, so leer wie schon lange nicht mehr. Das Netz hatte ihm eine Zeit lang neue Hoffnung gegeben. Die Hoffnung, dass freie Informationen eine so gewaltige Wirkung haben könnten wie die ewige Vision freier Energie, von der im Netz immer wieder die Rede war, die aber die Giganten der Energieversorger angeblich verheimlichten.

Er hatte die Vision mündiger User gehabt, die sich nicht länger von irgendwelchen Medien betrügen ließen. Vielleicht war es naiv, aber er glaubte daran, dass es möglich war, das Netz als eine gigantische Kommunikationszentrale zu nutzen, in der die Informationen frei zum Wohle der Menschheit verbreitet würden, und nicht, um sie länger wie dummes Stimmvieh zu halten, abhängig und eingefangen von den Lügen der Konzerne und Regierungsapparate.
Er stand auf und ging zum Fenster. Verlassen lag der Hinterhof im Zwielicht des heraufdämmernden Morgens. War wirklich alles vorbei? War es eine Illusion, dass es künftig keine manipulierten Informationen mehr geben würde? Er starrte nach draußen. Das Gefühl der Ohnmacht tat ihm körperlich weh. Am liebsten hätte er sein Büro angezündet. Würde er sich eines Tages fragen müssen, ob er das alles umsonst getan hatte?
Er mochte gar nicht an die endlosen Monate denken, die er hier vergeudet hatte.
Seit zwei Tagen hatte Torben nicht richtig gegessen, jetzt meldete sich sein knurrender Magen. Er streifte seinen Parka über und machte sich auf den Weg zu seinem Coffeeshop. Vielleicht würden ihm ein paar frische Croissants die verlorene Bodenhaftung wiedergeben.
Als Torben den Coffeeshop erreichte, stand er vor verschlossener Tür. Mist, es war Sonntag! Das hatte er völlig vergessen, so außerhalb der Zeit hatte er die vergangenen Tage verbracht. Also blieb ihm nur die Imbissbude eine Straße weiter. Er trottete dorthin und bestellte einen Hotdog.
»Alles in Ordnung?« Der älteren Imbissverkäuferin war offenbar nicht entgangen, wie frustriert Torben wirkte.
Kraftlos lehnte er sich an den Tresen, zitternd vor Kälte und Enttäuschung. Verständnislos sah er sie an.

»Wie bitte? Ob alles … ja, schon. Danke der Nachfrage.«
Er nahm den Hotdog, zahlte und streifte ziellos durch die Straßen. All sein Elan war verpufft. Er fühlte sich nutzlos. Während er in den Hotdog biss, wirbelte er mit den Fußspitzen den Schnee auf dem Bürgersteig hoch. Was sollte er jetzt tun? Sein Job bei Saicom war Geschichte. Kilian dagegen ging unbeirrt den Weg weiter, den er eingeschlagen hatte. Alles, was Torben blieb, war die Freundschaft zu Nova. Aber würde das reichen?
Er fühlte sich plötzlich sehr einsam. Ich muss mein Leben ändern, überlegte er. Aber wie? Teilnahmslos betrachtete er die vertrauten Häuserzeilen, an denen er so oft entlanggeschlendert war. Heute erschienen sie ihm fremd. Sein ganzes Leben erschien ihm auf einmal fremd. Als hätte er das Leben eines anderen gelebt.
Auch wenn er sich gern in seinem Bett verkrochen hätte, ahnte er, dass er gerade jetzt nicht aufgeben durfte. Noch war nicht alles verloren. Noch konnte er versuchen, seine Vision unbegrenzter Freiheit im Netz zu verwirklichen. Oder war das bloß die Selbstüberschätzung eines hysterischen Nerds?
Als er in die Straße einbog, in der er wohnte, fielen ihm zwei silberfarbene Geländewagen auf, die genau gegenüber seiner Wohnung parkten. Er stutzte. In dieser Gegend fuhr niemand solche Luxusautos. Vorsichtig näherte er sich ihnen. Sie wirkten verlassen. Mit einer merkwürdigen Vorahnung betrat er das Treppenhaus und stieg die Stufen zu seiner Wohnung hoch. Ruckartig blieb er stehen. War seine Wohnungstür offen? Angst ergriff ihn. Er hatte das Empfinden, auf einer dünnen Eisscholle zu stehen, die jeden Augenblick zerbrechen könnte.
Ich muss hier weg, schoss es ihm durch den Kopf, so schnell wie möglich. Er polterte die Holzstufen hinunter, zurück auf

die Straße. Dann sah er ihn. Den Mann mit der grauen Windjacke und der grauen Wollmütze. Genau der, der ihn verfolgt hatte, als er mit Nova zusammen war.
Torben wandte ihm den Rücken zu und ging in die entgegengesetzte Richtung. Hatte der Mann ihm nicht ein Zeichen gegeben, näher zu kommen, oder hatte er sich getäuscht?
Was zum Teufel geht hier ab?
Er beschleunigte seinen Schritt, zog sein Handy aus der Hosentasche und wählte Novas Nummer. Kein Netz. In seiner Not versuchte er sogar, Kilian zu erreichen, und stoppte es sofort wieder. Er blickte über seine Schulter. Niemand schien ihm zu folgen. Dennoch begann er zu laufen. Alle Ereignisse der vergangenen Tage rasten wie im Zeitraffer an ihm vorbei.
Erneut fragte er sich: Welchen Fehler habe ich gemacht?
Er drehte sich noch einmal um, doch es war kein Mensch auf der Straße zu sehen. Jetzt, am frühen Sonntagmorgen, schliefen die meisten noch.
Du siehst weiße Mäuse!
Er wechselte die Straßenseite und ging am Kanal entlang. Neben einem der Schiffe, die hier angelegt hatten, blieb er stehen und starrte die Häuser an, als ob er von ihnen Hilfe erwarten würde. Sie waren fast ausnahmslos in einem Rosaton gestrichen, der so gar nicht zu seiner Stimmung passte. Ein Zeichen von Trost gab es auch von ihnen nicht.
Plötzlich bog ein Geländewagen um die gegenüberliegende Ecke. Torben begann zu rennen.

10

Pentagon – Washington D.C.

Vor dem Westflügel des Pentagons fuhr eine schwarze Limousine nach der anderen vor. Alles wirkte minutiös geplant. Im Minutentakt lenkten die Chauffeure ihre Wagen in Richtung Eingang. Das Security-Personal schaute sich jedes Mal kurz um, bevor es die Wagenschläge öffnete. Die Gäste stiegen aus und verschwanden hastig im Gebäude, während schon die nächste gepanzerte Limousine nahte. Die Prozedur wiederholte sich ein Dutzend Mal, bis zuletzt Roy Clark vorgefahren wurde. Der Wagen rollte noch, als er schon die Tür öffnete und hinaussprang. Mehrmals rückte er sein Sakko zurecht.

»Sorgen Sie dafür, dass der Wagen in genau einer Stunde wieder bereitsteht«, befahl er dem nächststehenden Security-Mann. Dann fegte er die Stufen zum Eingang hoch. In einigem Abstand folgten ihm Robert Miles, mit einem Berg von Unterlagen, die ihm fast entglitten, und zwei Assistentinnen, die kaum Schritt halten konnten.

Clark kannte sich im Pentagon bestens aus. Ohne zu zögern, steuerte er einen offenen Lift an und drückte die Taste für den vierten Stock. Sein Gefolge schaffte es mit Mühe, den Aufzug zu erreichen, bevor sich dessen Türen schlossen.

Im vierten Stock angelangt, wurden sie von weiteren Sicherheitsleuten empfangen, die sie zu einem eleganten Konferenzsaal führten. An den sonnengelb gestrichenen Wänden hingen Porträts aller Verteidigungsminister der Vereinigten Staaten von Amerika. In der Mitte des Raums stand ein großer ovaler Tisch, der mit feinster Damasttischwäsche bedeckt war. Weiße Liliengestecke und silberne Kerzenleuchter

schmückten die Tafel, die mit schweren Kristallgläsern, Platztellern und Silberbesteck eingedeckt war. Das Wappen des Pentagons zierte auch das kleinste Silberteil.
Ein Stilbruch in diesem edlen Ambiente waren die Flat Screens, die über dem Tisch hingen. Sie waren so angeordnet, dass sie von jedem Platz aus ungehindert betrachtet werden konnten.
Etwa fünfzig Personen hatten auf Clark gewartet, die Spitzen der Administration von Washington. Ihr angeregtes Gemurmel erstarb, als Clark den Raum betrat. Erwartungsvoll sahen sie ihm entgegen, wie er mit seinem Gefolge hereinrauschte.
Der CIA-Chef genoss seinen Auftritt. Er straffte die Schultern und reckte das Kinn vor.
»Werte Gäste, darf ich zu Tisch bitten?«
Alle suchten daraufhin ihre Namen auf den Tischkarten aus Büttenpapier, und nach wenigen Minuten hatte jeder seinen Platz gefunden. Weiß livrierte Kellner erschienen im Gänsemarsch, einige schenkten Wein in die Gläser, andere servierten die Vorspeise, einen Hummercocktail mit Grapefruitspalten und Avocadomousse.
Ein paar winzige Schweißperlen standen auf Clarks Stirn. Heute war einer der wichtigsten Tage seines Lebens. Die Präsentation von Mindvision war die Krönung seiner glänzenden Karriere. Wer immer es wagen sollte, das infrage zu stellen oder zu bedrohen, sollte ihn kennenlernen, und so hatte er sich auch seinen Auftritt an diesem Tag wohl durchdacht. Unauffällig tupfte er sich mit seinem Taschentuch den Schweiß von der Stirn. Dann stand er auf und erhob sein Glas.
»Meine Damen und Herren, ich glaube, dieser Tag wird nicht so schnell in Vergessenheit geraten – zumindest nicht für die hier Anwesenden.« Stolz sah er in die Runde. »Was ich Ihnen heute vorführe, ist ein bahnbrechender Schritt für die natio-

nale Sicherheit. Ein Schritt ohne Alternative. Ab jetzt wird es möglich sein, die Vereinigten Staaten nach innen und außen vor den Feinden unserer Ordnung zu schützen. Ich bin angetreten, den digitalen Krieg zu beenden!«

Kaum hatte Clark diese Sätze ausgesprochen, wurde seine Ansprache gestört. Die Tür öffnete sich, und zur Verblüffung der Anwesenden betrat Verteidigungsminister Bob Rodson den Raum. Alle nahmen unwillkürlich Haltung an. Er war ein untersetzter, glatzköpfiger Mann jenseits der sechzig, mit wachen Augen und der selbstverständlichen Aura der Macht. Sein dunkelblauer Maßanzug saß perfekt. Er winkte Clark zu.

»Machen Sie nur weiter, Roy.«

Gelassen erwiderte der CIA-Chef die Begrüßung des Ministers. Nur er wusste, dass Bob Rodson der Sitzung beiwohnen würde.

Clark setzte zu seinem Vortrag an. Einigen der anwesenden Gäste bereitete diese vertrauliche Geste des Ministers jedoch Unbehagen, da sie unterstrich, dass Clark dessen volle Unterstützung genoss. Selbst erste liberale Kräfte zweifelten an der Strategie des Präsidenten, der nach Ansicht Clarks viel zu lax mit den aktuellen Bedrohungen umging. Immerhin waren es derzeit nicht nur äußere Feinde, die die innere Sicherheit gefährdeten, sondern auch die eigenen Bürger.

Vor wenigen Wochen explodierte die Lage förmlich. Immer mehr Amerikaner stellten kaum erfüllbare Forderungen nach sozialer Gerechtigkeit und einer Regulierung des Marktes. Eine Forderung drang besonders in das Gehör der Eliten: die weltweite Verstaatlichung der Banken und eine Reform des Zinseszinssystems, in dem der Zwang zu immer mehr Wohlstand geradezu krankhaft angelegt war.

Mit ausholender Geste wies Clark auf die Flat Screens.

»Ladys und Gentlemen, darf ich um Ihre Aufmerksamkeit bitten? Schreiten wir zur Premiere von Mindvision!«
Die Gäste ließen ihr Besteck sinken und blickten zu den Screens, auf denen ein Clip gestartet war. Er zeigte in rasanter Schnittfolge eine Computeranimation, die zirkulierende Datenströme symbolisierte.
Clark erhob seine Stimme. »Die Daten, die uns die NSA aus Utah übermittelt, werden fortan mit dem Analysezentrum der CIA verknüpft. Aber das ist erst der Beginn der Entwicklung des Projekts Mindvision. Was ich Ihnen heute präsentiere, ist eine sensationelle Erweiterung des Systems. Sie erlaubt uns, in Echtzeit Dossiers über jede beliebige Person anzufertigen. Wer auch immer sich im Netz bewegt, seine Kreditkarte benutzt oder Fotos austauscht, wird erfasst. So erhalten wir zuverlässige Profile über jeden einzelnen User. Das betrifft die Vergangenheit, die Gegenwart – und auch die Zukunft!«
»Die Zukunft?«, fragte ein dürrer, ergrauter Beamter des Pentagons.
Clark schaute ihn tadelnd an, als hätte der Mann einen unverzeihlichen Affront begangen, obwohl er genau mit dieser Frage gerechnet hatte.
Es war völlig egal, wen er sich jetzt herauspicken würde, es würde eine Machtdemonstration sein, die ganz in seinem Sinne verlaufen würde.
»Mit Unterstützung der besten Sozialpsychologen des Londoner Tavistock Institute werden wir Mindvision in den nächsten Wochen fertigstellen. Es wird zusätzlich mit neurobiologisch ermittelten Persönlichkeitsmerkmalen gefüttert. Genau dafür brauchen wir noch die Rechenpower der NSA. Wir sprechen hier von einer Billiarde Operationen pro Sekunde.«
Mit Genugtuung beobachtete Clark die ungläubigen Mienen

seiner Gäste. Auf diesen dummen Ausdruck in euren Gesichtern hab ich mich schon den ganzen Tag gefreut, dachte er. Sogar der Verteidigungsminister schien tief beeindruckt zu sein.
Selbstzufrieden setzte Clark seine Rede fort.
»Die Zusammenarbeit von NSA und CIA beschert uns in technischer Hinsicht ungeahnte Synergien. Also vergessen Sie für einen Augenblick das übliche Kompetenzgerangel.«
Er deutete auf die Flat Screens, auf denen sich Zahlenreihen aufbauten, und fixierte einen Mitarbeiter des Verteidigungsministers.
»Was ist unser Ziel?«
Der Angesprochene zuckte die Achseln.
»Ich sage es Ihnen. Mit Mindvision können wir in Sekunden das Verhalten eines Menschen, seine politischen Einstellungen, seine Konsum- und Lebensgewohnheiten ermitteln. Und wir können sein zukünftiges Verhalten mit einer Treffsicherheit von über neunzig Prozent prognostizieren! Na, was sagen Sie nun?«
Niemand reagierte. Das alles klang bei Weitem zu vollmundig, um wahr zu sein. Einige Gäste tauschten skeptische Blicke.
Jetzt brauchte der CIA-Chef ein Opfer, an dem er das Wunderwerk Mindvision demonstrieren konnte. Er sah sich um. Seine Wahl fiel auf den Abteilungsleiter für Computerkriminalität im Pentagon, Henry Milton. Er galt als schwacher, farbloser Mann ohne Fortune, den man schon bald auswechseln würde. Einer, der Clark nicht mehr gefährlich werden konnte.
»Mr. Milton, dürfte ich Sie zu einem kleinen Experiment einladen?«
Der Beamte nickte. Widerspruch hatte Clark auch nicht er-

wartet. Seine Tonlage wurde härter, wie bei einem Verhör. »Wenn ich mich recht erinnere, haben Sie eine Tochter, nicht wahr, Mr. Milton?«

Wieder nickte der Mann, diesmal etwas zaghaft. Ihm war sichtlich unwohl bei dieser Sache.

»Darf ich um den Namen Ihrer Tochter bitten?«, fragte der CIA-Chef.

Milton räusperte sich. »Lilly heißt sie, Sir, Lilly Milton.«

Clark grinste innerlich, als er den Namen in seinen Laptop eintippte. Binnen weniger Sekunden erschien auf den Flat Screens eine Maske, in der sich unaufhörlich Daten aufbauten. Die Stimmung im Raum war angespannt. Niemand wagte, auch nur einen Schluck zu trinken. Alle starrten auf die Screens.

»Nun, Mr. Milton«, sagte Clark gönnerhaft, »dann schauen wir doch mal, ob Sie alles über Ihre reizende Tochter wissen.«

Der Beamte erblasste, während Clark seine Ergebnisse zum Besten gab.

»Ihre Tochter hat einen neuen Freund, hat sie Ihnen das erzählt? Hm, ein chinesischer Austauschstudent, eine durchaus aparte Wahl, möchte ich meinen. Und sie spart fleißig für eine Reise nach Europa. Lassen Sie mich schauen: Paris, Rom, Berlin. Die Hotels sind schon gebucht. Außerdem spendet sie regelmäßig für den Schutz der Wale. Greenpeace kann sich freuen.«

Der Abteilungsleiter öffnete seine Krawatte etwas. Seine Hände zerknüllten die Serviette. Aber Clark hatte längst noch nicht genug.

»Hoppla, Mr. Milton – die gute Lilly bevorzugt offensichtlich verruchte Bars. Sie gibt da eine ganze Menge Geld aus, hat offenbar eine Vorliebe für Champagner … Veuve Clicquot, Dom Pérignon, ich hoffe nur, sie kann sich das auf die Dauer leisten. Ihr Konto ist ja ziemlich überzogen.«

»Schluss jetzt«, flüsterte Milton, doch niemand achtete auf ihn.

»O je«, setzte Clark seine unbarmherzige Recherche fort, »sie hat letztes Jahr abgetrieben. Wie bedauerlich. Am besten, ich beende das Programm an dieser Stelle. Aber ich könnte Ihnen gern noch sagen, was Ihre Tochter in den nächsten Jahren so Buntes treibt.«

Mitleidlos sah er in das verzerrte Gesicht des Mannes, den er gerade gnadenlos vorgeführt hatte. »Möchte noch jemand mehr über seine nächsten Verwandten wissen?«

Eisiges Schweigen. Clark war klar, dass er sich mit seiner Demonstration keine Freunde gemacht hatte. Egal. Dafür war er auch nicht hier. Je drastischer er die Fähigkeiten von Mindvision vorführte, desto durchschlagender würde die Wirkung sein. Und sein Erfolg.

»So, meine Damen und Herren, das war nur ein banales Beispiel. Mit der Erweiterung dieses Programms können wir ermitteln, wer morgen nicht zur Arbeit erscheinen wird, und vor allem, wo er möglicherweise demonstrieren wird. In Zukunft können wir die Ergebnisse den Polizeibehörden für ihre morgendliche Einsatzplanung schicken. Langfristig werden wir damit alles unter Kontrolle bekommen, Demonstrationen, Hacker, Aufstände. Wir kontrollieren fortan das Spiel, und wer sich konform verhält, genießt weiter die großartigen Vorzüge unserer freien Gesellschaft.«

Gespannt blickte er in die Gesichter. Alle sahen ihn unverwandt an, doch niemand ließ erkennen, was er über Mindvision dachte. Zu offensichtlich war es, dass dieses Programm den totalen Überwachungsstaat einleiten würde.

Plötzlich fing jemand an zu klatschen. Es war der Verteidigungsminister. Wie in Zeitlupe schlug er seine Handflächen zusammen. »Bravo, Roy!«

Damit war der Bann gebrochen. Sofort folgten alle seinem Beispiel. Der Applaus steigerte sich zusehends. Erleichtert sonnte sich Clark in seinem Erfolg. Ja, er hatte gewonnen. Wieder einmal. Er hatte es immer noch drauf.

Gerade als er sich bedanken wollte, spürte er sein Handy in der Jacketttasche vibrieren. Er holte es heraus und nahm das Gespräch an. Schon nach wenigen Sekunden vereisten seine Gesichtszüge. Er drückte sein Kreuz durch und beendete hastig seine Rede.

»Ich denke, Sie sind sich nun alle über das Potenzial einer Vernetzung zwischen NSA und CIA im Klaren. Ich erwarte Ihre Zustimmung binnen achtundvierzig Stunden. Mein Mitarbeiter Robert Miles wird Ihnen die weiteren Einzelheiten erläutern. Danke für Ihre Aufmerksamkeit.«

Ohne ein weiteres Wort verließ Clark den Raum. Im Gehen tippte er eine SMS in sein Handy. »Zielperson beschatten, noch nicht festnehmen!«

Draußen auf dem Gang lehnte er sich aufgewühlt an die Seidentapete. Was er gerade erfahren hatte, war eine Katastrophe.

Ein kleiner Mann mit eisgrauen Haaren war ihm gefolgt. Er hatte an der Präsentation teilgenommen und war unbemerkt hinter Clark hergelaufen.

»Roy, wir müssen unbedingt reden.«

Auch das noch. Entnervt schaute Clark auf den Mann hinab. Lou Strieber war einer der hartnäckigsten Lobbyisten Washingtons. Er vertrat die Interessen der Großbanken und verteilte großzügige Wahlkampfgelder. Sein Einfluss war immens. Ihm hatte Clark zu verdanken, dass der Präsident ihn zum CIA-Boss ernannt hatte.

»Lou, nicht jetzt. Ich habe dringende Termine«, versuchte Clark ihn dennoch abzuwimmeln. »Sei so gut und ruf mich morgen an.«
Doch der Lobbyist ließ sich nicht so billig vertrösten. Sein Tonfall wurde fordernd, fast herrisch.
»Tut mir leid, Roy. Das kann nicht warten.«
Jeden anderen hätte Clark jetzt zurechtgewiesen, doch bei Lou Strieber musste er vorsichtig sein.
»Also schön, Lou. Was hast du auf dem Herzen?«
»Wir gehen am besten erst mal raus«, sagte Strieber in einem ruhigeren Ton.
Draußen strahlte die Sonne. Es war ein heiterer Tag. Bedrückend aber war, dass an der Wall Street und in einigen Städten der Ostküste Hunderttausende von Menschen das öffentliche Leben lahmgelegt hatten. Das belastete die ohnehin schon schwierige wirtschaftliche Situation zusätzlich. Die Kreise, in denen Strieber sich bewegte, waren in höchster Alarmstimmung.
Während die beiden Männer unter den wachsamen Augen der Security auf dem Rasen vor dem Pentagon hin und her wanderten, kam Lou Strieber zur Sache.
»Die internationale Bankenorganisation hat in der nächsten Woche ein Meeting in London. Man erwartet, dass du teilnimmst. Was du heute präsentiert hast, ist von extrem hoher Relevanz. Dennoch müssen wir jetzt auf internationaler Ebene einiges abstimmen.«
Clark hatte gerade ganz andere Sorgen, wollte sich aber nichts anmerken lassen. Als ob es sich um eine Verabredung zu einem netten Kamingespräch handeln würde, legte er lächelnd eine Hand auf Striebers Schulter.
»Du kannst auf mich zählen. Es ist mir immer eine Freude, wenn ich dir behilflich sein kann.«

Strieber zuckte nicht mit der Wimper. Er hatte Gehorsam erwartet und Gehorsam bekommen. Nur andeutungsweise nickte er Clark zu. Dann ging er zu seiner wartenden Limousine und stieg mit einem letzten Winken ein, ohne sich auch nur umzudrehen.
Clarks Handy piepte.
Wir sind dran. Zielperson ist in Stockholm. Schwedische Behörden könnten uns in die Quere kommen!

11

Stockholm

Torben rannte, so schnell er konnte. Jetzt gab es hier nur noch Nova, die ihm helfen konnte. Er blickte sich um. Der Geländewagen war nicht mehr zu sehen. Dennoch durfte er kein Risiko eingehen. Er musste weg. New York! Vielleicht könnte dieser Hacker ihm weiterhelfen, Anonymous zur Räson bringen und ihm so lange Unterschlupf gewähren, bis Spygate sein Werk vollbracht hatte. Nebenbei hätte er zu gern gewusst, was der Unbekannte damit meinte, er könne sein Talent besser einsetzen. Was könnte ich schon Besseres tun, als die digitalen Waffen zu enttarnen, dachte Torben.
Als er um die nächste Ecke bog, hörte er einen Pfiff. Wenige Meter vor ihm tauchten zwei Männer auf. Er blickte um sich, doch Hilfe war nicht in Sicht. Noch immer waren die Straßen menschenleer. Er bog in die erstbeste Toreinfahrt und lief über den Hof in den angeschlossenen Garten. Er kletterte über einen vereisten Drahtzaun, ließ sich in ein verschneites Beet fallen und hastete weiter. Jetzt hatte er einen Vorsprung,

immerhin. Auf einem weiteren Innenhof lief er in die nächste Toreinfahrt. Als Kind hatte er in diesem Viertel mit seinen Freunden Räuber und Gendarm gespielt. Dass aus dem Spiel eines Tages bitterer Ernst werden würde, erschien ihm wie ein böser Traum.
Er drehte sich um. Noch keine Männer in Sicht.
Rechter Hand entdeckte er eine Kellertür. Er riss sie auf, blieb mit dem Fuß an der Schwelle hängen, suchte Halt. Vergebens. Polternd stürzte er die Treppe hinab. Sein Kopf schlug auf Stein. Der Schmerz traf ihn mit der Wucht eines Vorschlaghammers. Er spürte, wie ihm warmes Blut über die kalte Stirn lief.
Benommen stemmte er sich hoch. Er lauschte auf Geräusche von oben, während er mit dem Ärmel seines Parkas die Blutung stillte. Ich sitze in der Falle, schoss es ihm durch den Kopf, und nicht nur ich. Vielleicht ist man auch schon hinter Nova her. Ich hätte auf sie hören sollen. Ich werde im Knast landen oder vielleicht sogar Schlimmeres.
Er sank auf eine Kohlenkiste. Sollte er sich stellen? Einen Deal aushandeln, um straffrei auszugehen? Möglicherweise konnte er ja in einigen Stunden Spygate wieder entfernen. Erschöpft wühlte er ein Lakritz aus der Hosentasche. Er betrachtete es, als sei es das Letzte, was er je sehen würde.
Vorsichtig betastete er seine Stirnverletzung. Die Blutung hatte aufgehört. Ein bisschen stolz war er schon. Die Jahre eisernen Muskeltrainings hatten sich ausgezahlt. Er hatte keine weiteren Blessuren.
Nach einer halben Stunde unruhigen Abwartens und Lauschens fasste Torben einen Entschluss. Auch wenn es riskant war, er wollte zu Nova. Aber zuvor musste er etwas tun, was ihm größtes Unbehagen bereitete. Vielleicht sah er ja wirklich weiße Mäuse, aber besser war es. Blitzschnell öffnete er

eine Mülltonne und warf sein Handy hinein. Nun konnte man ihn nicht mehr orten. Novas Wohnung lag nur zwei Straßen entfernt. Wenn er sich ausschließlich in dem Labyrinth aus Hinterhöfen, Gärten und Kellern fortbewegte, könnte er es sicher unbemerkt zu ihr schaffen.
Das Blut aus seiner Platzwunde war inzwischen getrocknet. Vorsichtig schob er die Holztür auf und spähte nach draußen. Niemand war zu sehen. In seinem Kopf begann es wieder zu hämmern, während er gebückt über den Hinterhof lief. Er dankte seinem Schicksal, dass er die Gegend kannte wie seine Westentasche.
Ohne auch nur einmal eine Straße zu betreten, erreichte er den Innenhof von Novas Haus. Er nahm ein paar kleine Steine und warf sie an das hofseitige Fenster ihres Wohnzimmers. Sei da!, flehte er innerlich. Du musst da sein!
Torben unterdrückte ein Schluchzen, als Novas roter Schopf hinter der Fensterscheibe auftauchte. Eine Minute später öffnete sich die Kellertür.
»Komm schon rein!«
Nova zog ihn in den Keller und hastete mit ihm hoch in die Wohnung. Auf ihrem Gesicht brannten hektische rote Flecken. Erschrocken starrte sie Torben an, als er sich auf einen Küchenstuhl fallen ließ.
»Um Gottes willen, wie siehst du denn aus?«
Erst jetzt sah Torben, dass sein Parka blutverschmiert war. »Sie sind hinter mir her.«
Nova war außer sich. Beschwörend hob sie die Hände. »Wer denn? Himmel noch mal, Torben, wer und warum? Du drehst ja komplett durch!«
»Ich habe einen riesigen Fehler gemacht«, flüsterte er. »Es ist zu gefährlich, wenn ich in Stockholm bleibe. Kannst du mir bitte Geld leihen? Ich muss schnellstens weg!«

Ohne zu zögern, ging Nova zum alten Küchenschrank, öffnete eine Schublade und zog ein Kuvert heraus, das sie Torben reichte.
»Hier, das Geld hast du mir mal für schlechte Zeiten gegeben, erinnerst du dich?«
Torben nickte. Vor seinen Augen drehten sich glühende Kreise.
»Danke, Nova.« Er öffnete den Umschlag. Ein paar hundert Kronen. Damit würde er nicht allzu weit kommen. »Hast du vielleicht auch eine Schmerztablette für mich?«
Sie betastete vorsichtig seine Stirn. »Von mir aus kannst du die ganze Packung haben. Aber was hast du jetzt vor? Wo willst du hin?«
»Soll ich ehrlich sein? Ich habe keinen blassen Schimmer.«
Torben stützte sich mit den Ellbogen auf dem Küchentisch auf, während Nova ins Badezimmer ging, um die Tabletten zu holen. Ja, wohin? Gute Frage. Gedankenverloren spielte er mit dem Schlüssel an der silbernen Kette um seinen Hals. Mit einem Mal richtete er sich kerzengerade auf.
Das Bankschließfach! Peters Schließfach! Was auch immer er in dem Schließfach vorfinden würde – wenn überhaupt jemand wusste, wie man unbemerkt verschwinden konnte, dann Peter. Langsam, ganz langsam formten sich seine ungeordneten Gedanken zu einem Plan. Als Nova mit den Tabletten in die Küche zurückkam, sprang er auf.
»Ich muss nach Hamburg. Und von da aus weiter nach New York, einen Anonymous, einen Commander Zero treffen«, sprudelte es aus ihm heraus.
Nova tippte missbilligend an ihre Stirn. »Geht's noch? In deinem Zustand schaffst du es nicht mal bis zur nächsten U-Bahn-Station. Torben, wach auf! Niemand hat dich im Visier.«

Torben ließ sich nicht beirren. Ein Energiestoß durchzuckte ihn, als seien all seine Lebensgeister wieder erwacht. Er zeigte auf den Schlüssel an seinem Hals.

»Peter hat ihn mir gegeben. Er passt zum Schließfach einer Bank in der Nähe des Hamburger Dammtorbahnhofs. Für Notfälle. Und das hier ist ein Notfall!«

Nova schüttelte den Kopf. In ihren leuchtend blauen Augen stand nun Angst.

»Du hast doch nur ein Programm ins Netz gesetzt, das …«

Torben presste die Lippen zusammen, dann brach es aus ihm heraus: »Ich habe leider auch die CIA gehackt, um an Informationen über Peter zu kommen. Die CIA, verstehst du? Dafür stecken die mich ein paar Jahre in den Knast! Ich kann jetzt nicht einfach aufgeben, ich weiß, dass da was Großes läuft.«

Nova wurde allmählich selbst panisch. »Wie du meinst. Wenn du mich brauchst, dann geh mit deinem alten Pseudonym ins Darknet.«

Sie musterte ihn von oben bis unten. »Aber so kannst du nicht durch die Gegend laufen. Warte, ich habe vielleicht etwas, was dir passt.«

Sie verschwand in ihrem Schlafzimmer und kam mit einem alten Armeemantel zurück.

»Den habe ich mal auf dem Flohmarkt gekauft. Steht dir bestimmt gut. Und für den Kopf …« Sie überlegte angestrengt. Dann hellten sich ihre Züge auf. »Ein Basecap! Das verdeckt deine Wunde. Aber erst wasch dir das Gesicht. Du siehst aus wie ein Vampir nach dem Festmahl.«

Sie begleitete Torben ins Badezimmer und sah zu, wie er sich das blutverschmierte Gesicht vorsichtig mit Wasser und Seife wusch.

»Sag mal, wieso eigentlich die USA? Hamburg verstehe ich ja noch, aber Amerika?«

Torben trocknete sich das Gesicht ab. »Ich habe eine Einladung zu einem Hackerkonvent in New York bekommen. Keine Ahnung, ob mir das weiterhilft. Aber je weiter ich von Stockholm weg bin, desto besser.«

Überzeugt sah Nova nicht aus. Nachdenklich lehnte sie an der Badezimmertür. »Ich wünsch dir eine Riesenportion Glück!«

Die Gefühlsaufwallung übermannte Torben ohne Vorwarnung. Nova war die einzige Vertraute, die er noch hatte. Und vielleicht etwas mehr. Ohne lange zu überlegen, zog er sie an sich und umarmte sie. Er spürte, wie sie sich an ihn schmiegte. Dann löste sie seine Arme von ihrem Körper.

»Pass auf dich auf«, raunte sie dicht an seinem Ohr. »Ich brauche dich noch.«

Als sei ihr dieses Geständnis peinlich, wandte sie sich ab und holte den Mantel. Den blutverkrusteten Parka stopfte sie in eine Plastiktüte.

»Ich schmeiß ihn irgendwo in einen Mülleimer.«

Torben zog den Mantel an und setzte das Basecap auf, das Nova ihm hinhielt. Im Spiegel sah er einen Fremden. Auf den ersten Blick würde ihn jedenfalls niemand erkennen.

Nur schwer widerstand er der Versuchung, Nova zu küssen. Es wäre einfach nicht fair gewesen. Niemand konnte sagen, ob sie sich jemals wiedersehen würden. Er zwinkerte ihr nur aufmunternd zu und ging zur Wohnungstür.

Als er sich ein letztes Mal umdrehte, wischte sich Nova gerade eine Träne aus dem Augenwinkel. Diesen Anblick würde er nie wieder vergessen.

Behutsam drückte er die Klinke hinunter. Der Flur war leer. Er lief in den Keller und von dort auf den Innenhof. Nachdem er sich durch zwei Gärten geschlichen hatte, traute er sich in eine Nebenstraße und passte ein Taxi ab.

»Zum Hauptbahnhof, bitte.«

Der Fahrer war dunkelhäutig und sprach nur gebrochen Schwedisch. Der würde ihm kaum Schwierigkeiten machen. Torben seufzte tief. Sein Leben war ein Trümmerhaufen. Doch er war fest entschlossen zu überleben.

Am Hauptbahnhof hatte er Glück. Der nächste Zug nach Malmö ging in zehn Minuten. Torben sehnte sich nach Ruhe und buchte ein Schlafabteil für sich allein. In Malmö angekommen, würde er mit der Fähre nach Kopenhagen übersetzen und vielleicht schon am nächsten Morgen in Hamburg sein. Wenn alles gut ging.

Auf dem Bahnsteig starrten ihn Wartende an. Irritiert wich er ihren Blicken aus. Dann fiel ihm ein, dass er in seinem Aufzug wirklich ziemlich seltsam aussah. Die perfekte Tarnung, dachte er mit einem letzten Rest Galgenhumor. Nichts ist unauffälliger als solch eine auffällige Verkleidung. Wer kam denn auf die Idee, sich so verrückt auszustaffieren, wenn er sich unsichtbar machen wollte?

Im Gedränge des Bahnsteigs spähte er angespannt nach möglichen Verfolgern. Doch sosehr er auch Ausschau hielt, offenbar suchte ihn hier niemand.

Heb bloß nicht ab, Torben Arnström, ermahnte er sich, so wichtig bist du nun auch wieder nicht.

Der Zug fuhr in den Bahnhof ein. Nachdem Torben sein Abteil gefunden hatte, zog er sofort die Gardinen zu. Das Bett war bereits fertig für die Nacht. Endlich schlafen.

Er zog den Mantel aus und legte sich auf die Bettdecke. Sein Körper bebte. Jetzt, nachdem er in Sicherheit war, setzte erst der Schock ein. Alles tat ihm weh. Er fühlte sich wie zerschlagen. Er war in einem Albtraum gefangen, der ihn inzwischen drei Tage verfolgte. Doch es schien so real. So real wie die Schmerzen. Er nahm eine von Novas Tabletten und spülte sie mit dem Mineralwasser hinunter, das auf der Ablage am

Fenster stand. Mit freundlichen Empfehlungen der königlich-schwedischen Bahn.

Während er sich wieder auf das Kissen sinken ließ, arbeitete sein Verstand auf Hochtouren. So nüchtern wie möglich analysierte er seine Chancen. Sicher würde man seine IP-Adresse und längst seine Wohnung auseinandergenommen haben. Falls es ihm tatsächlich gelang, sich nach New York abzusetzen, war ein großer Schritt getan. Und dann? Was war mit seiner heroischen Mission? War es nicht ein wenig lächerlich, dass ausgerechnet er antreten wollte, die Machthaber der Welt in ihre Schranken zu weisen? Für Torben waren die demokratischen Parlamente immer mehr zur Farce verkommen. In den Hinterzimmern von gerade mal 150 internationalen Konzernen wurde über das Schicksal von Milliarden Menschen entschieden. Davon waren beinahe die Hälfte Banken und Versicherungen. Als er aus dem kleinen Abteilfenster schaute, erinnerte er sich an ein Interview mit einer Investmentbankerin, das er erst vor ein paar Tagen im Netz gelesen hatte. Sie bestritt nicht, dass ihre Branche durch Rohstoff- und Nahrungsmittelspekulationen vermutlich mehr Menschen umgebracht haben könnte als mancher Diktator des 20. Jahrhunderts.

Vielleicht konnte ihm dieser Hacker helfen, noch mal in die Datenbanken der CIA zu kommen. Es war ein Fehler gewesen, sich ohne genaue Instruktionen von Peter in die CIA zu hacken.

Torben fiel eine Diskussion mit Kilians Vater ein. Vor einigen Wochen war er zu einer Party in die herrschaftliche Stockholmer Villa eingeladen worden und Kilian zuliebe hingegangen. Irgendwann hatte Kilians Vater ihn in ein Gespräch verwickelt. Dabei war ein schrecklicher Satz gefallen:

»Der Kapitalismus braucht keine Demokratie.«

Der Satz hatte Torben elektrisiert wie ein Starkstromschlag. Das war der Zynismus der Macht. Die Herrschenden dachten gar nicht daran, sich von irgendwem die Butter vom Brot nehmen zu lassen.
Schläfrig beobachtete Torben, wie die Masten neben der Bahntrasse im Sekundentakt am Fenster vorbeiwischten. Was ihm im Moment am meisten fehlte, war sein Handy. Zu gern wäre er ins Netz gegangen, um zu sehen, was sich dort tat. Voller Bedauern dachte er an die Mülltonne, in der sein Handy nun zwischen Fischabfällen und alten Zeitungen lag.
Kein Netz. Er fühlte sich wie amputiert. Wieder wanderten seine Finger zum Schlüssel an seiner Halskette. Was würde er in dem Schließfach finden? Existierte es überhaupt noch? Oder war Hamburg eine Sackgasse, vielleicht sogar eine tödliche? Während er darüber nachdachte, fielen ihm die Augen zu.

12

Hamburg

Torben hatte gerade seinen dritten Instantkaffee getrunken, als der Zug am Hamburger Dammtorbahnhof in der Früh einlief. Hastig stellte er den Becher ab, nahm seinen Armeemantel und stieg aus. Im Vergleich zu den üblichen Stahlkolossen neuerer deutscher Bahnhöfe war dieser Bahnhof im Stil des späten 19. Jahrhunderts belassen worden. Im Untergeschoss befanden sich Geschäfte, deren dunkle Holzfassaden geschnitzte Muster zierten. Dezente Leuchtreklamen verliehen der Ladenzeile ein warmes, einladendes Licht. Der

Boden war mit roten Backsteinen gepflastert, es roch nach frischem Gebäck und Pizza.
Zielstrebig ging er zum Ausgang. Die Bank lag nur ein paar hundert Meter vom Bahnhof entfernt direkt neben einem Taxistand am Gänsemarkt. Kurz erwachte die Erinnerung an bessere Zeiten. Von diesem Bahnhof aus hatte ihn sein Weg sechs Jahre zuvor in die Universität geführt. Auf dem Weg zur Bank wich Torben ein paar abgewrackten Typen neben dem Eingang aus, die ihn um Geld anbettelten. Er hatte ohnehin nur noch ein paar Kronen in der Tasche. Weit würde er damit nicht kommen.
In der Bank war ziemlich viel los. Fast unbemerkt konnte er in einem Nebenraum die Schließfächer ansteuern. In Hamburg war es nichts Besonderes, wenn flippig gekleidete Menschen über ein Bankschließfach verfügten, und so nahm niemand von ihm Notiz.
»Hundertsiebenundsechzig«, murmelte er, während er die Metalltüren der Fächer abschritt. »Da ist es!«
Mit zitternden Händen schob er den Schlüssel hinein und drehte ihn behutsam um. Was konnte Peter ihm hinterlassen haben? Etwa eine Waffe? Oder einen Hinweis auf Daten, die er nicht kannte? Wahrscheinlich würde er nicht hier stehen, wenn Peter ihm rechtzeitig gesagt hätte, was ihm zu schaffen machte. Mit einem Klicken sprang die Tür auf. Gespannt spähte Torben in das Fach. Es lag nur eine kleine schwarze Tasche darin, nicht größer als eine Geldbörse. Sicherheitshalber schaute er sich um. Es war niemand zu sehen. Sein Herz klopfte heftig, als er die silberne Schnalle der Tasche öffnete.
»Wow!«
Die Angst der letzten Tage wich für einen Moment dem Gefühl, endgültig in Sicherheit zu sein. Mit einem Schnalzer durchblätterte er das Bündel Geldnoten. Zehntausend Dol-

lar! Mit den paar hundert Kronen, die er bei Nova hinterlegt hatte, wäre hier Schluss gewesen. Das hingegen war ein kleines Vermögen für ihn. Doch die größte Überraschung lag zwischen den Scheinen: ein schwedischer Pass.

»Svensson?« Torben betrachtete fassungslos sein Foto. Es war das gleiche wie auf seinem Saicom-Ausweis.

Wo zum Teufel hatte er das her?

Allmählich wurde ihm mulmig zumute. Bei dem Aufwand, den Peter betrieben hatte, musste es um weitaus mehr gehen als die Informationsfreiheit, unter der nicht wenige nur verstanden, dass sie ihren nackten Arsch auf Facebook posten durften. Peter musste ihm etwas verschwiegen haben. Ihm ging es immer darum, verdeckte Aktionen der CIA und anderer Geheimdienste zu enttarnen.

Torben betrachtete noch einmal aufmerksam seinen Fund. Aus den hinteren Seiten des Passes ragte ein kleiner gelber Zettel. Vorsichtig zog er ihn heraus.

Lieber Torben, las er. *Wenn du diese Notiz in Händen hältst, ist vermutlich etwas Unvorhersehbares geschehen. Falls du nach Los Angeles fliegst, gehe zu dieser Adresse. Du kannst den Leuten, die dort wohnen, absolut vertrauen. Sie bringen dich ohne großes Aufsehen sicher nach Havanna. In Freundschaft, Peter.* Dann folgte die Anschrift.

Nach Havanna? Das hatte sich mit Peters Tod wohl erledigt. Aber der Weg in die Staaten war nun frei. Torben hatte sich längst entschieden. Es gab kein Zurück mehr. Er musste diese Hacker in New York vor seinem Programm warnen, sonst würden sie ins offene Messer laufen. Er hatte nicht damit gerechnet, dass sie ihn und Spygate nicht ernst nehmen würden. Havanna würde ihm zur Not immer noch offenstehen.

Vor der Bank nahm er ein Taxi zum Flughafen. Er war unruhig und versuchte, die letzten aufkommenden Zweifel zu verdrängen. Die Fahrt führte ihn durch die vertrauten Straßen seiner Studentenzeit, vorbei an der Außenalster mit ihren großen Rasenflächen und den alten Weiden. Hier hatte er im Sommer oft seine Bücher studiert oder sich einfach zwischen den Vorlesungen entspannt. Schon ging es weiter entlang den Gründerzeitfassaden Eppendorfs in Richtung Flughafen.

»Wir sind da.« Die kehlige Stimme des Taxifahrers riss Torben aus seinen Gedanken.

Die roten Ziffern im Rückspiegel zeigten die Uhrzeit an. Halb zehn. Jetzt musste er nur noch ein Ticket buchen, und er würde in Freiheit sein.

»Nehmen Sie auch Dollar?«, fragte er den Taxifahrer.

Der war wenig begeistert. Doch seine griesgrämigen Gesichtszüge glätteten sich, als Torben ihm einen Hundertdollarschein mit den Worten »Stimmt so, danke« reichte.

Der Eingangsbereich des Flughafens war von einer imposanten Glaskonstruktion überwölbt. Männer in Businessanzügen und bunt gekleidete Touristen drängten sich vor den Security-Schleusen. Nachdem er sich kurz orientiert hatte, fand Torben die Counter der Fluggesellschaften. Gleich beim ersten kaufte er ein Ticket für eine Maschine, die zwei Stunden später startete.

Die junge Frau, die das Ticket für ihn ausfertigte, musterte ihn abschätzig. Torben sah an sich herunter. Der Armeemantel war in der Tat ziemlich abgedreht. An seiner Hose hafteten Blutspuren, und seine Sneakers waren schmutzig vom Stockholmer Schneematsch.

Wenigstens hast du genug Geld, um dir ein passenderes Outfit zu leisten. »Ich sollte vielleicht mal mein Styling überdenken, was?«, sagte er auf Englisch.

Die junge Frau lächelte, als sie ihm das Ticket übergab. »Es

sei denn, Sie gehen jetzt im März auf eine Halloweenparty.« Sie deutete auf einen Gang, der sich an den Eingangsbereich anschloss. »Da drüben werden Sie was finden.«
Die Auswahl an Geschäften war nicht groß, doch sie wirkten gut sortiert. Zuerst ging Torben in eine Drogerie. Er kaufte eine Zahnbürste, Zahnpasta, Kamm, Rasierzeug und einen schwarzen Rucksack, der neben der Kasse angeboten wurde. Bevor er sich neu einkleidete, putzte er sich auf einer Herrentoilette die Zähne, wusch sich das Gesicht und kämmte sein Haar. Er hatte wirklich zum Fürchten ausgesehen. Anschließend zog er das Basecap wieder tief ins Gesicht. Die verkrustete Wunde war wahrlich keine Zierde.
In einer Boutique direkt nebenan fand er, was er suchte. Das Beratungsangebot der Verkäuferin schlug er freundlich aus. Er wusste genau, was er wollte: eine dunkelblaue Jeans, ein eng anliegendes weißes T-Shirt und ein paar neue Sneakers. In der Umkleidekabine sah er zwischen den Vorhängen, wie zwei Polizisten den Laden betraten und der Verkäuferin ein Foto zeigten. Er hielt den Atem an. Sollten sie sogar schon in Hamburg hinter ihm her sein? Nach einer endlos langen Minute verließen die Polizisten das Geschäft. Torben atmete hörbar aus.
In seinen neuen Klamotten fühlte er sich wie erlöst. So konnte er sich sehen lassen. Eine hellbraune Jeansjacke vervollständigte sein Outfit.
»Sie können mir für die alten Sachen eine Tüte geben«, sagte Torben und legte die abgerissenen Preisschilder auf den Ladentisch.
Bemüht lächelnd, reichte die Verkäuferin ihm eine bunt bedruckte Plastiktüte und scannte die Etiketten ein. Hatten die Polizisten ihr etwa ein Foto von ihm gezeigt? Hatte sie ihn womöglich erkannt?

»Zweihundertneunundsechzigneunzig«, sagte sie. »Zahlen Sie bar oder mit Karte?«
Er zog vierhundert Dollar aus der schwarzen Ledertasche. »Wenn Sie mir fünfzig Euro rausgeben, sollte das doch passen, oder?«
Die Verkäuferin errechnete den Kurs auf ihrem Taschenrechner. »Ja, das geht in Ordnung.«
Torben zahlte und verließ zügig den Laden. Die Angst blieb ihm im Nacken. Jetzt würde sich zeigen, ob er mit seinem Pass durch die Kontrollen käme. Vor dem Eingang zum Terminal 1 stopfte er die Tüte mit seinen alten Klamotten in einen Mülleimer. Nur ungern trennte er sich von dem Armeemantel. Er war das Letzte, was er von Nova bekommen hatte, eine Art Talisman. Doch es musste sein. Nichts durfte ihn verraten. Möglich, dass man ihn im Nachhinein auf den Überwachungskameras des Stockholmer Hauptbahnhofs entdeckt hatte.
Der Terminal 1 war völlig überfüllt. Scheinbar hatten in Hamburg gerade die Osterferien begonnen. Familien mit quengelnden Kindern stauten sich in den Gängen. Er näherte sich der Passkontrolle. Torben spürte, wie ihm der Schweiß ausbrach, als der Polizist seinen Pass scannte. Es dauerte quälend lange. Auch wenn Torben ein unbeteiligtes Gesicht aufsetzte, innerlich zerriss es ihn fast.
Endlich gab der Polizist ihm den Pass zurück und checkte das Ticket. »Guten Flug, Mr. Svensson.«
Torben sah ihn einen Moment irritiert an. Dann reagierte er. Svensson. Natürlich, sein neuer Name. Den sollte er sich besser merken. Er nickte dem Polizisten zu und rückte zum Sicherheitscheck vor. Als er an der Reihe war, legte er seinen Rucksack auf das Band und ging ohne zu zögern in den Körperscanner. Diese Prozedur war problemlos. Torbens Puls-

schlag beruhigte sich. Es hatte geklappt, der Pass war akzeptiert worden, der Weg nach Amerika frei.
In der Maschine machte er es sich so bequem, wie es in der Economy-Klasse möglich war. Immerhin blieb der Platz neben ihm frei, so konnte er wenigstens die Beine ausstrecken. Die Maschine war noch nicht gestartet, als Torben auch schon in tiefen Schlaf versunken war.

13

Washington D.C. –
Dulles International Airport

Clark lehnte sich zurück in die pastellfarbenen Lederpolster seines Dienstjets. Das Flugzeug war brandneu und mit allem ausgestattet, was die geheimdienstliche Kontrolle vom Himmel aus ermöglichte. Es war so mit Technik vollgepumpt, dass man den Eindruck gewinnen konnte, in der neuen Generation eines Spaceshuttles zu fliegen. Hinter den wenigen Sitzreihen stand ein Konferenztisch, daneben befanden sich mehrere Arbeitsplätze für die Auswertung laufender Operationen. Der Jet war bestens gegen elektromagnetische Angriffe gesichert und stets mit dem Pentagon, dem Weißen Haus und der CIA-Zentrale in Langley verbunden.
Jetzt wird sich zeigen, was der ganze Aufwand wert ist, dachte Clark. Wenn Miles das Programm von diesem Bastard endlich knackte, würde Mindvision schon in wenigen Tagen in die Geschichte eingehen – und mit ihm sein Initiator Clark.
Als die Turbinen zum Start aufheulten, näherte sich ihm ein Mitarbeiter. »Sir, das kam gerade rein.«

Clark sah auf das Tablet und verzog entnervt sein Gesicht. Er setzte ein Headset auf. Innerhalb weniger Sekunden meldete sich das Kontrollzentrum in Virginia.

»Verbinden Sie mich über eine sichere Leitung mit dem Einsatzleiter in Stockholm«, befahl Clark.

Seine Kiefermuskeln waren angespannt, seine Augen zu Schlitzen verengt. In ihm brodelte es. Wenn er etwas hasste, dann Komplikationen.

Es dauerte eine Weile, bis sich auf der anderen Seite etwas rührte.

»Sir?«

Mittlerweile waren Clarks Gesichtszüge vor Ärger verzerrt.

»Erklären Sie mir doch mal bitte, wie Sie mit einem geschulten Team einen lachhaften kleinen Hacker aus den Augen verlieren konnten.«

Am anderen Ende der Leitung hörte Clark ein Räuspern.

»Es ist mir vollkommen schleierhaft, wie das geschehen konnte. Der Mann hat sich praktisch in Luft aufgelöst. Auch über sein Handy konnten wir ihn nicht orten. Er besitzt keine Kreditkarte, kein Auto, nichts. Und weder in seiner Wohnung noch bei Saicom hat er sich blicken lassen.«

Clark hätte am liebsten ein Donnerwetter vom Stapel gelassen. Andererseits schätzte er die Aufrichtigkeit von Mitarbeitern. Er konnte es nicht ausstehen, wenn jemand versuchte, sich feige rauszureden.

»Okay, okay«, brummte er. »Fehleranalyse. Was ist Ihrer Meinung nach schiefgelaufen?«

»Sir, die schwedischen Kollegen haben uns in die Suppe gespuckt. Sie kooperieren nicht. Wir haben nur ein Foto von seinem Arbeitgeber, sonst nichts. Aber unsere netten Helfer bei den sozialen Netzwerken konnten einen Chatlog aufzeichnen. Es sieht so aus, als ob er versucht, in die Staaten zu

kommen. Alles spricht dafür, dass er Vertreter von Anonymous treffen will.«
Nur mühsam unterdrückte Clark einen Wutanfall. Es war nicht zu fassen. Jetzt nahm dieser kleine Mistkerl auch noch Kontakt mit Anonymous auf. Bei den brillanten Fähigkeiten, die der schwedische Hacker zweifellos besaß, war das eine beängstigende Perspektive.
»Behalten Sie die europäischen Flughäfen im Auge«, blaffte der CIA-Chef. »Setzen Sie die Aufklärungsdrohnen ein. Derweil kümmere ich mich um unsere sauberen schwedischen Kollegen. Die werden uns kennenlernen!«
Der Mitarbeiter räusperte sich erneut. »Nun ja, ganz so unkooperativ sind die nicht. Wir werten gerade ein Verhör mit einem möglichen Komplizen dieses Hackers aus. Vielleicht kommen wir so weiter. Aber … hm, da ist noch etwas.«
Clark ballte die Fäuste. Was kam jetzt?
Die Stimme des Mitarbeiters vibrierte unheilvoll.
»Sir. Im Büro von Arnström haben wir Unterlagen von Peter Norris gefunden. Wir gehen davon aus, dass er versucht hat, Arnström zu rekrutieren. Das erklärt wohl auch Arnströms Versuch, in unsere Datenbank …«
Clark riss die Augen auf, als könnte er nicht begreifen, was er da hörte. Norris! Dieser miese Verräter. Der Topverräter der Firma. Clark war außer sich. Diese Geschichte lief ja völlig aus dem Ruder.
»Schon gut«, brüllte er, »den Rest kann ich mir selber denken!«
Zornig starrte er in die näher kommenden Wolken. Der Jet hatte seine Flughöhe noch nicht erreicht.
»Lassen Sie auf der Stelle die Cyborgs auf Arnström programmieren und in New York, Long Island und Manhattan ausschwärmen! Sie müssen Arnström finden, verstanden?

Noch eine Panne, und es werden Köpfe rollen, das verspreche ich Ihnen!«
»Jawohl, Sir.«
Ohne sich zu verabschieden, beendete Clark das Gespräch und schleuderte das Headset von sich.
»Du verdammter Verräter«, stieß er hervor. »Rekrutierst halbe Kinder für deine schmutzigen Spiele!«
Er klappte seinen Laptop auf und klickte die Akte von Peter Norris an. Wie weit war dieser Mistkerl gegangen? Reichte es nicht, dass er mit dem Verrat seiner Operationen in Lateinamerika Millionen von Dollar verbrannt und etliche Agenten enttarnt hatte? Norris' möglicher Tod konnte Clark nur wenig trösten. Er hatte den Verdacht, dass dieser einstige Topagent immer noch im Hintergrund die Strippen zog. Eine unberechenbare Gefahr, wie sich nun bestätigte. Er knallte seinen Laptop zu. Jetzt brauchte er einen Whisky.
Über eine Taste in seiner Sitzlehne gab er ein Signal an die Flugbegleiterin, die vorn neben dem Piloten saß. Eigentlich durfte sie während der Startphase gar nicht aufstehen. Doch das war Clark völlig egal.
»Einen doppelten Whisky auf Eis«, brüllte er sie an, als sie heranhuschte.
Erschrocken stob die Flugbegleiterin davon. Sie war noch jung, fast ein Teenager, mit einem blonden Lockenkopf.
Ärgerlich boxte der CIA-Chef in den Sitz vor ihm. Das größte Problem war, dass Norris vielleicht immer noch Sympathisanten in der Firma hatte. Womöglich hatte er Zugang zu Informationen, die gerade jetzt unter keinen Umständen an die Öffentlichkeit geraten durften. Eines aber stand fest: Dieser Nerd aus Stockholm war eine digitale Zeitbombe, die auf der Stelle entschärft werden musste.

14

JFK Airport – New York City

Menschenmassen drängten sich aus den Terminals des JFK Airports und stauten sich vor den Passkontrollen. Es waren Reisende aus aller Herren Länder, die nach ihren Langstreckenflügen bleich und übernächtigt aussahen.

Immer wieder blickte Torben auf die Uhr. Es ging nur langsam voran, die Beamten ließen sich Zeit. Jeder einzelne Einreisende wurde auf Herz und Nieren geprüft. Torbens Hände waren feucht, als er endlich vortreten durfte. Seinen neuen Pass hielt er fest umklammert, während er auf den Schalter zuging.

Wieder und wieder hatte er auf dem Flug die Daten auswendig gelernt: Arne Svensson, geboren in Norrköping am 1. Juli 1987. Das war seine neue Identität. Die Identität, die er Peter Norris zu verdanken hatte. Ob er hier damit durchkam? Seit die Sicherheitsvorkehrungen wegen der Antiterrorgesetze verschärft worden waren, wurden nur noch Pässe mit biometrischen Fotos akzeptiert.

Ein junger, stämmiger Farbiger musterte Torben prüfend, während er den Pass einlas. Überall hingen Kameras. Torben spürte sie förmlich auf der Haut, so wie die Blicke der Wartenden hinter sich. Die Luft war stickig, die Menschen verharrten vor den Kontrollen, eine bleierne Stille lag im Raum, nur der Schrei eines Babys war zu hören. Er fühlte sich eingeengt, wäre am liebsten entschwebt. Wenn jetzt was schieflief, würde er gleich wieder zurückgeschickt werden – oder im Gefängnis landen.

»Was ist der Grund Ihres Aufenthalts in den Vereinigten Staaten?«, fragte der Beamte streng.

»Ich besuche einen Freund in New York und fliege in einer Woche wieder nach Hause, Sir.«
»Sie haben vergessen, die Adresse in das Einreiseformular einzutragen«, herrschte der Mann ihn an.
Er beobachtete Torben scharf, während der mit zitternden Fingern zu dem Kugelschreiber griff, den der Beamte ihm hinhielt. Aufs Geratewohl schrieb er »345 Broadway«. Blöde Idee, aber er hatte gerade keine bessere. Er konnte nur beten, dass es nicht die Adresse eines Theaters oder eines Elektronikladens war.
Der Beamte deutete auf ein kleines Display vor dem Schalter. »Legen Sie die Finger einzeln auf den Scanner.«
Torben erschrak. Erst jetzt fiel ihm ein, dass die Einreisebestimmungen der USA Fingerabdrücke vorsahen. Zögernd legte er seine Fingerkuppen auf den digitalen Scanner. Von nun an war er wiedererkennbar, egal, welcher Name in seinem Pass stand.
Der Uniformierte überwachte die Prozedur, bis jeder einzelne Fingerabdruck gespeichert war. Anschließend zog er Torbens Pass aus dem Lesegerät. Offenbar war alles in Ordnung. Auch das Foto.
»Okay, Mr. Svensson. Ich wünsche Ihnen einen angenehmen Aufenthalt in den Vereinigten Staaten.« Er überreichte Torben den Pass und winkte den Nächststehenden heran.
Torben jubelte innerlich, ließ sich seine Erleichterung jedoch nicht anmerken. Am liebsten wäre er gerannt, zügelte sich aber und ging langsam zum Ausgang. Es hat tatsächlich funktioniert, dachte er. Danke, Peter.
Er ließ sich mit der Menschenmenge in die Ankunftshalle treiben. An der Decke hing eine übergroße amerikanische Flagge. Jetzt war er im Land der unbegrenzten Möglichkeiten. Fraglich war nur, welche Möglichkeiten sich ihm tat-

sächlich im Land der unbegrenzten Kontrolle bieten würden. Immer wieder sah er sich um, niemand schien Notiz von ihm zu nehmen. Als er die Tür zur Shoppinghalle passiert hatte, wich seine Konzentration einem Triumphgefühl. Er hatte es tatsächlich geschafft!

Alles schien in Ordnung zu sein. Nur ein Mann im Businessanzug, der hinter ihm an der Passkontrolle gestanden hatte, blickte ihm hinterher. Oder galt sein Interesse der attraktiven Blondine, die gerade an Torben vorbeistöckelte?

Jetzt wollte er nur noch ins Freie. Zügig durchquerte er die Halle, in der sich Geschäft an Geschäft reihte, und trat auf die Straße. Geduldig wartete er in der Schlange vor den Yellow Cabs, bis er an der Reihe war. Dann ließ er sich in den Fond des Taxis fallen.

»Liberty Street, please.«

Er hatte das Ziel nicht zufällig gewählt. Die Liberty Street lag ganz in der Nähe der Federal Reserve Bank und der Wall Street. Dort also, wo die Anhänger der Occupy-Bewegung monatelang kampiert hatten.

Der Taxifahrer war äußerst mitteilungsbedürftig, ein Araber in einem malerischen Berbergewand. Er sprach Englisch mit starkem Akzent, doch Torben verstand das Wichtigste:

Gerade hatte man in der Stadt einige Anhänger von Anonymous verhaftet, die Websites der Regierung gehackt hatten. Aus dem Monitor, der in die Rückenlehne des Vordersitzes eingelassen war, erfuhr Torben noch mehr aktuelle Nachrichten. In Berlin hatte man nach Straßenschlachten mehr als fünfhundert Menschen verhaftet, in Spanien über zweihundert. Und in Griechenland war eine nächtliche Ausgangssperre verhängt worden. Der Sender schaltete zu einem Reporter an die Börse. Er berichtete, dass der Dow-Jones-Index um nochmals sieben Prozent abgerutscht sei.

Die Lage verschärfte sich also weiter. War das der Beginn einer weltweiten Rebellion? Umso unbarmherziger würde das System reagieren. Bedrückt blickte Torben aus dem Fenster. An der endlos langen 105. Straße zogen die typischen Holzvillen an ihm vorbei. Dann ging es über die Long Island Road in die South Street. Torben sah Menschen betteln, andere schoben Einkaufswagen mit ihrem Hab und Gut vor sich her. Darunter Leute, die sicherlich noch nicht lange auf der Straße lebten, dafür waren sie zu gut angezogen.
Das sind die Fakten, die Kilian nicht wahrhaben will, dachte Torben verbittert. Man musste es eben mit eigenen Augen sehen, um zu verstehen, warum die Occupy-Bewegung so großen Zulauf hatte. Hier in New York war die Kluft zwischen Arm und Reich wesentlich drastischer spürbar als auf der idyllischen Wohlstandsinsel Schweden.
Schon holten ihn andere Gedanken ein. Er musste schnellstens eine Unterkunft finden und in ein Internetcafé gehen, um die Lage im Netz zu checken. Wenn er es richtig in Erinnerung hatte, fand das Hackertreffen noch am selben Abend statt. Vorsichtig betastete er den Umschlag in seiner Hosentasche, prall gefüllt mit Dollarscheinen. Peters Geld würde eine Weile reichen, wenigstens das.
Der Fahrer hielt mit quietschenden Bremsen. »Liberty Street, Sir.«
Torben zahlte und stieg aus. Im Gegensatz zum Winterrückfall in Stockholm war es warm in New York, fast schon frühsommerlich. Tief atmete er den Geruch der Stadt ein, diese Mischung aus Benzingestank, Bagelduft und Asphalt. Langsam ging er über die Wall Street in Richtung Zuccotti Park, überwältigt von der Kulisse der steil aufragenden Wolkenkratzer.
Er kam nur mühsam voran. Die Straße war angefüllt mit De-

monstranten, die in Sprechchören das Ende des rücksichtslosen American Way of Life forderten. »Stop Globalisation!«, stand auf den Plakaten, und »We are 99 Percent!«.

Überall waren schwarz vermummte Polizisten zu sehen, ausgerüstet mit Hartgummigeschossen und Gewehren. Einige trugen seltsam aussehende Geräte – vermutlich die neuen Strahlenwaffen, von denen Torben gehört hatte. Im Netz hatte das Gerücht die Runde gemacht, neuerdings würden Mikrowellenkanonen gegen die Demonstranten eingesetzt. Sie riefen schwer erträgliche Schmerzen durch Überhitzung hervor. Es schauderte Torben bei diesem Anblick.

Schließlich erreichte er den fast schon legendären Zuccotti Park, an dem die Occupy-Wall-Street-Bewegung ihren Anfang genommen hatte. Die Bezeichnung Park war allerdings übertrieben. Nur ein paar junge Bäume ragten aus dem Beton. Die Massen, die sich hier seit Monaten allmorgendlich versammelten, beeindruckten Torben schon mehr. Die Urzelle, das Zeltlager der Bewegung, wurde im November 2011 geräumt. Die Demonstranten jedoch hatte man nicht vertreiben können.

Als er plötzlich unsanft angerempelt wurde, fuhr er herum und hielt die Arme schützend vor den Körper.

»Upps, sorry!«

Eine junge Frau mit fransigen schwarzen Haaren und einer roten Lederjacke stand vor ihm. Es dauerte einen Moment, bis sich Torbens Herzschlag wieder beruhigte. Die Verfolgungsjagd in Stockholm steckte ihm noch in den Knochen. Doch dies war ganz offensichtlich eine harmlose Aktivistin.

»Tut mir wirklich leid«, sagte sie. »Du kommst nicht von hier, oder?«

»Nein, ich … ich … komme aus … Schweden«, stammelte er.

»Na, da hast du dir ja einen guten Tag ausgesucht.«

Torben betrachtete ihr selbst gemaltes Schild aus Pappe mit dem Schriftzug »Rettet unsere Verfassung!«.

»Wieso, was ist passiert?«, fragte er.

Kopfschüttelnd sah sie ihn an. »Liest du keine Nachrichten im Internet? Sie verschärfen den Patriot Act, um unser Recht auf Demonstrationen einzuschränken. Dann können sie uns sogar im Vorfeld einer Versammlung verhaften.«

So weit war es also schon gekommen im Land der Freiheit. Torben war erschüttert. Ein striktes Demonstrationsverbot, der Beginn des Abschieds von der Demokratie.

»Und was habt ihr nun vor?«

»Wir lassen uns verhaften. Irgendwann sind die Gefängnisse so voll, dass die da oben nicht mehr weiterkommen. Sie können nicht ein ganzes Volk einsperren!«

Dann verschwand sie in der Menge, nur ihr Transparent war noch zu sehen.

Torben fühlte sich zunehmend unwohl in diesem Gedränge. Er presste seinen Rucksack an sich. Er, der die letzten Jahre zumeist allein am Computer verbracht hatte, hasste solche Menschenaufläufe. Vor einem Informationstisch mitten auf dem Gelände kam er nicht mehr weiter. Er war von Menschen aller Art umringt: Gestandene Herren in Anzügen, abgerissene Punks und modisch gestylte Teenager debattierten miteinander. An einem kleineren Tisch daneben verteilte eine ältere Dame Suppe an Obdachlose. Die berühmte Solidarität der Occupy-Bewegung, es gab sie offenbar wirklich.

Torben wollte gerade den Diskussionen zuhören, als ein fülliger Mann in einem Trenchcoat an den Tisch trat. Er wedelte mit erhobenem Arm mit seinem Handy.

»CNN berichtet gerade, dass der Verteidigungsminister mit der Nationalgarde droht! Wir dürfen uns nicht einschüchtern lassen, denn …«

Er wurde von gellendem Sirenengeheul übertönt. Unüberhörbar rückten weitere Einsatzfahrzeuge der Polizei an.
Neben Torben zog eine Frau in einer Folklorebluse ein iPad aus der Tasche und öffnete ihren Facebook-Account. Er las unauffällig mit, während sie ihre Message postete. Offen rief sie darin zur Sabotage der U-Bahnen auf, als sei das nichts weiter als das nächste Level eines Computerspiels. Sie spürte, dass sie beobachtet wurde, und sah Torben fragend an.
»Hey, sag doch gleich der Polizei, was du vorhast! Das kommt aufs Gleiche raus!«, brüllte Torben gegen die Sirenen an. »Irgendwann drehen sie euch das Netz einfach ab, wenn ihr so weitermacht.«
»Wie bist du denn drauf?«, schrie sie zurück. »Wenn du so viel Angst hast, geh doch nach Hause.«
Er biss sich auf die Zunge, um seinem Ärger keinen Ausdruck zu verleihen. Angst solltest du haben, dachte er. In diesem Moment wurde ihm bewusst, dass dieses Spiel längst im Gange war. Eine digitale und militarisierte Supermacht gegen Aktivisten, die sich in keiner Minute darüber im Klaren zu sein schienen, dass es keine Anonymität im Netz mehr gab, auch für die schlauesten Hacker wäre bald das Ende der Fahnenstange erreicht. Das Sirenengeheul hatte aufgehört. Die Frau klebte immer noch an seiner Seite.
»Hast du ein paar Milliarden Dollar und ein paar Fernsehsender oder was? Wir haben nichts anderes als das Netz!« Ihre Stimme überschlug sich.
Ein Grund mehr, es sinnvoll zu nutzen, dachte Torben und ließ die Frau stehen. Hier hatte er nichts mehr verloren.
Ein älterer Herr in einem grauen Anzug hatte den Schlagabtausch verfolgt und hielt ihn zurück. »Was haben wir denn noch zu verlieren?«, sagte er erregt. »Die crashen unsere Existenz!«

Waren die Menschen schon so verzweifelt, dass sie alles riskierten? Er war schockiert, wie chaotisch hier alles zuging. Klar, die Occupy-Bewegung stellte die Machtverhältnisse infrage. Aber es gab keine Taktik, keine wirkliche Strategie. Es war ihm fast unangenehm, aber er hatte das Gefühl, genau das vorzufinden, was die Medien und andere Intellektuelle der Bewegung vorwarfen. Sie hatten keine Alternative, kreideten aber dem System die alternativlose Wachstumsdoktrin an.

»Warum stellt ihr nicht konkrete Forderungen. Ich meine …«

»Oh, wir könnten eine Menge Forderungen stellen. Zum Beispiel besteuert die Reichen, schützt die Umwelt, beendet Kriege, reguliert die Banken. Aber die Sache geht etwas mehr in die Tiefe. Wir sind wie ein Mahnmal, dass diejenigen, die sich anmaßen, dem Allgemeinwohl zu dienen, dies endlich auch tun.«

»Wir glauben an eine schönere Welt«, las Torben auf einem Plakat und senkte den Kopf. Er fühlte sich auf die Stufe eines Fünfzehnjährigen zurückversetzt, der mit seinen Forderungen nach Freiheit und Gerechtigkeit als Träumer verpönt wird. Aber hatten sie nicht recht, um was sollte es sonst gehen?

»Habt ihr keine Angst vor den Massen an Polizisten, die hier gerade auflaufen?«

Der Mann schüttelte den Kopf. »Viel schlimmer als ein wenig Pfefferspray und Schlagstöcke sind die Untaten, die auf der ganzen Welt um des Geldes wegen verübt werden. Nichts davon darf weiter verborgen bleiben.«

Torben holte einmal tief Luft. Das war die Schnittmenge! Hier trafen sie sich. Das Netz musste um jeden Preis frei bleiben, aber dafür war es fast schon zu spät, fürchtete er. Inzwischen war der Park von Einsatzfahrzeugen abgeriegelt.

Die schwarz vermummten Polizisten hatten Ketten gebildet und ließen niemanden mehr rein und raus, während sich die Demonstranten zu Gruppen formierten. Gewalt lag in der Luft. Wenn jetzt auch nur ein Stein flog, würde die Situation eskalieren.

Ich muss hier raus, überlegte Torben, das hier ist nicht meine Art zu kämpfen. Die Demonstranten hatten zwar die besten Absichten, aber sie gingen viel zu dilettantisch vor. Das Zeitalter der Straßenkämpfe war vorbei. Die wahren Schlachten wurden jetzt woanders ausgefochten – im Netz.

Er wühlte sich immer schneller durch das Getümmel, auf der Suche nach einer Lücke zwischen den aufmarschierten Polizisten. Das flackernde Blaulicht der Einsatzwagen ließ die Sprechchöre gespenstisch erscheinen. Mit zusammengebissenen Zähnen bahnte er sich seinen Weg durch die Demonstranten, die auf die Polizisten vorrückten.

Plötzlich entdeckte Torben in der Menge einen Mann, der ihm bekannt vorkam.

Das ist doch der Typ vom Flughafen, durchfuhr es ihn. Er sah genauer hin, doch der Mann war vom Gewühl verschluckt worden. Hinter den Demonstranten fand Torben ein Schlupfloch in der Polizeikette und glitt hindurch. Aufatmend sah er sich um. Er musste so rasch wie möglich an seinen E-Mail-Account.

Einige Straßen weiter fand er ein Internetcafé. Sofort setzte er sich an einen Rechner und öffnete seine Mails. Ja, der mysteriöse Typ hatte sich wieder gemeldet. In einer verschlüsselten Mail wiederholte er seine Einladung zu dem Hackerkonvent und den Treffpunkt Restaurant Trinity Place.

Wieso ging dieser Typ davon aus, dass Torben sich in New York aufhielt? Und wie sollten sie einander erkennen? War er ihm am Ende schon auf den Fersen?

Aufmerksam musterte Torben seine Umgebung. In dem heruntergekommenen Internetcafé mit den nackten Wänden hockten fast nur exotisch aussehende Männer – Inder, Araber, Philippinos. Vermutlich chatteten sie hier mit ihren Familien am anderen Ende der Welt – eine der schöneren Seiten der weltweiten Vernetzung. Ein scharfer Geruch nach Schweiß und kaltem Kaffee lag in der Luft.

Unschlüssig starrte Torben auf die Mail. Restaurant Trinity Place. Er schloss seinen Account und googelte das Lokal. Es lag nicht weit entfernt, zu Fuß vielleicht eine Viertelstunde. Noch einmal rief er sich die erste Mail ins Gedächtnis: »Du bist gut! Aber du begibst dich in große Gefahr. Ich kann dir einen Weg zeigen, dein Talent besser einzusetzen! In zwei Tagen ist ein Hackerkonvent in New York. Komm her und zeig dich!«

Komm her und zeig dich. Das war Selbstmord. Wenn Torben noch einen Trumpf in der Tasche hatte, dann seine physische und virtuelle Unsichtbarkeit. Doch das Risiko erschien ihm nach alldem kalkulierbarer. In Stockholm würde man ihn sicher schon suchen.

Kurze Zeit später stand er vor dem Restaurant. Es lag in einer ruhigen Seitenstraße und wirkte ziemlich elegant mit den dunkelgrünen Markisen und den Buchsbaumkübeln vor dem Eingang. Ausgerechnet hier sollte er sich mit seinem anonymen Hacker treffen?

Während er noch darüber nachdachte, ob er das Lokal betreten sollte, stand wie aus dem Nichts plötzlich ein dunkelhäutiger Riese in einem auffallenden gelben Lederanzug vor ihm. Sein krauses Haar war grün gefärbt, und seine überdimensionierte Sonnenbrille verlieh ihm etwas Unheimliches.

»Mann, Alter«, sagte der Fremde. »Du stehst aber ziemlich unter Strom.«

15

Stockholm

Das Büro der Stockholmer Polizei, in dem Kilian auf sein Verhör wartete, war äußerst spartanisch. Olivfarben gestrichene Wände, keine Fenster. Nur ein einziger Tisch mit zwei Stühlen stand in der Mitte des Raumes. Das grelle Licht der Neonlampen blendete Kilian. Seit einer halben Stunde ließ man ihn hier schmoren. Minutenlang putzte er seine Brille. Immer noch stand er unter Schock, seit er direkt vor dem World Trade Center, ohne auch nur ansatzweise zu verstehen, warum, verhaftet worden war. Was hatte man mit ihm vor?
Als sich die Tür öffnete, zuckte er zusammen. Zwei Beamte kamen herein. Sie trugen dunkelblaue Anzüge und hatten einen gleichgültigen Gesichtsausdruck. Einer von ihnen, ein massiger, vierschrötiger Mann von etwa fünfzig Jahren, setzte sich zu Kilian an den Tisch. Der andere, ein drahtiger Mittdreißiger, lehnte sich lässig an die Wand.
»Kilian Winter, 27 Jahre, geboren in Boston«, sagte der Beamte, der gegenüber von Kilian Platz genommen hatte. »Sie studieren Mathematik und Informatik und sind Mitarbeiter eines der besten IT-Unternehmen Stockholms. Wie man hört, haben Sie gute Aussichten auf eine Karriere im Unternehmen Ihres Vaters. Warum setzen Sie das alles aufs Spiel?« Herausfordernd sah er Kilian in die Augen.
»Ich habe keine Ahnung, was Sie von mir wollen«, erwiderte Kilian und hob abwehrend die Hände.
Dann schaute er in das Gesicht des zweiten Beamten. Doch der hatte, wie sein Kollege, ein Pokerface aufgesetzt. Der massige Beamte hieb mit der Faust auf den Tisch.
»Keine Ahnung, was, du Unschuldslamm! Wir haben ein-

deutige Belege, dass Daten von Saicom verwendet wurden, um einen Satelliten der europäischen Weltraumbehörde zu hacken. Daten, an denen Sie gearbeitet haben!«
Kilian runzelte die Stirn. Man warf ihm einen Hack vor? Das war doch absurd. Er war einer der loyalsten Mitarbeiter von Saicom, das wusste jeder.
»Das sind doch bloße Vermutungen. Jeder Hacker hätte sich die Daten bei Saicom holen können«, sagte er, während er sich gerade machte. »Ich verlange sofort einen Anwalt.«
Der drahtige Beamte löste sich von der Wand, machte ein paar Schritte auf Kilian zu und sah ihn mit bohrendem Blick an.
»Ach, dann ist es wohl nur ein dummer Zufall, dass dieser Hacker zu Ihren engsten Freunden zählt? Und dass Sie ihn regelmäßig besucht haben?« Abschätzig blickte er auf Kilian herab. Sein Tonfall wurde schärfer. »Mit wem haben Sie gemeinsame Sache gemacht?«
Die Frage traf Kilian mitten ins Sonnengeflecht. Konnte das sein? Hatte Torben ihn etwa hintergangen? Zeit genug hätte er dafür gehabt, als ich Kaffee geholt habe, ging es Kilian durch den Kopf.
»Also was?«, fragte der Beamte ungeduldig. »War's ein nettes Nebengeschäft, oder reden wir hier von Computerkriminalität in großem Stil?«
Jetzt war Kilian völlig aus dem Konzept gebracht. Gerade noch war er sicher gewesen, dass der gute Ruf und die exzellenten Beziehungen seiner Familie ihn unverwundbar machten. Doch damit war es offensichtlich vorbei. Wenn die Anschuldigungen beweisbar waren, konnte er einpacken.
Der Mann ihm gegenüber wechselte die Taktik. Begütigend legte er eine Hand auf Kilians Arm. »Herr Winter, Ihnen ist doch wohl klar, dass Sie damit nicht nur Firmengeheimnisse gefährdet haben, sondern sensibelste Daten der ESA?«

»N-nein, j-ja. Ich habe beim besten Willen keine Ahnung, was passiert ist …«

Kraftlos sackte er in sich zusammen.

»Mir kommen die Tränen«, sagte der sitzende Beamte spöttisch. »Wollen Sie hier allen Ernstes den Naiven spielen?«

Fassungslos musste Kilian sich eingestehen, dass er unglaublich leichtsinnig gewesen war, Torben so blind zu vertrauen. Aber war er es wirklich? Er hatte die Festplatte einen Augenblick auch in der Firma außer Acht gelassen. Jeder hätte das tun können. Er holte tief Luft. »In den letzten zwei Jahren habe ich oft die Daten mit nach Hause genommen, auch wenn es gegen die Sicherheitsbestimmungen war. Vielleicht hat jemand bei mir eingebrochen.«

Die beiden Beamten tauschten einen missbilligenden Blick.

»Ich warne Sie, jede Lüge verschlimmert Ihre Situation dramatisch. Wir reden hier über Spionage und Diebstahl von Staatseigentum! Wir haben es mit Hochverrat zu tun!«

Kilian klammerte sich an der Tischkante fest, unfähig, auch nur ein Wort zu sagen.

Die beiden Männer verzogen sich währenddessen in eine Ecke und flüsterten leise miteinander. Dann wandte sich der Stämmige wieder an Kilian.

»Wir lassen Sie jetzt noch mal eine halbe Stunde nachdenken. Und Sie sollten Ihre einzige Chance, den Kopf aus der Schlinge zu ziehen, nutzen.«

Überrascht sah Kilian auf. Erwartete man etwa von ihm, dass er Torben verrät, den Lockvogel spielt? Was war denn das für eine Räuberpistole? Allmählich gewann er seine Fassung wieder zurück, schließlich hatte er einen einflussreichen Vater im Rücken. Er lachte auf.

»Meine Herren, das ist doch absurd. Ich habe Ihnen alles gesagt. Ich habe diese Daten niemandem freiwillig gegeben. Ich denke gar nicht daran, Ihren Job zu machen. Lassen Sie auf der Stelle meinen Anwalt kommen, und dann lösen Sie das Problem gefälligst selbst. Wenn Sie mich nicht sofort gehen lassen, bekommen Sie mehr Schwierigkeiten, als Sie mir bereiten können. Mein Vater verfügt über beste diplomatische Beziehungen.«

Die Miene des drahtigen Beamten verfinsterte sich. »Ach so, Sie denken wohl, in Ihren Kreisen gelten andere Gesetze? Sie ziehen also das Untersuchungsgefängnis vor. Kein Problem! Der Staatsanwalt hat bereits Anklage gegen Sie erhoben. Und eine Kautionsregelung wird es nicht geben.«

Die Worte wirkten auf Kilian wie Fausthiebe.

Der andere Beamte zog ein Schriftstück aus seinem Jackett und legte es vor Kilian auf den Tisch.

»Wir sind hier nicht in Guantánamo. Aber auch in Schweden verfügen wir über Mittel und Wege, Sie unter Druck zu setzen. Überlegen Sie nicht zu lange. Die Einzelzelle wartet schon auf Sie.«

»Wir sind in einer halben Stunde wieder da!« Dann verließen die beiden Männer ohne ein weiteres Wort den Raum.

16

New York City

Noch immer stand Torben wie vom Donner gerührt vor dem Fremden. Er hatte nie ein Foto im Netz hinterlassen, war in keiner Social Community. Und das aus gutem Grund. Nur für den Sicherheitsausweis bei Saicom hatte er sich fotografieren lassen.

»Woher weißt du, wer ich bin?«
»Berufsgeheimnis«, grinste der Farbige. »Wir haben dich schon länger auf dem Schirm. Du bist nicht der Einzige, der was draufhat. Ich bin übrigens Jackson.«
Abweisend verschränkte Torben die Arme vor der Brust. »Okay, Jackson, was willst du von mir? Aber mach's kurz.«
Der Farbige checkte die Straße und den Bürgersteig, bevor er weitersprach. »Die kurze Version existiert leider nicht. Lass uns ins Restaurant gehen, da sind wir sicherer als hier draußen.«
Er ging vor. Torben folgte ihm widerstrebend. Immerhin, solange sie sich in der Öffentlichkeit befanden, konnte ihm nicht viel passieren.
Das Trinity Place war ein piekfeines Lokal, das sah Torben auf den ersten Blick. Die violett gestrichenen Wände und das schwarze Mobiliar schufen eine minimalistische, aber auch angenehm cleane Atmosphäre.
Sofort kam ein Ober im schwarzen Anzug mit Fliege auf sie zu. »Haben die Herren reserviert?«
»Selbstverständlich, auf den Namen Miller, Frank Miller«, erwiderte Torbens Begleiter lässig. »Ich hatte um einen ruhigen Tisch gebeten.«
Der Ober verzog keine Miene, während er auf seinem iPad die Reservierungen durchging. »Natürlich, folgen Sie mir bitte.«
Durch nichts ließ er erkennen, dass er den hochgewachsenen Gast in seiner martialischen Ledermontur für eine unangemessene Erscheinung in diesem Lokal halten könnte. Er platzierte das ungleiche Duo an einem Tisch, der etwas abseits in einer Nische stand.
Torben sank auf seinen Stuhl. Er spürte einen tierischen Hunger. Das Flugzeugdinner hatte er verschlafen, und seither war an Essen nicht zu denken gewesen. Gierig griff er zu

dem warmen Weißbrot, das ein Kellner zusammen mit einer Karaffe Eiswasser brachte.
Jackson füllte die Gläser, dann schob er seine Sonnenbrille auf die Stirn. Seine Augen waren gerötet. Aha, dachte Torben, auch einer, der seine Nächte am Rechner totschlägt.
»Kommen wir gleich zur Sache«, sagte Jackson, nachdem er einen Schluck Wasser getrunken hatte. »Du weißt ja selbst, was du angerichtet hast. Dein Programm und dein Wurm sind sicher der Hammer. Doch das alles durchkreuzt unsere Pläne.«
Torben hörte auf zu kauen. »Welche Pläne?«
Sofort verschwand der freundliche Ausdruck aus Jacksons Gesicht. »Willst du mich verladen? Du weißt doch, was läuft.«
»Moment mal. Du wolltest was von mir, nicht umgekehrt. Ich habe eine Menge Probleme an der Hacke. Entweder du sagst mir jetzt, worum es sich handelt, oder ich gehe.«
Wieder kam der Kellner. Er reichte ihnen die Speisekarten. Jackson winkte ab.
»Die Karte brauchen wir nicht. Zwei Hamburger New York Style und dazu Diet Coke, bitte. Mein Gast liebt nämlich Hamburger. Und es wäre toll, wenn es schnell gehen könnte.«
Der Ober verneigte sich unmerklich. »Natürlich, Sir. Haben Sie sonst noch einen Wunsch?«
Jackson grinste ihn an. »Ja, ein bisschen Privatsphäre wäre super.« Torben wunderte sich über gar nichts mehr. Offenbar wusste man alles über ihn, sogar seine Essgewohnheiten.
Während sich der Ober zurückzog, begann Jackson das Brot zu zerkrümeln.
»Wir sind so was wie der Club der aufrechten Hacker. Die glorreichen Widerstandskämpfer, wenn du willst. Das System will die Weltregierung, dagegen wollen wir was unternehmen. Aber wenn du als Einzelkämpfer rumturnst, blasen

sie dir hier das Hirn schneller weg, als du bis drei zählen kannst. Da kannst du so viel auf coolen Hacker machen, wie du willst.«

Die Burger wurden serviert. Torben ließ das Besteck liegen und aß mit den Händen. Er schmeckte besser als alles, was er jemals gegessen hatte. Kein Vergleich mit den schlappen Fastfood-Dingern, von denen er sich sonst ernährte.

Mit der Stoffserviette wischte er sich den Mund ab. »Dieses Räuber-und-Gendarm-Spiel führt zu nichts. Eure Ambitionen sind bestimmt ehrenwert. Aber ich will mehr: Ich will den Krieg im Netz beenden. Und zwar durch absolute Transparenz. Mein Programm habe ich geschrieben, damit nichts mehr geheim gehalten werden kann. Kein Datenstrom, der verdeckt bleibt. Verstehst du?«

Jackson hatte schweigend zugehört, ohne seinen Burger anzurühren. »Es gibt einige hier, die das nicht witzig finden. Du sabotierst unsere Arbeit. Da verstehen wir keinen Spaß.«

Grollend sah Torben ihn an. »Von Spaß war auch nicht die Rede. Erzähl mir lieber, was für ein komischer Verein ihr seid. Ich denke, du bist ein Anonymous. Habt ihr diesen Hackerkonvent organisiert?«

Jackson nickte. Er stürzte die Diet Coke hinunter und wickelte seinen Burger in die Serviette.

»Wir sind alle Anonymous. Schon vergessen? Was ist, kommst du mit? Die Jungs warten schon auf dich.«

Torben kämpfte innerlich mit sich selbst. Sollte er sich darauf einlassen? Oder war das Risiko zu groß?

»Okay«, sagte er schließlich. Hastig schlang er die Reste seines Burgers in sich hinein. »Aber keine miesen Tricks. Es gibt ein paar Leute, die gut auf mich aufpassen.«

Das war reiner Bluff. Torben wollte diesem Jackson nicht das Gefühl geben, dass er sich einfach so auslieferte.

»Lass mal stecken«, erwiderte Jackson lächelnd. Er legte ein paar Geldscheine auf den Tisch und stand auf. »Wir haben nicht vor, dich zu liquidieren.«

Zurück auf der Straße, pfiff Jackson ein Taxi heran und stieg ein.

Torben setzte sich zu ihm auf den Rücksitz und sah in das Gesicht eines Inders, der sich freundlich zu ihm umdrehte.

»Wohin soll die Reise gehen, Sahib?«

»Fordham Street, City Island«, antwortete Jackson. Er lehnte sich zurück und wickelte seinen Burger aus. »Kennst du die Bronx?«

Torben schüttelte den Kopf. Er hatte nur davon gehört. Und er wusste, dass es keine ungefährliche Gegend war.

Der Inder hatte einen höchst eigenwilligen Fahrstil. Unablässig hupend, nahm er anderen Wagen die Vorfahrt, hielt eisern auf Fußgänger zu und drängte Radfahrer an die Bordsteinkante. Der Vorteil dieser Fahrweise war, dass es schnell ging.

Neugierig sah Torben aus dem Fenster, während Jackson seinen Hamburger verspeiste. Als sie den nördlichsten der fünf New Yorker Bezirke erreichten, war Torben überrascht, wie viele architektonische Schmuckstücke es hier in der Bronx gab. City Island wirkte idyllisch, fast wie ein Dorf. Im Vergleich zum Rest der Stadt existierten noch viele Mom&Pop-Stores und kleine Restaurants, die offensichtlich schon seit Jahrzehnten hier ansässig waren.

»Willkommen im Mekka der abgestiegenen Yuppies«, erklärte Jackson im Tonfall eines Fremdenführers. »Hier wohnen Typen, die sich noch vor Kurzem Lofts für zehntausend Dollar im Monat leisten konnten.«

Die Sonne war inzwischen untergegangen. Torbens Mut sank, als das Taxi vor einem heruntergekommenen Backsteinbau aus den Fünfzigerjahren hielt. Die Gegend sah übel

aus, ganz anders als noch ein paar Querstraßen zuvor. Wenn ihm hier etwas zustieß, war er verloren.
»Okay, gehen wir in die Hölle«, lachte Jackson, der Torbens besorgte Miene registriert hatte.
Mit gemischten Gefühlen folgte Torben dem Riesen zu einer angerosteten Stahltür. Jackson klopfte mit seiner Faust in einem abgezirkelten Rhythmus dagegen. Als sich die Tür öffnete, wurde Torben von hämmernden Basssounds empfangen. Er erkannte den Beat von Detroit Techno, einer Musik, die ihn durch seine Jugend begleitet hatte. Erinnerungen an die sorglose Zeit in Stockholmer Clubs stiegen in ihm auf. Wie Amphetamine schossen sie durch seine Adern. Er war jetzt richtig aufgekratzt.
Sie gingen eine lange Treppe hinunter, die in den Keller des Gebäudes führte. Unten angekommen, sah Torben eine Halle vor sich, so groß wie ein halbes Fußballfeld. In der Mitte stand ein Turm aus Stahlgittern, auf dem in etwa drei Meter Höhe zwei Glatzen den härtesten Beat auflegten, den er je gehört hatte. Einige hundert Leute tanzten ausgelassen im zuckenden Schwarzlicht, das ihre Bewegungen wie in Zeitlupe wirken ließ.
Im Halbkreis zog sich ein scheinbar endloser Tresen durch den Raum. Dahinter war ein Dutzend Leute damit beschäftigt, Drinks zu mixen. Auch sie bewegten sich im Rhythmus der alles durchdringenden Sounds, die Torben bis in den Magen spürte.
»Wow«, sagte er anerkennend. »Geile Location.«
Jackson nickte zufrieden. »Aber das ist noch nicht alles. Komm mit.«
Sie wühlten sich durch halb nackte, schwitzende Körper, die wie ein sich gleichmäßig bewegender Schwarm mal zur einen, mal zur anderen Seite schwankten. Alle schienen in

Trance zu sein. Menschen in allen Hautfarben, Schwarze, Latinos und Asiaten, manche im Triballook mit Rastalocken, gaben sich selbstvergessen ihrer Ekstase hin.
Am Ende der Halle führte eine Tür in einen weiteren, kleineren Raum. Zwei schwarz gekleidete Typen standen davor, die trotz der schummrigen Beleuchtung Sonnenbrillen trugen. Sie musterten Torben von oben bis unten.
Jackson boxte einem von ihnen auf den Brustkasten.
»Hey, Chui, alles in Ordnung, der gehört zu mir.«
»Egal, trotzdem kommt der hier nicht so einfach rein«, erwiderte der Typ unwirsch. »Und den Rucksack muss er abgeben«, sagte der andere Türsteher.
Torben zögerte. Nur ungern überließ er seinen Rucksack diesen finsteren Gestalten. Auch wenn er alles Wichtige direkt am Körper trug, ihm gefiel die rüde Behandlung nicht.
»Mach schon«, sagte Jackson ungeduldig. »Kriegst alles wieder zurück, versprochen. Oder sind da Goldbarren drin?«
Also gut. Torben hielt seinen Rucksack einem der Türsteher hin, der ihn in einem Regal ablegte. Der andere zog einen Metalldetektor heraus und fuhr damit über Torbens Körper.
»Kein Handy?«, fragte Jackson.
»Liegt in einer Mülltonne in Stockholm.« Jetzt hätte er es gern gehabt. Nur für alle Fälle.
»Okay, der ist sauber«, sagte der Typ mit dem Metalldetektor. Schon öffnete sich die Tür, und Torben wich unwillkürlich zurück. Der Raum vor ihm wirkte wie eine Höhle. Die Wände waren mit neonfarbenen Graffiti übersät, und an der Decke hing ein Transparent mit dem Emblem von Anonymous. Auf alten Sofas lungerten einige Männer und Frauen herum. Die meisten wirkten abgerissen, aber auf eine kunstvolle Art. Manche trugen düsteren Grungelook, andere zerfetzte Jeans und Logo-Shirts, wieder andere hatten sich Fantasieunifor-

men aus Secondhand-Armeekleidung zusammengestellt. Zwischen den Freaks saßen stinknormale Nerds, so unauffällig wie Torben selbst. Auf den Tischen türmten sich Unmengen von Bierdosen, Fastfood-Verpackungen und alten Zeitschriften. Die Luft war stickig und verraucht.
Nicht ganz mein Planet, dachte Torben. Und das nennen die Hackerkonvent?
Jackson zog ihn weiter mit sich zu einem freien Rechner an der Stirnwand.
Sie ließen sich auf zwei abgewetzte Sessel fallen. Jackson ging in einen Blog. Gereizt deutete er auf den Monitor.
»Shit happens.«
Torben riss die Augen auf.
Nach Angaben des Pentagons ist der Rückgang der Internetgeschwindigkeit auf die Attacke eines neuartigen Wurms auf die DNS-Server zurückzuführen. Die Experten rätseln derzeit sowohl über den Sinn und Zweck des Schädlings wie auch über ein verschlüsseltes Programm, das eine bisher unbekannte Zahl von Rechnern weltweit infiziert haben dürfte.
»Das ist wohl dein Programm, du Hirni«, knurrte Jackson. »Na, bist du jetzt zufrieden?«
Torben bekam weiche Knie. Dass Spygate die Geschwindigkeit des Datenstroms derart verlangsamen würde, hatte er unterschätzt. Gebannt starrten sie weiter auf den Monitor.
Seit ein zweites Programm ins Netz gestellt wurde, hat sich die Geschwindigkeit wieder normalisiert. Ein Sprecher des Pentagons sagte, offenbar gebe es bei Anonymous konkurrierende Hacker, die sich gegenseitig bekämpfen. Schon allein das zeige die Notwendigkeit, die Gesetze weiter zu verschärfen.
Schuldbewusst knetete Torben seine Hände. Jetzt war genau das geschehen, was er hatte verhindern wollen: Er selbst hat-

te den Vorwand für weitergehende Maßnahmen zur Regulierung des Netzes geliefert. Ihm wurde flau. Mit brennenden Augen las er weiter.

Aus dem Pentagon verlautet: Man müsse handeln, bevor sensiblere Bereiche des öffentlichen Lebens betroffen seien. Pat Wimmer vom zuständigen Untersuchungsausschuss im Kongress gab folgende Erklärung ab: »Wer unsere Infrastruktur gefährdet, muss mit Gefängnis oder Bootcamps rechnen. Wir werden nicht tatenlos zusehen, wie Kriminelle das System unterminieren.«

Jackson schloss den Blog. Er griff sich eine der herumstehenden Bierdosen, öffnete sie und nahm einen kräftigen Schluck. »Tja, sieht ganz danach aus, dass du demnächst in einem Bootcamp übernachtest. Aber jetzt mal im Ernst: Die tun ja so, als müssten sie Fort Knox bewachen. Wer so überreagiert, hat was Brisantes zu verbergen. Klartext: Was kann dein Programm?«

Mittlerweile hatten sich einige Leute um Torben und Jackson geschart. Jeder hier schien zu wissen, wer Torben war. Und dass er hier ein Fremdkörper war, jemand, der nicht dazugehörte.

Torben verzog den Mund. Er dachte gar nicht daran, diesem wilden Haufen seine Geheimnisse anzuvertrauen. Resolut stand er auf. »War nett hier. Aber ich gehe mal besser.«

»Sorry, du bleibst«, sagte Jackson kalt.

Torben beobachtete entsetzt, dass sich ein paar der Männer vor der Tür postierten. Plötzlich wurde ihm bewusst, wie schutzlos er sich seinem vermeintlichen neuen Freund ausgeliefert hatte. Er musste vollkommen verrückt gewesen sein.

Auch Jackson hatte sich erhoben und tanzte mit der Bierdose in der Hand um ihn herum.

»Ist ’n Cooler, ’n Hacker, ’n richtig geiler Checker«, rappte

er drauflos. »Pass mal auf, Nerd, du bist raus, Nerd, wenn du diese Scheiße hypst, die Programme weiter schreibst …«
Fassungslos hörte Torben ihm zu. Mein Gott, der Typ war ja völlig durchgeknallt. Ganz abgesehen von den Verschwörungstheorien einer drohenden Weltregierung.
Und ihr wollt die berühmten Anonymous sein?
»Okay, Waffenstillstand«, lenkte Torben ein und schlug mit einer Hand knallend auf den Tisch. »Mit Spygate werde ich den Waffenstillstand sogar erzwingen. In zwei Wochen gibt es keinen Datenstrom mehr, dessen Herkunft und Ziel nicht sofort sichtbar ist.«
Jackson fing an zu lachen. »Spygate – hübscher Name. Sonst noch was, Mr. Größenwahn? Du hast eine neue Programmiersprache entwickelt, okay. Gute Arbeit. Aber das gesamte Programm? Vergiss es, das hast du nie allein zustande gebracht. Niemand schafft das allein. Also spuck's aus: Für wen arbeitest du?«
Trotz der bedrohlichen Situation fühlte sich Torben auf einmal überlegen. Er spürte, dass sich die Feindseligkeit der Umstehenden mit Respekt mischte.
»Ich arbeite für niemanden. Ist mein eigenes Ding.«
Jackson hielt inne. »Toll, du Schlauberger. Nicht, dass ich dir das glaube. Bleiben wir bei den Fakten: Die werden das Netz abschalten, die Websites spiegeln und alles neu aufsetzen. Das wird allerdings so lange dauern, dass bis dahin alles zusammengebrochen ist. Die Wirtschaft, die Banken, die Verwaltung. Du bist tot, Mann. Die werden dich so lange grillen, bis du Spygate freiwillig wieder rückgängig machst. Falls sie es nicht selber können.«
»Können sie nicht.« Torben setzte sich wieder in den Sessel und schlug die Beine übereinander. »Der Wurm erschafft sich immer wieder neu.«

In diesem Moment wurde die Tür aufgestoßen. Einer der Türsteher stürmte herein.
»Die Bullen laufen ein!«, schrie er. »Ihr müsst sofort …«
Weiter kam er nicht. Zwei behelmte Männer in schwarzer Uniform stürzten sich auf ihn und rissen ihn zu Boden. Hinter ihnen drängten weitere Angehörige eines SWAT-Kommandos in den Raum.
Das Licht ging aus. Alle kreischten auf. Ein heilloses Durcheinander entstand. Torben spürte, wie ihn jemand mit sich zerrte. Also doch, dachte Torben. Sie sind hinter mir her!
»Lauf, so schnell du kannst«, zischte Jackson ihm zu.
Ohne etwas zu sehen, wühlten sie sich durch den Tumult. Torben drehte sich um. Hinter ihm irrlichterten grelle Lichtkegel durch den Raum. Im flackernden Schein sah er, wie Jackson eine unauffällige Tür aufzog. Sie stolperten in den Keller dahinter. Jackson verriegelte die Tür. Jetzt war es stockdunkel.
»Was hast du vor?«, flüsterte Torben atemlos.
»Die Biege machen, was sonst? Es gibt hier irgendwo ein Fenster!«
Torben hörte das Klirren von berstendem Glas. Er folgte dem Geräusch und kletterte hinter Jackson durch einen Fensterrahmen, den er im Dunkeln ertasten konnte. Hechelnd standen sie in der kühlen Nachtluft. Eine trübe Laterne beleuchtete den vollgemüllten Hinterhof, auf den sie gelangt waren.
Jackson hielt den Atem an und lauschte. Offenbar war ihnen niemand auf den Fersen.
»Ich weiß, dass du kein Bulle bist«, flüsterte er. »Aber vielleicht hattest du die Bullen im Gepäck, als du hierhergekommen bist. Wer zum Teufel ist noch hinter dir her?«
Torben hielt sich an der Mauer fest. Ihm war schwindelig. Jetzt ging alles wieder von vorn los. Nicht nur in Schweden

verfolgte man ihn, auch hier. »Ich bin völlig unerkannt eingereist. Verdammt noch mal, ich arbeite doch auf eigene Rechnung.«

»Darüber reden wir noch. Aber jetzt lass uns abhauen.«

Sie rannten über den Hinterhof auf einen großen, offenen Platz, der zu einem Fabrikgelände führte. Von dort aus erreichten sie eine unbeleuchtete Seitenstraße. Als sie um die Ecke bogen, kam ihnen einer der Türsteher entgegen.

»Chui, wie bist du rausgekommen?«, fragte Jackson entgeistert.

»Frag nicht, aber den Typen hier sollten wir loswerden.« Er deutete auf Torben. »Der ist sicher verwanzt.«

Jackson überlegte nicht lange. Er gab Torben einen kleinen Schubs.

»Hast du nicht gehört? Wir müssen uns trennen. Du kommst schon irgendwie durch. Wir treffen uns morgen um zehn Uhr im Club Cielo, 18 Little West 12th Street. Merk dir die Adresse. Ich häng dort öfter ab, falls wir uns verpassen. Ich kann dich nicht mehr anmailen, die kontrollieren alles. Und jetzt hau endlich ab!«

Geduckt lief Torben los. Als er nach einem weiten Bogen die nächste größere Straße erreichte, rollte ein Polizeiwagen lautlos an ihm vorbei. Er presste sich in den Schatten eines Mauervorsprungs. Der Polizeiwagen fuhr weiter, ohne anzuhalten. Von fern hörte er Sirenen.

Anscheinend war er vorerst in Sicherheit. Am Ende der Straße sah Torben den Schriftzug eines Motels aufblinken. Sein Rucksack war unerreichbar, doch er hatte wenigstens noch das Geld und seine Papiere. Rasch checkte er, ob das Kuvert mit den Dollarnoten noch in der Hosentasche war. Dann fasste er in die Brusttasche seines Hemdes und erstarrte.

Wo ist mein Pass?

17

CIA-Zentrale Langley

Clark wartete nun schon seit fast vierundzwanzig Stunden auf den erlösenden Anruf seiner Agenten. Der Gedanke, dass er so kurz vor dem Ziel die Kontrolle über sein Projekt verlieren könnte, hatte ihn in einen Zustand größter Angespanntheit versetzt. Er öffnete und schloss mehrmals seinen goldenen Füllfederhalter, während er auf dem Bildschirm vor sich die Berichte seiner Abteilungen überflog. Plötzlich kniff er die Augen zusammen und beugte sich vor.

»Was, was, was?«

Seine Gesichtszüge verhärteten sich. Wütend warf er den Füller von sich und stieß dabei eine halb leere Kaffeetasse um, deren Inhalt sich über die polierte Platte seines Schreibtisches ergoss. Er ignorierte es. Hastig schaltete er den Fernseher an, der in die Bücherwand dem Schreibtisch gegenüber eingelassen war. CNN berichtete live aus Washington, der Reporter stand direkt vor dem Weißen Haus:

... nach Angaben des leitenden Kommandanten wurde das Feuer eröffnet, nachdem ein Demonstrant einen Polizisten angeschossen hatte. Die Veranstalter der Demonstrationen bestreiten diese Darstellung.

Clark ließ sich in seinen Sessel zurückfallen und starrte auf die Bilder, die über den Schirm liefen. Dutzende Sanitäter kümmerten sich um Verletzte, dazwischen waren Körper zu sehen, die bereits mit weißen Tüchern bedeckt auf Tragen abtransportiert wurden. Panisch liefen die Menschen durcheinander. In ihren Gesichtern stand nackte Angst. Immer wieder wurde der Reporter von Polizisten und Sanitätern zur Seite gedrängt, als er weitersprach.

Am Vormittag hat der Präsident auf einer Pressekonferenz die rückhaltlose Aufklärung des Vorfalles angekündigt. Es kursieren jedoch Gerüchte, dass Verteidigungsminister Rodson für eine der folgenschwersten Tragödien in der Hauptstadt verantwortlich sei. Offenbar ist es nur der besonnenen Reaktion der Occupy-Bewegung zu verdanken, dass die Lage nicht völlig eskaliert ist.

Jetzt hielt es Clark nicht mehr in seinem Sessel. Er sprang auf. Rastlos lief er in seinem Büro auf und ab und fuhr sich unablässig über seine Bartstoppeln. Seit zwei Tagen war er nicht mehr zu Hause gewesen, hatte weder geduscht noch sich rasiert.

Als das Telefon läutete, hastete er zum Schreibtisch und setzte sein Headset auf. »Na, alter Junge, Sie haben ganz schön Probleme, was?«, hörte er die Stimme von Lou Strieber.

»Ach, Lou, Sie sind es.«

»Haben Sie auch nur den Funken einer Ahnung, was Rodson mit diesem Herumgeballere angerichtet hat?« Striebers Stimme klang aufgebracht.

Nicht nur den Funken einer Ahnung, dachte Clark und tippte sich entnervt an die Stirn. Wollte Strieber ihn für dumm verkaufen?

»Dieser Idiot Rodson hat dem Präsidenten gerade ungewollt den nächsten Wahlsieg beschert! Jetzt, wo seine Hardliner-Nummer nach hinten losgegangen ist, wollen alle wieder einen liberalen Präsidenten. Unsere gesamte Arbeit gerät in Gefahr! Das kann der doch so nicht gewollt haben!«

Ich habe keine Zeit für diese Betroffenheitssülze, dachte Clark. Doch er zwang sich zu einem freundlichen Tonfall. »Beruhigen Sie sich, Lou. Ich habe Ihnen schon vor Monaten …«

Strieber würgte Clark ab, bevor er weiter ausholen konnte.

»Sie begreifen ja gar nicht, welche Konsequenzen dieses De-

saster hat! Im Internet explodieren die Solidaritätsbekundungen aus aller Welt. Und die europäischen Regierungen werden auf dem geheimen G20-Gipfel vor dem Mob einknicken, so wie es aussieht!«
Lou Strieber hätte zweifellos weitergebrüllt, wenn Clark nicht kurzerhand aufgelegt hätte. Er wartete einige Sekunden, atmete einmal tief durch und wählte Striebers Nummer. Sofort war der Lobbyist wieder am Telefon.
»Was fällt Ihnen ein! Warum haben Sie einfach aufgelegt?«
»Ich musste Ihnen mal kurz die Luft rauslassen. Es besteht überhaupt kein Grund zur Aufregung. Wir werden unsere Arbeit wie geplant weiterführen. Vertrauen Sie mir, wir verfügen über effektive Mittel, die Situation in den Griff zu bekommen, denn …«
Verärgert verzog Clark das Gesicht, als Strieber ihm abermals ins Wort fiel.
»Sie sollten endlich das Netz unter Kontrolle bekommen. Es sind Handy-Videos im Internet aufgetaucht. Sie zeigen deutlich, dass die Nationalgarde das Feuer eröffnet hat. Wenn wir den Mob nicht irgendwann mit Gewalt in seine Schranken weisen wollen, brauchen wir Mindvision jetzt, um die in den Griff zu kriegen. Wann startet Ihr kleines Wunderwerk?«
Wir werden vielleicht viel mehr Gewalt brauchen, als dir bewusst ist, dachte Clark. Du wirst dich vielleicht fragen, wie man Demonstranten dazu bringt, die der Gewalt abgeschworen haben? Aber auch dafür habe ich vorgesorgt, mein lieber Strieber, dachte Clark und straffte seine Schultern.
»Ich habe der Regierung genügend Vorschläge gemacht, die bisher ignoriert wurden. Sie sind nicht Manns genug, Entscheidungen zu treffen!«
Strieber explodierte fast. »Ich könnte diese renitenten Typen,

die uns diesen Bullshit im Internet eingebrockt haben, auf den Mond schießen. Jetzt haben wir das Dilemma. Schalten wir das Netz ab, bricht die weltweite Rebellion aus. Lassen wir es angeschaltet, wird die Welt unregierbar. Sie müssen jetzt handeln, egal, was diese verweichlichten Regierungen sagen.«
Missbilligend schüttelte Clark den Kopf. »Ich weiß, was ich tun muss. Wir sehen uns wie besprochen in London. Dann präsentiere ich Ihnen eine Lösung. Einen schönen Tag noch, Lou.«
Ohne eine Antwort abzuwarten, beendete Clark das Gespräch. Was bildete sich dieser Mistkerl ein! Es war schließlich kein Geheimnis mehr, dass die Finanzwelt, unterstützt von Figuren wie Strieber, die Politik bestimmte. Als würde er das nicht wissen. Doch so schnell ließ sich Clark nicht den Schneid abkaufen. Er war immerhin Chef des mächtigsten Geheimdienstes der Welt, keine Marionette.
Während er eine neue Nummer wählte, wippte sein rechtes Bein unaufhörlich auf und ab. Von Kontrolle konnte längst keine Rede mehr sein, das musste er sich eingestehen.
»Willert, ich warte seit gestern Abend auf Nachricht über diesen schwedischen Hacker. Sind Sie im Tiefschlaf, oder was?«
»Keine Sorge, Sir. Wir sind an ihm dran«, erwiderte der leitende Agent Willert. »Gestern Abend hat er uns in ein Hackernest geführt. Der Einsatz war ein voller Erfolg. Wir konnten einige Zentralfiguren von Anonymous festnehmen, darunter den berüchtigten Davios.«
Immerhin, dachte Clark. Davios war lange schon auf der Liste des FBI gewesen, doch nun hatte sich die CIA als schneller erwiesen. Ein schöner Achtungserfolg.
»Was meinen Sie, Willert, wird uns dieser Hacker aus Stockholm auch zu Peter Norris führen? Oder ist Norris tot, wie behauptet wird?«

»Das kann niemand sagen.«
»Aber Sie sind an Arnström dran, sagen Sie. Wo ist der jetzt?«
Willert räusperte sich. »Im Moment abgetaucht.«
»Abgetaucht?«, schrie Clark. »Schon wieder eine Panne?«
»Tja, eine unserer Agentinnen hatte ihm als Aktivistin getarnt eine Wanze in den Rucksack befördert. Leider hat er den Rucksack in diesem Hackernest auf City Island zurückgelassen, als er uns während der Razzia entwischte. In dem Rucksack haben wir übrigens auch seinen gefälschten Pass gefunden. Aber wir behalten mit unseren geheimen Spezialdrohnen alles unter Beobachtung. Sobald er bei Tageslicht auch nur einen Fuß auf die Straße setzt, haben wir ihn.«
Ungehalten trommelte Clark mit den Fingern auf seinen Schreibtisch. »Na, toll. Gibt es einen Plan B?«
»Selbstverständlich, Sir, wir haben ja unsere schwedischen Kollegen«, erwiderte Willert beflissen. »Sie haben Arnströms Freund Kilian Winter auf ihn angesetzt. Er befindet sich schon auf dem Flug nach New York.«
»Hören Sie zu, Willert. Ich reiße Ihnen persönlich den Kopf ab, wenn Sie jetzt noch einen einzigen Fehler machen. Es wird Zeit, drastischere Mittel einzusetzen.«
»Äh, Sir, was meinen Sie?«
Clarks Körper bäumte sich förmlich in dem Ledersessel auf. »Ein guter Anfang ist es, dass sein Freund ihn verrät. Das wird ihn psychisch demoralisieren. Sobald wir ihn haben, kümmere ich mich persönlich um ihn, haben Sie verstanden?«
»Ja, Sir.«
Clark setzte sein Headset ab und schlug sich mit der Faust in die linke Handfläche. Er nahm sein Handy und einen dünnen Ordner. Dann schloss er sein Büro ab und ging schnellen Schrittes zum Rechenzentrum.
Robert Miles biss gerade in ein Muffin, während er die Pro-

gramme überwachte, mit denen er seit Tagen versuchte, die Server zu reinigen. Er sah übernächtigt aus. Seit 48 Stunden hatte er den Kontrollraum nicht verlassen. Das Haar hing ihm strähnig in die Stirn, unter seinen Augen hatten sich dunkle Ränder gebildet.

»Kommen Sie endlich voran?«, riss Clark den in sich versunkenen Leiter des Rechenzentrums aus seiner Konzentration. Miles verschluckte sich vor Schreck an seinem Kuchen. Er hustete, nach Luft ringend. Beinahe freundschaftlich klopfte Clark ihm auf den Rücken, bis Miles wieder sprechen konnte.

»Morgen weiß ich mehr. Aber solange das Programm nicht aktiv ist, können wir Mindvision unbedenklich starten. Ich bin gerade mit den letzten Programmierungen fertig geworden.«

»Das ist doch schon mal was.« Die ganze Nacht hatte Clark ihn mit Anrufen malträtiert und wusste, dass er Miles nun etwas schonender behandeln musste. Er reichte ihm den Ordner. »Hier haben Sie eine Liste mit indizierten Begriffen. Kontrollieren Sie das gesamte Netz New Yorks im Umkreis von hundert Meilen. Filtern Sie alles Verdächtige raus und lassen Sie es sofort löschen. Sobald einer dieser Begriffe auftaucht, lokalisieren Sie den Absender und leiten Sie die Information auf der Stelle an mich weiter. Und wenn ich es Ihnen signalisiere, schalten Sie das Netz in der Umgebung so lange ab, bis ich es wieder freigebe.«

Miles schaute verwundert zu Clark. »Dafür brauche ich drei Satelliten.«

»Dann benutzen Sie die Dinger eben, verflucht noch mal. Ich fliege jetzt nach Whitestar, halten Sie mich auf dem Laufenden.«

Unbehaglich sah Miles seinem Chef hinterher, der grußlos den Kontrollraum verließ. Die Satelliten. Genau das war das

Problem. Die Sicherheitslücke, genauer gesagt. Aber nicht er, Miles, trug die Verantwortung, sondern Clark. Seufzend gab er die Suchbegriffe ein und wählte die Satelliten an.

18

New York City

Das Motel war ein ziemlich schäbiger Kasten mit winzigen, schmuddeligen Zimmern. Angewidert betrachtete Torben den fleckigen Teppichboden und die Brandlöcher in der vergilbten Gardine. Der Tisch und der einzige Stuhl wackelten, es roch nach verschüttetem Alkohol und abgestandenem Rauch. Wenigstens die Bettwäsche ist sauber, dachte er, als er vom Bett aus in die grelle Morgensonne schaute.

Gähnend blickte er sich um und blieb am verblichenen Muster der Tapeten hängen. Dabei hätte er sich weiß Gott etwas Besseres leisten können. Doch es wäre zu gefährlich gewesen, nach der Razzia noch stundenlang ein besseres Hotel zu suchen.

Er konnte froh sein, dass er es überhaupt bis hierher geschafft hatte. Ohne Jackson säße er jetzt vermutlich in einem New Yorker Gefängnis. Ihm schauderte bei dem Gedanken. Bedrohung, Verfolgung, die ständige Angst …

Mühsam robbte er sich aus dem Bett und ging ins Badezimmer. Im Spiegel über dem Waschbecken betrachtete er sein Gesicht. Sein Haar stand in alle Richtungen ab, die Augenlider waren geschwollen.

Als es an der Tür klopfte, hielt er den Atem an. Wer konnte das sein?

»Sir, es ist zehn Uhr. Sie müssen das Zimmer räumen«, ertönte eine krächzende Stimme von außen.
Rüde Methoden, dachte Torben. Andererseits gab es wirklich nichts, was ihn länger in dieser verdreckten Bude hielt. Er duschte in Windeseile und zog sich an. Dann legte er ein paar Dollarscheine auf den Nachtschrank. Wer hier sauber machte, hatte einen miesen Job und konnte eine kleine Aufmunterung sicher gebrauchen.
Auf dem Weg zur Rezeption hielt er inne. Ein gebrechlicher alter Mann starrte auf einen Fernseher, der über einem alten Kühlschrank hing. Die Klimaanlage ratterte so laut, dass Torben den Nachrichtensprecher kaum verstehen konnte. Was ihm jedoch das Blut in den Adern stocken ließ, war das, was er sah: ein Foto von ihm!
Er ging einen Schritt näher an den Fernseher. Man hatte ihn wegen des Datendiebstahls bei Saicom zur Fahndung ausgeschrieben. Plötzlich wurde ihm bewusst, in welche Gefahr er auch Kilian gebracht hatte. Sicher würde man ihn auseinandernehmen. Er musste ihn erreichen, sich erklären.
Bevor der Mann hinter dem Tresen auf ihn aufmerksam werden konnte, drehte er sich um und eilte auf die Straße.
Offenbar hatte die Polizei in der Nacht seinen Pass gefunden. Wie hatte er ihn auch nur in dem Rucksack lassen können? Verzweifelt setzte er sich auf einen Mauervorsprung. Auf all das hatte Peter ihn nicht vorbereitet. Er war kein abgebrühter Agent ohne Angst und Skrupel. Vor lauter Begeisterung für Norris hatte er die Gefahren dieser Mission unterschätzt. Wut stieg in ihm auf. Der Ex-CIA-Mann hatte ihn in diese Situation gebracht. Er musste gewusst haben, dass er Torben gefährdete, als er ihn mit seinen Befürchtungen fütterte. Spätestens wenn die Politik vor den Banken und Unternehmen komplett einknicken und alle Belastungen an die

Bevölkerung weiterreichen würde, wäre ein Punkt erreicht, an dem das System, die Männer und Frauen an den Schalthebeln der Macht losschlagen würden. Ihre Angst war größer als ihr Verstand und ihr Herz. Torben vermutete, dass Peter ihm nicht alles erzählen konnte. Oder wollte er es gar nicht? Das Rettungspaket in Hamburg war jedenfalls nicht für jemanden gedacht, der sich einer Bagatellstraftat schuldig gemacht hatte.

Nun war Torben völlig schutzlos. Nur seine Sonnenbrille gab ihm ein letztes Gefühl von Sicherheit, nicht sofort erkannt zu werden. Er musste weg von der Straße. Aber wohin? Selbst ein anständiges Hotel kam nicht mehr infrage, weil in den meisten ein Pass oder eine Kreditkarte vorgelegt werden musste. Als Barzahler würde er in dieser paranoiden Stadt sofort auffallen. Zurück zu diesem unorganisierten Anonymous-Haufen zu gehen war ausgeschlossen. Offenbar wurden sie seit Langem überwacht. Noch einmal wollte er nicht wie ein Wild gejagt werden.

Angestrengt dachte Torben nach, während er die Straße im Blick behielt. Ein paar mexikanisch aussehende Jungen kickten mit leeren Dosen. Eine obdachlose Frau schlurfte vorbei, schwer beladen mit Plastiktüten, in denen sie ihre Habseligkeiten mit sich schleppte. Alles hier sah trostlos aus.

Denk nach! Es muss eine Lösung geben! Vielleicht könnte ich bei den Demonstranten rund um die Wall Street Hilfe finden, überlegte er. Doch was dann? Ohne Papiere käme er ohnehin nicht weit. Er brauchte jemanden, der ihm hier heraushalf. Jemanden, dem er vertrauen konnte. Und dafür kamen nur zwei Menschen infrage: Nova und Kilian vielleicht auch wieder.

Mit Nova Kontakt aufzunehmen wagte er nicht. Er wollte sie nicht ins Fadenkreuz der Verfolger rücken. Blieb also nur

Kilian. Das war allerdings eine schwierige Option. Seit Kilian ihm die Festplatte entrissen hatte, waren sie keine Freunde mehr. Andererseits war dies eine Notsituation. Kilian würde ihn sicher nicht hängen lassen, ganz bestimmt nicht. Doch was wäre, wenn die Bullen ihn seinetwegen längst hochgenommen hatten?
Torben erinnerte sich, wie er mit seinem Freund und dessen Vater ein Jahr zuvor in New York gewesen war. Auf dem JFK Airport waren sie ohne Passkontrolle eingereist, weil Kilians Vater als Honorarkonsul von Venezuela den Diplomatenstatus innehatte. Das war Torbens einzige Chance, das Land zu verlassen. In Schweden würde man ihn besser behandeln. Bei den Gefängnisstrafen, die ihn hier höchstwahrscheinlich erwarteten, würde sein Leben vorüber sein, wenn man ihn wieder entließ. In seiner Hosentasche wühlte er nach Kleingeld. Er stand auf und schlenderte zur nächsten Telefonzelle. Aus dem Gedächtnis tippte er Kilians Handynummer in die Tasten. Dann lauschte er auf das Freizeichen. Jede Sekunde, die verging, war eine Qual. Immer wieder boxte er mit der Faust auf den Telefonkasten.
»Komm schon, geh ran«, murmelte er beschwörend.
»Winter.«
Beim Klang von Kilians Stimme hätte Torben fast geweint. Kilian, das war sein altes Leben, als es noch in Ordnung gewesen war.
»Hallo? Wer ist da?«
Torben schluckte. »Ich bin's, Torben. Mir ist klar, welchen Ärger ich dir oder Saicom vermutlich gemacht habe. Kilian, ich stehe hier auf der Fahndungsliste. Ich will mich stellen, dir alles erklären, aber in Schweden, verstehst du? Warte bitte, ich will nicht zurückverfolgt werden. Ich ruf dich in zehn Minuten wieder an.«

»In Ordnung«, sagte Kilian knapp.
Torben legte auf und sprang auf die Straße. Ein Yellow Cab kam auf ihn zugefahren, das er winkend anhielt.
»Fahren Sie in Richtung Wall Street«, rief er der Fahrerin zu, während er sich auf den Rücksitz warf. Die Taxifahrerin musterte ihn kurz im Rückspiegel, dann gab sie Gas. Kilian war also frei. Klang, als wäre er nicht betroffen. Das ist ein gutes Zeichen, dachte Torben.
Kurz hinter dem Palham Bay Park entdeckte Torben eine weitere Telefonzelle. »Warten Sie hier, bitte.«
»Woher weiß ich, dass Sie wiederkommen?«
Torben reichte ihr zwanzig Dollar nach vorn, die sie in den Ausschnitt ihres geblümten Kleids steckte.
»In Ordnung. Ich warte, aber nur zehn Minuten, Kleiner.«
Torben stieg aus, trat in die Zelle und wählte erneut Kilians Nummer. Es dauerte eine Weile. Torben strich sich über den knurrenden Magen. Seit dem Hamburger am Tag zuvor hatte er keinen Bissen zu sich genommen.
Endlich meldete sich Kilian. »Torben? Wo bist du?«
»In New York. Ich erklär's dir später. Ich brauche deine Hilfe.«
»New York?«, wiederholte Kilian. »Na, das nenne ich einen Zufall. Stell dir vor, ich bin vor einer Stunde hier gelandet. Ich treffe mich mit meinem Vater und fliege morgen Abend mit ihm nach Brüssel.«
Konnte das sein? Er klang, als wäre tatsächlich alles in Ordnung, als hätte er das mit der Fahndungsliste nicht mal gehört. Torben schob alle Zweifel in diesem Moment beiseite. Wenn das stimmte, was Kilian gesagt hatte, klang es wie Musik in seinen Ohren.
»Kann ich mit euch fliegen?«, fragte er atemlos.
»Wenn dir damit geholfen ist – warum nicht? Vergiss mal un-

seren Streit. Ich weiß, dass du einen ganzen Sack Probleme hast. Aber wenn's drauf ankommt, haben wir doch immer zusammengehalten, oder?«

Torben lehnte seine Wange an die Glasscheibe der Telefonzelle. »Ja, haben wir. Danke, Kilian.«

»Keine Ursache«, erwiderte Kilian. »Was ist, wollen wir uns treffen? Dann kannst du mir erzählen, was passiert ist.«

Torben ahnte, dass es nicht besonders schlau war, sich schon jetzt mit Kilian zu verabreden. Er hätte untertauchen, sich verstecken und erst am nächsten Abend wieder am Flughafen auftauchen sollen. Doch sein Gefühl absoluten Verlassenseins siegte. Er sehnte sich danach, mit einem Vertrauten zu reden.

»In der Nähe des Zuccotti Parks gibt es ein Restaurant, das Trinity Place«, schlug er vor. »Passt dir achtzehn Uhr?«

»Keine gute Idee, das wäre viel zu gefährlich für dich«, protestierte Kilian. »Hast du nicht die Fahndungsaufrufe gesehen? In New York bist du im Augenblick bekannter als Batman. Komm lieber um zweiundzwanzig Uhr in die Teller Avenue. Hausnummer 1303. Ich kenne die Gegend von früher. Da treiben sich abends keine Bullen mehr rum. Bis dahin tauchst du am besten im Claremont Park unter, der ist ganz in der Nähe. Ich werde pünktlich sein. Also?«

Torben konnte nicht antworten. Mit Schrecken sah er, dass ein Polizeiwagen auf der gegenüberliegenden Straßenseite parkte. Die Polizisten schienen ihn zu beobachten.

»Ich muss Schluss machen. Wir sehen uns um zwanzig Uhr in der Teller Avenue.« Er legte auf, behielt aber den Hörer in der Hand. Wie gelähmt sah er, dass die Polizisten aus dem Wagen stiegen. Einer von ihnen öffnete sein Waffenhalfter.

Panik erfasste ihn. Schnell legte er den Hörer auf und lief zum wartenden Taxi. Als er sich umdrehte, sah er, wie die Polizisten mit gezogener Waffe auf ihn zukamen.

19

Wüste Nevada – Bunker Whitestar

Ungeduldig legte Clark seine Hand auf den Scanner und blinzelte in die kleine Kamera, die über ihm hing. Ein Laser tastete seine Iris ab. Mit einem hydraulischen Zischen öffnete sich die Tür zum Laborbereich von Darien Orlando. Nach all den Rückschlägen wollte er nun seinen Trumpf sehen. Wie umgewandelt, wechselte er durch zwei Türen in einen Laborraum. Er erbaute sich daran, dass der Testlauf der Hirn-zu-Hirn-Kommunikation in Afghanistan ein gelungenes Ablenkungsmanöver war, längst arbeiteten seine Wissenschaftler an einer gänzlich anderen Dimension dieser neuen Waffengattung.

Der Laborbereich bestand aus einem weitläufigen Netz von Räumen, getrennt durch Glasscheiben. In den einzelnen Parzellen standen Liegen, Stühle und Apparaturen. Grelles Neonlicht ließ die weißen Wände ringsum und den klinisch sauberen Boden unwirklich erscheinen.

Der Wissenschaftler hockte etwas erhöht auf einem Podest vor seinem Rechner. Gerade legte er seine Brille zur Seite und ließ den Kopf in die Hände sinken.

Auf dem Bildschirm war das digitale Abbild eines Gehirns zu sehen. Die verschiedenen Hirnareale waren durch unterschiedliche Farben sichtbar gemacht worden. Ein lautes Summen lag in der Luft. Es hörte sich an, als würden Tausende Fliegen durch die Luft schwirren.

In einer der von schalldichtem Glas umgebenen Laborkammern saß ein verwahrlost aussehender Mann in orangefarbener Kleidung. An seinem kahl rasierten Kopf waren Dutzende Dioden angebracht, deren Kabel in eine Reihe hochkomple-

xer Rechner mündeten. Seine Gesichtszüge waren erschlafft. Der Mann lebte und atmete, aber in seinem Blick lag eine tiefe Leere, als sei er mit offenen Augen bewusstlos geworden.
Orlando hob den Kopf und betrachtete den Mann. Dann sprach er in ein Mikrofon. Scheppernd hallte seine brüchige Stimme durch den Raum. »Gebt ihm 200 mg Inoxin und 100 mg Amphetamin. Dann bringt ihn raus.«
Seine grauen Haare klebten an der Stirn, und die Bartschatten verrieten Clark, dass Orlando schon seit Tagen durchgearbeitet hatte. Doch die tiefe Müdigkeit in seinem Gesicht schien nicht nur auf Schlafmangel zu beruhen, sondern glich einer abgrundtiefen Depression. Abgeschottet durch das dicke Panzerglas, bastelte Orlando an etlichen Geräten herum, deren futuristische Formen den Entwicklungen in einer Hightech-Werkstatt aus Silicon Valley glichen. Die neue Generation der Rechner hatte die Fähigkeit, annährend die Kapazität des menschlichen Gehirns mit all seinen neuralen Verbindungen zu erreichen. Und genau darum ging es in diesem Labor. Orlando registrierte auf dem übergroßen Kristallbildschirm die letzten Hirnströme des Probanden. Die verschiedenen Hirnregionen waren nicht nur in unterschiedlichen Farben, sondern auch dreidimensional dargestellt. Die neuralen Verbindungen flossen in einem tiefen Rot durch das Gebilde, bis die Farbe verblasste und in Weiß überging.
»Ich habe es euch immer wieder erklärt«, rief er aufgebracht den Helfern zu, die sich an dem Mann zu schaffen machten. »Die Niedrigfrequenzen zwischen sechs und neun Hertz können das Langzeitgedächtnis schädigen. Ihr habt dem Mann gerade die Festplatte gelöscht! Also noch mal. Bleibt exakt bei sechs Komma siebenundsechzig Hertz!«
Clark beobachtete teilnahmslos, wie zwei Soldaten den leblosen Mann aus dem Raum schleiften.

Statt einer Begrüßung klopfte er mit den Fingerknöcheln auf den Schreibtisch des Wissenschaftlers.
»Nun, wie weit sind Sie gekommen?«
Orlando verharrte ein paar Sekunden reglos, bevor er reagierte. Seine graublauen Augen waren rot unterlaufen, seine Bewegungen wirkten unnatürlich verlangsamt, als er sich von seinem Sessel erhob.
»Wir bekommen das so nicht in den Griff«, sagte er tonlos. »Ich kann es nicht mehr verantworten, diese Männer Ihren menschenverachtenden Tests auszuliefern. Das ist …«
Mit einer Geste der Unwilligkeit unterbrach ihn Clark. »Diese Männer haben so viele Verbrechen begangen, dass kein Hahn mehr nach ihnen kräht. Ihre Todesurteile sind längst unterschrieben, diese Mistkerle kommen aus Pakistan. Sie tun diesem Land einen Gefallen. Wer kräht schon nach diesen dreckigen Terroristen. Ich will endlich Ergebnisse sehen!«
Er verlor zusehends die Geduld mit Orlando, der psychisch auseinanderzubrechen drohte. Und er hatte das Gefühl, dass dieser Mann längst nicht alles gab, was er hätte leisten können.
»Hören Sie auf, mir etwas vorzuspielen. Ihrer Frau und Ihren beiden Töchtern geht es gut. Sie möchten doch, dass das so bleibt, nehme ich an?«
Verschreckt sah Orlando ihn an, dann schaute er wieder in das Versuchslabor. Ein neuer Proband wurde mit verbundenen Augen hereingebracht. Während man ihm Dioden an den Kopf klebte, drückte Clark den schmächtigen Orlando tief in seinen Sessel. Mit seiner massigen Statur machte er Orlando sichtlich noch mehr Angst. Clark ließ von ihm ab und legte ihm einen Ausdruck der neuesten Nachrichten aus Washington auf den Schreibtisch.
Orlando war kaum in der Lage, die wenigen Zeilen zu lesen. Er sackte noch tiefer in seinen Sessel.

»Da draußen rotten sich die Feinde unseres Systems zusammen«, schimpfte Clark. »Ich trage eine gewisse Verantwortung. Und ich will die erste Variante der Psychotronics in zwei Tagen in Aktion sehen. Schaffen Sie das?«

Orlando richtete seinen Blick auf das Labor. Die neuen Probanden wurden auf Liegen festgeschnallt.

»Kommen Sie mit«, sagte Orlando heiser.

Clark folgte ihm in eine Halle, in der unzählige Neonlampen aufflackerten, als sie die Lichtschranke passierten. Die Halle war so groß wie ein Hockeyfeld. Auf dem grauen Boden verliefen weiße Linien, die wie Landebegrenzungen aussahen. An der Decke erstreckten sich parallel zwei lange Stahlschienen. Die Bunkerdecke konnte für Hubschrauber jeder Größe geöffnet werden. Bis auf einen Helikopter und einen Lastwagen in Tarnfarben war die Halle zurzeit völlig leer. Die Ladung des Lasters wurde von einer Tarndecke verborgen.

Wie in Trance ging Orlando auf das Fahrzeug zu und zog die Decke herab. Clark stemmte seine Hände in die Hüften. Das also war die neue Wunderwaffe. Eine Maschine, die über künstlich erzeugte elektrische Frequenzen Stimmungen und Gefühle beeinflussen konnte. Er betrachtete sie von allen Seiten. Auf der Ladefläche stand ein Stromgenerator mit dunkelgrünen Kühlrippen. Er hatte ein Volumen von etwa vier Kubikmetern. Darüber schwebte eine etwa sechs Meter lange Röhre, die durch dicke Kabel mit dem Generator verbunden war. Am vorderen Ende der Röhre waren mehrere Dutzend Glaskugeln in das Metall eingelassen. Die Dimension des silberfarbenen Geschosses, das das grelle Licht im Hangar reflektierte, ließ selbst den erfahrenen Soldaten für einen Moment staunen. Am unteren Ende, hinter einem Kasten aus Stahlgeflecht, war Platz für zwei Männer. Davor zwei schwarze, massiv in Eisen eingehüllte Bildschirme und etliche Tastenfelder. Das ist also der lang erwartete Durchbruch, dachte Clark, ein Hightech-Monstrum, das bald die Welt verändern wird.

»Die Tests sind noch nicht abgeschlossen«, erläuterte Orlando. »Es liegt an Ihnen, ob Sie die Waffe trotzdem einsetzen. Über die möglichen Langzeitfolgen habe ich Sie ja aufgeklärt.« Bedrückt fuhr er fort: »Die Wirkung der Strahlung könnte sich ins Gegenteil verkehren – dann würde die Stimmung der Demonstranten in Aggression umschlagen. Wir haben noch zu wenige empirische Erfahrungen.«

Clark nahm Haltung an. Er legte Orlando die Hände auf die Schulter.

»Es ist meine Pflicht, das Land unter Kontrolle zu behalten. Oder wollen Sie noch mehr Tote auf den Straßen? Unsere Leute werden Ihre kleine Schreckkanone so bald wie möglich ausprobieren. Aber Sie wissen ganz genau, was ich wirklich von Ihnen erwarte. Ich gebe Ihnen maximal eine Woche, um zu beenden, wofür ich Sie hergeholt habe.« Plötzlich hielt er inne. »Moment, was haben Sie eben gesagt?«

Schuldbewusst wich Orlando einen Schritt zurück.

»Es kann statt Furcht auch Aggression auslösen. Wir haben die Feinabstimmung der elektromagnetischen Trägerwellen noch nicht ausreichend erforscht.«

Clark hasste solche Skrupel. Typisch Wissenschaftler, dachte er. Die forschen und forschen, aber wenn es an die Praxis geht, sind sie jämmerliche Versager. Unwillkürlich ballte er die Fäuste. Wer weiß, wozu uns das noch nützlich sein kann, überlegte er. Zur rechten Zeit könnten auch Aggressionen in den Plan passen. Das gab der Operation Silent Control eine völlig neue Dimension.

Unsanft schob er Orlando in Richtung Labor. Was auch immer dieser Zweifler sagte, er, Clark, würde jetzt alles einsetzen, was ihm zur Verfügung stand. Striebers Anruf hatte ihm gereicht.

»Erweisen Sie diesem Land Ihren Dienst.«

Orlando seufzte. Es war nicht das erste Mal, dass Clark ihn so unter Druck setzte.

»Ach ja. Ich feiere Weihnachten dann wieder bei meiner Familie? Denken Sie etwa, dass ich so naiv bin?«

Als sie das Labor wieder betraten, blieben sie wie angewurzelt stehen. Alles lag in tiefer Dunkelheit. Offenbar war der Strom ausgefallen. Es roch bestialisch nach verschmorten Elektroteilen und verbrannten Haaren. Clark wollte gerade sein Feuerzeug aus der Hosentasche holen, als das Licht wieder anging. In dem schalldichten verglasten Laborraum mit den beiden Männern herrschte chaotisches Getümmel. Ein Mitarbeiter im weißen Kittel gestikulierte wild. Das Entsetzen in seinem Gesicht ließ nichts Gutes ahnen. In höchster Erregung rannte er auf Orlando zu.

»Sir, wir hatten einen Kurzschluss. Es passierte, als wir den Transmitter anschlossen. Der Stromschlag ging durch die Dioden … die Männer sind tot.«

Orlando ließ sich in seinen Sessel fallen und schlug die Hände über dem Kopf zusammen. Clark dagegen betrachtete ohne jede Gefühlsregung die Probanden. Aus ihren geöffneten Mündern zog etwas Rauch. Neben den Dioden waren überall Brandspuren auf ihrer Kopfhaut.

»Eine Woche, Orlando! Und bringen Sie die Scheiße hier in Ordnung! Wenn Sie das Ganze sabotieren, sehen Sie kein Tageslicht mehr.«

Abrupt wandte er sich ab und steuerte den Ausgang an. Als er die letzte Sicherheitsschleuse passiert hatte, stieß er beinahe mit der Agentin June Madlow zusammen. Sie hatte offenbar auf ihn gewartet.

»Madlow? Sie haben hier nichts zu suchen! Raus hier!«
»Sir, man sagte mir, dass Sie mich sehen wollen und dass Sie hier sind«, entgegnete die Agentin. Sie war eine Amazone, fast so groß wie Clark und perfekt durchtrainiert. Unter dem dunklen Kostüm ahnte man die ausgeprägte Muskulatur ihres gestählten Körpers. Dennoch wirkte sie anziehend.
Sie war sogar ziemlich hübsch mit ihren hohen Wangenknochen, den dunklen Augen und ihrem schulterlangen schwarzen Haar. »Es würde mich schon interessieren, was in den Labors passiert. Man hört so einiges, wissen Sie. Von einer wahren Wunderwaffe ist sogar die Rede. Sorry, die Neugier ist mir angeboren – sonst wäre ich sicherlich keine gute Agentin geworden, oder?«
Sie lächelte selbstsicher. Es hatte Clark immer schon missfallen, dass diese Frau keinen Respekt vor ihm hatte.
»Jedenfalls ist dieser Bereich für Sie tabu. Kommen Sie, wir gehen in mein Büro.«
Mit ausladenden Schritten marschierte er voraus, ohne Rücksicht auf June Madlow, die es jedoch mühelos schaffte, ihm auf den Fersen zu bleiben.
»Agent Willert empfängt Sie in vier Stunden in New York«, erklärte Clark kühl über die Schulter hinweg. »Dort werden Sie das Zielobjekt in Empfang nehmen. Sobald dieser Arnström in Gewahrsam ist, bringen Sie ihn her.«
Inzwischen hatten sie Clarks Büro erreicht. »So, Madlow, hier sind einige Unterlagen.« Der CIA-Chef knallte eine graue Mappe auf den Tisch.
Mit einem prüfenden Blick nahm sie die Unterlagen an sich und blätterte in dem Dossier herum. Als sie das Foto von Torben sah, stutzte sie.
»Hübscher Kerl und blutjung! Sind Sie sicher, dass dieses Milchgesicht der Erfinder eines Sabotageprogramms ist?«

»Dieses ›Milchgesicht‹ ist im Moment der Staatsfeind Nummer eins! Worauf warten Sie? Fliegen Sie los, der Jet wartet!«
June Madlow war schon an der Tür, als Clark noch einmal das Wort ergriff.
»Noch etwas, Madlow. Der Fall ist nicht nur geheim. Die Dinge liegen etwas, nun ja, diffiziler als bei Ihren bisherigen Aufträgen. Um es deutlich zu sagen: Ich erwarte von Ihnen, dass Sie diesem kleinen Nerd den Kopf verdrehen.«
Sie starrte Clark an, als hätte sie sich verhört.
»Haben Sie sonst noch irgendwelche Wünsche? Soll ich ihm die Eier massieren?«
Clark lachte laut auf. »Nun, das können Sie von mir aus auch, aber ich meine es ernst. Wir brauchen den Jungen auf unserer Seite, und es wäre doch schade, wenn wir so einen hübschen Kerl grillen müssten. Was denken Sie?«
»Wie bitte?«
Clark setzte sich auf die Kante seines Schreibtisches und sah sie herausfordernd an. »Jetzt tun Sie mal nicht wie eine Betschwester. Setzen Sie Ihre Reize ein! Ich will ihn für uns gewinnen. Er muss kooperativ sein. Und da Sie ihn ja ›hübsch‹ finden, dürfte Ihnen das wohl nicht schwerfallen.«
»Wenn Sie eine Nutte brauchen, suchen Sie sich gefälligst eine andere für den Job. Dafür habe ich mich nicht beworben!«
Clark grinste. Endlich hatte er es geschafft, diese selbstbewusste Frau aus der Fassung zu bringen.
»Nur damit wir uns richtig verstehen. Sie haben um Beförderung gebeten. Dem steht auch grundsätzlich nichts im Wege. Allerdings erwarte ich von Ihnen, dass Sie meine Anweisungen befolgen. Alle meine Anweisungen. Klar so weit? Und ich habe nicht gesagt, dass Sie mit ihm ins Bett gehen sollen.«
Wieder grinste er. »Sie dürfen aber.«

June Madlow presste die Lippen zusammen, während sie kaum merklich nickte.
»Na, sehen Sie! Sie sind doch ein braves Mädchen.«
Grußlos verließ sie das Büro und knallte die Tür hinter sich zu. Auf dem Flur machte sie ihrem Ärger Luft.
»Du mieses, sexistisches Schwein!« Sie schlug noch einmal die Mappe auf und betrachtete das Foto von Torben Arnström. »Okay, Clark. Voller Körpereinsatz. Aber dafür wirst du büßen.«

20

New York City

Torben riss die Tür des Taxis auf und sprang hinein. »Losfahren, sofort!«
Die Taxifahrerin grinste in den Rückspiegel. Betont langsam startete sie den Wagen und rollte los. »Die beiden Cops haben es nicht auf dich abgesehen, Kleiner.«
Torben drehte sich um und sah aus dem Rückfenster, wie die Polizisten einen dunkelhäutigen Mann aus einem Gebüsch zogen und abführten. Doch der Schock hatte seine Wirkung getan. So war es also, unter Fahndungsdruck zu stehen. Jetzt konnte er nachempfinden, wie Peter sich all die Jahre gefühlt haben musste, immer auf der Flucht, immer in Angst, entdeckt zu werden.
Während das Taxi über den Asphalt rollte, überlegte Torben, was er nun tun sollte. Er hatte in ein Internetcafé gehen wollen, um Nova ein Lebenszeichen zu geben. Doch jetzt war er zu verunsichert dafür. Er durfte kein Risiko mehr eingehen.

»Zum Claremont Park.«
»Was immer du angestellt hast, ich fahr dich hin, Kleiner.«
Der Claremont Park grenzte an die endlos lange Teller Avenue, die einen recht bürgerlichen Eindruck machte. Zwei- bis dreigeschossige Vorstadtvillen aus rotem Backstein mit ordentlichen Vorgärten reihten sich aneinander. Nur vereinzelt sah man heruntergekommene Holzfassaden mit abgeblättertem Lack, vor denen sich Müllberge und abgewrackte Autos türmten. Die Upperclass wohnte hier nicht gerade, so viel stand fest.
Torben zahlte und stieg aus. Dann schlenderte er zu der Grünfläche, die wie eine Oase in der Bronx wirkte. Weitflächige Rasenstücke erstreckten sich zwischen Bäumen und Büschen, und es gab sogar einen Pool, der aber um diese Jahreszeit noch geschlossen war.
Kilian hatte recht gehabt. Hier fiel Torben nicht weiter auf. Die Menschen waren mit sich selbst beschäftigt und genossen die ersten Frühlingstage. Ineinander verschlungene Pärchen lagen auf Picknickdecken, Mütter sahen von den Parkbänken aus ihren Kindern beim Herumtollen zu. Ein paar Kids spielten Frisbee, wild bellende Hunde jagten Bällen und Stöckchen hinterher.
Torben ließ sich im Schatten eines Ahornbaums nieder. Zwei punkig gekleidete Mädchen lagen nicht weit von ihm entfernt und tranken Bier, während sie sich lachend unterhielten. Der Kontrast zwischen der friedlichen Atmosphäre ringsum und seiner verworrenen Lage hätte größer nicht sein können.
Wieder wanderten seine Gedanken zu Peter, der von Land zu Land geflohen war.
Torben hatte Peter Norris als Gaststudent in Hamburg kennengelernt. Der ehemalige CIA-Agent hatte wahrlich keine

rühmliche Geschichte aufzuweisen. Mehr als zwanzig Jahre lang hatte er Operationen der CIA in Lateinamerika geleitet. Sein Auftrag war es gewesen, unliebsame Regierungen zu beseitigen, die sich den wirtschaftlichen Interessen der USA widersetzten. Nachdem er beschlossen hatte, der CIA den Rücken zu kehren, dafür seine Frau und seine Kinder zurücklassen musste, tauchte er in Frankreich unter. Da er keine Mittel hatte, um sein Buch zu schreiben, wäre er fast einem Agenten auf den Leim gegangen. Er jubelte ihm eine Schreibmaschine unter, die mit einem Sender versehen war, und versuchte, ihn nach Spanien zu locken, um ihn von dort zu entführen und in die Staaten zurückzubringen. Als er die Wanzen entdeckte, floh er nach London. Dort versteckte ihn ein Verlag auf dem Land, bis er sein Enthüllungswerk fertig hatte. Nach der Veröffentlichung musste der damalige CIA-Direktor George Bush die wohl größte Schlappe der CIA einstecken und alle Operationen in Lateinamerika abbrechen. Danach floh Peter durch etliche NATO-Staaten und konnte in Deutschland mithilfe einer Scheinehe jahrelang in Ruhe leben.

Torben erinnerte Peter an seinen Sohn. Bei der Flucht aus den USA hatte er ihn dort zurücklassen müssen. Und so wurde Peter Norris eine Art Vaterersatz.

Als es in Deutschland zu eng wurde, floh er schließlich nach Kuba.

Drohte ihm das gleiche Schicksal? Er konnte sich gut an den Tag erinnern, als er den ehemaligen CIA-Agenten in Eppendorf, einem der wohlhabenderen Viertel Hamburgs, besucht hatte. Damals hatte Torben für die Dauer seines Studiums nur zwei Straßen weiter bei einem pensionierten Professor gelebt. Er war überrascht von Peters großzügiger Wohnung gewesen, von den kostbaren antiken Möbeln und den edlen Teppichen. Der Erfolg als Autor hatte Peter einen gewissen

Wohlstand beschert. Sein Enthüllungsbuch war in zwanzig Sprachen übersetzt und gut verkauft worden. Lange hatte Torben in der gut bestückten Bibliothek gestanden, vermutlich eine der weltweit umfangreichsten Materialsammlungen über die Arbeit der internationalen Geheimdienste. Torben war wie berauscht gewesen. Er, der kleine, unbedeutende Student aus Schweden, hatte damals mit unbändiger Neugier vor einem Mann gesessen, der genau wusste, wie Weltpolitik gemacht wird. Wie verlogen die westlichen Mächte agierten. Er war dabei, weitaus mehr zu verstehen als seine Professoren, die nur am grünen Tisch analysierten. Peters Aura und sein Wissen waren so überwältigend gewesen, dass Torben ihm blind vertraute und sich darauf einließ, Peters brisanten Informationen nachzugehen. Informationen, die etwas mit einer Reaktion zu tun hatten, die das eine Prozent schon lange für den Tag X vorbereitet hatte, an dem das Geldsystem kollabieren und hunderte Millionen Menschen im Westen vor der Armutsgrenze stehen würden. Doch mit einem hatte man scheinbar nicht gerechnet: Dass diese Millionen absolut friedlich ihre Rechte einfordern und mit Zivilcourage, Aufklärung und langem Atem das öffentliche Leben durch Sitzblockaden, Zeltlager und mannigfache Internetaktionen zum Erliegen bringen würden.
Die Wärme machte Torben schläfrig. Er streckte sich im Gras aus und spürte, wie seine Lider schwer wurden.
Die Sonne sank schon dem Horizont entgegen, als er wieder erwachte. Verblüfft sah er zur Uhr. Er hatte fast neun Stunden geschlafen. Der Park hatte sich geleert, nur ein paar Jugendliche saßen noch auf den Bänken und rauchten. Es war fast acht.
Torben rappelte sich auf und durchquerte den Park, bis er wieder auf die Teller Avenue gelangte. Seine letzte Hoffnung

ruhte auf Kilian. Nur er konnte ihm helfen, unbemerkt zurück nach Schweden zu kommen.
Als er die Hausnummer 1303 erreichte, war niemand zu sehen. Unschlüssig stand Torben vor einem unauffälligen Eckhaus und sah sich um. Er wusste, dass er trotz der einsetzenden Dämmerung wie ein Wild auf freier Lichtung zu orten war.
Sicherheitshalber wechselte er die Straßenseite und behielt die Haustür im Blick. Endlich erschien Kilian. Er trug einen lässigen schwarzen Anzug und seine unvermeidliche Nerdbrille. Im Laufen winkte er Torben mehrmals zu.
»Hey, Torben, gut, dass du da bist!«
In dem Augenblick rasten zwei Wagen um die Ecke. Wie aus dem Nichts tauchten zwei Männer in Jeans und Lederjacken auf und verstellten Torben den Weg. Das durfte nicht wahr sein! Welch eine Enttäuschung. Kilian hatte ihn offensichtlich ans Messer geliefert.
»Schwedischer Geheimdienst«, stellte sich einer der beiden vor, ein groß gewachsener, breitschultriger Koloss. »Mr. Arnström, bleiben Sie bitte ruhig und kommen Sie unauffällig mit.« Er wirkte angespannt, aber nicht aggressiv.
»Schweden? Ihr seid wirklich Schweden?« Torbens Überraschung folgte Misstrauen, obwohl der Mann seine Muttersprache akzentfrei sprach.
Der Agent schob sein Jackett zur Seite und deutete mit einer Hand auf seine Waffe.
Blanke Panik überrollte Torben. Er stieß den Mann zur Seite, die Pistole fiel krachend zu Boden. Mit voller Wucht trat er dem anderen gegen die Kniescheibe. Der brüllte laut auf und kippte mit schmerzverzerrtem Gesicht nach hinten.
Aus dem Augenwinkel registrierte Torben noch, wie Kilian niedergerissen wurde, während ihm gleich drei Männer

Handschellen anlegten. Hatte er ihn doch nicht verraten? Oder wurde hier eine billige Show abgezogen? Nach dem Motto, wir lassen es so aussehen, als wären wir beiden auf die Schliche gekommen?

So schnell er konnte, rannte er wieder in Richtung Park. Torben hörte, wie ihm ein Verfolger immer näher kam.

Er lief schneller. Der Spurt ließ seine Kopfverletzung schmerzen, die er schon fast vergessen hatte. Nein, bis zum Park würde er es nicht mehr schaffen.

Abrupt bremste er ab, ließ seinen Verfolger auflaufen und trat ihm in die Weichteile. Der Mann sank gekrümmt in sich zusammen. Der Typ war fürs Erste schachmatt. Doch der nächste Verfolger war schon in Sichtweite.

Torben rannte über die Straße, auf ein unbebautes, verwildertes Grundstück zu. Er kletterte über einen hohen Drahtzaun, der das Terrain begrenzte, in der Hoffnung, wie schon in Stockholm, durch irgendwelche Hinterhöfe fliehen zu können. Immer wieder rutschten seine Füße an dem rostigen Zaun ab. Verbissen hangelte er sich weiter nach oben, bis er auf die andere Seite springen konnte.

Plötzlich hörte er einen lauten Knall. Ein Schuss! Ein zweiter Schuss schlug in ein verrostetes Ölfass direkt neben ihm ein. Das metallische Geräusch ließ ihm das Blut in den Adern gefrieren. In Todesangst kämpfte er sich durch mannshohes Gebüsch und stinkende Müllhaufen. Er wusste nicht, wohin. Er wusste nur, dass jetzt nicht nur seine Freiheit, sondern auch sein Leben auf dem Spiel stand.

Völlig schockiert saß Kilian im Wagen der schwedischen Agenten. Was hatte er Torben angetan! Es war von Verhaftung die Rede gewesen, nicht von Hinrichtung. Was zum Teufel hatte Torben nur angestellt, dass man auf ihn schoss?

Er hatte Schwierigkeiten, seinen Mageninhalt bei sich zu behalten. Was zur Hölle ging hier ab? Jede Nervenzelle signalisierte ihm, dass er einen riesigen Fehler gemacht hatte. Er war davon ausgegangen, dass es sich nur um einen Hack handelte, für den Torben bestenfalls eine dicke Geldstrafe oder eine erträgliche Haftstrafe bekommen hätte, und verdammt … die hätte er für den dreisten Diebstahl auch verdient. Aber das hier war ja, als hätte Torben …, Kilian würgte, … ja was? Was zum Teufel hatte er mit den Daten gemacht?
Kilian hörte mit, wie die schwedischen Beamten über Funk Kontakt mit ihren Kollegen hielten. Wieder fielen Schüsse. Kreidebleich drückte er sich tiefer in den Rücksitz. Der Beamte neben ihm machte ein besorgtes Gesicht.
»Sie haben ihn doch nicht umgebracht?«, fragte Kilian mit bebender Stimme.
Die Männer antworteten nicht. Der Agent, der den Wagen steuerte, stellte kommentarlos sein Funkgerät ab und startete den Motor. Eine Weile fuhren sie stumm durch die Straßen, bis der Beamte neben Kilian sein Schweigen brach.
»Sie können nach Hause, Herr Winter. Wir halten uns an die Abmachungen. Sie haben uns sehr geholfen, wofür ich mich im Namen des schwedischen Staats bei Ihnen bedanke. Sollte Herr Arnström entkommen, ist das schließlich nicht Ihre Schuld.«
»Ach, der schwedische Mörderstaat bedankt sich?«, begehrte Kilian auf. »Für Sie ist alles in Ordnung, was? Aber für mich nicht. Wenn Sie mir gesagt hätten, dass Sie meinen Freund wie einen tollwütigen Fuchs abknallen – nie hätte ich mich darauf eingelassen!«
Tiefes Schamgefühl kroch in ihm empor. Was würde jetzt aus ihm werden? Wie sollte er das verkraften? Und … o Gott, was sag ich Nova? Ich kann doch nicht auch noch sie anlügen. An-

gewidert von sich selbst, senkte er seinen Kopf und starrte auf die Fußmatte.
Er hatte sich benutzen lassen und seinen Freund verraten. Das hatte Torben vermutlich das Leben gekostet.
»Keine Sorge, Herr Winter«, sagte der Mann neben ihm. »Es ist niemand verletzt worden. Wir bringen Sie zum Flughafen.«
Kilian ließ sich nicht anmerken, was er darüber dachte. Nein, er würde sich jetzt nicht einfach entziehen. Er war Torben etwas schuldig. Eine ganze Menge sogar.

Mittlerweile war es stockdunkel geworden. Torben hatte sich hinter einer verwitterten Gartenmauer verkrochen und spähte durch einen Spalt auf die Parallelstraße der Teller Avenue. Das Hemd klebte ihm auf dem Rücken, seine Handflächen waren vom Drahtzaun abgeschürft. Außer ein paar Passanten war niemand zu sehen.
Eine Sekunde später huschte das Licht einer Taschenlampe in den Mauerspalt. Unwillkürlich wich Torben zurück, doch es nützte ihm nichts mehr. Geblendet kniff er die Augen zusammen, als der Lichtkegel direkt auf sein Gesicht traf.
»Verdammt, ich hab ihn!«, hörte er eine raue Männerstimme. Ein kurzes Piepen folgte.
»Nein, ihr habt mich nicht«, raunte Torben, während er einen Schritt rückwärts machte, sich umdrehte und zurück in das Dickicht hastete.
Das herannahende Knattern von Hubschraubern ließ ihn verharren. Wenige Meter von ihm entfernt hörte er Schreie.
»Abrechen, abbrechen!«
Plötzlich fielen wieder Schüsse. Über ihm erschienen gleich zwei Hubschrauber und wirbelten Laub, Papier und Sand in die Luft. Grelle Scheinwerfer leuchteten das Gelände aus, das Dröhnen der Rotoren wurde immer bedrohlicher. Aber

warum ließ sich plötzlich niemand mehr blicken? Es war unmöglich, dass der schwedische Geheimdienst hier mit Hubschraubern auftauchte.
Vorsichtig pirschte sich Torben wieder an den Mauerspalt heran. Der Mann mit der Taschenlampe war verschwunden. Hatten die Hubschrauber etwa seinen Verfolger in die Flucht geschlagen? Wer machte hier die Jäger zu Gejagten? War er in der Falle? Zwischen zwei Geheimdiensten, die ihm an den Kragen wollten? Wäre es besser gewesen, sich den Schweden zu stellen?
Seine Neugier war größer als seine Vorsicht. Zentimeterweise schob er sich aus dem Mauerspalt heraus und machte einen Schritt auf die Straße. Einen Augenblick später erfassten ihn die Scheinwerfer der Helikopter. Er hörte noch die Rufe einiger Männer, die auf ihn zurannten, dann brach er zusammen. Ein flammender Schmerz in seinem rechten Oberschenkel hatte ihn zu Boden gestreckt. Mit bebenden Fingern ertastete er ein pfeilähnliches Geschoss, das sich durch den Hosenstoff in seine Haut gebohrt hatte. Ächzend zog er es heraus. Es war eine mit Draht ummantelte Glasampulle. Im Schein der Straßenbeleuchtung konnte er darin den Rest einer Flüssigkeit erkennen.
Ihm wurde schwindelig. Schweiß schoss ihm aus allen Poren und lief sein Gesicht herunter. Alles um ihn herum veränderte sich, war nur noch eine einzige flirrende Fata Morgana. Beim Versuch aufzustehen wurde es noch schlimmer. Mit wackeligen Beinen wankte er ein paar Meter vorwärts. Kurz bevor er das Bewusstsein verlor, spürte er einen Stich in seinem Rücken.

21

Wüste Nevada

Torben öffnete seine schweren Lider. Undeutlich sah er kleine blinkende Lichter auf einem Armaturenbrett. Davor hoben sich die Konturen zweier Männer mit großen Helmen dunkel ab. Alles um ihn herum vibrierte. Mit Schrecken stellte er fest, dass seine Hände auf dem Rücken gefesselt waren. An seinen Ohren klemmten dicke gepolsterte Kopfhörer. Obwohl Torben eine lähmende Mattigkeit spürte, versuchte er mit aller Kraft, bei Bewusstsein zu bleiben. Warum nur schlingerte und vibrierte alles um ihn herum? Nur langsam wurde ihm klar, dass er sich in einem Hubschrauber befand, festgegurtet auf dem Rücksitz.

Jemand beugte sich zu ihm. Torben konnte ihn nur schemenhaft erkennen. Offenbar war es ein Mann. Er gab Torben einen Klaps auf die rechte Wange.

»Sie haben es gleich hinter sich«, ertönte eine Stimme in Torbens Kopfhörern, »die Betäubung wird bald nachlassen.«

Langsam konnte er mehr erkennen. Kühle Luft wehte durch die leicht geöffnete Seitentür des Helikopters. Allmählich kehrte er in die Wirklichkeit zurück und sah neben sich das zerfurchte Gesicht eines älteren Mannes in militärischer Uniform. Wieder meldete sich die Stimme in Torbens Kopfhörer.

»Mr. Arnström, seien Sie unbesorgt, es geschieht Ihnen nichts. Sie waren sechs Stunden bewusstlos.«

»Bewusstlos, sechs Stunden?«, fragte Torben verwirrt. »Wo bringen Sie mich überhaupt hin?«

Der Mann neben ihm sah unbeweglich in die dunkle Nacht.

»Das erfahren Sie früh genug. Ich kann Ihnen nur raten, so schnell wie möglich zu kooperieren.«

»Dann haben Sie die Chance, mit einem blauen Auge davonzukommen«, ergänzte jemand, der vorn neben dem Piloten saß. Er sprach so kalt und emotionslos, als sei all das hier sein Alltagsgeschäft.
Angstvoll sah Torben sich um. Er war eingeklemmt zwischen mehreren Soldaten, die mit Maschinenpistolen bewaffnet waren. Auf der anderen Seite der Rückbank glaubte er, die Beine einer Frau zu erkennen.
Er versuchte, sich mit einem Blick aus dem Fenster zu orientieren. Doch es war tiefe Nacht, und keine Lichteransammlung deutete auf eine größere Stadt oder auch nur auf ein Dorf hin. In seine Angst mischte sich Verzweiflung.
»Wer sind Sie?«, schrie er. »Und wo bringen Sie mich hin?«
»Sie werden uns noch früh genug kennenlernen«, raunzte es in seinem Kopfhörer. Es war der Uniformierte, der zu ihm gesprochen hatte. Sein finsterer Gesichtsausdruck ließ nichts Gutes ahnen. Er knuffte Torben in die Rippen. »Auf Sie wartet ein interessanter Job.«
»Ein Job?« Torben zerrte an seiner Fessel. »Ich will keinen Job. Ich bin schwedischer Staatsbürger, was Sie hier machen, ist Freiheitsberaubung. Damit kommen Sie nicht durch!«
Der Soldat lachte heiser.
»Sie sollten beim Recruiting jedenfalls nicht durchfallen.«
Jetzt entdeckte Torben am Revers des Mannes einen Ausweis. Die drei Buchstaben tanzten vor seinen Augen: CIA. Er bekam eine Gänsehaut. Die CIA war wenig zimperlich mit Gefangenen. Trotz seines benommenen Zustands wusste Torben: Er befand sich nun in einem rechtsfreien Raum, seinen Häschern auf Gedeih und Verderb ausgeliefert. Gleichzeitig wunderte er sich, dass sich gleich zwei Geheimdienste an seine Fersen geheftet hatten. Und offenbar hatte die CIA die schwedischen Kollegen ausgebootet.

Der Hubschrauber neigte sich zur Seite und verlor an Höhe. Aus der Ferne konnte Torben Positionslichter erkennen. Plötzlich schob sich der Boden unter ihnen auf, und ein hell erleuchteter Einlass strahlte in den Nachthimmel. Während sich der Hubschrauber auf die Öffnung zubewegte, blendete ihn das Licht so sehr, dass er die Augen zusammenkneifen musste.

Wahnsinn, dachte Torben, in was fliegen wir da rein?

Im nächsten Moment setzte der Helikopter unsanft auf. Der alte Soldat hakte seinen Gefangenen unter und bugsierte ihn aus der Tür.

Torben blinzelte. Sie standen in einer weitläufigen Halle. Mehr sah er nicht. Noch bevor er sich orientieren konnte, wurde ihm ein Sack über den Kopf gestülpt. Er war zu schwach, um sich zu wehren. Wieder überkamen ihn Übelkeit und Schwindel. Dann wurde er erneut ohnmächtig.

Torben wusste nicht, wie lange er den Sack über dem Kopf gehabt hatte, als er die Augen aufschlug. Mittlerweile hatte man ihn von dem Ding befreit und auf einen Stuhl gesetzt. Seine Hände waren nach wie vor auf dem Rücken gefesselt, seine Füße hatte man an den Knöcheln zusammengebunden. Sein Kopf schmerzte erbärmlich. Er befand sich in einem kleinen Raum ohne Fenster. Wände, Boden und Decke hatten einen anthrazitfarbenen Lackanstrich. In die Wände waren Strahler eingelassen, die ein unangenehm grelles Licht verbreiteten. In der Mitte des Raums standen ein Tisch und zwei Stühle. Auf der Tischplatte sah Torben einen Bildschirm, eine Tastatur und zwei Mikrofone. Eines davon zeigte wie ein Pfeil in seine Richtung. Lauernd sah er sich um. Er spürte seine Angst. Todesangst! Allein und ausgeliefert, wie ein Käfer, der sich nicht mehr aus seiner Rückenlage befreien konnte.

Zwei Männer traten ein. Der Ältere, ein durchtrainiertes Muskelpaket mit kantigem Gesicht, hatte die Ärmel seines weißen Hemds hochgekrempelt. Ein teurer Chronometer schmückte sein Handgelenk. Der andere Mann war eher schmal. Er trug einen etwas zu groß wirkenden grauen Anzug und sah so unauffällig aus wie ein Bankangestellter.
»Willkommen, Mr. Arnström, wieder bei Bewusstsein?«, fragte der Ältere. »Was können wir für Ihr Wohlbefinden tun?«
Benommen sah Torben ihn an. Der betont freundliche Tonfall des Mannes beunruhigte ihn eher. Peter hatte ihm einiges über die Foltermethoden der CIA erzählt. Und seit der Verschärfung der Antiterrorgesetze fackelte man nicht lange mit Verdächtigen.
Das war's, Torben. Du bist nicht mal dreißig Jahre alt. Hast keine Kinder, keine Beziehung, die in die Tiefe ging. Nichts. Nur ein konfuses Leben, das keine Zeit hatte, sich einen Platz zu suchen. Das ist nicht fair, dachte Torben. Sollte er sich jetzt in das Unvermeidliche fügen? Nein! Solange er konnte, wollte er seinen Stolz und seine Überzeugungen verteidigen. Vielleicht würde er nie wieder das Tageslicht sehen. Sein einziger Trost war, dass Nova ihm so nahe wie sonst niemand gekommen war. Aber jetzt sollte er sich besser darauf vorbereiten, mit seinem Leben abzuschließen. Hier war der Ort, an dem es bestimmt keine Gnade und kein Erbarmen gab. Wahrscheinlich war Guantánamo ein Ausflugsziel dagegen.
Er erinnerte sich an einen Song von Anonymous:
Ihr könnt meinen Herzschlag anhalten, aber nicht meine Seele brechen!
Torben nahm all seine Kraft zusammen. »Sparen Sie sich Ihren Sarkasmus. Ich will einen Anwalt und einen Vertreter der schwedischen Botschaft sprechen.«

Der Mann mit dem kantigen Gesicht lachte auf. »Sonst noch was? Wir sind hier nicht im Streichelzoo!« Er wandte sich an seinen Kollegen. »Spielen Sie diesem Komiker den Soundfile vor.«
Der schmächtige Typ setzte sich auf die Tischkante. Eilig tippte er etwas in die Tastatur. Durch einen Lautsprecher an der Decke hörte Torben nun Stimmen. Offenbar war es der Mitschnitt eines Verhörs. Entsetzt erkannte er Kilians Stimme.
»… Ja, er könnte es gewesen sein. Wir haben versucht, einige komplexere Probleme von Saicom zu Hause an seinem Rechner zu lösen. Es gab nie einen Zwischenfall. Ja, ich wusste, dass wir die Sicherheitsbestimmungen verletzten, aber …«
Kilian hatte ihn also wirklich ans Messer geliefert. Sein Freund hatte ihn verraten. Diese Erkenntnis traf Torben fast schlimmer als seine ausweglose Situation. Hoffentlich würden sie sich noch einmal begegnen. Er wollte ihm ins Gesicht sehen. Er soll wissen, was er angerichtet hat, dachte Torben tieftraurig.
»Feine Freunde haben Sie«, spottete der Ältere. »War offensichtlich ein Kinderspiel, Ihren guten Kilian umzudrehen.«
Torben schluckte. »Und was wollen Sie von mir?«
»Mr. Arnström«, sagte der Mann im grauen Anzug. »Sie haben sich in die Datenbanken der CIA gehackt und ein Sabotageprogramm installiert, das das gesamte Netz bedroht. Deshalb haben wir Sie hierhergebracht.«
Sie wissen alles, dachte Torben. Aber wozu dann noch dieses Verhör?
»Ganz genau«, meldete sich der andere Mann zu Wort. Auf seinem Gesicht lag ein Ausdruck tiefster Verachtung. »Sie kleiner Hosenscheißer halten sich wohl für besonders schlau, was? Wir werden Ihnen die Daumenschrauben ansetzen, bis

Sie die Engelein im Himmel singen hören. Na, los doch: Wie haben Sie es geschafft, unseren Satelliten unter Ihre Kontrolle zu bringen?«

Er baute sich direkt vor Torben auf, sodass der zu ihm hochblicken musste.

Torben zögerte. Nein, er würde keine Details ausplaudern. Niemals! Man hatte offenbar trotz seiner Schutzmaßnahmen seine IP-Adresse zurückverfolgen können und ihn auf diese Weise gefunden. Aber das Geheimnis seines Programms würde er auf keinen Fall preisgeben.

»Ohne Anwalt sage ich gar nichts.«

Eine schallende Ohrfeige ließ ihn zusammenzucken. Der kantige Typ legte ihm eine Hand um den Hals und drückte gezielt auf den Adamsapfel. Torben schnappte nach Luft.

»Wenn Sie nicht kooperieren, müssen wir leider etwas nachhelfen«, sagte er, während er seinen Aktenkoffer öffnete und eine Gummimanschette herauszog.

Er packte Torben am Oberarm und befestigte sie daran. »Was haben Sie eigentlich erwartet, Mr. Arnström? Dass wir uns von Ihnen einfach so in die Suppe spucken lassen?« Er zog die Manschette so stramm, dass die Venen hervortraten.

Der andere Mann sah gelangweilt zu. Diese Verhörmethoden schienen ihm vertraut zu sein.

»Uns ist durchaus an einer Zusammenarbeit gelegen«, erklärte er. »Sie können sehr wertvoll für uns sein. Kooperieren Sie, und wir werden Sie gut behandeln.«

Torben schüttelte den Kopf.

»Schluss mit dem Gequatsche!«, explodierte der Ältere. »Den hier müssen wir härter rannehmen!«

Torben sah, wie der Schmächtige eine kleine schwarze Schachtel aus seinem Koffer holte und öffnete. Zwei silberne Spritzen lagen darin, eingebettet in blauen Samt.

»Damit werden Sie nichts erreichen«, presste Torben hervor. Der vierschrötige Typ lachte dröhnend. »Das haben wir schon oft gehört, Mr. Arnström, sehr oft.«
Er nahm eine der beiden Spritzen und stach sie in Torbens Unterarm. Im nächsten Moment wurde ihm wieder schwarz vor Augen.

June Madlow war auf dem Weg in das Büro des CIA-Direktors. Sie hatte sich bisher zurückgehalten und war erst aus dem Hubschrauber gestiegen, nachdem man Torben den Sack über den Kopf gestülpt hatte.
Sie wollte nicht, dass er sie jetzt schon kennenlernte. Sie hatte die Zeit des Fluges genutzt, ihn, seine Körpersprache und seine wenigen Worte zu studieren. Um ihre Beobachtungen richtig einzuordnen, brauchte sie noch etwas Ruhe vor ihm.
Gerade bog sie in den Flur ein, in dem Clarks Büro lag, als der CIA-Boss sie schnellen Schrittes einholte.
»Na, hatten Sie einen angenehmen Flug?«
June Madlow fuhr herum. »Wo ist Arnström?«
»Den haben zwei unserer Agenten gerade ins Nirwana geschickt. Wenn er wieder aufwacht, müssen Sie endlich in Aktion treten. Sie können ja als Mutter Teresa erscheinen und ihn retten.«
»Ist diese Drogennummer nicht etwas übertrieben?«
Clark sah sie verärgert an. »Haben Sie immer noch nicht begriffen, dass die sanfte Tour bei solchen Typen nichts bringt?«
Sie verkniff sich eine Entgegnung. Es hatte keinen Sinn. Clark war schlau, sonst hätte er es nicht so weit nach oben gebracht. Aber seine Strategie war noch immer die primitive Gewalt des einstigen Soldaten. June wäre anders vorgegangen. Doch das behielt sie jetzt besser für sich.
Inzwischen waren sie beim Büro angelangt. Clark steckte

seinen Sicherheitsausweis in den Schlitz des Scanners, und die Tür sprang auf.
June Madlow betrat das erste Mal Clarks Bunkerdomizil. Sie fand es überzogen und surreal. Inmitten dieser bizarren Umgebung wirkten die gutbürgerlich gefüllten Bücherregale wie eine Farce. Sicher hatte dieser Kerl nicht eines dieser Bücher gelesen. Es sah aus wie das Arbeitszimmer eines Professors. Aber darin hauste ein brutaler Machtmensch. Clark setzte sich hinter seinen Schreibtisch, während June Madlow auf dem Ledersofa Platz nahm. Die Spannung zwischen ihnen war mit Händen zu greifen. Stirnrunzelnd musterte der CIA-Chef seine Mitarbeiterin.
»Also noch mal von vorn. Sie kochen ihn weich, und ich verspeise ihn dann mit Messer und Gabel.« Er verschränkte die Arme. »Wir müssen ihn für Mindvision gewinnen. Machen Sie ihm klar, dass er im Leichenschauhaus landet, wenn ich von ihm nicht erfahre, was ich schon weiß, nämlich wozu Peter Norris ihn abgerichtet hat. Verstanden? Er muss zu uns überlaufen. Überzeugen Sie ihn davon, dass er sich nur so retten kann.«
Clark befand sich in einer Zwickmühle. Solange Miles nicht imstande war, die Kombination von Wurm und Programm zu knacken, brauchten sie diesen Hacker. Clark empfand bei dem Gedanken, dass dieser halbwüchsige Freak ihn, Mindvision und die Operation Silent Control bedrohen könnte, eine Mischung aus Furcht und unbändiger Wut, so, als stünde er selbst unter Folter.
Er musste diesen Jungen dazu bringen, klein beizugeben.
Mit wachsender Beunruhigung hatte die Agentin zugehört. Sie schlug die Beine übereinander.
»Und was machen Sie dann mit ihm?«
»Das hat Sie nicht zu kümmern. Peter Norris hat Arnström

zum Agenten ausgebildet. Das ist nicht einer dieser gestörten Anonymous, das ist ein raffinierter Hund. Ich muss wissen, worauf Norris ihn angesetzt hat. Entweder er packt aus, oder ich grille ihn, bis ihm sein Gehirn wegfliegt. Aber erst mal halten Sie sich an meinen Plan, verstanden?«
»Ja, Sir, alles klar.«

Unaufhaltsam bahnte sich das Serum seinen Weg durch Torbens Venen. Er spürte die Wirkung, doch er stemmte sich mit all seiner mentalen Energie dagegen. Die Ohnmacht hatte nur kurz angehalten. Jetzt war es, als hätte er keine Knochen mehr. Er konnte nur verschwommen sehen und sehnte sich nach Ruhe. Fast hatten sie ihn so weit. Das Gefühl von Entkräftung und fehlender Willenskraft nahm überhand. Er wollte nur noch gestehen und dann endlich schlafen.
Bleib wachsam!, befahl er sich. Unhörbar zählte er von hundert an rückwärts, ein Trick, den Peter ihm beigebracht hatte. Durch die Konzentration auf die Zahlen konnte man den Einfluss psychogener Drogen zumindest ein wenig abschwächen. Alles hing jetzt davon ab, dass sein Denkapparat nicht kapitulierte.
Plötzlich flog die Tür auf, und ein grauhaariger Hüne stürmte herein. Mit einem beherzten Ruck zog er die Spritze aus Torbens Arm. Dann wandte er sich den beiden Agenten zu, die an der Wand lehnten.
»Sind denn hier nur Idioten am Werk?«, schrie er, hochrot im Gesicht. »Sie sollten mich verständigen, wenn der Mann eintrifft! Stattdessen pumpen Sie ihn mit Drogen voll!«
Überrascht blickten die beiden Männer ihn an.
»Raus jetzt, bevor ich mich vergesse!«
Ohne ein Wort schlichen sie aus dem Raum.
Der Hüne zog einen Stuhl heran und setzte sich zu Torben.

»Entschuldigen Sie bitte, das war nicht vorgesehen. Ich hoffe, man hat Sie angemessen behandelt, abgesehen von der Spritze.« Er zwinkerte ihm vertraulich zu.
»Vielleicht sollte ich mich erst einmal vorstellen. Mein Name ist Clark, Roy Clark. Ich bin …«
»I-ch w-weiß, wer S-sie sind«, stammelte Torben.

22

Wüste Nevada – Bunker Whitestar

Entgeistert sah Torben zu, wie der Chef der CIA seine Fesseln löste. Er konnte es kaum fassen. Dieser mächtige Mann kümmerte sich persönlich um ihn? Trotz der Angst, die ihn immer noch lähmte, war er verblüfft, dass er so etwas wie Stolz empfand, eine innere Genugtuung, dass sein Programm die CIA offenbar herausforderte.
»Danke«, stöhnte er, während er sich die schmerzenden Handgelenke rieb. Dennoch war er auf der Hut. So freundlich der CIA-Boss auch wirkte, er flößte Torben Beklemmung ein.
Clark zog ein Tablettenröhrchen aus seiner Hosentasche und hielt es ihm hin. »Hier, nehmen Sie eine. Dann lässt die Wirkung des Serums schneller nach.« Er musterte Torben prüfend. »Können Sie laufen?«
Er streckte vorsichtig seine Glieder. Alles tat ihm weh.
»Ich denke schon.«
Clark tätschelte ihm die Wange. »Na, dann sollten wir uns in einer angenehmeren Atmosphäre unterhalten.«
Er signalisierte Torben, ihm zu folgen.
Schon das Aufstehen fiel ihm schwer. Ein leichter Schwindel

erfasste ihn. Mit schleppenden Schritten schlurfte er zu Clark, der an der Tür auf ihn wartete.
»Das wird schon, mein Junge. Zu ärgerlich aber auch. Meine Agenten hatten strikte Anweisung, Sie sofort zu mir zu bringen. Diese Mistkerle werden heute noch versetzt.«
Er fasste Torben unter die Arme, der Mühe hatte, sich auf den Beinen zu halten.
»Wir sind keine Unmenschen. Wir wollen nur, dass Sie uns Ihre brillanten Fähigkeiten zur Verfügung stellen. So etwas wie eben wird nicht noch einmal passieren.«
Torben hörte ihm skeptisch zu. Was er in den letzten Tagen erlebt hatte, war nicht dazu angetan, ihn in Sicherheit zu wiegen. Stell dich dumm, dachte er. Gib ihm das Gefühl, dass du vor Ehrfurcht im Boden versinkst.
»Ich fühle mich geschmeichelt. Dabei war es doch nur ein harmloses, kleines Programm.«
Clark warf seinem Gefangenen einen misstrauischen Blick zu. Der bescheidene Tonfall gefiel ihm nicht. Einer wie er ließ sich nicht so leicht hinters Licht führen.
»Ich mache es kurz, Mr. Arnström. Ich könnte Sie weiter wie einen Terroristen behandeln. Dann landen Sie in Guantánamo. Vermutlich wissen Sie, was das bedeutet: kein Gerichtsverfahren, kein rechtskräftiges Urteil, lebenslange Haft. Oder Sie ergreifen eine einmalige Chance. Über die Chance reden wir gleich.«
Die plötzliche Härte, zu der Clark von einem Moment zum anderen übergegangen war, machte ihm klar, in welch bedrohlicher Lage er sich wirklich befand. So sprach nur jemand, der ohne mit der Wimper zu zucken über Leichen ging. Doch Torben war auch fasziniert von Clark. Sein Selbstbewusstsein und seine Entschlossenheit verliehen ihm die Aura unbegrenzter Macht. Endlich stand er einmal vor

einem Vertreter jener Spezies von Macht, die tagtäglich über unendlich viele Schicksale entschied.
»Okay«, sagte er. »Ich bin gespannt.«
So unauffällig wie möglich musterte er seine Umgebung. Sie gingen durch lange, fensterlose Korridore. Offenbar befanden sie sich in einem unterirdischen Bunker. Etwa alle zehn Meter waren Türen in die Wände eingelassen, ausgestattet mit biometrischen Kontrollsystemen. Auf elektronischen Tafeln leuchteten rot-grüne Dioden mit den Raumnummern auf.
Als sie eine der Türen passierten, wurde diese gerade von einer uniformierten Agentin geöffnet. Er merkte sich die Raumnummer und erhaschte die ersten Ziffern, die sie an der Tastatur rechts neben der Tür eingegeben hatte. Als sich die Tür öffnete, sah er einen Raum mit Rechnern. Auf einem der Bildschirme erkannte er die Eingabemaske der CIA. Wo war er? Die Zentrale der CIA lag doch nicht in einem Bunker, so viel wusste er. Wie auch immer. Vielleicht würde ihm das noch weiterhelfen. Der Marsch dauerte ziemlich lange. Clark ging wortlos neben Torben her, während er ihn fest im Griff hielt. Er hatte sein Tempo erhöht, und Torben brauchte seine ganze Willenskraft, um seine müden Beine zu bewegen.
Endlich blieb Clark vor einer etwas breiteren Tür stehen. Torben sah, wie ein Laserstrahl die Iris von Clark abtastete. Dann öffnete sich die Tür.
»Bitte, nach Ihnen«, sagte Clark zuvorkommend. »Willkommen im sichersten Rechenzentrum der Welt.«
Torben hatte Herzklopfen, als er eintrat. Rechts neben einem Vorraum war ein kleineres Büro mit dickem Panzerglas, in dem ein Konferenztisch stand und ein extra Arbeitsplatz. Etwa zehn Meter vor ihm waren schräg nach vorn Fenster in Stahlrahmen eingelassen, die bis auf den Boden reichten, da-

vor standen vier oder fünf Rechner mit Kristallbildschirmen. Dutzende Programme analysierten Daten. Als Clark ihn zu einem Tisch vor dem Glasbüro begleitete, konnte er in eine große Halle hinuntersehen. Es war kaum zu fassen. Wenn Torben sich nicht täuschte, war dies eines der elektronischen Spionagezentren der CIA. So etwas bekam kaum jemand zu sehen, und schon gar nicht irgendein kleiner Hacker aus dem fernen Europa.

Er starrte fasziniert in die große Halle. Vielleicht an die hundert Leute arbeiteten dort unten, umgeben von Computern, Kontrollpulten und Flat Screens.

So hatte er sich das immer ausgemalt. Ein Eldorado für einen Nerd. Allein die Vorstellung, welche Datenmengen hier zusammenliefen, verursachte ein Kribbeln in seinem Magen. Auf einem überdimensionalen Bildschirm, der die gesamte Längsseite des Rechenzentrums einnahm, sah er eine digitale Weltkarte, über der gepunktete Linien in grellen Farben verliefen. An manchen Stellen blinkten Markierungen auf, ohne dass Torben deren Sinn verstand.

Die Stimmung dort unten wirkte gereizt. Einige Mitarbeiter telefonierten laut, andere rannten von Platz zu Platz, reichten Unterlagen weiter oder diskutierten wild gestikulierend. Es ging zu wie auf dem Börsenparkett an der Wall Street.

Clark hatte sich neben Torben gestellt und wies, einem Feldherrn gemäß, auf das Gewimmel unter ihnen.

»Nun, vielleicht haben Sie jetzt einen kleinen Eindruck, wie viele Menschen die Funktionsfähigkeit unserer Wirtschaft und unserer Demokratie im Netz verteidigen.«

Torben hatte keine Ahnung, was jetzt kommen würde, doch sein Urteil stand fest: Es wäre Wahnsinn, einen Mann wie Clark zu reizen. Deshalb schluckte er den Kommentar hinunter, der ihm auf der Zunge lag: dass der CIA-Direktor lei-

der eine wesentlich andere Vorstellung von Demokratie und Meinungsfreiheit hatte als er selbst.
Clark klopfte Torben auf die Schulter.
»Na, beeindruckt?« Er grinste selbstgefällig. »Sie fragen sich sicher, was die Linien auf der Weltkarte bedeuten. Für jemanden wie Sie ist das hochinteressant. Jede Linie symbolisiert nämlich den Versuch, in einen geschützten Server einzudringen. Unsere Satelliten beobachten diese Aktivitäten und verfolgen sie zu ihrem Ursprung zurück.«
Torben wurde blass. Vor ein paar Tagen war so vermutlich auch sein Hack entdeckt und zurückverfolgt worden.
»Sie sind ja ganz weiß im Gesicht«, stellte Clark fest. »Setzen Sie sich erst mal!«
Er rollte einen Schreibtischsessel heran und blieb stehen, während Torben darauf zusammensank.
Er fühlte sich grässlich. Noch hatte er seinen Körper nicht wieder unter Kontrolle. Seine Knie waren wie Pudding, in seinem Kopf drehte sich alles. Die letzten drei Tage hatten ihn ausgelaugt, und der Drogencocktail hatte ihm den Rest gegeben.
Clark zückte sein Handy. »Penny? Ja, ich bin's. Bringen Sie einen doppelten Espresso ins Rechenzentrum. Dazu eine Flasche Wasser. Ja, jetzt sofort. Und ein Sandwich aus der Kantine. Beeilen Sie sich gefälligst!«
Er nickte Torben aufmunternd zu. »Ein kleiner Imbiss wird Sie wieder auf die Beine bringen.«
Torben nickte. Er hatte bemerkt, dass ein schlanker junger Mann immer wieder zu ihm herüberblickte, der direkt vor der Glasscheibe zum Rechenzentrum an einem Schreibtisch saß. Er wirkte übernächtigt und strich sich unablässig das schulterlange Haar aus dem Gesicht.
»Pro Jahr versuchen über hundert ausländische Geheim-

dienste, in die Datenbanken unserer Rüstungs- und Forschungsunternehmen zu gelangen«, dozierte Clark weiter. »Terabytes von Daten sind gefährdet, und wir verhindern das.«

Das hättest du wohl gern, dachte Torben. Ob dieser machtvolle Mann auch nur einen blassen Schimmer hatte, um welche Dimensionen es wirklich ging? Und wie weit die Techniken der globalen Hackernetzwerke schon waren?

Clarks Stimme wurde hofierend. »Leute mit Ihren Fähigkeiten haben hier eine goldene Zukunft. Nehmen Sie mein Angebot an, und Sie sind einer der bestbezahlten Computerspezialisten der Welt.«

Wie bei der guten alten Mafia, schoss es Torben durch den Kopf. Er macht dir ein Angebot, das du nicht ablehnen kannst.

»Und wenn ich diese grandiose Chance nicht ergreife?«, fragte er.

Dabei kannte er die Antwort. Das harte Verhör und die Drogen waren weder eine Panne noch Zufall gewesen. Clark spielte nur den Retter, das hatte Torben schon begriffen. Die alte Taktik: good cop, bad cop. Einer macht dich fertig, der andere baut dich wieder auf.

Wie Torben erwartet hatte, wurde der CIA-Chef nun überdeutlich. Er straffte die Schultern und sah kalt auf seinen Gefangenen herab. »Ich kann Sie jederzeit verschwinden lassen, falls Sie das vorziehen.« Dann blickte er zu dem jungen Mann vor der Glasscheibe. »Sie haben jedoch Glück. Einer meiner besten Mitarbeiter meint, ich soll Sie nicht gleich umlegen.« Er winkte den jungen Mann zu sich. »Hey, Miles, wollen Sie das verkrachte Genie kennenlernen?«

Robert Miles erhob sich und schlenderte zu Torben. In seinem Gesicht zeigte sich pure Neugier. Er wischte eine Hand

an seiner Jeans ab, bevor er sie Torben reichte. Warum machte er das? War es ihm peinlich, hier zu arbeiten? Merkwürdiger Typ, dachte Torben.
»Hallo, ich bin Robert Miles«, sagte er leise und suchte verlegen den Blickkontakt zu Clark, bevor er fortfuhr. »Kompliment. Was Sie da gebaut haben, beschäftigt unsere besten Männer. Aber auch wenn der dazugehörige Schädling ziemlich tricky ist, in wenigen Tagen wird er sich erledigt haben.«
Torben stutzte. Hatte er sich überschätzt? Oder pokerte sein Gegenüber nur? Es war schwer, die Wahrheit aus dem Mienenspiel dieses Mannes herauszulesen. Allerdings wirkte er ziemlich sympathisch. Sieht aus wie einer von uns, dachte Torben. Doch Robert Miles stand auf der anderen Seite. Torben musste vorsichtig sein. Er lehnte sich in seinem Sessel zurück.
»In wenigen Tagen schon? Na, dann ist doch alles in Ordnung. Was wollen Sie dann noch von mir?«
Wieder wechselte Miles einen schnellen Blick mit seinem Chef, unsicher, wie er sich verhalten sollte.
Gerade wollte Clark zu einer Antwort ansetzen, als eine ältere Dame in einem grauen Kostüm zu ihnen trat. Sie hielt ein Tablett in den Händen.
»Sir, hier kommen der Espresso und das Wasser. Außerdem zwei Sandwiches und ein Obstsalat.«
»Danke, Penny. Wurde auch Zeit. Der arme Kerl muss halb verhungert sein.«
Als die Sekretärin Torben das Tablett reichte, streifte sie ihn mit einem mitleidigen Blick. So, als ahnte sie, dass sie dem jungen Gefangenen möglicherweise seine Henkersmahlzeit servierte.
»Das ist alles, Penny«, sagte Clark.
Schweigend zog sie sich zurück.

Während Torben zu essen begann, ging Clark mit sichtlicher Ungeduld im Kontrollraum auf und ab.
»Das Internet ist Fluch und Segen zugleich«, verkündete er mit einem leichten Vibrieren in der Stimme, das Torben an seinen ehemaligen Saicom-Chef erinnerte. Das gleiche Pathos wie bei Wallins. Und vermutlich die gleiche Ignoranz, was die technischen Details betraf. Ihr habt nichts verstanden, dachte er. Ihr könnt nur billige Allgemeinplätze absondern. Vermutlich hatte dieser Miles wesentlich mehr verstanden als sein Chef. Aber er war ein Untergebener, das sah man ihm deutlich an.
»Die gesamte Weltwirtschaft ist vom Netz abhängig – und durch das Netz angreifbar«, fuhr Clark fort. »Der Cyberwar fordert einen hohen Einsatz, auch von Ihnen, mein Freund.«
Torben rührte etwas Zucker in seinen Espresso und trank einen Schluck. Er wollte Zeit gewinnen. Was sollte er schon zu diesem Kriegsgerede sagen? Aber einknicken wollte er auch nicht. Er wischte sich mit der Serviette über die Lippen.
»Meinen Einsatz habe ich bereits geleistet, auch wenn es für Sie wie ein Angriff aussah.«
»Wie meinen Sie das?«
»Es geht hier nicht nur um Zensur. Halten Sie mich für so beschränkt? Hier findet das Ende der Privatsphäre statt. Hier wird das Ende der freien Meinungsäußerung vorbereitet«, sagte Torben, allen Mut zusammennehmend.
Er registrierte, dass Robert Miles unmerklich nickte. Der Typ war nicht auf den Kopf gefallen. Warum arbeitete er hier? Torben fixierte ihn mit einem scharfen Blick, den Miles ignorierte.
Clark setzte ein abschätziges Grinsen auf. »Ihr Programm hat sicher ein heroisches Ziel, Mr. Arnström. Wenn ich es richtig begriffen habe, wollen Sie jeden Datenstrom vom Urheber bis zum Empfänger sichtbar machen. Aber Sie schät-

zen Ihre Lage genauso falsch ein wie die globale Situation. Ihr selbsternannten Helden. Ihr wollt das historische Stück ›Der König ist tot, es lebe der König‹ aufführen. Und dann? Die Menschen brauchen Sicherheit, keine Revolution. Genau das ist es, wofür ich verantwortlich bin. Jede Revolution frisst ihre Kinder, schon vergessen?«
Allmählich spürte Torben blanke Wut in sich aufsteigen. Doch er wusste, dass er sich beherrschen musste. Er hatte einfach die schlechteren Karten. Dies war kein IT-Kongress, dies war ein Drahtseilakt ohne Netz und doppelten Boden. Wenn er jetzt die Fassung verlor, würde Clark ihn sofort einsperren oder diskret um die Ecke bringen lassen.
Er öffnete die Wasserflasche und trank einen kräftigen Schluck, um sich etwas zu beruhigen.
»Ich kann nachvollziehen, was Sie meinen«, sagte er schließlich. »Doch im Netz gibt es keine Hierarchien mehr. Daran können auch Sie nichts ändern. Niemand kann das. Die technische Entwicklung überholt die alten Strukturen.«
Als wollte er eine lästige Fliege verscheuchen, wedelte Clark mit einer Hand in Torbens Richtung. »Kommen Sie, ich zeige Ihnen etwas.«
Er ging zu dem Rechner, der auf Miles' Schreibtisch stand, und loggte sich ein. Widerwillig stellte Torben die Wasserflasche ab und folgte ihm.
»Setzen Sie sich«, herrschte Clark seinen Gefangenen an.
Er zeigte eine Grafik, die Torben kannte. Es war die Statistik, die auch Wallins bei seinem Vortrag benutzt hatte, eine Aufstellung weltweit agierender Unternehmen, die Opfer von Hackerangriffen geworden waren.
Der CIA-Chef deutete auf die Grafik. »Anonymous verursachen jährlich einen Schaden in Milliardenhöhe. Aber viel brisanter ist die Tatsache, dass die Bürger durch die ungefilterte

Veröffentlichung geheimer Dokumente immer mehr verunsichert werden. So droht uns in absehbarer Zeit ein Bürgerkrieg. Wollen Sie die Verantwortung dafür übernehmen? Trauen Sie sich zu, zwischen Information und Propaganda zu unterscheiden? Mr. Arnström, trauen Sie sich das zu? Glauben Sie wirklich, dass es das Beste ist, wenn sich die Menschen plötzlich in einem völlig unkontrollierten Schwarm organisieren?« Sein Blick durchbohrte Torben geradezu.

Torben war verwirrt. Diese Frage konnte er nicht ohne Weiteres beantworten. In seinen Diskussionen mit Peter stand oft die Frage im Raum, ob die Geheimdienste mehr Kriege verhindert oder ausgelöst hätten.

Clark schnaubte zufrieden. »Sehen Sie? Die Welt ist zu komplex geworden für unsere Demokratie. Wir brauchen andere Lösungen.«

Torben schüttelte unwillkürlich den Kopf. Worauf wollte Clark hinaus? Dass das Internet nur von Diktaturen in Schach gehalten werden konnte? War es das, was ihm vorschwebte? Digitaler Stalinismus?

»Mr. Clark, auch wenn Sie es nicht gern hören: Sie können das Internet nicht regulieren. Sonst hätten wir diktatorische Verhältnisse. Und das machen die Bürger der freien Welt nicht mit!«

Seltsamerweise ließ sich Clark nicht im Mindesten davon provozieren. »Die Bürger.« Er lächelte überheblich. »Die Bürger werden das tun, was ich will. Und sie werden es gerne tun.«

Woher nahm er nur die Sicherheit für solch eine abenteuerliche Behauptung? Torben dachte noch darüber nach, als er hörte, wie sich hinter ihm eine Tür öffnete. Ein kalter Lufthauch traf ihn.

Clarks Gesichtszüge entspannten sich. Torben folgte seinem Blick und sah direkt in die grünen Augen einer bemerkens-

wert attraktiven Frau. »Ah, wunderbar«, sagte der CIA-Chef. »Darf ich vorstellen? Das ist Agentin June Madlow.«
Mit allem hatte Torben gerechnet, aber nicht mit solch einer Erscheinung in diesem trostlosen CIA-Bunker. Er errötete, da er sich dabei ertappte, auf das Äußere dieser Frau anzuspringen, und versuchte sofort, diese Regung zu unterdrücken. Der gewinnende Blick, das pechschwarze Haar und diese durchtrainierte Figur. Trotz seiner prekären Lage war er hingerissen.
June Madlow gab ihm die Hand. Er spürte ihre warme Haut und genoss es, endlich einmal wieder ein angenehmes Wesen vor sich zu haben.
»Darf ich die zurückbekommen?«
»Was? Äh, ja, Entschuldigung«, antwortete Torben, ließ die Hand los und errötete nochmals.
Aufmerksam verfolgte Clark die kleine Szene. Passt offensichtlich in sein Beuteschema, dachte er. Umso besser. Er legte June einen Arm um die Schulter.
»Miss Madlow wird Sie nach New York begleiten, Mr. Arnström. Dort nehmen Sie an einem Treffen der besten IT-Experten und einiger betroffener Unternehmen teil. Vielleicht begreifen Sie dann, wie brisant die Lage wirklich ist. Bringen Sie unseren Star in sein Quartier, Miss Madlow.«

Dumpf brütete Clark vor sich hin. Er hatte sein Jackett ausgezogen und über den Schreibtischstuhl gehängt. Das Licht in seinem Büro war gedimmt, nur der Monitor des Computers beleuchtete bläulich sein kantiges Gesicht.
Mit raschen Mausklicks ging er die Personalakte von June Madlow durch. Irgendetwas missfiel ihm an ihr, doch er kam nicht recht darauf, was eigentlich. Ihre Referenzen waren glänzend. Die Dreißigjährige hatte eine lupenreine Biografie.

Alle Fortbildungen hatte sie mit Bestnoten absolviert. Dennoch war sie für Clark ein Ärgernis. In seinen Augen war sie bei der Spionageabwehr so fehl am Platz wie ein Wildpferd in der Großstadt. Deshalb hatte er sie ein Jahr zuvor als Sonderermittlerin in die Abteilung für Computerkriminalität versetzt. Ihre braun gebrannte Haut mit den keltischen Tattoos an den Handgelenken, ihre reizvolle Figur und ihr Hang zu ausgefallener Freizeitkleidung prädestinierten sie für eine Szene, in der es schwierig war, Agenten einzuschleusen.
Missmutig scrollte er sich durch die Datei. June Madlows militärische Ausbildung war hart gewesen, ihr Training mit dem Kampfhubschrauber Denel AH-2 Rooivalk hatte sie mit Auszeichnung abgeschlossen. Dazu kam ihr technisches Know-how. Es reichte bei Weitem aus, um sich in Hackerkreisen zu bewegen. In den vergangenen Monaten hatte sie reihenweise Aktivisten von Anonymous beim FBI abgeliefert. Es würde ein Leichtes für sie sein, sich in das kranke Hirn dieses Arnström hineinzuversetzen.
Clark kratzte sich am Kopf und stand auf. Mit dem untrüglichen Instinkt des einstigen militärischen Befehlshabers spürte er, dass es eine Schwachstelle in der beeindruckenden Karriere dieser Agentin gab: ihre Loyalität. Er verlangte bedingungslosen Gehorsam. Doch June Madlow diskutierte gern. Sie stellte Entscheidungen infrage und wollte Begründungen hören. Das war definitiv nicht nach seinem Geschmack.
Nachdenklich ging er zur Bücherwand und holte einen dickleibigen Folianten aus dem Regal. Der war innen hohl und enthielt eine Flasche besten irischen Whiskeys sowie ein sauberes Glas. Brave Penny. Auf die war Verlass. War auch auf June Madlow Verlass? Während er sich einen Drink eingoss, erinnerte er sich an eine Geschichte, die zu den gern kolportierten Legenden der CIA gehörte.

Madlow hatte darin die Hauptrolle gespielt.
Mit eigens engagierten Escort-Girls hatte sie in Washington eine illustre Party organisiert und einige Pentagon-Mitarbeiter eingeladen – mit Wissen von Clark. Es war ihre Idee gewesen, ein Skandal, der den Verteidigungsminister zu Fall bringen sollte.
Anstatt aber die Party wie befohlen gleich anfangs zu sprengen, hatte sie eine wahre Orgie inszeniert. Erst danach hatte sie die Beamten des Ministers bloßgestellt. So hatte Clark gelassen zusehen können, wie der unliebsame Minister von den Medien abgeschossen wurde. Anschließend hatte er dafür gesorgt, dass Rodson den Posten bekam.
Clark trank einen kräftigen Schluck von seinem Whiskey und setzte sich wieder an den Schreibtisch. Die Aktion war ein voller Erfolg gewesen. Dennoch ärgerte ihn, dass June Madlow seine Anweisungen eigenmächtig übergangen hatte.
Um sich von seinen aktuellen Problemen abzulenken, googelte er die Presseberichte von damals. Die Agentin selbst hatte die Fotos bei der Party mit ihrem Handy geschossen. Saftiges Bildmaterial, das umgehend an die Medien gegangen war.
»Durchtriebenes Weibsstück.« Clark grinste.
Das Klingeln des Tischtelefons riss ihn aus seinen Überlegungen. »Was gibt's, Penny? Ich sagte doch, dass ich nicht gestört werden will!«
»Eliston will Sie sprechen. Er sagt, es sei dringend.«
»Also gut, schicken Sie ihn rein.«
Entnervt klickte Clark die Skandalfotos weg. Immer wenn Eliston auftauchte, bedeutete das schlechte Nachrichten.
Eine Minute später betrat Eliston den Raum. Er war wieder einmal auffallend elegant gekleidet, vermutlich ein Maßanzug. Perfekt geschnitten, und der dunkelgraue Stoff hatte

einen edlen Schimmer. Clark verachtete ihn dafür. Dies war immerhin die CIA, kein Laufsteg.
Eliston war sichtlich aufgeregt. »Sir! Wir haben das FBI soeben über einen Angriff von drei Hackern auf die Bank of America benachrichtigt. Sie wurden in Los Angeles und New York verhaftet. Sollen wir uns beim Verhör zuschalten?«
Clark zog eine Grimasse.
»Fragen Sie das bitte den Einsatzleiter: Sie sehen doch, dass ich zu tun habe«, blaffte er seinen Stellvertreter an.
»Sir, es sind jene Anonymous, die versucht haben, sich in das Weiße Haus zu hacken.«
Grimmig ballte Clark die Fäuste. Verdammt, die Einschläge kamen näher. June Madlow musste diesen Arnström so rasch wie möglich umdrehen.

23

New York City – JFK Airport

Ohne ein Wort über Torbens weiteres Schicksal zu verlieren, hatten die Beamten Kilian zum Flughafen gebracht und direkt am Gate abgesetzt. Kurz nach Mitternacht war seine Boeing in Richtung Stockholm abgehoben. Völlig erschöpft hatte er einige Stunden geschlafen.
Schon beim Erwachen zermürbte ihn vor allem eine Frage: Wie sollte er das alles Nova erklären?
Er massierte seinen Nacken. Vom Fenster aus sah er die Landebahn näher kommen. In Stockholm war es jetzt fast drei Uhr nachmittags. Vielleicht war Nova zu Hause, schließlich war sie ihren Job los.

Eine Stewardess beugte sich mit wohlwollendem Lächeln zu ihm herunter. »Geht es Ihnen nicht gut. Brauchen Sie etwas?«
Kilian schaute sie traurig an. »Nein, danke. Ich komme schon klar, alles in Ordnung.«

Zu gern hätte er jemandem sein Herz ausgeschüttet. Er hatte das Gefühl, um Jahre gealtert zu sein.

Kaum war die Maschine zum Stillstand gekommen, nahm Kilian seinen Rucksack und drängte mit den anderen Passagieren zum Ausgang. Er war so gedankenverloren, dass er in der Ankunftshalle mehrmals angerempelt wurde. Da er kein weiteres Gepäck hatte, entfloh er rasch dem Menschengedränge und trat vor die Halle. Draußen blendeten ihn die ersten Strahlen der Frühlingssonne. Es hatte getaut. Die Straßen und Gehsteige waren völlig frei.

Wieder musste er an seinen nächsten schweren Schritt denken. Er hatte Angst und fühlte sich wie der letzte Feigling. Hätte er doch nur die Möglichkeit, etwas zu tun. Er war sich nicht einmal sicher, ob Torben noch lebte. Die Dramatik, mit der man ihn unbedingt erwischen wollte, sprach allerdings eher dafür, dass die Schüsse ihn einschüchtern, zum Aufgeben bewegen sollten. Sicher wollten sie ihn verhören und nicht einfach abknallen. Das konnte, nein, das durfte einfach nicht sein. Wie sollte er das sein Leben lang mit sich tragen? Und Nova. Wie sollte er sich erklären? Sie anlügen?

Vielleicht würde Nova ihm nicht mal zuhören, ihn sogar ohne zu zögern sofort rausschmeißen. Dann würde sie ihn für immer als den Feigling in Erinnerung behalten, der ihren besten Freund ausgeliefert hatte. Eines stand fest: Nova hätte sich niemals auf irgendwelche Deals eingelassen. Sie hätte sich foltern lassen, die Agenten angeschrien, ihnen die Augen ausgekratzt und alles getan, um Torben zu decken, anstatt ihren eigenen Kopf aus der Schlinge zu ziehen.

Langsam bewegte er sich auf den nächsten Taxistand zu und erinnerte sich, wie Nova vor ein paar Jahren bei Saicom eingestiegen war. Sie war damals sofort mit Wallins aneinandergeraten, da sie sich wenig um ihr Auftreten und Dinge wie Pünktlichkeit geschert hatte. Zur Strafe hatte Wallins sie regelmäßig zum Kaffeekochen abgestellt. Sie besaß zwar ein enormes Talent, doch ihre wenig diplomatische Art hatte ihr immer wieder Ärger beschert.
Kurze Zeit später war dann Torben aus Hamburg zurückgekommen und von Wallins angeheuert worden.
Nova hat sich sicher sofort in Torben verliebt, dachte Kilian und kramte einen Schokoriegel aus seinem Rucksack. Seine Mischung aus Intelligenz, Genialität und Jungenhaftigkeit musste auf sie wie ein Magnet gewirkt haben. Binnen weniger Wochen hatte Torben ihr alles Wichtige beigebracht, und nachdem Nova ein Programm entwickelt hatte, das zwei bedrohliche Windows-Viren killen konnte, hatte Wallins sie in Ruhe gelassen, sogar ihr Gehalt erhöht. Die Dramaqueen, wie manche Kollegen sie gerne nannten, hatte fortan Carte blanche bei Saicom. Eine Nacht nach der anderen hatte sie in Torbens Büro verbracht. Doch mehr als Freundschaft war zur Verwunderung Kilians nie daraus geworden.
Vor dem Taxistand zog Kilian sein Smartphone aus der Jackentasche. Mit einem klammen Gefühl im Magen wählte er Novas Nummer. Teilnahmslos sah er auf die Menschenmenge, die aus der Ankunftshalle strömte. Es hob niemand ab, nur die Mailbox war angesprungen. Er steckte das Handy in seine Jeans. Sein Blick blieb an einem unscheinbaren glatzköpfigen Mann mit brauner Hose und grauer Winterjacke hängen, der ihn vom Eingang der Ankunftshalle aus beobachtete. Oder kam ihm das nur so vor? Eilig stieg er in ein Taxi.

Verdammt, jetzt werde ich auch schon paranoid, dachte er. Dabei gab es eigentlich keinen Grund dafür. Sein schmutziger Job war erledigt, und man würde ihn jetzt in Ruhe lassen. Er war der nützliche Idiot gewesen, nichts weiter. Was ihn allerdings beunruhigte, war die Bemerkung eines der schwedischen Beamten auf dem Weg zum New Yorker Flughafen. Halblaut hatte er seinen Kollegen etwas wie »diese CIA-Schweine« zugeflüstert. War Torben am Ende in den Fängen des amerikanischen Geheimdienstes gelandet?

»Sankt Eriksgatan 12, bitte schnell«, sagte Kilian und drehte sich noch einmal um, aber der Mann war nicht mehr zu sehen.

Während das Taxi zügig in Richtung Innenstadt fuhr, hing Kilian seinen Gedanken nach. Er kannte Nova gut, aber wie gut eigentlich? Allzu viel wusste er nicht über sie. Nova wohnte direkt über einer beliebten Physiotherapiepraxis. Dort hatte sie an der Rezeption einen angenehmen Nebenjob, bevor sie bei Saicom genug verdiente, um ihr Studium zu finanzieren.

Das wusste er, und nach einem geselligen Abend bei Torben hatte Kilian noch einiges mehr über ihre Vergangenheit erfahren: Sie war achtzehn gewesen, als ihre alkoholabhängige Mutter sie nach der Scheidung aus dem Haus geekelt hatte. Danach hatte sie sich mit allen möglichen Gelegenheitsarbeiten durchgeschlagen. Ein Aushilfsjob bei der Zeitung Aftonbladet war dann die Initialzündung gewesen.

Nachdem sie erste Erfahrungen in der Grafik gesammelt hatte, wurde das Internet ihr neues Terrain. Von der Pike auf hatte sie gelernt, wie ein Computer funktioniert und wie man ihn kreativ einsetzt. Daraufhin war sie fest entschlossen gewesen, Informatik zu studieren, und hatte tatsächlich einen Studienplatz ergattert.

Ihr wahrer Meister aber war Torben geworden. Er hatte ihr Geheimnisse offenbart, wie sie nur Hacker der höchsten Grade beherrschen. So war aus Nova eines der vielversprechendsten Talente von Saicom geworden. Bis die lautstarke Auseinandersetzung mit Wallins ihre Karriere beendet hatte, bevor sie richtig anfangen konnte.

Das Taxi hielt vor dem ockerfarbenen Wohnhaus. Kilian zahlte und stieg aus. Wie gelähmt stand er vor der Tür. Er traute sich kaum zu klingeln. Er schaute sich um, ein paar Schulkinder überquerten gerade die Straße und liefen lachend an ihm vorbei.

Schließlich klingelte er, wie in alten Zeiten, dreimal kurz hintereinander. Der Summer ertönte, und Kilian drückte die Tür auf. Er stieg die Stufen langsam hoch, jeder Schritt fiel ihm schwer. Gleich musste er sich zur Rede stellen lassen. Und ihm graute davor.

Nova wartete bereits mit entnervter Miene vor der Wohnung. »Kilian, verdammt! Wo warst du die ganze Zeit? Wallins hat mich angerufen und gesagt, du hättest Torben bei diesem Blödsinn geholfen!« Vorwurfsvoll sah sie ihn an. »Torben steckt ziemlich tief in der Scheiße. Er hat sich seit Tagen nicht gemeldet!«

Trotz der unfreundlichen Begrüßung war Kilian fast ein wenig erleichtert. Also wusste Nova noch nichts von seinem Verrat.

Ein paar Sekunden lang standen sie stumm voreinander. Hektische rote Flecken hatten sich zwischen Novas Sommersprossen gebildet, ihre dunklen Augen funkelten angriffslustig.

»Kann ich erst mal reinkommen?«, fragte er.

Nova verdrehte die Augen. Dann ließ sie Kilian herein und schlurfte in die Küche.

»Setz dich. Willst du Tee? Ich habe gerade einen gekocht, einen grünen, wie du ihn auch magst. Und wie Torben ihn mag.« Sie fing an zu schluchzen, als sie zwei bunte Becher auf den hellen Holztisch stellte. Zitternd goss sie den Tee aus einer gelben Keramikkanne ein und setzte sich Kilian gegenüber. Sie schien seit Tagen nicht geschlafen zu haben.

Kilian wollte seine Beichte so schnell wie möglich hinter sich bringen.

»Ich mache es kurz«, sagte er hastig. »Dann kannst du mich verdammen, wenn du willst. Ich war in den USA. Die Bullen haben mich gezwungen, Torben in New York in eine Falle zu locken. Ich glaube, die Amis haben ihn den Schweden vor der Nase weggeschnappt. Aber wie auch immer: Torben wurde verhaftet.«

Nun ist es raus, dachte Kilian und sah Nova mit furchtsamem Hundeblick an.

Sie brachte keinen Ton hervor. Plötzlich verzerrte sich ihr Gesicht. Sie sprang auf, umrundete den Tisch und schlug ihn wie von Sinnen. Eine schallende Ohrfeige nach der anderen folgte, bis sie wieder auf ihren Stuhl sank.

»Du hast, du …, du verdammter Feigling, hast …« Ein Weinkrampf schüttelte sie.

Kilian hatte ihren Ausbruch reglos hingenommen.

»Nova, es tut mir so leid. Die Bullen haben mich dermaßen unter Druck gesetzt … und Scheiße noch mal, Torben hat mir einfach die Daten von der Festplatte geklaut!«

Nova blickte wieder auf. Mit beiden Händen wischte sie sich die Tränen vom Gesicht. Ihr verzweifelter Ausdruck verwandelte sich in Fassungslosigkeit.

»*Was* hat er?«

»Mich beklaut, verdammt! Nachdem klar war, dass die Verschlüsselungsdaten der ESA-Satelliten nur von mir stammen konnten, ist Wallins sofort zur Polizei gerannt. Er hat mich angezeigt. Du kannst dir vorstellen, wie die mich durch den Wolf gedreht haben. Auf Hochverrat stehen bis zu zwanzig Jahre Gefängnis!«

»Jetzt wird mir einiges klar.« Ratlos ordnete Nova ihr wirres rotes Haar. »Ich hätte dich nicht schlagen sollen, tut mir leid. Ich wusste, dass er sich in die CIA gehackt hatte, aber er hat nicht gesagt, wie.«

»Er hat sich in die CIA gehackt? Dann haben wohl vor allem die Amis jeden Grund, ihn jetzt auseinanderzunehmen. Scheiße, Nova, Torben hat vermutlich gleich zwei Geheimdienste in die Spur gebracht.«

Plötzlich schreckte Nova auf. »Hast du dein Handy dabei?«

»Ja, wieso?«

»Scheiße, gib es her.«

»Wieso denn?«, fragte Kilian verwundert.

»Gib es her!«

Widerstrebend zog Kilian sein Smartphone aus der Jackentasche. Bevor er weiter nachfragen konnte, riss sie es ihm aus der Hand und rannte damit ins Badezimmer. Kilian wollte ihr hinterherlaufen, doch zu spät. Schon hörte er die Toilettenspülung.

Nova kehrte zurück, stellte sich in den Türrahmen und zeigte eine entschlossene Miene. »So, das Problem sind wir los.«

Er schlug die Hände über dem Kopf zusammen. »Spinnst du? Wieso spülst du mein Handy runter?«

»Du hast ein Smartphone, das könnte man sogar offline per GPS orten. Du glaubst doch wohl nicht, dass die uns jetzt nicht auch im Visier haben.«

Kilian ärgerte sich über sich selbst. Wieso hatte er nicht daran gedacht? »Okay, war dämlich von mir. Und jetzt?«

Mit zusammengekniffenen Augen starrte Nova ihn an. »Ich

werde jedenfalls nicht einfach hinnehmen, dass Torben in irgendeinem Knast verschimmelt! Und du wirst mir gefälligst helfen. Komm mit!«

Kilian fasste neuen Mut. Mit Nova an der Seite würde er alles in Bewegung setzen können, um Torben zu finden. Es war schmerzhaft genug, dass er nicht den Mumm gehabt hatte, dem Druck der schwedischen Polizei zu widerstehen. Wenigstens verfüge ich über ausreichend Geld und Beziehungen, dachte er, als er Nova ins Wohnzimmer folgte.

Interessiert sah er sich um. An einer weinrot gestrichenen Wand hingen vom Boden bis an die Decke Handtaschen in allen Größen, Farben und Mustern. Einige hätten jeder Großmutter zwischen Malmö und Stockholm gefallen, andere waren voller bunter Knöpfe, Buttons oder Flicken. Novas Taschentick hatte schon öfter für amüsierte Kommentare gesorgt. Wie ein Gesamtkunstwerk wirkte diese Installation von Skurrilitäten.

Kilian blieb vor dem Fenster zur Straße stehen, während Nova ihre Schuhe anzog. Sie nahm ein paar Scheine aus einer kleinen Kommode und stopfte sie in ihren Geldbeutel. Unter einem grauen Sofa zog sie zwei Motorradhelme hervor.

»Los, wir sollten schleunigst verschwinden!« Sie drückte Kilian einen Helm in die Hand und zog ihn vom Fenster weg. »Vorsicht. Ich werde seit Torbens Verschwinden beobachtet. Heute früh war der Wagen endlich weg, aber jetzt ist er wieder da.«

Das war verwirrend. Wieso sollte man Nova noch im Visier haben?, fragte sich Kilian. Die Schweden konnten doch nicht ernsthaft glauben, dass Torben hier noch einmal auftauchte.

Sie runzelte die Stirn. »Mein Motorrad steht dummerweise direkt vor der Tür. Na ja, egal. Schon mal hintendrauf mitgefahren?«

Kilian schüttelte den Kopf. Doch er hatte wohl keine andere Wahl, als Novas Fahrkünsten zu vertrauen.

»Wo willst du hin?«

Verschwörerisch legte Nova einen Finger an den Mund und flüsterte: »Ins Landhaus, da sind wir erst mal sicher.«

Sie schlichen die Treppe hinunter und traten auf die Straße. Dort stand die schwarze 500er Honda, ein echtes Geschoss, das Nova secondhand gekauft hatte. Sie schaute missbilligend zu dem weißen Volvo, in dem die Konturen eines Mannes zu erkennen waren. Wieder bemerkte Kilian die Entschlossenheit in ihren Augen. Dennoch fragte er sich, wie es ihnen gelingen sollte, so ohne Weiteres aus Stockholm zu flüchten. Der Schnee war zwar überall geschmolzen, aber die Straßen waren noch nass und rutschig.

»Festhalten, das wird keine Spazierfahrt«, warnte sie und startete den Motor. Mit einer eleganten Drehung fuhren sie zunächst im Schritttempo die Straße hoch. Der Volvo setzte sich sofort in Bewegung und wendete. Als Nova sich in die erste Kurve legte, konnte Kilian im Rückspiegel sehen, dass der Wagen ihnen in einigem Abstand folgte.

Dann gab Nova etwas mehr Gas. Kilian umschlang mit beiden Armen ihre Mitte und presste seine Beine mit aller Kraft an die Maschine. Der Volvo folgte ihnen weiter in einem Abstand von etwa fünfzig Metern.

In der Nähe des Carls-Elchs-Museums lenkte Nova ihre Honda in den Kreisverkehr, der auf die Bundesstraße Roslagsvägan führte. Doch statt diesen Weg zu nehmen, umrundete sie das Rondell einmal komplett und legte dabei das Motorrad so tief, dass sie mit ihren Knien fast den Asphalt berührten. Dann bog sie wieder auf die Straße ein, aus der sie gekommen waren. Sie konnten das verdutzte Gesicht des Volvofahrers erkennen, als er auf der Gegenfahrbahn an ih-

nen vorbeirauschte. Geschickt nutzte Nova den Moment, in dem sie sich für ihren Verfolger im toten Winkel befanden, und lenkte ihr Vehikel blitzartig in die Straße zum Museum. Von dort holperte sie mitten durch den Bellevuepark weiter. Es war ein äußerst riskantes Unterfangen. Der aufgeweichte Rasen war voller Steine und Unebenheiten, immer wieder brach das Motorrad seitlich aus.
Die Karre fliegt gleich auseinander, dachte Kilian, während er sich krampfhaft an Nova klammerte. Nova steuerte ihre Honda geradezu virtuos über das Gelände. Das Bike schlingerte zwar gefährlich hin und her, doch nach einem letzten Aufheulen des Motors erreichten sie die Bundesstraße jenseits des Parks.
Kilian hing immer noch wie ein Äffchen an Novas Körper, als sie mit Vollgas die Roslagsvägan hinunterschossen. Ihren Verfolger hatten sie abgehängt.
Nova riss einen Arm hoch und wandte sich halb zu Kilian um. »Yippiie! Wir haben's geschafft!«
Nach einer Dreiviertelstunde erreichten sie das einsam gelegene Landhaus, das Novas Vater gehört hatte. Es lag gute hundert Meter von der Straße entfernt, umgeben von dichtem Wald. Am Ende der von Bäumen verdeckten Einfahrt tauchte ein gelbes Holzhaus mit einer weitläufigen überdachten Veranda auf. Ihre Balken waren weiß gestrichen, die Fensterbänke bestanden aus dunklem Edelholz, und die Fenster des ersten Stocks waren mit grünen Läden verschlossen. Vor dem Eingang stand eine knapp meterhohe Buddhastatue.
Mit durchdrehenden Reifen preschte Nova über einen Sandweg und kam hinter dem Haus zum Stehen.
»Wow, du kannst dich echt bei jedem Offroad-Rennen bewerben«, sagte Kilian anerkennend, während er mit weichen Knien abstieg.

»Wir gehen besser schnell rein. Hier haben wir Ruhe. Das Haus ist immer noch auf den Namen meines Vaters eingetragen – und er hatte einen anderen Nachnamen als ich. Mit etwas Glück kommen die Bullen nicht gleich drauf.«
Kilian, Torben und Nova hatten hier so manches Wochenende verbracht. Im Winter waren sie Ski gelaufen, im Sommer hatten sie geangelt oder stundenlang auf der Veranda gesessen und über alles Mögliche geredet, aber kaum über sich selbst.
Nova schloss auf. Das Haus war auch von innen mit Holz verkleidet. Nova hatte nach dem Tod ihres Vaters alles entsorgt, was sie an ihn erinnerte. Nur im Flur, neben einem mannshohen Spiegel, hingen ein paar Familienfotos.
Sie gingen ins Wohnzimmer. Als Erstes fiel ein schwerer, dunkel gebeizter Schreibtisch aus Indien ins Auge. Von dort konnte man direkt in den Garten und in den endlosen Wald blicken. Gelb-weiß gemusterte Teppiche auf den Holzböden gaben dem Raum eine heimelige Atmosphäre. Eine Yucca-Palme ragte neben einem weißen Sofa bis fast an die Decke. Gegenüber war ein Kamin in die Wand eingelassen.
Nova ließ sich aufs Sofa fallen, legte den Kopf nach hinten und strich ihre Haare zurück.
»Ich weiß, dass Torben uns nicht mit Absicht in diesen Schlamassel reingezogen hat. Bevor er geflüchtet ist, war er bei mir. Er wirkte am Boden zerstört.«
Kilian sank erschöpft von der aufreibenden Fahrt in einen alten braunen Ledersessel, dessen Lehnen mit Kupfernieten verziert waren. Beschämt senkte er den Kopf. »Hätte ich das doch nur gewusst«, murmelte er. »Woran hat Torben eigentlich gearbeitet?«
Einen Moment lang schwieg Nova, dann seufzte sie tief.
»Ich weiß nur, dass es etwas mit seinem mysteriösen Programm zu tun hat. Und dass dieser Peter Norris verschwun-

den ist. Seitdem war Torben wie ausgewechselt. Dann hat er sich mit deinen Daten in den CIA-Rechner gehackt.«
Kilian stand der Mund weit offen. »Mit meinen Daten! Ist er denn völlig wahnsinnig geworden?«
»Er wollte unbedingt etwas herausfinden, etwas Geheimes und zu einem Commander Zero«, erwiderte Nova. »Verflucht, ich hätte diese Unterlagen doch bei mir behalten sollen!«
»Was für Unterlagen?«
Nova blickte skeptisch zu Kilian hinüber. Sie schien mit sich zu kämpfen, wie viel sie ihm anvertrauen sollte.
»Er muss geahnt haben, dass man ihm auf die Schliche kommt«, sagte sie schließlich. »Deshalb bat er mich, Unterlagen von Norris bei mir zu verstecken. Aber ich hatte Angst, weil wir vielleicht schon vor Torbens Verschwinden beschattet wurden.«
Jetzt rückte Kilian ganz nach vorn an die Sesselkante.
»Das war vor dem Hack mit dem Satelliten?« Er schrie fast.
»Dann hat er vielleicht Zugang zu streng geheimen Informationen bekommen. Wer der CIA in die Suppe spuckt, hat ganz schlechte Karten. Wie konnte der Kerl das nur tun? Kannst du mir wenigstens einen Hinweis geben, was in den Dokumenten stand?«
Ruckartig stand Nova auf, ging zur Veranda und öffnete die Türen. Die Luft war stickig, weil sie wochenlang nicht mehr hier gewesen war. Sie machte einen Schritt hinaus, atmete tief durch und drehte sich wieder zu Kilian.
»Nein, ich habe nicht reingeschaut, ehrlich. Torben wollte es nicht. Aber er sprach von einem Geheimplan, von totaler Internetzensur. Es gebe da ein Projekt, bei dem weltweit alle Datenströme zusammenlaufen. Und … warte mal … jetzt fällt mir was ein. Irgendwann fielen mal Namen wie Edward Bernays und Walter – was mit L …«

»Walter Lippmann?«, fragte Kilian völlig verblüfft.
»Ja, genau. Torben sagte, sie wären die Väter eines Plans, der erst jetzt zur völligen Entfaltung kommen wird.«
Kilian boxte mit der Faust auf die Lehne seines Sessels.
»O Gott, diese Nummer also! Bernays und Lippmann sind Sozialwissenschaftler. Man nennt sie die Erfinder der Public Relations. Torben hielt sie allerdings für Brandstifter.«
»Wieso denn?«
Kilian wirkte plötzlich geistesabwesend. Er erhob sich und lief auf und ab. Dann blieb er stehen, kreuzte die Arme und sah aus dem Fenster in den Wald.
»Nun sag schon«, insistierte Nova.
»Pack deine Sachen. Wir müssen in die Staaten.«
»Wie bitte? Was hast du vor?«
»In Washington kenne ich jemanden, der uns vielleicht weiterhelfen kann. Ich war mit Torben vor drei Jahren zu Besuch bei ihm. Ich bin mir ziemlich sicher, dass Torben mit seinem Programm irgendwelche Strategien der CIA oder des Pentagons durchkreuzt hat. Das ist ganz großes Kino, verstehst du? Nicht ein kleiner Hack, sondern Sabotage auf höchster Ebene! Ich muss sofort zu einer Telefonzelle.«
Er sprang auf, doch Nova hielt ihn am Arm fest.
»Moment, Moment, ich verstehe gar nichts. Was hat dieser Typ, dieser Lippmann, mit dem Pentagon zu tun?«
Ungeduldig befreite Kilian seinen Arm.
»Okay, die Kurzfassung. Lippmann hat in seinen inoffiziellen Memoiren geschrieben, dass die Manipulation der Massen in einer demokratischen Gesellschaft legitim sei. Auch in einem freiheitlichen Staat habe die Freiheit demnach Grenzen, damit nichts aus dem Ruder läuft. Das alles hat Torben in einem Seminar bei Peter Norris in Hamburg erfahren.«

»Ja, und?«, fragte Nova wenig beeindruckt. »Ist doch alles nur graue Theorie.«
»Aber nur so lange, wie keiner auf die Idee kommt, diese Theorie anzuwenden. Schon vergessen? Occupy? Anonymous? Für die Mächtigen geht es jetzt um alles. Lippmann ist der ideale Stichwortgeber. Torben hat immer wieder einen Schlüsselsatz zitiert: ›Wir müssen die Ignoranz und Dummheit der Massen erkennen und dürfen nicht demokratischen Dogmatismen erliegen.‹«
»Komm auf den Punkt«, sagte Nova fordernd.
»Du kennst doch Torben. Der wittert immer irgendeine Verschwörung. Na, und dann hat er wohl eins und eins zusammengezählt. Lippmanns radikale Vision für die Manipulation der öffentlichen Meinung ist heute besser machbar denn je. Wenn du das Internet kontrollierst und nur noch manipulierte Informationen in Umlauf setzt, hast du faktisch die Macht. Ich fand das immer lächerlich, aber Torben war wie besessen davon.«
»Stimmt«, sagte Nova leise.
»Für Ideologen, die so denken wie Lippmann, ist das Internet die Büchse der Pandora. Wer weiß, vielleicht hat Torben sie geöffnet und sitzt nun zwischen den Fronten. Den Rest kennt man ja.«
Nova wurde blass. »Wer die Büchse der Pandora öffnet, bezahlt mit seinem Leben.«
Ohne weitere Erklärung ging sie zu einem mit Messingbeschlägen verzierten Eichenschrank. Darin lagerten immer ein paar Klamotten, damit sie sich im Winter nach dem Langlauf umziehen konnte. Sie holte einige Kleidungsstücke heraus und zog eine dunkle Ledertasche unter dem Schrank hervor. Dann warf sie alles wild durcheinander hinein.
Kilian hatte ihr stumm zugesehen.

»Heißt das, du kommst mit?«
Sie hielt inne. »Denkst du etwa, ich sitze hier vor dem Kamin rum, während Torben irgendwo in Amerika festgehalten wird?«
Aus ihrer Jackentasche holte sie ihr altes Handy. Ein mittelalterlicher Knochen, wie Kilian immer lästerte, aber es funktionierte, konnte Mails senden und empfangen, war aber nicht so leicht zu orten wie Geräte der neuen Generation.
»So, fertig! Können wir?«
Kilian spürte, wie aufgewühlt sie war.
»Liebst du ihn?«
Sie ließ die Tasche fallen. »Was?«
»Du und Torben, warum seid ihr eigentlich nie ein Paar geworden?«
Nova schien peinlich berührt zu sein und wich seinem Blick aus.
»Es gibt viele Formen von Liebe«, murmelte sie fast unhörbar. »Sicher liebe ich ihn, aber vielleicht nicht so, wie du denkst.«
»Tut mir leid, ich wollte dir nicht zu nahe treten.«
Nova griff nach der Tasche und ging auf den Flur. Ein letztes Mal betrachtete Kilian den Raum, in dem sie so oft zu dritt gesessen und diskutiert hatten. Es schien Jahrzehnte her zu sein. Er schwor sich, dass er Torben hierher zurückbringen würde. Koste es, was es wolle.
Nova steckte gerade den Schlüssel in die Haustür, als er zu ihr ging.
»Und wie hast du dir das genau gedacht?«, fragte sie. »Einfach so ab nach Amerika?«
Galant nahm Kilian ihr die Tasche ab. »Ich werde den Piloten meines Vaters um Hilfe bitten.«
Nova verzog den Mund. »Wie es aussieht, stehen wir doch

längst auf irgendwelchen schwarzen Listen. Was ist mit der Passkontrolle?«

»Wird es nicht geben. Mein Vater genießt Diplomatenstatus. Wir werden auf einer separaten Rollbahn für Privatjets landen und ohne Kontrolle einreisen.«

Leise pfiff Nova durch die Zähne. »So läuft das also bei den Reichen und Schönen.«

»Reich – ja, schön – lassen wir das«, grinste Kilian.

Auch Nova grinste, doch dann wurde sie wieder ernst. »Du bist fest entschlossen?«

»Ich würde es mir niemals verzeihen, wenn ich nicht alles versucht hätte.«

Nova konnte nicht anders, sie umarmte ihn fest.

»Unsere gemeinsame Zeit war die schönste meines Lebens. Ich fühle mich bei euch beiden aufgehoben wie bei einer Familie, die ich nie wirklich hatte. Danke, dass du jetzt nicht kneifst.«

Sie fuhren eine knappe Viertelstunde die Landstraße hinunter. Links und rechts waren nur Wälder und Wiesen zu sehen. Auch hier war der Schnee dem Tauwetter gewichen. Vereinzelt konnte man schon zaghaftes Grün an den Bäumen erkennen.

An einer alten Tankstelle hielt Nova. Die blaue Fassade war teilweise abgebröckelt, und die Zapfsäulen wirkten eingerostet. Nur ein uralter Ford parkte vor dem Shop. Neben einer Holzhütte mit verblichenen Werbeschildern stand eine verdreckte Telefonzelle. Einige der Scheiben waren zersprungen. Nova nahm den Helm ab und setzte sich auf eine Bank unter einer abblätternden Coca-Cola-Reklame, während Kilian die Zelle ansteuerte.

Nach einer Minute kam er zurück.

»Morgen sind wir in Washington.«

24

Wüste Nevada – Bunker Whitestar

Die Nacht war kurz gewesen. Clark hatte keine drei Stunden geschlafen. Gegen acht Uhr sollte sein Flug vom Bunker Whitestar nach New York starten. Als er aus einem verchromten Metallbecher einen Schluck Kaffee nahm, unterbrach ein leises Pfeifen seine morgendliche Nachrichtenlektüre. Er inspizierte einen kleinen Bildschirm, verzog die Mundwinkel und öffnete mit einem Tastendruck die Tür.

Mit einem besorgten Gesichtsausdruck trat sein Stellvertreter Eliston ein, den Clark längst wieder in Bluffdale, dem weltweit größten Abhörzentrum der NSA, gewähnt hatte.

»Was machen Sie denn noch hier?«

Eliston warf seinen Mantel auf die Ledercouch. Wie immer trug er einen eleganten Anzug, trotz der frühen Stunde wirkte er wie aus dem Ei gepellt. »Ich habe Neuigkeiten aus Washington, die ich unter vier Augen besprechen wollte. Der Präsident hat Verteidigungsminister Rodson entlassen.« Er presste die Lippen zusammen. »Und das ist noch nicht alles. Der Präsident will die Verschmelzung der Auswertungszentren von NSA und CIA verhindern. Jedenfalls solange es keinen Kontrollausschuss im Kongress gibt und die Maßnahme nicht zeitlich begrenzt wird.«

»Wie bitte? Damit weicht er den Patriot Act auf und überlässt die Straße endgültig dem Mob!« Clark knallte seinen Becher auf die Schreibtischplatte. »Dagegen müssen wir etwas unternehmen!«

Eliston zückte mit den Schultern. Dann setzte er sich auf die Couch und blätterte in einigen Unterlagen, die er mitgebracht hatte.

Unwillig schob Clark seine Dossiers beiseite. Erst am Abend zuvor hatte Strieber sich in einer Mail darüber aufgeregt, dass der Präsident verlautbaren ließ, die Wahlkampfgelder seiner bisherigen Förderer abzulehnen. Mit der Begründung, er wolle den politischen Einfluss der großen US-Unternehmen schwächen. Im Netz wurde er bereits dafür gefeiert.

»Dieser Idiot von Präsident glaubt doch tatsächlich, dass er durch ein paar Zugeständnisse die Sache unter Kontrolle kriegt«, schnaubte er. »Kennt der überhaupt unsere Auswertungen?«

Eliston sah auf. »Ich glaube nicht.«

Daraufhin öffnete Clark eine Schublade und zog einen dicken gebundenen Bericht mit dem Label der CIA heraus. »Sorgen Sie dafür, dass er das hier persönlich bekommt. Ich werde in der Zwischenzeit alles tun, damit diese Demonstrationen gewaltlos aufgelöst werden.«

Ungläubig sah Eliston ihn an. »Wie wollen Sie das anstellen?«

»Warten Sie's nur ab!« Clark schob seine Daumen unter die breiten Hosenträger, die er über seinem blau-weiß gestreiften Hemd trug.

Eliston nahm den Bericht an sich und reichte seinem Chef eine Depesche. »Das kam eben per Eilboten. Die Schweden haben unseren Botschafter einbestellt. Sie wollen ihre beiden Agenten wiederhaben. Dann wären sie bereit, unsere Einmischung in ihre Angelegenheiten zu vergessen.«

Achtlos legte Clark das Schreiben beiseite. »Machen Sie den Schweden klar, dass sie ihre Chance hatten. Wenn die den Fall Arnström öffentlich machen, stellen wir ihre Agenten an die Wand. Wie lange wurde der vor seinem Hack eigentlich überwacht?«

»Wohl nur wenige Tage«, antwortete Eliston. »Wir haben von den Deutschen erfahren, dass er seine gefälschten Papie-

re und die knapp zehntausend Dollar erst nach seiner Flucht aus Stockholm abgeholt hat. Aus einem Depot in Hamburg.«
Dahinter kann nur Peter Norris stecken, dachte Clark ärgerlich. Typisch. Dieser Norris war ein eiskalter Profi. Bei seinen Einsätzen in Guatemala und Ecuador hatte er Kontakte zur Mafia und zu einigen Drogenkartellen geknüpft. An falsche Pässe zu kommen war für einen wie Norris eine Kleinigkeit.
Er hieb mit einer Hand auf seinen Schreibtisch. »Dieser verdammte Norris hat Arnström geholfen! Darauf wette ich meinen Arsch! Wissen wir, wann er Arnström zum letzten Mal kontaktiert hat?«
Wieder ertönte das leise Pfeifen. Clark drückte die Einlasstaste, und Penny kam herein. Sie trug ein graues Kostüm mit einer rosa Rüschenbluse und hielt ein halbes Dutzend Ordner in den Händen.
»Sir, der Jet steht pünktlich bereit. Hier sind die Unterlagen für die Bereitschaftstreffen der Abteilungsleiter kommende Woche.«
»Danke, Penny. Wo ist Agent Madlow?«
Die Sekretärin legte den Berg von Ordnern auf Clarks Schreibtisch.
»Sie weckt gleich Arnström, und dann geht es nach New York. Ich habe die Zimmer im Mandarin bereits gebucht.«
Clark schlug die Ordner auf und überflog ein paar Seiten.
»Unterrichten Sie Agent Madlow, dass ich sie heute Abend um sechs in meinem New Yorker Büro sehen will.«
»In Ordnung, Sir.« Die Sekretärin huschte davon und schloss behutsam die Tür hinter sich.
»Also, was ist jetzt mit Norris?«, setzte Clark die Unterredung fort. »Wann hat er diesen kleinen Hacker zuletzt instruiert?«
»Sicher ist nur, dass sie seit seiner Abreise nach Kuba keinen

Kontakt mehr hatten. Wir haben die Datenwege unter Kontrolle.« Eliston räusperte sich. »Wollen Sie mir nicht langsam mal verraten, was an Norris noch gefährlich sein kann? Der Mann ist doch weg vom Fenster.«

Stirnrunzelnd spielte Clark mit seinem Füllfederhalter. »Das ist nicht gesagt. Na ja, in ein, zwei Tagen weiß ich mehr. Immerhin habe ich eine unserer besten Agentinnen auf Arnström angesetzt.«

»Sie sollten vielleicht nicht zu viel Zeit mit ihm verschwenden. Miles hat mir vorhin versichert, dass er den Wurm in den Griff bekommen könnte.«

»Könnte? Das ist mir zu riskant.« Der CIA-Chef sah seinen Untergebenen angriffslustig an. »Und über die Operationen von Norris werden Sie in Kenntnis gesetzt, wenn Sie meinen Job übernehmen oder wenn ich tot bin. Keine Sekunde vorher. Klar so weit?«

Völlig konsterniert starrte Eliston seinen Vorgesetzten an. »Wie darf ich denn das verstehen?«

Der CIA-Direktor klemmte sich den Aktenstapel unter den Arm und warf sich sein Jackett halb über die Schulter.

»Mir reicht es allmählich. Dies ist mein letzter Einsatz. Danach ist Schluss, und ich werde Sie als meinen Nachfolger vorschlagen. Dann sind Sie den alten Drecksack Clark endlich los.«

Er genoss das überraschte Gesicht Elistons. Mit dieser Ankündigung würde er den smarten Aufsteiger so lange ruhigstellen, bis alles über die Bühne gegangen war. Dann aber würde er, Clark, als ein Mann in die Geschichte eingehen, der die größte Bedrohung der internationalen Sicherheit mit Bravour gemeistert hatte. Und zwar im Alleingang.

Er umrundete seinen Schreibtisch und blieb mit wippenden Fußspitzen vor Eliston stehen.

»Dieser Hacker kann übrigens in den nächsten Tagen Gold wert sein. Ich habe meine Pläne mit ihm. Danach können Sie ihn haben. Notfalls im Leichensack.«
Für einen Moment wurde es still im Raum. Dann stand Eliston auf und stellte sich Clark, der schon die Tür ansteuerte, in den Weg. Sein sonst so gelassenes Gesicht hatte sich rötlich verfärbt.
»Sir, wenn Arnström eine Gefahr für unsere nationale Sicherheit ist, muss ich über alles im Bilde sein.«
Clark schob ihn wie ein überflüssiges Möbelstück beiseite. »Ach, müssen Sie das?«
Eliston taumelte leicht, dann fing er sich wieder.
Wie Kampfhähne standen sie einander gegenüber. Spätestens jetzt war klar, dass sie offene Konkurrenten waren.
»Ich habe Ihnen gerade sehr deutlich zu verstehen gegeben, wo Ihre Kompetenzen enden«, brach Clark das feindselige Schweigen. »Überspannen Sie den Bogen nicht.«
In Elistons Gesicht bebte es vor unterdrückter Wut. »Haben Sie deshalb den Zugang zu sämtlichen Informationen über Norris sperren lassen?«
Alles konnte Clark jetzt gebrauchen, nur keinen Widersacher in den eigenen Reihen. Drohend tippte er mit einem Finger auf Elistons teures Jackett.
»Ich warne Sie. Halten Sie sich da raus. Fliegen Sie nach Washington, reden Sie mit dem Präsidenten. Es reicht, wenn Sie ihn hinhalten. In ein paar Wochen ist die Sache sowieso erledigt.«
Doch so leicht ließ sich Eliston nicht ins Bockshorn jagen. »Direktor Clark, sehen Sie sich vor. Wir machen alle Fehler. Aber hier bei der CIA sind die Auswirkungen katastrophal.«
Elender Klugscheißer, dachte Clark. Dich werde ich in den vorzeitigen Ruhestand befördern, wenn das hier vorbei ist.

»Guten Flug«, sagte er knapp. »Sie können jetzt gehen.«
Wortlos nahm Eliston seinen Trenchcoat und schlich aus dem Büro wie ein geprügelter Hund. Clark sah ihm kopfschüttelnd hinterher, dann tippte er eine Nummer in sein Handy.
»Ist der Prototyp in Manhattan angekommen? Ja? Sehr gut. Schicken Sie die Bedienungsanleitungen an unsere Partner. Und behalten Sie Eliston im Auge. Ich will über jeden seiner Schritte informiert werden.«

25

Bunker Whitestar – Wüste Nevada

Torben erwachte auf einer dicken Matratze in weißer, sauberer Bettwäsche. Ihm fehlte jedes Gefühl für Zeit und Raum. Die Tablette von Clark hatte die Wirkung des Serums zwar gemildert, doch sein Orientierungsvermögen hatte deutlich gelitten. Auf einer Uhr über der Tür sah er, dass es sieben war. Morgens? Oder doch schon abends?
Gähnend streckte er sich. Dann musterte er den Raum. Er war grau getüncht und fensterlos. Auf dem Nachttisch neben dem Bett stand ein Glas Wasser. Gegenüber entdeckte er einen kleinen Kühlschrank.
Er tappte auf nackten Füßen hin und öffnete ihn. Ein paar Flaschen mit Säften und einige Sandwiches lagen darin. Torben griff sich eins und biss hinein.
Während er sich zurück aufs Bett setzte, nahm er den Raum näher in Augenschein. In die Stirnwand war ein Flat Screen eingelassen, und neben der Tür stand ein stählerner Schreib-

tisch mit einer kleinen Halogenlampe und ein paar Schreibutensilien.
Seine Gedanken schweiften ab. Die Agentin ging ihm nicht mehr aus dem Kopf. June Madlow. So einer Frau war er noch nie begegnet. Er musste sich eingestehen, dass er sie ziemlich attraktiv fand, auch wenn sie auf der falschen Seite kämpfte. Die Frage war nur, ob sich hinter der coolen Fassade ein Mensch aus Fleisch und Blut verbarg. Sei vorsichtig, dachte Torben, lass dir bloß nicht den Kopf von ihr verdrehen.
Nachdem er das Sandwich verspeist und das Glas Wasser ausgetrunken hatte, ließ er sich wieder auf die Matratze fallen. Ein Gefangener der CIA zu sein, das war der Super-GAU. Dennoch verspürte er in diesem Augenblick keine Wut mehr auf Kilian. Wenn es hart auf hart kam, hatte Kilian sich immer ins Lager der Mächtigen geschlagen. So war er nun mal erzogen. Und wer weiß, wie sehr man ihn unter Druck gesetzt hatte.
Torben schrak zusammen, als plötzlich die Tür geöffnet wurde. Mit einem provokanten Blick schritt June Madlow auf ihn zu. Sie trug eine dunkelgrüne Hose, ein eng anliegendes weißes Trikot und eine goldene Kette, an der ihre CIA-Erkennungsmarke hing. Ihr Haar hatte sie mit einer Pilotenbrille nach hinten geschoben, und an der rechten Hüfte trug sie eine Pistole in einem schwarzen Halfter. Irgendwie erinnerte sie Torben an Lara Croft. So sportlich, so entschlossen. Und so sexy.
Ohne zu zögern, setzte sie sich auf seine Bettkante und legte ihm einen Overall hin. Torben rappelte sich auf.
»Wow, darf ich jetzt mit Lara Croft spielen gehen?«
June grinste. »Das hätten Sie wohl gern. Kommen Sie, ziehen Sie sich an. Wie ich weiß, wollten Sie schon immer mal auf einen dieser roten Felsen in Arizona.«

Meinte sie etwa Mount Valley? In der Tat war das immer Torbens Traum gewesen, diese Tafelberge einmal live zu sehen. Aber woher wusste sie das?
»Ich denke, Sie können ein wenig frische Luft gebrauchen. Draußen wartet ein Hubschrauber. Wir machen einen kleinen Abstecher, bevor es dann nach New York geht.«
Misstrauisch betrachtete Torben ihre fröhliche Miene.
»Denken Sie bloß nicht, Sie könnten mich mit so was beeindrucken. Ich werde nicht kooperieren. Und wenn Sie mit mir nach Feuerland fliegen.«
June Madlow war aufgestanden und zur Tür gegangen. Sie drehte sich noch einmal um. Ihr heiterer Gesichtsausdruck war verschwunden. Herablassend sah sie zu ihm hinüber.
»Nebenan finden Sie eine Dusche. In zehn Minuten werden Sie abgeholt.«
Die Tür schloss sich. Verwirrt stand Torben auf. Warum Arizona? Warum New York? Jetzt erst sah er, dass neben dem Bett eine weitere Tür zu einem Bad führte. Dort lagen auf einem Hocker ein paar weiße T-Shirts, Socken, eine Jeans und Waschutensilien. Im Spiegel erblickte er sein müdes Gesicht mit der verschorften Stirnwunde.
»Zehn Minuten, na toll«, murmelte er missmutig vor sich hin. Nachdem er in Windeseile geduscht hatte, zog er die Jeans und ein T-Shirt an und streifte den engen Overall über. Kurze Zeit später wurde er von einem jungen Soldaten in den Hangar gebracht. June Madlow saß bereits in einem schwarzen Tarnkappen-Helikopter. Und zwar am Steuer, wie Torben mit einigem Respekt feststellte. Über dem Hubschrauber öffnete sich lärmend die Hangarluke. Heller Sand wurde hereingeweht und bohrte sich nadelfein in Torbens Haut.
Mit gemischten Gefühlen stieg er in den Hubschrauber und setzte den Helm auf, den June ihm hinhielt. Anschließend gur-

tete ihn der Soldat fest. Bis auf seinen Flug zum Bunker hatte Torben noch nie in einem Helikopter, geschweige denn in einem Kampfhubschrauber gesessen. Die Menge von Instrumenten, Computern und kleinen Bildschirmen war ziemlich verwirrend.

»Auf nach Arizona!«, lachte die Agentin.

Merkwürdig, dachte er. Wieso wird mir mein alter romantischer Traum erfüllt? Er erinnerte sich, dass er mal in einem Chat vom Mount Valley geschwärmt hatte. Aber das war Jahre her. Seit wann war man ihm auf den Fersen? Ihm schwindelte bei der Vorstellung, dass man hier alles über ihn wissen könnte. Leider sah es ganz danach aus.

Als June Madlow den Motor startete, schloss der Soldat die Tür und lief geduckt weg.

Der Helikopter gewann in einem atemberaubenden Tempo an Höhe. Eine Minute später schoss die Agentin über eine ausgedörrte Wüstenlandschaft. Kleine Ortschaften zogen wie Playmobilspielzeug unter ihnen vorüber.

Nach einer knappen Stunde konnte Torben die ersten Felsformationen des Mount Valley erkennen, bis sie schließlich die East and West Mitten Buttes im Navajo-Nationalpark erreichten. Die Buttes waren Teil einer Gebirgsformation, wie es sie kaum ein zweites Mal auf der Erde gab. Jeder der beiden Berge war gut dreihundert Meter hoch. Sie wirkten vor allem deshalb so imposant, weil sie aus der flachen Wüste derart unvermittelt und steil in den Himmel ragten, als ob ein Riese sie dort zufällig abgesetzt hätte.

Mit voller Geschwindigkeit flog June Madlow den East Mitten Butte an und zog den Kampfhubschrauber ruckartig in die Höhe. Torben spürte seinen Mageninhalt. Ein äußerst unangenehmes Gefühl.

»Hey, hey, was wird das?«

Die Pilotin verzog keine Miene. Auf ihrer Sonnenbrille spiegelten sich die Lichter der Armaturen. Sie brachte den Helikopter in eine waagerechte Position und setzte dann auf einer der wenigen ebenen Stellen des monströsen Felsturms auf.
Mit gehobenem Daumen signalisierte Torben seine Anerkennung für die geglückte Landung, während er sich mit der anderen Hand immer noch den Magen hielt. Jetzt wusste er wenigstens ungefähr, wo man ihn gefangen gehalten hatte. Nevada oder Utah? Irgendwo dort also musste dieser ominöse Bunker liegen.
Ein lautes Klicken verriet, dass June Madlow die Türen entriegelt hatte. Sie lösten ihre Sicherheitsgurte. Mit dem rechten Bein half Torben nach, die schwere Tür neben sich zu öffnen. Die Agentin stellte den Motor ab, und sie stiegen aus. Überwältigt stand Torben auf dem Felsplateau und schaute in die Weite. Die Aussicht war grandios. Die East and West Mitten Buttes waren für ihn die schönsten Felsmonumente des Mount Valley. Unzählige Westernfilme, die er als Kind geliebt hatte, waren hier gedreht worden. Für einen Moment fühlte er sich von allem losgelöst.
Die Rotoren waren fast völlig zur Ruhe gekommen, und Torben setzte den Helm ab.
»Da kann man doch alles andere vergessen, oder?«, sagte June, die zu Torben getreten war.
»Schön wär's. Ich bin Ihr Gefangener, das kann ich kaum vergessen.«
»Jedenfalls können Sie mir hier nicht weglaufen«, grinste June. Sie musterte Torben von oben bis unten. »Für einen Hacker haben Sie eine ziemlich gute Figur. Wer hat Sie trainiert? Der schwedische Geheimdienst? Schlechte Tarnung für einen angeblich harmlosen Mitarbeiter einer Computerfirma.«
»Der Trainer hieß Wuan Li. Ich kam mit acht Jahren in Stock-

holm in seine Kung-Fu-Gruppe und blieb, bis ich achtzehn war. Seither halte ich mich mit Liegestützen in Form. Das können Sie zu Protokoll nehmen.«

June sah Torben direkt in die Augen. Ihr Blick wurde hart.

»Okay, dann bleiben wir beim Protokoll. Sie haben sich in unsere Datenbank gehackt und ein Sabotageprogramm installiert. Sie haben fünf Agenten angegriffen und ausgetrickst. Sie sind mit einem falschen Pass in die Staaten gereist. Das allein reicht aus, um Sie lebenslänglich hinter Gitter zu bringen. Also, für welchen Geheimdienst arbeiten Sie?«

Solch einen Frontalangriff hatte Torben nicht erwartet. Mit einem Schlag wurde ihm wieder bewusst, in welch einer hilflosen Lage er sich befand. Die CIA hatte ihn in der Hand. Und June Madlow würde ohne Zweifel ihre Waffe gebrauchen, falls er das Falsche tat. Unwillkürlich wich er einen Schritt zurück.

»Blödsinn. Es war alles ein bisschen anders …«

June Madlow unterbrach ihn scharf. »Unser Team hat in Ihrer Wohnung Unterlagen gefunden, die für eine Anklage wegen Spionage ausreichen. Die Spur führt zu Peter Norris, einem Todfeind der CIA. Mit welcher Mission hat er Sie beauftragt?«

Torben wusste nicht mehr, was er sagen sollte. Verzweifelt suchte er nach einer glaubwürdigen Erklärung. Leugnen war ohnehin zwecklos. Aus den Unterlagen gingen nicht nur Peters Geheimpläne hervor, sondern auch einige seiner Quellen. Und Torben steckte tief mit drin, das war nicht zu übersehen.

»Norris war mein Professor in Hamburg, mehr nicht«, wiegelte er ab. »Ich war nur sein Student. Und am Ende sein Freund.«

June Madlow fing an zu lachen. »Ist ja rührend. Richtig herzerwärmend, Ihre kleine Geschichte. Aber die können Sie

Ihrer Großmutter erzählen.« Sie trat ganz dicht an Torben heran und fasste ihn grob am Kinn. »Wenn Clark Ihre Verbindung zu Norris erfährt, sind Sie erledigt. Der reißt Ihnen die Eier ab, verlassen Sie sich drauf.«

Torbens Puls raste. Die Sonne wurde von Minute zu Minute heißer. Mit dem Ärmel seines Overalls wischte er sich den Schweiß von der Stirn. Nein, dies war kein netter kleiner Ausflug, dies war ein knallhartes Verhör. Er musste jedes Wort auf die Goldwaage legen.

»Peter hat mir etwas klargemacht: Der Schutz vor Terrorismus rechtfertigt keine Gesellschaftssysteme, die auf Unterdrückung beruhen. Im Gegenteil. Diese Systeme provozieren den Terror ja erst.«

Er hatte wenig Hoffnung, dass sein Gegenangriff etwas bewegen würde. Dennoch hatte er das Gefühl, June sollte wissen, was ihn antrieb.

Nachdenklich sah die Agentin in die Wüste hinaus. Ihr Haar wurde vom warmen Wind aufgewirbelt. Torben konnte eine kleine Narbe an ihrem Hals erkennen.

»Ich habe keine Ahnung, wofür Norris Sie benutzt hat. Aber wenn Sie wirklich so naiv waren, aus idealistischen Gründen mitzumachen, haben Sie nur noch eine Chance: Arbeiten Sie mit Clark zusammen. Dann kommen Sie einigermaßen ungeschoren davon.«

Wütend kickte Torben ein paar Steine über die Felskante.

»Und Sie?«, fragte er herausfordernd. »Sind Sie nicht mindestens so naiv wie ich? Haben Sie mal darüber nachgedacht, wofür *Sie* sich benutzen lassen?«

June blitzte ihn böse an. »Wie meinen Sie das?«

»Na ja, Sie denken, Sie schützen eine Demokratie. Das ist doch lächerlich. Sie wissen selbst, dass Banken und Unternehmen die Politik bestimmen. Wem nützt denn das tolle

Überwachungsprogramm, das Clark mir gezeigt hat? Ihnen? Mir? Bullshit. Es nützt denen, die an stabilen Verhältnissen interessiert sind. Damit sie seelenruhig ihre Geschäfte abziehen können.«

Die Agentin machte keinen besonders erschütterten Eindruck. Sie faltete die Hände, und Torben entdeckte ihre keltischen Tattoos an den Handgelenken. Es waren Schlangeneier, die aus der Entfernung wie Adleraugen aussahen.

»Ihre billige Gesellschaftskritik können Sie sich sonst wohin schieben. Fakt ist: Norris hat versucht, Sie zu rekrutieren. Und offenbar ist ihm das auch gelungen. Das können Sie nicht bestreiten. Niemand wird Ihnen etwas anderes glauben.«

Plötzlich begriff Torben, dass er nicht mehr viele Optionen hatte. Auf die eine oder andere Weise würde er sich auf Clark zubewegen müssen. Doch vielleicht gab es noch einen dritten Weg. June Madlow war loyal, aber nicht dumm.

»Wie oft sind Sie eigentlich in Ihrem eigenen Land unterwegs?«, fragte er.

Sie blickte Torben entnervt an. »Was soll die blöde Frage? Ich lebe hier.«

Er stemmte die Hände in die Hüften. »Ich erwarte ja nicht, dass Sie wissen, was die Weltbank und der IWF in der Dritten Welt angerichtet haben. Aber waren Sie schon mal in Washington? Haben Sie schon mal die Schwarzenviertel gesehen? Die heruntergekommenen, dreckigen, zerfallenen Häuser? Die hoffnungslosen Gesichter, ausgezehrt von Crack, Alkohol und Armut. Warum gibt es dort wohl Bandenkriminalität?«

Statt einer Antwort rollte June nur mit den Augen.

»Dort könnten Sie sehen, dass das Elend dieses Systems schon bis ans Weiße Haus reicht. Peter hat mir schonungslos die Augen geöffnet. Doch das macht mich längst nicht zu seinem Werkzeug.«

Kaum hatte Torben den letzten Satz ausgesprochen, überkamen ihn Zweifel. War er am Ende genau das gewesen? Ein Werkzeug? Er wusste es nicht.

Währenddessen war June Madlow zum Hubschrauber zurückgegangen und bedeutete ihm, einzusteigen. Das Verhör in luftiger Höhe war beendet.

»Wenn Sie den Helden spielen wollen, kann ich nichts mehr für Sie tun«, sagte sie, während sie sich anschnallte. »Aber ich gebe Ihnen einen letzten Rat. Vertrauen Sie sich Clark an, bevor er die Sache mit Norris von Dritten erfährt. Und löschen Sie das verdammte Programm.«

Torben hatte keine Ahnung, was er tun sollte. Das Schlimmste war, dass er befürchtete, ohne seine Daten aus Stockholm keine Chance zu haben, Spygate zu stoppen. Bevor man ihn ins Jenseits beförderte, könnte er aber vielleicht den Countdown abwürgen. Dann würde sein Wunder der Technik zwar als Datenmüll im Netz umherschwirren, aber das wäre immer noch besser als der sichere Tod. Aber was drohte ihm wegen seiner Beziehung zu Peter?

»Wann erfährt er davon?«, fragte Torben alarmiert.

»Der Bericht liegt morgen früh auf seinem Tisch. Heute Abend beim Essen wäre eine gute Gelegenheit, den Direktor einzuweihen.«

»Bei welchem Essen?«

»Lassen Sie sich überraschen.« June Madlow lachte überlegen und ließ den Motor des Helikopters an.

Torben schnallte sich ebenfalls an. »Was wusste Norris? Warum kann er der CIA nach so langer Zeit noch gefährlich werden?«

»Sagen Sie es mir doch!«, gab June Madlow die Frage zurück. Sie zog den Helikopter hoch und ließ ihn dann im Steilflug sinken, bis er dicht über dem rötlichen Wüstensand dahinflog.

Das waghalsige Flugmanöver machte Torben schwindelig. Er schloss die Augen.
»Angenommen, ich erzähle Ihnen alles. Woher weiß ich, dass Sie mich nicht einfach lebenslänglich einsperren?«
Madlow schaute Torben abschätzig von der Seite an, als würde sie ihn für seine Angst verachten.
»Gibt es für irgendwas im Leben eine Garantie? Allerdings kümmert sich Clark meist gut um Überläufer. Sie müssen nur ihre Glaubwürdigkeit unter Beweis stellen.«
»Ehrlich gesagt, hat mir Peter gar nicht gesagt, wonach ich suchen soll«, versuchte er, sich zu verteidigen.
Resolut neigte die Agentin den Helikopter und änderte die Richtung. Dann warf sie ihm einen warnenden Blick zu. »Das glaubt dir keiner, Kleiner! Fang schon mal an zu beten.«

Eine Stunde später landeten sie auf einer abgelegenen Militärbasis. Die Agentin stieg aus und deutete auf einen Learjet, der gut hundert Meter entfernt auf dem Rollfeld wartete.
Das Mount Valley ist über zweitausend Meilen von New York entfernt, überlegte Torben, aber mit dem Geschoss sind wir bestimmt in wenigen Stunden in New York. Wie in Zeitlupe schnallte er sich ab. Er fühlte sich müde und ausgebrannt. Nahm diese Tortur denn gar kein Ende mehr?

26

New York City – geheime Außenstelle der CIA

Clarks Jet war pünktlich in New York gelandet. Während des Flugs hatten Strieber und zwei seiner Verbündeten aus Europa versucht, ihn telefonisch zu erreichen. Doch Clark hatte die Anrufe seelenruhig weggeklickt und sich mit dem Beratungsausschuss des Geheimdienstes abgestimmt. Schon für den nächsten Tag waren weltweite Einsätze gegen Anonymous geplant.

»Wir kriegen euch, ihr Bastarde«, murmelte er, als er aus dem Jet stieg. Jetzt musste er nur aufpassen, dass er kein Detail übersah. Das geheime Büro der CIA in New York hatte lange im Haus 7 des World Trade Center gelegen. Nach den Anschlägen des 11. September 2001 war man auf einen unscheinbaren Bürokomplex in der 45. Straße ausgewichen, ganz in der Nähe der UNO. Nichts ließ erkennen, wer hier wirklich residierte. Auf den polierten Messingschildern neben dem Eingang standen Dienststellen des Außenministeriums.

Während Clark mit dem Aufzug in den vierten Stock fuhr, ging er in Gedanken noch einmal den Ablaufplan durch. Madlow und Arnström würden nach ihrer Ankunft direkt ins Mandarin Hotel in der 60. Straße eskortiert werden. Bis spät in die Nacht hatten dort die besten IT-Experten der Welt konferiert und die neuesten Sicherheitskonzepte erörtert. Es waren nur Schattenspiele gegen das, was wirklich notwendig war, Beruhigungspillen für Unternehmer und Politiker, die noch nicht begriffen hatten, wie bedroht ihre sensible digitale Welt wirklich war. Am kommenden Tag würden Miles und seine Kollegen neueste Erkenntnisse über die Computerkriminalität vortragen. Der CIA-Chef spielte auf Zeit. Vorerst

ging es um Schadensbegrenzung. Dann aber würde er zuschlagen.
Penny saß schon im Vorraum, als Clark gegen 17 Uhr nach einem kurzen Abstecher zum Essen sein New Yorker Büro betrat.
»Bestellen Sie für heute Abend um neun einen Tisch für drei Personen im Per Se«, ordnete Clark an und gähnte. »Und sagen Sie dem Kellner, dass wir ungestört sein wollen, er weiß schon, was gemeint ist.«
»Jawohl, Sir.« Die Sekretärin griff sofort zum Telefonhörer.
Wenigstens auf Penny ist Verlass, dachte Clark. Das war aber auch das Einzige, was hier rundlief. Schon während des Fluges war er einmal ausgerastet und hatte Miles in Grund und Boden gebrüllt, als der ihm mitteilte, dass er das Programm ohne Hilfe tatsächlich erst in einigen Wochen von den Servern entfernen könnte.
Manchmal überlegte er, ob es ein Fehler gewesen war, Eliston nicht daran zu hindern, Miles als neuen Leiter der Operation Mindvision zu engagieren. Er hätte sich einen eigenen Kandidaten suchen sollen. Die Tatsache, dass er selber zu wenig Wissen hatte, um dessen Arbeit als Informatiker zu beurteilen, nagte an seiner sonst allumfassenden Sicherheit. Das war sein einziger schwacher Punkt und ein riskanter dazu. Wenigstens könnte seine Idee, die Kooperation zwischen der CIA und Google auszuweiten, aufgehen. Vielleicht würde die Firma *Recorded Future* helfen, die Prognosefähigkeit von Mindvision noch zu verbessern. Zwanzig Millionen Dollar waren das wert, fand der CIA-Chef.
Das Büro nutzte Clark nur einmal im Monat. Es war mit einem Schreibtisch im Kolonialstil und ebensolchen antiken Schränken ausgestattet. Ansonsten hingen ein paar Fotos der Manhattan Skyline an den grün-weiß gemusterten Tapeten.

Das Gebäude war beim Einzug nicht einmal renoviert worden. Es hatte den Touch der Achtzigerjahre.
Ächzend setzte sich Clark und checkte die Nachrichten. Sofort rutschte seine ohnehin schlechte Laune noch weiter in den Keller. Die Vernetzung der weltweit protestierenden Massen nahm langsam beängstigende Züge an. In den wichtigsten Industrieländern begannen die Demonstranten, Finanzinstitute und große Unternehmen mit Sitzblockaden von der Außenwelt abzuschneiden. Mitarbeiter und Kunden kamen weder hinein noch hinaus. Allein in London hatte man Tausende Polizisten eingesetzt, die mühsam die Blockierer von den Straßen trugen.
Mit zusammengekniffenen Augen las er weitere Berichte der Nachrichtenportale. Die allgemeine Verschärfung des Demonstrationsrechts wurde flächendeckend ignoriert. In Italien waren in der Nacht zuvor sechs Demonstranten erschossen worden, nachdem sie mehrere Finanzämter mit Molotowcocktails in Brand gesetzt hatten. Die Kampagnen der Occupy-Bewegung im Netz hatten sichtlich Wirkung gezeigt. Doch die überwiegende Masse der Menschen blieb friedlich und ließ sich nicht zu Gewalt hinreißen. Strieber hatte recht. Friedliche Massen konnte man nicht einfach wegsperren, jedenfalls nicht auf herkömmliche Weise und nicht unter den bisherigen Bedingungen.
»Was für ein verdammter Schlamassel. Es wird Zeit für einen alten Plan, mein lieber Norris!«
Ungehalten sah Clark zur Tür. Sie öffnete sich, ohne dass jemand geklopft hatte. Es war Lou Strieber. Der Lobbyist wirkte nicht so selbstsicher wie sonst. Er hatte einen knallroten Kopf. Er schien förmlich auseinanderzufallen.
»Wieso gehen Sie nicht ans Telefon? Herrgott, da draußen ist die Hölle los!«

Auch wenn Clark ihm beipflichten musste, weidete er sich an der Panik des Diplomaten der Finanzoligarchie. Letztlich bekam Strieber jetzt die Quittung für die Gier, mit der die Banken weltweit die Staatsverschuldung vorangetrieben hatten.
»Jetzt mal ganz ruhig, Lou. Setzen Sie sich. Was sollen wir denn Ihrer Meinung nach tun?«
»Wir müssen die Sitzung in London vorziehen«, japste Strieber, während er sich in einen Sessel fallen ließ. »Die Sache entgleitet uns. Polizei und Militär sind nicht mehr fähig, die Lage unter Kontrolle zu halten.«
»Stimmt. Und was erwarten Sie von uns?«
»Wir brauchen Ihre Dienste wohl etwas zügiger als geplant. Was ist mit Ihren Geheimprojekten? Was ist mit Mindvision? Himmel, so tun Sie doch was!«
Clark war sich seiner Rolle als Söldner stets bewusst gewesen. Er schaffte den Müll dieser einflussreichen Männer weg. Und das war nicht immer leicht. Nur in einer Sache waren sich alle einig: Die Zukunft konnte nicht irgendwelchen Träumern überlassen werden. Nach den letzten geheimen Treffen von Managern multinationaler Unternehmen aus den entscheidenden Bereichen der Welternährung, der Energieversorgung und der Finanzindustrie, die in der Öffentlichkeit so gut wie unbekannt waren, schickten sie Terrier wie Strieber nach Brüssel, London, Berlin oder Washington, um die Politiker auf Linie zu bringen. Aber nichts ging schnell genug. Diese Männer hatten keine Geduld mehr mit dem Mob, der alles zum Erliegen brachte. Sie wollten ein Ende dieser Lähmung ihrer Geschäftsinteressen, egal um welchen Preis.
»Was ist los, gehen Ihnen langsam die Ideen aus?«, fragte der CIA-Chef sarkastisch.
Strieber legte ihm ein Papier auf den Tisch. Es trug das Siegel

des Weißen Hauses. Schon nach den ersten Zeilen verdüsterte sich Clarks Miene.
Nach Einschätzung des Sicherheitsberaters John Forrest haben Anonymous durch Helfer in den Reihen der CIA und des NSA Zugang zu streng geheimen Datenbanken. Die Frage sei nicht, ob diese Informationen veröffentlicht würden, sondern nur, zu welchem Zeitpunkt. Sicher sei außerdem, dass die Zugangsdaten von Insidern stammten, die mit der Administration der Systeme betraut sind.
Mit weit aufgerissenen Augen stand Strieber vor dem CIA-Direktor. »Ich habe es Ihnen prophezeit, Clark! Anonymous sind keineswegs so hierarchiefrei, wie viele behaupten. Sie wählen zwar keinen Anführer, aber offenbar gibt es Spitzenleute, die die Organisation bedienen.« Er setzte sich wieder und schlug mit der rechten Hand auf die Armlehne des Sessels. »Wer weiß schon, wer in Wirklichkeit dahintersteckt.«
Jetzt bekam Clark wieder Oberwasser. Er hatte einen Trumpf im Ärmel – Torben Arnström. Vorausgesetzt natürlich, dass dieser kleine Terrorist endlich umschwenkte.
»Tja, Lou«, sagte er, jedes seiner Worte auskostend, »ich habe jemanden, der uns heute noch zu einem der Anführer bringt. Und was die Bedrohungslage angeht – wir haben gestern in allen relevanten Behörden das neue RSA-Verschlüsselungssystem installiert. Die Passwörter werden im Sekundentakt durch einen unabhängigen Algorithmus verändert. Das macht es unmöglich, sie zu knacken.«
Lou Strieber schien das nicht zu beeindrucken. Im Gegenteil. Er atmete schwer und rückte auch schon mit der nächsten Hiobsbotschaft heraus.
»Das wird uns nicht mehr helfen. Wir stehen kurz davor, die Hoheit über die öffentliche Meinung zu verlieren. Was aber weit katastrophaler ist: Die Stimmung bei den Politikern

kippt, allen voran beim Präsidenten. In zehn Tagen will er auf dem vertraulichen G20-Gipfel die Verstaatlichung der FED und anderer wichtiger Banken bekannt geben.«

Im Grunde hatte Clark diesen Schritt erwartet. In den letzten Monaten hatte die FED zunehmend in der Kritik gestanden. Sie hatte ihr Rettungspaket für den Finanzsektor großzügiger geschnürt als offiziell zugegeben. Statt der verlautbarten 700 Milliarden Dollar hatte sie inzwischen vier Billionen Dollar verliehen. Ähnliche Gerüchte kursierten bereits über die Europäische Zentralbank, die unlängst in atemberaubendem Ausmaß die Gelddruckmaschine angeworfen hatte und Staatsanleihen aufkaufte, um die Märkte zu kontrollieren. Das brachte die Währungen an den Rand des Kollapses. Nur die Bindung des Dollars an den Ölpreis verhinderte noch den totalen Zusammenbruch. Die Drohung einer Klage durch den Präsidenten beeindruckte die FED herzlich wenig. Sie weigerte sich strikt, zu offenbaren, wer das Geld des amerikanischen Steuerzahlers bekommen hatte.

Clark wusste, dass im Internet darüber die wildesten Verschwörungstheorien kursierten und dass der Präsident zum Gespött werden würde, wenn er nicht durchgriff.

Ungeduldig wartete Strieber auf eine Reaktion Clarks, der sich bemühte, seine Fassung zu bewahren.

»Das ist Politik, Lou«, winkte er ab. »Damit haben wir nichts zu tun. Was das Internet angeht, halten wir in wenigen Tagen alle Fäden in der Hand. Der Rest ist Ihre Party.«

Zweifelnd hörte Lou Strieber dem CIA-Chef zu. Er schien zu spüren, dass bei Clark nicht alles so gut lief, wie sein selbstgefälliges Verhalten es vorgab.

»Hören Sie zu«, sagte er, seine Stimme dämpfend. »Wir haben Sie nicht auf diesen Stuhl gesetzt, damit Sie schalten und walten, wie Sie wollen. Machen Sie Ihren Job und servieren Sie

uns diese Systemfeinde auf dem Silbertablett. Falls Sie versagen …« Er ließ die letzten Worte in der Luft hängen.
»Was dann?«
Strieber beschränkte sich darauf, die flache Hand an die Kehle zu führen. Eine unmissverständliche Warnung.
»In London wollen wir eine globale Strategie sehen, wie Sie das Netz ohne Aufsehen säubern und zensieren. Wir haben Milliarden in das Projekt gesteckt. Also zeigen Sie endlich, was Sie können.«
Wie erstarrt hatte Clark zugehört. Noch nie hatte Strieber derart die Maske fallen lassen. Zum ersten Mal wurde Clark bewusst, dass seine Position an einem seidenen Faden hing. Jetzt musste er Terrain zurückgewinnen. Auch wenn er dabei die Hosen runterlassen musste. Mit beiden Händen rieb er sich das müde Gesicht.
»Was ich Ihnen jetzt sage, wird Sie vermutlich noch mehr beunruhigen. Wir haben ein ernstes Sicherheitsproblem, das sich auf Mindvision auswirkt. Doch ich bin dabei, es zu lösen.«
Schweißperlen traten auf Striebers gelblich blasse Stirn.
»Was soll das heißen?«
Clark holte aus seiner Top-Secret-Mappe ein paar Skizzen hervor. »Erkläre ich Ihnen später, aber zumindest haben wir für den entfesselten Mob eine vorübergehende Lösung.«
Er stand auf und reichte Strieber die Blätter. »Mit diesem Gerät können wir große Menschenmengen in Angst und Schrecken versetzen, sodass sie ohne weitere Anwendung von Gewalt das Gebiet verlassen. Ganz so, wie wir es im Augenblick brauchen.«
Strieber studierte kurz die Skizzen und verzog das Gesicht.
»Das ist doch Blödsinn. Wie soll das funktionieren?«
Der ewig zweifelnde, aber alles fordernde Lobbyist, dachte Clark und verdrehte die Augen.

»Wir sind in einer Woche in einer völlig neuen Situation, glauben Sie mir. Auch, was das G20-Treffen betrifft.«
Ein feines Lächeln glitt über das Gesicht des Lobbyisten. »Handelt es sich bei diesen Skizzen um das Projekt EBI?«
Clark fuhr zusammen. »Woher …«
»Nun, Eliston hat mich gestern über diese delikate, aber durchaus praktikable Lösung informiert.« Er machte es sich demonstrativ gelassen in seinem Sessel bequem.
Eliston also! Dieser miese Verräter! Clark war außer sich. Dieses Waffensystem unterlag absoluter Geheimhaltung. Nur sein Stellvertreter hatte Zugang zu dem Dossier. Mit diesem Vertrauensbruch hatte er eine Grenze überschritten. Das sollte er bitter bereuen.
»Das Projekt ist nicht ausgereift«, grummelte Clark, wohl wissend, dass Orlando kurz vor dem Ziel war.
»Da hatte ich aber einen ganz anderen Eindruck.« Strieber erhob sich. »Vielleicht ist es Zeit für einen Generationswechsel beim CIA, finden Sie nicht auch, Roy?«
Zeit für einen Generationswechsel. Die Worte gellten in Clarks Ohren. Innerlich brodelte es in ihm. Er stand auf und trat ans Fenster.
»Das Spiel ist noch nicht vorbei, Lou«, murmelte er bissig.

June Madlow hatte Torben nach der Landung in die Obhut zweier Agenten gegeben, jetzt war sie auf dem Weg in Clarks New Yorker Büro. Danach würde Arnström mit Fakten konfrontiert werden, die seine Sicht der Dinge verändern sollten. June glaubte nicht wirklich daran, dass dies gelingen würde. Arnström war ein Überzeugungstäter, und er hatte gute Argumente, wie sie sich eingestand. Einen Agenten aber konnte sie beim besten Willen nicht in diesem Milchgesicht erkennen.

Sie zog einen Handspiegel aus ihrer Tasche und überprüfte ihr Make-up. Im Hotel hatte sie den Overall gegen ein schwarzes Kostüm vertauscht, darunter trug sie eine schneeweiße Bluse. Ihr Haar hatte sie zu einem Knoten hochgebunden.

Nach einer halben Stunde Fahrt hielt das Taxi kurz vor 18 Uhr vor dem unauffälligen Bürogebäude in der 45. Straße. Während June ausstieg, dachte sie immer noch über Torben Arnström nach. Sie glaubte ihm seine Geschichte. Außerdem – wenn er einer der üblichen Aktivisten gewesen wäre, hätte er seine Recherchen längst ohne Bedenken im Netz veröffentlicht.

Am Eingang musste die Agentin zwei bulligen Sicherheitsbeamten in schwarzen Uniformen ihren elektronischen Ausweis vorlegen. »Sie werden bereits erwartet«, sagte einer von ihnen.

»Ach wirklich? Erzähl mir was Neues, Dickerchen.« Ihr breites Grinsen konnte der Beamte nur verkrampft erwidern.

Als sich der Aufzug zu Clarks Flur öffnete, hörte sie schon von Weitem die knarrende Stimme ihres Chefs. Im Gegensatz zu den Büros in der Zentrale der CIA waren die Türen hier zwar von innen mit Lederpolstern isoliert, aber nicht schalldicht.

Langsam ging sie den Flur entlang, den ein paar Bilder des Pentagons und des Weißen Hauses zierten. Was hatte Clark mit Arnström vor? Was, wenn Arnström sich nicht umstimmen ließ? Diese Fragen gingen ihr nicht mehr aus dem Kopf.

Vor Clarks Büro blieb sie unwillkürlich stehen. Nun hörte sie die Stimme des CIA-Direktors klar und deutlich.

»Wegen dieses verdammten Nerds steht die ganze Operation infrage. Er könnte uns sogar enttarnen. Aber mit dem werde ich fertig, glauben Sie mir. Er wäre nicht der Erste, den ich auf meine Art überzeuge.«

Sie erstarrte. Arnström war also zum Abschuss freigegeben, wenn er nicht kooperierte. Widerstrebend spürte sie, dass sie den kleinen schwedischen Hacker irgendwie mochte.
Eine zweite Stimme antwortete so leise, dass sie nichts verstand. Dann dröhnte Clark wieder los.
»Missbrauchen Sie nie wieder mein Vertrauen, Lou! Ich habe einigen Einfluss und ich kann Ihnen empfindlich schaden!«
Ein Mitarbeiter lief an ihr vorbei, deshalb konnte sie unmöglich länger herumstehen und die Ohren spitzen. Sie klopfte an die Tür. Schlagartig wurde es mucksmäuschenstill. Die Tür wurde aufgerissen. Ein kleiner Mann mit hochrotem Gesicht stürzte ihr entgegen.
Geschickt wich June ihm aus. Dann betrat sie den Raum. Clark wirkte aufgewühlt. Als er die Agentin sah, nickte er ihr nur kurz zu und setzte sich hinter seinen massiven Tisch.
»Braucht der Typ ein Valium?«
»Besser eine Giftspritze«, grollte Clark. »Was haben Sie für mich?«
»Nicht viel.« Sie nahm ungefragt in einem Sessel Platz und strich ihren Rock glatt. »Dieser Arnström ist nichts weiter als ein Mix aus Paranoia und Halbwissen. Er quatscht das gleiche Zeug wie die Netzlobby.«
Angespannt legte Clark seine Arme auf den Tisch und beugte sich vor. »Weiß er, was ihm droht?«
»Vermutlich schon. Ich werde ihn vor dem Essen weiter bearbeiten. Aber es kann sein, dass Norris ihn auf halber Strecke aufgegeben hat. Wenn es stimmt, was er sagt, hat er keinen Schimmer, worauf er angesetzt werden sollte.«
»Unterschätzen Sie ihn nicht. Der ist nicht so einfältig, wie er tut. Die Lage spitzt sich zu. Ich muss den Sack heute Abend zumachen. Danach bringen Sie ihn zurück nach Whitestar. Jetzt sollten Sie zu der Konferenz fahren und sehen, wie er

sich macht. Ich habe noch etwas zu erledigen, und Sie kommen um einundzwanzig Uhr ins Per Se. Ich versuche, rechtzeitig dort zu sein.«

June Madlow stand auf. »Bin schon unterwegs.«

Sie ging hinaus und zog die Tür leise ins Schloss. Einige Gänge weiter suchte sie vergeblich einen Raum mit einem freien Rechner. Schließlich fand sie ein offenes Büro, in dem eine unscheinbare junge Sekretärin in einer Zeitschrift blätterte. June legte ein kollegiales Lächeln auf.

»Hallo, könnte ich kurz an Ihren Rechner? Ich habe mein Smartphone im Hotel liegen lassen und muss dringend einen Flug buchen.« Sie zwinkerte der jungen Frau verschwörerisch zu. »Sonst wird nichts aus dem Urlaub mit meinem neuen Freund.«

Die Sekretärin lächelte verständnisvoll.

»Aber sicher, Agent …«

»… Madlow, June Madlow.«

Hastig räumte die Sekretärin ein paar Unterlagen zusammen und schnappte sich ihre Handtasche. »Ich wollte sowieso eine Pause machen. Bedienen Sie sich. Und viel Glück mit dem neuen Lover.«

»Danke. Wir Frauen müssen zusammenhalten, stimmt's?«

Die Sekretärin nickte, dann verabschiedete sie sich mit einem fröhlichen Winken.

Sofort öffnete June den internen Browser und gab eine Adresse sowie ein Passwort ein. Es war nicht das erste Mal, dass sie sich Informationen verschaffte, die ihr in ihrer Geheimhaltungsstufe eigentlich nicht erlaubt waren. Das Passwort hatte sie Eliston in einer schwachen Minute abgeschwatzt. Seither trieb sie sich regelmäßig auf verbotenen Seiten herum.

Schnell hatte sie das Dossier über Torben Arnström gefunden. Im Eiltempo klickte sie es durch. Es enthielt keinerlei Hinweise auf eine einschlägige Ausbildung, nichts, was auf eine subversive Laufbahn hindeutete. Andererseits wusste sie, dass zuweilen Leute in die Fänge der Geheimdienste gerieten, ohne es zu ahnen. Dann wurden sie von den Agenten als Kanonenfutter missbraucht, um die eigene Tarnung zu schützen.

Ratlos las sie das Dossier noch einmal durch. Dann öffnete sie die Datenbank der CIA und suchte in den Personalakten nach Peter Norris. Doch sie fand nichts. Die Datei war entweder gelöscht oder sogar für Eliston gesperrt worden. Hier lief sie vor eine Wand. Aber nichts war unwiderstehlicher für June Madlow als Geheimnisse, die man ihr vorenthalten wollte.

27

Washington D.C.

Nova hatte während des gesamten Flugs von Stockholm nach Washington geschlafen. Erst als die Maschine gegen 15 Uhr auf dem Ronald Reagan Airport gelandet war, hatte sie die Augen wieder geöffnet.

Die Wahrscheinlichkeit, dass ihre Einreise im diplomatischen Status der CIA nicht auffallen würde, war gering. Das war selbst Kilian klar. Aber sie hatten dadurch genug Zeit, um sich zu verdrücken. Am Fuß der Gangway wartete schon ein Taxi. Ohne Zoll- und Passkontrolle fuhr es los.

»Ins National Security Archive«, sagte Kilian. »Beeilen Sie sich bitte.«

Nova rieb sich verschlafen die Stirn. »Mann, das fällt mir

jetzt erst ein. Weiß dein Vater eigentlich, dass du seinen Jet benutzt hast?«

»Der Pilot steht kurz vor der Pensionierung. Er mag mich und wird sich eine Geschichte einfallen lassen. Wahrscheinlich merkt es mein Vater nicht mal. Egal. Ich habe uns im Holiday Inn zwei Zimmer gebucht. Im National Security Archiv finden wir vielleicht eine Spur aus Norris' Vergangenheit.«

Nova holte eine knisternde Tüte aus ihrer Tasche. »Die Lakritz sind eigentlich für Torben. Er hat doch bestimmt nichts dagegen, wenn ich ein paar davon esse, oder?«

»Träum weiter. Ich glaube nicht, dass wir ihn so schnell wiedersehen. Aber wir müssen ihm helfen, wie auch immer.«

Kauend sah Nova aus dem Fenster. »Und wir können einfach in dieses Archiv spazieren und Staatsgeheimnisse einsehen?«

»Prinzipiell ja«, bestätigte Kilian. »Durch den Freedom of Information Act kann jeder Bürger weltweit an jede Behörde jede nur erdenkliche Anfrage stellen. Natürlich dauert es manchmal eine Weile, bis sie brisante Informationen rausrücken. Und das eine oder andere bleibt sowieso unter Verschluss. Kaum ein Präsident hat zum Beispiel die Kennedy-Akten von der höchsten Geheimhaltungsstufe befreit. Genauso wenig wie etliche Akten der Watergate-Affäre oder Einzelheiten über untergetauchte Nazigrößen. Vielleicht haben wir Glück.«

Das Taxi fuhr in den Nordwesten Washingtons, wo sich auch die George-Washington-Universität befand. Die Autos auf dem Highway hingen Stoßstange an Stoßstange, und so brauchten sie für die sieben Meilen vom Flughafen bis in die 2130 H Street mehr als eine Dreiviertelstunde. Immer wieder zupfte Nova gedankenverloren an ihren roten Haaren.

Endlich hielt das Taxi. Kilian gab dem Fahrer einen Schein.

»Danke, der Rest ist für Sie.« Dann wandte er sich zu Nova. »Wir sind da. Willkommen im Tempel des Wissens.«

Das Erste, was Nova sah, als sie ausstieg, war ein Starbucks Café. Daneben lag der Eingang zur Gelman Library, einem zehngeschossigen Gebäudekomplex, dessen Fassade mit rötlichen Steinplatten verblendet war.

Mit einer ausladenden Geste wies Kilian auf das Haus. »Ist das nicht irre? Hinter diesen Mauern ist das NSA-Archiv untergebracht – rund 75 000 Dokumente aus Anfragen an die CIA, den NSA, die NSC und die NASA. Alles ehemals streng geheime Regierungsdokumente, von der Atompolitik bis zur Terrorismusbekämpfung. Ein echtes Schlaraffenland für alle, die es genauer wissen wollen. Und …«

Nova hatte nur Augen für den Coffeeshop. »Hast du auch so einen Brüllhunger?«

»Okay, so viel Zeit muss sein«, stoppte Kilian seine Eloge. »Jetzt genehmigen wir uns erst mal einen großen Caffè Latte und einen Lachsbagel. Geh schon vor. Inzwischen melde ich mich im Archiv an.«

»Lass mich hier bloß nicht allein!«

Kilian knuffte sie in die Seite. »Hast du etwa jetzt schon Angst? Keine Sorge, ich bin gleich wieder da.«

Damit verschwand er.

Das Archiv lag im siebten Stock der Gelman Library. Es war wenig los, nur ein paar einzelne Besucher saßen in der Lobby. Kilian ging geradewegs zu dem verglasten Empfangsraum, auf dessen Scheiben der Schriftzug des NSA zu sehen war. In dem Raum saß eine übergewichtige Frau mit einer bunt gemusterten Bluse. Sie erhob sich, als sie Kilian auftauchen sah.

»Entschuldigen Sie, wir sind heute unterbesetzt. Was kann ich für Sie tun?«, fragte sie kurzatmig.

Er überlegte kurz. »Ich hätte gern einen Rechnerplatz. Vielleicht finde ich selbst etwas, bevor ich extra eine Anfrage stelle.«

»Perfekt.« Sie wirkte erleichtert. »Solche Besucher schätzen wir. Sie glauben gar nicht, was wir hier alles zu tun bekommen. Folgen Sie mir.«

Die Unterbesetzung war eine gute Gelegenheit, nicht weiter aufzufallen. Er beschloss, Nova ein wenig warten zu lassen.

Die Dame führte Kilian in einen hellen Saal, in dem die Archivrechner und die Lesegeräte für Mikrofichefilme untergebracht waren, wie sie erklärte.

»Das ist sehr freundlich von Ihnen«, bedankte sich Kilian. Er wartete ab, bis sich die Bibliothekarin wieder auf den Weg zu ihrem Glaskasten machte. Dann setzte er sich.

Die Rechnerplätze waren durch helle Holzwände unterteilt. Überall standen Regale mit ockerfarbenen Pappkästen, in denen Dokumente lagerten. Die Rechner waren bereits hochgefahren. Kilian tippte den Namen Peter Norris in die Suchfunktion ein. Doch es war kein File vorhanden.

Nun verfeinerte er die Anfrage, gab verschiedene Jahreszahlen und schließlich nur den Nachnamen Norris ein.

Gespannt verfolgte er, was sich auf dem Monitor tat. Einen Augenblick später stutzte er. Auf dem Bildschirm bauten sich Buchstaben und Zahlen auf.

Record: 18129
REQNUM F8989-89898
PUBDATE: 1969-11-17
DECAL: CIA-DDO+VX 1900 MEMO 431292
TITLE: PROJECT MKULTRA – NORRIS – SKINNER – CLOSED REQUEST – Classified

Das alles sagt mir gar nichts, dachte Kilian enttäuscht, druckte sich das Memo aus und schloss die Eingabemaske. Dann ging er zurück zum Empfang und winkte der Frau in der bunten Bluse zu, bevor er sich auf den Weg nach draußen machte. Vielleicht würde er sie noch einmal brauchen.
Nova hockte vor dem Starbucks auf einer kleinen Holzbank. Gerade biss sie in einen Bagel. Neben ihr standen zwei Pappbecher. »Hey, die Dinger musst du probieren, echt besser als bei uns«, empfing sie ihn und registrierte im gleichen Moment die Enttäuschung in Kilians Gesicht. »Was ist los? Hast du schon gesucht?«
»Das Dokument war nicht zu haben.« Er setzte sich neben Nova und holte seinen Lachsbagel aus der Tüte, die Nova ihm hinhielt. »Ich habe nur ein File gefunden, das gesperrt ist.«
»Shit. Was ist das für ein File? Hast du nicht diesen Freund in Washington, der dir weiterhelfen kann?«
»Wir treffen ihn in einer halben Stunde. Ich habe ihn vom Flugzeug aus erreicht.« Kilian biss in seinen Bagel. »Mhm, echt gut.«
Nova trank einen Schluck Kaffee. »Wer ist der Typ?«
»Ich habe ihn vor sechs Jahren bei einem Praktikum in der Washington Post kennengelernt. Rogan Smith ist eine lebende Legende. Er war schon an der Aufklärung der Watergate-Affäre beteiligt und weiß, wie man in so einem Fall vorgeht. Das hoffe ich zumindest.«
Nova stellte ihren Becher ab. »Worauf warten wir dann noch?«
»Auf eine gute Fee, die uns hinbringt.« Kilian erhob sich und stopfte den Rest seines Bagels in den Mund.
Vor ihnen entließ gerade ein Taxi zwei Fahrgäste. Kilian winkte dem Fahrer zu.
»Im Taxi keinen Ton über die Geschichte.«

»Schon klar, o Herr der guten Feen.«
Kilian setzte sich zu Nova auf die Rückbank. Ihm war nicht entgangen, dass sie trotz des improvisierten Picknicks blass aussah. Torbens Notlage ging ihr sichtlich nahe. Er legte einen Arm um ihre Schulter.
»Wir schaffen das schon, versprochen.«
»Hey, wo wollen Sie hin?«, fragte der Taxifahrer ungeduldig.
»1744 Kilbourne Street. Und es wäre nett, wenn Sie die Staus umfahren. Wir haben es eilig.«
Nach zehn Minuten erreichten sie das Haus von Rogan Smith. Er wohnte in der edleren Gegend Washingtons, das sah man auf den ersten Blick. Eine hübsche, gepflegte Villa im Neuenglandstil reihte sich an die nächste. Die Vorgärten sahen aus, als gelte es, einen Wettbewerb zu gewinnen. Akkurat gestutzte Rasenflächen, geometrisch angeordnete Blumenrabatten. Eine Enklave der weißen Oberschicht.
Eine breite Holztreppe führte Nova und Kilian auf die blauweiß gestrichene Veranda.
Smith musste sie gesehen haben. Er stand bereits in der Tür. Nach all den Jahren erschien Smith zwar erfreut, aber Kilian spürte auch seine Überraschung und etwas Unbehagen über den unerwarteten Besuch. Er war unrasiert, seine blauen Augen waren leicht blutunterlaufen. Die grauweißen Haare wirkten fettig, und der Alkohol hatte über die Jahre seine Nase rot verfärbt.
»Kilian, schön, dass ich dich mal wiedersehe«, strahlte er. »Wie lange ist das her?«
»Drei Jahre«, antwortete Kilian. »Ich war damals mit Torben Arnström hier, erinnerst du dich? Mein Freund aus Stockholm. Wir haben in Hamburg zusammen studiert.«
Smith griff sich an seine faltige Stirn. »Ja, ja, ich glaube schon. Und wer ist die bezaubernde junge Dame?«

Nova hielt ihm die rechte Hand hin. »Nova, Nova Roedason aus Stockholm.«
Smith bat sie hinein. Sie gingen durch einen dunklen Flur, der mit einer Perserbrücke ausgelegt war. Unzählige Fotos von Smith' Karriere schmückten die pastellgelbe Tapete. Der sah ja mal richtig gut aus, dachte Nova nach einem kurzen Blick auf die Wand. Durch einen verglasten Wintergarten führte er die beiden in einen kleinen Park voller blühender Kirschbäume. Auf einem großen Holztisch standen bereits Wasser, Zitronensaft und Eiswürfel. Die erkennbaren Zeichen amerikanischer Gastfreundschaft hatte er in der Eile nicht vergessen. An der Seite neben der Terrassentür erblickte Kilian ein paar leere Flaschen Scotch.
»Nehmt Platz. Ist es nicht herrlich hier draußen? Der Frühling ist früh dran dieses Jahr.«
Nova setzte sich, doch Kilian blieb stehen. »Leider haben wir nicht viel Zeit. Kannst du uns helfen, einen Agenten der CIA zu recherchieren? Ich muss wissen, an welchen Projekten er beteiligt war, ob er noch lebt und so weiter.«
»Das volle Programm also?«
»Ja, Rogan, das volle Programm.«
Skeptisch schaute der gealterte Journalist seinen einstigen Zögling an. »Gibt es irgendeinen Hinweis?«
Kilian zog einen zusammengefalteten Zettel aus seiner Hosentasche.
»Ich habe hier ein Memo aus dem NSA-Archiv. Aber ich werde nicht schlau daraus. Es handelt sich um einen Agenten namens Peter Norris, er ist ein Freund von Torben.«
»Und er hat Torben etwas von einer Aktion gegen die Netzfreiheit erzählt«, ergänzte Nova. »Vermutlich steckt die CIA dahinter.«
Mit einer fahrigen Bewegung angelte sich Smith den Zettel.

Dann setzte er sich seine Brille auf, die an einem gelben Band auf seiner Brust hing. Aufmerksam sah er sich die Zeilen an. Nova warf Kilian einen langen Blick zu. Offenbar war sie irritiert von dem schlechten Zustand des Mannes.
Als Smith alles entziffert hatte, zerriss er plötzlich das Blatt, knüllte die Fetzen zu einer Kugel zusammen und warf sie in einen Aschenbecher.
Kilian hielt den Atem an. Was war das? Was trieb den alten Profi zu so einer Reaktion?
Smith hielt sein Feuerzeug ans Papier. Sekunden später brannte es lichterloh.
»Warum machen Sie das?«, fragte Nova fassungslos.
Kilian griff ihm an die Schulter. »Rogan was ist los?«
»Raus hier«, blaffte Smith. »Fahrt nach Hause und vergesst euren Freund.«

28

Manhattan – Hotel Mandarin Oriental

Nie zuvor war Torben in einem so exklusiven Hotel wie dem Mandarin Oriental New York gewesen. Schon die weitläufige helle Lobby mit ihrem dunklen Marmorboden wirkte überwältigend auf ihn. Und hier sollte er untergebracht werden?
Nachdem die beiden Agenten, die ihn am Flughafen abgeholt hatten, am Empfangstresen mit den Formalitäten fertig waren, begleiteten sie Torben in die 54. Etage. Neben der Tür, vor der sie haltmachten, hing ein diskretes Schild mit der Aufschrift Taipan Suite.

»Um neunzehn Uhr werden wir Sie abholen und zum Kongresssaal bringen«, sagte einer der Agenten, während er die Tür mit einer Chipkarte öffnete. »Und nur, dass Sie nicht auf dumme Gedanken kommen: Rund um die Uhr werden wir hier Wache halten.«

Das war eine klare Ansage. Auch in diesem exquisiten Hotel blieb Torben ein Gefangener. Neugierig betrat er die Suite und pfiff durch die Zähne. So viel kühle Eleganz, so viel Platz, so viel Luxus auf einmal hatte er selbst in einem Hotel dieser Kategorie nicht erwartet.

Sobald die Tür hinter ihm ins Schloss gefallen war, nahm er sein neues Domizil auf Zeit genauer in Augenschein. Vom großen Wohnsalon aus hatte man einen atemberaubenden Blick auf die Skyline Manhattans und den Central Park. Abgesehen vom Salon, gab es zwei Schlafzimmer, zwei Badezimmer sowie eine Gästetoilette. Alles in allem mochte die Suite etwa hundert Quadratmeter groß sein. Und das alles für ihn allein!

Während er seinen kleinen Palast und die Pracht der Räume bewunderte, fragte Torben sich, warum man ihn plötzlich so gut behandelte. Es war obskur, verrückt. Sicher würde er bei dem kleinsten Fehler wieder aus diesem Paradies vertrieben werden. Wie bei seiner ersten Begegnung mit diesem unberechenbaren Mann könnte alles in Sekunden umschlagen, und er würde gefoltert oder gar getötet werden. Er traute Clark jederzeit eine Überreaktion zu, die sein Schicksal besiegeln würde, und das wäre in dem Augenblick, in dem er ihm nicht mehr nützlich erschien.

Was wollte Clark mit dieser Suite bezwecken? Ihn mit der Aussicht auf ein luxuriöses Leben bestechen? Ihn in Sicherheit wiegen?

Das Doppelbett in einem der Schlafzimmer war mit einer son-

nengelben Seidendecke verhüllt, darauf lagen zwei Nackenrollen, die mit goldfarbener Seide bezogen waren. Vor der bodentiefen Fensterfront stand ein Mahagonitisch mit einer Messinglampe, deren weißer Schirm das Licht warm abblendete. Weinrot gemusterte Vorhänge rundeten das edle Ambiente ab. Nur eines fehlte: ein Laptop, wie es in solchen Hotels üblich war. Clark hatte auch daran gedacht, ihn vom Internet auszusperren.
Auf dem Bett entdeckte Torben einen dunklen Anzug, einen Karton mit nagelneuen schwarzen Boss-Schuhen, Größe 44, ein schneeweißes Hemd, eine silberne Krawatte, Boxershorts und einen Breitling-Chronometer. Daneben lag ein kleiner Umschlag mit einer Karte.

Ziehen Sie das bitte an.
Sie werden später verstehen, warum.
June Madlow

Überrascht schaute er an sich herab. Warum waren Jeans und T-Shirt plötzlich nicht mehr gut genug? Ob das an dem dubiosen Kongress lag, von dem June Madlow erzählt hatte?
Während er noch darüber nachdachte, zog er sich aus und ging ins angrenzende Bad, das mit den Blumenbildern an der weißen Tapete fast wohnlich wirkte. Die Dusche war so geräumig, dass eine Großfamilie darin Platz gefunden hätte. Erschöpft lehnte er sich an die Wand der Duschkabine und hielt sein Gesicht in den heißen Wasserstrahl. Wenn auch nur ein paar Meter zwischen ihm und seinen Bewachern lagen, immerhin hatte er endlich einmal so etwas wie einen Hauch Privatsphäre.
Mit einem Handtuch um die Hüften kehrte er ins Schlafzimmer zurück. Zögernd betrachtete er noch einmal das Outfit,

das June für ihn bereitgelegt hatte. Dann kleidete er sich mit geradezu meditativer Konzentration an und musterte sich anschließend im Badezimmerspiegel.

Alles saß perfekt. Selbst die Schuhe passten wie angegossen, als ob man heimlich seine Füße vermessen hätte. Der feine Stoff des Hemds schmiegte sich weich an seine Haut, der schwarze Anzug schimmerte edel. Zusammen mit der silbergrauen Seidenkrawatte und der teuren Uhr wirkte er jetzt wie ein wohlhabender Unternehmer oder ein Topbanker. Es war, als hätte er eine neue Identität angenommen. Unwillkürlich musste er lachen. Wenn Nova mich jetzt so sehen könnte!, dachte er. Vermutlich würde sie die Hände über dem Kopf zusammenschlagen, dass ich die Uniform des erklärten Klassenfeinds trage.

Nur widerstrebend gestand sich Torben ein, dass ihm gefiel, was er im Spiegel sah. Kleider machen Leute, hatte seine Großmutter immer gesagt. Nichts erinnerte mehr an den abgerissenen Nerd, der normalerweise in Secondhand-Läden einkaufen ging. Gehörte das zu Clarks Spiel? Wollte er ihn tatsächlich mit dieser Suite und den feinen Klamotten davon überzeugen, dass es sich lohnte, überzulaufen? Gleichzeitig fühlte er sich wie verkleidet. Der geschniegelte Typ im Spiegel, das war nicht er.

Nachdenklich ging er in den Salon und ließ sich auf eine weiche Couch fallen. Im Grunde war die Situation völlig grotesk. Innerhalb von drei Tagen war er nun zum dritten Mal mit einer neuen Strategie behandelt und zum dritten Mal neu eingekleidet worden. Zumindest Letzteres war ein Aufstieg. Aus Stockholm flüchtete er wie ein Penner. In Hamburg konnte er sich etwas leisten, das ihm wieder das Gefühl gab, ein Mensch zu sein, und jetzt? Sollte er den Yuppie spielen? Aber wer war er? Noch nie drängte sich ihm diese Frage so

auf wie jetzt. Wo gehörte er hin? Zu Kilian, der ihn mal eben wie ein Stück Scheiße an die Bullen verraten hatte? Sicher nicht! Und Nova? An sie wollte er jetzt gar nicht denken.
Er schob seine Fragen beiseite. Das geschmackvolle Ensemble, das er jetzt trug, könnte das Werk von June Madlow sein. Auch wenn es zweifellos zur veränderten Taktik gehörte, war es zugleich eine ungewöhnlich intime Geste. Nie zuvor hatte eine Frau Boxershorts für ihn gekauft. War sie es oder nur ein Standardprogramm irgendwelcher Agenten, die glaubten, das perfekte Manipulationsprogramm für Torben zu kennen?
Er nahm sich eine Cola aus der Minibar und trank sie direkt aus der Flasche. Komisch, er wurde einfach nicht schlau aus June. Ihr Job war es, Menschen auszuspionieren, vielleicht sogar zu töten. Doch es lag außerhalb seiner Vorstellungskraft, dass es ihr Spaß machen könnte, das Leben anderer zu zerstören. Wer war June Madlow? Sein Engel oder seine Henkerin?
Ein Gefühl der Einsamkeit übermannte ihn. Verloren sah er aus dem Fenster in den bereits grünenden Park, der vom Moloch Manhattan wie umzingelt wirkte. Ihm fehlte seine gewohnte Umgebung, ihm fehlte Nova und sogar Kilian. Nichts hätte er sich jetzt sehnlicher gewünscht, als wieder bei Saicom zu sitzen, irgendwelche Codes zu durchleuchten oder mit Nova in der Küche zu tratschen.
Die Isolation machte ihn halb wahnsinnig.
Jetzt wurde ihm bewusst, was Freundschaft wert ist und wie verletzt er sich durch Kilians Verrat fühlte. Enttäuschung gehörte wohl zum Leben. Aber er hatte zu wenige Freunde, um die Enttäuschung einfach wegzustecken und jemanden abzuschreiben. Ein Lichtblick blieb ihm noch: Nova.
Es klopfte. Er rückte seine Krawatte zurecht und stand auf.
»Mr. Arnström, es ist Zeit.«

Der kurze Moment der Entspannung war vorbei.
Der Ball Room des Mandarin Oriental war imposant. Torben schätzte, dass er gut siebenhundert Gäste fasste. Seine Bewacher schleusten ihn durch einen streng abgeschirmten Kontrollbereich, wo jeder Gast seine Anmeldebestätigung vorzeigen musste, denn der Kongress war nur für akkreditierte Teilnehmer zugänglich. Vor jedem Eingang stand zusätzliches Sicherheitspersonal, das die Ausweise überprüfte.
Als er die Kontrollen passiert hatte, kam June Madlow ihm entgegen. Das figurbetonte dunkelgraue Kostüm und ihr hochgestecktes Haar ließen sie weicher und weiblicher erscheinen. Eine ganz neue June.
»Ich muss zugeben, Sie gefallen mir ziemlich gut in dem Anzug.«
Ihr Tonfall war weitaus wärmer als noch am Morgen. Sie ergriff Torbens Hand und zog ihn an den fast voll besetzten Stuhlreihen vorbei bis ganz nach vorn, wo man zwei Plätze für sie reserviert hatte. Der Raum war von vielstimmigem Gemurmel erfüllt. »Kommen Sie, setzen Sie sich.«
Auf Anzugtypen steht sie also, dachte er. Aber was hatte er auch erwartet? Dass sie Männer in zerrissenen Jeans und verwaschenen T-Shirts mochte? Mürrisch platzierte er sich neben sie und betrachtete seine Schuhspitzen. Er vermisste schon jetzt seine abgelaufenen Sneakers, in denen er sich wesentlich wohler fühlte.
»Was soll meine Verkleidung?« fragte er kühl. »Wen wollen Sie damit beeindrucken? Mich oder die Kongressteilnehmer?«
»Warten Sie's ab. Ich habe Ihnen doch gesagt, dass wir heute Abend mit Direktor Clark zum Essen verabredet sind. Und zwar in einem der besten Restaurants von New York.«
»Wozu? Ich habe keinen Schimmer, was er von mir will.«

Sie legte warnend einen Finger an die Lippen. »Psst, später.« Eine Lautsprecherstimme bat alle Anwesenden, Platz zu nehmen. Als Ruhe eingekehrt war, erklomm ein älterer Mann mit kurzem, grau meliertem Haar und blauem Sakko das Podest mit dem Rednerpult, das an der Stirnwand des Saals aufgebaut war. Auf einer Leinwand hinter ihm leuchtete eine Zusammenfassung der Themen auf, die an diesem Tag bereits behandelt worden waren. Es ging um das Ausspähen von Daten, Verstöße gegen den Jugendschutz, Identitätsdiebstahl und Urheberrechtsverletzungen. Weitere Programmpunkte waren Cyber Mobbing, Wirtschaftsspionage und Volksverhetzung sowie das Verbreiten von Kinderpornografie.
Der Mann hinter dem Rednerpult stellte sich als leitender Angestellter des Pentagons vor. Die Themenliste an der Wand, so sagte er, sei kaum von Interesse im Vergleich zu den wirklich brisanten Attacken, die die Weltwirtschaft und ganze Nationen bedrohten. Eingehend schilderte er die Gefahren durch fremde Regierungen und kriminelle Hacker. Für Torben war all das nichts Neues. Gelangweilt kritzelte er auf dem Notizblock herum, den die Organisatoren des Kongresses auf den Stühlen verteilt hatten. Doch dann hob er alarmiert den Kopf.
»Solange wir nicht ausmachen können, ob ein Angriff aus dem Netz militärisch oder politisch intendiert ist, gilt eine neue Richtlinie des Pentagons«, verkündete der Redner gerade. »Hackerangriffe wie zuletzt an der Wall Street oder beim Diebstahl der Blaupausen des Stealth-Kampfjet 35 erfordern deutlich härtere Maßnahmen!«
Alle Teilnehmer hörten plötzlich gebannt zu. Die meisten hatten bis jetzt auf ihren Smartphones herumgetippt oder sich leise mit ihren Sitznachbarn unterhalten.
»Jedes Land, jede Person muss ab sofort mit empfindlichen

Strafen rechnen«, fuhr der Pentagon-Beamte fort. »Wer zum Beispiel versucht, unsere Krankenhäuser oder unsere Energieversorgung durch einen Cyberangriff lahmzulegen, wird ohne Vorwarnung militärisch angegriffen.«

Die Drohung war unmissverständlich: Ab jetzt würde der Staat mit aller Macht zurückschlagen. Prompt reagierte ein jüngerer Mann in der ersten Reihe auf dieses demonstrative Säbelrasseln.

»Sir, schießen Sie hier nicht mit etwas zu großen Kanonen auf die Spatzen?«

Der Mann hinter dem Rednerpult machte eine abwehrende Handbewegung. »Absolut nicht. Wer unsere Rechnernetzwerke infiltriert, kann auch einen digitalen Erstschlag führen. Verstehen Sie. Ein digitaler Erstschlag hätte heute mindestens die gleichen dramatischen Auswirkungen wie eine Atombombe. Dieses Risiko dürfen und werden wir nicht eingehen.«

June Madlow tippte Torben auf die Schulter. »Verstehen Sie jetzt endlich, auf was für ein gefährliches Terrain Sie sich begeben haben?«

Allerdings, dachte Torben. Hacker wie Jackson würden ab jetzt als Terroristen abgestempelt werden. Ihr Leben war in Gefahr. Daran würde vermutlich auch sein Programm nichts ändern. Im Gegenteil, schließlich setzte es auf rückhaltlose Transparenz. Auf diese Weise geriet jeder, aber auch wirklich jeder noch so harmlose Hacker ins Visier der Staatsmacht. Langsam begriff Torben, dass Peter vermutlich vor einer Strategie warnen wollte, einen Teil der Bevölkerung komplett zu überwachen und jede Opposition ein für alle Mal mundtot zu machen. Er überlegte, dass er dringend irgendwie ins Internet gelangen und eine Warnung absetzen musste. Doch wie sollte er das schaffen? Seit seiner Ankunft in

New York hatte man ihn nicht eine Sekunde aus den Augen gelassen. Für Clark war er ein Cyberterrorist. Seine Freiheit, vielleicht sogar sein Leben, hing von einem Countdown ab, dessen Ende absehbar war. Sobald dieser Miles das Spygate entschlüsselt hatte, gab es keine Hoffnung mehr. Dann wäre sein persönliches Ablaufdatum erreicht. Er würde hingerichtet werden, und das auch noch ganz legal!

Der Pentagon-Beamte holte noch weiter aus. »Wie sollen in einer gehackten Produktionsstraße noch Autos gebaut werden? Wie viel Geld geht verloren, wenn der Börsenhandel auch nur für einen weiteren Tag ausfällt? Sie alle hier wissen, dass es keine Alternative zu den neuen Maßnahmen gibt. Wir hängen einfach schon zu tief drin. Unsere gesellschaftlichen, politischen und vor allem ökonomischen Strukturen sind unmittelbar von einem sicheren Internet abhängig.«

Torben beobachtete das Publikum und wunderte sich über dessen Passivität. Warum protestierte hier niemand?

»Das ist der Gipfel des Zynismus«, flüsterte er. »Die Geheimdienste haben die Computerkids doch geradezu provoziert, Programme aufzuspüren und zu analysieren. Und alle sind drauf reingefallen.«

»Selbst schuld«, flüsterte die Agentin zurück.

Er schüttelte den Kopf. »Die Verlockung ist so groß, als wenn ein offener Ferrari mit Zündschlüssel an einer menschenleeren Straße steht.«

»Was wollen Sie eigentlich damit sagen?«

»Mehr als die Hälfte aller Viren im Netz stammen von Jugendlichen oder Black-Hat-Hackern«, erklärte Torben leise. »Für die waren hochkomplexe Viren wie Flame oder Stuxnet doch eine Einladung. Es reichten ein paar Änderungen, und schon waren neue Viren auf der Reise und verunsicherten die digitale Welt. Die aktuelle Bedrohung ist doch hausgemacht.

Eine Inszenierung der Geheimdienste. Und ein perfekter Vorwand für die totale Überwachung.«

June Madlow schwieg.

Findet sie meine Sichtweise dumm oder ist sie nachdenklich geworden?, fragte sich Torben, während er sie verstohlen ansah.

»Jetzt mal Klartext«, versuchte er, ihr Schweigen zu brechen.

»Was soll dieser Kongress? Das alles ist doch nur ein Ablenkungsmanöver.«

Zu Torbens Überraschung stand sie unvermittelt auf. »Kommen Sie, gehen wir hinaus.«

Er folgte ihr in einen kleinen Konferenzraum, der gegenüber des Ball Rooms lag. Dessen unpersönliche, nüchterne Atmosphäre wurde nur durch ein paar silberne Schalen mit weißen Orchideenpflanzen aufgelockert. Die Agentin setzte sich in einen der gepolsterten schwarzen Ledersessel, die um einen ovalen Tisch gruppiert waren.

»Ich weiß nicht, was mit Ihnen los ist!«, platzte es aus ihr heraus. »Sie tun so, als würde Sie das alles nichts angehen. Ich habe Ihnen heute Morgen gesagt, was Sie erwartet, wenn Sie sich weiter gegen uns stellen.«

Torben verdrehte die Augen. »Guantánamo oder elektrischer Stuhl. Und Sie finden das lustig, was?«

»Ich kann nichts für Sie tun«, sagte June abweisend. »Ich mache nur meinen Job und bin nicht dazu da, Sie zu irgendetwas zu zwingen.«

Unschlüssig stand Torben vor ihr. Er wusste nicht, wie er sich verhalten sollte. Doch sein Instinkt sagte ihm, dass er das Unmögliche versuchen und June Madlow auf seine Seite ziehen musste.

»Hören Sie, ich habe Ihnen die Wahrheit gesagt.« Er begann auf und ab zu gehen. »Ich weiß von Norris nicht viel mehr als alle anderen. Nur aus diesem Grund habe ich mich in die CIA-Datenbank gehackt. Ich wollte erfahren, was wirklich hinter seiner Person steckt.«

Die Agentin verzog unwillig den Mund, dann erhob sie sich. »Ich begleite Sie jetzt besser in Ihr Zimmer. Sie werden später abgeholt und …«

»Warum sagen Sie mir nicht, was ich angeblich von Norris erfahren haben soll? Ich komme doch sowieso nicht mehr aus der Sache raus! Oder wissen Sie es selbst nicht?«

»Verdammt, gar nichts weiß ich darüber.« Mit einer fahrigen Geste fasste sie sich ins kunstvoll aufgesteckte Haar.

Bingo, dachte er. Das ist ihre Achillesferse. Selbst diese Topagentin war also nicht in alles eingeweiht. Und das wurmte sie. Torben witterte eine Chance. »Sehen Sie, mir geht es nicht anders. Vielleicht hat Norris mich nur benutzt, mir bewusst nicht gesagt, worum es ging.«

Im selben Augenblick erschrak er über seine eigenen Worte. Dies war die bittere Wahrheit. Er musste davon ausgehen, dass Peter ihn missbraucht hatte. Hilflos sah er die Agentin an.

Sie wich seinem Blick aus.

Torben beschloss, aufs Ganze zu gehen. »Fragen Sie sich eigentlich nie, was hinter Ihren Aufträgen steht?«

Verdrossen starrte sie ihn an. Dann sagte sie statt einer Antwort: »Schluss jetzt. Ich bringe Sie nach oben. In einer Stunde brechen wir auf ins Restaurant.«

Doch so leicht ließ sich Torben nicht abspeisen. Er stemmte die Arme in die Hüften und schob angriffslustig sein Kinn vor. »Hey, ich habe Sie etwas gefragt.«

Seine aggressive Körpersprache war ihr sichtlich unangenehm. Sie wich einen Schritt zurück, als würde sie mehr Raum brauchen, um Torben zu entgegnen.

»Ich habe es weit gebracht in diesem System. Es hat mich

gefördert, und ich habe davon profitiert! Doch ich sage Ihnen noch etwas: Es hat keinen Sinn, das System verändern zu wollen. Irgendwann werde ich diese Arbeit hinter mir lassen. Das Leben ist kurz. Ich will es in vollen Zügen genießen, wenn ich hier fertig bin.«

Sie drehte sich abrupt um und stöckelte aus dem Konferenzraum.

Erschüttert über so viel Gleichgültigkeit und Egoismus, senkte Torben den Kopf. Schweigend folgte er der Agentin auf den Flur. Sein Leben würde vermutlich weitaus kürzer sein als ihres, wenn er weiter in den Fängen der CIA blieb. Er musste fliehen, irgendwie. Vielleicht könnte er zumindest die schwedische Botschaft erreichen. Doch wie sollte er das anstellen?

Auf dem Flur warteten schon seine beiden Bewacher, bereit, ihn und June in die Suite zu bringen. Sie waren durchtrainiert und bewaffnet, zwei gut ausgebildete Muskelberge, die nicht zögern würden, Gewalt anzuwenden. Er musste es schlauer anstellen. Aber wie?

29

New York City – Financial District

Roy Clark verließ sein Büro gegen halb acht und ließ sich in einer gepanzerten Limousine über die William Street zur Trinity Church fahren. Seit dem Morgen blockierten rund zwanzigtausend Menschen die Zufahrtsstraßen zum Financial District. Eine Stunde zuvor war die Nachricht durchgesickert, dass der Präsident den Verteidigungsminister entlassen hatte.

Die engagierten Bürger schöpften neue Hoffnung. War das ein Zeichen, dass die Regierung einlenkte? Besann sie sich darauf, dass die Menschenrechte hier seit Jahren mit Füßen getreten wurden, dass angebliche terroristische Bedrohungen reichten, um die Verfassung und die Demokratie in einer Salamitaktik zu zerstückeln?
Todesschüsse wie vor dem Weißen Haus, davon ging man jetzt aus, würden sich jedenfalls nicht wiederholen. Das ermutigte die Menschen einmal mehr, auf die Straße zu gehen.
Die Tatsachen sprachen allerdings eine andere Sprache. Erneut wurde die Nationalgarde zum Schutz des Finanzzentrums eingesetzt. Ausgerüstet mit vollautomatischen Waffen, Tränengas und schusssicheren Westen, postierten sich die Soldaten in Dreierreihen vor den Zufahrten zum Viertel. Unterstützt wurden sie von berittener Polizei, die den Auftrag hatte, die Demonstranten zurückzudrängen.
Bürger aus allen Schichten beteiligten sich an den Protesten. Sie bedienten sich des *Human Microphone*. Jeder Beitrag eines Einzelnen wurde vom Sprechchor der Umstehenden wiederholt, was bei Tausenden von Menschen einen beeindruckenden Effekt hervorrief. Wie eine La Ola im Fußballstadium trugen sich die Worte von hinten nach vorne. Wie eine Welle, die mit voller Wucht auf einen Felsen prallt, wurde aus dem Satz eines Menschen ein Tsunami.
Als Clark aus dem Wagen stieg, schallten die Stimmen von Zehntausenden herüber, nur einige hundert Meter von ihm entfernt.
»We don't move! We are 99 percent!«, skandierten sie gerade.
Er beugte sich noch einmal in den Wagen. Verbissen sah er sich auf einem kleinen Screen Livebilder von der blockierten West Street an.
Inzwischen hatte sich die Situation verschärft. Die Polizei-

pferde scheuten und bäumten sich auf. Trotz jahrelangen Trainings war es eine Herausforderung für die Polizisten, durch eine sitzende Menschenmenge zu reiten. Die Reiter konnten die nervösen Tiere nicht mehr beruhigen. Wiehern und Hufgetrappel vermischten sich mit panischen Schreien der Menschen.

Die Einsatzleitung hatte die Räumung des Geländes befohlen. Einen Demonstranten nach dem anderen trugen die Polizisten von der Straße. Personalien wurden aufgenommen, Handschellen klickten. Ob Teenager in Parkas, Protestler in Anzügen oder Aktivisten mit bunten Gesichtsbemalungen und Plakaten – auf jeden wartete eine hohe Geldstrafe oder sogar Gefängnis. Doch es war für die Staatsmacht ein hoffnungsloses Unterfangen, die Menschen mit herkömmlichen Mitteln zu entfernen. Immer wieder drängten Gruppen nach und setzten sich erneut auf die Straße.

Clark hatte die Versuche der Behörden, die Bewegung zu unterwandern, stets belächelt. Eine Eskalation herbeizuführen, Konflikte mit der Polizei zu provozieren, diese Strategie war kläglich gescheitert. Aber offensichtlich war das noch nicht angekommen in den Köpfen der Planer im Weißen Haus und der Polizei. Er hatte die Vision einer völlig neuen Taktik, und die sollte jetzt ihren ersten Testlauf haben. Er fühlte sich in seinen Prognosen bestätigt: So leicht ließen sich die Bürger nicht mehr einschüchtern. Das eine Prozent der Gesamtbevölkerung, das sich so sicher gefühlt hatte, stand zunehmend unter Druck. Alle, die von der Occupy-Bewegung angeprangert wurden, weil sie Teil der unlösbar verflochtenen Struktur aus Politik und Ökonomie waren, mussten jetzt um ihre Macht fürchten.

Auch für Clark wurde es eng. Er saß im Zentrum dieser Struktur. Siegten die aufgebrachten Bürger, würde er mit dem einen

Prozent untergehen. Er wandte sich angewidert von den Bildern ab und spähte auf die Straße. Ein großer Armeelastwagen fuhr auf die Trinity Church zu. Als er näher kam, erkannte Clark im Führerhaus Darien Orlando, flankiert von einem finster dreinblickenden CIA-Agenten und einem Soldaten in einem kurzärmeligen Armeehemd.
Als der Laster hielt, schwang sich Clark zu dem Fahrer hoch und signalisierte ihm, die Scheibe herunterzulassen.
»Okay, Orlando, jetzt zeigen Sie mal, was Sie können.«
Darien Orlando nickte frustriert.
Dann sprach Clark den Fahrer an. »Sie fahren langsam durch die Liberty Street in Richtung Zuccotti Park. Halten Sie an den Absperrungen vor dem Deutsche Bank Building. Den Rest übernehmen wir.«
Der Soldat salutierte zackig. »Zu Befehl!«
»Auf mein Zeichen ziehen sich Ihre Männer fünfzig Meter hinter das Fahrzeug zurück!«, fügte Clark hinzu.
Er ging zu seinem Wagen, stieg schwungvoll ein und wies seinen Fahrer an, dem Lastwagen zu folgen. Als sie ihren Zielpunkt erreicht hatten, sah Clark zu dem nur noch etwa fünfzig Meter entfernten Menschengewimmel hinüber. Wie er sie hasste, diese pöbelnden Anarchisten! Die Luft war erfüllt von den Sprechchören und dem gellenden Geräusch der Trillerpfeifen, mit denen sie sich Gehör verschafften.
Dann verfolgte er gespannt, wie die Psychotronics in Position gebracht wurden. Orlando richtete den Metallzylinder zielgenau auf das Getümmel. Eine Plane aus undurchsichtigem Spezialgewebe verdeckte die Apparatur. Am hinteren Ende des Geschosses hantierte bereits ein junger Mitarbeiter von Orlando an der Waffe herum, um sie in Position zu bringen. Clark zog sich an einem Griff auf die Plattform.
»Sie dürfen nie von der Frequenz abweichen, sonst verursa-

chen wir das Gegenteil von Angst, nämlich nackte Aggression«, instruierte Orlando den Helfer. »Ich kümmere mich um die weiteren Koordinaten.«
Aufmerksam beobachtete Clark, wie Orlando einen Code eintippte, um die Waffe einsatzbereit zu machen. Die Hände des Wissenschaftlers zitterten, sein Gesicht verriet Angst, aber Clarks Drohungen hatten ihre Wirkung nicht verfehlt.
»Worauf warten Sie noch?«, herrschte er den Wissenschaftler an. »Ich bin zum Essen verabredet. Und denken Sie dran: Dies ist nur ein Testlauf.«
Orlando startete den Generator, der sich direkt unter ihnen befand. Am Bildschirm verfolgte er, wie sich die monströse Strahlenkanone mit der nötigen Energie auflud, bis sie langsam anfing, sich zu drehen. Am vorderen Ende strahlten kreisrunde Kapseln auf. Der junge Soldat, der Orlando beim Aufbau der Apparatur geholfen hatte, stieg vom Wagen herunter und gab per Funk den Befehl für den Rückzug der Nationalgarde. Wie in Zeitlupe und fast unbemerkt von der Menschenmenge vor ihnen zog sie sich hinter das Fahrzeug zurück.
»Ich hoffe, Sie sind sich darüber im Klaren, welche Grenze wir heute überschreiten«, wandte sich Orlando an Clark, während er sich Ohrenschützer aufsetzte.
»Bullshit, Orlando, wir kratzen gerade mal dran. Sie haben keine Ahnung, was uns allen blüht, wenn wir nicht handeln. Und jetzt legen Sie schon endlich los.«
Der Soldat gab Clark einen Ohrenschützer und setzte sich selbst einen auf. Ein immer stärker werdendes Summen durchdrang die Körper der Männer, die Vibration schüttelte auch den Tieflader durch. Das markdurchdringende Geräusch schwoll fast unerträglich an. Auf dem Monitor vor Orlando näherte sich eine rote Linie ihrem Target. Wie hypnotisiert starrte Clark darauf.

Inzwischen hatten einige Dutzend Demonstranten den Rückzug der Garde bemerkt. Allerdings zogen sie die falschen Schlüsse daraus und achteten auch nicht auf das Fahrzeug mit dem seltsamen Metallzylinder. Stattdessen besetzten sie wieder die Straße, voller Euphorie über ihren vermeintlichen Etappensieg.
Orlando stellte die Frequenz auf 6,67 Hertz, und sein Helfer steigerte die Energiezufuhr.
Die Menschen vor ihnen zeigten zunächst keine ungewöhnlichen Reaktionen. Immer näher bewegten sie sich auf den Wagen zu, sodass Clark schon damit rechnete, sich mit der Waffe verteidigen zu müssen, die er vorsichtshalber eingesteckt hatte.
Plötzlich veränderte sich das Bild. Einige Demonstranten hielten sich mit schmerzverzerrtem Gesicht die Ohren zu. Panisch begannen sie zurückzulaufen. Chaos brach aus. Sie stolperten übereinander, Füße prallten auf Gesichter oder Weichteile. Menschen schleiften ihre zusammengebrochenen Gefährten mit sich oder blieben wimmernd liegen und pressten die Hände an den Kopf. Vereinzelt waren grässliche Schreie zu hören. Wie von Geisterhand getrieben, wichen die Menschen vor der Wirkung der elektromagnetischen Strahlen zurück.
Orlando war entsetzt.
»Runter, runter, runter!«, schrie er. »Drehen Sie die Stromstärke runter!«
Sein Gehilfe zog an einem Regler. Das Brummen der Maschine wurde schwächer.
Wie ein Feldherr überblickte Clark den Schauplatz des Experiments. Das Ziel war erreicht: Sie hatten die Demonstration aufgelöst. Nur ein paar einzelne Aktivisten waren noch zu sehen, die wild durcheinanderliefen, ohne sich der Ursache

ihrer plötzlichen Angst bewusst zu sein. Kurze Zeit später war der Platz wie leer gefegt.

»Ich habe es geahnt.« Orlando deutete auf die Strahlenopfer, die sich auf dem Asphalt wanden. »Wir waren zu nah dran, und die Frequenz war viel zu hoch.«

Er fasste sich an die Stirn. Schweißtropfen liefen an seinen Schläfen herunter.

»Zu nah dran?«, rief Clark. »Das war doch die perfekte Dosis, Sie Hasenfuß! Hervorragend, Orlando! Der kleine Test reicht, schalten Sie Ihre Höllenmaschine ab.«

Mit einem lautstarken Pfeifen setzte die Kanone aus. Die Drehung kam zum Stillstand. Clark stieg vom Fahrzeug und ging zum Kommandanten der Nationalgarde, der sich hinter dem Lastwagen bereitgehalten hatte.

»Erstatten Sie für alle Fälle Meldung. Falls jemand Fragen stellt: Ein neuartiger Generator für die Stromversorgung der Truppen hat ungewöhnlich hohen Elektrosmog freigesetzt. Bedauerlicherweise mit Folgen für einige Demonstranten.«

Der Kommandant sah ihn zweifelnd an. Was er gerade erlebt hatte, konnte unmöglich ein Versehen gewesen sein. Dennoch nahm er Haltung an.

»Verstanden, Sir.«

Zufrieden ging Clark zurück zu seiner Limousine. Alles ging reibungsloser, als er gedacht hatte.

»Fahren Sie mich ins Per Se«, befahl er dem Fahrer.

Die Zeit war reif, Torben Arnström in die Zange zu nehmen.

30

Manhattan – Restaurant Per Se

June und Torben verließen kurz nach neun Uhr das Hotel, begleitet von den beiden Agenten. Einen Wagen brauchten sie nicht, denn das Per Se lag nur wenige hundert Meter entfernt vom Mandarin Oriental am Columbus Circle.

Während im Financial District die Hölle los war, ging es hier seelenruhig zu. Die Arbeit war getan, der Feierabend konnte genossen werden, niemand ahnte, was sich fast zeitgleich rund um die Wall Street abspielte.

Vor dem Restaurant angekommen, betrachtete Torben den goldenen Schriftzug über der blauen Holztür. Hier also würde sich sein Schicksal entscheiden. Hier erwartete Clark seine Ergebenheit. Eine weitere Chance würde es nicht geben. Stumm folgte er June Madlow in das Restaurant. Der Maître führte sie unaufgefordert zu einem Tisch im hinteren Teil des Gastraums, die beiden Begleiter nahmen am Nebentisch Platz.

Angespannt hockte sich Torben auf seinen Stuhl. Die Atmosphäre im Per Se glich einer – wenn auch eleganten – Höhle. Dunkle Holzlamellen an den Wänden korrespondierten mit dem braun gemusterten Teppich. Die Stühle aus dunklem Edelholz hatten hellbraune Polster, die Tische waren mit cremefarbenen Decken und futuristisch designtem braunem Porzellan eingedeckt. Auf jeglichen Schmuck hatte man verzichtet. Es gab weder Bilder an den Wänden noch Blumen. Alles atmete das Understatement eines modischen Purismus. Das Lokal war fast leer. Nur ein junges Paar turtelte am Fenster, und drei Männer in dunklen Businessanzügen, vermutlich Börsenmakler, feierten ausgelassen einen Geschäftsabschluss, wie Torben den Gesprächsfetzen entnahm.

So fühlt es sich also an, Teil dieser Welt zu sein, dachte er. Aber einer wie ich ist bloß ein Zaungast in dieser Enklave der Erfolgreichen, auch wenn man es mir in meinem teuren Anzug nicht ansieht. Und in der Tat: Niemand wäre wohl auf die Idee gekommen, ihn für einen Feind des Systems zu halten.

Wenig später zahlte das junge Paar und verließ mit vergnügtem Lachen das Restaurant, und auch die drei Männer brachen auf. Zu einem Zug durch die Bars, wie Torben aufgeschnappt hatte. Nun waren sie ganz unter sich.

Ungeduldig spielte Torben mit seinem Messer.

»Wann kommt der Direktor?«

»Jeden Augenblick.« June reichte ihm die Speisekarte. »Suchen Sie sich schon mal was aus.«

Als Torben die Karte überflog, verschlug es ihm den Atem. Keines der neungängigen Menüs kostete weniger als 600 Dollar. Ihm war allerdings nicht nach einem Festmahl zumute. Sein Magen krampfte sich zusammen bei der Vorstellung, dass ihn womöglich seine Henkersmahlzeit erwartete. Er klappte die Karte zu und schob sie beiseite.

In diesem Moment öffnete sich die Tür. Roy Clark kam mit kraftvollen Schritten auf sie zu. Torben konnte den Ausdruck in seinem Gesicht nicht deuten. Der CIA-Direktor schien gut gelaunt zu sein, woraus Torben schloss, dass er noch nicht den Bericht gelesen hatte, der seine Verbindung mit Peter Norris offenlegte. War überhaupt etwas dran an der bedrohlichen Ankündigung von June? Andererseits verstand sich Clark bestens darauf, ein Pokerface aufzusetzen, das hatte er gelernt.

»Guten Abend, Mr. Arnström«, begrüßte er Torben dröhnend. »Ich hoffe, Sie haben sich vom gestrigen Schrecken erholt!«

Er setzte sich und winkte den Kellner heran.
»Einen doppelten Whisky auf Eis. Mit dem Essen warten wir noch.«
»Ich nehme auch einen Whisky«, beschloss Torben. »Wer weiß, wann ich noch einmal die Gelegenheit dazu habe.«
June Madlow bestellte nur ein Soda. Offenbar wollte sie einen klaren Kopf behalten. Zwei Minuten später standen die Getränke vor ihnen. Clark prostete seinem Gefangenen gönnerhaft zu und trank einen großen Schluck.
Torben war verwirrt. Er hatte mit Vorwürfen gerechnet, mit massiven Drohungen. Doch es kam nichts. Der CIA-Boss wirkte sogar recht entspannt.
»Ich gehe davon aus, dass Sie Ihre Bedenkzeit genutzt haben. Und dass Sie den Schaden wiedergutmachen, den Sie angerichtet haben.«
Um Zeit zu gewinnen, nahm Torben einen großen Schluck. Er stand mit dem Rücken an der Wand. So friedlich, ja, fast freundschaftlich dieses Treffen auch wirkte, er hatte nicht vergessen, welche Strafe ihn erwartete. Aber wenigstens wollte er herausfinden, warum die CIA derart interessiert an ihm war. Er nahm all seinen Mut zusammen und holte tief Luft.
»Was in Gottes Namen habe ich getan, dass mich der Chef des mächtigsten Geheimdiensts der Welt zum Essen einlädt?«
Clarks Antwort kam ohne Zögern. »Sie wurden von einem gewieften Agenten ausgebildet, der offenbar Ihr Potenzial erkannt hat. Das hier ist meine Art, Ihnen zu zeigen, was Sie haben können, wenn Sie für uns arbeiten.«
Also wusste Clark doch bereits alles über seine Kontakte zu Peter Norris. Unaufhaltsam stieg die Angst in ihm hoch. Es war völlig abwegig, was der Mann vermutete.
»Norris hat mich nicht ausgebildet, er war nur mein Profes-

sor. Das habe ich schon Ihrer Agentin erklärt. Ich wollte nur wissen …«

»Vergessen Sie's«, unterbrach ihn Clark so aggressiv, dass Torben erschrocken verstummte. Der CIA-Direktor richtete sich zu seiner vollen Größe auf und stemmte die Hände auf den Tisch. »Jetzt hören Sie mal gut zu, Sie kleiner Widerstandskämpfer. Wir werden die terroristische Bedrohung im Netz nicht länger hinnehmen!«

Schon wieder die alten Sprüche, dachte Torben. Dieses markige Soldatengerede über Krieg und Bedrohung, das zur alten, zur analogen Ära gehörte, war nicht sein Fight, er kämpfte in der virtuellen Welt.

Er beugte sich weit vor und sah Clark fest in die Augen.

»Lustiges Konzept. Sie meinen also, Anonymous könnten mit Informationen Terrorismus betreiben? Wie denn, bitte schön? Die meisten Menschen sind doch zufrieden mit der Entwicklung zu mehr Transparenz. Sie erfahren durch die Aktivisten, was ihre Regierungen anstellen. Angst müssen nur Leute haben, die dunkle Geheimnisse weiter verbergen wollen.«

Clark hatte mit wachsender Entrüstung zugehört.

»Nein, zufrieden sind nur diese Verlierer, die ständig ihr eigenes Versagen auf all jene projizieren, die Verantwortung tragen. Schauen Sie sich in diesem Restaurant um. Glauben Sie denn im Ernst, dass jedem solch ein Luxus zusteht? Nein, nur wer bereit ist, etwas zu leisten, hat einen Anspruch darauf, auf der Butterseite zu leben. Das ist ein Naturgesetz. Sie können es auch Sozialdarwinismus nennen, wenn Sie es etwas feiner ausdrücken möchten. Jetzt müssen Sie sich entscheiden, wohin Sie gehören wollen – auf die Seite der Winner oder auf die Seite der Loser.«

Torben konnte nicht fassen, wie simpel das Weltbild eines der mächtigsten Männer der Vereinigten Staaten war. »Wer spricht denn hier von Luxus? Für die meisten Menschen geht es ums nackte Überleben! Schon mal was von Globalisierung gehört? Von multinationalen Konzernen, Billiglohnländern und Massenentlassungen? Anonymous und Occupy glauben an einen Wandel, der den Kapitalismus in seine Schranken weist!«

June schwieg. Sie spielte mit ihrer Goldkette, drehte sie um die Finger und ließ sie wieder abrollen. Zum ersten Mal meinte Torben, ein gewisses Unbehagen bei ihr auszumachen, so, als würde sie ihre Rolle überdenken.

»Nun, meine Geduld und meine Zeit sind begrenzt«, erwiderte Clark gereizt. »Nur so viel: Die Eliten, die Sie so sehr hassen, garantieren einen gewissen Wohlstand für alle. Hören Sie auf, sich als Retter aufzuspielen. Übernehmen Sie Verantwortung, engagieren Sie sich bei uns! Dann können Sie wirklich etwas bewegen.«

Es war sinnlos. Clark schien es tatsächlich nicht zu kümmern, wie ungerecht die Verteilung der Lasten und Gewinne weltweit war. Sein Job war die Sicherheit seines Landes. Punkt. Weiter konnte und wollte er nicht über den Tellerrand schauen.

Der Kellner erschien, doch Clark schickte ihn weg. Ihm schien nicht der Zeitpunkt gekommen, Torben zu einem Essen einzuladen.

»Nehmen wir mal an, eine Regierung plant eine humanitäre Intervention, um Menschen aus einer Diktatur zu befreien«, dozierte er, während er die Eiswürfel in seinem Whiskyglas kreisen ließ. »Dann veröffentlichen Ihre selbsternannten Helden die Daten für den Angriff während des Einsatzes im Netz. Und das nur, weil eine Minderheit eine demokratische Entscheidung nicht gutheißt. Abgesehen von den Folgen für die Truppen – ist das noch Demokratie? Wollen Sie das verantworten? Würden Sie stillschweigend zusehen?«

Mist, da hat er verdammt noch mal recht, dachte Torben. Verlegen starrte er an die Decke.

Für Clark schien das Gespräch beendet zu sein. Unauffällig gab er den beiden Agenten am Nebentisch ein Signal. Einer von ihnen nahm sofort sein Handy und ging hinaus.

Torben musste dennoch etwas loswerden. »Wenn zum Beispiel herauskommt, dass der Westen Überwachungssoftware in Unterdrückerstaaten liefert, ist das doch eine wichtige Information. Es darf doch nicht sein, dass wir Diktatoren Instrumente zur totalitären Überwachung verkaufen!«

June Madlow trat unter dem Tisch auf seinen Fuß. Hatte er einen Fehler gemacht? War er zu weit gegangen?

»Schluss jetzt!«, brüllte Clark.

Der Agent kam wieder herein und beugte sich zu seinem Chef hinunter, während er ihm leise etwas zuflüsterte. Abrupt stand der CIA-Direktor auf und drückte dem wartenden Kellner einige Scheine in die Hand.

Ich Idiot, dachte Torben, ich sollte meine Glaubwürdigkeit unter Beweis stellen, und nun habe ich alles vermasselt.

Clark kehrte an den Tisch zurück.

»Die beiden Herren bringen Sie zurück ins Hotel. Morgen werden Sie im Rechenzentrum Robert Miles zur Seite stehen, wenn er beginnt, Ihr Programm zu löschen. Danach werden Sie mir alles über Ihren Auftrag von Peter Norris erzählen. Freiwillig oder gezwungenermaßen, das entscheiden Sie.«

Clarks unverblümte Androhung von Gewalt ließ das Blut in Torbens Adern stocken. Die Farce war vorbei. Der Ausflug nach New York, das teure Hotel und die Einladung ins Per Se waren nur ein Zwischenspiel gewesen. Der Kuschelkurs war beendet. Er musste fliehen, jetzt sofort, bevor man ihn wieder einsperrte.

»Könnte ich bitte zur Toilette gehen?«

»Nur zu«, erwiderte Clark, der gerade June Madlow etwas zuraunte und nicht weiter auf Torben achtete. Auch die beiden Agenten am Nebentisch schienen keine Notiz von ihm zu nehmen.
Günstiger konnte die Gelegenheit kaum sein. Jetzt oder nie!, durchzuckte es Torben. Er stand auf, ging langsam zwischen den Tischen hindurch und wandte sich dann blitzschnell Richtung Ausgang. Das Adrenalin schoss durch seinen Körper, während er blindlings auf die Straße rannte, auf den Kreisverkehr des Columbus Circle zu. Schreiend und winkend stoppte er ein Yellow Cab.
»Fahren Sie einfach los, schnell!« Es war nicht das erste Mal, dass er einem Fahrer begegnete, der keine Fragen stellte.

Die Agenten hatten Torbens Verschwinden sofort bemerkt. Einer zog seine Waffe und wollte hinterherstürzen, als er von Clark zurückgehalten wurde.
»Wir haben Zeit. Er kann nicht entkommen. Hab ich doch gewusst, dass ihr das nicht hinbekommt …«
Verblüfft drehte der Agent sich um. »Wie meinen Sie das?«
Auch June Madlow war aufgesprungen. Jetzt setzte sie sich wieder und verschränkte amüsiert die Arme. Die Agentin war erfahren genug, um Clarks Gelassenheit richtig zu deuten. Der ganze Abend war arrangiert gewesen, vermutlich gehörten sogar die Kellner und die Gäste zur CIA. In solchen Katz-und-Maus-Spielchen war Clark perfekt. Sie hatte noch nie jemanden kennengelernt, der andere Menschen so gut täuschen konnte. Seine lange militärische Karriere und seine Führungserfahrung machten es ihm leicht.
»Lassen Sie mich raten. RFID?«
Mit einem überheblichen Grinsen setzte sich ihr Boss wieder zu ihr und trank den Rest seines Whiskys aus.

»Er hat nicht viele Optionen. So oder so, heute Nacht läuft seine Uhr ab. Entweder führt er uns zu Norris, oder er liefert uns noch ein paar von diesen Aktivisten ans Messer. Arnström ist nichts weiter als ein nützlicher Idiot.«

»Wer übernimmt seine Verfolgung?«, erkundigte sie sich.

»Wilster und sein Team. Sie haben draußen schon auf ihn gewartet.«

»Und was ist, wenn er an einen Rechner kommt und ins Netz geht?

»Ins Netz? Kein Problem, das hat Miles im Griff. Arnström wird sein blaues Wunder erleben, wenn er das tut. Sie können schon mal Ihre Sachen packen, Madlow. Sie fliegen sicher noch in der Nacht mit dem Jungen zurück in den Bunker.«

Das Taxi raste durch die gigantischen Straßenschluchten den Broadway hinunter. Die aufblinkenden Werbeflächen spiegelten sich im Fensterglas des Wagens. Sosehr ihn seine gelungene Flucht auch in Hochstimmung versetzte – er wusste nicht weiter. Wohin sollte er fahren? Er hatte nicht die geringste Möglichkeit, das Land zu verlassen, keine Freunde, kein Geld, keinen Pass, nichts als seinen Anzug am Leib.

Er rutschte tief in seinen Sitz, damit man ihn von außen nicht sah. Es gab nur einen Ort, an den er sich flüchten konnte – in den Club Cielo, von dem Jackson gesprochen hatte. Die Adresse hatte er sich gemerkt. Mit reichlich Glück würde er dort Jackson antreffen, und der würde ihm vielleicht helfen unterzutauchen.

Mit leichtem Bedauern streifte Torben die Breitlinguhr vom Handgelenk. Abgesehen davon, dass sie möglicherweise einen GPS-Chip enthielt, war sie das einzig Wertvolle, was er hatte. Für solch ein Stück würde er sicher um die zweitausend Dollar bekommen, auch wenn sie mindestens das Zehnfache wert war. Das wusste er von Kilians Vater, der solch eine Uhr trug. »Wissen Sie, ob jetzt noch ein Pfandhaus geöffnet hat?«, fragte er den dicklichen Fahrer, der sich geschickt durch den Verkehr schlängelte.

»Was haben Sie denn zu verkaufen?«, erkundigte sich der Mann mit einem neugierigen Blick in den Rückspiegel.

Torben reichte ihm die Uhr nach vorn. »Sie ist echt, kein billiges Imitat.«

Ohne abzubremsen, begutachtete der Fahrer die Uhr.

»Heute Nacht werden Sie das Ding nicht mehr los, aber lassen Sie mich mal nachdenken.«

Es war für ihn offensichtlich, dass sein Fahrgast in der Klemme steckte. »Wie ein Dieb sehen Sie ja nicht aus«, überlegte er laut. »Gut, ich biete Ihnen dreihundert Dollar.«

Das war eine Unverschämtheit, doch Torben hatte schlechte Karten. Und nicht mal Geld, um das Taxi zu bezahlen.

»Dreihundert Dollar? Machen Sie Witze? So eilig habe ich es nun auch wieder nicht.«

Fordernd hielt er seine Hand nach vorn. Der Fahrer stoppte den Wagen und wühlte lange in seiner Jackentasche. Schließlich zog er ein dickes Bündel Scheine hervor.

»Wenn Sie heute noch ein Geschäft machen wollen, dann nehmen sie die 480 Dollar hier. Mehr hab ich nicht. Die Fahrt gibt's gratis. Letztes Angebot.«

Torben seufzte tief. »Besser als nichts.« Er griff nach dem Geldbündel, ohne die Scheine zu zählen. »Dann fahren Sie mich jetzt bitte in den Club Cielo.«

Der Taxifahrer grinste. »Ins Cielo? Verstehe. Tja, was tut man nicht alles, um Weiber aufzureißen.«

Torben ersparte sich einen Kommentar. Ermattet lehnte er sich zurück. Noch konnte er kaum glauben, dass seine Flucht tatsächlich geglückt war.

Nach einer Viertelstunde hielt das Taxi in der 12. Straße vor einem dunkelrot gestrichenen Haus. Der Club lag in einem Viertel, in dem sich eine Bar an die nächste reihte. Auf dem Bürgersteig drängten sich Passanten, die durch die Nacht tingelten. Der Fahrer verabschiedete sich breit grinsend. Er hatte das Geschäft seines Lebens gemacht.

»Viel Glück!«, rief er Torben hinterher.

Im Neonlicht des Schriftzugs Club Cielo baute sich ein groß gewachsener, muskulöser Türsteher drohend vor Torben auf, winkte ihn jedoch nach einem kurzen Kontrollblick durch. Der Anzug ist meine Eintrittskarte, dachte er erleichtert. Danke, June.

Im Club wurde er von ravigen Elektrobeats empfangen. Das Cielo war ein relativ unübersichtliches Lokal, deshalb blieb er zunächst einmal an der Schwelle stehen, um sich zu orientieren. Sein Blick schweifte durch eine chillige Clublandschaft, in der sich weiße Ledersessel und Couchen um eine weitläufige Tanzfläche gruppierten. Über die Möbel und die dunklen Wände zuckten gelbe Lichtreflexe. Die Gäste waren auffallend gut gekleidet, man sah Männer in dunklen Anzügen, die ihre Krawatten gelockert hatten, und Frauen in Cocktailkleidern. Die gepflegte Atmosphäre stand in krassem Gegensatz zu dem Schuppen, in den ihn Jackson am ersten Abend geschleppt hatte. Es war noch nicht besonders voll. Von Jackson war nichts zu sehen.

Torben ging an die Bar und bestellte sich einen Wodka Energy, für den der Barkeeper 40 Dollar verlangte. Mit seinem Drink in der Hand setzte er sich auf eines der bequemen Ledersofas neben der Tanzfläche.

Er blieb nicht lange sitzen. An der Rückwand des Clubs hatte er einen schmalen Tresen entdeckt, auf dem einige Rechner standen. Endlich, dachte Torben. Er würde als Erstes ein Lebenszeichen an Nova senden und dann eine letzte Warnung an die Hackerelite schicken. Hastig nahm er sein Glas, ging zu einem der Rechner und klickte das Symbol für das Internet an. Seiner kurzen Euphorie folgte umgehend die Enttäuschung. Nichts. Keine Verbindung.

»Scheiße noch mal!«

Ein schlanker Barkeeper mit hellblond gefärbten Haaren und schwarzem Hemd ging an ihm vorbei.

»Ist seit einer Stunde offline«, sagte er beiläufig. »Keine Ahnung, wieso, aber angeblich ist das Web in ganz New York down.«

»Verdammt, ausgerechnet jetzt.« Ein Zufall war das sicher nicht. Ob die CIA dahintersteckte? War das der Kill switch act?

»Hey, kennen Sie Jackson? So einen großen Farbigen mit grünem Haar?«, rief er dem Kellner hinterher, der schon weitergegangen war.

Der drehte sich um und zog eine Grimasse. »Wenn du diesen schrillen Nigger meinst, der kommt, wann er will.«

Ratlos nippte Torben an seinem Drink. Er brauchte dringend einen Verbündeten. Allein würde er sich ein, zwei Tage in irgendeiner billigen Pension verkriechen können, mehr aber auch nicht. Was sollte er bloß tun?

Gedankenverloren ließ er sein leeres Glas stehen und ging zur Toilette. Zu seinem Erstaunen fand er dort kostenlose Kaugummis, Deosprays und Kondome vor. Merkwürdig, dass ein Freak wie Jackson in so einen Luxusladen ging.

Als Torben zur Tanzfläche zurückkehrte, füllte sich der Laden. Es war kurz nach Mitternacht, aber noch immer war kein Jackson in Sicht. Mit einem Gefühl völliger Hoffnungslosigkeit verließ er den Club und streifte planlos durch das Viertel.

Es blieben ihm nicht mehr viele Möglichkeiten. Eine Fahrt nach Washington, um in die schwedische Botschaft zu gelangen, war zu riskant. Jeder Bahnhof wurde von Kameras überwacht, und per Anhalter würde es zu lange dauern. Außerdem stand er sicher schon wieder auf der Fahndungsliste. Wenn ihn jemand erkannte, würde er im Handumdrehen festgenommen werden.
Ein paar Querstraßen weiter hörte er plötzlich ein rhythmisches Hupen. Im Schritttempo rollte ein schwarzer Cadillac auf ihn zu. Gerade als er weglaufen wollte, drang eine vertraute Stimme an sein Ohr.
»Hey, Mann, es ist sicher besser, wenn du von der Straße wegkommst!«, rief Jackson ihm vom Fond des Wagens aus zu.
Torben wusste plötzlich nicht mehr, ob er sich über Jacksons Auftauchen freuen sollte. Ihre letzte Begegnung war von einer Polizeirazzia beendet worden. Doch es war vielleicht der einzige Ausweg.
»Steig schon ein«, fauchte Jackson ihn an. »Oder willst du warten, bis die Bullen kommen?«
Resigniert setzte sich Torben zu ihm auf die Rückbank. Anders als bei ihrer letzten Begegnung war Jackson auffallend teuer gekleidet. Er trug ein schwarzes Ledersakko und darunter schwere goldene Ketten auf der nackten Haut. Vorn am Steuer saß Chui und kaute auf einem Kaugummi herum.
»Wo bist du gewesen, Alter?«, fragte Jackson.
Es blieb Torben nichts anders übrig, als etwas zu erfinden. Hätte er die Wahrheit gesagt, würden sie ihn für verrückt erklären oder an der nächsten Straßenecke wieder rauswerfen. Kontakte zum Geheimdienst, ob freiwillig oder nicht, galten als No-Go in der Hackerszene.
»Nach dieser Scheißaktion bin ich erst mal abgedreht. Ich habe zwar noch Geld, aber wegen der Razzia, die ich dir zu

verdanken habe, ist mein Pass weg. Du schuldest mir einen Gefallen, würde ich sagen.«

Jackson musterte ihn verächtlich. »Dass du Geld hast, sieht man, du Spinner. Aber du stehst doch auf der Fahndungsliste. Wenn du willst, dass wir dir helfen, musst du jetzt etwas für uns tun.«

Torben zerrte an seiner Krawatte. Es war ungewohnt, mit Schlips und Kragen herumzulaufen, und ihm war mit einem Mal heiß. »Ich sag es noch mal, ihr solltet unbedingt alle Aktionen stoppen, wenigstens vorübergehend. Das ist mein voller Ernst. David hat keine Chance mehr gegen Goliath.«

Ohne eine Erklärung hielt Chui in einer dunklen Seitenstraße und blendete das Licht ab.

Was jetzt? Torbens Augen weiteten sich.

Jackson stieg aus, öffnete den Kofferraum und holte ein kleines Gerät mit einem runden Metallbogen heraus.

»Raus mit dir!«, schrie er. »Wir können dir nicht vertrauen. Ich bin mir nicht mehr sicher, in welcher Mannschaft du eigentlich spielst.«

Torben verstand kein Wort. Was sollte dieser Wutausbruch?

»Wo hast du die Wanze?« Jackson zerrte Torben aus dem Wagen, riss ihm das Jackett vom Leib und überprüfte es mit dem Metalldetektor. Das Gerät blieb stumm. Nun ging er auf Torben zu, der verschreckt sein Kleingeld aus der Tasche holte und auf den Cadillac legte. Akribisch strich Jackson mit dem Detektor über Torbens Hose, über seine Schuhe sowie über die Knöpfe seines Hemds. Dann gab er Torben das Jackett zurück.

»Okay, bist sauber.« Er wirkte dennoch verunsichert.

»Shit, seid ihr jetzt endlich fertig?«, forderte Chui durch das geöffnete Wagenfenster. »Da hinten steht ein verdammter Cop!«

Hastig stiegen sie wieder ein und fuhren weiter.
»Nachdem wir das geklärt haben, sollten wir überlegen, wie es weitergeht«, sagte Jackson. »Du kannst nicht unerkannt durch die Staaten kommen. Es gibt ein neues Überwachungssystem, das wir noch nicht gecheckt haben. Es ist sehr effektiv. Die Bullen haben sogar Leute von uns erwischt, die sich aufs Land zurückgezogen haben, wo es keine Kameras, kein Internet und keine Drohnen gibt. Trotzdem spürt man sie auf.
»Wie bitte? Wie soll das funktionieren?«
»Die Schweine haben sich irgendwas ausgedacht, was unabhängig vom Netz ist. Es wird eng für uns.«
Torben schluckte. Das galt auch für ihn. »Wo fahren wir eigentlich hin?«
Jackson lehnte sich zurück. »In die geheime Zentrale von Commander Zero – mit anderen Worten: zu mir.«
Jackson war Commander Zero? Torben fiel die Kinnlade herunter. Hinter dem berühmt-berüchtigten Hacker, der absoluten Legende der Szene, verbarg sich dieser Mann mit den grünen Haaren?
»Oder hast du Angst vor der Höhle des Löwen?«

31

Washington D.C.

Es war kurz nach Mitternacht. Ernüchtert waren Nova und Kilian am frühen Abend in ihr Hotel zurückgekommen, nachdem Smith sie so feindselig abserviert hatte. Nova hatte während des Abendessens kaum ein Wort gesagt und schlief bereits in ihrem Zimmer. Der Besuch bei Smith hatte ihr ge-

reicht. Kilian hingegen war noch voller Energie. Bereit, sein Bestes zu geben, um Torben zu finden. Am Nachmittag hatte er sich ein Prepaidhandy besorgt und versuchte nun ununterbrochen, Leute zu erreichen, die er aus seiner Zeit bei der Washington Post kannte. Seit anderthalb Stunden hockte er schon in der Hotelbar.
»Mist, so komme ich nicht weiter«, murmelte er vor sich hin, nachdem er wieder vergeblich eine Nummer eingetippt hatte.
Die Kellnerin kam und stellte ihm einen Scotch hin. Gerade als Kilian den ersten Schluck nehmen wollte, sah er, wie ein alter Mann mit einem blauen Mantel und einer schwarzen Ledertasche unter dem Arm die Hotellobby betrat.
Er sprang auf und lief dem Mann entgegen. Er lässt uns also doch nicht hängen, dachte er erleichtert.
»Rogan, was tust du hier?«
»Ach, Junge, ich muss mich bei dir entschuldigen, aber in meinem Alter ist man nicht mehr so darauf erpicht, heiße Eisen anzufassen.« Smith nahm seinen grauen Filzhut ab.
Er sah sich um. »Setzen wir uns irgendwohin und schauen mal, was deinem Freund passiert sein könnte.«
Seine Augen wirkten fahl und glanzlos. Die aufreibenden Jahre bei einer Tageszeitung hatten ihren Tribut gefordert. Wenn er nachts nach Hause gekommen war, musste er erst einmal seinen Adrenalinspiegel senken. Das ging nur mit ein paar Whiskys. Und nach der dritten Scheidung war er ihm zum besten Freund geworden.
Kilian führte Rogan an die Bar. »Was hast du für mich?«, fragte er gespannt, während sie sich setzten.
»Das Projekt Mkultra«, sagte Rogan und zog zittrig einige Unterlagen aus der Ledertasche. »Erinnerst du dich? Mkultra stand auf dem Memo über die gesperrte Datei. Eine längst abgewickelte Geschichte. Du findest im Internet fast nur die

üblichen Verschwörungstheorien dazu.« Er machte eine Kunstpause. »Die Wahrheit sieht anders aus.«

»Erzähl schon!«

»In den Sechziger- und Siebzigerjahren hat die CIA neue Verhörmethoden getestet. Es ging unter anderem um die Entwicklung eines Wahrheitsserums für die Vernehmung von Sowjetspionen. Mit anderen Worten: Psychopharmaka. Darüber hinaus erforschte man Möglichkeiten der Gedankenkontrolle.« Spontan erinnerte sich Kilian an den Film »Einer flog über das Kuckucksnest«, in dem Jack Nicholson ein Opfer des angeblichen Programms gespielt hatte. Der Rest war Spekulation. Glaubte man jedoch den Stimmen einiger Kritiker, dann hatte ein großer Teil der damaligen Experimente gegen US-amerikanische Gesetze verstoßen.

»Das hat nichts mit Netzzensur zu tun«, warf er ein. »Wo ist der Zusammenhang?«

Smith nahm, ohne zu fragen, Kilians Glas. Er schloss die Augen, als er den Scotch hinunterstürzte. »Moment, kommt gleich. Da die CIA die Ergebnisse als wertlos einstufte, wurde das Projekt Ende der Siebzigerjahre eingestellt. Danach beschäftigten sich gleich mehrere Untersuchungskommissionen des US-Kongresses mit der Aufarbeitung.«

»Alles gut und schön, aber das ist doch Schnee von gestern.«

»Richtig, mein Junge.« Smith rutschte vom Barhocker und zog mit steifen Bewegungen seinen Mantel aus. »Aber solche Projekte können unbemerkt wieder zum Leben erweckt worden sein. Ich bin mir sogar ziemlich sicher. Warum allerdings Peter Norris darin verwickelt sein könnte, ist mir schleierhaft. Er ist seit über zwanzig Jahren raus aus dem Geschäft – übrigens der raffinierteste Verräter, den die Firma je verkraften musste.«

»Ach, du große Scheiße! Das ist also der Grund, warum sie

Torben an die Wäsche wollen. Sie denken, er spioniert für ihn?«

Plötzlich wurden Smith' Augen klarer, sein Gesicht wirkte lebendiger. »Warte, Junge, nicht so schnell. Wenn man etwas nicht versteht, muss man erst mal die richtigen Fragen finden.« Er mühte sich wieder auf den Hocker und winkte die junge Barfrau heran.

»Bringen Sie mir einen Kaffee bitte, mit Milch.«

Die Dame zwinkerte ihm zu. »Kommt sofort.«

So vorsichtig, als könnten seine Knochen bei jeder unbedachten Bewegung zerbrechen, rückte Smith etwas näher an Kilian heran.

»Die Eliten hegten seit jeher den Traum, den menschlichen Geist zu beherrschen. Dass sie das bereits mit aller Gewalt tun, siehst du ja an der Konzentration gewinnorientierter Medien. Vor vierzig Jahren gab es zweihundertfünfzig verschiedene Verlage und Medienkonzerne in unserem Land. Heute sind es gerade mal eine Hand voll. Praktisch halten sie das Monopol der öffentlichen Meinung.«

Die junge Frau servierte den Kaffee. Smith' Hände zitterten deutlich stärker, als er die Tasse zum Mund führte.

»Bringen Sie mir auch noch einen doppelten Whisky.«

»Muss das sein?«, fragte Kilian. Er nestelte am Kragen seines Polohemds herum.

»Ja, muss es«, insistierte sein alter Freund. »So, weiter im Text. Das alleine dürfte bestimmten Interessengruppen nicht gereicht haben, und hier kommt das Tavistock Institute in London ins Spiel. Von dem Laden gingen schon einige Strategien zur Manipulation der öffentlichen Meinung aus. Sie wurden von der Mehrheit unserer intellektuellen Eliten dankbar übernommen. Dazu gehörte die Taktik, Probleme in den Nachrichten immer so zu gestalten, als könnten nur bestimmte Politiker sie lösen. Das Ziel ist es, Angst zu erzeugen, eine ständige Schockstarre. Das ist bis heute die wichtigste Aufgabe der Medien.«

In Kilians Kopf flammte ein migräneartiger Schmerz auf. »Du meinst die sogenannte Konsensfabrik? Torben hat sich da ziemlich reingesteigert …«

»Ja, genau. Das Geschäft mit der Manipulation der Meinung beherrschen die Machthaber schon lange.« Smith wurde lebhafter. »Viel wichtiger – oder sagen wir: effektiver – ist es jedoch, wenn du gleich die Führer beeinflussen kannst. Deshalb wurden Filterstrukturen geschaffen, um ausschließlich loyales Personal an die politische Macht zu bringen. Gekaufte Politiker, um genau zu sein. Gezielte Wahlkampfspenden, frisierte Meinungsumfragen und inszenierte Skandale taten ihr Übriges.«

Kilian rieb sich seinen hämmernden Kopf. Das waren Erklärungen, die er bisher als weltfremde Gerüchte abgetan hatte. Aus dem Mund von Smith klangen sie alles andere als weltfremd, eher beängstigend real.

Gierig nahm sich der alte Journalist das Glas, das die Barfrau vor ihm hingestellt hatte. Bevor er weitersprach, trank er einen Schluck. »Schaffst du es, die Führer zu lenken, und zwar mit oder ohne ihre bewusste Kooperation, beeinflusst du automatisch die Gruppe, die sie führen. So die Theorie.« Wieder nahm er einen Schluck. »Ah, tut das gut.« Er schüttelte sich wie ein nasser Hund. »Kurz: Die Wähler werden mit Angst regiert. Resignation ist eine tolle Waffe, um Menschen zu führen. Man darf es nur nicht übertreiben, wie die Finanzkrise gezeigt hat. So, und nun ist dein Internet dran.«

Kilian verstand den Zusammenhang sofort. »Klar, ein unzensiertes Internet ist gleichbedeutend mit unabhängiger Meinungsbildung – Einsturzgefahr fürs alte System …«

Betroffen hielt er inne. Als hätte sich ein Nebel in seinem Hirn gelichtet, begriff er jetzt, dass Torben mit seinem Programm wohl die Strategie der Geheimdienste und ihrer Auftraggeber durchkreuzte. Und sich damit ebenso mächtige wie gefährliche Gegner eingehandelt hatte.

Smith registrierte, wie blass Kilian geworden war. »Dein Freund ist in großer Gefahr, mein Junge. Das fürchte ich jedenfalls.«

Kilian spürte, wie seine Schuldgefühle ihn überwältigten. Sein Puls beschleunigte sich. Am liebsten hätte er sich selbst geohrfeigt. In den Nachrichten hatte er erfahren, dass jeder Hacker von nun an als Terrorist galt. Und er hatte Torben seinen schlimmsten Feinden ausgeliefert.

Rogan Smith trank seinen Whisky aus und wischte sich über den Mund. »Gutes Zeug. Also, was hat dein Freund eigentlich genau angestellt?«

»Er hat ein hocheffektives Sabotageprogramm ins Netz gesetzt. Außerdem hat er sich wegen Norris in die CIA gehackt, um rauszubekommen, wie die Zensur im Internet umgesetzt werden soll.«

Smith hob zwei Finger seiner rechten Hand, um seinen Wunsch nach zwei weiteren Drinks zu signalisieren. Es war ihm anzusehen, wie sehr ihn dieses Gespräch anstrengte. Er hatte wohl schon vorher einige Gläser gekippt. Doch Kilian ließ nicht locker. Er ahnte, dass dies vielleicht die letzte Gelegenheit war, mit dem ausgebrannten Mann zu reden.

»Jetzt nicht schwächeln, Rogan. Was wird passieren?«

Rogan Smith riss sich zusammen.

»Jeder weitere Versuch, die Realität umzudeuten, vergrößert den Widerstand der Menschen. Bis sich der Druck so gewaltig entlädt, dass es zur Eskalation kommt. Mit dem Zusammenbruch des internationalen Geldsystems rückt der Zeitpunkt näher. Dein Freund ist zweifellos eine wichtige Schachfigur inmitten dieser letzten Schlacht.«

Die junge Frau brachte die neuen Drinks. Auch Kilian hatte jetzt das dringende Bedürfnis nach einem kräftigen Schluck. Mit jedem Mosaikteil, das Rogan ihm präsentierte, wurde das Bild düsterer. Und die Aussichten für Torben schlechter.

»Kann man denn gar nichts mehr für Torben tun?«

»Das, mein Junge, überlass mal ganz mir«, sagte Smith mit einem listigen Ausdruck in den Augen.

32

New York – Manhattan

Nach einer halben Stunde Fahrt hielt Chui vor einem heruntergekommenen zweistöckigen Haus. An mehreren Stellen war der Putz von der Fassade abgefallen, die Fensterläden hingen schief in den Angeln. Die Gegend wirkte wenig vertrauenerweckend. Die meisten Straßenlampen waren defekt, überquellende Müllbeutel säumten die Fahrbahn.

Mit einem mulmigen Gefühl folgte Torben Chui und Jackson durch einen verwahrlosten Vorgarten in das Haus. Im Erdgeschoss schloss Jackson eine hölzerne Wohnungstür auf, deren Lack abgeblättert war. Er ließ Torben und Chui den Vortritt.

Ganz anders, als Torben es erwartet hatte, war das Wohnzimmer relativ geschmackvoll eingerichtet. Wenige ausgefallene Designermöbel verliehen dem Raum eine individuelle Note. Neben einer weiß lackierten Bar mit passenden Barhockern stand ein opulentes schwarzes Ledersofa mit einem

niedrigen Couchtisch davor. Die Tischplatte war bedeckt mit halb leeren Gläsern, schmutzigen Tellern und überfüllten Aschenbechern, von denen ein abgestandener, muffiger Geruch ausging. Gegenüber stand ein überdimensional großer Flachbildschirm, auf dem Boden lagen Zeitschriften herum. Ein vertrautes Setting für Torben.
Er betrachtete die gerahmten Schwarz-Weiß-Fotos an den Wänden, Impressionen aus der Bronx und Momentaufnahmen aus der Subway.
Torben kannte die Motive. Der Fotograf Walker Evans hatte in der Krisenzeit zwischen 1938 und 1941 Menschen in der New Yorker U-Bahn mit der Kamera festgehalten. Dazwischen hingen Porträts, die der Tradition von Evans zu folgen schienen. Die Bilder zeigten Wall-Street-Demonstrationen kurz nach dem Ausbruch der Finanzkrise, Gesichter von wütenden, enttäuschten Menschen. Es waren intime Einblicke in Ängste, die jenen der Dreißigerjahre glichen. Ob sich die Geschichte wiederholen würde?
»Komm schon, ich zeige dir mein Reich.« Jackson bedeutete ihm zu folgen. Über eine Treppe im Flur der Wohnung ging es hinunter in den Keller.
Wie Torben schon vermutet hatte, war dort der Rechnerraum. Auf knappen zwanzig Quadratmetern standen mehrere Bildschirme und Rechner auf wackligen Tischen. Die Luft war zum Zerschneiden. Torben witterte sofort den Elektrosmog.
Fünf Rechnerplätze gab es, alle Computer waren hochgefahren. Eine der Wände war blau gestrichen, davor stand eine Kamera. Auf dem Tisch daneben lagen eine Guy-Fawkes-Maske und eine schwarze Perücke.
Auch von hier aus werden also die berühmten Drohbotschaften der Anonymous gesendet, dachte Torben fast ehrfürchtig. Nächtelang hatte er sich die Messages im Netz an-

gesehen. Es war seltsam, das alles jetzt aus nächster Nähe zu erleben.

Während Chui sich in einem abgewetzten Sessel zusammenrollte, setzte sich Jackson an einen Rechner und öffnete das Forum anonworkblog.

»Mal sehen, ob das Internet wieder funktioniert. Ich will noch schnell eine Nachricht über den gelungenen Angriff auf das Justizministerium absetzen.« Er lachte bitter auf. »Das ist die Rache für die letzte Verhaftungswelle. Der Jüngste, den sie erwischt haben, war gerade mal dreizehn. Die da oben drehen langsam durch.«

Gespannt sah Torben ihm über die Schulter. Für den Bruchteil einer Sekunde erschien die Analysemaske auf dem Monitor, die er selbst in Stockholm programmiert hatte. Doch im nächsten Moment war sie wieder verschwunden, und Jacksons Nachricht wurde automatisch gelöscht.

»Tja, Alter, dein Programm leistet ja ganz tolle Arbeit«, sagte sein Gastgeber spöttisch. »Scheinbar hast du denen eine Steilvorlage geliefert, um es für ihre Zwecke zu nutzen, und sie zensieren das Web schon.«

Torben gab sich Mühe, den Schock darüber zu verbergen, dass Spygate Fehler hatte. Irgendwas lief richtig schief, da der Countdown eigentlich noch nicht beendet war. Die Geschwindigkeit, mit der alles funktionierte, war gespenstisch. War sein Programm die Ursache für dieses Chaos? Konnte es sein, dass die CIA es geknackt hatte und Teile sogar dafür verwendete, das Netz zu zensieren? Nein! Unmöglich. Da war er sich sicher!

Missmutig stand Jackson auf, ging zu einem verbeulten Kühlschrank und holte zwei Bierdosen heraus. Er öffnete sie und hielt Torben eine hin. Chui bediente sich selbst. Er schien hier wie zu Hause zu sein.

»Wie kommst du darauf, dass die mit meinem Programm arbeiten?«, fragte Torben vorsichtig.
Jackson setzte die Bierdose ab. »Sobald bestimmte Schlüsselsätze, also nicht nur einzelne Wörter vorkommen, ist Schluss mit lustig. Wir haben rausgefunden, dass es auch nur bestimmte Rechner betrifft. Man kann also nicht von totaler Zensur sprechen, aber es ist zu dem Zeitpunkt losgegangen, als *du* deinen Wurm abgesetzt hast.«
Torben trat wütend ein paar Kabel beiseite, die den Boden bedeckten.
»Jetzt reicht's mir! Ihr seid ja alle paranoid, Anonymous, die CIA, einfach alle. Das Programm dient der Transparenz, du Irrer. Es kann unmöglich zur Spionage verwendet werden. Ich bin nicht hier, um mich anpöbeln zu lassen. Ich will nur wissen, wie ich sicher nach Washington komme. Meine Nerven liegen blank, okay?«
Jackson drehte sich zu Chui um und hob gleichgültig die Schultern. Dann wandte er sich wieder Torben zu.
»Weißt du, was merkwürdig ist? Sie sabotieren längst nicht alle kritischen Sites.«
Torben verdrehte die Augen. »Das ist doch klar. Würden sie das tun, und das auch noch global, würde es zu einem weltweiten Aufschrei kommen. Das, was du hier erlebst, ist bestenfalls ein Test für das, was dem Netz noch bevorsteht. Mein Programm wird zeigen, wer das gerade zensiert hat, sofern es denn überhaupt noch startet!«
Er drängte Jackson zur Seite und setzte sich an den Rechner. Chui war aufgestanden und stellte sich neben Jackson, der erregt sein grünes Haar verzwirbelte. Mit rasanter Geschwindigkeit öffnete Torben ein Hackertool von Anonymous.
»Hey, was machst du?«, protestierte Jackson. »Ich will hier keine Bullen anlocken!«

»Lass dich überraschen.« Er tippte unbeirrt weiter.

Chui hechtete an Jackson vorbei und entriss Torben die Tastatur. »Ist saugefährlich. Wir machen das besser mobil, im Auto.« Jackson nickte und klemmte sich einen Laptop unter den Arm.

»Wir machen eine Spritztour nach Washington. Wir sind an etwas dran, was extrem wichtig für uns alle ist. Regierungsdokumente, du weißt schon. Aber dazu müssen wir sicher sein, dass uns dein Programm nicht verrät. Wenn du es eliminiert hast, setzen wir dich sicher vor der schwedischen Botschaft ab, ist das ein Deal?«

Das war ein Deal, wenn auch ein zweifelhafter. Er hatte etwas Luft zum Durchatmen bekommen. Wie paralysiert war er von dem Gedanken gewesen, dass er nur noch die Wahl zwischen einem Gefängnis in Schweden und der Hinrichtung in den Staaten hatte. Er stand zwischen zwei Fronten, die unbedingt den digitalen Krieg führen wollten. Immer deutlicher zeichnete sich Torbens Situation ab. Seine Bemühung, den Cyberwar zu beenden, hatte vielleicht genau das Gegenteil bewirkt. Es war, als würde sich jetzt der ganze Wahnsinn auf seine Person fixieren. Er hatte nur die Wahl zwischen Pest und Cholera. Wie ein verdammter Gutmensch hatte er alles erdacht und angepackt. Für ihn blieb nur diese kleine Hoffnung, jetzt fliehen zu können. Wenn auch sein Verstand ihm sagte, dass diese beiden Freaks sehr wahrscheinlich im Gefängnis landen würden oder gar auf dem elektrischen Stuhl.

Jetzt spürte er, wie angespannt er war. Seine Glieder schmerzten ihm wie bei einer schweren Grippe.

»Mann, Alter, du bist ja voll durch den Wind.« Jackson hielt Torben ein halb vertrocknetes Muffin hin, das neben dem Rechner gelegen hatte. »Bestimmt Unterzuckerung.«

Torben stopfte sich den Muffin in den Mund. Wahrscheinlich

war er wirklich unterzuckert. Die letzte Mahlzeit war lange her.
Jackson sah ihm grinsend zu, dann fuhr er den Rechner herunter. »Nichts wie weg hier!«
Draußen vor der Tür war es stockdunkel. Die Straße war menschenleer, bis auf einen alten Mann, der mit seinem struppigen Hund den Gehsteig entlangschlurfte. Torben setzte sich auf den Rücksitz des Cadillacs, öffnete den Laptop und regulierte die Helligkeit des Bildschirms auf ein Minimum.
In mäßigem Tempo fuhr Chui los. Nur vereinzelt sah man noch Lichter in den Fenstern, so weit nach Mitternacht war hier kaum noch eine Seele wach. Jackson hatte sich zu Torben gesetzt und legte seine Hand auf die Tastatur.
»Keine Warnungen oder andere Mails an Freunde. Nichts, was auf dich hindeuten könnte, sonst blasen die uns weg.« Zum ersten Mal war der coole Koloss nicht mehr cool. »Wir müssen raus aus der Stadt, dann kannst du loslegen. Aber du gehst alle vier Minuten offline, verstanden?«
Torben nickte.
Ausgepowert lehnte er sein Gesicht an die kühle Scheibe des Wagenfensters. Was er auf Jacksons Monitor gesehen hatte, gab ihm Rätsel auf. Er musste einen Fehler bei der Programmierung gemacht haben.
Tausend Theorien schossen ihm durch den Kopf. Er hatte längst erkannt, dass sein Programm nicht perfekt war. Am meisten fürchtete er, dass dieser Robert Miles schon irgendetwas mit seinem Programm angestellt haben könnte. Er starrte in das Dunkel der Nacht, das von den vorbeifliegenden Lichtern der Straßenlaternen durchschnitten wurde.
Neben ihm brütete Jackson vor sich hin, in seine eigenen Überlegungen versunken.
»Der Mega-GAU wäre es, wenn du das Freenet infiziert hät-

test«, meldete er sich nach einer längeren Pause wieder zu Wort. »Für den Fall brauchen wir eine Lösung.«
Schläfrig sah Torben weiter aus dem Fenster. Er hatte das Gefühl, den Überblick zu verlieren. »Ja, ja, der alte Traum vom alternativen Internet«, kommentierte er abwertend.
Jacksons Finger hatten sich in seine Goldketten verhakt, die leise auf seiner Brust klimperten. »Genau. Große Sache.« Sein Tonfall steigerte sich ins Theatralische. »Ein Ort ohne Hierarchien. Egal, ob schwarz oder weiß, Mann oder Frau, alle User wären garantiert anonym und gleichberechtigt.«
Torben hatte die Idee eines alternativen Internets immer skeptisch verfolgt, da ihm nicht einleuchtete, warum dort nicht die gleiche Spionage des Staates Einzug halten würde wie im gewöhnlichen Internet. Doch ein paar Wochen zuvor war die erste Version eines alternativen Internets weltweit über zivil verwaltete Server online gegangen.
»Es kann natürlich sein, dass dein Scheißprogramm alles zunichtemacht. Jackson knuffte ihn in die Seite. »Nicht einschlafen, Superhirn. Also, was sagst du?«
Torben rutschte tiefer in seinen Sitz.
»Na jaaa«, antwortete er gedehnt, »löschen kann ich das Programm wahrscheinlich nicht mehr, bestenfalls seine Potenz schwächen. Keine Ahnung. Seit ich auf der Flucht bin, habe ich keine Minute mehr an einem Rechner gesessen.«
Jackson rieb sich das Gesicht.
»Okay, bis Washington hast du Zeit. Wir ändern alle paar Sekunden die IP-Adresse. So sollten wir unbehelligt durchkommen.«

In sicherem Abstand folgte das FBI dem schwarzen Cadillac. June Madlow wartete währenddessen am New Yorker JFK in einem startbereiten Helikopter. Ihr Handy klingelte.

»Madlow, hier Clark. Wie es aussieht, schlagen wir heute Nacht gleich zwei Fliegen mit einer Klappe. Das FBI bekommt durch Arnström Zugriff auf Commander Zero, einen der wichtigsten Hacker der Peoples Liberation Front. Ich habe Anweisung gegeben, dass wir möglichst lange warten, bevor wir sie hochgehen lassen. Miles ist sicher, dass Arnström versuchen wird, sein Programm anzusteuern. Damit besteht die Chance, dass er an den Code kommt. Das bedeutet, dass er das Programm endlich knacken kann.«
Die Agentin starrte auf das Rollfeld des Flughafens, das taghell erleuchtet war und auf dem trotz der späten Uhrzeit unablässig kleinere Maschinen starteten und landeten. Nur widerwillig hörte sie zu. Es widerstrebte ihr zunehmend, wie zynisch ihr Chef diesen kleinen schwedischen Hacker für seine Zwecke nutzte. Für sie war längst klar, dass der Kerl unfreiwillig zwischen die Fronten geraten war.
»Den Zugriff überlassen wir dem FBI«, erläuterte Clark die weitere Vorgehensweise. »Ich bin denen noch was schuldig. Als Dank wird uns das FBI öffentlich gut aussehen lassen. Mal sehen, vielleicht können wir mit der konzertierten Aktion den Präsidenten davon überzeugen, dass die enge Zusammenarbeit von CIA und FBI von Vorteil ist.«
Was für ein schlauer Fuchs, dachte June Madlow. Nicht nur, dass Clark den Präsidenten ködern wollte – zugleich kickte er damit seinen Stellvertreter Eliston aus dem Rennen. Wäre es nach Eliston gegangen, hätte man Torben Arnström schnurstracks in die Folterkammer geschickt. Doch der CIA-Boss hatte drauf bestanden, ihn als Lockvogel einzusetzen. Eine gerissene Taktik, die Eliston ziemlich alt aussehen ließ, wenn sie aufging.
»Alles klar, Sir!« June gab sich betont munter. »Ich warte auf den Befehl, ihn nach Whitestar zu bringen!«

Auf einmal bedauerte sie, wie oberflächlich sie Arnström im Mount Valley abgekanzelt hatte. Sie kaute auf ihrer Unterlippe, während sie weiter aus dem Fenster des Helicopters schaute. Arnström hatte wenigstens ein Ziel, ein höheres Anliegen. Und sie? Tja, sie war nur eine unbedeutende Figur in einem Spiel, dessen Ziel sie nicht einmal kannte – ganz so, wie Torben es ihr vorgeworfen hatte. Aber war es nicht ihr Leben lang so gewesen?
Ihre Gedanken schweiften zurück in ihre Kindheit, zu ihrem Vater, der bei der Armee war. Vor mehr als dreißig Jahren hatte er in West Point die Kaderschmiede der US-Armee mit Auszeichnung absolviert. Respekt vor Autoritäten und unbedingter Gehorsam waren ihm in Fleisch und Blut übergegangen. Und genauso hatte er auch seine einzige Tochter erzogen. Wie einen jungen Kadetten hatte er sie behandelt.
Seither hatte sich das Verhältnis zu ihrem Vater merklich abgekühlt. Heute lebte General William C. Madlow in der Kaserne von Fort Myers bei Washington. Besucht hatte sie ihn schon seit Längerem nicht mehr, bestenfalls zu Thanksgiving oder an Geburtstagen telefonierten sie einmal.
Ihrer Karriere war seine strenge, fast harte Erziehung förderlich gewesen. Doch wie stand es mit ihrer Selbstachtung?
Als junge Frau hatte sie sich solche Fragen nie gestellt. Sie hatte keinesfalls wie ihre Mutter werden wollen, die liebe Holly, die perfekte Hausfrau, die dem General die Schuhe putzte, die Uniform bügelte und mit den anderen Soldatenfrauen den tristen Alltag am Stützpunkt teilte. Deshalb war ihr Vater zum strahlenden Vorbild geworden. Auf seinen Vorschlag hin hatte sie sich zur Kampfpilotin ausbilden lassen.
Erst jetzt wurde ihr bewusst, wie hoch der Preis für dieses Leben war. Nicht nur, dass sie wegen ihres Ehrgeizes und ihres dominanten Auftretens wenig Glück mit Männern ge-

habt hatte. Vor allem erschien ihr die blinde Einordnung in das System plötzlich falsch.
Sie lehnte sich auf ihrem Sitz zurück und rief sich in Erinnerung, was seit dem Auftauchen von Arnström geschehen war. Er passte weder in die kriminelle Hackerszene noch war er ein professioneller Agent. Allerdings war er weit mehr als ein naiver Idiot.
Seufzend hob sie den Kopf und starrte in den nächtlichen Sternenhimmel. Ich hätte ihm besser zuhören sollen, dachte June. Am meisten aber schmerzte sie, dass sie nichts mehr für ihn tun konnte.

Chui hatte das Tempo beschleunigt, und schon nach einer guten halben Stunde bog er auf die Interstate 95 ein. Torben wurde zusehends unruhiger. Was sie vorhatten, war extrem gefährlich. Das Überwachungspotenzial der CIA hatte beängstigende Ausmaße. Allein die Satelliten konnten ihn rasend schnell erwischen.
»Vielleicht lassen mich dann auch die Bullen endlich in Ruhe, wenn ich den Schlamassel hier erledigt habe«, murmelte er vor sich hin. Geschickt öffnete er mit einer Hand die Coladose, die Jackson ihm gereicht hatte. Los jetzt, feuerte er sich an.
Jackson rückte immer näher an ihn heran. So nah, dass der Geruch des süßlichen Haargels des Hackers in seine Nase strömte. Torben war bereits bis zur Tür gerutscht und konnte ihm nicht mehr ausweichen. Ihm brach kalter Schweiß aus, als er ins Netz ging.
Verblüfft schaute Jackson zu, mit welcher Geschwindigkeit Torben Programme herunterlud, öffnete und dann die Server anwählte, auf denen sein Wurm aktiv war.
»Ich werde einiges zaubern müssen, aber keine Sorge, ich krieg das schon hin.«

Normalerweise gab es für ihn kein Programm oder System, das er nicht knacken konnte. Mit schlafwandlerischer Intuition fand er deren Schwachstellen. Doch das war jetzt anders. Jackson und seine Leute hatten es Tage versucht und nichts entdeckt. Das tröstete ihn, machte die Sache aber nicht besser. Er war durch mit der Rolle des coolen Hackers. Was die letzten Tage klargemacht hatten, war, dass er sich nach einem ruhigen Zuhause sehnte, fernab des ganzen Irrsinns, den er erlebt hatte. Immer schneller hieben seine Finger die Befehle in die Tasten. Gute zehn Fenster waren simultan geöffnet, in denen Zahlen und Buchstaben nur so herunterratterten.
»Wie machst du das? Wie kannst du in dem Durcheinander etwas finden?«, fragte Jackson erstaunt.
Anfänger, dachte Torben. Er grinste Jackson an. »Musst du vorm Pinkeln noch überlegen, wie du den Hosenstall aufbekommst?«
In Windeseile begann er, ein Programm zu schreiben, das Spygate blockieren könnte. Doch die Fahrt nach Washington würde dafür kaum ausreichen. »Hey, Chui, fahr langsamer, ich brauche mehr Zeit. Ich muss …«
Das grelle Quietschen von Reifen schnitt ihm das Wort ab. Bevor er begriff, was geschah, überholte ein schwarzer Van den Cadillac und scherte direkt vor ihm ein. Ein zweiter Van schob sich neben den Wagen, ein dritter fuhr dicht auf. Sie waren umzingelt.
»Fuck, wer sind die?«, schrie Jackson.
Mit fliegenden Fingern zog er sein Handy aus der Tasche und tippte eine Mail. Obwohl er das Handy dicht vor seine Brust hielt, konnte Torben die Botschaft lesen. Sie bestand nur aus einem einzigen Wort: Attack!
»Festhalten!«, brüllte Chui. »Ich zwinge den Van hinter uns zum Aufprall! Dann nutze ich die Lücke, um abzuhauen!«

Er bremste hart ab. Der Van hielt trotz des Bremsmanövers seinen Abstand, der vordere verlangsamte das Tempo. Chui trat das Gaspedal durch und prallte gegen die Stoßstange des Vans vor ihm. Die anderen Wagen schlossen auf. Sie drosselten das Tempo, bis die Kolonne zum Stillstand kam.

Zwei Männer mit gezogenen Pistolen stürmten zum Cadillac. Die Türen wurden aufgerissen. Ein Mann zerrte Chui so brutal aus dem Wagen, dass er mit dem Kopf auf den Asphalt schlug.

»FBI!«, brüllte er. »Steigen Sie mit den Händen hinter dem Kopf aus!«

Unfähig, sich zu bewegen, betrachtete Torben das gewalttätige Treiben. Er war völlig durcheinander. Warum war auf einmal das FBI hinter ihm her? Hatte Clark ihn zum Abschuss freigegeben? Oder galt das gar nicht ihm, sondern Jackson?

Der sagte kein Wort, aber im Scheinwerferlicht der Vans konnte Torben sein hassverzerrtes Gesicht erkennen. Er hatte vermutlich geahnt, dass es so kommen würde. Lange waren die Hacker ihren Feinden technisch immer einen kleinen Schritt voraus gewesen. Jetzt wurden sie für ihre Überheblichkeit und Sorglosigkeit bitter bestraft. Den Staat im Cyberwar zu provozieren ist mittlerweile so sinnlos, als wollte man gegen einen Tsunami anschwimmen, dachte Torben resigniert.

In dem Moment öffneten zwei weitere Beamte die hinteren Türen des Cadillacs und zerrten Torben und Jackson vom Rücksitz. Das kalte Metall der Handschellen schnitt in Torbens Handgelenke. Zwei Beamte drückten ihn gegen den Wagen und durchsuchten ihn nach Waffen, während ein dritter telefonierte.

Jackson trat wie von Sinnen mit den Füßen um sich, während er mehr abgeschleppt als abgeführt wurde. Drei Männer waren nötig, um ihn zu bändigen.

»Du bist tot, Mann, du bist so tot!«, brüllte Commander Zero in Torbens Richtung, als man ihn rabiat in einen der Vans verfrachtete.
Torbens Herz raste. Das war keine leere Drohung. Einmal hätte es noch Zufall sein können. Aber dass Jackson nun ein zweites Mal hochgenommen wurde, nachdem Torben aufgetaucht war, brandmarkte ihn als Verräter. Jetzt hatte er die weltweite Hackerszene gegen sich.
Diese Erkenntnis traf ihn wie ein Hieb mit einem Baseballschläger: Niemals hätte er sich noch einmal in Jacksons Nähe wagen dürfen, das wurde ihm schockartig bewusst. Zu spät.
Aus östlicher Richtung näherten sich zwei Hubschrauber dem kleinen See, an dem die Wagenkolonne stand. Er lag unmittelbar neben einer Brücke, gegenüber befand sich eine beleuchtete Fabrikhalle. Sonst war in der Dunkelheit kaum etwas zu sehen. Jeweils etwa eine halbe Meile in beide Fahrtrichtungen entfernt, blinkten Warnlichter von Polizeiwagen, die jetzt die Autobahn absperrten.
Knatternd landeten die Helikopter auf dem Asphalt.
»Los, los, Bewegung«, rief ein kleiner, korpulenter Beamter. Er löste Torbens Handschellen und zog seine Waffe, mit der er ihm in den Rücken stieß und ihn vor sich hertrieb. Geduckt liefen sie zu einem der Hubschrauber.
Als sich die Tür unter den kreisenden Rotorblättern öffnete, schaute Torben in das Gesicht von June Madlow. Sie wirkte müde. Vermutlich hatte sie ohne Pause an seiner Verfolgung gearbeitet.
Er stieg ein und ließ sich von June Ohrenschützer und Mikro geben.
»Verdammt noch mal«, schrie er gegen den Lärm an. »Wie habt ihr uns gefunden?«

33

Wüste Nevada – Bunker Whitestar

Der Flug erschien Torben wie eine halbe Ewigkeit. Das gleichmäßige Rattern der Rotoren zerrte unerträglich an seinen bereits angeschlagenen Nerven. Blinzelnd sah er aus seinem Bordfenster in die aufgehende Sonne. Ein paar Stunden hatte er im Halbschlaf verbracht, nun war er so wach, dass er alles überdeutlich wahrnahm, den kobaltblauen Himmel, die bläulichen Schatten der Wüstenlandschaft, die Umrisse des Bunkers.

Frustriert ließ er den Kopf hängen. Es war alles umsonst gewesen. Man sperrte ihn wieder ein. Und eine weitere Gelegenheit zur Flucht würde es nicht geben, nicht hier in dem Bunker, der einem Hochsicherheitstrakt glich.

Nach der Landung wurde er sofort in das Kommandozentrum geführt. Auf dem Weg dorthin schwieg June Madlow. Sie wirkte bedrückt, ihr herausfordernder Blick war verschwunden.

»Was ist los mit Ihnen?«, fragte Torben leise, während sie durch die altbekannten Gänge wanderten.

»Ich hatte gehofft, dass Sie etwas klüger sind«, flüsterte sie fast unhörbar. »Sie hatten die Chance Ihres Lebens, Geld in Hülle und Fülle und die Perspektive, irgendwann wieder nach Hause zu kommen.«

Mit traurigen Augen sah sie ihn an. »Machen Sie jetzt bloß keinen weiteren Fehler.«

Irgendetwas verschwieg June Madlow, das spürte Torben. War das Mitleid, was sie so beklommen machte? Wusste sie schon, was ihn erwartete?

Im Kommandozentrum hatten sich Clark, Robert Miles und

einige Mitarbeiter versammelt. Sie diskutierten erregt, als Torben und June eintraten.
»Sir, bitte schön, da haben Sie Ihren Ausreißer zurück«, sagte die Agentin zu Clark, drehte sich um und erwiderte Torbens deprimierten Blick mit einem verzerrten Lächeln.
Voller Verachtung marschierte Clark auf ihn zu und signalisierte zwei Soldaten, Torben zu bewachen. »Seien Sie froh, dass wir hier nicht in Afghanistan sind. Da hätte ich Sie jetzt standrechtlich erschießen lassen.«

Während sie zur Kantine ging, war June Madlow flau im Magen. Sie konnte nicht anders, sie mochte diesen Jungen. Leider hatte Clark ihrem positiven Bericht keinen Glauben geschenkt. Für ihn blieb Torben Arnström ein hinterhältiger Spion im Auftrag von Peter Norris. Sie verstand es einfach nicht. Normalerweise konnte Clark Menschen besser einschätzen. Der ganze Aufwand um Arnström erschien ihr übertrieben, so wie die gesperrte Akte von Norris. Oder all das deutete auf eine ungewöhnlich große Sache hin.
Wieder einmal ärgerte sie sich, dass Clark sie nicht ins Vertrauen gezogen hatte. Er sah in ihr nur die kleine Assistentin, mehr nicht. Oder weihte er sie nicht ein, weil er ihre Kompetenz fürchtete? June Madlow gehörte zu einer neuen Generation von Agenten. Sie hatte studiert, war technisch immer auf dem neuesten Stand, hatte psychologische Fortbildungen besucht. Clark hingegen war ein Haudegen alter Schule, der eher aus dem Bauch heraus handelte. Sicher wusste er, dass er der letzte Vertreter einer aussterbenden Spezies bei der CIA war.
Es war erst kurz vor Mittag, die Bunkerkantine war noch fast leer. Im Gegensatz zum überall vorherrschenden, eintönigen Grau strahlten hier die Wände schneeweiß. Effektvolle Halo-

genstrahler setzten Lichtakzente auf den polierten Stahltischen und den Tresen für die Essensausgabe.
Einige Soldaten saßen an einem Tisch, etwas abseits hockten zwei Wissenschaftler, erkennbar an ihren weißen Kitteln, eine junge, schüchtern dreinschauende Frau und ein alter Mann.
June Madlow ging zur Essensausgabe. Zwei Gerichte bot die Bunkerküche täglich für die rund fünfhundert Mitarbeiter an. Heute hatte man die Wahl zwischen Truthahnbrust und Rinderfiletsteaks.
Die Agentin warf noch einmal einen Blick zu dem Wissenschaftler, der in gebückter Haltung sein Mittagessen verschlang. Jetzt erkannte sie ihn. Er arbeitete in jener streng abgeschirmten Zone, aus der Clark sie vor ein paar Tagen ziemlich unwirsch vertrieben hatte, bevor sie sich ein genaueres Bild machen konnte. Schon oft hatte sie sich gefragt, was in dem Areal vor sich ging. Es war wie mit Blaubarts siebter Tür: Gerade deshalb, weil dieser Bereich mit der höchsten Geheimhaltungsstufe versehen war, reizte es sie, mehr darüber zu erfahren.
Nachdenklich nahm sie sich eine Portion Truthahnbrust aus einer der Schüsseln, die unter roten Wärmelampen standen. Ob sie den Mann ansprechen sollte? Oder würde das auffallen? Im Allgemeinen blieben die Angehörigen der einzelnen Abteilungen unter sich. Die Chefetage sah es nicht gern, wenn es zu viele private Kontakte zwischen den verschiedenen Hierarchiestufen gab. Diskretion war oberstes Gebot.
Neben dem Tisch, an dem der Wissenschaftler mit seiner Kollegin saß, stand ein Getränkeautomat. Madlow ging mit ihrem gefüllten Tablett hinüber, nahm sich eine Cola und setzte sich an einen Platz in seiner Nähe. Drei Tische weiter erzählten sich die Soldaten offenbar derbe Witze.
Was sie vom Tisch der Wissenschaftler aufschnappte, war zu-

nächst nur ein unverständliches Kauderwelsch, dem sie kaum folgen konnte. Die Rede war von irgendwelchen Wellen und Frequenzen und wie man sie kontrollierte. Auch das Stichwort New York fiel. Einen Reim konnte sie sich nicht darauf machen.
Dann schreckte sie auf. Direktor Clark war hereingekommen und hatte sich zu den Wissenschaftlern gesetzt, wie sie mit einem flüchtigen Blick über die Schulter feststellte.
»Orlando, Sie sind ein Weichei«, polterte er gerade los.
June Madlow durchforstete ihr Gehirn. Sie hatte den Namen schon einmal gehört. Das musste Darien Orlando sein, der Leiter der Abteilung für psychologische Kriegsführung. Auch wenn sie nicht jedes Wort verstand, begriff sie doch, dass Clark ihn unter Druck setzte.
Orlandos Stimme war lauter geworden. »Hören Sie zu. Die Zahl der verletzten Probanden steigt täglich. Die meisten werden lebenslang geistig behindert bleiben!«
Probanden, die geistig behindert bleiben? Was zum Henker machen die da?, fragte sich die Agentin. Sie kämpfte innerlich. Sie war an einem Punkt angelangt, an dem sie nicht mehr weiterwollte. Ihre Loyalität hatte ihre Grenzen. Wut über sich selbst stieg in ihr auf. Torben Arnström hatte recht. So konnte sie nicht weiterleben und alles hinnehmen, was hier gespielt wurde.
Einem der Soldaten war nicht entgangen, wie sie ihre Ohren gespitzt hatte. Er machte Clark ein Zeichen, sein Gespräch abzubrechen. Der CIA-Direktor und Orlando standen auf. Eilig verließen sie die Kantine. Sie wirkten extrem angespannt.

Eine gute Stunde saß Torben nun schon im Kontrollzentrum herum. Clark war zwischendurch hinausgestürmt und wenig später mit hochrotem Kopf zurückgekehrt. Jetzt sprach er

wieder mit seinen Mitarbeitern. Seit der frostigen Begrüßung hatte er Torben keines Blicks mehr gewürdigt, und auch die anderen Anwesenden ignorierten ihn.
Nur Robert Miles kam jetzt herüber und setzte sich zu ihm an den Tisch.
»Wie haben Sie mich gefunden?«, fragte Torben den erschöpft wirkenden Leiter des Kontrollzentrums.
Bevor Miles antworten konnte, rauschte Clark heran und drückte mit dem Finger auf Torbens Wirbelsäule, genau zwischen die Schulterblätter. Torben spürte einen Fremdkörper unter der Haut.
»Mit diesem Chip im Rücken haben Sie uns geholfen, einen der gefährlichsten Hacker dingfest zu machen. Herzlichen Glückwunsch, Mr. Arnström, das war nicht schlecht für den Anfang.«
Schlagartig wurde Torben übel. Würgend stierte er den CIA-Chef an. Wie ein Vieh hatte man ihn markiert, als er bewusstlos gewesen war, und zum Gehilfen gemacht. Er erinnerte sich, wie Jackson seine Kleidung mit dem Metalldetektor abgesucht hatte. Auf die Idee, dass ein Chip in seinem Körper verborgen sein könnte, war er genauso wenig gekommen wie Torben selbst.
Ein Mann in weißem Kittel kam herein und schaute sich fragend um.
Clark winkte ihn zu sich heran. Er zeigte auf Torben. »Das ist Ihr Patient. Sie können den Chip jetzt entfernen.«
Entgeistert wich Torben zurück. »Was? Hier und jetzt?«
»Tut gar nicht weh«, höhnte Clark. »Oder soll ich Mami anrufen, damit sie Ihnen die Hand hält?«
Blinder Hass stieg in Torben hoch. Wusste der CIA-Direktor etwa auch, dass er seine Eltern früh verloren hatte? Dann war diese Bemerkung an Perfidie nicht zu überbieten. Clark war

ein Sadist. Er hätte es vermutlich psychologische Kriegsführung genannt.

Der Mann aus der medizinischen Abteilung bat Torben, sein Hemd auszuziehen. Er holte ein Skalpell und eine Spraydose heraus. »Das ist nur wie ein kleiner Pikser«, kündigte er an.

Er drehte Torben um und machte einen raschen Schnitt, dann sprühte er das Desinfektionsmittel auf und klebte ein Pflaster auf die winzige Wunde.

Torben musterte fassungslos den kleinen, blutverschmierten Chip, den der Arzt auf den Tisch gelegt hatte. Er war nicht viel dicker als eine Stecknadel und etwa einen halben Zentimeter lang.

»Wie lange hast du gebraucht, um das Programm und den Wurm zu schreiben«, fragte ihn Miles übergangslos.

Torben riss sich vom Anblick des Chips los. »Spygate? Etwa drei Jahre.«

Miles stand auf und flüsterte Clark etwas zu. Doch Torben hatte gute Ohren.

»Kaum zu glauben, aber er ist vielleicht im Moment der Einzige, der den Zeitverlust für die Implementierung der Persönlichkeitsanalyse in Mindvision schnell genug programmieren kann. Ich würde weiter an ihm festhalten!«

Clark nahm es ohne eine sichtbare Gefühlsregung zur Kenntnis. »Lust auf einen kleinen Spaziergang?«, fragte er Torben und zeigte auf eine schwere Metalltür am anderen Ende des Kontrollraums.

Torben reagierte nicht, er hatte nur noch Augen für den Flat Screen, der die ganze Zeit über tonlos lief. Gerade wurden Bilder gezeigt, in denen Jackson mit Handschellen gefesselt aus einem Van geholt wurde und wüste Verwünschungen Richtung Kamera ausstieß. Das war auch ohne Ton zu verstehen.

Selbstzufrieden wies Clark einen Mitarbeiter an, das Gerät lauter zu stellen.

… bestätigte das FBI die Festnahme des sogenannten Commander Zero, der unter anderem für Hacks bei der Bank of America sowie für zahlreiche Attacken auf die elektronischen Zahlungssysteme verantwortlich ist. Zudem wurde er vom FBI wegen eines Angriffs auf die Website der CIA gesucht. Im schlimmsten Fall erwartet ihn die Todesstrafe. Experten gehen aber davon aus, dass er nicht unter achtzig Jahren Haft davonkommen wird.

»Tja, Ihr feiner Freund hat in den letzten Jahren einige Millionen Dollar von Kreditkarten gestohlen und einen Teil davon wie ein moderner Robin Hood in der Bronx verteilt«, erzählte Clark. »Seine Rolle als Anonymous war nur eine Tarnung. In Wahrheit wollte er Kontakt zu Leuten, die ihm zeigten, wie man die Systeme knackt.«

Irritiert wandte sich Torben dem CIA-Chef zu. »Sie meinen, er hat selber keine Ahnung vom Hacken?«

»Richtig. Aber er ist nur einer von vielen, die sich aus kriminellen Gründen in diese Szene einschleichen. Manche erpressen mit gestohlenen Daten sogar Unternehmen, die in dieser Wirtschaftslage ohnehin schon mit dem Rücken an der Wand stehen. Das sind abgefeimte Diebe, mehr nicht.«

Tatsächlich konnte Torben sich nicht erinnern, dass Jackson ihm als begabter Hacker aufgefallen war. Auch das Erstaunen, mit dem er während der Fahrt auf Torbens Fähigkeiten reagiert hatte, sprach für Clarks Version.

Verlegen begutachtete Torben seine Fingernägel. War er reingefallen? War er so naiv gewesen? Doch woher sollte er wissen, was hier die Wahrheit war?

»So viel zum Thema ehrenwerte Hacker«, setzte Clark nach. »Was ist, Lust auf einen kleinen Trip ins Labor?«

Als sie das Labor betraten, blieb Torben überwältigt stehen. In Glaskästen flogen Millionen von Fliegen und kleineren Insekten umher, darunter Arten, die er noch nie gesehen hatte. Er trat näher und entdeckte auch Hirschkäfer. Erst jetzt sah er, dass die kleine Apparaturen trugen, die aussahen, als seien sie mit dem Körper oder den Keratinpanzern verwachsen.
»Das sind unsere Hybrid Insect Micro Electromechanical Systems«, erläuterte Clark, dem Torbens Verblüffung gefiel. »Diese niedlichen Dinger dienen als Kundschafter. Sie können sogar Sprengstoff aufspüren.«
Torben erschauerte vor Ekel. Das Summen von Millionen Insekten und der modrige Geruch verursachten ihm Übelkeit. Viele Versuchstierchen lagen am Boden und schienen verzweifelt um ihr Überleben zu kämpfen. Andere flogen taumelnd umher und suchten Halt, da sie die Last auf ihrem Körper nicht mehr tragen konnten.
Denen geht es nicht besser als mir, dachte er. Ich kann das alles auch nicht mehr ertragen.
»Oh, das ist wohl nichts für Ihren empfindlichen Geruchssinn, was?«, lachte Clark, als er sah, dass Torben sich eine Hand vor Mund und Nase hielt. »Das sind ausgeklügelte Waffen. Die Bewegungsenergie der Flügelschläge wird in elektrische Energie umgewandelt. Die kann man dann für Kameras, Mikrofone und andere Sensoren nutzen.«
Auf einmal wurde Torben klar, wofür diese Tiere eingesetzt wurden. Mit ihrer Hilfe hatte man also die Hackerfreunde von Jackson auf dem Land aufgespürt. Es waren lebende Überwachungsdrohnen. Einfach pervers, dachte er.
Clark zog ihn weiter. Im nächsten Raum hockten Dutzende Schimpansen in engen Käfigen. Manche starrten apathisch vor sich hin, andere rüttelten kreischend an den Gitterstäben. Es roch nach Kot und Urin. Torben grauste es bei der Vor-

stellung, wozu diese armen Tiere dienen mochten. Eine Sekunde später wusste er es.
Nur ein einziger Affe bewegte sich frei im Raum. Er hatte einen Kopfverband, aus seinem Schädel hingen Kabel. Gerade führte ein Wissenschaftler einen Versuch mit dem Tier durch. Er war selbst über lange Kabel an seiner Stirn mit einem Rechner verbunden. Hob er die linke Hand, hob auch der Schimpanse seine Linke. Ging er ein paar Schritte zurück, bewegte sich der Affe ebenfalls rückwärts.
Clark sprach gelassen weiter, während Torben kein Wort herausbrachte.
»Das ist sozusagen unser neues Internet.« Er klopfte Torben jovial auf die Schulter. »Weiter unten sind noch Bassins mit Delfinen und anderen lebenden Drohnen. Sie sehen, das Arsenal …«
»… ist die Hölle auf Erden.«
Was hier vor sich ging, sprengte alles, was Torben sich hatte vorstellen können. Dass Clark ihm diese Geheimwaffen offenbarte, war allerdings kein gutes Zeichen. Bedeutete es, dass er diesen Bunker nie wieder verlassen würde? Schließlich hätte er sonst jedem davon erzählen können.
Ihm wurde plötzlich so schwindelig, dass er sich an der Wand abstützen musste. Er sackte fast zu Boden. Sein Rücken schmerzte, als hätte ihm jemand auf einen Nerv getreten. Das war ein Hexenschuss! Den hatte er zuletzt kurz nach dem tödlichen Autounfall seiner Eltern gehabt, ein Zeichen totaler Überforderung. Tagelang war er wie gelähmt gewesen, hilflos gefangen im Gefühl völliger Einsamkeit. Genauso war es jetzt wieder.
Langsam rutschte er an der Wand herunter und blickte gequält zu den Käfigen, in denen dicht an dicht Schimpansen eingesperrt waren.

Clark schien das überhaupt nicht zu beeindrucken. Mit beiden Händen griff er unter Torbens Achseln, zog ihn hoch und musterte dessen leichenblasses Gesicht.
Der Junge scheint wirklich nicht zu spielen, dachte der CIA-Chef. Abgebrüht ist er jedenfalls nicht. Als Kommandeur der Seals hatte er genug Gefangene gesehen und genug Verhöre miterlebt, um Torbens Reaktion bewerten zu können. Vielleicht hatte June Madlow ja doch recht, und Arnström war nur eine jämmerliche Randfigur. Kaum zu glauben, dass Norris ausgerechnet ihn als Agenten angeworben hatte.
Stirnrunzelnd kratzte sich Clark am Kopf. Andererseits war Norris sicher nicht entgangen, welche brillanten Computerkenntnisse dieser Arnström hatte. Und die brauchte er für seinen schmutzigen Krieg. So lief nun mal das Geschäft – man rekrutierte Spezialisten und neuerdings auch irgendwelche Nerds. Von dieser Sorte schmorten inzwischen Hunderte in den Gefängnissen, kaum einer hatte die dreißig überschritten.
»Geht's wieder?«, fragte er.
Torben schüttelte den Kopf. Er war einer Ohnmacht nahe, doch Clark lehnte ihn einfach an die Wand und setzte seinen Monolog fort.
»Sie haben mir in New York, im Restaurant eine einzige vernünftige Frage gestellt. Nämlich, warum ich mich überhaupt mit Ihnen beschäftige. Ich verrate es Ihnen. Peter Norris hat uns großen Schaden zugefügt. Deshalb will ich jetzt wissen, welchen Auftrag Sie haben. Ich warne Sie. Von jetzt an fassen wir Sie härter an.«
Immer noch vollzog der frei laufende Affe seine Bewegungen auf Befehl eines anderen Gehirns, wie Torben trotz seines Schmerzes mit einer Mischung aus Abscheu und Faszination feststellte.

Clark hingegen schien so daran gewöhnt zu sein, dass er dem Tier keine Beachtung schenkte.
Torben räusperte sich. »Peter war überzeugt, dass man wegen der Krise ein Projekt reaktivieren würde, an dessen Entwicklung er beteiligt war. Ich sollte für ihn in Erfahrung bringen, ob das Projekt gestartet wird. Na ja«, er strich sich mit der Hand über die feuchte Stirn, »Ihre tollen Informatiker haben bestimmt an den Logfiles erkannt, dass ich nicht weit gekommen bin. Ich habe nur Peters Akte eingesehen, mehr nicht.«
Also doch. Clarks Befürchtung, dass die Projektdaten von Norris öffentlich werden könnten, war nicht unbegründet gewesen. Wäre dieser Kerl an die Daten gekommen – nicht auszudenken.
Mittlerweile hielt sich Torben kaum noch auf den Beinen. Für einen kleinen Moment empfand Clark so etwas wie Bedauern. Doch das währte nur kurz. So ein Schwächling, ging es ihm durch den Kopf.
»Sie haben eine Grenze überschritten«, knurrte er. »Sie haben sich selbst Ihre Zukunft ruiniert. Wofür? Was hat Peter Ihnen versprochen? Warum haben Sie sich benutzen lassen?«
Ja, er war benutzt worden. Inzwischen war diese Version der Geschichte auch für Torben mehr als plausibel. Erschöpft schloss er die Augen.
»Warum? Wahrscheinlich aus meinem Gerechtigkeitsgefühl heraus. Außerdem wusste ich nicht, wie brisant das alles ist. Für mich waren es nur Daten.«
In diesem Moment begann der verkabelte Affe markerschütternd zu kreischen. Vergeblich versuchte er, sich die Sonden vom Schädel zu reißen. Sofort kamen zwei Wärter und schnallten ihn auf einem Stahltisch fest. Torben schlug die Hände vors Gesicht, dieser Anblick war zu viel für ihn. Der CIA-Boss hakte ihn unter und führte ihn hinaus.

»Nichts für schwache Nerven, was?« Er grinste.
Für Torben waren die letzten Reste seiner Welt zusammengebrochen. Wenn man solche grausamen Versuche an Primaten durchführte, dann sicher auch an Menschen. Würde er das nächste Versuchskaninchen sein? Bestückt mit Sonden, als Marionette eines skrupellosen Wissenschaftlers?
Im eisernen Griff des CIA-Direktors wurde Torben zurück zum Kontrollzentrum geleitet. Alles, was ihn noch schützte, waren seine Computerfähigkeiten. Musste er sein Wissen preisgeben, um sein Leben zu retten? Durfte er das? Aber wie lange hielt er es noch durch, den Helden zu spielen? Bis man ihn zu Experimenten missbrauchte?
Im Kontrollzentrum herrschte hektische Betriebsamkeit. Clark übergab Torben an Robert Miles, der schon auf ihn gewartet hatte. »Es geht los. Sie werden gleich Gelegenheit haben, mit Miles Ihr Programm zu löschen und …«
»Ich kann es nicht löschen!«, unterbrach Torben ihn. »Ich habe es auf der Flucht probiert – vergeblich!«
»Für solche Winseleien habe ich keine Zeit mehr.« Dann wandte sich der CIA-Boss an Robert Miles. »Sie starten jetzt und halten mich auf dem Laufenden. Morgen bin ich in London, und wenn ich zurückkomme, ist die Scheiße hier erledigt. Klar so weit? Und sehen Sie zu, dass Sie diesen kleinen Spinner auf Linie bringen.«
Miles hob erst die Schultern, dann nickte er. Jeder Widerspruch würde an Clark abprallen, diese Erfahrung hatte er schon zu oft gemacht.
»Ohne mich!« Torben atmete tief durch. »Auf dem Kongress habe ich gehört, was Sie vorhaben. Sie wollen jeden Hacker ausfindig machen, jeden Gedanken von ihnen erfahren und sie eliminieren! Genau diese Art der Spionage wollte ich verhindern!«

Clark verschränkte die Arme. »Wir wissen schon lange, was die Menschen denken, fühlen und planen, welche Sorgen und Träume sie haben und …«

»… Sie beeinflussen sie?«

»Wir wissen, wo wir sie am empfindlichsten treffen«, antwortete Clark. »Wir wissen auch, wo wir Sie treffen können, Mr. Arnström. Es gibt immer ein Umfeld. Freunde und Verwandte zum Beispiel. Der schwedische Geheimdienst hat uns gut gefüttert. Nova ist der Name Ihrer Freundin, richtig? Und dann wäre da noch Ihre niedliche kleine Nichte. Wie hieß sie noch – Svenja?«

Alles drehte sich vor Torbens Augen. Er hatte den letzten Worten mit wachsender Panik zugehört. Lieber Gott, betete er, nicht Nova, nicht Svenja. Jetzt erst wurde ihm bewusst, dass er nicht nur sich selbst gefährdet hatte. Es war furchtbar. Damit zwang Clark ihn in die Knie.

»Was soll ich tun?«, fragte er tonlos.

»Wie gesagt: Ihr Programm löschen und unsere Programme auf den neuesten Stand bringen. Willkommen bei der CIA. Wir wissen Ihre Mitarbeit zu schätzen. – Miles? Sind Sie startklar?«

Der Leiter des Kontrollzentrums setzte sich an seinen Rechner. »Ich wär dann so weit.«

Mit hängenden Schultern schleppte sich Torben zu dem Rechner. Miles schob ihm einen Drehstuhl hin, dann aktivierte er das Programm. Torben sah, dass Miles mithilfe seiner Truppe von rund zwanzig IT-Experten schon weit gekommen war. War es wirklich Miles, oder waren es seine Experten? Jedenfalls hatten sie die Programmsprache fast vollständig analysiert und übersetzt.

Clark hatte den Raum verlassen, hinter Torben postierten sich uniformierte Soldaten. Ähnlich wie Jackson ließ auch Miles ihn keine Sekunde aus den Augen. Interessiert verfolgte er, wie Torben vorging, und machte sich auf einem Block Notizen.

»Gib alles«, sagte er in einem fast solidarischen Ton. »Du bist brillant und wirst das hinbekommen.«

Vielleicht hatte man auch ihn irgendwann mit Drohungen kleingekriegt. Jedenfalls wirkte Miles nicht so, als mache ihm seine Arbeit Freude.

»Soll ich dir eine Cola bestellen? Und ein Sandwich?«

Torben nickte. »Und Paracetamol für meinen Rücken.«

Während Miles zum Telefonhörer griff und alles bestellte, machte sich Torben an die Arbeit. Unzählige Programme zur Analyse des Codes und der Programmiersprache waren bereits geöffnet. Er wusste sofort, welche Komponenten zu nutzen waren. Bei dem Gedanken, dass er jetzt in den großen Namenservern Backbone arbeitete, spürte Torben fast Ehrfurcht.

Wenig später kam eine Angestellte mit einem Tablett, auf dem zwei Coladosen und ein Teller mit Sandwiches standen, daneben lag ein Tablettenstreifen. Torben spülte zwei davon mit Cola hinunter, biss von einem Sandwich ab und widmete sich wieder dem Programm.

»Lakritz«, murmelte er. »Ich brauche Lakritz. Habt ihr das?«

»Ich glaube nicht, aber das können wir bestimmt auch besorgen.«

Miles schien ehrlich um sein Wohlergehen besorgt zu sein. Nun ja, immerhin hing von Torbens Erfolg auch sein eigener ab. Mit Clark war nicht zu spaßen. Er wollte Ergebnisse sehen, und sie hatten nur knappe zwei Tage Zeit. Ein weiteres Mal griff Miles zum Hörer.

»Und?«, fragte Torben, nachdem Miles die Bestellung weitergegeben hatte.

Miles lächelte. »Wir lassen es einfliegen. Müsste in wenigen Stunden da sein.«
Als Torben zum Wurm vorgedrungen war, zitterten seine Finger. Er nahm die Hände von der Tastatur. »Glaub mir, das kann nach hinten losgehen«, flüsterte er, so leise er konnte. Doch Miles winkte ab. »Tu es einfach.«
Während er sich durch Massen von Befehlszeilen wühlte, dachte Torben an Clarks Androhung. Es gab kein Entrinnen, wenn er die Server nicht von seiner Aktion befreien würde. Auch kein Entrinnen für Nova und Svenja. Er musste es schaffen, auch wenn es schier aussichtslos war. Oder bluffte Clark? Was nützten ihm schon zwei Tote in Schweden?
»Moment, was wird das?«, schreckte Miles auf, als Torben ein neues Programm öffnete und einen Code eingab.
»Ich versuche, an den Countdown zu kommen. Mehr schaffe ich sowieso nicht. Aber dann wird das Programm wenigstens nicht starten.«
»Na also«, sagte Miles und drehte sich zufrieden zu den Soldaten um, die die Szene mürrisch beobachteten.
Torben nutzte diesen winzigen Augenblick der Unachtsamkeit. Mit wenigen Befehlen gelang es ihm, dass er das genaue Gegenteil dessen auslöste, was er tun sollte.
Miles bekam große Augen. »Was hast du gemacht, du Irrer?«
»Keine Ahnung, wie das passiert ist. Ich wollte die Zeile für den Countdown löschen. Komisch. Dadurch ist das Programm gestartet.«
Miles schlug auf die Tasten und stoppte die Netzverbindung, damit wurden die Befehlsketten unterbrochen. »Du bringst dich immer mehr in Schwierigkeiten.« Er rollte mit seinem Stuhl zu einem anderen Rechner, schaute kurz in eine virtuelle Darstellung der Server und atmete erleichtert auf. Nichts war geschehen.

Torben hatte es nicht geschafft. Wieso warnte ihn Miles? In mehr Schwierigkeiten konnte er doch kaum noch kommen?
»Schätze, das war es erst mal!«, sagte Miles mit einem traurigen Unterton.
Miles war der Einzige, der ihn nicht feindlich behandelte. Merkwürdig, dachte Torben, vielleicht sieht er mich als Kollegen?
Torben wurde von den Soldaten gepackt und vom Stuhl gezogen. Aus dem Augenwinkel erfasste er auf einem anderen Bildschirm, dass Miles vermutlich mit einer Heerschar von Mitarbeitern an der Spiegelung des Netzes arbeitete. Wie weit sie damit waren, erkannte er nicht. Dabei konnte es nur darum gehen, das gesamte Internet und seine Inhalte auf alternative Server zu spielen, um sie von kritischen Inhalten zu befreien und wieder online zu stellen.
In diesem Moment öffnete sich die Tür. June Madlow kam herein. »Was haben Sie mit ihm vor?«, fragte sie Miles mit einem Blick auf die Soldaten, die Torben immer noch festhielten.
Er hob die Hände. »Befehl vom Direktor! Das geht Sie nichts an.«

34

Wüste Nevada – Bunker Whitestar

Clark ging durch einen der langen Korridore in Richtung des streng abgeriegelten Labors, in dem Orlando arbeitete. Am kommenden Tag würden in London Dinge ins Rollen kommen, die er sich selbst noch nicht auszudenken vermochte. Fast im Minutentakt erreichten ihn alarmierende Nachrichten aus

Europa, Russland und China, die allzu deutlich machten, wie schnell sich die Krise jetzt zuspitzte. Aus den vereinzelten Protestaktionen war eine globale Bewegung geworden, mit Demonstrationen, Blockaden und Streiks, die das öffentliche Leben an den Rand des Stillstands brachten. Die Regierungen standen unter Zugzwang, es bestand dringender Handlungsbedarf. Doch kaum ein Land hatte eine Strategie für den Fall vorbereitet, dass ein ganzes Volk rebellierte.
Der Druck wurde stärker, auch auf ihn. Clark atmete tief durch und nutzte den kurzen Augenblick der Ruhe, um seine Strategien zu überdenken. Der Fall Arnström ist so gut wie erledigt, dachte er zufrieden, der ist wie erwartet eingeknickt. Nun wurde es Zeit, sich um die zweite Stufe des neuen Waffensystems zu kümmern, damit er in London nicht mit leeren Händen dastand.
Als der CIA-Chef das Labor betrat, war Orlando mit einer kleineren Variante jenes elektromagnetischen Apparats beschäftigt, der in Manhattan seinen ersten Test bestanden hatte. In der handlichen Version hatte die Strahlenwaffe nur noch einen Umfang von etwa dreißig Zentimetern und konnte mittels einer Halterung auf der Schulter getragen werden, glich aber in der Konstruktion seinem großen Bruder. Auch der Generator war entsprechend kleiner proportioniert, sodass er in einen Rucksack passte.
In sich versunken, schraubte der Wissenschaftler gerade die Verkleidung aus Leichtmetall zu und redete vor sich hin.
»Ach Kathy, wo bist du wohl jetzt?«
Er bückte sich ächzend nach einer heruntergefallenen Schraube. »... Leid bringen wir über die Welt, nur Leid mit unserer Sucht nach Wissen. Hätte ich auf dich gehört, säße ich jetzt mit dir in einem Konzertsaal, aber sie werden sich noch wundern ...«

Unangenehm berührt, verharrte Clark auf der Schwelle des Laborraums. Er war beschämt, Zeuge dieses intimen Augenblicks zu werden, auch wenn er nur wenig von dem Gemurmel verstanden hatte. Ja, er spürte fast so etwas wie ein schlechtes Gewissen.

Knapp zwei Jahre zuvor hatte er Orlando in das Team geholt, nachdem das Potenzial seiner Forschungsergebnisse erkannt worden war. Anfangs hatte man dem erwählten Zirkel von einem Dutzend Wissenschaftlern versprochen, man werde sie nur ein paar Tage in Whitestar benötigen. Doch Orlandos Entdeckung erwies sich als zu brisant, um ungenutzt zu bleiben. Aus der Informationsveranstaltung, die das Tavistock Institute als Austausch zwischen Regierung und Forschung getarnt hatte, wurde eine Geheimoperation, um die Übertragung psychotronischer Signale militärisch anwendbar zu machen. Der CIA-Direktor hatte als Erster erkannt, wie wertvoll diese neue Technologie für den Einsatz in Undercover-Aktionen sein konnte. Deshalb hatte er Orlando gezwungen, mit Hochdruck an einem serienfähigen Prototyp zu arbeiten. Zu groß war seine Angst, dass er den Technologiewettlauf mit anderen Nationen verlieren könnte.

Ohne irgendwelche moralischen Bedenken hatte Clark den völlig überrumpelten Wissenschaftler in Whitestar festgehalten, im Namen der nationalen Sicherheit. Als Druckmittel nutzte er Orlandos schwächsten Punkt, die Angst um seine Familie. Genau genommen, handelte es sich um Erpressung, das wusste Clark.

Mit einem demonstrativen Räuspern machte er sich bemerkbar. Der Wissenschaftler fuhr zusammen. In seinen Augen stand Furcht, aber auch eine Spur Verachtung für seinen Kerkermeister. »Gute Arbeit, Orlando, morgen kommt Ihr kleines Spielzeug zum Einsatz«, sagte der CIA-Direktor aufmunternd. Er setzte sich neben einen Tisch, auf dem neben Rechnern unzählige Elektronikteile und Skizzen lagen. »Sie können stolz auf sich sein!«

»Stolz?« Orlando winkte ab. »Wofür auch immer Sie es einsetzen wollen – dies ist kein Kinderspielzeug, sondern eine extrem gefährliche Waffe. Außerdem ist ein Problem aufgetaucht.«

Clarks Mundwinkel zogen sich nach unten. »Und das wäre?«

»Dazu müssten Sie mehr von der Materie verstehen«, seufzte Orlando. »Lassen Sie es mich so erklären: Die Frequenzen …«

Clarks Handy vibrierte in seiner Hosentasche. Während er das Gespräch annahm, hellte sich seine Miene schlagartig auf. »Sehr gut, Miles. Wie lange brauchen Sie, um das Ganze zu reinigen?«

Zusammengekauert hockte Orlando auf seinem Stuhl und spielte mit einem Schraubenzieher, während er zuhörte.

»Gratulation, wusste ich's doch, dass Sie es schaffen«, rief Clark ins Handy. »Das heißt, wir starten Mindvision in spätestens einer Woche, wenn Arnström Ihnen hilft? Perfekt. Ja doch, er wird Ihnen helfen, dafür sorge ich.«

Er steckte sein Handy wieder ein und wandte sich erneut Orlando zu.

»Ihre Skrupel schmücken Sie, mein Lieber. Die Wissenschaftler, die die Atombombe entwickelten, hatten die gleichen Bauchschmerzen. Aber sie haben dadurch den dritten Weltkrieg verhindert, bis zum heutigen Tag.«

Es war nicht zu übersehen, wie angewidert Orlando von diesen simplen Binsenweisheiten war. Er stand auf und ging mit schleppenden Schritten zu Clark hinüber. Seine Stimme wirkte brüchig, als er weitersprach. »Bisher stellte sich vor allem die Frage, wie die Gehirnzellen und das zentrale Nervensystem des Menschen beeinflusst werden können.« Er setzte sich zu Clark an den Tisch. »Mein Team und ich haben diese Wirkmechanismen vor allem zu Heilzwecken erforscht. Dabei interessierte uns, wie die Zellen untereinander kommunizieren, wie sie Informationen austauschen und speichern. Letzteres spielt in der Suchttherapie eine entscheidende Rolle. Dabei kommen die elektromagnetischen Wellen zum Einsatz. Aber Telepathie, und darüber reden wir hier, erreicht noch keine nachhaltige Veränderung des Verhaltens. Sie wirkt immer nur für kurze Zeit.«

Ungeduldig wippte Clark mit seinem rechten Bein. »Können Sie nun Gedanken kontrollieren oder nicht?«

Orlando legte den Kopf schräg. »Ja und nein. Die Hormone und Neurotransmitter bewegen sich zwischen den Zellen und übermitteln dabei ihre chemischen Botschaften. Es besteht eine Wechselwirkung zwischen diesen Transmittern und den elektromagnetischen Strahlen. Inzwischen …«

»Orlando, verdammt, kommen Sie zum Punkt.«

»… lässt sich jede menschliche Verhaltensweise mittels der Wellen beeinflussen. Bisher war es aber nicht möglich, das Ganze in Form von implantierten Gedanken zu verankern.«

Orlando zog unbeirrt eine Skizze aus einem Stapel hervor, auf der verschiedenfarbige Felder zu sehen waren. Clark schaute sichtlich bemüht auf das Papier und rieb sich die Stirnfalten. »Dann habe ich vor zwei Jahren eine Entdeckung gemacht. Beim Aussenden psychotronischer Signale wird nicht die elektromagnetische Welle, sondern jedes einzelne Photon mit einer Information moduliert. Bevor es das Nervensystem und somit das Gehirn erreicht, muss es auf die Netzhautzwischenschicht treffen. Dort erfolgt die Trennung des Signals von seinem elektromagnetischen Träger, und so gelangt mit jedem Photon, quasi holografisch, die Information ins Unterbewusstsein, wo sie sich unbemerkt einnistet.

Das gelingt in Echtzeit über den Magnet-Explosionsgenerator.«
Mit halb unterdrücktem Aufstöhnen beugte sich Clark nun über die Skizze. Er wusste, dass er vor einem Genie der Hirnforschung saß. Die Leidenschaft, immer weiter in die Geheimnisse des Geistes vorzudringen, schien Orlando die Kraft zu verleihen, den Bunker überhaupt noch zu ertragen. Orlando war in seinem Element. Seine müden Züge glätteten sich, in seinen Augen lag auf einmal ein metallischer Glanz. Was er hier präsentierte, waren die Früchte seines Forscherlebens.
»Theoretisch können Sie auf diese Weise Befehle telepathisch transportieren, ohne dass sich der Empfänger darüber im Klaren ist, woher sein Gedanke kommt. Die Pointe besteht darin, dass durch die strahlengestützte Manipulation der bewusste Zugriff auf Areale wie das Langzeitgedächtnis unmöglich wird. Allerdings wissen wir noch nicht, für wie lange. Außerdem kann die Strahlung irreparable Hirnschäden anrichten. Wir haben noch zu wenige empirische Daten, um solche Schäden ausschließen zu können.«
Mit regloser Miene hatte Clark zugehört. Auch wenn er nicht alle Details verstand, so war ihm doch klar, dass sich hier ungeahnte Optionen auftaten.
»Nur weiter. Noch kann ich folgen.«
»Man muss eine spezifische Empfangsbereitschaft erzeugen«, fuhr Orlando fort. »Aber die Testpersonen hier sind allesamt in ihrer Persönlichkeit gebrochen und damit untauglich oder resistent, wie Sie wollen.«
Clark strahlte über das ganze Gesicht. Jetzt könnte er vielleicht zwei Probleme gleichzeitig lösen. Er dachte an die langwierigen Verhörmethoden in Guantánamo. Bisher hatte man den Gefangenen dort zunächst Grundbedürfnisse wie

Schlaf, Wärme, Kommunikation, Essen und Trinken verweigert und ihnen dann die rettende Hand gereicht – in der Regel bekam man daraufhin die Informationen, die man wollte. Außerhalb von Gefangenenlagern ließ sich das natürlich nicht durchsetzen. Aber mit Orlandos Waffe brauchte man das auch gar nicht mehr. Wenn sich psychische Labilität durch elektromagnetische Wellen erzeugen ließ, hatte man ein universal einsetzbares Manipulationsinstrument, sei es in Gefangenenlagern oder anderswo.

»Es ist völlig egal, ob wir einen Menschen psychisch oder physisch brechen. Wir kommen immer ans Ziel.« Seine Stimme klang kühl und berechnend. »Aber mit Ihrer Arbeit können wir uns viele Umstände ersparen, wenn ich Sie richtig verstehe.«

Der Wissenschaftler goss sich zitternd ein Glas Wasser ein und trank einen kleinen Schluck. »Ja, doch, das wäre – möglich.«

Prüfend sah er den Mann an, den er zutiefst verachtete.

»Na, das ist doch was! Wie hoch ist die Reichweite bei diesem Prototyp?«

»Sie entwickelt bei einem maximalen Abstand von fünfzehn Metern einen Radius von etwa drei Metern. Entscheidend ist, dass die Netzhaut der Person getroffen wird, und je nach Informationsmenge braucht das eine gewisse Zeit. Ich habe eine Tabelle erstellt.«

Orlando deutete auf einen Monitor, auf dem ein Diagramm zu sehen war. »Doch das alles funktioniert nur, wenn Sie zunächst eine unterbewusste Zustimmung erzeugen. Aber selbst dann können wir bestenfalls einen einzigen Gedanken platzieren.«

Verständnislos betrachtete Clark das Diagramm. Die Parameter darauf waren mit Buchstaben angegeben, deren Sinn

sich ihm nicht erschloss. »Geben Sie mal ein Beispiel, Orlando.«
Der Wissenschaftler überlegte kurz und nahm einen weiteren Schluck Wasser. »Angenommen, jemand ist drogensüchtig. Wenn er keinerlei Motivation für einen Entzug hat, wird er auch nicht den Gedanken akzeptieren, dass er mit den Drogen aufhören sollte.«
»Toll«, schnaufte der CIA-Boss.
Orlando zuckte mit den Schultern. »Was in der Massenkommunikation mit der Phrase, etwas sei alternativlos, hervorragend funktioniert, um gar nicht erst kritische Analysen aufkommen zu lassen, funktioniert nicht auf der individuellen Ebene. Verfügen Sie aber über die grundsätzliche Zustimmung, und sei es auch nur unterbewusst, können Sie mit dieser Technik für einen gewissen Zeitraum alternative Handlungen programmieren.«
Das hörte sich doch schon wesentlich besser an. Clark klatschte in die Hände und strahlte, als sei er auf dem Gipfel seiner Träume angekommen.
»Was ist, wenn ich jemanden vor die Wahl stelle, zu leben oder zu sterben? Reicht sein Angstzustand, um die unbewusste Zustimmung zu erreichen?«
Orlando schluckte. Er wurde blass. Offenbar begriff er jetzt, wie weit Clark zu gehen bereit war. Der CIA-Direktor hatte manchmal etwas Teuflisches an sich.
»So ist es«, antwortete er stöhnend. »Wenn man jemanden in seiner Existenz bedroht, steht der elektronischen Manipulation in der Tat nichts mehr im Wege.«
Clark sprang auf und schlug Orlando auf die Schulter. »Mensch, Sie kleine Laborratte, dafür kriegen Sie den Nobelpreis! Ich hab's extra nachgelesen: Seit dieser irre Harvardpsychologe Skinner in den Fünfzigerjahren von Gehirn-

wäsche gefaselt hat, warten alle auf den finalen Durchbruch! Und jetzt haben Sie die Hintertür zum Gehirn sperrangelweit geöffnet! Respekt!«
»Sagen wir besser, ich habe das Tor zur Hölle geöffnet.«
Clark ließ sich nicht mehr bremsen. »Jetzt geht's rund! Sobald ich aus London zurück bin, bekommen Sie eine passende Testperson. Wenn alles zufriedenstellend läuft, halte ich mein Versprechen, und Sie sind Weihnachten wieder zu Hause. Mit einem dicken Bonus in der Tasche.«
Erschrocken schlang der Wissenschaftler seine Arme um den Körper. »Wer ist diese Testperson? Ist Ihnen klar, dass sie zum Autisten wird oder sogar sterben kann?«
»Dieses Bürschchen hat nichts anderes verdient.«
Ohne sich zu verabschieden, stürmte Clark hinaus. Die Sicherheitstür schloss sich automatisch hinter ihm.
Auf dem Gang ballte er die rechte Faust und schlug sie gegen die Wand. Arnström ist das perfekte Versuchskaninchen, dachte er. Ich muss diesen Überzeugungstäter nur noch mit den richtigen Informationen versorgen.

35

Washington D.C.

Kilian legte das Handy beiseite, mit dem er telefoniert hatte, und sah dem Kellner zu, wie er das Frühstück servierte. Hungrig biss er in einen Käsetoast. Trotz aller beunruhigenden Neuigkeiten hatte er einige Stunden geschlafen. Gleich nach dem Aufstehen hatte er sich mit seinem Laptop in den Frühstücksraum gesetzt und weitere Details über

Mkultra recherchiert. Er dehnte seine Glieder. Rogans Informationen hatten sich als Glücksfall erwiesen.
Verschlafen kam Nova in den Frühstücksraum, der mit seinen goldgelben Seidentapeten und den cremeweißen Chippendalemöbeln eine altmodische Eleganz ausstrahlte. Sie zog an ihrer engen schwarzen Jeans, der Saum war von Metallnieten verziert, und ihr bunt gescheckter Pullover war etwas faltig, weil sie ihn in Stockholm in Windeseile in die Tasche gestopft hatte.
Der Raum war erfüllt von den Tischgesprächen der anderen Gäste und dem übermütigen Lachen einiger Kinder, die Verstecken unter dem Buffet spielten. Alles sieht so friedlich, so harmlos aus, dachte Kilian. Nichts deutete darauf hin, dass draußen auf den Straßen ein erbitterter Kampf tobte.
Nova setzte sich ihm gegenüber und sah neugierig zu seinem Laptop. »Guten Morgen Kilian. Und? Etwas herausgefunden?«
»Ja, allmählich komplettiert sich das Bild. Es gibt wieder Hoffnung.«
Mit einem Seufzer der Erleichterung nahm sich Nova ein Croissant. »Ich bin so froh, dass dieser Rogan uns nun doch hilft«, sagte sie kauend. »Wie geht es weiter?«
Unbeweglich starrte Kilian auf seinen Laptop. Er wusste nicht, wie er Nova die Situation erklären sollte, ohne sie allzu sehr zu beunruhigen.
»Rogan ist ziemlich sicher, dass Torben ausschließlich wegen seines Hacks abgefischt wurde.«
»Und das nennst du eine positive Entwicklung?«
Nova ließ ihr Croissant sinken und schaute ins Leere. Wenig war von der kecken, aufbrausenden jungen Frau übrig geblieben, die sich mit unerschütterlichem Optimismus in jeder Lebenslage zurechtfand. Eigentlich war eher Kilian derjenige

gewesen, der seine Zweifel kultivierte und überängstlich war, er, der geborene Opportunist. Nun schienen sie die Rollen getauscht zu haben. Jetzt war es Nova, die den Kopf hängen ließ.

»Hey, das wird schon«, beschwichtigte er sie. »Wir werden Torben bestimmt aufspüren. Vergiss nicht, Rogan hat immer noch ein fantastisches Netzwerk. Jedenfalls hat ihn das FBI nicht hochgehen lassen, obwohl er schon mal auf der Fahndungsliste stand. Das einzige Risiko ist die CIA.«

»Sehr beruhigend. Geht's noch? Die haben mehr Leichen im Keller, als das Jahr Sekunden hat.«

»Na, ganz genau wissen wir es ja noch nicht. Eine öffentliche Anfrage erübrigt sich leider bei diesem Fall. Rogan wird weiter verdeckt ermitteln.«

Grübelnd zerbröselte Nova den Rest ihres Croissants. »Wieso eigentlich? Wenn wir Torbens Verschwinden an die große Glocke hängen, bekommt das Ganze doch eine politische Dimension. Dann treten die Diplomaten auf den Plan, die schwedische Regierung macht Druck, und Torben bekommt ein ordentliches Gerichtsverfahren!«

»Träum weiter, Bambi. Ausgerechnet du glaubst an die Segnungen des Rechtsstaats?«

Er drehte den Laptop zu Nova, sodass sie den Text lesen konnte, der auf dem Monitor zu sehen war. Es handelte sich um den Artikel eines britischen Journalisten, der sich mit psychologischer Kriegsführung beschäftigte, unter der Headline »Das Erbe von Mkultra«.

Mit wachsender Bestürzung überflog Nova die Zeilen. Dann richtete sie ihre Augen auf Kilian. »Diese neuartigen Waffensysteme, die im Golfkrieg und bei Demonstrationen in Bahrain und Syrien zum Einsatz gekommen sind – meinst du etwa, dass sie die jetzt hier in den USA anwenden?«

»Tja«, Kilian nahm seine Brille ab und putzte sie umständlich mit der Serviette, »dem lieben Uncle Sam ist einiges zuzutrauen.« Er setzte seine Brille wieder auf und klickte einen weiteren Artikel an. Es war die Top-News der New York Times vom Morgen.

»Stromunfall an der Wall Street löst Panik aus«, murmelte Nova und sah kurz auf, bevor sie den Text zu Ende las.

Kilian winkte den Kellner heran, der gerade an ihrem Tisch vorbeiging. »Einen Cappuccino, einen Schinkentoast und einen frisch gepressten Orangensaft für die Lady, bitte.«

Nova grinste. »Das war jetzt, als wären wir verheiratet. Danke.«

»Und? Was hältst du von dem Artikel?«

»Irgendwie gruselig, aber was ist, wenn es wirklich nur ein Unfall war?«

Statt einer Antwort klickte Kilian eine Seite an, die sich mit Stromunfällen beschäftigte. Gemeinsam beugten sie sich über den Monitor und lasen.

Kilian war als Erster fertig. »Ich bin kein Physiker, aber keiner der beschriebenen Störfälle mit Stromgeneratoren wirkte sich so aus wie gestern im Financial District. Verstehst du? Die Leute waren paralysiert! Sie hatten plötzlich Panik! Das muss wie Psychofolter gewesen sein!«

»Hm. Diese Waffen gibt es doch schon länger …«

»Ja, aber sie wurden noch nie bei Demonstrationen eingesetzt. Überleg mal. Die Herrschaften bekommen allmählich kalte Füße. Auf den Straßen ist der Teufel los. Was, wenn ein Aktivist einen Sprengsatz in die New Yorker Börse schmeißt? Oder wenn Zehntausende den Amtssitz des Präsidenten stürmen? Noch mal können die nicht auf Demonstranten schießen. Da sind elektrische Felder, die die Leute beeinflussen, schon wesentlich eleganter. Keine Panzer, keine Schüsse, keine Toten.«

»Du meinst – Gehirnwäsche?« Nova hatte ihre Stimme gesenkt.

In diesem Augenblick flutete das Sonnenlicht den Raum, und ihre Iris leuchtete in einem intensiven Blau, das Kilian schon immer fasziniert hatte.

»Ich weiß, das klingt ein bisschen nach James Bond«, gab er zu. »Aber Rogan ist überzeugt, dass Mkultra weiterverfolgt wurde. Keine Ahnung, wie weit die damit sind. Gedankenbeeinflussung, der Schleichweg ins Unterbewusstsein – richtig vorstellen kann ich mir das nicht. Es sei denn, man verabreicht Psychopharmaka, was bei Menschenmassen wie im Financial District natürlich nicht infrage kommt.«

»Wer weiß, vielleicht kippen die bei Starbucks neuerdings Psychodrogen in den Cappuccino.«

Der Kellner kam und servierte ihr das Frühstück. Grinsend deutete sie auf den schaumgekrönten Cappuccino.

»Da kommt ja schon meine tägliche Dosis.«

Kilian musste lachen. Er stopfte sich den Rest seines Käsetoasts in den Mund, während er mit der anderen Hand die Begriffe Gedankenkontrolle und psychische Manipulation in das Suchfenster eingab.

»Boah, das ist ja der reinste Horror.« Er nahm seine Serviette und betupfte sich die Lippen. »Hör mal, was hier steht. Der Wissenschaftler Edgar Schein hat untersucht, dass nur brutale Gewalt das Ich zerbrechen kann. Er vergleicht die Inquisitionsfolter, die chinesische Gedankenreform und die stalinistischen Schauprozesse mit den erzwungenen Geständnissen von Guantánamo!«

Nova trank einen Schluck Cappuccino. Den Toast ignorierte sie. »Aber hier geht es doch viel raffinierter zu! Großer Gott, stell dir vor, sie könnten wirklich mit einer Strahlenwaffe Demos auflösen!«

»Technisch möglich wäre das bestimmt«, überlegte Kilian laut und fing wieder an zu lachen.

Nova sah ihn verdutzt an. »Was ist denn jetzt?«

»Wenn ich mir so mein eigenes Leben anschaue, frag ich mich, inwieweit mein Vater und mein ganzes Umfeld mich gedanklich indoktriniert haben. Dazu waren nicht mal irgendwelche Maschinen nötig.« Schmunzelnd stützte er das Kinn auf die gefalteten Hände. »Hat immerhin funktioniert.«

»Und wie gut! Der angepasste, brave Sohn, der keine Fragen stellte.«

Sie zwinkerte Kilian zu und widmete sich ihrem Frühstück, als dessen Handy auf dem Tisch vibrierte. »Rogan?«

»Junge, ich wollte dir nur sagen, dass ich mit etwas Glück morgen an jemanden von der CIA rankomme. Such du weiter nach den Forschungen im abgesprochenen Bereich.«

Etwas ratlos starrte Kilian auf den Laptop. »Ich habe schon den ganzen Morgen damit verbracht und bin auf nichts gestoßen, was mich zu Torben bringt. Wonach soll ich genau suchen?«

»Schau mal, ob du etwas über Black Budgets oder sonstige Vorfälle findest, die auf ein neues Programm hindeuten könnten.«

»Rogan, es gibt nichts im Netz. Nur ein paar Experimente mit eingepflanzten Elektroden im Hirn, um Schwerstgelähmten die Kommunikation zu ermöglichen – Stephen Hawking lässt grüßen. Ach ja, und außerdem kann man neuerdings Waffen durch Gedanken steuern.«

»Frag dich immer: Cui bono? Wem nützt es? Achte darauf, wer die Forschungsprojekte bezahlt.«

»Hm.« Kilian klickte fieberhaft die einzelnen Artikel durch, die er bei seinen Recherchen aufgerufen hatte. »Warte mal, hier ist es. Die gedankengesteuerten Waffensysteme wurden von privaten Unternehmen erforscht, aber mit Geldern der CIA finanziert.«

»Sehr gut«, lobte Rogan ihn. »Das sind die verräterischen Spuren. Schau nach einzelnen Forschern, besonderen Ereignissen oder Verknüpfungen. Streng dich an. Wir sehen uns morgen.«

»Kilian, hör mal!« Nova stupste ihn an.

In der Ecke des Hotelrestaurants stand eine halbrunde Bar, die mit Furnierholz verkleidet war. Darüber hing ein Fernseher, auf dem der Nachrichtensender CNN lief, allerdings sehr leise. Es waren die Bilder, die Novas Aufmerksamkeit geweckt hatten, eine Guy-Fawkes-Maske und der Untertitel: *Schlag gegen Anonymous.*

Wie auf Kommando standen sie beide auf und gingen zum Fernseher.

... das FBI bestätigte unterdessen, dass es sich bei einem der in der vergangenen Nacht verhafteten Anonymousaktivisten um den wegen Cyberterrorismus gesuchten Commander Zero handelt. Man vermutet, dass er für ein Sabotageprogramm verantwortlich ist, das seit Tagen das hohe Datenaufkommen in Teilen des Internet-Backbones verursacht. Ziel der Attacke waren die Domain-Name-System-Server.

Nova stieß Kilian mit dem Ellbogen an. »Aber das war doch Torbens Superprogramm!«

Kilian legte einen Finger an die Lippen und hörte weiter zu.

... für Duke Calligan, den Leiter der Abteilung Computerkriminalität des FBI, ist dies nur der guten Kooperation zwischen CIA und NSA zu verdanken. Man habe Schaden für die Allgemeinheit verhindern können und ...

Verwirrt sahen Nova und Kilian einander an.

Nova fing sich als Erste. »Denkst du, wir sind wirklich auf der richtigen Spur?«

36

London – Tavistock Institute

Es schüttete wie aus Eimern, als Clark das Tavistock Institute in der Londoner City erreichte. Es lag in der Tabernacle Street, ein mächtiger rot geklinkerter Bau im viktorianischen Stil. Die vergitterten Fenster im Sockelgeschoss und die hoch aufragenden weißen Säulen gaben dem Gebäude etwas Wehrhaftes. Davor unterstrich ein Brunnen mit vier Marmorskulpturen den imposanten Eindruck.

Zögernd verharrte Clark vor dem roten Gebäude und schaute auf das Messingschild neben der Eingangstür. Unter dem Schriftzug Tavistock Institute hing ein zweites Schild, das den Sitz der British Psychological Society anzeigte. Noch wusste er nicht, was ihn wirklich erwartete. Das Treffen war angesetzt, um in einem ausgewählten Kreis von Bankern, Managern, Politikern und Lobbyisten Maßnahmen zu erörtern, wie die weltweiten Aufstände eingedämmt werden könnten.

Der CIA-Boss begegnete diesem Kreis mit gemischten Gefühlen. Was an diesem Tag entschieden werden musste, glich einer Operation am offenen Herzen. Es waren keine Präventivmaßnahmen mehr, um die es hier ging, sondern konkrete Gegenschläge. Das barg die Gefahr, übereilt zu agieren. Andererseits war er Kämpfer genug, um die Konsequenzen nicht zu scheuen.

Während er die Treppen zum Konferenzsaal hinaufstieg, musste er in sich hineinlachen. Was hier passierte, war nichts weniger, als dass eine gut abgeschirmte Elite die Hosen runterließ. Der Zirkel, der ihn eingeladen hatte, versammelte ausnahmslos einflussreiche Giganten der Weltwirtschaft, die

sonst ein ebenso verborgenes Dasein führten wie die Heerschar von Clarks Agenten. Mit dem Unterschied, dass sie für Clark unberechenbarer waren.
Manchmal beneidete er diese Leute. Er selbst musste sich permanent vor dem Kongress rechtfertigen und kleine Brötchen backen, wenn er etwas durchsetzen wollte. Diese mächtigen Typen hingegen stellten sich weder Reportern noch irgendwelchen Politikern. Hartnäckig schwiegen sie in der Öffentlichkeit, während sie am Fortbestand ihrer Trusts, Corporates und Dynastien arbeiteten.
Die unsichtbare Weltherrschaft der Aktiengesellschaften hatte einen immensen Vorteil, dessen war sich Clark bewusst: Man konnte sie weder verklagen noch ein konkretes Feindbild entwickeln. Einen Index an der Börse konnte man nicht hassen.
Schon hörte er das Stimmengewirr hinter der gepolsterten Tür. Es wirkte so, als sei die Diskussion bereits in vollem Gange. Klar seid ihr aufgescheucht, ihr feinen Pinkel, dachte er grimmig. Bisher hattet ihr ja nichts zu befürchten. Ihr beherrscht die Märkte, die Medien und die Politik. Nur mit den Menschen habt ihr nicht gerechnet.
Einige Sicherheitsleute fingen ihn ab, verlangten seinen Ausweis und durchsuchten ihn sogar nach Waffen, was einigermaßen ungewöhnlich war. Clark ließ es mit stoischer Miene über sich ergehen. Ihn wunderten die strengen Sicherheitsvorkehrungen nicht. Hier galt die höchste Geheimhaltungsstufe. Nur noch ein Bruchteil des erlauchten Kreises zeigte sich bei offiziellen Tagungen, wie dem Weltwirtschaftsforum oder einem G20-Treffen. Das war zu riskant, denn solche Konferenzen lockten mittlerweile Tausende von Gegnern an, die nur darauf warteten, die Gesichter des verhassten Systems zu entlarven.

Bevor er die Tür zum Konferenzsaal durchschritt, griff sich Clark an die Stirn. Die letzten Tage waren nicht spurlos an ihm vorübergegangen. Er, der alte Kämpfer, hatte plötzlich Zweifel, ob es noch Gewinner in diesem Kampf geben würde. Andererseits bot sich ihm keine Alternative. Er wollte dazugehören, ein Teil der elitären Schicht sein, ein Angehöriger dieser privilegierten Machtmenschen.
Clark straffte seine Schultern und ging zielstrebig durch die Tür. Er platzte mitten in eine hitzige Debatte.
Etwa dreißig Männer saßen auf schwarzen Ledersesseln rund um einen ovalen Konferenztisch aus hellem Tropenholz. An der Längswand standen ein Buffet sowie Getränke bereit, von der Decke hing ein Beamer, der sich auf eine Leinwand an der Stirnwand des Raums richtete. Ein klassischer Konferenzraum, kühl und sachlich.
Am unteren Ende des Tisches stand ein Mann mit markanten Gesichtszügen. Er trug einen grauen Flanellanzug und eine rote Seidenkrawatte. Das Gesicht unter dem grau melierten Haar war gerötet. Mit beiden Fäusten stützte er sich auf der Tischplatte ab, während er in höchster Erregung zu den Anwesenden sprach.
»Verdammt, es war euer Job, zu verhindern, dass wir nicht noch einmal in eine solche Lage kommen. Ihr habt euch nicht abgesichert und schlicht verspekuliert. Den Kollaps habt ihr zu verantworten! Mein Gott 1800 Billionen Dollar Luft.«
Lou Strieber sah Clark hereinkommen und winkte ihn zu sich. So diskret wie möglich umrundete der CIA-Chef den Tisch, vorbei an den Herren transnationaler Konzerne, an den Bankern, Vorstandsvorsitzenden, Lobbyisten. Die meisten von ihnen kannte er nicht. Angespannt strich er über seine lederne Aktentasche, dann setzte er sich auf den freien Platz neben Lou Strieber, der sich zu ihm beugte.

»Lassen wir die Wölfe noch ein wenig heulen, und dann stellen Sie Ihren Plan vor«, flüsterte er verschwörerisch.
Ein dicker alter Mann, dessen runde Wangen bläulich angelaufen waren, antwortete dem Redner.
»Heucheln Sie doch nicht. Jeder hier weiß genau: Wer zu früh auf die Bremse tritt, hat verloren. Deshalb haben wir bisher abgewartet, aber jetzt brauchen wir einen New Deal – notfalls müssen wir ein paar Verstaatlichungen in Kauf nehmen.«
Pierre Falon, ein französischer Lobbyist aus Brüssel, erhob sich. »Das ist reines Wunschdenken! Weder die Deutschen, die Franzosen noch der US-Präsident würden das beim Gipfel durchwinken!«
Ohne sich eine Regung anmerken zu lassen, hob Lou Strieber seine Hand. »Gentlemen, wir reden hier über einen drohenden globalen Infarkt. Südeuropa gehört schon so gut wie zur Dritten Welt, vom Osten gar nicht zu sprechen. Wie soll eine weitere Milliarde Menschen an der Armutsgrenze beherrschbar bleiben? Das ist die entscheidende Frage.«
»Eure verdammte Ansicht, der Euro hätte dieses Desaster provoziert«, warf ein auffallend gut gekleideter älterer Herr mit schneeweißem Haar und einem starken spanischen Akzent in seinem Englisch ein.
Jetzt hagelte es Argumente, die wie Pfeile über den Tisch flogen.
»John, sei fair«, ereiferte sich der französische Lobbyist. »Es sind jetzt über sechs Jahrzehnte ohne Krieg ins Land gegangen, und das haben wir der europäischen Integration zu verdanken.«
Der ältere Herr zitterte vor Wut. »Blödsinn, die europäische Integration war nie auf den Euro angewiesen. Jetzt haben diese Einheitswährung und die EZB Europa in den Abgrund

gezogen. Alles lief wesentlich besser, als die Wechselkurse noch schwankten und sich die Konjunktur zuverlässig entwickelte.«

Lou Strieber, der gelangweilt seine manikürten Fingernägel betrachtet hatte, erhob nun seine Stimme, kalt und bestimmend.

»Diese Diskussion ist reine Zeitverschwendung, meine Herren. Wenn der Patient die Heilung verweigert, ist eine Operation nötig. Selbst wenn sie für einige tödlich sein könnte.«

Von einem Augenblick auf den anderen wurde es still.

»Eine tödliche Operation?«, fragte der ältere Herr entgeistert. »Was meinen Sie?«

»An dieser Stelle sollten wir uns mit den Fakten beschäftigen.« Strieber schnappte sich die Fernbedienung, die vor ihm auf dem Tisch lag, und aktivierte seinen Laptop, der mit dem Beamer unter der Decke verbunden war.

Clark sah, dass er die Verbindung zum Internet anklickte. Im nächsten Moment erschien eine Grafik auf der Beamerleinwand.

Nach der ersten Verblüffung erhob sich lautes Stimmengewirr. Clark griff nach seinem Handy und wählte mit zusammengekniffenen Lippen die Nummer von Miles.

»Was ist passiert?«, fragte er halblaut, obwohl er am liebsten gebrüllt hätte.
Die Stimme von Miles überschlug sich. »O Gott, Direktor Clark, es sind schätzungsweise fünftausend Rechner, die die DNS-Server attackieren. Das Netz ist weltweit in die Knie gegangen. Sie schicken die Anfragen nicht an die Root-Namenserver, sondern gehen einen Umweg über verwundbare DNS-Server, die wiederum die Root-Server angreifen.«
Clark spürte, wie ihm das Blut ins Gesicht schoss. Was für eine peinliche Schlappe, und ausgerechnet jetzt! Mit fliegenden Fingern fuhr er sich durchs Haar.
»Verdammt, wie lange wird der Spuk dauern?«
»Wir arbeiten dran, aber sicher eine oder zwei Stunden.«
»Zu lange, Miles«, zischte der CIA-Direktor, der die Augen der Umsitzenden auf sich spürte.
»Wir haben nicht damit gerechnet, dass Anonymous noch so viele Leute aktivieren können«, verteidigte sich Miles.
Wie immer wenn er sich in einer scheinbar aussichtslosen Situation befand, reagierte Clark mit einem logischen Switch. Schlechte Nachrichten sind gute Nachrichten, die sich nur verkleidet haben, hatte man ihm bei seiner Ausbildung eingeschärft. Vielleicht kam der Ausfall des Internets ja sogar zum richtigen Zeitpunkt. Drastischer konnte man kaum beweisen, wie angebracht die Maßnahmen waren, die er bei dieser Konferenz durchsetzen wollte.
»Sehen Sie zu, dass Sie das Netz wieder hochfahren«, raunte er. Dann wandte er sich der Runde zu, alle Muskeln angespannt wie ein Tiger, der nur auf den richtigen Moment wartete, um zu springen.
»Ich kann es mir nicht mehr mit ansehen, wie diese vermummten Chaoten uns vorführen!« Lou Strieber sah Clark vorwurfsvoll an.

»Okay, meine Herren, kommen Sie zur Ruhe.« Gerald Kennan, der Leiter des State Department, ein alerter Mittfünfziger mit Halbglatze und einer vergoldeten Nickelbrille, erhob sich.
»Was heißt hier Ruhe!«, empörte sich Strieber. »Jeder Tag, an dem das Netz ausfällt, kostet weltweit 250 Milliarden Dollar.«
»Ich denke, die NSA und die CIA kriegen das in einigen Stunden wieder in den Griff«, erwiderte Kennan mit einem Blick zu Clark, der es mit gespielter Selbstsicherheit bestätigte. »In erster Linie geht es jetzt darum, die Massen zu beruhigen. Wir haben Ihnen vor ein paar Wochen zugesagt, dass wir die Occupy-Bewegung und Anonymous unter Kontrolle bekommen. Das FBI, Interpol und die nationalen Polizeibehörden unserer Verbündeten bekommen Zugriff auf die digitalen Auswertungen der NSA und CIA. Wir nennen es die Operation Mindvision.«
»Ach, und das finden Sie etwa adäquat? Irgendeinen digitalen Hokuspokus, den Sie nachschieben, wenn längst alles passiert ist?«
Alle schauten zu dem Zwischenrufer. Er war einer der wenigen jüngeren Herren in der Runde. Nick Torices, ein erfolgreicher Börsianer aus Michigan, hatte es durch Wetten gegen den Euro zu beträchtlichem Reichtum gebracht und für die kommenden Präsidentschaftswahlen einen dreistelligen Millionenbetrag zur Verfügung gestellt. Er war ein mexikanischer Einwanderer der zweiten Generation, der sich aus dem Nichts nach oben spekuliert hatte.
»Wir haben es oft genug diskutiert«, sagte er selbstbewusst. »Wir können die Quellen nur besser schützen, aber keinesfalls nachträglich zensieren. Das würde nach hinten losgehen.«
Kennan fixierte ihn verärgert. »Von Zensur ist auch keine Rede mehr. Wir müssen das Problem bei der Wurzel packen.

Genau das tut Mindvision. In den nächsten beiden Tagen werden wir im ersten Schritt 3587 Personen aus 25 Ländern wegen Computersabotage und Hochverrats verhaften – sie wurden allesamt durch unsere digitale Auswertung identifiziert. Damit bekommen wir wieder Hoheit über die veröffentlichte Meinung.« Er hob eine Augenbraue, während er Nick Torices ironisch anlächelte. »Und das nennen Sie Hokuspokus?«

Trotz seiner Konkretisierung schauten viele Kennan skeptisch an. Auch Clark wusste, das Mindvision unzureichend war, um der Lage Herr zu werden. Mittlerweile gab es mehr als achttausend Hacker, doch diese Information behielt er erst einmal für sich.

»Außerdem haben wir ein Budget von drei Milliarden Dollar, um die Occupy-Bewegung vor den Wahlen zu diffamieren. Das dürfte reichen, um klare Verhältnisse zu schaffen«, ergänzte der Leiter des State Department seine Ausführungen.

Dies war der richtige Moment für den Tigersprung. Unvermittelt griff Clark in das Geschehen ein.

»Meine Herren, ich wundere mich, dass Sie sich noch mit Schuldzuweisungen beschäftigen, während andere bereits dabei sind, die Folgen zu verantworten. Wenn Sie die Krise nicht mit einer Umverteilung von oben nach unten beantworten wollen, müssen wir andere Maßnahmen ergreifen, und zwar jetzt!«

Verblüffte Blicke richteten sich auf ihn. Obwohl Clark einen dunkelblauen Anzug und eine Seidenkrawatte trug, fühlte er sich plötzlich als Außenseiter. So, als ob der Pulvergeruch des Schützengrabens noch an ihm haftete.

Auch Lou Strieber spürte die abweisende Haltung, die seinem Protegé entgegenschlug, und beeilte sich, ihn ins rechte Licht zu rücken. »Ich denke, ich muss Ihnen Roy Clark, den

Direktor der CIA, nicht weiter vorstellen. Er gehört für mich zu den Männern der Stunde, zu jenen, die auch unbequeme Lösungen zu diskutieren bereit sind. Bitte Roy …«

Er wippte in seinem Lederstuhl leicht auf und ab und nickte Clark zu.

»Wir befinden uns in einer neuen Phase, die neue Fragen aufwirft«, erklärte Clark. »Die Antwort mag für uns alle unerfreulich sein, aber wir sollten vor polizeilicher Unterdrückung nicht mehr zurückschrecken. Wir haben es mit Verrätern an einem System zu tun, die von dessen Segnungen lange genug profitiert haben. Es ist besser, eine starke Führung an der Macht zu haben, als eine liberale Regierung, die zu nachsichtig ist. Das können wir uns nicht mehr leisten, solange es keinen neuen Weg gibt.«

Alle schauten ihn gebannt an. Er hatte es geschafft. Die klare Ansage sorgte für absolute Aufmerksamkeit.

Nun ließ Clark einen Stapel Papiere um den Tisch gehen. »Ich stelle Ihnen jetzt einen Maßnahmenkatalog vor, für den ich alleine die Verantwortung übernehme. Er wurde von den besten Strategen meines Teams ausgearbeitet, und ich muss wohl nicht betonen, dass er strengster Geheimhaltung unterliegt. Die Maßnahmen sind höchst effizient, darüber müssen wir heute einen Konsens finden.«

Mit verschränkten Armen sah er jedem Einzelnen der Anwesenden nacheinander ins Gesicht, ebenfalls ein alter Trick aus seiner Militärzeit. »Jeder von Ihnen kann sich das Konzept durchlesen. Es liegt an Ihnen, entsprechend auf Ihre Polizeibehörden und Militärs einzuwirken – und natürlich Ihre politischen Weggefährten …«

Lou Strieber war der Einzige in der Runde, der nicht aufstöhnte, nachdem er die ersten Zeilen gelesen hatte. Er schaute zu Clark. »Bist du dir sicher, Roy?«

»Ich sehe keinen anderen Weg, um den Schaden, den dieser Pö…, diese Bevölkerungsteile anrichten, dauerhaft einzudämmen.«
Lauernd sah er sich um. Die Reaktionen auf das Papier reichten von schockiert aufgerissenen Augen bis zu kühl kalkulierter Zustimmung. Letzteres war auch aus der Miene von Torices zu deuten.
»Na ja, für meine Landsleute in Mexiko ändert sich nicht mal viel.« Er grinste, stand auf und holte sich vom Buffet ein paar Häppchen. »Aber wie viele Gefängnisse wollen Sie eigentlich bauen, Roy?«
Clark blickte Torices überlegen an.
»Kein Einziges. Das wird nicht nötig sein, wenn ich mit diesen Anarchisten fertig bin.«
Gleichmütig sammelte er das zweiseitige Konzept wieder ein, als handele es sich um Speisekarten eines Pizzaservice.
»Aber das ist völlig irre«, begehrte ein italienischer Industrieller auf, der sich bislang zurückgehalten hatte. »Vor allem sehe ich nicht, wie Sie das auf dem Gipfel den demokratischen Regierungen verkaufen wollen. Mal ganz abgesehen davon, dass in einem solchen Klima unsere Geschäfte leiden könnten, weil …«
Das war klar, dachte Clark und brachte den Bedenkenträger unwirsch zum Schweigen.
»Es ist besser, wenn wir jetzt in kleinerer Runde weitermachen. Danke, meine Herren.«
Ein Dutzend Männer erhob sich von seinen Stühlen. Was jetzt folgte, war nur für den Inner Circle von Clarks und Striebers Vertrauten bestimmt. Einige der Männer, die aufstanden, wirkten blass und niedergeschlagen. Sie wussten, dass die alte Welt und damit auch ihr Geschäftsmodell endgültig einer neuen Ära weichen würde. Die wenigen, die es

fertigbrachten, Clark beim Verlassen des Raums noch in die Augen zu blicken, zeigten ihm ihren Respekt. Obwohl sie nur einen Teil seiner Maßnahmen zu sehen bekommen hatten, schien allen bewusst zu sein, was er auf sich nahm. Letztlich hielt er seinen Kopf für Fehler hin, die sie begangen hatten.

Stoisch ließ Clark alles über sich ergehen. Er hatte erreicht, was er wollte. Diese Geldsäcke sollten zustimmen, aber sich nicht auch noch gut dabei fühlen. Es reichte, wenn sie und ihre Familien heil aus dem Schlamassel herauskamen. Er musste auf einmal an seine Frau und seine Tochter denken, die von alledem nichts wussten und es auch nie erfahren würden. Aber wenigstens hatten sie eine sichere Zukunft, wenn seine Maßnahmen zum Tragen kamen.

Als sich der Raum geleert hatte, nickte er den verbliebenen Teilnehmern zu.

»Gut. Kommen wir nun zur Operation Silent Control.«

37

Wüste Nevada – Bunker Whitestar

Torben kauerte zusammengerollt in einem weitaus weniger komfortablen Raum als nach seinem ersten Zusammentreffen mit der CIA. Genauer gesagt, war es eine Gefängniszelle: ein simples Bett, ein stählerner Schrank, sonst nichts. Die Toilette befand sich in der vorderen Ecke neben einer schweren Stahltür, eine nackte Neonlampe setzte ihn ohne Pause grellem Licht aus. Er wusste nicht, ob Tag oder Nacht war, aber er konnte ohnehin keinen Schlaf finden.

Auf dem Tisch lagen seine Jeans, ein Shirt, Sneakers und Socken, die er im Hotel zurückgelassen hatte. Offenbar hatte man alles fein säuberlich hierhergebracht und akkurat übereinandergestapelt.

Er hatte keine Ahnung, wie lange er hier schon ohne Kontakt zu irgendjemandem eingesperrt war. Unablässig zermürbte er sich sein überreiztes Hirn mit Überlegungen, was ihm jetzt drohen würde.

Nach Clarks Demonstration, wie weit die CIA bereits die digitale Überwachung und Kontrolle vorangetrieben hatte, war ihm klar geworden, welch ein erschreckend totalitäres Potenzial die digitale Zukunft enthielt. Sein Programm war ein netter Versuch, die Welt zu retten, mehr nicht. Er fühlte sich wie ein Idiot, der auf naive Illusionen hereingefallen war. Langsam, aber sicher konnte er für Norris nur noch Wut empfinden. Peter hätte ihn nie in diese Sache hineinziehen dürfen. Aber letzten Endes war er ganz allein dafür verantwortlich, dass er nun ein entrechteter Gefangener der CIA war.

Fröstelnd zog er die graue Decke von seinen Schultern, stand auf, streifte endlich das weiße Hemd ab und entledigte sich der Anzughose. Es war, als würde er eine fremde Haut abziehen. Schnell zog er sich sein Shirt und die Jeans an und legte sich wieder auf das Bett. Die Leichtfertigkeit bedrückte ihn, mit der die User das Netz so lange genutzt hatten. Arglos hatten sie ihre Träume, ihre Ideen und Visionen preisgegeben. Nun würde eine raffinierte Software sie analysieren, um sie bis auf die Knochen zu durchleuchten.

Er war so vertieft in seine Gedanken, dass er vor Schreck zusammenfuhr, als sich die Tür öffnete. June Madlow trat ein. Ihr Blick war alles andere als ermutigend, sie wirkte aufgewühlt und traurig. Ihre Ausstrahlung hatte sich seit seiner

Flucht aus dem Per Se völlig verändert. Hatte sie etwa doch Skrupel?

Torben hätte es gern erfahren, aber hier in dem Bunker waren in jeder Ecke Kameras und Mikrofone installiert. Das hatte er schon registriert. Deshalb vermied er es, sie mit seinen Fragen zu konfrontieren.

»Folgen Sie mir bitte.«

Alarmiert schlug er die Decke zurück. »Was ist los? Was ist mit dem Programm? Habt ihr es geknackt?«

Sie schwieg. Doch kurz nachdem Torben aus der Zelle getreten war, vernahm er ein geflüstertes »Halten Sie die Klappe.« Irritiert klebte er an ihrer Seite. Sie sah starr geradeaus. Nach ein paar Schritten begann sie leise, ohne die Lippen zu bewegen, zu sprechen. »Ich habe keine Ahnung. Hier geschehen Dinge, die ich auch nicht verstehe. Ich werde versuchen, etwas rauszubekommen. Dafür müssen Sie allerdings tun, was Clark Ihnen sagt, verstanden?«

»Nein, das heißt – ja.« Täuschte er sich, oder reichte ihm June Madlow einen kleinen Finger? Aus ihrer versteinerten Miene ließ sich jedenfalls nichts ablesen, weder Sympathie noch Ablehnung. »Ich befürchte zwar, dass ich nichts mehr zu geben habe, aber ich werde es versuchen«, versicherte er, ebenfalls flüsternd.

Den Blick unverwandt nach vorn gerichtet, schritt June durch die düsteren Gänge. Zwei Soldaten kreuzten ihren Weg. Sie wartete ab, bis sie die nächste Kamera passiert hatten.

»Sie wären längst in einer Bundesstrafanstalt, wenn Sie keinen Nutzen mehr hätten.«

Vor der Bunkertür zu den Labors blieben sie stehen. Zwei Kameras tasteten ihre Iris ab. Nichts tat sich, woraufhin June Madlow einen Code eintippte. Jetzt öffnete sich die Tür. Ein kantiger Typ in Uniform nahm sie in Empfang.

»Danke, Agent Madlow. Sie können jetzt gehen«, sagte der Soldat, nahm Torben am Arm und führte ihn in den Eingangsbereich.
Neugierig spähte sie über seine Schulter und konnte in einiger Entfernung Clark erkennen, der mit den Labormitarbeitern diskutierte. Er schien ihren Blick zu spüren. Als er sich umdrehte, fixierte er sie für einen Moment.
June Madlow hatte sich immer loyal verhalten, jetzt aber gab sie unverhohlen ihrer Missbilligung Ausdruck. Sie hob die Augenbrauen und schüttelte provozierend den Kopf. Im selben Moment schloss sich die Tür. Die Agentin stand regungslos da. War es zu spät?

Torben wurde in einen schwach beleuchteten kleinen Raum gebracht, wo er sich auf einen Stuhl setzen musste. Der Soldat fesselte Beine und Oberkörper an den Stuhl. Alles ging rasend schnell. Torben hatte ohnehin keine Kraft zu protestieren. Eine zierliche Frau in weißem Kittel mit einer auffällig großen Brille kam herein und klaubte ein paar Kabel zusammen, die auf dem Betonboden lagen. Kommentarlos legte sie Elektroden an seine Schläfen, ihre fahrigen Bewegungen machten es ihr schwer. Über den linken Zeigefinger stülpte sie eine Metallkappe. Mrs. Olbraine las Torben auf ihrem Namensschild.
»Was soll das werden? Ist das ein Lügendetektor?«, fragte er zitternd. Schon in der Zelle hatte er gefroren, jetzt war ihm eiskalt.
»Ich fürchte, ja.« Mrs. Olbraine verließ den Raum.
Sollen sie doch messen, was sie wollen, dachte er trotzig, dann werden sie endlich erfahren, dass ich nicht gelogen habe.
Der Raum war kalt und feucht. Von der Decke hing eine Lampe mit einem Metallschirm, die einen kreisförmigen Licht-

kegel auf die Tischplatte warf, den übrigen Raum aber im Halbdunkel ließ. Jetzt erst entdeckte Torben den Spiegel, der die gesamte gegenüberliegende Wand ausfüllte. Schemenhaft erkannte er sich selbst darin sowie den Soldaten hinter ihm.
Es war nicht gerade beruhigend, mit diesem unnahbaren Kraftpaket allein zu sein. Mit aller restlichen Energie versuchte er, seine Beklommenheit zu bezwingen.
Nach ein paar Minuten kam Clark herein. Kommentarlos legte er Torben ein dickes Buch auf den Schoß und signalisierte dem Soldaten zu gehen.
Torben schielte zu dem Buch. Auf dem Cover war das Symbol der Vereinten Nationen zu sehen und darunter der Titel: *Secret Annual global Security Report.*
»Lesen Sie das«, befahl Clark. Mit Freundlichkeiten hielt er sich offenbar nicht mehr auf.
»Wieso?«, fragte Torben, aber Clark hatte sich schon abgewandt, um die schummrige Kammer zu verlassen.
»Tun Sie es einfach, vielleicht geht Ihnen dann noch ein Licht auf.«
Und weg war er.

Orlando hatte im Nebenraum den Wellensender aufgebaut, direkt vor der Glasscheibe, die auf Torbens Seite als Spiegel getarnt war. Die Strahlenkanone war auf einem Stativ befestigt und auf Torben gerichtet. Seit gut zehn Minuten wurde er mit einer Frequenz von 7,83 Hertz bestrahlt.
Mittels des Rechners und der psychotronischen Waffe übertrug Orlando die immer gleichen Gedankenphrasen, die den Probanden umstimmen sollten. Sie korrelierten nach Annahme Clarks mit Torben Arnströms Weltbild. Nun würde sich zeigen, ob er durch die grundsätzliche Übereinstimmung, die Arnström nach Annahme des Direktors bei diesem Doku-

ment erreichen würde, empfänglich für die Botschaften in seinem Unterbewusstsein sein würde.
Vergeblich hatte er versucht, seinen Chef von diesem Experiment abzubringen. Doch Clark hatte ihm zu verstehen gegeben, dass ein tödlicher Ausgang des Versuchs für ihn nichts weiter als ein Kollateralschaden wäre. Ihn interessierte nur, dass man bei einer erfolgreichen Manipulation zukünftig alle Verhöre weitaus schneller und effektiver durchführen könnte als bisher.
»Also, haben Sie alles wie besprochen eingerichtet?«, riss der CIA-Direktor Orlando aus seinen Gedanken.
»Ja, Sir. Wir bombardieren ihn mit Nachrichten, die sein kritisches Weltbild bestätigen, zugleich aber auch Angst vor der Zukunft auslösen, wenn er sein Programm nicht löscht und hier, wie Sie es wollen, mitarbeitet.«
»Das heißt, Sie machen sein Unterbewusstsein aufnahmefähig?«, fragte Clark, stolz, die komplexen neurobiologischen Vorgänge verstanden zu haben.
»Genau, Sir.« Der Wissenschaftler ließ seine Apparatur nicht aus dem Blick. »Wir bringen ihn im wahren Sinn des Wortes auf gleiche Wellenlänge, und somit wird sein Unterbewusstsein frei für implantierte Gedanken. Die erscheinen ihm dann wie seine eigenen.«
»Fantastisch!« Gegen seine Gewohnheit zeigte der CIA-Chef, wie begeistert er war. »Wir drehen ihn also um?«
Darien Orlando lächelte schief. »Es müsste gelingen, die negativen Affekte seines Bewusstseins in positive zu verwandeln. Dann erst formt sich nämlich der implantierte Gedanke in eine Handlungsanweisung um.«
»Dann lassen Sie mal die Puppen tanzen«, lachte Clark.
Auf einem Laptop dokumentierte Orlando den Verlauf des Experiments. »Sehen Sie, das ist schon passiert.«

Zeit	Protokolleintrag
09:53 Uhr	Bestrahlung beginnt/erste Anzeichen erhöhter Aktivität im Cortex
09:55 Uhr	Photonen werden geladen/ Herzfrequenz normal

»Sie wissen doch, Details langweilen mich zu Tode«, sagte Clark herablassend. »Machen Sie Ihren Job, ich mache meinen.«

Nach einigem Zögern schlug Torben mit Mühe das Buch auf, das Clark zurückgelassen hatte. Solche Schriften der Vereinten Nationen hatte er einst während des Studiums gelesen, doch dieser Band unterschied sich dadurch, dass er auf dem Vorsatzblatt den Stempel »Geheim – vertraulich – nur zum internen Gebrauch bestimmt« trug.

Was Torben dem Vorwort des UN-Generalsekretärs entnahm, war die schonungslose Zusammenfassung der globalen Ereignisse, die in der Prognose gipfelten, der Zusammenbruch der Weltwirtschaft stehe spätestens im Jahre 2013 bevor.
Irritiert blätterte er zum Vorsatzblatt zurück. Bei diesem Bericht handelte es sich um eine alte Prognose, wenn sie auch ohne Frage prophetische Qualitäten hatte.
Die billionenschweren Rettungspakete für die Banken, so das Vorwort, würden wirkungslos verpuffen, weil die Kreditinstitute die Gelder horteten, statt sie in Form von günstigen Krediten an die Wirtschaft weiterzugeben. Dies werde die Krise weiter verschlimmern. Erst Deflation, dann Inflation.
Obwohl er nicht wusste, warum man ihn ausgerechnet zu dieser Lektüre verdonnert hatte, las Torben aufmerksam weiter. Ein Geheimdossier der UNO war viel zu verlockend,

auch wenn es schon älteren Datums war. Nach Beginn einer Hyperinflation, ausgelöst durch die Zentralbanken, würde der völlige Kollaps der Weltwirtschaft, so das Vorwort weiter, nach der Pleite des Handels und dem Konsumeinbruch, zu Massenarbeitslosigkeit, Armut, Revolten und Verelendung weiter Bevölkerungsschichten in Europa und den USA führen. Besonders dramatisch werde sich auswirken, dass der überwiegende Teil der Bevölkerung keine Ersparnisse mehr habe – anders als in der Großen Depression der 1930er-Jahre. Deshalb drohe eine Hungersnot. Erschwerend komme hinzu, dass die industrielle Lebensmittelproduktion ebenfalls zum Erliegen kommen werde.

Torben fasste es nicht. Wenn Clark das alles wusste – warum diente er dann weiter diesem System? Was wollte er mit diesem Bericht bezwecken? Ihn weiter provozieren? Oder wollte er beweisen, dass der vorhergesagte Kollaps bisher nicht eingetreten war, weil er es verhindert hatte? War Clark am Ende größenwahnsinnig?

Bevor er weiterlas, versuchte er, eine bequemere Haltung einzunehmen, was wegen der engen Fesselung jedoch unmöglich war.

Der UN-Generalsekretär schloss sein Vorwort mit einer Mahnung an die Adresse der Medien. Es sei ihre Aufgabe, jede Panikmache zu vermeiden und stattdessen für Ruhe zu sorgen. Es dürfe nicht geschehen, dass sich die Situation durch oberflächliche Sensationslust weiter verschlechtere. Daher sei es auch unumgänglich, das Internet zu zensieren, um zersetzende Äußerungen und fahrlässig in Umlauf gebrachte Verschwörungstheorien zu verhindern.

Torben seufzte tief. Was er hier las, empfand er als die längst wahr gewordene Horrorvision eines untergehenden Systems. Der Bericht hatte etwas Glaubwürdiges. Auf einmal spürte er ein merkwürdiges Gefühl in seinem Kopf. Es war, als schwebe er in Watte oder in einem Tagtraum. Verwirrt schüttelte er den Kopf und versuchte, sich wieder auf den Text zu konzentrieren.

Auf der anderen Seite des Spiegels strich sich Orlando die weißen Haarsträhnen aus dem Gesicht und verfolgte unruhig das Verhalten seiner Versuchsperson. Die Messungen ergaben tatsächlich ein völlig anderes Bild als bei den psychisch gebrochenen Strafgefangenen.

09:59 Uhr	Arnström wird langsam unruhig, erhöhte Aktivität im Hippocampus
10:01 Uhr	Puls steigt/unruhige Reaktionen des Stirn- und des unteren Scheitellappens
10:04 Uhr	Hirn wird mit der Frequenz 7,78 bestrahlt

Währenddessen dachte Torben über die Konsequenzen des Berichts nach. Die Situation erschien aus der Perspektive dieser eindringlich warnenden Darstellung weitaus komplexer, als er angenommen hatte. Er blätterte sich mühsam weiter durch die knapp tausend Seiten. Unzählige Statistiken begleiteten den Text. Sie belegten, dass nur eine Wiederherstellung der öffentlichen Ordnung und eine Währungsreform das Schlimmste, nämlich Hungersnöte, Bürgerkriege und den kompletten Zusammenbruch, verhindern könnten. Gerade weil zwei Drittel der Menschheit durch einen unkontrollierten Ressourcenverbrauch nicht wiedergutzumachende Schäden hinterlassen haben, müssten sich die Menschen auf harte Zeiten einrichten, und dafür brauche es stabile Regierungen. Außerdem gab es eine Tabelle, in der das Ansteigen von Vandalismus, Sabotage und Terroranschlägen aufgelistet war.

Zusehends verstand er, wie in Clarks Welt gedacht wurde. Die CIA, wie auch andere offizielle Institutionen, trugen eine schwere Last, bemüht, das labile Gefüge nicht völlig auseinanderfallen und ins Chaos versinken zu lassen.
Unvermittelt hatte er wieder das Gefühl, nicht mehr klar denken zu können. Sein Geist schien frei im Raum zu schweben. Er war nicht mehr fähig, eine klare Position einzunehmen. Hatte Clark vielleicht doch recht? Wie sollte man Menschen bändigen, die unter Armut und Hunger litten? Wie sollte man Plünderungen und Lynchjustiz verhindern, wenn alle auf die Straße gingen?
Clark hatte recht! Wie konnte er sich das mit Spygate anmaßen? Occupy oder Anonymous hatten selbst keine Antworten auf die völlig verworrene Lage. Die Welt war so komplex geworden. Schwarmintelligenz. So ein Schwachsinn, dachte Torben. Langsam wurde ihm klar, dass die Strategie, den Menschen ihre völlige Selbstbestimmung, die Kontrolle über ihr eigenes Schicksal zu lassen, zu einem unkontrollierbaren Chaos führen würde.
Orlando schaute auf den Bildschirm. Der Hirnscan belegte an der Ausschüttung bestimmter Neurotransmitter, dass Arnström nun reif war. Zudem waren jene Hirnbereiche hochaktiv, die die negativen Affekte tatsächlich in positive verwandeln würden. Der Zweifel des Probanden an seiner eigenen Sichtweise stand bildhaft vor Orlando. Es funktionierte offenbar.

Nicht alle können in diesem Luxus leben, hatte Clark in dem New Yorker Restaurant gesagt. Als Torben darüber nachdachte, spürte er einen stechenden Schmerz in der vorderen Stirn. Seine Gedanken beschleunigten sich. Er hatte das Gefühl, dass etwas in ihn eindrang. Die Angst vor der Zukunft,

die Clark und dieser Bericht nur zu treffend prognostizierten, baute sich wie ein Berg vor ihm auf. War es am Ende keine Frage von Moral und Ethik mehr, die Zügel in der Hand zu behalten? War die Sicherheit – auch die Sicherheit der Menschen – nicht oberstes Gebot? Wenn es ums reine Überleben ging, wurden dann nicht Werte wie Demokratie und Gerechtigkeit zu einem gefährlichen Luxus?
Wie eine Flutwelle überrollten Torben die Thesen und Folgerungen. Es wollte gar nicht mehr aufhören, so, als würde seine Festplatte neu programmiert, um alle Überlegungen auszuwerten.

Orlando verließ sich selten auf seinen Instinkt, aber der junge Mann im Versuchsraum sah aus, als wäre er umgeschwenkt. Er sah, wie Arnström mit einem abschließenden Nicken den Bericht zusammenklappte. Unablässig hatte er Gedanken und Befehle über die Photonen in sein Bewusstsein manövriert. Sie brachten ihn nun dazu, zu akzeptieren, dass nur eine totale Kontrolle der Menschen den kompletten Untergang verhindern könne und auch er dafür Verantwortung trage. Er ging an einen Rechner und lud die Trägerwelle erneut mit Daten auf, alles Befehle, die Clark ihm vorgegeben hatte. Doch im gleichen Augenblick geschah etwas völlig Unerwartetes: Der Proband bäumte sich auf.

10:09 Uhr	Vorbereitung für die Induktion der Photonen
10:10 Uhr	Psychotronische Signale werden induziert

»Okay!«, schrie Torben. »Holt mich hier raus!« Er zerrte an seinen Fesseln. »Ich muss an einen Rechner!«

10:11 Uhr Arnström gerät aus dem Wirkungsradius/ Überreaktion im Hypothalamus
10:12 Uhr Psychotronische Welle unterbrochen

Auf den Ausbruch folgte vollkommene Leere. Torben hatte das Gefühl, als hätte ihm jemand einen Eisblock ins Gehirn gelegt. Er verlor fast das Bewusstsein. Es war wie verrückt: Etwas in ihm wollte ihn davon abhalten, was er eben noch beschlossen hatte. Er konnte sich auch nicht mehr erinnern, wann Clark von ihm gefordert hatte, für Miles ein Programm zu schreiben. Sein Gedächtnis war ein schwarzes Loch.

Jetzt sah Orlando bestätigt, was er befürchtet hatte. Arnström war der Gehirnwäsche zu lange ausgesetzt gewesen. Zwar schien er sich wieder zu fangen, doch die Daten zeigten etwas anderes an: tiefe Verstörung.

Niedergeschlagen druckte Orlando den Versuchsverlauf aus. Diese Panne wird den Jungen vermutlich seinen Verstand kosten, dachte er schuldbewusst, aber immerhin habe ich nun alle Komponenten, die ich brauche.

Minutiös checkte er noch einmal die einzelnen Stadien des Experiments. Bei zukünftigen Einsätzen konnte er nun alles so einrichten, dass die Empfänger der Trägerwellen keinerlei Widersprüche, körperliche Symptome oder Sinneseindrücke erleben würden, die Zweifel an ihren manipulierten Entscheidungen aufkommen ließen. Schon nach kürzester Zeit würden die implantierten Gedanken mit dem Langzeitgedächtnis kohärent sein. Wenn es bei diesem zähen Jungen gelingen würde, wie einfach wäre es mit einigen Modifikationen, leicht zu beeinflussende Persönlichkeiten abzurichten.

Orlando schaute in den Versuchsraum. Mit wirrem Blick starrte der junge Mann vor sich hin. Vermutlich wurde gerade

seine gesamte Persönlichkeit auf den Kopf gestellt. Solche Komplikationen hatte er vorhergesehen, doch er hoffte inständig, dass ihm etwas einfallen würde, wie der Zustand des Jungen wieder stabilisiert werden könnte.
Im alltäglichen Leben war es doch so leicht, mit Widersprüchen umzugehen. Täglich waren sich Menschen im Unterbewusstsein über die negativen Auswirkungen ihres Handelns im Klaren, und dennoch taten sie nichts dagegen. Nicht zuletzt betraf es auch ihn selbst. Er wusste, dass er das Leben seiner Probanden aufs Spiel setzte, trotzdem machte er weiter.
Noch einmal überflog er den Ausdruck. Was Clark jetzt in der Hand hielt, stellte alle bisherigen Manipulationstechniken in den Schatten.

Eine abgrundtiefe Angst verstärkte Torbens Verunsicherung. Die unerträglichen Einsamkeitsgefühle steigerten sich zu blanker Verzweiflung. Niemand war für ihn da. Wie sehnlich wünschte er sich jetzt, dass Nova ihn in den Arm nahm. Nur für einen Moment wollte er Geborgenheit spüren, einfach ihre Nähe fühlen und mit ihr zusammen sein.
Der frühe Verlust seiner Eltern hatte ihm lange schwer zu schaffen gemacht. Nova war für ihn wie eine Schwester geworden – irgendwie auch mehr. Aber die Angst, sie zu verlieren, wenn er ihr seine Liebe gestand, hatte ihn nie den letzten Schritt gehen lassen. Erging es ihr vielleicht ebenso? War er zu furchtsam gewesen?
Ein durchdringender Kopfschmerz ergriff ihn. Stöhnend wand er sich auf seinem Stuhl. Eine fast unerträgliche Schmerzgrenze war erreicht. Er litt, körperlich und seelisch. Wie komme ich hier nur raus? Nova, verdammt, wo bist du? Es waren die einzigen Fragen, die er sich noch stellen konnte.
Er versuchte es mit einer Atemübung, die Nova ihm beige-

bracht hatte. Langsam sog er die Luft ein, hielt sie drei Sekunden an und ließ sie dann wieder heraus. Nachdem er die Übung ein paarmal wiederholt hatte, beruhigte er sich ein wenig. Seine Gedanken ordneten sich. Im nächsten Augenblick sah er den einzig logischen Ausweg aus seiner desolaten Situation. Verblüfft zwinkerte er mit den Augen. So kannte er sich nicht. Noch nie war er so schnellen Gefühlsschwankungen und Gedankenflüssen ausgesetzt gewesen.

10:14 Uhr	Psychotronische Übertragung vollständig/ Puls normalisiert sich
10:15 Uhr	Kurz andauernde panische Reizüberflutung
10:19 Uhr	Ende des Versuchs – Datenauswertung folgt

Orlando verringerte die Strahlendosis, nachdem er ein letztes Mal die höchste Frequenz auf seinen Probanden abgefeuert hatte. Nun schien doch alles seinen geplanten Verlauf zu nehmen.

Wie wild versuchte Torben, sich die Dioden von der Stirn zu schütteln. Er spürte dumpfe Schläge in seinem Schädel.
»Hey, verdammt, kann ich mit jemandem reden?«
Ein Soldat tauchte auf und nahm ihm die Fesseln und Dioden ab.
»Ich will mit dem Direktor sprechen«, verlangte Torben.
Der bullige Soldat schaute ihn mürrisch an. »Sie werden gleich abgeholt.«
Torben spürte keine Schmerzen mehr. Im Gegenteil. Aber es blieb etwas in seinem Hinterkopf, das an ihm zog, als würde es ihn festhalten oder hinauswollen. Das mulmige Gefühl, dass er all seine früheren Überzeugungen verloren haben könnte, wich der Sicherheit, dass er eine richtige Entschei-

dung getroffen hatte. Es war sogar plötzlich eine Erleichterung, die Perspektive gewechselt zu haben. Nun würde er Miles helfen, er musste nur die Schnittstellen einer Auswertungssoftware verbinden. So würde er am schnellsten wieder nach Hause kommen, der Rest war nicht mehr seine Sache – oder? Ein Zerren lief durch seine Schläfen, als würde sich im Schädel Druck aufbauen. Es war kein wirklicher Schmerz, aber ein Druck, der zudem panische Angst auslöste. Er fühlte sich wie in einer völlig fremden Welt.
»Verdammt, was ist nur mit mir los?«, murmelte er, während er darauf wartete, sich endlich sein Ticket in die Freiheit zu erarbeiten.

Unablässig, geradezu zwanghaft, ging Orlando seine Daten durch. Letztlich gab es keinen Anlass zum Zweifel, aber ein Schatten blieb. Hatte er etwas übersehen? Fahrig packte er ein paar Unterlagen zusammen. Dann verließ er die Versuchsstation.
Der CIA-Chef war unterdessen in sein Büro gegangen, wo er das Ergebnis abwarten wollte. Torben Arnström habe seine Schuldigkeit getan, hatte er dem Wissenschaftler noch zugerufen, June Madlow würde den Rest erledigen.
Genau über diese letzten Worte dachte Orlando nach, während er mit hängenden Schultern in sein Labor zurückging. Dort angekommen, sah er mit Schrecken, dass bereits ein Dutzend der kleinen Psychotronics in Säcke verpackt wurden. Er presste die Lippen zusammen. Was mit den Waffen geschah, solle ihn nicht kümmern, gab man ihm zu verstehen. Es ist zu früh, durchzuckte es ihn, oder ist Clark bereit, über Leichen zu gehen?

June Madlow sah auf die Uhr. Schon viel zu lange war dieser Arnström in dem Versuchsbereich verschwunden. Die Gewissheit, dass man ihn gefoltert hatte, quälte sie. Mit den schlimmsten Befürchtungen ging sie zum Eingang des wissenschaftlichen Bereichs. Clark hatte ihr befohlen, Arnström in das Rechenzentrum zu bringen und am nächsten Tag zurück nach Langley ins CIA-Hauptquartier zu fliegen. Ihr Job sei erledigt, hieß es kategorisch.
Als sich die Tür öffnete, sah sie zu ihrer Erleichterung einen äußerlich unversehrten Arnström. Also hatte man ihn weder geschlagen noch sonst wie gefoltert. Doch dann wurde ein anderer Verdacht von einer Sekunde zur anderen zur Gewissheit.
Arnström ging auf sie zu und sagte mit sachlicher Selbstverständlichkeit: »Sie können mich zu diesem Robert Miles bringen. Wir haben eine Menge Arbeit vor uns.«
Einen solchen Sinneswandel hatte sie nicht erwartet, und er war auch nicht plausibel. Wie hatte Clark es geschafft, sein Opfer umzudrehen? Eine Erinnerung stieg in ihr hoch, mit der Macht eines Déjà-vus. So sahen die Hacker aus, nachdem Clarks Spezialisten sie zwölf Stunden lang in die Mangel genommen hatten. Damals hatte man reihenweise harmlosen Hackern Strafen von fünfzehn Jahren Haft angedroht, falls sie nicht bedingungslos in den Dienst der CIA traten und in der Abteilung vom Assistent Director arbeiteten.
Doch Arnström war gegen diese Opfer ein tapferer Kämpfer. Seine Motive waren politischer Natur, ziemlich sicher sogar, und er hatte nie seine persönliche Zukunft berücksichtigt, obwohl man ihm mehrmals Folter und sogar die Hinrichtung angedroht hatte. Was also war geschehen? Warum war er umgekippt? Enttäuscht blickte sie in sein Gesicht.
»Was soll das? Warum starren Sie mich so komisch an? Es ist

alles in Ordnung. Ich starte durch. Tut mir leid, dass ich Ihnen so viel Ärger bereitet habe, aber es ist für alle das Beste, wenn ich mich jetzt auf die Arbeit konzentriere.«
June Madlow war sprachlos. Arnströms Worte wirkten, als würden sie von einem Tonband kommen.

38

Wüste Nevada – Bunker Whitestar

Auf dem Weg zum Rechenzentrum wurden June Madlow und Torben von zwei finster dreinblickenden, bulligen Soldaten begleitet, deren tätowierte Glatzen darauf schließen ließen, dass sie bei den Red Necks gewesen waren.
Benommen trottete Torben neben June her. Er fühlte sich, als wäre er getaucht und sei zu schnell an die Oberfläche gekommen. Das war ihm einmal bei einem Urlaub in Ägypten passiert. Das gleiche Schwindelgefühl, das gleiche dumpfe Rauschen in den Ohren. Gleichzeitig meinte er, neben sich herzulaufen und sich von außen zu beobachten. Was er eben entschieden hatte, war nicht der Torben, den er kannte. Vergeblich suchte er nach sich selbst, irgendwo in einem unerfindlichen Raum zwischen zwei Persönlichkeiten. Hatte man ihn heimlich mit Drogen bearbeitet? Wenn es so war, hatte man jedoch seine alte Identität nicht völlig gelöscht. Sein Überleben hing jetzt davon ab, kein falsches Signal auszusenden, das ihn verriet. Aber wenigstens June Madlow musste er ein Zeichen geben.
Während er vorwärtsstolperte, suchten seine Augen die Wände nach Kameras ab. Jeder Quadratzentimeter des Bunkers

wurde überwacht, das wusste er. Bestenfalls in den toten Winkeln der Gänge, die zu seiner Zelle führten, ergab sich vielleicht eine Gelegenheit.
Anders als in den Tagen zuvor war im Rechenzentrum nicht viel los. Miles unterhielt sich entspannt mit einem Mitarbeiter, die anderen machten offenbar Pause.
June Madlow sah die beiden Soldaten, die sie hergebracht hatten, herablassend an.
»Danke, das ist alles.« Ihr Tonfall war herrisch, als sei sie das Befehlen so gewohnt wie Clark. Prompt salutierten die Soldaten, drehten ab, und die Tür schloss sich mit einem lauten Knall hinter ihnen.
Wieder spürte Torben einen stechenden Schmerz in der Stirn, während eine warme Flüssigkeit aus seinem rechten Nasenloch rann.
June Madlow schaute ihn erschrocken an.
»Sie – Sie bluten!«
Eilig suchte sie in ihrem Jackett ein Taschentuch und hielt es Torben hin. Als er danach griff, musterte er noch einmal den Raum. Noch immer waren Miles und sein Kollege in ihr Gespräch vertieft und beachteten ihn nicht.
»Wenn Sie wissen wollen, was hier vor sich geht, knacken Sie die Datenbank von Norris oder Clark«, raunte er so leise es ging.
»Sind Sie wahnsinnig?«, flüsterte sie. »Miles könnte Sie hören!«
Torben ließ sich nicht beirren. »Ich bin nicht mehr ich selbst. Was immer mit mir gemacht wurde. Offenbar haben sie mich nicht völlig geknackt, aber …«
Jetzt bemerkte Miles die Ankunft der beiden. Er stand auf und schlenderte heran, die Hände in den Hosentaschen.
»Hier haben Sie Ihr Wunderkind«, scherzte June, um Harm-

losigkeit bemüht. »Es hat wohl eins auf die Nase bekommen.«

»Ist nichts Schlimmes, das habe ich öfters«, versicherte Torben, auch wenn der Anblick des Bluts im Taschentuch ihn in Panik versetzte.

Zwei Agenten stürmten ins Kontrollzentrum. An den Krümeln auf ihren Jacketts konnte man unschwer erkennen, dass sie aus der Kantine kamen.

»Sorry, wir haben uns verspätet, es war viel Betrieb in der Kantine«, entschuldigte sich der eine von ihnen und zeigte auf Torben. »Agent Madlow, wir übernehmen ihn jetzt! Ihr Helikopter ist aufgetankt, Sie können gleich starten.«

»Selbstverständlich, meine Herren. Dann pack ich mal meine Sachen. Endlich wieder frische Luft!«

Zögernd ging sie Richtung Tür. Als sie außer Sichtweite der Agenten war, hob sie unmerklich den Daumen. Torben sah sich um. Galt das Zeichen wirklich ihm? Offenbar, denn Miles war schon wieder zu seinem Rechner gegangen. Was hatte June vor?

Verloren ging June Madlow durch die dunkle Betonwüste. All die Jahre hatte sie geglaubt, dass sie ihrem Land diente, der Sicherheit der Nation. Und nun musste sie sich eingestehen, dass dies eine trügerische Illusion war. Sie war nur das Werkzeug einer Maschinerie, die Menschen missbrauchte und sie wie Roboter Befehle ausführen ließ. Ich habe versagt, dachte sie, jämmerlich versagt mit meinem Kadavergehorsam, meiner blinden Autoritätshörigkeit. Wie konnte ich mich nur zur Dienerin menschenverachtender Methoden herabwürdigen lassen?

Es war vorbei. Gleich am nächsten Tag würde sie kündigen. Ihre Ersparnisse würden eine Weile reichen, viel brauchte sie ohnehin nicht zum Leben. In ihrem winzigen Einzimmerappartement in Washington hatte sie ohnehin wenig Zeit zugebracht, weil sie ständig auf Reisen war. Vielleicht sollte ich mir irgendwo ein Haus auf dem Land kaufen, überlegte sie, Rosen züchten und den ganzen Dreck vergessen, in dem ich jahrelang gewühlt habe.

Mit ihrer Identity Card öffnete sie den Büroraum, der in den vergangenen Tagen gleichzeitig ihre Unterkunft gewesen war. Nur hier ließ man ihr einen Rest Intimität. In den Unterkünften waren keine Kameras installiert.

Torben setzte sich zu Miles und reichte ihm feierlich die Hand. »Na, dann wollen wir mal. Als Erstes brauche ich Zugang zum Netz.«

»Kein Problem, ich habe dir sogar deine Lakritz besorgt.« Miles lächelte schief und schob Torben gleich zwei Tüten hin.

Er machte einen ziemlich irritierten Eindruck. Offensichtlich war der Leiter der Zentrale nicht so umfassend eingeweiht, wie Torben vermutet hatte. Dennoch traute er ihm keinen Millimeter über den Weg und musste sein Spiel weiterspielen.

Aus dem unteren Teil des Überwachungszentrums kam ein junger Mann mit kurz geschorenen Haaren herauf.

»Miles, die Server sind bereit.« Neugierig betrachtete er Torben, der eine Lakritztüte aufgerissen hatte und sich kauend auf seinem Stuhl zurücklehnte. »Ist das etwa der Super-Nerd, der das Sabotageprogramm geschrieben hat?«

»Ja, aber wir wollen hier keine Legendenbildung. Geh wieder an deinen Platz.«

»Okay, okay, man wird ja wohl mal fragen dürfen.« Der junge Mann zog ab. Eine Minute später starrten sämtliche Mitarbeiter des unteren Kontrollraums hoch, um Torben hinter der Glasscheibe auszumachen.

»Tja, hier bist du inzwischen ziemlich berühmt«, erklärte Miles grinsend. »Gut, ich zeige dir mal, wie weit ich gekommen bin.«

Er öffnete einige Fenster auf seinem Rechner, und Torben stellte erstaunt fest, dass Miles den Wurm und damit Spygate schon so gut wie bezwungen hatte. Das konnte unmöglich sein alleiniges Werk gewesen sein. Er machte handwerkliche Fehler, als hätte er nur Halbwissen. Gut, er hatte ein ganzes Team hinter sich. Aber wie oft wusste Wallins nicht, was seine Leute bei Saicom eigentlich zauberten. Doch der war ein stinknormaler Firmenboss, hier allerdings residierte die CIA. Und da setzte man so einen merkwürdigen Typen hin?

»Du warst nah dran, hast aber die Vererbung aus einem anderen Code nicht kapiert«, sagte Torben bewusst überheblich und klopfte dem verdutzt dreinschauenden Programmierer mit einem Finger auf die Hand.

»O Gott, ich Idiot.« Miles war peinlich berührt und beobachtete Torbens weitere Schritte. Obwohl es immer noch ein schmerzhafter Akt war, seine ganze Arbeit in den digitalen Lokus zu schieben, fand Torben endlich den Teil in seiner Programmierung, der den Countdown stoppen würde. Er kopierte einen endlos langen Code und schnitt ihn aus dem Skript heraus. »Damit kommen wir ohne Probleme an den Countdown, und schwups, das war's. Das Löschen wird zwar kaum möglich sein, aber so kann das Programm nichts mehr auslösen.«

Er nahm sich ein paar Lakritz auf einmal. »Du bist gut, Miles, aber es kommt darauf an, Komplexität vorzutäuschen, um so ein Ding am Laufen zu halten. So, und ... na ja, egal, was nun?«

Von hinten näherte sich jemand. Torben ahnte, wer es war. Seine Sinne spielten ihm immer noch Streiche, aber sie waren hochsensibilisiert.

»Wie ich sehe, haben Sie alles unter Kontrolle, Miles«, sagte der Boss der CIA.
Er ignorierte Torben und ging zurück in sein Büro, das links vom Eingang lag. Es war von dicken Glaswänden umgeben, zwar einsehbar, aber abhörsicher. Kein Geräusch verließ den Raum, obwohl dort ein Dutzend Anzugträger versammelt war und wild debattierte.
»Nun geht es los. Danke, Torben, du hast gerade einen großen Schritt für die Menschheit getan«, sagte Miles mit einem seltsam zynischen Zungenschlag.
Torben hörte auf zu kauen. »Was heißt das?«
Miles legte ihm einen Stapel Papiere hin. Die Codes auf den Blättern waren als Projekt Psyscan tituliert. »Du hast gerade den Startschuss für Mindvision gegeben. Das neue Überwachungsprogramm. Es wird mit über zweihundertfünfzig Persönlichkeitsfaktoren gefüttert, die auf neurobiologischen Daten basieren. Damit kann man das Verhalten eines Menschen analysieren – sobald die Daten von Mindvision ausgewertet werden. Aber ich habe noch ein paar Probleme damit.«
Er aktivierte ein neues Programm und arbeitete sich darin vor, bis er an die Schwachstelle gelangt war.
Sobald Torben das Wort Mindvision las, verlor er blitzartig wieder die Kontrolle über seine eigenen Gedanken. Irgendetwas in ihm schien getriggert zu werden, obwohl er sich mit aller Kraft dagegenstemmte.
Wuan Li hat dir alles beigebracht, jetzt reiß dich zusammen!, ermahnte er sich. Es ging doch beim Training nicht nur um die Kontrolle des Körpers. Du hast auch gelernt, deinen Geist zu kontrollieren!
Aber sein Verstand funktionierte wie eine ferngelenkte Maschine. Ein paar wenige Mausklicks genügten, und schon

hatte er jene Bereiche gefunden, die nicht kompatibel waren. Miles hatte nur einige Schnittstellen falsch geschrieben.
Ein weiteres Mal näherte sich Clark. Offenbar war er begierig zu sehen, wie Torben sich machte. Der hatte sich mit Feuereifer auf seine Aufgabe gestürzt und tippte mit irrwitziger Geschwindigkeit seine Befehle in die Tasten. Ohne Mühe verband er die beiden Programme miteinander, obwohl deren Schnittstellen sehr komplex waren.
Miles sah ihm fasziniert dabei zu. Er schwieg, um ihn in seiner Konzentration nicht zu stören. Torben spürte, dass Clark noch immer hinter ihm stand. Ihm entging auch nicht, dass Miles seinen Stuhl zu Clark drehte und ihm ein Handzeichen machte.
»Okay – mission completed«, sagte Torben nach einer Weile. Er hatte die Schnittstelle fertiggestellt und sah jetzt, dass Miles eine Mail schrieb. Es waren nur zwei Worte: Mindvision starten.
Erschlafft ließ sich Torben in seinen Drehsessel sinken. Die starke Konzentration hatte ihn ermüdet – oder lag das an etwas anderem? An etwas, was sich seiner Wahrnehmung entzog? In seinem Schädel breitete sich ein dumpfer Druck aus, als hätte man ihn kopfüber an den Rechner gehängt.
Clark klopfte Torben auf die Schulter.
»Tat doch gar nicht weh«, sagte er mit einem sarkastischen Unterton. »Gut, Miles. Die ersten Auswertungen gehen sofort an Interpol und die Polizeibehörden der verbündeten Staaten.«
Wie von Ferne drang seine Stimme an Torbens Ohren, in denen es wieder rauschte und dröhnte. Er hatte gehofft, dass sich sein Zustand bessern würde, stattdessen wurde es schlimmer.
»Sir, wir haben eben vom NSA-Archiv diese Meldung bekommen!« Aus Clarks Büro hastete ein Mann mit Glatze auf

den CIA-Direktor zu. »Jemand hat sich für diese Akten interessiert.« Mit einer unterwürfigen Geste reichte er Clark ein Blatt Papier.
Der warf nur einen kurzen Blick darauf, dann zerknüllte er es und warf es an die Wand.
»Sofort verhaften!«, befahl der CIA-Boss und wandte seine Aufmerksamkeit sogleich Miles wieder zu.
»Sir«, der Mann verzog unglücklich das Gesicht, »er ist der Sohn von …«
Clark war kurz davor, die Fassung zu verlieren. Seinem Gesichtsausdruck nach zu urteilen, hätte er sein Gegenüber am liebsten in Stücke zerrissen. Er packte den Mann am Revers und schleifte ihn fast zu seinem Büro.
Knallend fiel die Tür ins Schloss. Sobald sich Clark unbelauscht fühlte, legte er los.
»Sie verdammter Idiot, Sie hätten mir beinahe einen echten Bärendienst erwiesen. Wer weiß noch von der Sache?«
Der Glatzkopf hob verständnislos die Arme. Noch immer war sein Gesicht hochrot. Seine Kollegen schauten ihn abschätzig an.
»Rogan Smith, Sir, ein alter …«
»Ich weiß, wer Rogan Smith ist, Sie Penner!«
Clark richtete seinen Zeigefinger auf einen Agenten, der an einem Laptop arbeitete. »Sie machen sich auf nach Washington und bereinigen das! Los, raus jetzt!«
Er streifte sich ein Headset über und wählte die Nummer eines der beiden Agenten, die er für die Bewachung von Torben abgestellt hatte.
»Wenn Miles ihn nicht mehr braucht, bringen Sie den Drecksack Arnström hier raus!« Schwer atmend sah er in die Runde seiner Mitarbeiter, die ihn verschreckt anstarrten. »Und sagen Sie Miles, er soll eine komplette Nachrichtensperre in

beide Richtungen einrichten, ausgenommen die Kommandozentrale natürlich.«
Das schien einige der Mitarbeiter zu beunruhigen, aber keiner kam auf die Idee, diese Maßnahme laut zu hinterfragen. Sie tuschelten leise. Ein eisiger Blick von Clark brachte sie zum Schweigen.
»Sie bekommen jetzt Ihre Einsatzpläne für den G20-Gipfel.«

39

Wüste Nevada – Bunker Whitestar

June Madlow öffnete eine Flasche Orangensaft und trank sie auf einen Zug aus. Dann zog sie einen kleinen Laptop aus ihrer Tasche. »Ich muss mehr rausbekommen«, beschwor sie sich. Bevor sie ihn öffnete, dachte sie über ihr weiteres Vorgehen nach. Sie wusste, dass der Stellvertreter von Clark von Anfang an gegen die Strategien des CIA-Direktors gewesen war. Konnte sie sich mit ihren Zweifeln an Eliston wenden?
»Kommt drauf an, wie du fragst!«, sagte sie leise vor sich hin. Entschlossen nahm sie ihr Handy und tippte auf die Kurzwahlnummer.
Nachdem nur Elistons Mailbox angesprungen war, versuchte sie über die Zentrale in Langley an ihn heranzukommen.
»CIA-Hauptquartier«, meldete sich eine neutrale Frauenstimme.
»Hier ist Agent June Madlow, verbinden Sie mich dringend mit dem Assistent Director.« Als die Musik der Warteschleife erklang, verdrehte sie die Augen. Dann klickte es.

»Sie wollen Mr. Eliston sprechen? Wissen Sie denn gar nicht, was passiert ist?«, fragte die junge Stimme einer Sekretärin. »Mr. Eliston ist gestern Abend bei einem Autounfall schwer verletzt worden. Er liegt in einem Washingtoner Krankenhaus im Koma!«

Wie vom Blitz getroffen, sank June auf das Bett. War das Zufall? Oder hatte jemand nachgeholfen? Aber so weit würde Clark nie gehen, das konnte oder wollte sie nicht glauben.

»Nein, ich war zu beschäftigt«, erwiderte sie. »O mein Gott, das tut mir leid. Weiß es der Chef schon?«

»Ich denke, ja.«

»Hoffen wir, dass er es überlebt.« June legte auf.

Ein mulmiges Gefühl presste ihren Brustkorb zusammen. Rasch verband sie ihr Notebook mit dem Standardrechner der CIA und setzte sich an den Tisch. Dann sammelte sie sich. Als junge Frau hatte sie einen Freund gehabt, der es in der Hackerszene zu einiger Berühmtheit gebracht hatte. Von ihm hatte sie Verschiedenes gelernt, und ihre Fortbildungen hatten das Wissen über illegale Zugriffe ergänzt – schließlich gehörte es zum geheimdienstlichen Alltag, Daten auszuspionieren.

»Okay, wie ging das noch mal?«, murmelte sie, während sie eine Brute-Force-Attacke vorbereitete, um in den geschützten Bereich von Clark zu gelangen. Ein vielversprechendes Passwort gab es nicht. Der erste Versuch konnte ein Treffer sein, oder Tage würden vergehen, das wusste sie.

Eilig öffnete sie die Datenbank der CIA und schrieb eine Umgehungsvariable, die verhinderte, dass das interne Warnsystem den Zugriff auf die Datei entdeckt – zumindest für eine kurze Zeit. Fieberhaft versuchte die Agentin, sich an frühere Brute-Force-Attacken zu erinnern. Sie waren dazu geeignet, den Zugangscode eines Systems zu knacken, indem alle möglichen Variablen von Buchstaben und Zahlen ausprobiert wurden. Die Länge des Codes war maßgeblich für die Chance, ihn zu knacken. Doch June hatte einen Vorteil: Sie kannte die Art und Weise, wie die zumeist zehn- bis dreizehnstelligen Verschlüsselungen der CIA aussahen. Clark war sicher nicht erfinderisch gewesen und hatte sich an die Vorgaben seiner Experten gehalten.

Das Tool raste vor ihren Augen und suchte nach der passenden Kombination. Die erste Ziffer erschien: der Buchstabe G.

»Weiter, Baby …«, sagte sie beschwörend, und schon war die nächste Ziffer zu sehen. Bis zur restlosen Entschlüsselung würde es allerdings noch eine Weile dauern. Sie schaltete den Fernseher ein und wurde von einer Welle verheerender Nachrichten überrollt.

… in Frankfurt haben am Donnerstagmittag mehr als 60 000 Demonstranten das bis Samstag geltende Versammlungsverbot übertreten und gegen die Einschränkung ihrer Grundrechte protestiert. Auf dem Paulsplatz skandierten sie: »Wir sind hier, wir sind laut, weil man uns die Freiheit klaut.« Die Polizei forderte die Auflösung der Demonstration, schritt aber zunächst nicht ein. Aus bisher ungeklärten Gründen griffen rund dreitausend Menschen die Polizisten unerwartet mit Steinen und Stöcken an. Nach Angaben des deutschen Innenministeriums wurden bei den schwersten Ausschreitungen seit dem Beginn der Occupy-Demonstrationen drei Polizisten und acht Demonstranten getötet, rund zwei Millionen Menschen waren an den bundesweiten Demonstrationen beteiligt …

June zappte auf CNN.

… in Tel Aviv. Und knapp eine Woche nach einer Welle von friedlichen Protesten flammten die Konflikte heute früh er-

neut auf. Bei den Demonstrationen in Tel Aviv, aber auch in Peking, Frankfurt und Paris kam es am Samstagabend zu gewalttätigen Auseinandersetzungen zwischen Polizei und Protestierenden. Insgesamt wurden 85 Menschen getötet und etwa 10 000 festgenommen. Rund 3,5 Millionen Menschen nahmen an Demonstrationen in den Zentren Europas teil. Die Metropolen bieten überall das gleiche Bild: brennende Barrikaden, Banken, Autos und Geschäfte. Die Behörden werfen den Demonstranten vor, mit größter Brutalität gegen die Polizisten vorgegangen zu sein …

Das passt so gar nicht zum Bild der friedlichen Occupy-Bewegung, dachte June, es klingt ganz nach dem, worüber einer der Wissenschaftler in der Kantine gesprochen hat. Mal sehen, was die Blogger dazu sagen. Doch als sie den Browser öffnete, wurde erst der Fernsehmonitor dunkel, dann war die Internetverbindung gekappt. Sie ging auf die Maske des CIA-Intranets. Die Tatsache, dass es noch funktionierte, zeigte eindeutig, dass es kein genereller Fehler war. Sie wurden von der Außenwelt abgeschnitten.

»Verdammt!«

Es klopfte an der Tür.

»Agent Madlow?«

Hastig klappte sie ihren Laptop zu. Mit einem letzten Blick erkannte sie, dass nur noch zwei der dreizehn Ziffern fehlten. Sie ging zur Tür und öffnete sie. Ein farbiger Hüne, fast zwei Meter groß, einer von Clarks rekrutierten Neavy Seals, stand mit bedrohlicher Miene vor ihr.

»Was ist? Ich packe gerade meine Sachen.«

Der Soldat grinste spöttisch. »Das können Sie sich sparen. Auf Anweisung des Direktors verlassen nur Angehörige des Servicepersonals, einige Wissenschaftler und ausgewählte Agenten Whitestar. Alle Mitarbeiter der Agency bleiben hier.«

Ich hätte die Chance nutzen sollen zu gehen, als ich die Gelegenheit hatte, dachte June Madlow und gab dem Soldaten mit einem verkrampften Lächeln zu verstehen, dass sie die Anweisung verstanden hatte.

»Wo ist der Direktor?«, fragte sie.

»In einer Lagebesprechung, das wird dauern, denke ich.«

Es blieb nicht viel Zeit. Im Handumdrehen hatte sie den Laptop wieder aufgeklappt und sah zu, wie das Programm die letzte Zahl entschlüsselte. Voilà! Sie war drin! Das Triumphgefühl rann durch ihre Adern wie Champagner durch die Kehle. Doch was nun?

Zunächst hatte sie keine Ahnung, wo sie suchen sollte. Hunderte Dateien befanden sich in Clarks geheimen Ordnern. Sie gab Begriffe ein, die auf bestimmte Einsätze hinausliefen, auf Verhörmethoden, Waffen und anderes mehr, musste aber frustriert feststellen, dass jedes der infrage kommenden Dokumente wiederum mit einem zehnstelligen Code versehen war.

»Verflucht … schauen wir uns mal deine Mails an!«

Hier wurde sie fündig! Eine aktuelle Mail war an verschiedene militärische Stellen weltweit gerichtet, die sie hastig überflog.

… der Zusammenbau der Strahlenwaffen dauert keine 24 Stunden. Unsere Tests waren erfolgreich. Für den Einsatz befolgen Sie die Bedienungsanleitungen. Halten Sie sich strikt an die angegebenen Frequenzen, um die Demonstranten …

Das Bild des Monitors brach kurz zusammen, dann tauchte wieder die Eingabemaske der CIA auf.

»Scheiße noch mal!«

Wie im Rausch der Geschwindigkeit beendete sie alle Verbindungen, löschte die Verbindungsdaten des Hauptrechners und schnappte sich den Laptop. Sie öffnete ihn auf der Rückseite und riss die Festplatte heraus. Neben dem Spind an der

Stirnwand war ein Lüftungsschacht. Mit geübtem Griff zog sie das Gitter ab, ließ die Festplatte und den Laptop hineingleiten und klemmte das Drahtnetz wieder ein.
Was immer es mit diesen Waffen auf sich hatte – sie wurden hier im Bunker entwickelt. Ich muss an diesen Orlando heran, überlegte sie.

40

Washington D.C.

Schon seit zwei Tagen verbrachten Kilian und Nova ihre Zeit fast ausschließlich in Kilians Hotelzimmer und werteten die Texte aus, die er heruntergeladen hatte. Das Zimmer glich inzwischen einer Mischung aus Büro und Esszimmer. Überall lagen Ausdrucke von Zeitungsartikeln, dazwischen standen Kaffeebecher und Coladosen herum. Selbst das breite Doppelbett war übersät mit Bonbontüten, Pizzaschachteln und Ausdrucken, die Kilian immer wieder vom Drucker aus der Lobby anschleppte, um nicht ununterbrochen am Bildschirm lesen zu müssen. Zu offensichtlich waren seine Recherchen, und er wollte sich nicht online erwischen lassen.
Mit Hochdruck arbeiteten sie sich durch das umfangreiche Material, wenn auch die Recherche wiederholt durch den Ausfall des Internets erschwert wurde. Dann plünderten sie die Minibar und grübelten darüber, ob Torben Zuflucht bei dem mysteriösen Hacker gefunden hatte, der in der Nähe von New York verhaftet worden war. Die Art und Weise, wie die Nachricht von der Verhaftung formuliert gewesen war, ließ diesen Schluss zumindest zu.

Nova hob den Kopf, ihre Wangen glühten. »Hat sich Rogan heute schon gemeldet?«

»Ja, heute früh«, antwortete Kilian. Er holte eine Banane aus dem Obstkorb, den sie sich beim Zimmerservice bestellt hatten. »Beim FBI hat er zwar nichts herausbekommen, aber das soll nichts heißen.«

Er hockte übernächtigt an einem mahagonifarbenen Schreibtisch zwischen Fernseher und Minibar. Auch Nova, die inmitten des Chaos auf dem Bett lag, sah abgespannt aus. Kilian vermisste die lebendige Nova. Er kannte jedes ihrer Gesichter, mal spöttisch, ironisch oder schadenfroh, wenn Wallins bei seinen Mitarbeitern in ein Fettnäpfchen trat. Es war der blanke Wahnsinn, in den er sie hineingezogen hatte. Schon bedauerte er, dass er sie zu dieser Reise überredet hatte.

»Es ist völlig unlogisch, dass Torben etwas mit diesen obskuren Waffen zu tun hat, das spüre ich einfach«, sagte Nova, während sie vom Bett aufstand und ihre steifen Glieder reckte. »Für ihn ging es nicht nur um die Freiheit im Netz. Er wollte den Krieg beenden und die Hacker schützen, da ihm wohl klar war, dass sonst alle bedroht sein würden. Hätte er von diesen Waffen gewusst, er hätte es allen gesagt.«

»Ich verstehe nicht, warum Rogan sich nicht wieder meldet, er ist längst überfällig«, überspielte Kilian Novas Zweifel.

Aufgebracht schnippte Nova mit den Fingern. »Hallo? Hörst du mir überhaupt zu? Ich meine, wir sind auf der völlig falschen Spur, Kilian.«

»Ach ja? Und wie erklärst du dir dann die Nachrichten von heute? Von einem Tag auf den anderen bricht der gewaltfreie Widerstand zusammen. Die Menschen greifen die Polizei an, und das parallel in acht Ländern.«

Nova schwieg und senkte den Blick zu Boden. Sie suchte nach einer Erklärung, doch ihre Gedanken liefen hoffnungslos ins Leere, zu erschöpft war sie, um dieses Spiel zu durchschauen. Und über allem stand die quälende Frage, wie es Torben ging.

»Ich habe etwas gefunden!« Kilian schwenkte einen Ausdruck wie ein Pfadfinder seine Fahne. »Bereits 1994 bestätigte das US-Oberkommando der Air Force den Test dieser Waffen. Nach Aussage von …«, er hielt sich den Ausdruck wieder vor die Nase, »… Major Jonathan Klaaren. Und in der Zeit zwischen 2005 und 2011 sind weltweit mehrere Neurobiologen, Biophysiker und andere Grenzwissenschaftler verschwunden oder ums Leben gekommen. Sie alle haben sich mit den Wirkungen elektromagnetischer Wellen auf das menschliche Gehirn beschäftigt.«

Er gab ein paar Ausdrucke an Nova weiter.

»Darunter war ein gewisser Darien Orlando, der kurz nach seinem Verschwinden in London für tot erklärt wurde. Seine Leiche hat man aber nie gefunden. Ein Jahr zuvor das Gleiche mit einem gewissen Thomas Davis, ebenfalls aus London. Seine Ehefrau beteuert bis heute, dass ihr Mann putzmunter mitten in der Nacht in einen Wagen gestiegen ist, aber nie zurückkehrte.«

Kilians Handy klingelte. Er musste es unter den Haufen von Papier und Verpackungen erst einmal suchen.

»Rogan, wo zum Henker warst du?«

»Ich bekomme ungebetenen Besuch. Ihr solltet sehen, dass ihr verschwindet, vielleicht kann Timothy Oman euch noch helfen.«

Im Hintergrund hörte Kilian lautes Krachen, als werde eine Tür eingetreten. Dann war die Verbindung unterbrochen.

»Scheiße, pack deine Sachen!« In Windeseile klaubte Kilian einige Ausdrucke zusammen, griff sich seine Jacke und sah, wie Nova, ohne Fragen zu stellen, bereits über den Flur in ihr Zimmer stürmte. Als sie wieder herauskam, stand er bereits am Fahrstuhl, der nicht weit von ihren Zimmern entfernt war.

»Halt, warte«, flüsterte Nova. »Wir gehen besser ins Treppenhaus. Dann können wir vielleicht durch einen Seitenausgang abhauen.«

Ohne auf seine Zustimmung zu warten, hatte sie ihn schon am Ärmel mitgerissen und rannte mit ihm zum Treppenhaus. Sie hat den richtigen Instinkt, dachte Kilian, als sie das menschenleere Treppenhaus erreichten und Stockwerk um Stockwerk hinunterliefen. Über einen Nebenausgang landeten sie auf dem hinteren Hotelparkplatz und gelangten von dort aus auf die Wisconsin Avenue.

Der Himmel war rabenschwarz. Erste Blitze zuckten über die Stadt, schwere Regentropfen prasselten aufs Pflaster. In unmittelbarer Entfernung hörten sie das Aufheulen von Sirenen. Wer konnte wissen, ob sie nicht schon ihnen galten? Verschreckt rannten sie kreuz und quer durch den Dumbarton Oaks Park, der direkt neben der Wisconsin Avenue lag.

»Was jetzt?«, fragte Nova keuchend und triefend vor Nässe.

»Ich weiß es nicht!« Kilians Brille war blind, er hielt sich die schmerzenden Seiten. »Rogan hat mir noch einen Namen genannt. Ich sollte wenigstens versuchen, ihn bei der Washington Post zu erreichen. Und dann ab nach New York!«

Nova hatte in der Eile nur eine pinkfarbene Strickjacke aus ihrem Zimmer mitgenommen und fror jetzt erbärmlich. »Das ist doch viel zu gefährlich. Was sollen wir überhaupt in New York, abgesehen davon, dass wir beide da niemals unerkannt hinkommen?«

»Wir beide?« Kilian strahlte sie plötzlich an, obwohl das Regenwasser ihm über das Gesicht lief und seine Brille beschlagen war. »Wir schaffen alles! Wir gegen den Rest der Welt, ja?«
Er hat sich in den letzten Tagen wirklich gemausert, dachte Nova, fast nicht wiederzuerkennen. Aber es war mehr als sein schlechtes Gewissen, das ihn motivierte, das spürte sie. Seit sie bei Rogan Smith gewesen waren, hatte ihn offenbar seine eigentliche Leidenschaft gepackt – recherchieren, analysieren, aufdecken, so, wie er es bei der Washington Post gelernt hatte. Ihr schwirrte der Kopf. Aber es blieb ihr ohnehin nichts anderes übrig, als Kilian zu folgen.
Ohne auf die Pfützen zu achten, hasteten sie weiter durch den Park. »Ich habe genug Geld dabei«, rief er keuchend. »Zur Not fahren wir mit einem Taxi nach Manhattan!«
»Wieso Manhattan?«
Kilian blieb stehen. »Ein gewisser Robert C. Beck will herausgefunden haben, dass die Frequenzen zwischen acht und neun Hertz, moduliert wie in den Unterlagen, die ich gefunden habe, nicht Furcht und Panik auslösen, sondern nackte Gewalt, als würde jede Hemmschwelle ausgeschaltet werden. Und im Netz wurde für morgen eine zentrale Kundgebung der Occupys angekündigt. Vielleicht sollten wir die Leute warnen.«
»Kapiere! Wenn die Schweine das Internet filtern und die Mainstream-Medien das Thema totschweigen, bleibt den Behörden genug Zeit, die Demonstranten zum gewalttätigen Widerstand zu zwingen!«
»Um mit diesem Vorwand alles niederschlagen zu können.«
Nova wrang ihren feuerroten Zopf aus, in den sie am Morgen bunte Bänder geflochten hatte. »Und in diese Scheiße willst du dich reinreiten? Hast du sie noch alle? Ich lasse mir jedenfalls keine Strahlung verpassen!«

»So weit wird es nicht kommen.« Kilian zog sie weiter. Nova riss sich los und baute sich vor ihm auf. Ihre Brust hob und senkte sich. In einer plötzlichen Gefühlsaufwallung umarmte sie ihn.

»Ich habe Angst«, sagte sie leise, dicht an seinem Ohr.

Er spürte, wie hart ihr Herz gegen die Rippen klopfte. »Ich auch, Nova, aber wir müssen was tun. Schon wegen Torben. Am Ende werden sie sonst alles Anonymous und den Occupys in die Schuhe schieben, und die eigentlich Verantwortlichen kommen ungeschoren davon!«

Langsam löste Nova ihre Umarmung. Sie sah die Angst, aber zugleich auch Kampfeswillen in Kilians Augen, wollte etwas sagen, brachte aber kein Wort heraus.

»Komm schon, wir dürfen hier nicht lange rumstehen«, sagte er ungeduldig. »In New York gibt es ein Appartement, das auf den Namen meines Onkels angemeldet ist. Wir müssen ins Netz und die Leute warnen. – O Scheiße! Ich hab meinen Laptop im Hotel gelassen.«

Er sah sich mehrmals in alle Richtungen um. Der Park war fast menschenleer. Doch ein Hubschrauber genügte, und sie saßen in der Falle.

Wenig später erreichten sie die Massachusetts Avenue, wo sie eine Telefonzelle entdeckten. Zu zweit zwängten sie sich hinein. In Sekunden füllte sich die Luft mit dem Geruch von nassem Haar und klammer Kleidung.

Kilian wählte die Nummer der Washington Post, die er immer noch auswendig wusste. »Guten Tag, könnte ich bitte Mr. Oman sprechen?«

Es dauerte einen Moment, bis sich auf der anderen Seite eine sonore Stimme meldete.

»Oman. Sie wünschen?«

»Hier ist Kilian Winter. Ich muss Sie dringend sprechen!«

»Ich erwarte Sie bereits. Rogan konnte mir nichts Näheres mehr sagen, worum geht es denn?«
Kilian vertraute Rogan. Dennoch war es ein Risiko, am Telefon etwas preiszugeben. »Nicht am Telefon. Das ist mir zu gefährlich. Können wir nicht …«
Sofort unterbrach ihn der Mann. »Sie wollen in die Redaktion kommen? Nur zu, hier sind Sie sicher, aber geben Sie mir einen Hinweis.«
Kilian legte ohne ein weiteres Wort auf.

Timothy Oman sah resigniert aus dem Fenster. Er war arabischer Abstammung, was man seinen scharf geschnittenen Gesichtszügen und der dunklen Haut unschwer ansah, und hatte seit dem 11. September 2011 mehr als einmal erlebt, was es bedeutete, unschuldig verdächtigt zu werden. Umso mehr missfiel ihm, dass er Rogans Freunden eine Falle gestellt hatte.
Doch was sollte er tun? Vor seinem Schreibtisch stand ein kleiner, stämmiger CIA-Beamter, der ein Headset zurechtrückte.
»Habt ihr sie?«, fragte er gespannt.
Im Langley Research Center, wie man den Sitz der CIA nannte, waren zwei Agenten damit beschäftigt, ein digitales Satellitenbild auszuwerten.
»Laut Satellit sind sie irgendwo im Norden Washingtons. Moment. Nein. Das war zu kurz«, sagte einer der beiden enttäuscht. Eine Sekunde später erschien ein weiteres Signal.
»Sie waren in einer Telefonzelle, ganz in der Nähe der Wisconsin Avenue. Genauer geht es leider nicht, da stehen fünf Telefonzellen in einem Umkreis von fünfhundert Quadratmetern.«
Der Beamte vor Oman verzog das Gesicht. »Shit. Ich hatte

Sie gebeten, den Mann in ein Gespräch zu verwickeln, Sie Idiot.«
Der Journalist verschränkte die Arme hinter seinem Kopf und lächelte. »Informanten auszuliefern gehört definitiv nicht zu meinem Job.«
Griesgrämig schaute der Agent zu ihm herab. »Gut, dann nehmen Sie die Flüchtigen unten in Empfang. Wir greifen sofort zu, aber ich warne Sie: Falls Sie die Aktion sabotieren, sind Sie nicht nur Ihren Job los.«

Nova fuhr sich über das nasse Gesicht. »Was hat er gesagt?«
»Er meinte, in der Redaktion wären wir sicher.« In Kilians Augen war deutlicher Zweifel zu lesen. »Komm schnell, da ist ein Taxi.«
Vom Regen durchnässt stiegen sie hinten ein. Ein Herr in einem altmodischen grünen Cordanzug und rosa Hemd begrüßte sie freundlich. Er hatte einen schottischen Akzent.
»Oh, da haben wir zwei aber richtig was abgekriegt. Wo darf es denn hingehen?«
»Zur Washington Post, bitte.«
»Geht sofort los, wir wollen die reizende Lady doch gewiss schnell ins Trockene bringen.«
Nach zehn Minuten hatten sie ihr Ziel erreicht. Der Wagen hielt direkt vor dem Eingang der Washington Post. Es schüttete wieder wie aus Eimern, doch man konnte trotz des Gusses den Schriftzug der Zeitung auf dem rosafarbenen Gemäuer sehen. Als Kilian den Wagenschlag öffnen wollte, hielt Nova ihn am Arm fest.
»Ich hab kein gutes Gefühl. Wie war der denn am Telefon?«
»Tja, irgendwie schon komisch.« Kilian blieb sitzen und überlegte. Novas Zweifel waren nicht ganz von der Hand zu weisen. Wenn sie Rogan schon hochgenommen hatten, sprach

einiges dafür, dass angesichts der brisanten Lage auch die Redaktion unter Beobachtung stand. Dennoch gab er sich einen Ruck. Er hatte Blut geleckt und wollte jetzt mehr erfahren.
Er stand schon mit einem Bein auf dem Asphalt, als Nova plötzlich aufschrie. »Sieh doch mal!«
Sie waren nur etwa zwanzig Meter von dem Gebäude entfernt, in das gerade zwei schwarz gekleidete Männer und ein uniformierter Polizist hineingingen.
»Durchstarten!«, rief Kilian.
»Oh«, sagte der Taxifahrer, »hat die reizende Lady es sich anders überlegt?«

»Sir, ein Taxi hat unmittelbar vor dem Gebäude gehalten. Es sind zwei Personen drin, die aber keine Anstalten machen auszusteigen«, meldete ein Agent, der von der anderen Straßenseite aus in einem dunkelblauen Van das Verlagshaus beobachtete.
»Warten Sie. Nein! Verdammt! Zugriff, Zugriff!«, schallte es aus seinem Headset.
Mit gezogener Waffe stieß er die Autotür auf und stürmte auf das Taxi zu. Weitere Agenten rannten aus dem Gebäude.

»Wir müssen schnell zurück, ich habe im Hotel meine Geldbörse vergessen«, erklärte Kilian den plötzlichen Sinneswandel.
Ohne zu zögern, gab der Schotte Gas. »Junger Mann, ich hoffe, Sie bringen mich nicht um mein Abendessen.« Prompt fand er eine Lücke, um über die 15. Straße zügig an der nächsten Kreuzung abzubiegen.
Nova drehte sich um und sah aus dem Rückfenster. Starr vor Schreck beobachtete sie, wie gleich mehrere Männer hinter dem Taxi herrannten. Allerdings ohne Aussicht auf Erfolg.

Schon nach wenigen Metern mussten sie sich geschlagen geben.
»Das war haarscharf!« Nova atmete tief aus.
Kilian presste sich in den Sitz. Im Moment gab es keinen besseren Schutz, als in einem von Hunderten Taxis zu sitzen, die bei diesem Sauwetter unterwegs waren. Er wühlte in seiner hinteren Hosentasche und zog seine Geldbörse hervor.
»Ah, da ist sie ja. Guter Mann, wir haben noch etwas vor. Könnten Sie uns auf direktem Weg zur Wall Street bringen?«

41

Wüste Nevada – Bunker Whitestar

June Madlow war hochgradig angespannt. Sie musste sich zwingen, ihre Angst zu unterdrücken. Jeder Zugriff auf interne Daten wurde in Echtzeit an das Kontrollzentrum übermittelt. Dass ihr kleiner Trick mit der Umgehung funktioniert haben könnte, war eine reichlich optimistische Sicht der Dinge, auch wenn sie es inständig hoffte.
Sie prüfte die Handyverbindung. Doch die gesamte Kommunikation nach außen war tot, obwohl die Bunkeranlage mit einer speziellen Signalverstärkung ausgestattet war.
Wieder musste sie an Torben Arnström denken. Die Art und Weise, wie man mit diesem letztlich harmlosen jungen Mann umsprang, machte ihr schmerzlich bewusst, dass sie blind für die Menschenverachtung der CIA gewesen war. Es war ein gewaltiger Unterschied, ob man geldgierige Black-Hat-Hacker und aggressive Aktivisten hochnahm oder ob man einen Idealisten wie Arnström drangsalierte. Dessen Verbrechen

bestand schlimmstenfalls im Wunsch nach mehr Transparenz. Trotzdem hatte man ihn wie einen gewaltbereiten Terroristen behandelt. Sie wusste zwar nicht genau, was mit ihm im Labor passiert war und wie Clark sich seine Bestrafung vorstellte, doch es war keine Frage, dass er dringend Hilfe brauchte.

Ratlos starrte sie auf ihr totes Handy. Den einzigen rettenden Hinweis konnte das wissenschaftliche Personal geben. Aber auch nur in die Nähe des Labors zu gelangen, ohne sofort von den Kameras erfasst zu werden, war aussichtslos. Also musste sie einen anderen Weg finden. Fieberhaft rief sie sich den Lageplan des Bunkers in Erinnerung, der in Clarks Büro hing. Wenn sie es richtig behalten hatte, befanden sich die Unterkünfte der Wissenschaftler ganz in der Nähe des Flughangars.

Es war Zeit zu handeln. Sie schnallte sich ihr Waffenhalfter um. Dann lud sie die Pistole durch, streifte einen schwarzen Blazer über und verließ ihr unwirtliches Domizil.

Während sie sich in Richtung des Hangars vorarbeitete, bedauerte sie, dass sie sich im Bunker mit ihrer abweisenden Art keine Freunde gemacht hatte. Die meisten Mitarbeiter kannte sie nicht einmal. Jemanden als Komplizen zu gewinnen oder gar eine Meuterei anzuzetteln konnte sie vergessen. Verstohlen sah sie zu den Kameraaugen hoch, die sie im Abstand von wenigen Metern im Visier hatten. Neben den Unterkünften war der einzige Ort, an dem man sich ohne flächendeckende Überwachung bewegen konnte, die Kantine. Ob es dort aussichtsreicher wäre, jemanden von den Wissenschaftlern anzutreffen? Auf jeden Fall war es unauffälliger.

Nach kurzem Überlegen machte sie kehrt und richtete ihre Schritte in Richtung Kantine. Während ihr das Herz bis zum Hals klopfte, ging sie durch die kalten Flure des Bunkers.

Das Summen der Belüftungsanlagen dröhnte in ihren Ohren. Jedes Mal, wenn sie uniformierten Soldaten oder Mitarbeitern in Zivil begegnete, grüßte sie militärisch, ohne sich ihre Aufgewühltheit anmerken zu lassen. Niemand achtete weiter auf sie. Und niemand ahnte, dass die toughe Agentin June Madlow, der Stolz der CIA, im Begriff war, sich ihren Anweisungen zu widersetzen.

In der Kantine wurde gerade das Abendessen ausgegeben, es war brechend voll. Rasch sondierte sie die Lage. An den rund dreißig Tischen saßen überwiegend Soldaten und ein paar Agenten, zwei davon hatte sie in der Kommandozentrale gesehen. Am Tisch in der hinteren rechten Ecke entdeckte sie jene blasse, zierliche Frau in weißem Kittel, die zwei Tage zuvor mit Orlando zu Mittag gegessen hatte. Völlig in sich gekehrt, widmete sie sich ihrem Dinner. Sie trug eine schwere Hornbrille, ihr dunkelblondes Haar hatte sie zu einem Knoten geschlungen. Neben ihr saß ein Soldat, der ihr allerdings keine Beachtung schenkte.

June fiel wieder ein, wie aggressiv sich Clark den zerbrechlich wirkenden Orlando vorgeknüpft hatte. Bestimmt wusste seine Kollegin, worum es dabei gegangen war. Nachdem sie sich einen Schinkentoast genommen hatte, steuerte sie die hintere rechte Ecke an.

»Hallo, ist hier noch Platz?«, fragte sie und lächelte den hageren, uniformierten Mann an, der einen doppelten Hamburger in den Händen hielt.

Bereitwillig rückte er ein Stück beiseite. »Ja sicher, Madam, bin sowieso gleich fertig.«

June atmete auf. Das gab ihr die Möglichkeit, wenigstens für kurze Zeit allein mit der jungen Frau zu sein.

Doch einen Augenblick später erhob sich die Laborangestellte, nahm ihr Tablett und ging zur Geschirrrückgabe. June konnte sich nur noch ihr Namensschild einprägen, auf dem Dr. Susan Olbraine stand. Ich muss aufs Ganze gehen, dachte sie. Jetzt ist die Gelegenheit! Hastig nahm sie einen Bissen von ihrem Toast und verzog angewidert das Gesicht.

»Nicht zu glauben, was für einen Fraß die uns hier vorsetzen«, sagte sie zu ihrem Tischgenossen, der immer noch mit seinem Hamburger beschäftigt war. »So viel zum Thema Dinner-Cancelling.«

Mit gespieltem Unmut stand sie auf und eilte zur Geschirrrückgabe.

»Mrs. Olbraine?«, sprach sie die junge Frau an. »Agent Madlow. Ich muss unbedingt mit Ihnen reden.«

Verwirrt sah die Wissenschaftlerin zu June auf, die einen guten Kopf größer als sie selbst war.

»Ich – ich muss zurück ins Labor. Worum geht es denn?«

Ihre geröteten Augenlider und der flackernde Blick, mit dem sie die ihr fremde Agentin musterte, deuteten darauf hin, dass sie unter gewaltigem Druck stand.

»Eine geheime Mission, Befehl von oben«, schwindelte June. Sie zog die Laborangestellte in den Flur zur angrenzenden Küche, um die Lärmkulisse der Spülmaschinen als Deckung zu nutzen.

»Hören Sie, ich weiß, dass Sie an einer neuartigen Strahlentechnologie arbeiten. Darüber brauche ich mehr Informationen.«

»Das … darüber darf ich, na ja, nichts sagen.« Ablehnung und Verunsicherung standen ihr ins Gesicht geschrieben.

June befürchtete, dass die Wissenschaftlerin jetzt gehen oder lauthals protestieren würde, doch sie verharrte. Plötzlich schossen ihr Tränen in die Augen.

»Vertrauen Sie mir«, flüsterte June beschwörend. »Ich brauche Hilfe für einen jungen Mann, der heute von Ihnen irgend-

wie mit einer neuen Methode verhört wurde. Ich muss wissen, was Sie mit ihm gemacht haben.«
Es war deutlich zu sehen, wie die junge Frau mit sich kämpfte. Dann sah sie June fest an.
»Folgen Sie mir in fünf Minuten. Mein Quartier ist Raum KOO1348.«
Wie vom Donner gerührt, sah die Agentin der zierlichen Wissenschaftlerin hinterher, die mit gesenktem Kopf die Kantine verließ. So viel spontane Bereitwilligkeit hatte sie nicht erwartet. Die Mitarbeiter des Labors mussten zweifellos an furchterregenden Projekten arbeiten, so niedergeschlagen, wie sie aussahen. Man konnte nur ahnen, welche Gewissenskonflikte sie durchlitten.
Fünf Minuten also. Seelenruhig nahm sich June einen Cheeseburger und kehrte an ihren Platz zurück. Der Soldat hatte seinen Doppeldecker inzwischen verspeist und sich offensichtlich Nachschlag in Form einer großen Portion Pommes frites geholt.
»Ich bin Ihrem Beispiel gefolgt, offenbar sind die Hamburger essbar«, scherzte June, während sie sich wieder zu ihm setzte.
Er grinste. »Als wir mal in Afghanistan eingekesselt waren, haben wir Ratten gegrillt, da kann mich nichts mehr erschüttern.«
»Wow, das nenne ich Patriotismus.«
Wieder grinste er. »Ich nenn' es Kohldampf, aber wenn Sie so wollen …«
Obwohl June Hamburger aller Art verabscheute, biss sie tapfer in das lappige Brötchen. Sie gab sich den Anschein größter Gelassenheit, in Wahrheit aber lief ihr Hirn auf Hochtouren. Wie um alles in der Welt sollte sie ohne Iriserkennung in den Laborbereich kommen?

Aber selbst wenn sie es bis dorthin schaffte, war das Risiko, das sie einging, mehr als hoch. So viel Wagemut müsste sie möglicherweise mit dem Leben bezahlen. Clark hatte ihr Orlandos Reich unmissverständlich verboten, und wenn sie dennoch hinging, würde es nicht lange dauern, bis man sie als Verräterin entlarvte.
Sollte sie besser umkehren, zurück in die abgesicherte Existenz der Spitzenagentin? Einfach den Bunker verlassen und nach Hause fliegen, als sei nichts gewesen? Noch war nichts verloren. Den Zugriff auf Clarks Mails konnte sie als Versehen darstellen. Es würde einen Verweis geben, vielleicht auch einen Eintrag in ihre Akte, doch sie würde davonkommen. War es das, was sie wollte?
Sie betrachtete den Soldaten, der seine Pommes frites mit einer Cola hinunterspülte, und ihr Vater kam ihr wieder in den Sinn. Zwar hatte er es weit gebracht, doch letztlich war er nur ein kläglicher Befehlsempfänger, bereit, alles zu tun, was die Oberbefehlshaber ihm auftrugen. Und bereit, unterschiedslos zu töten, feindliche Soldaten, Zivilsten, Frauen und Kinder.
So will ich nicht enden, durchfuhr es sie. Nein, der Point of no Return ist erreicht. Aber da war noch mehr: eine gewisse Zuneigung zu Torben Arnström und eine dunkle Vorahnung.
»Also, man sieht sich«, holte der Soldat sie in die Wirklichkeit zurück. Mit einem Kopfnicken in Junes Richtung nahm er sein Tablett und ging.
Über Lautsprecher wurde eine Einheit aufgerufen, sich abmarschbereit zu machen. Die Kantine leerte sich zusehends. Die Unruhe blieb. Mit gedämpften Stimmen diskutierten die restlichen Kantinengäste über den unerwarteten Befehl.
Auch die Agentin überlegte, was das zu bedeuten hatte. Warum wurde alles hermetisch abgeriegelt? Und warum hatte

man für den Rest der Mannschaft die gesamte Kommunikation gesperrt? Diese Maßnahme konnte doch nur bedeuten, dass hier eine Top-Secret-Aktion lief, die kaum legal sein konnte. Clark war dabei, alle rechtsstaatlichen Prinzipien über Bord zu werfen. Ein lange nicht erlebtes Gefühl stieg in ihr hoch: nackte, panische Angst. Sie sah auf die Uhr. Die fünf Minuten waren vorbei.

In den düster beleuchteten Katakomben herrschte Hochbetrieb. Militärische und zivile Bunkerinsassen waren mit Aluminiumkoffern, Rucksäcken und Reisetaschen unterwegs, um an den Sammelpunkten auf ihre Evakuierung zu warten. Inmitten des Gedränges erreichte June den Raum KOO1348. Die Kameras in beiden Laufrichtungen waren gut zu erkennen, doch das Getümmel auf den Gängen schützte sie, wie sie hoffte.

Auch hier wimmelte es von gepäckbeladenen Mitarbeitern. June erkannte einige hochdotierte Offiziere der Air Force, die eigentlich nicht hierhergehörten. Offenbar kamen sie direkt vom Flughangar. Stirnrunzelnd sah sie ihnen nach. Was geschah hier nur?

Als sei es das Selbstverständlichste der Welt, klopfte sie an die Tür. Susan Olbraine öffnete sofort, und einen Wimpernschlag später standen sie allein in einem spartanisch eingerichteten Raum. Ein schmales Bett mit einer roten Tagesdecke, ein Schreibtisch voller zusammengepackter Ordner und ein Spind aus Metall, das war alles. Inmitten des Raums – ein brauner Koffer.

Also wird auch die Wissenschaftlerin ausgeflogen. June vergewisserte sich, dass sich hier keine Überwachungskameras befanden, dann fiel sie mit der Tür ins Haus.

»In den Laboren werden Menschenversuche mit neuen Waffensystemen durchgeführt, stimmt's?«

Das war ein Bluff, aber er funktionierte. Susan Olbraine nickte beklommen.

Jetzt kam June in Fahrt. »Ich muss so schnell wie möglich zum Laborleiter. Können Sie mich zu ihm bringen?«

»Vielleicht«, antwortete die Frau. Wieder traten ihr Tränen in die Augen. »Wenn Sie wüssten, was da drin vor sich geht …«

»Dann helfen Sie mir bitte, in dieses verdammte Labor zu kommen.«

Orlandos Assistentin zögerte nur kurz, dann zog sie aus ihrer Handtasche eine Hornbrille hervor.

»Ist meine Ersatzbrille«, erklärte sie, »setzen Sie die auf.«

Sie ging zum Spind und holte einen weißen Kittel heraus.

»Der ist von meinem Vorgänger, besser zu groß als zu klein, oder? Jedenfalls wird man Sie in diesem Aufzug für eine Wissenschaftlerin halten.«

»Clevere Idee.« June zog sich den Kittel über. »Und Sie meinen, das klappt?«

»Garantieren kann ich Ihnen nichts. Kommt drauf an, wie viel Zeit uns bleibt, bis der CIA-Direktor zurück im Labor ist. Er hat ein Treffen mit Mr. Orlando, soweit ich weiß.«

»Clark ist in einer Lagebesprechung«, erwiderte June. »Offensichtlich mit Militärs. Das dürfte eine Weile dauern.«

»Okay, dann versuchen wir's.« Susan Olbraine straffte ihre Schultern. »Ihre einzige Chance, die biometrischen Erkennungssysteme zu umgehen, ist jemand, der die Autorisierung für den Laborbereich hat. Fragen Sie mich nicht, warum ich das tue. Die stellen mich an die Wand, wenn wir auffliegen.«

Die Tränen liefen ihr jetzt über ihre Wangen.

June legte der jungen Wissenschaftlerin einen Arm um die zuckenden Schultern. »Doch, ich frage Sie.«

»Weil die hier Gott spielen!«, brach es aus ihr heraus. »Weil die Leute quälen, die ohne jede Gerichtsverhandlung in Straf-

lagern inhaftiert sind! Ich habe es so satt! Und ich ertrage es nicht mehr!« Am ganzen Körper bebend, schluchzte sie auf. »Sie müssten mal die Schreie dieser armen Teufel hören! Sie verfolgen mich bis in meine Träume. Ich habe große Schuld auf mich geladen, weil ich mitgemacht habe.«
»Dafür tun Sie jetzt das Richtige. Muss ich noch irgendetwas beachten, bevor es losgeht?« June zog ein Tuch aus einer Kleenexbox und gab es der Wissenschaftlerin.
Sie schnäuzte sich. »Manchmal werden hinter der biometrischen Kontrolle noch die Ausweise gecheckt. Dann können wir einpacken. Aber wenn wir Glück haben …«
»Haben wir!«
Im Innenspiegel der Spindtür begutachtete June ihre Verkleidung und zwirbelte ihr Haar zu einem Knoten.
Susan Olbraine gab ihr ein Haargummi. »Wie Schwestern sehen wir jetzt aus.« Sie schniefte noch einmal. »Was haben Sie denn genau vor?«
»Wenn wir drin sind, zeigen Sie mir unauffällig den Weg zu Orlando, den Rest überlassen Sie mir. Was für Kontrollen gibt es im Labor?«
»Alle paar Stunden kommen zivile Securitys und checken alles. Die kennen eigentlich jedes Gesicht. Wir brauchen viel Glück.« Susan atmete tief durch.
June strich den Kittel glatt und überprüfte den Sitz ihres Haarknotens. Je mehr sie erfuhr, desto tollkühner erschien ihr der Plan. Doch die plötzliche Hilfsbereitschaft der Wissenschaftlerin ermutigte sie.
»Und es gibt drinnen keine Kameras?«
»Nicht im Labor, offiziell aus technischen Gründen, aber wohl mehr wegen der Geheimhaltung.«
Wenigstens das, dachte June. Sie taxierte noch einmal die Laborassistentin. Ob sie durchhalten würde, labil, wie sie war?

»Versuchen Sie, cool zu bleiben. Tun Sie das, was Sie immer tun. Sollte was schiefgehen, sagen Sie, ich hätte Sie dazu gezwungen. Ich bin bewaffnet.«

Knapp zwei Minuten später hatten June Madlow und Susan Olbraine den Eingang zum Labor erreicht. Voller Respekt beobachtete June, wie die zierliche Frau über sich selbst hinauszuwachsen schien. Nichts von ihrer eben noch herrschenden Unsicherheit war ihr anzumerken.

Wie selbstverständlich betraten sie den Bereich. June Madlow spürte, wie sich ihr Puls beschleunigte. Ab jetzt gab es kein Zurück mehr. Sie sagte keinen Ton, als sie Susan Olbraine durch die Schleuse folgte.

Als Erstes sah sie durch Glaswände getrennte Büros mit Computern, Messgeräten und merkwürdigen Apparaturen. Sechs Mitarbeiter waren so damit beschäftigt, Kurven und Diagramme auf den Rechnern auszuwerten, dass sie die beiden Frauen nicht wahrnahmen. June prägte sich alles ein. Mit ihrem jahrelang trainierten fotografischen Blick suchte sie nach Hinweisen, irgendwelchen Dingen, die ihr jetzt oder später weiterhelfen könnten. Mit etwas Abstand folgte sie ihrer neuen Komplizin.

Von den Glaskabinen aus ging es weiter ins Allerheiligste, in einen Bereich, der von den Laboren nicht einsehbar war. Geräuschlos öffnete Susan Olbraine eine gepolsterte Tür, die in ein Büro führte. Es war überraschend klein und nur von einer Schreibtischlampe erhellt, die auf einem weißen Metalltisch stand. Dahinter hockte Darien Orlando und starrte auf seinen Laptop.

»Sir«, machte sich die Wissenschaftlerin bemerkbar.

»Wer ist diese Frau? Was macht sie hier?«, fuhr Orlando auf, als er neben seiner Mitarbeiterin die Agentin entdeckte.

Er wirkte noch kleiner und zerbrechlicher, als June ihn in

Erinnerung hatte. Der verschreckte Ausdruck in seinem Gesicht zeigte ihr, dass ihn Furcht und Schuldbewusstsein offenbar seit Jahren zermürbten, aber da war noch etwas anderes, etwas, das sie nicht deuten konnte. Es weckte ihren Instinkt, diesem Mann keine Sekunde Vertrauen zu schenken.
June reckte sich auf und bemühte sich, einen Tonfall stählerner Autorität anzuschlagen. In ihren Augen war Orlando der geborene Untergebene, gewohnt, nahezu reflexartig auf Befehle zu reagieren. »Sie sagen mir auf der Stelle, welche Experimente Sie mit Torben Arnström durchgeführt haben!«
Orlando zuckte zusammen. »Ich habe zu tun.« Mit fahrigen Bewegungen begann er, auf seiner Arbeitsplatte herumzusuchen, die mit elektronischen Bauteilen, Skizzen und Plastikbechern übersät war. »In einer Viertelstunde muss ich Direktor Clark Rapport erstatten. Außerdem kenne ich keinen – Thomas ... äh, wie hieß er noch?«
June Madlow registrierte, wie er sich wand. Sie zog ihre Waffe und lud sie mit einer schnellen Bewegung durch. »Ich meine den Mann, dem Sie fast das Gehirn aus dem Kopf geblasen haben. Besser Sie sagen mir gleich, was los ist, sonst passiert Ihnen dasselbe, darauf können Sie sich ein Ei backen.«
Orlando schien komplett überwältigt, als würde er gerade innerlich zerreißen und nicht wissen, wie er sich zusammenhalten könnte. Abwechselnd blickte er auf Junes Waffe und in das vorwurfsvolle Gesicht seiner Mitarbeiterin. Er hob die Hände. »Nicht schießen! Was wollen Sie wissen?«
»Was für Waffen Sie hergestellt haben und an wen sie geliefert wurden. Und dann sorgen Sie dafür, dass Torben Arnström medizinisch behandelt wird.«
Der Wissenschaftler ließ die Hände in seinen Schoß sinken. »Also gut, aber ich stelle eine Bedingung.« Er wühlte aus einem Haufen von Papieren einen Zettel hervor und schrieb

einen Namen und eine Adresse darauf. »Ich möchte, dass meine Frau erfährt, dass ich lebe und dass ich ohne Verhör das Land verlassen kann.«

»Also hat man Sie erpresst?«

»Denken Sie etwa, ich mache das hier freiwillig?«

»Ich denke, dass Sie hier eine Riesenschweinerei angerichtet haben.« June musste an sich halten, um den mageren kleinen Mann nicht zu schütteln. »Aber ich verstehe, dass Sie Angst um Ihre Familie haben.«

»Wir haben hier alle Angst um unsere Familien«, ergänzte Susan Olbraine fast unhörbar. Sie band den Gürtel ihres Kittels fest. »Ich kenne keinen, der aus freien Stücken in diesem Labor arbeitet.«

June drückte ihre verschwitzte Hand. »Niemand verurteilt Sie, Susan. Okay, kommen wir zur Sache.«

Orlando reichte ihr den Zettel mit Namen und Adresse. »Wir haben elektromagnetische Strahlenwaffen entwickelt. Die eine Version ist für die Zerstreuung von großen Menschenansammlungen gedacht. Sie basiert auf emotionalem Stress, der durch niederfrequente elektromagnetische Wellen erzeugt wird.«

Jetzt ging June ein Licht auf. In den Nachrichten hatte sie die Bilder aus New York gesehen, Bilder von panischen Demonstranten, die scheinbar ohne jeden äußeren Anlass geflohen waren. »Weiter, Mr. Orlando.«

Als erwartete er für das Kommende Schläge, zog er den Kopf ein. »Die andere Waffe – nun, Waffe ist eigentlich nicht das richtige Wort. Die andere Apparatur kann in das Unterbewusstsein von Menschen eindringen, um ihren Willen zu brechen und ihre Gedanken zu kontrollieren. Diese Technologie soll vielleicht gegen Terroristen zum Einsatz kommen, bei Verhören zum Beispiel. Aber glauben Sie mir, mehr weiß

ich nicht. Ich kenne nicht einmal einen Projektnamen, geschweige denn, was der Direktor damit plant.«
June Madlow verzog angewidert das Gesicht. Was hier ablief, verdichtete sich zu einem Albtraum. Sie musste diesen Mann dazu bringen, mehr auszupacken. Konnte sie Torben helfen?
»Ich hoffe, Sie sind nicht wirklich so naiv, Mister Frankenstein. Wenn das funktioniert, wird diese Maschine nicht nur für Verhöre eingesetzt. Dann wird man Menschen in großem Stil manipulieren.«
Schlagartig wurde ihr klar, dass diese Technologie der Auslöser für Torben Arnströms Sinneswandel war. Clark hatte ihn zu einem willfährigen Roboter machen wollen. Ihre Verachtung wuchs ins Unermessliche. Sie ging zum Schreibtisch und stützte sich mit beiden Händen darauf, während sie den Wissenschaftler anschrie.
»Sie verdammter Idiot! Ist Ihnen denn nicht klar, dass Sie mit Ihrer Wunderwaffe Armeen von willenlosen Agenten, Polizisten und Soldaten erzeugen? Abgerichtete Befehlsempfänger ohne jede Gewissensfreiheit? Und dass sich damit jeder Protest im Keim ersticken lässt? Sie wissen doch, was draußen auf den Straßen los ist! Der Staat kann die Demonstranten nicht einfach abknallen, aber wenn er sie psychisch brechen kann, umso besser!«
Orlando war zusehends in seinem Sessel geschrumpft. Sein Blick wendete sich ab.
»Im Moment interessiert mich vor allem, wie man Arnströms geistige Gesundheit wiederherstellen kann! Der Mann steht völlig neben sich. Dabei ist er vermutlich der Einzige, der uns helfen kann, Ihrer Frau ein Lebenszeichen zu senden. Wenn einer die Kommunikation zur Außenwelt wieder einrichten kann, dann er. Vorausgesetzt, er kann geradeaus denken.«
Jetzt hatte sie den Wissenschaftler an seiner verwundbarsten

Stelle getroffen. »Ja, ich werde alles für diesen Arnström tun«, beteuerte er. »Bringen Sie ihn her, und ich versuche, ihn wieder einzupegeln.«

June nickte grimmig. »Sonst noch Leichen im Keller? Wie oft kam Ihr Manipulationsdings schon zum Einsatz? Wie vielen Leuten haben Sie schon das Gehirn gewaschen? Zehn, hundert, tausend?«

Stöhnend stützte Orlando seinen Kopf in die Hände. »Es gibt noch ein paar Probleme mit der Reichweite und mit der multiplen Anwendung. Die kleinen Psychotronics können nur etwa vierzig Personen mit spezifischen Informationen oder Anweisungen versorgen.«

»Na, Gott sei Dank«, seufzte June. »Trotzdem muss ich schleunigst an die Daten ran, um Schlimmeres zu verhindern. Hinter diesem Projekt steht eine kapitale Verschwörung, begreifen Sie das denn gar nicht?«

Susan Olbraine ergriff beschwichtigend den Arm der Agentin. »Noch ist ja alles in der Testphase. Bisher gelingt es nicht, einen Probanden länger als eine Stunde zu ungewollten Handlungen zu bewegen, danach wissen wir nicht, was weiter geschehen kann, welche Wirkungen oder Nebenwirkungen es verursacht.«

»Das habe ich auch dem Direktor versucht zu erklären«, bestätigte Orlando. »Sie sehen, die Sache ist noch nicht ausgereift.«

June Madlow überlegte. »Was ist, wenn eine Stunde reicht?«

»Für was?«, fragte der Wissenschaftler.

»Für Aktionen, zu denen man jemanden mit anderen Mitteln nicht zwingen kann. – Wie hoch ist denn eigentlich die Reichweite dieser Psychotronics?«

Der Forscher wirkte verbissen. Nur die Waffe in June Madlows Hand war ein überzeugendes Argument.

»Theoretisch unbegrenzt. Sie könnten beide Geräte sogar weltweit über einen speziellen Satelliten einsetzen, sobald Sie online sind. Wie gesagt, das alles erreicht maximal eine Gruppe von vierzig Leuten. Die große Anlage befindet sich in dem Labor neben uns. Aber ich weiß nicht, ob außer dem Prototyp schon mehr gebaut wurden und was überhaupt geplant wird.«

»Und das wollen Sie verantworten? Was würde Ihre Frau wohl dazu sagen? Meinen Sie, dass sie einen elenden Feigling wie Sie überhaupt wiederhaben will?«, provozierte sie den Mann vor sich.

Die Worte schienen ihn wie Hiebe mit einem Baseballschläger zu treffen. Es reichte Orlando offensichtlich. Plötzlich wirkte er entschlossen, wie von einem Trauma befreit, als hätte er endlich begriffen, dass es jetzt um alles ging. Er strich sich die schütteren Haarsträhnen zurück und stand auf. »Sie müssten die Satellitenanbindung unterbrechen, damit die psychotronischen Signale nicht gesendet werden können. Kommen Sie mit. Wir haben ja sowieso nur noch unser Leben zu verlieren.«

Er führte die beiden Frauen in einen Nebenraum, dessen Wände vom Boden bis zur Decke mit dunkelgrauen Stahlschränken bedeckt waren. Umständlich schloss er einen der Schränke auf und holte eine zylindrische Apparatur heraus, die metallisch glänzte.

»Das ist eine der Strahlenwaffen«, erklärte er. An der seitlich angebrachten Bedienungsoberfläche, auf der sich verschiedene Tasten, Leuchtdioden und ein streichholzschachtelgroßer Bildschirm befanden, aktivierte er das Gerät. Dann tippte er eine Zahl ein, die June sich merkte: 6,68.

»Ist das die Frequenz?«, fragte sie.

»Richtig erkannt.«

Nun ging Orlando zu einem Computer, verband ihn durch

ein Kabel mit der Strahlenwaffe, und lud über eine Software Daten hoch.

June Madlow beobachtete ihn misstrauisch. Doch es blieb ihr ohnehin nichts anderes übrig, als dieser armseligen Gestalt zu vertrauen.

Schließlich zog er den Stecker. »Mit diesem Gerät können Sie Ihren Freund, sagen wir mal, wieder in den Normalzustand bringen. Es überträgt keine psychotronischen Informationen, aber die eingestellte Frequenz der elektromagnetischen Wellen hilft ihm. Sie dürfen den Zylinder aber nur ein oder zwei Sekunden auf seine Augen richten, aus einer Entfernung von mindestens zwei Metern.«

Etwas unheimlich war June das Ganze schon. »Und dann passiert – was?«

»Es wirkt wie eine Art Gedankenregression«, erläuterte Orlando die Wirkung. »Damit wird das Gehirn wieder auf seine normale Frequenz gebracht.«

»Verstehe.«

Susan Olbraine ergriff Junes Hand und drückte sie fest. »Bitte, holen Sie uns hier raus und sagen Sie der Welt, was hier vor sich geht!«

So weit hatte June Madlow überhaupt noch nicht gedacht. Vorerst hatte sie den nächsten Schritt im Auge: Sie müsste an Torben herankommen, dieses unheimliche Gerät zum Einsatz bringen, und das alles, ohne aufzufallen. Die größte Gefahr drohte von Clark. Immerhin durfte sie den Bunker nicht verlassen, also hatte er noch etwas mit ihr vor. Es war nur eine Frage der Zeit, wann er sie suchen lassen würde.

»Ja, ich hole Sie hier raus«, erwiderte sie zerstreut. »Das bin ich Ihnen schuldig, Susan.«

Gedankenverloren betrachtete sie den Metallzylinder. Das nächste Problem war auch nicht kleiner: Wenn sie es über-

haupt schaffte, das fatale Psychoprogramm in Torbens Hirn zu löschen, musste er heimlich an einen Rechner gelangen, um die bestens gesicherten Datenbanken zu knacken.
Wenigstens habe ich noch mein iPad dabei, dachte sie. Ihr iPad war randvoll mit Software, die sie bei ihren Einsätzen gegen Anonymous-Aktivisten gebraucht hatte.
»Ich muss hier schnellstens raus«, wandte sie sich an Orlando. »Irgendeine Idee, Superhirn?«
Der Wissenschaftler zeigte auf seinen Rechner, und June umrundete den Schreibtisch. Auf dem Monitor baute sich eine Grafik auf. »Das ist die elektronische Steuerungsanlage für das Labor. Ich werde einen Kurzschluss legen. Das wird für ausreichend Verwirrung sorgen, und Sie gewinnen Zeit.«
Unwillkürlich betastete die Agentin ihre Waffe. »Ich komm schon klar. Und wenn ich mir den Weg freischießen muss.«

42

Interstate-Autobahn – Richtung New York

Auf der Fahrt nach New York sprachen Nova und Kilian kaum ein Wort miteinander. Noch immer regnete es in Strömen, und draußen wurde es allmählich dunkel. Der Schotte hatte das Radio eingeschaltet. Angespannt verfolgten sie die neuesten Nachrichten, die von immer neuen Protestaktionen berichteten. Kilian saß kerzengerade auf der Rückbank, während Nova sich neben ihm zusammengerollt hatte, versunken in ihre eigenen Überlegungen.
Plötzlich schreckte Kilian auf und stupste Nova an. »Hör doch mal!«

... den Angaben des Justizministers zufolge wurden am Morgen in einer weltweit koordinierten Aktion von Interpol und diversen Geheimdiensten mehr als fünftausend Wohnungen verdächtiger Hacker durchsucht. Es soll sich um Personen handeln, die direkt oder indirekt zu den Unterstützern von Anonymous gezählt werden. Rund dreitausendfünfhundert Menschen wurden in den USA, Europa, Kanada und Großbritannien verhaftet. Die Zusammenarbeit zwischen den Behörden, die Datenauswertung der NSA sowie die lückenlose Dokumentation der digitalen Spuren hätten den schnellen Zugriff ermöglicht, sagte ein Sprecher des Ministeriums in Washington.

Nova richtete sich auf. »Großer Gott, es geht los. Die meinen es ernst. Orwells 1984 war Disneyland dagegen.«

... drohen den Inhaftierten wegen Unterstützung einer terroristischen Vereinigung bis zu zwanzig Jahre Haft. Durch einen heimtückischen Virus, der mutmaßlich von Sympathisanten freigesetzt wurde, kommt es derzeit zu erheblichen Störungen im Internet. Das US-Wirtschaftsministerium bezifferte den weltweiten Schaden auf über einhundert Milliarden Dollar. Daher habe man hart durchgegriffen. Gerüchte, dass es sich hierbei um den Beginn einer Internetzensur handeln könnte, wiesen die Behörden entschieden zurück.

Mit einem Seufzer beugte sich Kilian zu Nova. »Wenn Torbens Verschwinden, die Netzzensur und der Einsatz dieser Psychowaffen zusammenhängen, müssen wir das an die Öffentlichkeit bringen.«

»Das habe ich doch gleich gesagt. Diese ganze verdammte Heimlichtuerei bringt nichts. Manchmal kommst du mir echt wie ein kleiner Hosenscheißer vor, der sich in einem Computerspiel verirrt hat.«

Kilian zuckte mit den Schultern. »Ich dachte eben, dass wir

Torben schützen müssen, schon allein wegen Mister Geheimnisvoll Norris.«
»Dieser Kerl hat ein total mieses Spiel mit Torben abgezogen!«, ereiferte sich Nova. »Hat ihm einen Köder hingeworfen und sich dann einfach vom Acker gemacht. Die elektromagnetischen Waffen sind sicher nur ein Stein im Puzzle von Norris. Und jetzt hat Torben die Scheiße an der Hacke, während dieser Typ vielleicht auf Kuba sitzt und seinen fetten Bauch in die Sonne hält. Vielleicht ist er gar nicht tot.«
»Ein Grund mehr, an die Öffentlichkeit zu gehen. So ein Mist, dass mein Laptop futsch ist. Wenigstens habe ich noch einen in der Wohnung.«
Der Taxifahrer warf irritierte Blicke in den Rückspiegel, weil die beiden laut geworden waren. Da sie Schwedisch sprachen, mussten sie keine Rücksicht nehmen. Inzwischen hatte Nova ihr uraltes Handy aus der Hosentasche gezogen.
Kilian runzelte die Stirn. »Was hast du vor?«
»Das Handy ist vielleicht die einzige Chance, damit Torben mit uns Kontakt aufnehmen kann.«
Sie sagte es mit einem Blick, den Kilian nur zu gut kannte. Es würde unmöglich sein, sie davon abzubringen. Dennoch versuchte er es. »Hör zu, das ist völlig crazy, die finden uns doch sofort, wenn du das Ding anschmeißt.«
»Keine Sorge, es ist ein Prepaidhandy.«
»Hallo?« Kilian schüttelte den Kopf. »Kannst du zur Abwechslung mal deine grauen Zellen benutzen? So ein Handy ist genauso gefährlich wie alle anderen.«
»Wie bitte?«
»Mittlerweile kann man jede Stimme nach einer gewissen Zeit einem Handy zuordnen. Was glaubst du, warum sich die Drogendealer alle paar Tage eine neue Karte holen. Du kannst das Handy ab und zu anschalten, aber du darfst auf keinen

Fall telefonieren und auch keine SMS senden. Solltest du tatsächlich etwas von Torben bekommen, schaltest du es aus, und wir müssen sofort den Standort wechseln.«

»Okay, okay, big brother.« Nova ärgerte sich, dass sie nicht selbst darauf gekommen war. »Aber lass uns mal weiterdenken. Diese Verhaftungswelle gegen Anonymous kann doch nur der Auftakt für etwas Größeres sein. Aber was? Der Netzausfall gestern geht jedenfalls bestimmt nicht auf das Konto von Anonymous. Dafür fehlt denen sicherlich das technische Know-how.«

»Musst du gerade sagen. Du mit deinem genialen Prepaidhandy.«

Mittlerweile hatten sie über die Interstate 95 die Newark Bay mit ihren gigantischen Hafenanlagen erreicht. Von der Autobahnbrücke aus sahen sie die Lichter der Werften und Containerschiffe, die die Schwärze der Nacht erhellten. Kilian erinnerte der Anblick an seine Studienzeit in Hamburg, wo er oft am Elbstrand gesessen hatte, fasziniert von den illuminierten Werften am anderen Ufer.

»Entschuldigung die Herrschaften, wohin genau soll ich Sie bringen?« Der inzwischen müde wirkende Chauffeur blickte in den Rückspiegel zu Kilian.

»In die Upper East Side, 1151 Lexington Allee«, antwortete Kilian. »Sie sind übrigens super gefahren. Und da ich Sie schon um Ihr Abendessen gebracht habe, sollte das Trinkgeld reichen, um Ihnen ein Dinner im besten Restaurant New Yorks zu spendieren.«

Zwanzig Minuten später hielt der Wagen vor einem Haus, das zwischen einem Nagelstudio und einer chemischen Reinigung lag. Die Straßenbeleuchtung erhellte eine rötliche Fassade, deren Farbe fleckig wirkte, wie überhaupt das ganze Haus einen eher renovierungsbedürftigen Eindruck machte.

»Das hatte ich mir jetzt aber anders vorgestellt«, mokierte sich Nova. »Ich dachte, wir steigen in einem Luxusschuppen am Central Park ab.«
Kilian konnte sich ein Grinsen nicht verkneifen. Er bezahlte den Fahrer, schlug ihm freundschaftlich auf die Schulter und stieg aus.
»Mein Onkel ist alles andere als reich, wenn er auch nicht gerade Mülltonnen durchwühlt«, rief er Nova zu, die ebenfalls ausgestiegen war. »Mein Vater und er haben sich schon als Jugendliche zerstritten, weil sie komplett unterschiedlich sind. Seitdem wollte mein Onkel nichts mehr mit dem Familienunternehmen zu tun haben.«
»Ach, das schwarze Schaf der Familie. Kein Vorzeigekapitalist wie dein Vater?«
»Ohne diesen Vorzeigekapitalisten hätten wir nicht unbemerkt in die USA einreisen können, schon vergessen?«
Er ging in das Nagelstudio, das trotz der späten Stunde noch geöffnet hatte. »Sexy Nails« verkündete das Neonschild darüber, im Schaufenster hingen verblichene Poster von Hollywoodschönheiten.
Als Nova ihm folgte, sah sie, wie er von einer unförmig dicken Frau in einem rosa Kittel umarmt wurde, die Lockenwickler im Haar trug.
»Long time no see«, sagte sie mit kehliger Stimme. »Du willst bestimmt den Schlüssel, was, Sweetheart?«
»Genau, Rosie.«
Die Frau verschwand durch einen Vorhang aus Perlenschnüren im Hinterzimmer und kam mit einem altmodischen, großen Schlüssel zurück.
»Hier, ihr beiden Turteltauben. Und bring deine Freundin morgen zur Maniküre vorbei, sie hat es nötig. Ich mache einen guten Preis.«

Verschämt versteckte Nova ihre Hände in den Hosentaschen ihrer Jeans. Eine Maniküre hatte sie sich noch nie geleistet. Was ihr jedoch die Röte ins Gesicht trieb, war die Tatsache, dass diese Frau sie für Kilians Freundin hielt.

»Bin nur ein Kumpel«, sagte sie hastig. »Nichts weiter.«

Die Frau grinste. »So was kann sich schneller ändern, als du denkst, Baby.«

Auch Kilian schien diese Unterhaltung unangenehm zu sein. Er umarmte Rosie noch einmal, dann ging er hinaus und schloss die Eingangstür zum roten Haus auf.

Ein Gestank nach Müll, Urin und altem Fett schlug ihnen entgegen. Der schummrige Hausflur war angefüllt mit lauter Musik und Kindergeschrei, das aus den Wohnungen drang.

»Ist'n echter Held, dein Onkel.«

»Tja, von dem Reichtum der Familie hat er wahrlich nicht profitiert. Im Gegenteil: Er hat sogar aufs Erbe verzichtet und sich mit einem Computerhandel durchgeschlagen.«

Schweigend stiegen sie die Treppen hoch bis in den vierten Stock. Die Wohnungstür war mit Graffiti besprayt, die Klingel hatte jemand aus ihrer Verankerung gerissen. Nur die Drähte hingen noch aus der Wand.

»Ich fühl mich wie zu Hause, aber dass du hier manchmal wohnst – kaum zu glauben.«

»Du hältst mich wohl für einen unverbesserlichen Snob, was?«, sagte Kilian, während er mit dem Schlüssel erst einen massiven Metallriegel entsicherte und dann die Tür damit öffnete. »Für mich war das hier immer der Zufluchtsort, an dem ich mich wohlgefühlt habe, wenn mein Vater mal wieder einen seiner Autoritätsanfälle hatte.«

Sie traten ein. Kilian schaltete die Beleuchtung an. »Voilà, Madame.«

»Wow, sieht total gemütlich aus!«

Der lange, weinrot gestrichene Korridor mit breiten Dielen wurde von edlen Jugendstillampen beleuchtet. Neben einer antiken Holzgarderobe glänzte ein hoher Spiegel mit vergoldetem Rahmen. An den Wänden hingen Gemälde in expressionistischer Manier.

Aufmerksam betrachtete Nova die Bilder. »Malt dein Onkel?«

»Ja, und gar nicht mal so schlecht. Er selbst nennt das Dekokunst.«

»Wo ist er jetzt?«

»Die meiste Zeit in Los Angeles bei seiner neuen Frau.« Kilian ging auf einen gewölbten Durchgang zu, der mit roten Samtportieren geschmückt war. »Komm, gehen wir in mein kleines Asyl.«

Nova machte große Augen. »Klein? Nennst du das klein, du Komiker?«

Der Raum hatte gut vierzig Quadratmeter. Neben einem breiten Doppelbett, das mit einer grau-weiß gemusterten Tagesdecke überzogen war, stand ein Schrank mit hellgrauen Milchglastüren. Zwei schlichte Nachttische, ebenfalls in Hellgrau, ein großer Flat-Screen-Fernseher und eine Musikanlage rundeten das Ensemble ab. Alles wirkte sorgfältig ausgewählt.

Beeindruckt sank Nova auf das Bett. »Ich habe einen Bärenhunger. Meinst du, dein Onkel hat was in der Tiefkühltruhe?«

»Bestimmt.« Kilian machte sich an der Musikanlage zu schaffen. Eine Sekunde später erfüllte eine asiatisch klingende Entspannungsmusik das Zimmer. »Nimm dir einfach, was du willst, die Küche findest du am Ende des Flurs. Und bring mir irgendwas zu trinken mit. Derweil werde ich alles, was wir wissen, in die Blogs hauen.«

Er zog die graue Samtgardine ein Stück weit auf und deutete auf den Laptop. »Das ist der sinnvollste Weg, um Torben zu helfen. Wir müssen die Behörden an einem empfindlichen Punkt treffen. Ich hoffe, dass wir so genug Anonymous erreichen, die sich an die Sache ranhängen. Ich muss schauen, ob ich TOR installiert habe.«
»Du willst mit TOR ins Netz?« Nova kniff die Augenbrauen zusammen. »TOR kannst du vergessen. Aber über Ghost teilen wir uns die IP-Adresse mit mehreren Usern, so gewinnen wir wertvolle Zeit.«
»Sorry, klar, der Punkt geht an dich. Hätte ich mir auch nicht träumen lassen, dass ich mal auf die Schleichwege von Hackern setzen muss. Du hast eine Menge von Torben gelernt, stimmt's?«
Nova legte eine Hand auf Kilians Schulter. »Glaubst du, dass er noch lebt?«
Auf einmal spürte Kilian ein Kribbeln, das sich entlang seiner Wirbelsäule ausbreitete. Er wusste nicht, ob es an Novas Berührung lag oder an ihrer Frage. Ein Schauder durchfuhr ihn, unwillkürlich hob er die Schultern. »Es gibt keinen Grund, ihn zu töten, Nova. Sie brauchen ihn, sonst hätten sie ihn ja wohl nicht gekidnappt. Die haben mit Sicherheit auch schon mitgekriegt, dass er ein kleines Genie ist.«
»Dein Wort in Gottes Ohr.« Sie zog ihre Hand zurück und machte sich auf den Weg in die Küche.
Kilian klappte den Laptop auf, setzte sich aufs Bett und installierte das Ghost-Programm. Was dann kam, war äußerst ernüchternd: Die meisten der relevanten Blogs waren offline.
»Das kann ja wohl nicht wahr sein«, schimpfte er halblaut vor sich hin. »Es war doch nur die Rede von einzelnen Störungen.«
Er schlug förmlich die IP-Adresse des IRC-Chat von Voxa-

non in die Tasten. Jetzt, endlich wurde er fündig. Das globale schwarze Brett von Anonymous war übervoll, es liefen die wildesten Debatten über die aktuelle Lage. Dann stutzte er. Irgendwas war merkwürdig. Einige User verschwanden unmittelbar, nachdem sie sich eingeloggt hatten. Er stopfte sich ein Kissen in den Rücken und begann, eine Warnung zu schreiben.

Achtung, Leute, unbedingt lesen und weitermailen! Unser Freund Torben Arnström wurde verhaftet, vermutlich zusammen mit Commander Zero. Wir glauben, dass das Netz bald gesperrt wird. Dann ist es zu spät, irgendwen zu warnen. Verlasst alle den New Yorker Financial District. Dort kommen mit hoher Wahrscheinlichkeit elektromagnetische Waffen zum Einsatz, die alles zur Eskalation bringen könnten.

So schnell er konnte, hatte er den Text geschrieben. Er drückte die Entertaste, um ihn zu senden. Im selben Augenblick war sein Text verschwunden. Weg. Einfach weg vom Bildschirm. Kilian starrte wie vom Blitz getroffen auf den leeren Screen.

»Was ist los? Du siehst aus wie schockgefroren!«

Nova war mit einem Teller voller Pizzastücke hereingekommen.

»Scheiße, die haben wirklich Filter eingebaut«, sagte Kilian wütend. »Selbst der IRC ist tot.«

»Der Kill switch act?«

»Sieht so aus. Aber ich kann mir nicht vorstellen, dass alle Provider dabei mitmachen. Anonymous versuchen Websites der Medien zu kapern, wenn ich das hier richtig verstehe.« Fassungslos zeigte Kilian auf ein Posting, das sofort wieder verschwand. Er loggte sich aus und fuhr den Computer runter. Kraftlos ließ er sich in die Kissen fallen.

»Also, erst mal gibt es lecker Tiefkühlpizza.« Nova stellte ihr

Backwerk neben den Laptop ab. »Und dann heißt es bye-bye digitale Welt, willkommen in der analogen Wirklichkeit.«
»Was?« Kilian angelte sich ein Stück Pizza. »Willst du etwa mit der Hand Flugblätter schreiben und aus dem vierten Stock schmeißen?«
Die Grimasse, die Nova zog, passte zu ihrem roten, geschmückten Zopf wie der Deckel auf den Topf. »Klar, und ich male auch noch Blümchen drauf!«
»Tickst du jetzt komplett aus?«
Trotz der angespannten Situation brach Nova in Lachen aus. »Mann, bist du spaßbefreit! Wir müssen zur Wall Street, Kilian. Da, wo der Kampf stattfinden wird.«

43

Wüste Nevada – Bunker Whitestar

Die Rechner liefen auf Hochtouren. Bis auf die unzähligen Computerexperten war nach der Evakuierung nur noch eine Stammbesatzung von zehn Agenten, zwanzig Soldaten, wenigen Servicemitarbeitern und einem Dutzend Wissenschaftlern stationiert.
Über dem unermüdlich arbeitenden Personal an den Workstations der Kommandozentrale thronte Clark in seinem abhörsicheren Glaskasten und studierte akribisch die Auswertungen von Mindvision. Trotz aller Widrigkeiten schien jetzt alles nach Plan zu laufen. Ein Team von Wissenschaftlern, das der CIA angehörte, hatte ohne Orlandos Wissen seine Erfindung längst perfektioniert und die psychotronischen Signale universell einsetzbar gemacht. Clark traute Orlando

keine Sekunde, alles, was er aufzeichnete, war 24 Stunden am Tag unter Beobachtung gewesen und weiterentwickelt worden. Doch vor zwei Tagen entdeckten seine Spürhunde eine geschützte Datei Orlandos. Die Experten bissen sich die Zähne daran aus, aber sie konnten sie bisher nicht öffnen. Orlando war ein Universalgenie, jeder Geheimdienst würde sich die Finger lecken, so einen Mann zu beschäftigen, das wusste Clark. Doch der Stand der Erkenntnisse reichte, um die Signale zusammen mit der Anlage für die Hirn-zu-Hirn-Kommunikation zu nutzen. Im Gegensatz zum früheren Stadium benötigten die Empfänger daher keine Hirnimplantate mehr. Die Übertragung erfolgte über einen speziell ausgerüsteten Satelliten, der wiederum einen unscheinbaren Verstärker vor Ort ansteuerte und der nicht größer als eine Faust war.

Damit war eine wesentliche Verbesserung des Systems gelungen. Nach dem Experiment mit Torben Arnström hatte das parallel arbeitende Team Clarks sich darauf geeinigt, die Strahlung des lokalen Verstärkers zu reduzieren, sodass sie nicht mehr als Irritation spürbar war. Die Dosis reichte jedoch, um jede Person zu manipulieren, die sich in einem geschlossenen Raum mit diesem Gerät befand.

Clark war so versunken in die Datensätze, dass das Klingeln des Telefons ihn zusammenzucken ließ. Er sah auf die Uhr, es war kurz vor Mitternacht. Am Apparat war einer der Agenten, der mit der Vorbereitung der Operation für das G20-Treffen in Davos beschäftigt war. »Na endlich, Richards. Hat unser Mann vom Secret Service alles bekommen?«

»Ja, Sir, eine Stunde lang bricht hier wie geplant die Kommunikation zusammen.«

Das wird reichen, dachte Clark zufrieden, in dieser Stunde wird der Vizepräsident Fakten schaffen und den Notstand

zunächst in New York ausrufen und, so alles nach Plan lief, dann auf das ganze Land ausweiten.
Er lehnte sich auf seinem Bürostuhl zurück.
»Behalten Sie alles im Auge. Und sollte es Zeugen geben, wissen Sie, was zu tun ist!«
»Keine Sorge, wir sind uns unserer Verantwortung bewusst«, kam es erwartungsgemäß aus dem Hörer zurück.
Der CIA-Direktor hatte mittlerweile alle üblichen Vorschriften gelockert und für den Notfall Schießbefehle erteilt. Um nichts wollte er seine Aktion mehr gefährdet wissen. Dafür war er bereit, über Leichen zu gehen.
»Wir beginnen in Kürze in New York und Washington mit dem Einsatz«, informierte er den Mitarbeiter. »Ich unterrichte den Vizepräsidenten und den Justizminister. Sie sorgen dafür, dass der Präsident nur die abgesprochenen Informationen bekommt, bevor wir starten.«
Nachdem er aufgelegt hatte, wurde ihm, dem alten Kämpfer, doch etwas flau im Magen. In den letzten Tagen hatte er kaum Zeit zum Schlafen gefunden und wenig gegessen.
Doch das war es weniger, was ihm einen kurzen Moment der Schwäche bescherte. Die Entscheidungen waren getroffen, es gab kein Zurück mehr, das wurde ihm jetzt in aller Deutlichkeit bewusst.
Fragte sich nur, ob sein Plan aufging. Immerhin reichten die aktuellen Modifikationen, um Ausfälle wie bei Torben Arnström auszuschließen.
Die bewusst übertriebene Darstellung der aktuellen Sicherheitslage würde für die richtige Einstellung sorgen, so hatte Clark es kalkuliert. Dennoch ging er ein hohes Risiko ein. Es musste absolut verlässlich sein, dass der Präsident von der Kommunikation abgeschnitten bleiben würde, bis die geschaffenen Fakten unumstößlich waren.

Während er immer wieder seine Taktik durchging, fiel sein Blick auf das kleine schwarze Lederetui auf seinem Schreibtisch. Beinahe wehmütig griff er danach und öffnete es. Über dem Fach mit der Identity Card des CIA steckte, von Plastikfolie geschützt, das Foto seiner Frau und seiner Tochter. Drei Wochen war es her, dass er sie das letzte Mal gesehen hatte. Ich hoffe, dass alles schnell vorbeigeht, Luisa, dachte er. Aber noch mehr hoffe ich, du erfährst nie, was ich hier tue.

Die aktuellen Nachrichten, die leise im Hintergrund liefen, beendeten die kurze Erinnerung daran, dass er nicht nur Amtsträger war, sondern auch Ehemann und Vater. Mit angehaltenem Atem betrachtete er die aktuellen Bilder von gewaltigen Demonstrationen in aller Welt, die zusehends eskalierten. Erst als die Bilder nach New York ins UNO-Hauptquartier wechselten, griff Clark zur Fernbedienung und stellte den Fernseher lauter.

... ermahnte der UNO-Generalsekretär die Regierungen in Deutschland, Frankreich und Russland, besonnen auf die unerwartete Radikalisierung der Widerstandsbewegung Occupy zu reagieren. Es müsse alles dafür getan werden, die Gewalt nicht weiter anzuheizen. Nun sei es Aufgabe der Regierungschefs, auf dem G20-Gipfel für weitreichende Reformen zu sorgen. Nur wenn die Ursachen der Unruhen bekämpft würden, sei die Rückkehr zur Normalität möglich. Besonders die westlichen Demokratien seien aufgefordert, in dieser Krise standhaft an ihren Prinzipien festzuhalten. Die Lage ...

Clark stellte den Fernseher ab. Für den Bruchteil einer Sekunde huschte ein Funken von Unsicherheit über sein Gesicht. Auf einmal meldeten sich Skrupel, die er in den vorhergehenden Tagen verdrängt hatte. Doch als er die Männer kommen sah, die er vor dem Start der Operation Silent Control auf Linie bringen musste, machte er sich kerzengerade in seinem Sessel. Jetzt musste er überzeugen. Zweifel konnte er sich nicht mehr leisten.

Würdevoll traten die Männer in den Raum und begrüßten den CIA-Chef. Es war eine exquisite Runde, die Clark trotz der nächtlichen Uhrzeit zusammengetrommelt hatte: der Leiter des Auswertungsteams, Robert Hunt vom NSA-Abhörzentrum in Utah, Charles Ervin, und Henry Milton, Abteilungsleiter für Computerkriminalität im Pentagon. Ihn hatte Clark schon bei der ersten Begegnung in die Mangel genommen. Die Runde wurde ergänzt von zwei Beamten des Verteidigungsministeriums. Alle ließen sich auf den bequemen Ledersesseln an dem kleinen Konferenztisch nieder.

»Guten Abend, meine Herren«, eröffnete Clark das Meeting. »Da ich mich auf eine reibungslose Zusammenarbeit verlassen muss, erfahren Sie einige Hintergründe der anstehenden Maßnahmen. In den kommenden Tagen rechnen wir mit einer weiteren Zunahme der Unruhen. Dabei stützen wir uns auf die neuesten Auswertungen aller Daten in einschlägigen Foren und Blogs sowie auf Facebook und weitere soziale Netzwerke.«

Schweigend hörten seine Gäste zu, tauschten aber vielsagende Blicke. Alle hatten von Mindvision gehört, doch dies war die erste Bewährungsprobe des neuen Programms.

»Offiziell erhalten die Regierungen, Militärs und Polizeibehörden die Ergebnisse von Mindvision natürlich von der NSA«, fuhr Clark fort. »Die Daten werden bereits in diesen Minuten von Utah an das FBI und die lokalen Kommandanten der Nationalgarde übermittelt. Weitere Empfänger sind die Behörden jener Staaten, die sich unseren Richtlinien anschließen. Wir konnten Anonymous dank Mindvision be-

reits einen erheblichen Schlag versetzen. Aber das ist nur der erste Schritt unserer Gegenoffensive.«
Erwartungsvoll sah der CIA-Direktor in die angespannten Gesichter der Männer. Noch immer kam kein Wort über ihre Lippen.
Er stand auf, umrundete seinen Schreibtisch und blieb mit verschränkten Armen direkt vor seinen Besuchern stehen.
»Sie kennen die Lage, meine Herren. In den südlichen Staaten Europas ist nach dem Zusammenbruch des Gesundheitssystems nun auch die Versorgung mit Lebensmitteln bedroht. Das betrifft also im Besonderen Spanien, Griechenland, Italien und Portugal. Die Lage im Osten muss ich Ihnen gar nicht erst schildern, und wie es bei uns aussieht, wissen Sie am besten. Der friedliche Protest wurde durch die Internetkampagnen von Anonymous nun zur Eskalation gebracht. Wir stehen kurz vor dem Ernstfall, den wir befürchtet haben: ein Bürgerkrieg mit apokalyptischem Potenzial.«
Der Chef des Abhörzentrums der NSA, Charles Ervin, ein drahtiger Mittfünfziger mit schütterem, rotblondem Haar, rutschte unruhig auf seinem Stuhl herum. »Sagen Sie, dramatisieren Sie nicht ein wenig?«
»Dramatisieren?« Aufgebracht starrte Clark ihn an. Statt etwas zu erwidern, schaltete er einen Beamer ein. Aus der Decke fuhr automatisch eine Leinwand herunter, auf der jetzt die Karte der Vereinigten Staaten zu sehen war. Zahllose Zonen waren rot eingefärbt.
»Nennen Sie das dramatisieren, verdammt? Mehr als ein Drittel der USA und fast alle Ballungszentren sind mittlerweile rote Risikozonen. Deshalb sind außergewöhnliche Maßnahmen erforderlich. Sie werden mit dem Präsidenten sowie den Staats- und Regierungschefs auf dem Sondergipfel abgestimmt.«

Der Zwischenruf hatte ihn irritiert, doch jetzt fand Clark in seine gewohnt dominante Pose zurück. Die Männer wirkten aufmerksam, zeigten aber keine Reaktion.
Ich muss sie so diplomatisch wie möglich in meine Pläne einführen, überlegte der CIA-Direktor und verwünschte, wie so oft, die komplizierten Regelungen, die das politische Dickicht von Zuständigkeiten und Kompetenzen erforderte. Wäre es nach ihm gegangen, hätte er in dieser Situation freie Hand haben müssen. In diesem Meeting fühlte er sich wie der Wolf im Märchen, der Kreide fressen musste.
»Die aktuelle Lage macht mehr als deutlich, wie wichtig es war, die Verfassung bereits vor Jahren in Teilen außer Kraft zu setzen. Andernfalls wären uns die Hände gebunden, überhaupt adäquat darauf zu reagieren. Höchste Priorität muss sein, die öffentliche Ordnung und Sicherheit zu gewährleisten. Hier werden wir unseren Partnern schnell zu Hilfe kommen müssen.«
Wieder war es Charles Ervin, der Überwachungsspezialist und promovierte Politikwissenschaftler, der sich zu Wort meldete. Nachdem er sich geräuspert hatte, lehnte er sich vor.
»Roy, wir haben im letzten Jahrzehnt alles Erdenkliche getan, um die Behörden in Europa gegenüber den Parlamenten zu stärken. Dennoch sind sie immer noch weit von unseren Möglichkeiten entfernt. Konzentrieren wir uns doch besser auf unsere eigenen Ziele.«
Mit zusammengekniffenen Lippen sah Clark den Mann an. Nur mühsam bewahrte er die Fassung, als er antwortete.
»Sehen Sie es mal so: Wir helfen unseren wichtigsten Handelspartnern, sich gegen ihre inneren Feinde zur Wehr zu setzen. Damit schaffen wir ein Umfeld, in dem die Wirtschaft wieder erstarken kann.«
Charles Ervins gelassene Miene signalisierte, dass er seine

Meinung kaum ändern würde. Dennoch widersprach er nicht. Clark konnte nicht einschätzen, ob das auf inneren Protest oder Loyalität hindeutete. Das beunruhigte ihn.
Er musste sich zusammenreißen, um nicht gereizt zu wirken, und erläuterte nun seine Vorgehensweise, jedes einzelne Wort auf die Goldwaage legend. Auch wenn er es hasste, er brauchte diese Männer – als politische Verbündete und für die Absegnung seiner Strategie.
Von seinem Schreibtisch holte er einen Stoß Schnellhefter und verteilte sie auf dem Konferenztisch. »Wir haben über die Auswertung von Mindvision die kritische Masse identifiziert«, erklärte er mit einigem Stolz. »Die von Experten detailliert ausgearbeiteten Pläne, die Sie vor sich liegen haben, werden also nur für diesen Personenkreis in Erwägung gezogen.«
Das Telefon klingelte. Mit unwirschem Blick setzte er sein Headset auf, murmelte »Entschuldigen Sie mich, meine Herren«, und ging aus dem abhörsicheren Raum, weit genug entfernt, um ungestört zu sprechen.
Es war Miles aus dem Rechenzentrum. Er schien höchst aufgeregt.
»Sir, die beiden Freunde von Arnström haben versucht, über das Internet eine Warnung abzusetzen! Offenbar wissen sie von dem Einsatz der Impulswaffe gegen die Occupys an der Wall Street!«
»Wie konnte das passieren?«, brüllte Clark. Er spürte, wie ihm der Schweiß ausbrach.
»Es war dieser Smith von der Washington Post, Sir! Er hat im Verhör gestanden, dass er ihnen Informationen gegeben hat!«
»Smith also, diese elende Ratte. Und was haben Sie unternommen?«
»Wir konnten die Warnung rechtzeitig löschen, Sir.«

»Das ist alles? Was ist jetzt mit den beiden?«
Miles atmete einmal kurz durch, bevor er antwortete: »Das FBI war binnen Minuten vor Ort, aber zu spät. Unsere Satelliten konnten sie leider ebenfalls nicht erfassen.«
Was für ein Albtraum! Und dabei war er so kurz vor der Ziellinie! Clark spürte, wie sich ihm alle Haare aufstellten. Seine Muskeln spannten sich, als müsse er einen Angreifer körperlich abwehren. Cool bleiben, ermahnte er sich. Keine Emotionen. Denk nach!
Er schluckte. »Setzen Sie die Drohnen ein! Ich will vor jedem Fernsehsender und jeder Zeitungsredaktion eine Drohne oder einen Agenten.«
»Jawohl, Sir, sie sind schon ausgeschwärmt«, erwiderte Miles mit belegter Stimme. »Wir nehmen auch die gesamte Wall Street ins Visier. Vielleicht riskieren sie es ja, in der Öffentlichkeit aufzutreten. Solange es dunkel ist, wird es schwer werden, aber morgen kriegen wir sie. «
Clark ballte die linke Faust. »Wollen Sie mir das etwa als gute Nachricht verkaufen? Es geht hier um Stunden, um Minuten! Morgen kann schon alles gelaufen sein, Sie Dummkopf! Haben Sie wenigstens das Netz im Griff?«
Wieder trat eine kurze Pause ein, in der man nur ein schweres Atmen hörte. »Sir, es ist ein gewisses … Problem aufgetreten. Einige Provider haben ihre Zugänge noch nicht gesperrt. Das dauert sicher noch einige Stunden.«
»Habe ich es denn nur mit Versagern zu tun? Wenn das hier vorbei ist, werden ein paar Leute keine Freude mit mir haben!«
Wütend beendete Clark das Gespräch und riss sich das Headset vom Kopf. Wenn diese Pannen so weitergingen, konnte er sich erschießen. Sich mühsam zusammennehmend, ging er zurück in sein Büro.

June Madlow hatte sich die Psychotronic-Apparatur lässig auf den Rücken geschnallt und durchwanderte zielstrebig die Korridore.
In einem der wenigen toten Winkel auf dem Weg zu Torben Arnströms Zelle ließ sie den Kittel und die Brille in einer Nische verschwinden. Danach ging sie weiter, als sei nichts gewesen. Auch dass sie eine ungewöhnliche Waffe trug, ließ sie sich nicht anmerken. Was so beiläufig wirkte, war gut durchdacht. Ein Freak aus der Bronx hatte ihr einmal nach seiner Verhaftung erzählt, warum er jahrelang bei keinem seiner zahllosen Ladendiebstähle erwischt worden war. Seine Strategie war ebenso simpel wie effektiv: Wenn er Lebensmittel oder sogar einen Fernseher mitgehen ließ, gab er sich keine Mühe, das Gestohlene zu verbergen. Er ging einfach seelenruhig an der Kasse vorbei, als sei es das Selbstverständlichste der Welt. Die meisten Menschen, hatte der Freak erklärt, seien so programmiert, dass sie nur auf auffälliges Verhalten reagierten, auf Zeichen von Angst und Panik. Bewahrte man aber stoisch die Ruhe, ging das Risiko gegen null.
June Madlow sah auf die Uhr. Wenn sie tatsächlich unbemerkt zu Torben Arnström gelangte, hatte sie etwa zehn Minuten. Dann würde Orlando, wie zeitlich abgesprochen, einen Kurzschluss legen, der ihr eine Frist von etwa dreißig Minuten gewährte, um Arnström an einen Rechner zu setzen.
Leider gab es einige Unbekannte in dieser mathematischen Gleichung. Genau genommen war Arnström selbst der Wackelkandidat. Es war schwer zu sagen, ob er zu seinem alten Kampfgeist zurückfinden würde und ob es ihm gelang, einen Kontakt nach außen herzustellen.
Irgendwie mussten sie es schaffen, Langley, das Weiße Haus, die Medien oder den Chef der amerikanischen Geheimdienste zu kontaktieren, um über den Putsch im Bunker zu be-

richten. Am meisten belastete June allerdings die Frage, ob Clarks Vorgehen möglicherweise von höchster Stelle abgesegnet worden war. In diesem Fall drohten ihr, abgesehen von der unehrenhaften Entlassung, immense Strafen – vielleicht sogar der elektrische Stuhl wegen Hochverrats. Dennoch: Sie konnte sich nicht vorstellen, dass der Präsident mit dem Einsatz der Psychowaffen einverstanden war. Er galt als liberal, im Gegensatz zum Hardliner Clark. Das war ihre Hoffnung.

Das Labyrinth der Gänge war fast menschenleer. Unbehelligt erreichte sie die Zelle von Torben Arnström und tippte den Code ein. Die Tür sprang auf, und sie glitt schnell in den Raum. Sofort fiel ihr Blick auf Arnström, der in der hintersten Ecke auf dem Boden hockte, den Kopf zwischen den Knien. Er bot ein Bild absoluter Resignation.

»Mr. Arnström? Torben?«, sprach sie ihn halblaut an.

Sein Kopf ruckte hoch. »Was … was machen Sie hier?«

Mit angstgeweiteten Augen starrte er sie an.

Sein Anblick bestürzte die Agentin. Mit wenigen Schritten war sie bei ihm, kniete sich vor ihn hin und nahm ihn in den Arm. Reglos ließ er es über sich ergehen.

»Ich verstehe nicht … verstehe nicht …«, murmelte er vor sich hin.

»Ich will Ihnen helfen, Ihren Verstand wiederzufinden. Bitte, vertrauen Sie mir.«

Er hob den Kopf und starrte sie an. »Ihnen vertrauen?«

»Himmelherrgott, ich habe meinen Arsch riskiert, hier noch mal reinzukommen!« Sie zeigte auf die Apparatur, die quer auf ihrem Rücken baumelte. »Damit kann ich Ihr Hirn vielleicht wieder aufwecken!«

Torben sah an ihrem beschwörenden Blick, dass sie es ernst meinte.

»Was haben die mit mir gemacht? Ich kann kaum noch einen klaren Gedanken fassen, mein Kopf fährt Achterbahn. Als ob da drin was ist, was nicht da reingehört.«
»Pst, es dauert nur einen Moment.« June Madlow legte ihre Hand auf seine Stirn.
Dann schnallte sie das Impulsgerät ab. Beim Anblick der Apparatur fuhr Torben zusammen. Hastig versuchte er aufzustehen.
June drückte ihn sanft auf den Beton zurück.
»Sie müssen keine Angst haben, ich meine es gut mit Ihnen.«
Misstrauisch starrte Torben auf das Gerät, das June jetzt wie eine Waffe gegen ihn richtete. »Und was ist mit dem komischen Ding?«
»Der Erfinder hat es mir gegeben. Sie sind mental programmiert worden, Mr. Arnström. Und dieses ›Ding‹ kann das rückgängig machen.«
»Wieso sollte ich Ihnen glauben? Sie haben mich immer nur reingelegt«, stieß Torben hervor. »Harte Phase, Kuschelphase, dann wieder die harte Tour, was kommt jetzt? Das Finale? Bringen Sie mich jetzt um?«
June schüttelte den Kopf. »So viel Aufwand wäre dafür nicht nötig. Der Wissenschaftler hat sein Leben aufs Spiel gesetzt, als er mir sein Werk überlassen hat. Und wir müssen uns beeilen!«
Als er nicht reagierte, nahm sie seine Hand. »Torben, begreifst du denn gar nicht, dass ich dir helfen will?«
Ihr weicher Tonfall und die Tatsache, dass sie ihn duzte und beim Vornamen nannte, verunsicherten ihn. Er fühlte sich wie auf einem Hochseil in schwindelnder Höhe über dem Abgrund. Aber welche Wahl blieb ihm noch?
»Also gut. Was muss ich tun?«
»Du musst nur für ein paar Sekunden in dieses Ding schau-

en«, sagte June Madlow und legte sich die Apparatur über die Schulter. Konzentriert öffnete sie eine kleine Klappe auf dem seitlichen Bedienungsfeld und schaltete das Gerät ein.
Schon nach einer Sekunde spürte Torben einen stechenden Schmerz. Wie vom Blitz getroffen, klappte er zusammen.
»Um Gottes willen, Torben!«
Erschrocken legte June das Strahlengerät beiseite und berührte ihn an der Schulter. Benommen öffnete er die Augen. Ihm war, als lichte sich ein dichter Nebel in seinem Kopf. Er nahm alles wahr: June, die Apparatur, die Zelle.
»Hatte ich einen Blackout? Hast du mich gerufen?«
Mit einer Mischung aus Erleichterung und einem Gefühl, das sie selbst nicht verstand, umarmte sie ihn. »Hey, alles wird gut, okay?« Sie küsste ihn auf die Wange.
Zum ersten Mal seit Beginn seiner Odyssee spürte Torben Nähe, menschliche Wärme, Hoffnung. Es fühlte sich gut an, dennoch war er von Junes Gefühlsausbruch völlig verwirrt. Ausgerechnet jetzt in den Armen einer Frau zu liegen, die seine Feindin gewesen war, das ging über seinen Verstand. Aber hatte er nicht von Anfang an gespürt, dass sie in dieser menschenverachtenden Maschinerie nichts zu suchen hatte?
Etwas verlegen ließ sie ihn los. »Geht es dir besser?«
»Was ich in den letzten Stunden erlebt habe, war die Hölle«, sagte er leise. »Ein langsamer Tod des Bewusstseins.«
»Was haben sie gemacht?«
»Ich weiß nicht. Es war, als würde mir die Seele genommen werden oder meine Persönlichkeit, das, was mich ausmacht, wie ich glaube … als zwinge man mich, Gedanken zu denken, die nicht meine waren … und doch wollte ich danach handeln. Es war furchtbar. Ich merke, ich habe immer noch Ausfälle. Außerdem ist mir irgendwie übel. Es ist, als wäre mein Gehirn offen und jemand legt seine Hand auf.«

»O Gott!« June stand auf. »Und genau deshalb müssen wir verhindern, dass diese verdammte Waffe eingesetzt wird!«
»Was kann ich dabei tun?«
»Wir müssen so schnell wie möglich an die Datenbanken. Clark will Psychotronics wie dieses hier flächendeckend einsetzen.«
Jetzt stand Torben ebenfalls auf, wenn auch mit schlotternden Beinen. »Wo ist der nächste Rechner, und wonach muss ich suchen?«
»Nach Daten von Darien Orlando.« June reichte ihm den Zettel. »Vorher schick bitte Orlandos Frau eine Mail, dass er lebt. Das musste ich ihm versprechen. Danach gehst du über die Operationsplanungen an Clarks persönliche Dateien. Das Problem ist, dass sie mit einem RSA-Schlüssel gesichert sind.«
Torben atmete tief durch. Allmählich sah er wieder aus wie der entschlossene junge Mann, den June kennengelernt hatte. Er drückte seinen Rücken durch.
»RSA? Du kannst keine Dateien mit dem RSA-Schlüssel schützen. Das ist nur ein Trick. Aber der Schlüssel sichert den Zugang zum System. Um das zu knacken ... puh, da müsste ich erst mal jede Menge gefälschte Nachrichten an das Teil senden und beobachten, welche übermittelt werden. Wenn ich eine Rückmeldung bekomme, dass eine der Botschaften als korrekt erkannt wurde, kann ich die Verschlüsselung selbst herleiten.«
»Warte.« June wühlte kurz in ihrer Tasche und hielt Torben ein kleines Plastikteil vor die Nase, auf dessen Vorderseite sich gerade ein Zahlencode bildete. Ein RSA-Schlüssel.
Er zog die Augenbrauen hoch. »Das Problem wäre also gelöst. Schade, an alles hast du gedacht. Nur nicht, wie ich an einen Rechner komme, mit dem ich hacken kann.«

Sie streckte ihm die Zunge heraus wie ein übermütiges Kind, das überraschend beim Mensch ärgere dich nicht gewinnt. Plötzlich erinnerte sie ihn an Nova. Die obercoole, unnahbare June hatte sich völlig verwandelt. Ungläubig sah Torben, wie sie aus ihrer Jacke ein iPad zog und es ihm stolz präsentierte.

»Da drauf ist alles, was eine Hackerseele braucht. Aber es wird trotzdem eine Höllenfahrt. Wir kommen hier nicht raus. Die gesamte Kommunikation ist gesperrt!«

»Nee, nee«, Torben war plötzlich aufgeregt, das Blut kehrte in seine blassen Wangen zurück. »Es gibt einen Raum, in dem die Rechner der CIA stehen, und die sind garantiert online und mit den internen Datenbanken verbunden. Ich konnte mir den Zugangscode des Raums merken, glaube ich zumindest …«

June Madlow lächelte. »Guter Mann, gutes Team. Welche Nummer hat er?«

»KOO1653 glaube ich. Nein, weiß ich!«

Nachdenklich schloss die Agentin ihre Augen, während sie den Lageplan des Bunkers durchging. »KOO1653 – der ist nicht weit weg, in zwei, drei Minuten könnten wir da sein, wenn wir schnell sind.«

Sie ging zur Tür und hatte schon die Klinke in der Hand, als Torben sie zurückhielt.

»Es macht wenig Sinn, wenn wir beide erwischt werden. Wenn ich überhaupt an die Daten komme, brauche ich Zeit, um die Informationen ins Netz zu stellen oder irgendwohin zu senden. Du kannst inzwischen checken, wie wir aus diesem Bunker rauskommen. Sobald ich die Daten habe, müssen wir hier raus.«

June überlegte kurz. »Ich lasse dich ungern allein. Aber es bleibt uns wohl keine Alternative. In wenigen Minuten knipst Orlando hier das Licht aus, dann kannst du unerkannt

in den Raum kommen. Die Stromversorgung der Eingangskontrolle funktioniert auch im Notfall. Mit etwas Glück hast du genug Zeit. Und sei um Himmels willen vorsichtig!«
Sie wusste, dass man Torben vermutlich erschießen würde, wenn man ihn aufstöberte, deshalb nahm sie ihre Pistole aus dem Halfter und reichte ihm die Waffe.
»Vergiss es. Das ist nicht mein Ding. Ich weiß nicht mal, wie man damit umgeht.«
June stöhnte hörbar auf. »Stimmt ja, du bist der ewige Pazifist. Blümchen und Tee trinken und Peace. Also gut. Aber eines sage ich dir: Die zerquetschen dich wie eine Fliege an der Wand, wenn sie dich kriegen. Also pass auf dich auf. Ich brauch dich noch.«

Niemand im Kontrollraum hatte bemerkt, dass June Madlow bei Torben gewesen war. Dafür war die allgemeine Hektik zu groß gewesen. Als der diensthabende Wachmann, ein dicklicher Kerl in Uniform, wieder auf die Monitore schaute, sah er nur, wie die Agentin den Gang zu ihrem Quartier entlangschritt.
Im Besprechungsraum klickte Clark gerade eine Karte an, auf der die Aktionszentren der Occupy-Leute markiert waren. Neben den großen Städten waren auch einige ländliche Gebiete von der Bewegung erfasst worden, wie die Auswertung von Blogs und Mails ergeben hatte.
»Wir müssen in dieser historisch einmaligen Bedrohungslage auf unkonventionelle Art und Weise handeln!«, verkündete der CIA-Direktor im Tonfall eines Staatsmanns. »Das dient dem Wohl und dem Überleben unserer Nation! Die Leute müssen schleunigst von der Straße und zurück an ihre Arbeitsplätze, damit die Wirtschaft der Vereinigten Staaten nicht weiter den Bach runtergeht.«

Die Männer betrachteten lange das Schaubild, dann widmeten sie sich wieder den Unterlagen. Clark wartete ab. Es war starker Tobak, den diese Männer zu lesen bekamen. Für bis zu acht Millionen Amerikaner wurden Kapazitäten geschaffen, um sie zu inhaftieren. Weitere Millionen sollten deportiert werden, ohne dass erklärt wurde, wie und wohin. Der Einsatz der Nationalgarde würde auch durch andere Truppen verstärkt werden. Ein landesweites Versammlungsverbot und viele Maßnahmen, die so hart die Rechte der Bürger beseitigten, dass Clark sich trotz der inszenierten Lage nicht sicher sein konnte, ob die Herren zustimmen würden. Das gleiche Programm lag für Kanada, Australien, Europa, Lateinamerika und Teile Afrikas vor.

Drei Minuten später warf der stellvertretende Leiter des NSA-Abhörzentrums, Charles Ervin, das Papier von sich und legte demonstrativ seine Dienstmarke und seine Waffe auf den Tisch. »Das trage ich nicht mehr mit«, rief der alternde NSA-Experte. »Macht diese Schweinerei, aber ohne mich!«

Er stand auf und wollte den Raum verlassen, doch die beiden Soldaten, die vor dem Büro auf Posten waren, hatten von Clark klare Anweisungen bekommen. Ervin lief direkt in ihre Arme.

»Ich respektiere Ihre Entscheidung, Charles, aber Sie werden uns bis zum Abschluss der Aktion hier Gesellschaft leisten müssen.« Clark sah befriedigt zu, wie der verdutzte Ervin gewaltsam untergehakt und zurück auf seinen Stuhl gesetzt wurde.

»Was ist das hier? Ein Schützengraben?«, schrie Ervin erregt. »Dies ist ein freies Land! Ich kann gehen, wohin ich will, verdammte Scheiße! Wenn das durchgezogen wird, ist das ein Staatsstreich. Ich will sofort die Autorisierung des Präsidenten sehen.«

»Nicht so hitzig.« Mit Genugtuung registrierte Clark, dass die anderen Teilnehmer der Konferenz starr vor Schreck dasaßen und keiner intervenierte.

Ervin sank in sich zusammen und rieb sich die Arme. Die Wachleute hatten offenbar kräftig zugepackt.

»Also haben Sie den Krieg ausgerufen? Wissen Sie was? Dann führen Sie Krieg gegen unser Volk! Ha!« Er wischte sich ein paar Spuckebläschen aus den Mundwinkeln. »Aber diese Gangster in den Banken und den Unternehmen, die uns das alles eingebrockt haben, lassen Sie laufen. Klar, Geld und Macht. Jesus Christus, was ist aus God's own country geworden?«

»Ein undisziplinierter Haufen, der jetzt mal gehörig zusammengestaucht gehört«, donnerte Clark los. »Ich hab die Samtpfötchen so satt!«

Mit offenem Mund verfolgten die anderen Anwesenden das Duell. Selten wurde in diesen Kreisen Klartext gesprochen. Doch jetzt war die Maske der Diplomatie gefallen.

»Was haben die Ihnen versprochen, Roy?«, japste Charles Ervin, während er sich mit zittrigen Händen an die Herzgegend fasste. »Noch mehr Geld? Noch mehr Einfluss? Haben Sie schon ein sicheres Plätzchen auf dieser Insel, wo die Trillionen Dollar liegen? Das geklaute Geld, das dem Volk gehört?«

Clark machte eine wegwerfende Handbewegung. »Das reicht. Raus jetzt, aber schnell!«

Charles Ervin, der sichtlich Mühe hatte zu atmen und sich jetzt mit beiden Handballen seine Brust massierte, sah Clark verächtlich an. »Mein Herz macht es sowieso nicht mehr lange. Aber wenn ich das hier überlebe, sind Sie dran, Roy. Dafür sorge ich persönlich!«

Betont gelangweilt machte Clark den beiden Soldaten ein

Zeichen. Ohne weiteren Befehl schnappten sie sich den röchelnden Ervin und führten ihn ab.
»Nun meine Herren«, Clark seufzte, »noch jemand, der hier Jesus spielen will?«
Die Antwort war eisiges Schweigen. Alle hatten ein Pokerface aufgesetzt, doch man spürte das Entsetzen über die brutale Art, wie Clark diesen altgedienten Profi abgekanzelt hatte.
Der CIA-Direktor schlug jetzt einen verständnisvollen Ton an, auch wenn er die softe Kindergärtnerinnennummer hasste.
»Glauben Sie mir, meine Herren, mir wäre auch wohler, wenn dieser Plan in der Schublade bleiben könnte. Aber die Ereignisse sind leider alarmierend. Hoffen wir, dass der Gipfel in Davos schnelle Entscheidungen bringt. Wir sind jedenfalls vorbereitet.«
Ein dunkelhäutiger Agent mit grauem Kraushaar, der zum Stab von Robertson gehörte, beugte sich über den Tisch und stützte sein Kinn in die Hand.
»Bei allem Respekt, Roy, wie wollen Sie das beim Präsidenten durchsetzen? Das segnet der nie ab. Außerdem würden die Terroristen Bomben aufs Weiße Haus werfen, wenn sie merken, was hier läuft.«
»Nun«, Clark zwang sich ein Lächeln ins Gesicht, »auch der liberalste Präsident weiß, wann Gewalt das letzte Mittel ist. Einen Umsturz würde er politisch nicht überleben. Warum sollte er daran interessiert sein?«
Der Mitarbeiter von Robertson blinzelte kurz, dann nickte er unmerklich. Ein Punkt für Clark.
»Für Europa kann ich nichts garantieren, aber die Amerikaner werden sich schnell an Mindvision gewöhnen. Es gibt doch jetzt schon in jedem Supermarkt und an jeder Straßenkreuzung Überwachungskameras. Und seit Jahren legen sie brav ihre Kreditkarte hin, wenn sie tanken, einen Flug buchen oder

in einen verdammten Puff gehen. Transparenz, mein Lieber, ist längst Normalität. Law and order auch. Dass Widerstand mit aller Härte bestraft wird, geschieht mit Einverständnis der schweigenden Mehrheit. Und dass wir die armen Idioten mit ihren Zelten und Plakaten durch unsere Strahlentechnologie auf Kurs bringen, merken die doch gar nicht. Silent Control ist einfach nur genial. Keine Handschellen, keine Schüsse, kein Blut. Nur Friede, Freude, Eierkuchen.«

Es war still im Raum. Clark setzte sich wieder und schaute in die Runde. Er sah, dass die meisten noch einmal die Argumente des strategischen Papiers nachlasen, das er in den vergangenen Stunden mit falschen Informationen gespickt hatte. Es erweckte den Eindruck, halb Amerika würde als Stadtguerilla auf den Beinen sein.

Auch die Situation im Netz hatte er dramatisiert, mit Bombendrohungen und Attentatsplänen, aber den entscheidenden Teil der Operation Silent Control hatte er wohlwissentlich verschwiegen. Allmählich schienen die Beamten ihm keinen Widerstand mehr zu leisten, das schloss Clark aus der Mimik und den Bewegungen.

Robert Hunt, der stellvertretende Leiter des Auswertungsteams, hob den Arm wie ein Schüler, der sich meldet.

»Wie viele Menschen wird das betreffen?«

Mit einer ruhigen Handbewegung drückte Clark eine Taste auf seinem Festnetztelefon und stellte die Verbindung her.

»Miles, hat sich bei den letzten Auswertungen noch ein anderer Trend ergeben? Neue Zahlen?«

Ein leises »Nein« war über das Headset zu hören. Sehr kontrolliert erhob sich Clark aus seinem Sessel, ging zu einem gesicherten Metallschrank und tippte einen Zahlencode ein. Fast feierlich zog er die Operationsanweisungen in Top-Secret-Mappen hervor und verteilte sie.

»Bis der Präsident die Operation Silent Control abgesegnet hat, verlässt keiner von Ihnen den Bunker«, ordnete Clark an und setzte sich wieder. »Die Zahlen aus den verbündeten Staaten sind für uns erst mal irrelevant.«

Robert Hunt las sich durch die ersten Zeilen, legte den Ordner vor sich hin und sah den CIA-Direktor sichtlich schockiert an. »Acht Millionen? Das ist ja völliger Wahnsinn. Wie soll das funktionieren?«

Clark wollte gerade antworten, als das Deckenlicht kurz aufflackerte und dann erlosch. Nur die Notleuchten gaben noch einen schwachen Schein von sich.

»Was zum Teufel ist hier los?«, fluchte Clark, als auch schon Miles seinen Kopf zur Tür hereinstreckte.

»Sir, wir haben ein ernstes Problem im Labor!«

»Nicht nur im Labor«, brüllte Clark. »Wieso gehen hier die Lichter aus? Wir haben fünf voneinander unabhängige Stromnetze! Wer ist verantwortlich für die Sauerei?«

Miles zuckte mit den Schultern. »Wir sind gerade dabei, es herauszufinden!«

Clark hielt es nicht mehr auf seinem Sessel. Er sprang auf und stürmte an Miles vorbei aus dem Büro. Scheppernd fiel die Glastür hinter ihm ins Schloss.

»Keiner verlässt diesen Raum«, wies er die davorstehenden Soldaten an. Dann wandte er sich an Miles, der ihm gefolgt war. »Sie überwachen die Kommunikation unter den Units und lassen nichts raus, keine Mail, keinen Tweet, absolut nichts! Wir haben einen Verräter im Bunker!«

Miles nickte.

»Lösen Sie Alarm aus, riegeln Sie die einzelnen Sektionen ab und unterbinden Sie jeden Datenverkehr im Bunker! Die Soldaten sichern die beiden Rechnerräume in Sektor C!« Er zog seine Waffe unter dem Sakko hervor und lud sie durch.

»Aber Sir, das dauert.«
»Tun Sie es, verdammt! Was ist mit dieser Madlow? Ich hatte Ihnen befohlen, sie nicht aus den Augen zu lassen. Ich will sofort wissen, wo sie sich aufhält!«
»Jawohl.« Miles fuhr sich durchs wirre Haar. »Sonst noch etwas, Sir?«
Im vollen Bewusstsein seiner Macht warf sich Clark in Positur. »Es geht los, Miles. Blockieren Sie sofort die Kommunikation für die Air Force One und bringen Sie den Satelliten in Stellung!«

44

New York City – West Street

Mit einem Taxi waren Nova und Kilian bis an die West Street herangekommen. Danach ging nichts mehr – der Verkehr war zusammengebrochen. Hupende Autos stauten sich Stoßstange an Stoßstange rund um das Epizentrum der Demonstrationen, Legionen von Menschen fluteten die Straße, und auf dem Bürgersteig war ein Gedränge wie sonst nur zur Vorweihnachtszeit.
Sie stiegen aus und kämpften sich zu Fuß weiter durch. Es war bereits weit nach Mitternacht. Die Dunkelheit und die Menge an Aktivisten, in der sie sich bewegten, boten ihnen Schutz, falls sie überwacht wurden. Das hofften Nova und Kilian jedenfalls.
Als sie die Blechlawinen hinter sich gelassen hatten, sahen sie, dass die Straßen rund um den Financial District von Demonstranten blockiert waren. Seit Stunden gab es einen leichten

Nieselregen. Das am Morgen verhängte Versammlungsverbot wurde komplett ignoriert. Jetzt war die ganze Welt in Aufruhr, wie damals in Ägypten, als sich der Nahe Osten durch Facebook gegen die Diktatoren organisierte. Es roch nach Schweiß, Essen und nassen Klamotten. Sie schlängelten sich durch die Menge zur Rector Street in der Nähe des Trinity Place.

»Sieh mal, da hinten stehen lauter Schulbusse, was hat das denn zu bedeuten?«, fragte Kilian.

»Schulkinder sind da ganz bestimmt nicht drin«, gab Nova zurück. »Vielleicht tarnen die ihre Strahlenwaffen damit. Wir sollten zusehen, dass wir unsere Warnung absetzen und schleunigst abhauen.«

Sie mussten ihre Ellbogen gebrauchen, um sich weiter durch das Gewühl zu drängeln, bis sie schließlich von einer Straßensperre an der Ecke Greenwich Street aufgehalten wurden. Eine Hundertschaft bewaffneter Nationalgardisten und Dutzende Polizisten waren hier in Stellung gegangen. Kilian mochte sich kaum vorstellen, wie es Richtung Zuccotti Park oder rund um die Wall Street aussehen musste. Es ging das Gerücht, dass die Sicherheitsbehörden aus dem ganzen Land Verstärkung angefordert hatten, so, als stünde ein Bürgerkrieg bevor. Die Wall Street, dachte Nova. Sie erinnerte sich an ihren letzten Besuch in Berlin. Auf der East Side Gallery in Friedrichshain war ein Graffito, das diese Situation treffend beschrieb: *Nach dieser Mauer muss die nächste fallen: die Wall Street.*

Nova zog ihr Handy heraus, schaltete es ein und blieb einen Moment abwartend stehen.

»Kein Netz?« Kilian drehte sich zu ihr um. »Komm weiter, wir müssen uns bewegen, sonst erfassen uns noch irgendwelche Überwachungskameras.«

»Das Netz ist sowieso mausetot, verdammt! Ich schalte das Handy wieder ab.«
Beunruhigt schauten sie sich um, bevor sie weitergingen. Nova hatte ein paar Occupy-Demonstrationen in Europa erlebt, doch diese hier war nicht zu überblicken. Es könnten Hunderttausende sein, schätzte sie. Es darf keine Panik ausbrechen, schoss es ihr durch den Kopf. Alle Fluchtwege waren versperrt durch Demonstranten, aber auch von Polizisten und Nationalgardisten. Plötzlich spürte sie so etwas wie Klaustrophobie. Sie war von Tausenden Menschen eingekeilt, die wild durcheinanderschrien. Am liebsten wäre sie auf der Stelle geflohen.
Kilian fiel auf, wie bedrängt sie sich fühlte. Schützend legte er einen Arm um sie.
Ein Meer von Transparenten wogte durch die Straßen. Viele Menschen hatten sich mit Fackeln ausgerüstet. Laute Sprechchöre hallten durch die Schluchten zwischen den Hochhäusern. »Stop violence against peaceful demonstraters all over the world«, skandierte die Menge jetzt. Hätte Kilian nicht gewusst, welche Gefahren ihnen hier drohten, wäre es ein erhebendes Gefühl gewesen. Die Geschlossenheit der Menge war beeindruckend. Das gab den Menschen ein trügerisches Gefühl der Unverwundbarkeit. Noch nie hatte Kilian eine derartige Manifestation von Solidarität erlebt. Auch wenn sie keine konkreten Forderungen haben mochten, war Kilian das erste Mal tief beeindruckt. Hier waren keine Chaoten oder Radikalen auf den Straßen, sondern Menschen aus allen Schichten. Das war elektrisierend.
Eine junge Frau mit einem Transparent und einem Schwung Guy-Fawkes-Masken zwängte sich an ihnen vorbei. Kilian griff in seine Hosentasche und holte ein paar Scheine heraus. »Hey, kannst du uns zwei davon geben?«

»Klar, macht zehn Dollar.«
Er drückte ihr das Geld in die Hand und setzte sich eine der Masken auf. Die zweite gab er Nova.
»Hier, sicher ist sicher.«
Aus einiger Entfernung hörte man von einem Laster mit großen Boxen auf der Ladefläche eine der Hymnen von Anonymous, komponiert als brachialer Rap. Nova lief ein kalter Schauer über den Rücken, während die satten Bässe zu ihnen drangen. Der Boden erzitterte, und auch ihre Körper vibrierten.
Polititians are put there to give you the idea that you have freedom of choice, but you know you have no choice, you have owners, they own you ...
Noch am Morgen hatte Kilian gelesen, dass die Occupy-Bewegung in den vergangenen Wochen Hunderte von Provokateuren enttarnt hatte, die versuchten, die Kundgebungen bewusst zur Eskalation zu bringen. Es war nicht ein einziges Mal gelungen. Wenn Rogan recht hatte und Kilians Verdacht sich erhärten würde, sollten dies nun Strahlenwaffen übernehmen.
Aber wie sollte er die Leute hier warnen?
Er versuchte angestrengt, die Quelle des *Human Microphone* auszumachen, doch die Menschenmenge war zu groß und zu unübersichtlich.
Ein maskierter Demonstrant prallte gegen Kilian. Er trug ein T-Shirt in grellem Pink und eine Wollmütze im selben Farbton. »Sorry, Alter. Woher kommt ihr denn?«
»Aus Schweden«, antwortete Nova.
»Wow, aus dem guten, alten Europa. Da ist echt die Hölle los, was?«
»Die Hölle ist ein Urlaubsparadies dagegen, die setzen mittlerweile scharfe Waffen und Panzer ein.« Nova spähte zu den

anrückenden Polizisten, die hinter den Köpfen der Menge zu sehen waren. »Habt ihr keine Angst, dass es hier auch knallt? Die werden euch zum Angriff zwingen, und dann kann es Tote geben.«

Der Typ nahm seine Plastikmaske ab. Darunter verbarg sich das runde, gutmütige Gesicht eines dunkelhäutigen Jugendlichen, der nicht älter als sechzehn war.

»Das sollen die mal versuchen, diese Bastarde! Die Parole heißt: Bloß nicht provozieren lassen. Wenn wir hier austicken, liefern wir denen doch bloß einen Grund, dass sie uns umnieten wie die Karnickel.«

Kilian und Nova nahmen ebenfalls ihre Masken ab. »Die haben was ganz anderes vor. Deshalb haben wir versucht, eine Warnung im Netz abzusetzen. Aber keine Chance. Sie löschen alles. Pass auf, hier geht gleich was ab, was saugefährlich werden könnte. Deshalb brauchen wir einen Platz, wo wir uns bemerkbar machen können. Irgendeine Idee?«

»Was bist du denn für ein Spinner? Bleib cool. Die da oben zensieren das Netz, weil sie die Hosen voll haben. Deswegen sind wir ja hier.«

»Ja, super, damit ihr direkt in die Falle geht«, erklärte Nova genervt. »Wir haben nicht viel Zeit. Kennst du jemanden, der hier was zu sagen hat?«

Inzwischen hatten die Polizisten eine Seitenstraße geräumt, aus der immer mehr Militärfahrzeuge mit Soldaten auf den Ladeflächen heranrollten. Die Atmosphäre war geladen wie vor einem Gewitter. Die wogende Menschenmenge, die Anspannung der Soldaten, die es nicht gewohnt waren, bewaffnet gegen die Zivilbevölkerung vorzugehen. Auch Polizisten strömten zunehmend aus der geräumten Straße und bildeten einen Ring um die Demonstranten. Wie eine schwarze Wand bauten sie sich auf.

»Ich kenne ein paar Anonymous hier in der Nähe«, sagte der Junge schließlich. »Ich bin übrigens Danny.«
Nova knuffte ihn ungeduldig in die Schulter. »Herrgott, Danny, dann bring uns hin!«
Kaum hatte sie den Satz ausgesprochen, hörten sie in einiger Entfernung Menschen aufkreischen. Die Schreie kamen aus der Nähe des Trinity Place. Entsetzt sahen die drei, dass Fackeln, Steine, Transparente und Flaschen auf die Polizeiketten flogen.
Auf einmal geriet die Menge in Bewegung. In den vorderen Reihen entstand panisches Gedränge. Während die Demonstranten hinter ihnen vor dem Gewaltausbruch zurückwichen, rückten immer mehr Polizeistaffeln und Militäreinheiten nach und versperrten die Fluchtwege.
Kilian war kreidebleich geworden. »Ach, du elende Scheiße. Sind wir etwa zu spät gekommen?«

Im Situation Room des Weißen Hauses hatte sich ein Krisenstab versammelt. Es war eine illustre Runde, die Vizepräsident Brian Epstein einbestellt hatte. Am blank polierten Mahagonitisch saßen die Leiter von State Department, Polizeibehörde, Justizministerium, Pentagon und Heimatschutzbehörde.
Stumm verfolgten sie die Nachrichtenbilder, die simultan auf acht Bildschirmen liefen.
Die aktuelle Entwicklung in der Wall Street war schockierend. Man sah Steine fliegen, Verletzte am Boden liegen, prügelnde Polizisten.
Ein schmaler, dunkelhaariger Mitarbeiter des State Departments riss die Tür auf und lief atemlos auf den Vizepräsidenten zu. »Sir, an der Wall Street gerät die Situation völlig außer Kontrolle! Die Demonstranten gehen gewaltsam auf die Po-

lizei und die Nationalgarde los. Deshalb war man gezwungen, das Feuer zu eröffnen.«
»Ein absolutes Desaster«, bestätigte der Vizepräsident. »Wir sehen es gerade auf den Nachrichtenkanälen.« Er seufzte tief. »Da bleibt mir wohl nicht anders übrig, als den Präsidenten einzuschalten. Er ist auf dem Weg nach Europa.«
Er griff zum Telefon. Alle Köpfe wandten sich ihm ruckartig zu. Jeder hier wusste, dass der Präsident nun darüber entscheiden musste, mit welcher Härte der Staat auf die entfesselten Demonstranten zu reagieren hatte.
»Sir, das hat keinen Sinn!«, sagte der junge Mann vom State Department, der vor Aufregung schwitzte. »Die Air Force One wurde kurz nach ihrem Start durch eine Virusattacke von der Kommunikation abgehängt. Der Präsident ist bis zu seiner Landung nicht mehr handlungsfähig.«
»Verdammt, Brian! Laut Verfassung müssen Sie jetzt handeln«, meldete sich Justizminister Alexander Hoover, ein schmaler, feingliedriger Mann, der unablässig mit seinem rechten Bein wippte.
Brian Epstein hob die Hände. »Das würde der Präsident niemals genehmigen!«
»Und wie lange wollen Sie warten, Brian?«, fragte der Leiter der Polizeibehörde entrüstet. »Bis da draußen alles in Schutt und Asche liegt? Und meine Polizisten von diesen Chaoten niedergeknüppelt werden? Das hier ist jetzt Ihr Job. Sie sind jetzt der Präsident!«
Der Vizepräsident atmete einmal kräftig durch, blickte in die Runde und nochmals auf die Flat Screens, die die Bilder von Verletzten und Toten zeigten.
»Gott steh uns bei«, sagte er und griff wieder zum Hörer.

»Sieh dir das an!«, brüllte Nova in dem ohrenbetäubenden Lärm aus Schreien, Alarmsirenen und dem Geknatter von Hubschraubern, die über dem Geschehen kreisten.
Kilian entdeckte einen großen Lastwagen, der sich rückwärts aus der geräumten Seitenstraße auf die Menge zubewegte. Unter einer Plane verborgen, stand auf der Ladefläche etwas, das der Form nach wie eine Rakete aussah. Nur das äußerste Ende ragte unter dem Stoff hervor, ein Metallzylinder, auf dem kreisförmig Punkte glühten.
»Weg hier, so schnell wie möglich. Wir müssen in ein Gebäude, das uns schützt.« Panisch sah er sich um. »Scheiße, wo ist der Typ?«
Er hatte den Jungen aus den Augen verloren. Das Geschiebe und Gedränge der hysterischen Masse hatte ihn verschluckt. Nova kniff ihn in den Arm. Mit dem Zeigefinger deutete sie auf zwei kleine Flugkörper, die etwa drei Meter über ihnen schwebten. Sie waren mit Scheinwerfern bestückt, die die Menge ausleuchteten.
»Was ist das? Wieso leuchten die?« Kilian zog seinen Kopf ein.
»Keine Angst, die schießen nicht. Das sind Drohnen, die filmen uns. Ich hab solche Dinger schon mal auf einer Demo in Kopenhagen gesehen.«
Blitzartig setzten sie wieder ihre Masken auf und schoben sich geduckt in Richtung Gehsteig. Während sie Schulter an Schulter vorwärtshasteten, sah Nova plötzlich eine pinkfarbene Wollmütze.
Der Jugendliche hatte den Mund weit aufgerissen und starrte fassungslos auf die Drohnen, während die wogende Menge ihn fast umriss. Schüsse fielen irgendwo. Immer mehr Menschen versuchten, vor dem Polizeiaufgebot und den Soldaten zu fliehen.

»Hey, Pink Panther, wo können wir uns verstecken?«, brüllte Nova.

»In der Trinity Church. Die ist heute Nacht für uns geöffnet. Schnell!«

Mit eingezogenen Köpfen wühlten sie sich durch die Menge in Richtung Rector Street. Kurz bevor sie den Broadway erreichten, rempelte ein Polizist Nova zu Boden. Er hatte seinen Gummiknüppel schon erhoben, als Danny dazwischenging.

»Nova!« Kilian stürzte herbei.

»Du Arschloch, dir werd ich's geben!« Danny zog eine Dose Pfefferspray aus seiner Tasche und warf sich auf den Beamten. »Da, du Mistkerl.«

Der Polizist ließ seinen Gummiknüppel fallen, um sein Gesicht zu schützen. Doch Danny war schneller, er verpasste ihm eine volle Ladung des ätzenden Sprays. Taumelnd wich der Ordnungshüter zurück. Die drei rannten weiter.

Außer Atem erreichten sie die schwarzen, verschnörkelten Metallgitter, die den Vorplatz der Kirche von der Straße trennten. Kilian drückte das Tor mit seinem Körpergewicht auf.

Als sie die Stufen zur verglasten Kirchentür hochhasteten, dröhnte über Lautsprecher eine Ansage durch die Straßen. Unwillkürlich blieben sie stehen.

»Hier spricht General Dover von der Nationalgarde. Mit der Inkraftsetzung des Kriegsrechts durch den Präsidenten der Vereinigten Staaten verhänge ich für den gesamten Bundesstaat New York den Ausnahmezustand sowie eine Ausgangssperre. Alle Teilnehmer der verbotenen Demonstrationen werden nun einer Kontrolle unterzogen. Sollten Sie den Anweisungen des Militärs nicht Folge leisten, wird von der Schusswaffe Gebrauch gemacht.«

»Die Schweine«, schnaubte Nova. »Die wollen Krieg? Dann bekommen sie Krieg!«

»Ach, und wie? Mit Fäusten und Pfefferspray?«, höhnte Kilian.

Der junge Farbige zog sich die Wollmütze vom Kopf. »Kommt erst mal mit rein. Surprise, surprise!«

Mit beiden Händen drückte er die Klinke der schweren Eisentür hinunter und schob sie auf. Es war, wie in ein anderes Zeitalter zu treten. Der Pfarrer verließ gerade gemessenen Schrittes den Altar und wandte sich den Menschen zu, als würde er versuchen, ihre Angst aufzufangen. Die Luft war stickig und von Weihrauch und dem Geruch brennender Kerzen erfüllt. Die Menschen redeten leise miteinander, weiter vorn waren Schluchzer zu hören. Jeder freie Platz auf dem Boden war belagert. Wieder öffnete sich die Tür, und weitere Demonstranten strömten in die Kirche, die schon jetzt zum Bersten gefüllt war.

Diese Kirche hat Symbolkraft, dachte Kilian. Eingeklemmt und winzig zwischen den Wolkenkratzern, trotz ihres beinahe hundert Meter hohen Turms, strahlte sie die Würde einer heileren Zeit aus.

Danny zog Kilian und Nova weiter mit sich. Was sie nun sahen, ließ sie an ihrer Wahrnehmung zweifeln. Da saßen mindestens ein Dutzend Typen mit Laptops und Festplatten, die untereinander mit Kabeln und Handys verbunden waren, und droschen wie in Trance auf die Tastaturen ein. Inmitten dieser Arche hatte sich die ganz alte Welt mit der neuen, virtuellen verbunden!

»Hammer«, sagte Nova andächtig.

»Normalerweise ist die Kirche zu, wenn Demos laufen«, erklärte Danny. »Aber der Bischof ist einer von uns. Voll der Occupy-Mann. Der hat sogar schon mal ein paar Anonymous versteckt. Sie hacken das Netz frei.«

»Genial!« Nova war Feuer und Flamme.

Kilian wirkte weniger begeistert. »Das sind nur die BGP-Router. Sie sind wieder aktiv. Aber damit das Ganze wieder funktioniert, müssten die Provider jetzt die Zugänge wieder freigeben – entgegen der staatlichen Anordnung natürlich.«
Nova schob seinen Einwand beiseite. »Wenn die jetzt Krieg gegen ihr eigenes Volk führen, dann werden sie ihr blaues Wunder erleben. Wer gehorcht denn einem Staat, der auf seine eigenen Leute schießt?«

45

Wüste Nevada – Bunker Whitestar

Überall anthrazitfarbene Betonwände, schwere Stahltüren und das schummrige Licht der Notbeleuchtung. Immer noch Kurzschluss! Nur anhand der rot-grünen LED-Anzeigen neben den Türen vermochte sich Torben einigermaßen zu orientieren. Während er durch das Labyrinth der Gänge des Bunkers hastete und immer wieder zwischen hervorstehenden Betonsäulen Schutz suchte, dachte er daran, dass er jetzt in Stockholm sein könnte, unbehelligt und im gewohnten Rhythmus seines alten Lebens. Er spähte in einen abzweigenden Gang. Sein Herz raste. Seine Lungen brannten vom schnellen Laufen. Er war am Limit, schob sich immer wieder weiter, bis er endlich den Kontrollraum KOO1653 fand. Hier würde er hoffentlich mehr über die Planspiele Clarks erfahren, die in dem Bunker ausgearbeitet wurden. Er wischte seine schweißnassen Finger an seiner Jeans ab, bevor er den Code in das Tastenfeld neben der Tür eingab. Wenn man ihn jetzt entdeckte, würde es keine Gnade geben, das wusste er.

Fieberhaft fahndete er in seiner Erinnerung nach der korrekten Zahlenfolge. Normalerweise waren Zahlen kein Problem für ihn, doch die Anspannung flutete sein Gehirn und lähmte sein Erinnerungsvermögen. Ganz ruhig, ermahnte er sich. Du hast doch zugesehen, als eine Mitarbeiterin den Code eingegeben hat. Konzentriere dich!

Wieder sah er sich um, doch der Gang blieb leer. Er presste seine Finger an die Schläfen. Zwei, fünf, sieben – sieben? Oder neun? Dabei hatte er noch Glück, dass dieser Raum nur mit einem Zahlencode gesichert war. Die meisten anderen Räume konnte man lediglich mithilfe einer biometrischen Erkennungssoftware betreten.

Ein Geräusch ließ ihn innehalten. Waren das Schritte? Er spürte seinen Herzschlag.

Verdammt! Schneller jetzt, sonst erwischen sie mich!

Als er die letzte Zahl tippte, hielt er den Atem an. Eine Sekunde später öffnete sich die Tür mit einem gedämpften hydraulischen Pfeifen. Geschafft! Er betrat den kleinen fensterlosen Raum. Zwischen nackten Betonwänden waren drei Tische mit Rechnern aufgereiht. Neben den Computern lagen Aktenordner auf den strahlend weißen Kunststofftischplatten.

Sieht aus wie ein Operationssaal, schoss es ihm durch den Kopf, so kalt, so unpersönlich, so furchteinflößend. Plötzlich ging das Licht wieder an, die normale Stromversorgung war wiederhergestellt, das grelle Neonlicht verstärkte seine Kopfschmerzen. Er kniff die Lider zusammen, während er zwei Rechner aktivierte. Jetzt schnell! Er musste an die Daten. Bestimmt hatte man sein Verschwinden inzwischen bemerkt.

Endlich erschien die Eingabemaske für das Passwort. Seine Hände zitterten, als er die Zeichenfolge des Codegenerators eingab: A=%2g4e3n@-dEX.

Er war drin! Während er lauernd zur Tür sah, suchte er in der Personaldatei den Namen des Wissenschaftlers. Die Buchstaben tanzten vor seinen Augen. Oak, Offermann, Ogden, Orlando. Er erstarrte, als er den Eintrag las: Orlando war für tot erklärt worden.
Auch eine Methode, jemanden verschwinden zu lassen, dachte er bitter. Mit ihm würde man es genauso machen, wenn man ihn hier entdeckte. Ein kurzer Vermerk, reine Formsache. Er wäre nicht der Erste, der auf diese Weise verschwinden würde, ohne Spuren zu hinterlassen.
Stöhnend rieb er sich die Stirn. In den letzten Tagen waren die Sicherheitsstufen verschärft worden. Er war ohne Zweifel, dass hier eine geheime Kommandosache vorbereitet wurde, die alles überstieg, was jemals vorstellbar gewesen war. Was auch immer sich in diesem unterirdischen Labor abspielte, was auch immer dort geplant wurde, es stand offenbar kurz vor dem Abschluss. Für eine Mail an Orlandos Frau blieb keine Zeit. Er musste erst an die Daten!
Er sah und hörte nicht, wie die Tür geöffnet wurde. Eine Sekunde später stürzte ein bulliger uniformierter Mann in den Raum, der eine Pistole auf ihn richtete. Der Adrenalinstoß durchfuhr ihn wie ein Elektroschock. Er sprang auf und stolperte rückwärts, während der Offizier auf den Monitor starrte.
»Treten Sie zurück, legen Sie sich flach auf den Boden und leisten Sie keinen Widerstand!«
Die Angst schnürte Torbens Hals zu. Er brachte keinen Ton hervor. Doch zu seiner eigenen Überraschung funktionierten seine Reflexe noch. Seine Muskeln spannten sich. Er musste nicht überlegen. Er konnte sich auf sein Kung-Fu verlassen. Mit einer ausgreifenden Beinbewegung fegte er den Bildschirm vom Tisch, dessen Kante den Offizier mit voller Wucht

in den Magen traf. Der ging sofort zu Boden. Ein Schuss löste sich, Beton rieselte von der Decke.

Jetzt hatte Torben einen winzigen Vorsprung. Er rannte zur Tür, warf sie hinter sich zu und hetzte los. Er musste die nächste Abbiegung in dem Labyrinth erreichen, sich in Sicherheit bringen. Schon hörte er, wie die Tür des Kontrollraums aufflog und der Sicherheitsbeamte die Verfolgung aufnahm. Bedrohlich hallten die Schritte durch die leeren Gänge. Du schaffst es, rief er sich innerlich zu, lauf!

Zu spät. Ein scharfer Schuss durchschnitt die Luft und seinen Oberschenkel.

Brennender Schmerz! Warm umfloss es Torbens Bein. Nicht darüber nachdenken. Ich muss weiter, mich verstecken, dem Verfolger entgehen!

An der Ecke des langen Flures stand eine Gestalt. Er sah nur ihre Silhouette und eine gezogene Waffe. Alles ging ganz schnell. Bevor Torben reagieren konnte, hallte ein weiterer Schuss durch den Gang. Er duckte sich. Ängstlich sah er sich um. Sein Verfolger lag auf dem Boden.

Torben blickte wieder nach vorn. Die Gestalt war verschwunden. Mühsam erhob er sich. Der Blutfleck auf seiner Hose breitete sich aus, er ignorierte den Schmerz. Komm schon, du hast keine Zeit zu verlieren! Ich muss um jeden Preis wieder an die Rechner. Sonst war alles vergebens. Hastig schleppte er sich zurück. Die Tür stand noch offen. Er setzte sich vor den Rechner. Seine Hände flogen über die Tasten. Innerhalb von Sekunden hatte er den Zugang geknackt.

June Madlow spürte, wie ein Schauder ihren Körper überlief. Zitternd ging sie hinter einem Betonvorsprung in Deckung und steckte ihren Revolver ein. Du hast einen Menschen erschossen, pochte es in ihrem Kopf. Einen Menschen!

Es war alles so schnell gegangen. Sie hatte sich in der Nähe des Raums postiert, in dem Torben an der Entschlüsselung der Daten arbeitete, als der Soldat um die Ecke stürmte und ihn auf der Flucht ins Visier nahm. Reflexartig hatte sie ihre Waffe gezückt. Und auf das Herz des Soldaten gezielt. In all ihren Dienstjahren hatte sie nur einmal einem flüchtenden Mann ins Bein geschossen, um ihn zu stellen. Diesmal war es anders.

Sie sah zu der Leiche. Der Tote war noch jung, vielleicht zwanzig, ein blonder, muskulöser Junge. June hoffte inständig, dass er noch keine Familie gegründet hatte.

Von Schuldgefühlen wie gelähmt, presste sie sich an die Wand. Was sie gerade getan hatte, war nicht nur moralisch eine Katastrophe, es war auch ihr Ende bei der CIA. Die Kameras hatten sie sicher gefilmt.

Nichts fürchtete sie jetzt so sehr wie das Auftauchen weiterer Soldaten. Sie war nicht der Killertyp wie manch anderer bei der CIA. Mit angehaltenem Atem lauschte sie, doch es war nur das gleichmäßige Rauschen der Klimaanlage zu hören.

Vorsichtig kam sie hinter der Betonsäule hervor und lief zum Rechnerraum. Sie betete, dass Torben nie erfahren würde, wie kaltblütig sie gerade gehandelt hatte. Sicher, er hatte ihr damals im Mount Valley vorgeworfen, nur ein Rädchen im Getriebe zu sein. Aber inzwischen musste ihm klar sein, dass sie keine Befehlsempfängerin mehr war, die gewissenlos die Machenschaften der CIA deckte.

Während sie sich noch einmal umsah, ob sie allein war, schnappte sie sich die Maschinenpistole des toten Soldaten und rannte dann zur halb offenen Tür des Rechnerraums.

»Torben, ich bin's!«

Wie von weiter Ferne drang ihre Stimme an Torbens Ohr. Er brauchte einen Moment, um sich von den geöffneten Programmen zu lösen. Er stand auf, um die Tür hinter June zu schließen, doch sie hielt ihn zurück.

»Lass sie besser offen stehen, dann sehen wir, wenn jemand kommt. Die wissen bestimmt schon, wo wir sind. Den Kameras entgeht nichts. O Gott, was ist …«

Sie hatte den dunkelroten Fleck auf Torbens Hosenbein entdeckt.

»Man hat mich erwischt. Zum Glück kam mir jemand zu Hilfe. Du hast mir wohl wieder das Leben gerettet.« Er lächelte.

June beugte sich zu seinem Unterschenkel. »Schlimm?«

»Hört schon auf zu bluten, sicher nur ein Streifschuss. Viel interessanter ist, was ich gefunden habe.«

»Moment! Wir könnten jeden Augenblick überrascht werden.« June ging zu der Workstation neben dem Rechner, an dem Torben gearbeitet hatte. Sie öffnete ein Tool für die Bunkerverwaltung. Innerhalb kurzer Zeit erschien auf dem Monitor der Grundriss der gesamten Bunkeranlage. Er war in achtzehn Sektoren unterteilt. Das Kontrollzentrum, die Rechner- und Mannschaftsräume, Labore, der Flughangar oder die Versorgungseinheiten konnten im Ernstfall durch dreißig Zoll starke Stahltüren getrennt werden. June hatte sich das bei einer Übung gemerkt.

Sie sah auf Torbens Monitor, dass er schon weit gekommen war. In der kurzen Spanne hatte er verschiedene Dateien des CIA-Direktors geknackt.

»Wie hast du das nur so schnell hinbekommen?«

Torben trat neben sie. »Mit dem Programm unterbinde ich den Versuch der Kommandozentrale, meinen Zugriff auf den Server abzuwürgen.«

»Genialer Junge. Ich hätte nie gedacht, dass ich mal einen Hacker loben würde«, erwiderte June, während sie an der

Workstation einen Befehl eingab, mit dem sich die Stahltüren zwischen den Sektoren schlossen. »Das hält uns die Bulldoggen von Clark für eine kurze Weile vom Hals! Ich habe noch keine Ahnung, wie wir hier rauskommen.«

Clark inspizierte gerade mit zwei Soldaten das Labor, als er von Miles angefunkt wurde. Nachdem er die Zelle von Arnström leer gefunden hatte, kümmerte er sich persönlich um diese ärgerliche Angelegenheit. Ich hätte diesen räudigen Hund gleich erschießen sollen, dachte er, während er sein Funkgerät aus der Gürtelhalterung nahm.
»Was gibt's? Haben Sie Arnström?«
»Sir, Agent Madlow ist in Rechnerraum 2 im Sektor C eingelassen worden. Sie hat eben die Notfalltüren geschlossen. Wir versuchen vergeblich, den Zugriff auf die Daten zu unterbinden, aber …«
»Was? Diese verdammte Schlampe!«, brüllte Clark. Die Adern auf seiner Stirn schwollen an. Er stürzte sich auf Orlando, der auf einem Stuhl kauerte, packte ihn an der Gurgel und drückte zu.
»Verdammt, was haben Sie damit zu tun?«
Würgend schnappte Orlando nach Luft. »Nichts, Sir, gar nichts!«
Clark ließ den japsenden Mann los und hielt sich das Funkgerät dicht vors Gesicht.
»Miles? Was ist los mit Ihnen? Öffnen Sie die Verriegelungen, oder ich setze Sie in der Mittagssonne in der Wüste aus!«
»Machen Sie mit mir, was Sie wollen, aber ich brauche nun mal Zeit, um den Server wieder unter meine Kontrolle zu bekommen«, sagte Miles, der Clarks Ausfälle offenbar leid war. »Ihre hübsche Agentin hat übrigens gerade einen Soldaten ins Jenseits befördert.«

»Was?« Clark fiel fast das Funkgerät aus der Hand.
»Einfach abgeknallt«, vermeldete Miles.
»Männer, mitkommen!« Der CIA-Direktor warf einen letzten verächtlichen Blick auf Orlando, der reglos in seinem Sessel hockte. »Mit Ihnen bin ich noch nicht fertig.«
Die Soldaten, die mit ihm den Raum verließen, erkundigten sich nach dem Vorgehen.
»Ohne Befehl schießen! Sie kommen mit, Sie besorgen Sprengstoff. Wir müssen die Stahltüren aufbrechen.«

Torben rieb sich das Gesicht. »Mist, das dauert ewig mit dem Netz, falls es überhaupt noch eins gibt. Ich will die Dateien ins Darknet stellen.«
Die Wunde an seinem Bein blutete wieder. Ihm war kalt.
»Was ist das?«, fragte Madlow.
Mit einer Tastenkombination öffnete er ein Dokument mit dem Namen SILENT CONTROL.
Hastig überflog er den Text und zog parallel die Datei auf das iPad, das er inzwischen mit beiden Rechnern verbunden hatte. Nun konnte er nur hoffen, dass das Netz funktionierte und dass es noch genug Anonymous gab, die die Information verbreiten würden. Ein merkwürdiger Moment innerer Stille trat ein, als würde die Zeit stehenbleiben. Schon die ersten Zeilen des Dokuments schockierten beide.
Im Grunde war es die Bestätigung für das, was Anonymous und Occupy schon immer befürchtet hatten. Das System würde seine Menschen nun zu offenen Sklaven verdammen. Unmenschlich, ohne Intimsphäre, herabgewürdigt und nackt. Jetzt zeigte sich, was die Demokratien wirklich wert waren. Nichts mehr, dachte Torben. Nur solange brav dem Wahnsinn des Wachstums gefolgt wurde und eine Minderheit opponierte, konnte alles gut gehen. Doch die Angst der

Eliten, ihren Reichtum und ihre Macht zu verlieren, die Kontrolle zu verlieren und den Menschen ihre Selbstbestimmung zu lassen, hatte den letzten moralischen Damm brechen lassen.

»Es ging die ganze Zeit nicht um Zensur, June.« Ein Schatten legte sich über Torbens Gesicht. »Die Umsetzung von Silent Control zielte nicht darauf ab, Verbrechen zu verhindern. Mindvision, Recorded Future, INDECT oder Psyscan, das sind alles nur Teile einer totalen Überwachungsstrategie, Manipulation und Gehirnwäsche.«

June blickte sorgenvoll zur offenen Tür, doch Torben arbeitete unbeirrt weiter daran, die Daten ins Netz zu bekommen, während er weiterlas: Alle digitalen Informationen sind mit sozialen Netzwerken abzugleichen. Recorded Future und Psyscan ermitteln die notwendigen Dossiers über systemkritische Personen. Personen, die durch Mindvision als inkonform oder bedrohlich eingestuft worden sind, werden in spezielle Lager und militärisch bewachte Zonen zur Überwachung gebracht.

June schüttelte den Kopf. »Torben, wir müssen raus hier!«

Als er ein weiteres Dokument öffnete, schnaubte er vor Wut. »Verdammt, ich muss das erst senden, June. Was ist, wenn wir es nicht rausschaffen? Dann war das alles umsonst! Die Menschen müssen das erfahren!«

Verbissen versuchte er weiter Zugriff auf das Handynetz und das Internet zu bekommen.

»Die BGP-Router sind wieder da! Das Internet ist nicht mehr völlig gesperrt. Irgendwer hat da noch seine Finger im Spiel!«

Völlig außer sich erhaschte June eine Textpassage, als sie Torben eigentlich schon vom Stuhl reißen wollte. »Ich glaube es einfach nicht. Nur wer sich in Zukunft marktkonform verhält, wird in die freien Wirtschaftszonen gelassen. Dort soll

das Leben dann wohl seinen gewohnt trügerischen Lauf nehmen und die anderen verrecken, oder was?«
»Wundert dich das etwa?« Torben zuckte mit den Schultern. »Darum geht es doch hier: um Kohle, sonst nichts. Solltest du allmählich begriffen haben.«
Er hackte sich weiter ins System und bekam Zugang zu einem Programm der technischen Bunkerabteilung, das von der Zentrale gesteuert wurde.
»Torben!«
»Hab's gleich! Ich versuch, uns noch etwas Zeit zu verschaffen. Kannst du beten, June? Dann tu's jetzt.«
In der Kommandozentrale versuchten Miles und sein Team, die Rechner im Sektor C von der Zentrale zu trennen. Einem jüngeren Computerspezialisten stockte der Atem.
»Heilige Scheiße, der Typ macht dasselbe wie wir – nur schlauer! Er hat uns fast abgekoppelt!«
Mit finsterem Blick starrte Miles auf den Bildschirm.
»Das sehe ich selber. Der steckt uns alle in die Tasche. Wie zum Teufel macht er das?«

Torben scrollte ungeachtet Junes Beschwörungen, den Raum zu verlassen, wie ferngesteuert Seite um Seite des Geheimdossiers Silent Control herunter. Er fand konkrete Pläne, wie Sonderzonen für aufsässige Bürger errichtet werden sollen. Dazu die Kosten für elektrische Zäune, bewaffnete Drohnen, die Verpflegung mit Standardnahrung, jedes Detail. Für große Teile der Bevölkerung wurden Bootcamps vorbereitet, die meisten Metropolen sollten gesäubert und abgeriegelt werden. Weiß der Himmel, wie lange die das schon planen, dachte er, während er weiter Daten auf das iPad lud.
June wurde zusehends unruhiger und inspizierte den Flur, doch noch waren die Schotten geschlossen.

Torben blickte kurz in Junes ängstliches Gesicht. »Ich hab's bald. Ich komme ins Darknet!«
Torben stellte sich vor, was für ein Sturm losbrechen würde, wenn das hier bekannt würde. Arbeitsplätze würden künftig nur noch an Leute vergeben, die vorher einen Test mit dem Psyscan bestanden hätten. Nur wer sich als absolut loyal zum Staat erweist, darf in die Wirtschaftszonen. Das nennt man also marktkonform!, ging es Torben durch den Kopf.
»Der reine Horror. Gegen Clark und sein Silent Control ist Orwell ein Waisenknabe. Die wollen ihr eigenes Volk einsperren!«
In rasantem Tempo tippte Torben sich weiter durch den Dschungel der Codes. June gab ihre Lauerstellung für einen Moment wieder auf und stellte sich hinter Torben. Er überflog die letzten Einträge und wollte die Datei gerade schließen, als June eine Gänsehaut über den Rücken lief.
Auf einer Liste unter dem Text standen die geistigen Väter von Silent Control. Als Letztes, mit einer Leerzeile abgesetzt, standen dort drei Wörter, die Torben schwindelig machten.
»Agent Peter Norris«, flüsterte June.
Für Torben brach eine Welt zusammen. Sein Mentor, der erbittertste Kritiker der CIA, war der Spiritus Rector dieses Höllenplans? Peter hatte das alles konzipiert?
»Es tut mir so leid für dich«, sagte June leise.
»Dieses elende Schwein hat mich reingelegt! Aber wieso?«
»Wie auch immer. Das riecht nach Verschwörung. Der Präsident würde diesen Horror niemals absegnen.«
»Jetzt wird mir einiges klar.« June schlug sich gegen die Stirn. »Clark dreht frei. Der hat das alles eigenmächtig angezettelt. Und deshalb hat er auch seinen Stellvertreter aus dem Weg geräumt, diesen Eliston. Angeblich ist der bei einem Autoun-

fall beinahe ums Leben gekommen. Aber ich weiß, dass er Streit mit Clark hatte.«

Aus den Puzzleteilen formte sich langsam ein Bild. Es war ungeheuerlich, was sie entdeckt hatten. Torben stöhnte auf. Dass Peter nicht gleich an die Öffentlichkeit gegangen war, konnte nur einen Grund haben. Niemand hätte ihm ohne Beweise vertraut. Hochintelligent, wie Peter war, hatte er den klügsten Weg gewählt: Er hatte auf die Hacker gesetzt, auf die Energie von Anonymous. So musste alles peu à peu herauskommen. Und ihn, Torben, hatte er dazu ausersehen, die Sache ins Rollen zu bringen.

»Moment. Was ist das?« June hatte ihren ängstlichen Blick von der Tür wieder zum Bildschirm gewendet und deutete auf eine Datei mit dem Namen »Operation Blind Mirror – G20 Summit«, die gerade erschien.

Torben öffnete sie. »Es wird immer gespenstischer. Clark plant einen Anschlag auf das G20-Treffen. Sieht aus, als wollte er da seine Psychotronics über einen Satelliten einsetzen!«

»Lade die Datei auch noch runter. Das ist ein Staatsstreich!«

»Bin schon dabei.«

Aus einiger Entfernung hörten sie plötzlich eine Detonation. Torben zuckte zusammen.

June schreckte hoch. »Scheiße! Die wollen sich den Weg zu uns freisprengen! Aber so leicht sind die Panzertüren nicht zu knacken.«

Der Ausdruck in ihrem Gesicht sprach allerdings eine andere Sprache. Torben kannte June inzwischen gut genug, um zu wissen, dass sie ihn nur beruhigen wollte.

»Wie viel Zeit bleibt uns, wenn sie's doch schaffen?«

»Ein paar Minuten, falls nicht vorher das Kommandozentrum die Stahlschleusen öffnet. Wir müssen das hier so schnell wie möglich durchziehen!«

Während Torben die letzte Datei auf das iPad übertrug, überprüfte er noch einmal das Handy. Ganz schwach baute sich ein Signal auf.
»June, das Handynetz funktioniert!«
»Dann raus mit dem Zeug!«
Torben öffnete den Mailserver und tippte, so schnell er konnte, eine Nachricht ein. Er setzte alle Adressen ein, die ihm spontan einfielen, Nova, Kilian, selbst die von Wallins und seinen Professoren an der Uni. Dann lud er einige Dokumente in den Anhang und schickte die erste Ladung los. Anschließend öffnete er ein neues Fenster, kopierte die Adressen ein und hängte die nächsten Files an. Verwundert stellte er fest, dass nun auch Teile des Internets wieder funktionierten. Er war nicht allein. Einige Hacker hatten die Provider offenbar dazu bewegt, ihre Dienste zu reaktivieren. Es ist schon verrückt, dachte Torben. Die Nazis, die Stasi, der KGB, alle haben versucht, ihre Verbrechen zu vertuschen. Aber sie haben zu viele Daten hinterlassen, egal, ob analog oder digital. Irgendwann kommt doch alles raus. Auf einem der Dokumente standen Namen der Leute, die offensichtlich Clarks Pläne unterstützten, einen mentalen Anschlag auf den G20-Gipfel zu verüben. Darunter der Vorsitzende der Federal Reserve Bank, eine Reihe Topmanager internationaler Konzerne und etliche Banker.
»Wann beginnt dieses Treffen?«, fragte Torben.
Sie sah nach. »Heute!«
Wieder war eine Explosion zu hören, diesmal deutlich näher. Torben fuhr zusammen. »Sie kommen! Verflucht, wir sitzen in der Falle!«

46

New York – Trinity Church – Wall Street

Nova stand vor der Kirche, um ein bisschen Luft zu schnappen. Drinnen war es heiß und stickig durch die vielen Demonstranten, die dort Zuflucht gesucht hatten. Sie lehnte sich an die schwere Kirchentür. Der Broadway bot ein ungewohntes Bild. Wo sonst dichter Verkehr herrschte und die Menschen ineinanderströmten, war alles wie leer gefegt. Nur ein Armeewagen donnerte vorbei, und ein paar Soldaten hatten sich in Dreiergruppen postiert. Das gesamte Gebiet um die Wall Street war inzwischen geräumt worden. Nur die Kirche war wegen ihres Asylrechts verschont geblieben.

Gerade hatte hier noch die machtvollste Demonstration in der Geschichte New Yorks stattgefunden. Nun wehte der Wind Müll, Plakate und Transparente durch die Luft. Ein graues Pappschild mit einer Kinderzeichnung, einer Blume und der Aufschrift »We don't move« landete vor Novas Füßen.

»Ziemlich deprimierend, was?« Kilian war Nova gefolgt und sog die frische Luft ein.

Sie hob das Pappschild auf. »Ist das nicht abgefahren? Bei Saicom haben wir jahrelang gegen die Hacker gekämpft. Und jetzt, wo wir auf der anderen Seite stehen, ist vielleicht schon wieder alles vorbei.«

Nachdenklich steckte Kilian die Hände in die Hosentaschen. »Die Hacker sind ein großes Risiko eingegangen. Ihre Aktionen können trotz aller Vorsichtsmaßnahmen auffliegen. Aber sie sind wirklich gut. Einige Provider haben das Netz entgegen staatlicher Anordnung wieder freigegeben. Bis eben wurden alle Versuche, Infos auf gekaperten Websites der New

York Times und der Washington Post abzusetzen, gelöscht, aber jetzt lassen sie uns gewähren.«
»Klar«, Nova ließ das Schild fallen, »die haben ja das Kriegsrecht ausgerufen. Damit sind die Medien eigentlich unter staatlicher Kontrolle.«
Ein paar junge Leute kamen aus der Kirche und rauchten. Die Stimmung war gedrückt. Niemand hatte damit gerechnet, wie brutal der Staat Zähne zeigen würde.
»Wenn wir wenigstens wüssten, wie es in Europa aussieht«, sagte Kilian. »Dort müssten noch ein paar Provider aktiv sein. Im Gegensatz zu China und Russland, die haben sich schon vor Tagen komplett vom Internet verabschiedet und die Handynetze abgeschaltet.«
Wieder rollte ein Armeewagen über den Broadway. Auf dem Dach war ein Lautsprecher angebracht.
»Alle Bürger sind angehalten, den Anordnungen der Heimatschutzbehörde und der nationalen Katastrophenschutzbehörde Folge zu leisten!«, hallte es durch die menschenleere Straße. »Der Justizminister hat erlassen: Jeder, der den Staat angreift, durch Gewalthandlungen, mündliche Äußerungen oder Statements im Internet, wird als Terrorist und damit als Staatsfeind eingestuft.«
Nova und Kilian hatten schweigend zugehört.
»Merkwürdig, dass bis jetzt keine Stellungnahme vom Präsidenten zu hören war«, wunderte sich Kilian.
»Finde ich auch. Ich dachte immer, der kapiert wenigstens, was Occupy will.«
Mit aufheulendem Motor raste ein Bus vorbei. Sie konnten Festgenommene darin erkennen, die von bewaffneten Soldaten in Schach gehalten wurden. Nova spürte ein Frösteln. Die Arme um den Körper geschlungen, erhaschte sie den leeren Blick eines jungen Mädchens, das seinen Kopf an die

Scheibe gelehnt hatte. Erschöpft setzte sich Nova auf die Treppenstufen und vergrub ihr Gesicht in den Händen.
Hinter ihr war eine ältere Frau aus dem Gotteshaus getreten. Sie setzte sich neben Nova und bot ihr einen Schluck von dem Tee an, der in der Sakristei ausgeschenkt wurde.
»Trink mal was, wir sind hier alle total runter.«
Während Nova zu dem Pappbecher griff, öffnete sich die Kirchentür ein zweites Mal. Ein Typ in Tarnhose mit einem Ziegenbart sprang auf die Stufen.
»Wir sind wieder online«, rief er überschwänglich.
Nova entfuhr ein kurzer Aufschrei. Wie elektrisiert, nestelte sie ihr Handy aus der Tasche und schaltete es mit zitternden Händen ein. »Komm, bitte, bitte«, murmelte sie.
Jede Sekunde, die sie warten musste, war eine Qual. Doch dann hatte sie ein Signal. Die Handynetze funktionierten auch wieder. Sie erblickte die Mail mit einer Menge von Dateianhängen. »O mein Gott, das ist Torben, der verdammte Hund! Kilian, Kilian!«
Kilian war sofort in die Kirche zurückgegangen, als er gehört hatte, dass das Netz wieder aktiv war. Jetzt hockte er sich zu einigen Anonymous in die Kirchenbank, die alle einen Laptop auf dem Schoß hatten.
»Was geht ab?«, fragte er.
Der junge Mann, neben dem er saß, sah ihn fassungslos an.
»Da ist eine Info im Darknet! So krass, dass es einen umhaut. Geheimpläne von der CIA!«
Kilian strahlte. Was auch immer da draußen geschah, die größte Last war ihm genommen, denn die Botschaft im Darknet war von Torben.
Von hinten stürmte Nova auf ihn zu. »Ich habe eine Mail von Torben! Er sitzt in einem CIA-Bunker irgendwo in der Wüste!« Sie fiel Kilian um den Hals. »Er lebt!«

»Das ist ja irre!«
»O Gott, ich bin so froh.«
»Was ist das für ein Bunker, in dem er gefangen ist?«
Nova spürte, wie ihr vor Aufregung das Herz an die Rippen schlug. »Weiß ich nicht, aber er hat Datenpakete ins Darknet geschickt, die absolut brisant sind. Es ist viel schlimmer, als wir beide dachten.«
»Habe ich auch gerade gehört«, sagte Kilian, während er sich vorsichtig von Nova losmachte. Obwohl diese Umarmung sich nicht gerade unangenehm angefühlt hatte.
Der junge Typ, den er angesprochen hatte, zeigte auf seinen Laptop. »Wir bereiten eine Warnung vor. Die schicken wir ab, sobald alle Netze frei sind.«
Kilian setzte sich zu ihm. »Vielleicht kann ich euch helfen. Ich bin zwar kein Hacker, aber so was Ähnliches.«
»Außerdem hat er fachliche Unterstützung von einem echten Profi«, grinste Nova, die sich neben Kilian in die Bank zwängte. »O Mann, wenn Wallins uns jetzt sehen könnte, würde er tot umfallen.«

Davos – Schweiz

Das Kongresszentrum in Davos war seit Tagen von Mitarbeitern der CIA, des Secret Service und der einheimischen Geheimdienste nach Sprengstoff abgesucht worden. Außerdem hatte man alle sicherheitsrelevanten Details durchgecheckt – vor allem das Personal. Jeder Koch und jeder Kellner war durchleuchtet worden.
Greg Williams, ein durchtrainierter Agent des Secret Service mit einer unübersehbaren Narbe auf der Wange, betrat den ovalen Konferenzraum. In wenigen Stunden wurde die An-

kunft der Staats- und Regierungschefs erwartet. Er kroch unter den monumentalen Konferenztisch.
Drei Stunden hatte er auf diese Gelegenheit gewartet. Früher wäre es zu riskant gewesen, das kleine unscheinbare Gerät unter dem Tisch zu platzieren. Der Spähtrupp für Sprengstoff und eventuelle Wanzen hatte seine Arbeit längst abgeschlossen. Dennoch blieb ein gewisses Risiko. Man hatte die Schutztruppe des Präsidenten darauf geschult, die Kollegen im Auge zu behalten. Er konnte jederzeit durchsucht und überprüft werden.
Zielsicher klebte er das kleine Gerät unter die Tischplatte und robbte zur anderen Seite des Tisches. Der Apparat sollte die Signale verstärken, die von einer als Lautsprecher getarnten Box an der Decke ausgingen. Alles andere hatte sein mächtiger Auftraggeber über Satellit im Griff.
Greg lächelte zufrieden. Er war als einfacher Soldat mit Clark in Afghanistan gewesen, woran er durch seine Narbe täglich erinnert wurde. Bei einem Anschlag der Taliban hatten sich Granatsplitter in sein Gesicht gebohrt. Clark hatte ihn damals höchstpersönlich aus dem Inferno herausgeholt und dabei Kopf und Kragen riskiert. Seitdem verehrte Greg ihn glühend. Auf seine Loyalität konnte sich der CIA-Direktor blind verlassen.
Vorsichtig kroch der Agent unter dem Tisch hervor und spähte zur Tür. Als er sah, dass er noch immer allein war, stand er auf. Er rückte sein Sakko zurecht und verließ den Saal. Auf dem Vorflur kam ihm ein Kellner in Begleitung eines jüngeren Agenten entgegen.
»Alles sauber, der Präsident ist hier so sicher wie in einem Bunker«, meldete er. »Ich habe extra noch mal nachgesehen.«
Der junge Agent runzelte die Stirn. Es war Vorschrift, dass sie mindestens zu zweit arbeiteten. Das wusste auch Greg.

»Das heißt, *wir* haben nachgesehen«, fügte er rasch hinzu. »Mein Kollege ist schon vorgegangen, musste mal für kleine Jungs.«
Dann marschierte er mit durchgedrücktem Kreuz an den beiden vorbei. Draußen auf dem Hof, wo er außer Hörweite war, zückte er sein Handy.
»Sir. Ich habe alles installiert.«
Die Stimme von Roy Clark vibrierte vor Genugtuung. »Gut gemacht, Greg. Sie sind einer meiner besten Männer.«

Der CIA-Direktor stand in einem Trümmerfeld. Die zweite Sprengung hatte einen Teil der Türverankerung sowie Putz und Mörtel weggerissen, doch offen war die Schleuse noch nicht. Er zog das Mikrofon seines Headsets nah vor den Mund und senkte die Stimme. »Ich werde mich persönlich für eine Gehaltserhöhung einsetzen, Greg.«
Nachdem er die Verbindung getrennt hatte, rief er Miles an. »Wie weit sind Sie? Wir müssen so rasch wie möglich das Internet und das Handynetz wieder lahmlegen. Jede Kommunikation nach außen bringt uns in Teufels Küche. Sie übrigens auch, Miles. Wenn Sie nicht spuren, wird es eng für Sie.«
Unter großem Polizeiaufgebot traf der Konvoi der Staats- und Regierungschefs vor dem lang gestreckten überdachten Haupteingang des Kongresszentrums in Davos ein. Der Bau hatte gewaltige Ausmaße. Die Veranstaltungsfläche fasste 12000 Quadratmeter, 34 Säle waren erst vor Jahren neu erbaut worden, für 20 bis 5000 Personen. Ein moderner kantiger Klotz mit einer kompletten Holzfassade inmitten eines beliebten Alpenkurorts.
Es war ein sonniger, kühler Tag. Auf den Berggipfeln schimmerte der Schnee. Einige Schaulustige hatten sich vor dem Kongresszentrum zu den wartenden Journalisten gesellt. In

dicke Daunenjacken verpackt, sahen sie neugierig zu, wie die schwarzen Limousinen im Minutentakt vorfuhren.
Anders als bei sonstigen offiziellen Terminen, bei denen die Politiker bereitwillig in Kameras lächelten und kurze Statements abgaben, stiegen hier alle eilig aus und verschwanden im Eingang des Kongresszentrums. Ihre finsteren Mienen verrieten, dass sie höchst angespannt waren.
Der Präsident der Vereinigten Staaten traf ein. Wie immer war er elegant gekleidet. Er trug nur Maßanzüge, bevorzugt in Dunkelgrau. Da er fast zwei Meter groß war, konnte er ohnehin keine Konfektion tragen. Er wirkte jungenhaft, obwohl er Ende vierzig war. Das hatte ihm vor allem bei den Wählerinnen Stimmen eingebracht.
Ein Security-Mann öffnete den Wagenschlag, doch der Präsident blieb noch einen Moment im Fond sitzen, um sein Telefonat zu beenden. Um kurz nach zehn Uhr Ortszeit war die Air Force One in Zürich gelandet, und erst dort hatte er von den Unruhen in New York erfahren. Umgehend hatte er eine telefonische Krisenkonferenz einberufen.
Geistesabwesend betrachtete er seine Manschettenknöpfe, während er sein Handy umfasst hielt und einem hohen Beamten der CIA zuhörte, der ihn über den aktuellen Stand der Dinge informierte. Nur widerwillig hatte der Präsident der Ausrufung des Kriegszustands zugestimmt. Es waren die Bilder von den gewalttätigen Ausschreitungen gewesen, die ihn schließlich überzeugt hatten.
Bevor er ausstieg, wandte er sich niedergeschlagen an seinen Berater. »Halten Sie mich auf dem Laufenden. Ich will über jede weitere Entwicklung im Viertelstundentakt unterrichtet werden.« Er schluckte. »Dies ist der traurigste Tag meiner Amtszeit.«

Das Gelände rund um das Kongresszentrum wurde permanent von Sicherheitspatrouillen kontrolliert. Man hatte bei ähnlichen Veranstaltungen unliebsame Erfahrungen mit Demonstranten gemacht. In den letzten Jahren waren sie mehrmals gewaltsam fast durch die Absperrungen gelangt. Ein Albtraum für jeden Sicherheitsexperten. Mit einem enormen Polizeiaufgebot war der Bahnhof abgeriegelt worden, wo jeder Anreisende erst einmal überprüft wurde. Nur wer durch einen Buchungsbeleg einen längeren Hotelaufenthalt nachweisen konnte und seinen Pass dabeihatte, wurde als Tourist durchgelassen. Alle anderen wurden sofort näher untersucht und nicht selten verhaftet, in Busse verfrachtet und bis zum Ende des Kongresses festgesetzt.

Vom Tross seiner Mitarbeiter umgeben, durchschritt der Präsident die Gänge, die zum kühl beleuchteten Konferenzsaal führten. Die Agenda lag bereits auf dem ovalen Konferenztisch an den Plätzen. Sie war äußerst umfangreich, und jeder der Gipfelteilnehmer wusste, dass man zu raschen Ergebnissen kommen musste. Allerdings waren heiße Diskussionen zu erwarten. Schon im Vorfeld hatte der amerikanische Präsident darauf hingewiesen, er wolle mit einem ungewöhnlichen Vorstoß Bewegung in die Debatte bringen. Die weltweite Währungsreform, die bevorstand, sollte nicht von der Bevölkerung getragen werden. Auf diese Weise wollte der Präsident den Menschen ein versöhnliches Zeichen geben, die sich an den friedlichen Protesten beteiligten. Er war das Gegenteil von einem Hardliner. Seine Bereitschaft, sich mit den Lobbyisten anzulegen, die ihm teilweise sogar Wahlspenden hatten zukommen lassen, machte ihm jetzt das Regieren fast unmöglich. Er versuchte, standhaft zu bleiben, wusste aber auch, dass er nicht nur die nächsten Wahlen verlieren würde. Nein! Darum ging es ihm schon nicht mehr. Er hatte den Widerstand unterschätzt, den seine Maßnahmen zur Eindämmung der Krise bei den Geldeliten auslösen würden. Es war nicht möglich, selbst als angeblich mächtigster Mann der Welt, den Wirtschaftslenkern ohne Folgen die Stirn zu bieten, dafür hatten sie zu viele Druckmittel wie Abbau von Arbeitsplätzen, Erhöhung von Zinsen, Verweigerung von Krediten und vieles mehr. Innerlich hatte er schon längst Verständnis für die Demonstranten, doch wenn er etwas für das Volk durchsetzen wollte, blieb ihm nur die diplomatische Salamitaktik.

Mit erhobenem Kopf steuerte er seinen Platz an. Das Stimmengewirr wurde leiser. Die Politiker, die in kleinen Grüppchen gewartet hatten, starrten ihn an, manche flüsterten nur noch. Er wusste, dass er aneckte mit seinem Argument, zu viele hätten sich zu lange am Selbstbedienungsladen der Finanzmärkte bereichert. Damit forderte er den Widerstand der Banken und Konzerne heraus.

Aber schlimmer noch: Durch die plötzliche Eskalation der gewaltigen Proteste war die Agenda so gut wie hinfällig. Niemand glaubte mehr daran, dass die Demonstranten mit politischen Maßnahmen zu beruhigen wären. Alle politischen Führer, die nach Davos gereist waren, sahen vor allem ihre Macht und die Sicherheit ihrer Nationen gefährdet.

Jetzt stand der Präsident sehr allein da. Die Begrüßungen waren frostig, die Stimmung äußerst angespannt. Er setzte sich an die Stirnseite des Konferenztisches und ordnete seine Unterlagen. Dann begann er mit belegter Stimme in das Mikrofon zu sprechen, das an seinem Platz stand.

»Meine Damen, meine Herren, die jüngsten Nachrichten sind erdrückend. Ob in Deutschland, Italien oder Spanien, ob in den USA oder Japan, überall wird nun mit scharfen

Waffen und mit Massenverhaftungen reagiert. Wir mussten vor meiner Ankunft auch über New York das Kriegsrecht verhängen. Und ich denke, es wird nicht mehr lange dauern, bis auch die europäischen Kollegen den Notstand ausrufen. Ausrufen müssen!«
Du klingst schon wie einer dieser Hardliner, schoss es ihm durch den Kopf. Er seufzte unhörbar. Politik ist ein schmutziges Geschäft, hatte sein Vater immer gesagt, der sein Leben lang einen Handwerksbetrieb geführt hatte. Stets hatte er seinem Vater widersprochen. Jetzt hätte er es nicht mehr getan. Politik wurde gerade zu einem sehr dreckigen Geschäft.

47

Wüste Nevada – Bunker Whitestar

Mit immer neuen Sprengladungen versuchten Clarks Männer, die Wand, in der die Stahlschleuse verankert war, so weit zu zerstören, dass sie hindurchgelangen konnten. Auf der linken Seite hatten sie bereits große Brocken des Stahlbetons herausgesprengt.
Der CIA-Direktor suchte Deckung hinter einer Säule, während er die nächste Detonation abwartete. Seine Gedanken wanderten nach Davos, wo in diesen Minuten über Silent Control entschieden wurde. Er hatte dafür gesorgt, dass CIA-Agenten rund um das Kongresszentrum das Stromnetz und jede Kommunikation lahmlegten, doch ewig konnte dieser Zustand nicht andauern.
Es blieb kaum noch Zeit, um mit der psychotronischen Anlage auf das Unterbewusstsein der Politiker einzuwirken.

Clark wischte sich den Schweiß von der Stirn. Seine einflussreichen Auftraggeber erwarteten viel von ihm – nicht weniger als eine neue Weltordnung, in der das Kapital regierte. Er duckte sich, um der Staubwolke einer weiteren Explosion zu entgehen, und sah auf die Uhr. Sobald man in Washington erfuhr, dass die Kommunikation zum Präsidenten erneut unterbrochen war, würde der Vizepräsident nicht nur über New York, sondern landesweit das Kriegsrecht verhängen. Das war seine Sternstunde.

Die Wucht dieser Detonation war noch stärker als die der vorherigen. Zu spät hielt sich Clark die Ohren zu. Sein Schädel dröhnte, und ein Summen im Ohr blieb zurück. Er musste jetzt handeln. Doch noch immer war die Schleuse nicht passierbar. Der Stahlbeton war zur Verstärkung von einem Metallgitter durchzogen, das zu engmaschig war, um hindurchzusteigen.

»Sir«, ertönte Miles' Stimme an Clarks Ohr.

Er rückte das Headset gerade. »Ja? Neuigkeiten?«

»Der Kill switch act wird von mehreren europäischen Staaten aufgehoben. Und vom Rechenzentrum aus hat jemand Zugriff auf Ihre geschützten Dateien. Noch arbeiten die Filter. Aber selbst wenn ich die internen Server runterfahre – ein Datenpaket ist bereits an ein Handy in New York gegangen.«

»Was?« Clark schüttelte sich, als wolle er das Summen aus seinem Ohr verjagen. Außerdem hörte er ein entferntes Donnern, als gäbe es weitere Sprengungen im Bunker. Oder spielte ihm seine Wahrnehmung einen Streich?

Wieder schüttelte er sich. Alles in ihm war in Aufruhr. Wenn im Internet seine geheimen Dateien zirkulierten, war das die größte Katastrophe, die hatte passieren können. Jetzt verfluchte er die digitale Welt. Er hätte alles vom Server löschen sollen. In der Welt der Informationstechnologie war er ein

Fossil, ein Dinosaurier. Er wünschte sich für eine Sekunde zurück in einen Schützengraben.

»Verdammte Scheiße!«, brüllte er. »Sonst noch was?«

»Ja, Sir, Ihr Stellvertreter Eliston ist aus dem Koma erwacht. Wir konnten ein Telefongespräch abhören, das er geführt hat. Mit Peter Norris!«

Mit versteinerter Miene starrte Clark an die Wand. Hatte er's doch geahnt. Er lebt!

Diese Katze hatte neun Leben. Sie waren aus dem gleichem Holz geschnitzt, kannten alle Methoden. Nun war sein intimer Feind tatsächlich aus der Ferne zu seiner größten Bedrohung geworden, hatte diesen elenden Hacker vorgeschoben und sich selbst in der Deckung gehalten.

Verdammter Bastard, dachte Clark. So leicht kommst du mir nicht davon! Wenn es Norris gelungen war, an die Daten zu kommen, war alles vorbei. Offenbar hatte er noch keine Ahnung, in welchen Dimensionen sein Programm Mkultra weiterentwickelt worden war.

Plötzlich riss die Verbindung ab.

»Miles?«

Er würde diesen gewissenlosen Feigling Norris nackt durch die Wüste treiben und diesen Arnström dazu. Die Operation in Davos musste auf jeden Fall weiter durchgezogen werden. Wie immer in brenzligen Situationen, spielte Clark das Worst-Case-Szenario durch. Im schlechtesten Fall musste er als Verschwörer die Verantwortung übernehmen. Dazu war er bereit. Es würde einen Prozess geben, man würde ihn verurteilen, doch seine mächtigen Freunde würden ihn anschließend rauspauken. So war es üblich. Solche Prozesse waren nur eine Farce, eine Inszenierung für jene, die noch an die Demokratie glaubten. Clark glaubte an gar nichts mehr. Den Rest seiner Tage würde er dann auf den Bahamas oder sonst wo verbringen. Er hatte hoch gepokert, jetzt sah es so aus, als könnte er möglicherweise verlieren. Aber es war noch nicht vorbei. Er war ein Soldat, und er würde kämpfen bis zuletzt, damit in diesem Staat Ordnung herrschte.

Miles meldete sich zurück. »Sir?«

»Da sind Sie ja. Passen Sie auf. Sie müssen die Stromversorgung in Sektor C unterbrechen. Und schützen Sie um Himmels willen den Sender!«

Er klopfte sich den Staub der Sprengungen vom Anzug. Kalter Schweiß lief über sein verdrecktes Gesicht.

»Wir haben keinen unabhängigen Zugriff mehr auf die Systeme, auch nicht auf die Stromversorgung. Aber keine Panik, Sir, die Steuerungsanlage für die Spulen und die Satellitenverbindung verfügen über ein Notstromaggregat. Ich schicke Ihnen einen Spezialisten. Der kann die Rechner im Sektor C wieder unter unsere Kontrolle bringen, sobald Sie durch sind. Mindvision kann die Filter noch aufrechterhalten, die Zensurmaschine läuft.«

»Na, wenigstens sind Sie zur Abwechslung mal Ihr Geld wert«, knurrte Clark. »Sagen Sie, Miles, was sind das für Detonationen, die ich da höre?«

»Wissen Sie es denn nicht?« Miles räusperte sich. »Das FBI versucht, den Bunker von außen zu öffnen. Ich habe von den Kollegen in Langley erfahren, dass Eliston den Befehl gegeben hat, Whitestar zu stürmen.« Er räusperte sich noch einmal, dann sagte er zögernd: »Man … man munkelt sogar, dass Sie … abgesetzt werden sollen.«

Wie vor den Kopf geschlagen, taumelte Clark gegen die Wand. Das war entwürdigend. Eliston konnte ihn doch nicht ohne den Präsidenten oder den Vizepräsidenten absetzen. Unmöglich! Außerdem kannte er nur die halbe Wahrheit. Vermutlich hatte sein Stellvertreter ihn nur beim FBI ange-

schwärzt, weil er die illegalen Versuche mit zum Tode verurteilten Straftätern durchführen ließ. Wie auch immer. Er musste die Drecksarbeit den Soldaten überlassen. Zu gerne hätte er den beiden Verrätern bei ihren letzten Atemzügen zugeschaut, aber er wurde jetzt woanders gebraucht.
»Schicken Sie Orlandos Leute in die psychotronische Sendeeinheit«, befahl er Miles und beendete das Gespräch.
Dann trat er zu den Soldaten, die eine weitere Sprengung vorbereiteten. »Männer, sobald ihr durch seid, erschießt ihr Arnström und Madlow. Es sind Hochverräter.«
Ohne eine weitere Erklärung drehte er sich um und rannte in Richtung der Halle, wo die gigantischen Kupferspulen standen.
Die Schleusen zu den Versuchslaboren hatte Miles noch unter Kontrolle. Clark gab Befehl, sie zu öffnen. Entschlossen betrat er die Halle und ging zu dem Ring aus Kupferspulen. Er setzte sich in die Mitte vor den mit unzähligen Kabeln vernetzten Rechner und klemmte sich die Dioden an seine Schläfen. In Kürze würde sich in Davos das Zeitfenster schließen, deshalb musste er schnell sein.
Auf diesen Auftritt hatte er sich lange vorbereitet. Konzentriert sah er zu, wie das System hochfuhr. Dies war der Auftakt zu einem neuen Zeitalter!

June und Torben wagten kaum zu atmen, stumm lauschten sie auf die Explosionen.
»Sei ehrlich, knallen die uns einfach ab?«, fragte Torben.
June zog die Stirn kraus. »Ehrlich? Schneller, als wir es merken. Eine Kugel im Kopf bedeutet immerhin den sofortigen Tod.«
»Ein echter Trost.«
Es war einer dieser Augenblicke, die June kannte. Mehr als

einmal hatte sie sich schon aus schier aussichtslosen Situationen befreien können, doch diesmal war es anders. Der Bunker war ein Hochsicherheitstrakt, eine Festung. Ihr Atem flog, Schweißperlen bildeten sich auf ihrer Stirn. Fieberhaft ging sie alle Optionen durch.

»Das Lüftungssystem!« June schnippte aufgeregt mit den Fingern.

»Was ist damit?«

June öffnete ein neues Fenster auf dem Monitor, klickte sich in das Sicherheitsprogramm des Bunkers und machte sich daran, die Sensoren der Lüftungsschächte zu deaktivieren, damit man ihre Flucht nicht nachvollziehen konnte.

»Habe gerade unseren Fluchtweg gesichert«, verkündete sie stolz. »Jetzt bloß raus hier. Bist du fertig?«

»Nein! Sekunde noch.«

Wieder erbebte der Bunker. Die Wände und der Boden vibrierten, als wäre eine Bombe auf den Bunker abgeworfen worden.

June starrte Torben an. »Das klingt nicht so, als ob die Stahltüren gesprengt werden. Das kam von oben!«

»So ein Mist, ich verliere den Zugang zu den Bunkersteuerungen«, stöhnte Torben. »Das Handynetz ist auch wieder down, und das Internet poppt immer nur kurz auf.«

Sein unsichtbarer Rivale leistete ganze Arbeit. Vermutlich war es Miles, mit dem er sich gerade ein Duell lieferte. Es gab vielleicht nur noch einen Weg, den Anschlag in Davos zu verhindern.

June kam von hinten auf Torben zu und packte ihn an den Schultern. »Wir klettern jetzt in den Lüftungsschacht, hast du verstanden?«

»Nein, June. Wenn ich den Satelliten von hier aus ansteuern kann, wäre es möglich, das Attentat zu verhindern!«

»Das schaffst du nicht. Vorher sind wir am Ende, los jetzt.« Torben befreite sich aus Junes Umklammerung.
»Ich habe es in Stockholm geschafft, dann schaffe ich es auch hier. Lass es mich wenigstens versuchen. Wo liegen die Telemetriedaten?«
June begriff, dass Torben nicht bereit war, jetzt aufzugeben.
»Ich weiß es nicht. Bestenfalls auf einem Rechner im Kontrollzentrum.«
»June, bitte!«
»Verflixt, ich weiß es nicht!«
Einen entscheidenden Schlag konnte er Clark immerhin versetzen, wenn es auch zu spät sein mochte. Mindvision würde in wenigen Minuten nicht mehr existieren. Und dann hatten Anonymous freie Bahn, um der Welt zu offenbaren, was hier im Bunker und anderswo ablief.
Wieder hörten sie den dumpfen Knall einer Detonation, die ganz in der Nähe stattgefunden hatte, so heftig waren die Erschütterungen.
Torben machte unbeeindruckt weiter. Merkwürdigerweise war er vollkommen ruhig. Die Angst war in den letzten Tagen sein ständiger Begleiter geworden, und langsam fühlte es sich so an, als könnte sein Hirn kein Adrenalin mehr produzieren.
»Hör auf, Torben, das dauert alles zu lange«, schrie June. »Wir müssen durch den Lüftungsschacht in den Laborbereich. Wenn uns noch jemand helfen kann, dann dieser Orlando!«
Sie ging zur Tür und spähte um die Ecke. Am Ende des Flurs lag eine Sicherheitsschleuse. Daneben klaffte ein Loch in der Wand. June sah den Lauf einer Pistole aufblitzen, dann löste sich ein Schuss. Die Kugel pfiff an ihrem Kopf vorbei und bohrte sich wenige Zentimeter von ihr entfernt in die Wand.

Blitzschnell zog sie sich zurück. June war für ihre Coolness bekannt, aber jetzt hatte sie weiche Knie. Der Schütze hatte sie nur knapp verfehlt.

Torben starrte sie hilflos an. »Und? Ergeben wir uns?«

»Nein«, sagte sie heiser. »Dafür ist es jetzt zu spät.«

Sie griff sich die Maschinenpistole, die sie dem toten Soldaten abgenommen hatte, und entsicherte sie. Dann trat sie für eine Sekunde aus der Tür und feuerte eine Salve in Richtung des Lochs. Lautes Fluchen und Geschrei waren die Antwort. Dann folgte die nächste Sprengung.

June hastete in den Rechnerraum. »Wir müssen die Stahlkiste da auf den Flur schieben. Ich brauche Deckung.«

Gemeinsam hievten sie die Kiste zum Gang. Das letzte Stück schob Torben allein, während June ihm Feuerschutz gab. Dann zog er sich zurück. Sie kroch hinter die Kiste. Sofort hagelte es Kugeln, die mit lautem Getöse von der Kiste abprallten.

»Hör auf, komm wieder rein!«, schrie Torben. »Die zersieben dich doch, June! Komm sofort wieder rein!«

Er sprang mit einem Satz zu ihr und riss sie mit aller Kraft in den Raum zurück.

»Hey, mach du deinen Job! Ich kann selbst auf mich aufpassen.«

Verblüfft sah er sie an. Er wunderte sich immer wieder, wie viel Mut und Kampfgeist in dieser Frau steckten.

»FBI!«, ertönte es draußen auf dem Flur aus einem Megafon. »Ich wiederhole: FBI! Lassen Sie die Waffen fallen. Der Bunker ist umstellt.«

Wieder fielen Schüsse, dann war es für einen Moment mucksmäuschenstill. Nur das Rieseln von Betonbröckchen aus den Einschusslöchern war noch zu hören. June ließ erschöpft die Maschinenpistole zu Boden sinken.

»FBI?«, sagte sie tonlos. »Ich kann es nicht fassen. Das kann nur Eliston gewesen sein.«
Doch noch war nichts gewonnen. Sie mussten so schnell wie möglich an Clark herankommen, um ihn an seinem finsteren Plan zu hindern.

In dem hochgradig bombengesicherten Raum, in dem die psychotronische Anlage wie eine bedrohliche futuristische Erscheinung wirkte, hockte Clark und wartete ungeduldig darauf, dass die Verbindung zum Satelliten und damit zur Empfangs- und Sendeeinheit in Davos hergestellt wurde.
Über Funk erreichte ihn Miles. Clark hörte im Hintergrund Schüsse.
»Sir, es ist aus! Gerade wird das Kontrollzentrum gestürmt!«
»Nichts ist aus!«, schrie Clark. »Sie verdammter Idiot! Halten Sie die Stellung! Sperren Sie die Sicherheitsschleusen wieder zu, und schalten Sie die Störsignale ein!«
»Sir, es ist das FBI«, flüsterte Miles. »Ich kann mich den Bundesbehörden nicht widersetzen. Gut, ich führe Ihren Befehl aus. Danach kann ich nichts mehr tun. Sie verhaften gerade die Leute unten an den Rechnern.«
»Dann nehmen Sie die Beine in die Hand und verlassen den Bunker über den zweiten Ausgang im Labor. Vorher sprengen Sie den Kontrollraum, haben Sie verstanden?«
»Ja, Sir!« Doch Miles machte keine Anstalten, den Befehl auszuführen.
Clark drehte sich zu einem unscheinbaren, jungen Wissenschaftler um. »Wenn Sie das hier überleben wollen, dann beeilen Sie sich gefälligst!«

Ein Beamter in Jeans und blauer Windjacke stand plötzlich mit gesenkter Waffe vor June und Torben.

June strich sich eine Haarsträhne aus dem erhitzten Gesicht. »Ich bin Agent June Madlow, CIA.«
Ein weiterer Beamter kam mit gezogener Waffe dazu. »Agent, wir sind ermächtigt, die Anlage stillzulegen und den Direktor der CIA wegen des Einsatzes illegaler Methoden zu verhaften. Assistent Director Eliston hat uns kurz vor seinem Tod über die Vorgänge hier informiert. Wir stürmen gerade den Kontrollraum. Können Sie uns sagen, wo wir Clark finden?«
»Haben Sie das Weiße Haus darüber informiert?«, fragte June sichtlich aufgewühlt.
Der Beamte schaute sie verzweifelt an. »Wir haben keinen Kontakt zur Air Force One!«
»Mann, hier wird ein Anschlag auf den Präsidenten und alle anderen Staatschefs vorbereitet!«, rief Torben.
»Beeilen wir uns. Wir müssen in die Laborzone!« June rannte in Richtung des Laborraums, in dem sie hoffte, nach wie vor Orlando vorzufinden. Sie informierte die Beamten, dass Clark sich in einem absolut bombensicheren Raum verschanzt haben könnte, um seinen Anschlag in Davos zu vollenden.
Einer der Beamten bog zum Hangar ab. »Ich werde es nach Washington weitergeben. Ich muss aus dem Bunker zum Funk des Hubschraubers.« Er hob die Achseln. »Hoffen wir, dass es klappt. Bis eben hatten wir selbst an Bord keinen Satelliten für den Funkverkehr zur Verfügung. Die CIA hat ganze Arbeit geleistet. Da draußen herrscht völliges Chaos.«
Torben, June Madlow und der andere Beamte machten sich in entgegengesetzter Richtung auf den Weg zum Laborbereich. Überall auf den Korridoren standen FBI-Agenten mit entwaffneten Soldaten. Kurz bevor sie die Laborzone erreichten, schlossen sich plötzlich wieder die Schleusen. Es

folgte eine schwere Detonation, deren Kraft so gewaltig war, dass überall der Beton rieselte.
»Scheiße, was war das?«, fragte der überraschte Beamte.
»Ich schätze, Ihr Kollege hat es nicht geschafft«, sagte June düster. »Kommt weiter, wir müssen ins Labor.«

48

New York City – Trinity Church – Wall Street

Die Atmosphäre in der Kirche glich inzwischen einer Party. Einige Hacker hatten Bierdosen dabei, die sie herumgehen ließen. Überall wurde laut debattiert. Torbens Dateien im Darknet hatten wie eine Bombe eingeschlagen. Selbst hier, im Inner Circle von Anonymous, hatte man eine so perfide Operation wie Silent Control nicht für möglich gehalten.
Die meisten Hacker waren damit beschäftigt, die geheimen Dateien von Clark weiterzuschicken, an Zeitungen und TV-Stationen, aber auch in die Foren der Blogs. Nova und Kilian saßen an einem ruhigen Platz im Seitenschiff.
»Warum hat sich der Präsident seit der Verhängung des Kriegsrechts nicht zu Wort gemeldet? Der muss doch was tun!«, sagte Kilian kopfschüttelnd.
»Der ist wie vom Erdboden verschluckt.« Nova starrte auf die Bierdose, die ein Typ ihr geschenkt hatte. »Da ist doch was faul. Der Vizepräsident will den Ausnahmezustand auf das ganze Land ausweiten!«
»Wenigstens wird der Kill switch act von den Providern boykottiert«, brummte Kilian.
Ein dürrer, blasser Freak in einem roten Kapuzenpullover

setzte sich zu ihnen. »Hey, das ist echt krass. Wenn ich nicht mit eigenen Augen gesehen hätte, was hier abgelaufen ist, würde ich euren Freund für einen genialen Fälscher halten«, erklärte er. »Wir nehmen gerade eine Botschaft auf und stellen das Video gleich online.« Er deutete mit dem Kinn zum Altarraum, wo man ein Studio improvisiert hatte. Mit dem Handy filmten gleich mehrere Anonymous die Ansprache eines jungen Mannes, der eine Guy-Fawkes-Maske und eine schwarze Langhaarperücke trug. »Wo ist euer Freund überhaupt?«

Nova seufzte. »Wissen wir leider nicht genau.«

Ihre erste Freude darüber, dass Torben noch lebte, war der Sorge gewichen, wie es ihm ging. Ihr bester Kumpel inmitten einer Verschwörung. Jetzt bereute sie, dass sie seinen Theorien anfangs nicht geglaubt hatte.

Plötzlich applaudierten einige Hacker in der vordersten Kirchenbank. »Der nächste Provider hat seine Sperre aufgehoben!«, schrie ein junges Mädchen und riss die Arme in die Luft. »Das Netz ist wieder frei! Gleich läuft das Video!«

Alles strömte nach vorn und drängte sich um die Hacker, die parallel auf die Websites von Zeitungen und Fernsehsendern gingen. Schon wenige Sekunden später tauchte überall das Video auf. Der Mann im Altarraum nahm seine Maske und die Perücke ab.

»Wir sind drin!«, triumphierte er. Dann sah er sich selber zu: *Bürger der Welt! Wir sind Anonymous! Dies ist eine dringende Warnung! Was wir lange befürchtet haben, ist eingetroffen. Das Internet wurde zensiert. Die demokratische Verfassung ist faktisch ausgehebelt. Doch wir haben uns das Netz zurückerobert. Wir bleiben nicht stumm, während die Regierung uns unsere Rechte nimmt. Wir rufen nicht zu den Waffen, aber zum zivilen Widerstand!*

Ein Raunen ging durch die Reihen. Auch der Pfarrer stand mit verschränkten Armen da und hörte zu.
Wir wollen nicht länger das Stimmvieh einer Scheindemokratie sein! Wir fordern Transparenz und eine gerechte Verteilung des Reichtums dieser Welt! Tausende sind verhaftet und getötet worden. Die Regierung hat uns ausspioniert und zu Terroristen erklärt. Jetzt ist der Tag gekommen, an dem wir zurückschlagen müssen!
Jubel brandete auf und verstärkte sich durch das Echo der Kirche. Was man hier sah, lief jetzt überall, wo das Netz wieder frei war. Ein erhebendes Gefühl.
Das eine Prozent glaubt, unantastbar zu sein. Aber das ist eine Illusion! Wir veröffentlichen jetzt auf allen freien Websites die Operation Silent Control, die gestern gestartet wurde. Sie ist ein Verbrechen gegen die Menschheit. Man will uns geistig manipulieren, damit wir gewalttätig werden. Dann haben die da oben einen Grund, noch härter gegen jeden Demonstranten, jeden Hacker, jeden Systemkritiker vorzugehen. Wir fordern die Wiedereinsetzung der Verfassung, die Aufhebung des Patriot Act und aller anderen Gesetze, die die Freiheit und die Rechte des Menschen verletzen – weltweit! Wir sind Anonymous!

Bunker Whitestar

Im Bunker herrschte ein heilloses Durcheinander. Der Strom war ausgefallen. Im düsteren Licht der Notbeleuchtung wieselten FBI-Beamte und Bunkerangestellte durch die Gänge, während gefesselte Soldaten apathisch auf dem Boden saßen. Die schweren Explosionen hatten die Anlage schwer beschädigt. Überall klafften tiefe Risse in den Wänden, die Luft stank nach verbranntem Plastik von Versorgungsleitungen und vom Lötzinn verschmorter Platinen.

Torben, June und der Beamte hatten es noch vor dem Stromausfall in den Laborbereich geschafft. Die Schleuse stand offen, höchstwahrscheinlich ein Werk der Sprengungen. Jetzt waren sie mit Orlando in einem Raum voller Rechner.

»Was wird Clark als Nächstes tun?«, fragte June den Wissenschaftler.

Er senkte den Kopf. »Soweit ich weiß, hält er sich in der Halle mit der Sendeeinheit für die Gedankenübertragung auf. Von dort hat er direkten Zugang zu den Satelliten.«

»Dann tun Sie was dagegen!«, herrschte der Beamte ihn an.

»Ich wüsste nicht, wie, tut mir leid.«

»Egal, wie, wir müssen verhindern, dass der Präsident von Clark beeinflusst wird«, insistierte June. »Wenigstens sind die Daten schon draußen.«

»Der Präsident wird nichts Unbedachtes tun«, überlegte der FBI-Mann laut. »Er ist für seine Liberalität bekannt.«

Torben massierte sein schmerzendes Bein. »Und allzu viel werden die in Davos ja vielleicht nicht anrichten.«

»Bist du verrückt geworden?«, fuhr June auf. »Aus deiner Akte ging hervor, dass du Politikwissenschaft studiert hast. Dann solltest du wissen, dass ein einmal verhängter Notstand nicht mehr so leicht rückgängig zu machen ist. Die Politiker, die ihn anordnen, werden anschließend selbst entmachtet. Und das war's dann.«

»Wenn ich doch nur helfen könnte«, sagte Orlando. »Sie haben ja keine Anhnung, was ich hier erdulden musste.«

»Ihr Selbstmitleid können Sie sich für später sparen«, fauchte June ihn an. »Sie müssen sich was einfallen lassen, und zwar dalli!«

Der Wissenschaftler wand sich. Sein Hirn rotierte, er musste sich was einfallen lassen. Und das sofort. »Der Sektor, in dem der Direktor sich aufhält, ist absolut bombensicher und vollkommen autark. Wir müssten schon den Satelliten sperren oder eine EMP-Bombe zünden. Aber dafür fehlen uns hier die nötigen Zugänge im Netz.«

June war mit den Nerven am Ende. Sie ließ sich auf einen Stuhl fallen und stützte den Kopf in die Hand. Plötzlich hob sie das Kinn und fixierte Orlando.

»Moment, was haben Sie eben gesagt?«

»Dass uns der Zugriff auf eine Impulswaffe fehlt«, erwiderte der Wissenschaftler. Er sah sie unsicher an.

»Sie meinen eine EMP-Bombe? Ist der Bunker nicht dagegen geschützt?«

»Ja und nein. Nicht, wenn die Bombe im Bunker gezündet wird.«

Jetzt mischte sich der FBI-Beamte ein. »Haben Sie solche Bomben hier?«

»Unsere Kampfhubschrauber sind mit kleinen EMP-Bomben ausgerüstet! Einige davon liegen im Waffenlager, nur einige Türen weiter.«

Torben verschränkte die Arme. »Und wie sollen wir das überleben?«

»Direkte Auswirkungen auf das menschliche Nervensystem sind unwahrscheinlich, solange man keinen Kontakt mit einem Spannungsleiter hat«, erhob Orlando eilfertig seine Stimme. »Ich hoffe nur, dass keiner von Ihnen einen Herzschrittmacher hat.«

»Und damit könnte man Clark stoppen?«, erkundigte sich der FBI-Beamte.

»Ja«, bestätigte der Wissenschaftler. »Durch den EMP-Schlag wird ein gepulstes Magnetfeld erzeugt. Das wiederum löst eine Rückkoppelung innerhalb des Spulensystems aus. Dadurch entlädt sich die Spannung, und die Anlage ist ohne Strom.«

»Schnell, folgen Sie mir zum Waffenlager«, drängte June. »Es ist gleich in der Nähe.«

Alle folgten ihr. Mit ihrer Identity Card ließ sich die Tür problemlos öffnen.

Der FBI-Beamte reichte ihr eine Taschenlampe. June bebte am ganzen Körper. Sie befürchtete, dass nur noch wenige Minuten, vielleicht sogar nur Sekunden blieben, bis der Satellit aktiv sein würde. Im Kegel der Taschenlampe tauchten neben akkurat aufgereihten Maschinenwaffen Mengen von Kisten mit unterschiedlichen Beschriftungen auf, die man bis zur Decke übereinandergestapelt hatte. Granaten, Munition, Ersatzteile, Verbandskästen. Sie riss eine Kiste nach der anderen aus den Stahlborden, ließ sie auf den Boden knallen, öffnete sie. Nichts! In ihrer Ausbildung hatte sie mehrmals diese Bomben gesehen. Sie waren besonders gut an einem schwarzen Stahlgerippe zu erkennen, das die Bombe in der Mitte umhüllte.

»Verdammt, es muss hier welche geben!« Sie leuchtete alles ab, bis sie in der hintersten Ecke fand, wonach sie suchte: eine schwere schwarze Metallbox.

»Kommen Sie, helfen Sie mir!«

Ächzend schleppten sie gemeinsam die schweren Kisten hinaus.

June war in ihrem Element. Während ihrer Ausbildung hatte man sie mit Waffen aller Art vertraut gemacht, und sie kannte sich mit EMP-Bomben bestens aus. Mit einer resoluten Bewegung öffnete sie eine Kiste, hob die Bombe heraus und trug sie mit dem Beamten ins Labor.

»Es gibt bei der Sache ein Problem«, sagte Orlando. »Sie müssen die Bombe in den Spulenraum werfen, da dieser

Raum von außen gegen solche Schläge geschützt ist – wie ein Faradaykäfig.«

»Die Lüftung!« June zeigte auf den Schacht neben einem Stahlschrank. »Wie gut, dass ich mir die Pläne vorhin angesehen habe. Von da kommen wir in den Raum mit dieser Scheißanlage.«

Der FBI-Beamte blickte an sich herab, um deutlich zu machen, dass er nicht in das enge Quadrat passen würde.

»Komm, Torben, ich schaffe das nicht alleine!« Zweifelnd betrachtete sie die viereckige Klappe aus perforiertem Stahlblech. »Meinst du, wir kommen da durch?«

»Da ich noch nicht gefrühstückt habe …«

Sie schoben einen Stuhl unter die Lüftungsklappe, während Torben sich auf den Tischen des Labors einen Schraubenzieher suchte.

Dann stieg er auf den Stuhl. Er stieß den Schraubenzieher unter das Metall und wuchtete ihn mehrmals hin und her. Trockene Farbe und Beton rieselten herunter. Endlich hielt er die Klappe in der Hand.

»Ready for taking off?« June nahm ihr Halstuch ab und band es ihm wie einem Kamikaze um den Kopf.

»Warten Sie«, sagte Orlando. »Bevor die Bombe detoniert, müssen Sie aus dem Metallkasten wieder raus sein, sonst sind Sie auf der Stelle tot.«

June nickte. Nacheinander hangelten sie sich durch die enge Öffnung nach oben.

Orlando und der FBI-Beamte hievten auf zwei Stühlen stehend die Bombe nach oben.

June war bestens trainiert, weil sie regelmäßig Klimmzüge machte, aber auch Torben hatte durch seine Liegestütze genug Power in den Armen. Dennoch war es ein Kraftakt, der Torbens Bein wieder schmerzen ließ.

Sie hockten in dem engen Lüftungsschacht. June rief sich noch einmal seinen Verlauf ins Gedächtnis.
»Wir müssen nur etwa fünfzig Meter weit nach vorne und dann noch mal dreißig Meter rechts.«
»Nur! Sehr witzig.«
Es war wie verhext. Sie mussten die Bombe alle paar Meter über hohe Kanten heben, an denen die Schächte verschweißt waren. Es war stockdunkel, schmutzig und staubig, doch sie achteten nicht weiter darauf. Auf Händen und Knien arbeiteten sie sich Meter um Meter weiter vor, bis sie eine Biegung erreichten. Schwitzend verharrten sie an der Stelle, an der June durch ein Gitter auf die gespenstische Szene blicken konnte. Unter ihnen saßen zwei Wissenschaftler an ihren Rechnern. Von ihrem Büro, das von dem großen Raum unter ihnen durch eine Glasscheibe getrennt war, war der Blick auf die Kupferspulen frei. Als einer der Männer aufstand und zu einem anderen Rechner ging, entdeckte June den CIA-Boss. Er thronte in der Mitte, konzentriert auf sein Vorhaben.
June drehte sich zu Torben, hielt den Zeigefinger vor den Mund und öffnete an der Bombe eine kleine Plastikklappe, um sie scharf zu machen und den Countdown einzustellen. Doch der Schalter ließ sich nicht bewegen.
»Was ist?«, flüsterte Torben.
Von unten ertönte Clarks Stimme.
»Bringen Sie den Satelliten jetzt in Stellung. Das war es dann wohl Mr. President!«
In wenigen Momenten würde er seine letzten Befehle geben, dachte Roy Clark mit unbeweglicher Miene. Er wäre endlich am Ziel, und diese schwächlichen Schachfiguren in Davos würden endgültig nach seiner Pfeife tanzen. Dann würde er den ersten weltweiten Bürgerkrieg niederschlagen!
Zufrieden lehnte er sich zurück.

»Verdammt, wir schaffen das nicht mehr!«, zischte June und rüttelte an dem Schalter. Torben wusste nicht, was er tun sollte, mit Bomben kannte er sich nicht aus.
Er kroch nach vorne und versuchte, den Schalter zu bewegen. Es fühlte sich an, als wäre Sand unter den Schalter gekommen.
»Sir! Der Satellit ist in fünf Minuten in Stellung«, hallte es von unten in den Schacht.
Torben riss den Schalter nach oben. Es klackte, er konnte ihn umlegen.
Fünf Minuten! Torben hatte keine Ahnung, wie lange sie brauchen würden, um es rechtzeitig zurückzuschaffen.
June schob sich vor die Bombe und stellte den Countdown auf drei Minuten ein. Mit einem Ruck brach sie den Schalter ab. Jetzt war die Bombe scharf.
»Hau ab. Ich schaffe es schon!«
»Vergiss es.« Torben sah, dass das Kunststoffgitter von innen herausnehmbar war. »Ich weiß, wie ich uns Zeit verschaffe! Ich reiß das Gitter raus und du schiebst die Bombe runter.«
»Los.« Mit einem Ruck riss Torben das Gitter aus der Verankerung. In der nächsten Sekunde schob June die Bombe in den Raum der Wissenschaftler.
Mit einem dumpfen Knall landete die EMP-Bombe auf einem Tisch. Die Wissenschaftler sprangen auf. Erschrocken starrten sie auf den Tisch.
»Scheiße, was ist das?«

June und Torben krochen, so schnell sie konnten, zurück. Immer wieder stießen sie sich an irgendwelchen Kanten. Torben dachte an Orlandos Warnung, was geschehen würde, wenn man mit Metall in Berührung kommt. Es wäre wie ein Blitzschlag. Er musste an der nächsten Abbiegung das Gitter nutzen, um den Faradaykäfig zu schließen. Er hatte keine Ahnung, ob es wirklich funktionieren würde und das Gitter den Verlauf des Impulses umleitete oder gar unterbrach.

Einer der Wissenschaftler öffnete sein Mikro, der andere blickte verstört auf den Countdown. »Sir, hier wurde eben aus dem Lüftungsschacht eine EMP-Bombe mit einem Countdown von nicht einmal mehr drei Minuten hineingeworfen. Wir müssen abbrechen und raus hier!«

»Sie verdammter Narr«, schoss es aus den Lautsprechern. »Entschärfen Sie das Ding. Hier geht keiner raus.«

»Sir, der Schalter ist abgebrochen!«

Clarks Muskeln verhärteten sich. Er war fast am Ziel! Auf keinen Fall würde er hier freiwillig aufgeben.

»Erhöhen Sie die Energieleistung des Satelliten, damit gewinnen wir Zeit, und dann verschwinden Sie!«

Der Wissenschaftler riss seinen Stuhl wieder herum. Er vertippte sich kurz vor lauter Angst, fand dann aber die richtige Einstellung. »Erledigt! Sie haben noch anderthalb Minuten, Sir!« Er stand auf und packte seinen Kollegen an der Schulter.

»Los, raus hier!«

Sie schlossen die schwere Stahltür hinter sich.

Clark beobachtete mit weit aufgerissenen Augen am Bildschirm, wie sich der Satellit ausrichtete, und zählte innerlich den Countdown der Bombe.

June und Torben hatten es bis zur Abbiegung geschafft. Torben hatte das Gitter die ganze Zeit unter dem Bauch festgehalten und nicht bemerkt, dass er sich mehrere Risswunden damit zugefügt hatte. Sein Bein schmerzte.

»Mist, das Gitter ist zu klein!«

»Schnell weiter«, schrie June. Sie konnten immer noch den Lichtschein aus dem Labor sehen. Torben spürte, wie ihm übel wurde. Aber er durfte jetzt nicht aufgeben. Würde er jetzt zusammenbrechen, wären sie beide am Ende. Würgend erreichte er den Abstieg, fiel kopfüber hinunter. Der FBI-Beamte fing ihn auf.

Clark hatte den in Stellung gebrachten Satelliten vor sich. Er löste den Befehl zum Abschuss der Strahlen aus, als ein bläulich aufflammender Blitz durch die Spulen zuckte. Das grelle Licht lief in atemberaubender Geschwindigkeit die Kupferdrähte entlang. Innerhalb von Sekunden hatte sich die gesamte Energie entladen. Als würde er von einer Riesenfaust geschüttelt, bäumte sich Clarks Körper auf und fiel in sich zusammen.

Mit letzter Kraft stemmte er sich noch einmal hoch, bis er endgültig das Bewusstsein verlor. Der Kopf fiel ihm in den Nacken, seine aufgerissenen Augen starrten reglos an die Decke. Die Verbindung zum Satelliten war zerstört. Nur die gigantischen Kupferspulen glühten am oberen Ende noch ein wenig. Vor dem bewusstlosen CIA-Direktor stieg Rauch aus dem zerstörten Rechner.

June hatte es mit einem Sprung auf den Boden gerade noch geschafft. Ein blauer Blitz war durch alle elektrischen Leitungen geschossen. Jeder war bei der Explosion der Bombe unwillkürlich in die Hocke gegangen und hatte sich seither nicht gerührt. Es war allen unheimlich, in die Nähe der Geräte zu gehen, deren Metallteile sie gefährden konnten. Der ohrenbetäubende Lärm der Explosion dröhnte noch immer in ihren Ohren.

June lächelte erleichtert. »Jetzt nichts wie raus hier.«

49

Davos – Schweiz

Die Techniker und Sicherheitskräfte des Secret Service arbeiteten fieberhaft an der Wiederherstellung der Stromversorgung rund um Davos.

In dem Moment, als die ersten Daten der Operation Silent Control im Netz erschienen, waren die Schweizer Behörden aktiv geworden. Dutzende Polizisten und Agenten hatten das Kongresszentrum gestürmt, evakuierten die Politiker und brachten sie in ein Nachbargebäude. Dort erfuhren sie die schockierende Nachricht über den weltweiten Versuch, eine Diktatur des Marktes zu errichten. Die internationale Presse überschlug sich mit Fragen und Meldungen, doch es waren Anonymous, die die verachtenden Pläne in rasender Geschwindigkeit um den Globus sandten.

Spürhunde und Agenten mit Metalldetektoren durchsuchten das Kongresszentrum und die nähere Umgebung. Nachdem die psychotronische Waffe gefunden worden war, sank die Stimmung der Politiker auf den Tiefpunkt.

John Aqiuen, der Sprecher des Weißen Hauses, ein alerter Mittdreißiger, trat auf den Präsidenten zu. Er reichte ihm ein iPad mit weiteren Dokumenten, die soeben im Internet publik geworden waren.

»Mr. President, der Vizepräsident hat die Befehlsgewalt über die Streitkräfte übernommen. Die Verfassung ist außer Kraft gesetzt, und landesweit wurde der Notstand ausgerufen. Es sollen bereits Zehntausende Menschen verhaftet worden sein. Sollen wir die Air Force One startklar machen?«

Konsterniert überflog der Präsident die Datei, die Aqiuen geöffnet hatte.

»Ja, wir reisen sofort ab, das Land braucht mich«, sagte er und stand auf. »Meine Damen und Herren, wenn ich um Ihr Gehör bitten dürfte!«

Alle Anwesenden verstummten.

»Die außergewöhnlichen Vorkommnisse zwingen uns wohl, unsere Gipfelgespräche abzubrechen. Wir müssen jetzt gemeinsam alles dafür tun, um die Vorfälle aufzuklären! Dieser Tag markiert einen Wendepunkt. Ich denke, das ist allen klar!«

Sofort wurde es turbulent. Berater, Dolmetscher und die Staats- und Regierungschefs berieten sich mit teils besorgten, teils erschütterten Gesichtern. Sie wirkten hilflos. Noch nie war die Macht der Parlamente so unterlaufen worden und schon gar nicht in einem solch globalen Ausmaß.

»Können Sie uns sagen, ob die Operation Silent Control bereits angelaufen ist?«, fragte der italienische Ministerpräsident. »Als Bündnispartner haben wir ein Recht zu erfahren …«

Mit einer abwehrenden Handbewegung brachte ihn der Präsident zum Schweigen. »Die Operation ist weltweit gestartet worden und sollte hier ihr perverses Ende finden. Es ist Zeit, dass wir uns unserer Stärken und Pflichten wieder bewusst werden, meine Damen und Herren.«

Dann wurde er von John Aqiuen hinausbegleitet. »Die Air Force One ist voll funktionsfähig«, versicherte er. »Wir haben die Kommunikationssysteme wiederhergestellt, der Virus wurde entschärft.«

»Gut. Wir starten umgehend.« Sie eilten durch den Vorraum des Konferenzsaals und steuerten den Lift an. »Stellen Sie im Wagen eine Verbindung zum Weißen Haus her. Der Ausnahmezustand ist aufgehoben. Ich werde den Vizepräsidenten entlassen und den Befehl für den sofortigen Rückzug der Armee geben. Bereiten Sie bitte eine Rede an die Nation vor.

Sobald wir in Washington gelandet sind, gebe ich eine Pressekonferenz.«
»Selbstverständlich.« John Aquien drückte den Liftknopf für das Erdgeschoss. »Haben Sie spezielle Wünsche? Eine These, die ich ausarbeiten soll?«
Während der Lift sich in Bewegung setzte, starrte der Präsident zu Boden. »Nehmen Sie sich die Liste der Verschwörer vor. Ich will alle Namen. Wie ich hörte, gab es ein konspiratives Treffen in London. Ich hätte Clark längst absetzen müssen. Tja, es war ein Fehler – aber das schreiben Sie natürlich nicht!«
Der Sprecher lächelte. »Clark hatte mächtige Leute hinter sich.«
»Und genau damit ist es jetzt vorbei!«, sagte der Präsident zornig. »Der Finanzmarkt und die großen Konzerne haben uns lang genug erpresst. Diese Leute werde ich jetzt entmachten. Und das dürfen Sie ruhig in die Rede schreiben.«

Bunker Whitestar

Torben und June hatten das Labor hinter sich gelassen und gingen in Richtung des gesprengten Flughangars.
Ein Brummen lag in der Luft, das sich zu einem metallischen Knattern steigerte.
»Wow, das sind Hubschrauber!«
Gleißend helles Licht blendete sie, als sie den Hangar betraten. Sie beschatteten ihre Augen mit der Hand, um sich vor den Scheinwerfern zu schützen, die man im Korridor hinter der Schleuse aufgestellt hatte. Mehrere Strickleitern hingen von der Decke herunter, und ein größerer Trupp Soldaten stürmte an ihnen vorbei in den Bunker.

»Wo befindet sich der CIA-Direktor?«, fragte ein ranghoher Offizier.
»Ich führe Sie hin«, erbot sich Orlando, der June und Torben gefolgt war. Er wirkte entkräftet, aber sein Gesichtsausdruck hatte sich verändert. Der resignierte, schwermütige Mann, den Torben kennengelernt hatte, wirkte auf einmal lebendig. Seine Wangen waren gerötet, seine Augen funkelten.
»Ciao, Dr. Frankenstein«, verabschiedete sich June von dem Wissenschaftler. »Und kommen Sie gut nach Hause, Ihre Frau und Ihre Tochter warten bestimmt schon auf Sie.«
Es war das erste Mal, dass sie ihn lächeln sah. »Sagen Sie bitte meiner Familie, dass ich bald wieder bei ihr sein werde«, bat er. »Und dass ich sie vermisse.« Er zögerte. »Was die Experimente betrifft – kann ich mich auf Ihr Stillschweigen verlassen?«
Torben sog hörbar die Luft ein. Er hatte nicht vergessen, was dieser Mann ihm angetan hatte und wie er mit den Gefangenen umgegangen war. »Sie hätten es verdient, dass man mit Ihnen diese Experimente anstellt«, schnaubte er.
»Lass ihn, der ist genug gestraft – mit jahrelanger Bunkerhaft, vor allem aber mit seinem schlechten Gewissen. Komm, wir sind schon viel zu lange in diesem verdammten Kerker gewesen.«
Nachdem sie eine Treppe erklommen hatten, standen sie in der Wüste. Ein kühler Wind blies. Frierend schlang Torben die Arme um seinen Oberkörper.
Ein Offizier verstellte ihnen den Weg, als sie auf einen der wartenden Hubschrauber zugehen wollten. Er sah erst zum Namensschild auf Junes Revers, dann musterte er Torben.
»Dieser Mann muss hierbleiben«, erklärte er. »Wir haben Anweisung, alle Zivilisten und Bunkermitarbeiter noch heute nach Langley zum Verhör zu bringen.«

Torben starrte ihn hasserfüllt an. Er wollte nur noch weg von diesem Ort, in dem er die furchtbarsten Stunden seines Lebens verbracht hatte.
»Officer, das übernehme ich.« June hielt ihm ihren Ausweis vor die Nase. »Ohne ihn hätten Sie nichts von Clarks Putsch erfahren. Ich kümmere mich persönlich um ihn, wenn wir in Langley gelandet sind.«
»In Ordnung, Agent Madlow, Sie sind die Ranghöhere. Sie tragen die Verantwortung.«
Torben fühlte sich zerschlagen, außerdem schmerzte seine Wunde. Nach den Strapazen der vergangenen Stunden hatte er nur noch Hunger und Durst. Und schlafen wollte er auch endlich – tagelang schlafen.
June zog ihn mit sich. »Den hätten wir in die Tasche gesteckt.«
»Ich muss mit meinen Freunden sprechen, die ich da reingezogen habe!«, sagte Torben. Der Gedanke, dass man vielleicht auch Nova seinetwegen in die Mangel genommen haben könnte, quälte ihn.
Fragend sah June ihn an. Dann fielen sie sich in die Arme. Schweigend standen sie da, mitten in der Wüste. Ihre Haare flatterten im Wind der einfliegenden Militärhubschrauber, die sie mit ihren Scheinwerfern erfassten.

Von einem der Hubschrauber aus beobachtete ein mürrischer Mitarbeiter des Pentagon die Szene. Während er eine SMS-Botschaft empfing, beschrieb der Pilot einen Kreis um Torben und June und setzte zur Landung an.
»Stellen Sie einen Kontakt zum Pentagon her«, wies der Beamte den Piloten an.
Zwei Sekunden später stand die Verbindung.
»Sir, ich habe eben erfahren, dass im Bunker eine EMP-Bombe gezündet wurde«, sagte er in das Mikrofon, das an seinem

Kopfhörer befestigt war. »Es ist kaum anzunehmen, dass dort noch relevante Daten auffindbar sind.«

»Dann fliegen Sie nach Utah«, ertönte eine Stimme im Kopfhörer. »Dort sind die letzten Back-ups. Sie dürfen keine Fehler machen, und bringen Sie alles sofort in die Zentrale. Und noch eins: Keine weiteren Zeugen, und kümmern Sie sich um die Wissenschaftler.«

»Jawohl, Sir!« Er gab dem Piloten eine neue Anweisung. Der Hubschrauber drehte ab und flog in die Morgendämmerung, die den Himmel über dem Horizont rötlich färbte.

Es war nur eine kurze Verschnaufpause. June und Torben wollten so schnell wie möglich den Ort verlassen, und Torben hatte seine Zweifel, ob der ganze Spuk schon ein Ende hatte. Eine Datei konnte er mit allen Mitteln nicht im Bunker öffnen. Ihr Name: Operation Helix. Da der EMP-Impuls alles gelöscht hatte, konnte er nur hoffen, dass alles im Netz oder bei Anonymous gelandet wäre.

Die Isolation der vergangenen Tage, die widersprüchlichen Nachrichten, die Ungewissheit, was von Silent Control schon umgesetzt worden war, nagten an ihm. Seine innere Anspannung war nur für einen Moment gewichen.

Sehr aufrecht ging June zu einem Hubschrauber, der am nächsten parkte. Daneben stand ein uniformierter Soldat und rauchte eine Zigarette. »Sir, ich habe den Befehl, diesen Mann in die CIA-Zentrale zu bringen und …« Der Rest ging im Lärm landender Hubschrauber unter. Torben sah nur, wie sie ihren Ausweis vorzeigte und dann zurückkam.

»Wir fliegen erst mal zum Stützpunkt Nellis«, erklärte sie. »Man wird dir dort eine Menge Fragen stellen, fürchte ich. Aber du bist frei. Von da an haben wir einen Learjet zur Verfügung.«

»Klingt gut.«
Mit geübten Bewegungen stieg Torben in den Hubschrauber. Mittlerweile kannte er die nötigen Handgriffe. Er setzte den Helm auf und schaltete das Mikro ein. Die Rotorblätter drehten sich schon, als er sich an June wandte. »Kannst du für mich eine Handynummer wählen?«
»Du kannst sie selbst eintippen!«
Doch Torben war abgelenkt. Durch das Wirrwarr von Soldaten, FBI-Beamten und Sanitätern hindurch konnte er erkennen, wie Roy Clark auf einer fahrbaren Trage an ihrem Hubschrauber vorbeigerollt wurde. Für einen kleinen Moment registrierte er Clarks weit geöffnete Augen, die nichts zu sehen schienen. Als hätte er keine Verbindung mehr mit der Außenwelt. »Wow, er lebt also noch«, murmelte er.
»Was, wen meinst du?«
Mit der rechten Hand zeigte Torben aus dem Fenster. »Na, deinen Chef. Ein Wunder, dass er überlebt hat, oder?«
»Der ist zäh, der alte Kämpfer. Scheint ihm aber nicht gut bekommen zu sein.«
»Puuh, ich werde nie verstehen, wie man so werden und denken kann. Er kannte nur eine Dimension. Alles andere war ihm scheinbar egal.«
Die Rotoren nahmen an Fahrt auf. June gurtete sich fest.
»Ganz so einfach ist es nicht. Ich kannte auch den anderen Clark. Immer voller Angst, jemand könnte an seinem Image kratzen. Er glaubte an seine Sache so sehr, dass es kein Links und Rechts, kein Mitgefühl, keine Fragen mehr gab. Er hat Frau und Kind. Ich habe ihn bei einer seiner wenigen Barbecue-Partys erlebt. Ein liebevoller Ehemann und Vater. Kaum zu glauben, aber wahr.« June schaute konzentriert nach vorn und zog den Helikopter in die Höhe, als sie ein Funkspruch erreichte. »Sir?«

Mit aufgerissenen Augen nahm June Madlow die Nachricht entgegen, schmunzelte aber einen Moment später.
»Was ist?«, fragte Torben.
»Warte es ab!«

Nova und Kilian hatten sich zu ein paar Leuten gesetzt, die auf einem Laptop die neuesten Nachrichten auf CNN sahen. Es gab in den Medien kein anderes Thema mehr als Silent Control und die Verschwörung, die im Schulterschluss internationaler Konzerne mit der CIA geplant worden war.
Novas Handy klingelte. »Hallo?«
»Hi, Pippi Langstrumpf, ich bin's.«
»Torben! Mein Gott, wo bist du? Geht es dir gut?«
Wegen des Hubschrauberlärms konnte Torben kaum etwas verstehen. »Ich bin wieder frei! Alles okay! Habt ihr die Dateien bekommen? Ist alles draußen?«
»Ja, die Dateien sind im Netz, es sind nur nicht alle entschlüsselt.« Nova schluchzte. »Aber viel wichtiger ist, dass du lebst!«
Auch Torben war aufgewühlt. Novas Stimme klang vertraut und doch fremd. Er hatte das Gefühl, dass eine wichtige Etappe hinter ihm lag, dass etwas Neues auf ihn wartete, während June gerade den Helikopter auf den größten Luftwaffenstützpunkt der USA zusteuerte. »Wie läuft's in Stockholm?«, fragte er. »Was sagt Wallins zu dem Ganzen?«
»Wir sind in New York, du Verrückter! Wir haben versucht, dich zu finden!«
»Was heißt ihr?«
»Kilian und ich. Er hat alles in Bewegung gesetzt, damit wir mehr über Peter Norris erfahren. Wir konnten nicht einfach zusehen, wir wollten dir helfen.«
»Kilian?«, fragte Torben verblüfft. »Der hat mich doch betrogen und ausgetrickst!«

»Ja, aber er hat es bitter bereut. Wo bist du überhaupt? Ich kann dich kaum verstehen.«

»Ich bin auf dem Weg nach Hause. Aber ich sollte wohl besser nach New York fliegen, was?«

»Und zwar schnell, du kranker Nerd«, erwiderte Nova, bemüht, ihren flapsigen Tonfall wiederzufinden. »Ich dachte schon, ich muss dich aus meiner Telefonliste löschen. Wir sind in der Trinity Church an der Wall Street und warten auf den Helden, in Ordnung?«

»June, wie lange brauchen wir nach New York?«

»Das sind gute 2500 Meilen, hm, mit dem Jet etwa vier Stunden.«

»Wir sehen uns in New York«, brüllte Torben in sein Mikro. Als er das Gespräch beendet hatte, schloss er die Augen. Noch konnte er nicht an ein Happy End glauben. Er hatte Clarks Verschwörung verhindert, was aber war mit den Auftraggebern? Sie würden sicher keine Ruhe geben.

»Soll ich das Radio anschalten?«, fragte June.

»Es gibt hier ein Radio?«

Sie zeigte auf einen Drehknopf, den Torben umgehend bediente.

... nach Anordnung des Justizministers und seiner europäischen Amtskollegen wurden bis auf wenige Ausnahmen alle verhafteten Anonymous wieder freigelassen. Darunter auch der Gründer der People of Liberation Front, Jackson Walker, der aus dem Bunker Whitestar vom FBI befreit wurde.

»Jackson? Er war die ganze Zeit im Bunker? Wenn ich das gewusst hätte!«

»Bestimmt hat Clark ihn Orlando überlassen«, sagte June, während sie den Hubschrauber auf der Landebahn der Nellis Air Force Base aufsetzte. »Aber zum Glück hatte er alle Hände mit dir zu tun.«

»Ja, zum Glück. Schöner hätte ich es auch nicht sagen können.«

Bevor die Rotoren zum Stillstand kamen, stiegen sie aus und wurden von dem diensthabenden Beamten empfangen, der für die Bereitschaftsmaschine des CIA-Direktors zuständig war. Er fuhr sie mit einer gepanzerten Limousine zu einem weiter entfernten Rollfeld, auf dem ein schneeweißer Learjet stand. Von außen hatte die Maschine keinen Schriftzug. Nichts. Der Rumpf war schlank geformt. Ein wunderschönes Flugzeug, dachte Torben beeindruckt.

»Was'n Geschoss – aber das fliegst du nicht selber, oder?«

»Heute nicht, ich dachte eher an Champagner. Und du weißt ja: Don't fly drunk.«

Mit wackeligen Beinen stieg er die Gangway hoch. Eigentlich fand er es übertrieben, dass so viel Kerosin für zwei Leute verschwendet wurde, aber seine Sehnsucht nach Nova und Kilian war jetzt größer als sein aufrechtes Umweltgewissen. Es kam ihm vor, als sei er Jahre weg gewesen, getrennt von allem, was ihm etwas bedeutete.

Das Innere der Maschine war noch wesentlich beeindruckender. Im Grunde war es ein luxuriöses fliegendes Büro. Sechs gepolsterte Sessel aus weißem Leder waren umgeben von Workstations und Flat Screens. In einem niedrigen Regal lagen aktuelle Zeitungen und Magazine.

»Willkommen an Bord«, begrüßte sie eine Stewardess, die die Uniform der US Air Force trug. »Haben Sie einen Wunsch?«

»Zwei Gläser Champagner bitte«, sagte June. »Und haben Sie etwas zu essen für den jungen Mann hier?«

»Selbstverständlich. Sie haben die Wahl zwischen einem Club-Sandwich, Filetsteak und Bœuf bourgignon.«

Torben strich sich die blonde Haartolle aus der Stirn. »Also, für mich eine Cola, bitte. Champagner ist nicht so mein Ding.«

»Setz dich erst mal.«

Sie nahmen nebeneinander in der ersten Reihe Platz. Torben dehnte sich und streckte die Beine aus. Wieder befiel ihn eine unbezwingbare Müdigkeit. Teilnahmslos schaute er auf die drei Bildschirme, die vor ihnen von der Decke hingen. Ohne Ton flimmerten Nachrichtenbilder darüber. Immer wieder wurden Demonstrationen gezeigt, aber auch Bilder vom Bunker, in den eine Bombe des FBI einen Krater gerissen hatte.

»Na, wie fühlt sich das an?«

Torben war unsicher. Besonders euphorisch fühlte er sich jedenfalls nicht. Seine Freiheit erschien ihm trügerisch.

»Ich weiß nur, dass es sich gut anfühlt, neben dir zu sitzen.«

June schwieg. Doch er hörte, wie sich ihr Atem beschleunigte. Er schnallte sich, June folgend, an, während die Maschine so schnell abhob, dass er in seinen Sitz gepresst wurde.

Plötzlich glaubte er, die Stimme von Robert Miles zu hören. Bin ich schon so daneben? Oder hat Orlandos Experiment mir die Birne weich gekocht?

»Hallo June, hallo Torben!«

Torben fuhr herum. Es war keine Halluzination. Auf dem Gang zwischen den Sesseln stand Robert Miles!

»Was hat das zu bedeuten?«

»Das ist etwas komplizierter.«

Miles reichte Torben ein iPad. Torben blickte auf eine Mail. *Du hast gute Arbeit geleistet, mein Junge. Robert wird dir alles erklären, aber seid wachsam. Es ist vielleicht noch nicht vorbei! Alles Gute, Peter. Ich melde mich, sobald die Lage es ermöglicht.*

»Verflucht, was hat der sich dabei gedacht? Ich könnte tot sein! Und das nur, weil er diese verdammten Pläne in die Welt gesetzt hat! Ich will eine Erklärung!«

Torben hatte sich abgeschnallt und stand mit geballten Fäusten vor Robert Miles.
»Du glaubst, einen Grund zu haben. Na dann los, hau mir eine rein! Aber die Dinge sind wirklich etwas komplizierter.«
Damit hatte er Torben den Wind aus den Segeln genommen. Kopfschüttelnd ließ er die Fäuste sinken. »Dann sag mir einen Grund, warum er mich so benutzt hat.«
»Benutzt?« Robert Miles setzte sich in den Sessel gegenüber und lehnte sich zurück. »Es gab nur einen Hacker auf der Welt, der das Potenzial hatte, Silent Control zu entdecken. Norris hatte nichts als vage Vermutungen, dass Clark diese Idee, den menschlichen Geist zu manipulieren, weiterentwickeln und zum Einsatz bringen könnte.«
Auch Torben hatte sich wieder gesetzt. Argwöhnisch sah er zu June. »Hast du gewusst, dass er seine Finger im Spiel hat?«
»Wirklich nicht«, beteuerte sie. »Der Funkspruch – du erinnerst dich?«
In Torbens Kopf wirbelten die Gedanken durcheinander. Er hatte sich noch nicht von der Überraschung erholt, dass Peter lebte. Und dass er die ganze Zeit über von Weitem das Geschehen verfolgt hatte. »Ich könnte tot sein«, wiederholte er leise. »Ihr habt mich ans Messer geliefert.«
Miles runzelte die Stirn. »Es lief völlig aus dem Ruder. Er dachte, du hackst dich bei der CIA ein, stellst alles ins Netz und bleibst unauffindbar in Stockholm. Herrgott, er wusste nicht, was für technische Möglichkeiten es mittlerweile gibt, jemanden wie dich aufzuspüren. Als du dann auf eigene Faust gehandelt hast, wurde es natürlich brenzlig.«
»Und der alte Sack hat seelenruhig in Kuba rumgesessen und alles laufen lassen«, ergänzte Torben bitter.
»Alles andere als das. Ich konnte mithilfe des Assistent Director im letzten Moment als Maulwurf arbeiten.«

»Wann haben Sie denn Ihre Meinung geändert und doch eingegriffen?«, fragte June.

»Also, jetzt mal das Ganze von vorn. Norris erfuhr von alten Gewährsleuten aus der CIA, dass Eliston und Clark Auseinandersetzungen wegen des Einsatzes von elektromagnetischen Waffen hatten. Deshalb hat er Eliston kontaktiert. Als er erfuhr, dass du verhaftet wurdest, hatte Eliston mich bereits als Leiter ins Kontrollzentrum eingeschleust.«

»Was für eine tolle Story!«

»Das war gar nicht so leicht. Ich war überhaupt nicht qualifiziert für den Job, das hast du ja selber gemerkt, Torben. Ich bin unterer Durchschnitt, wenn überhaupt. Aber Eliston hat mich durchgedrückt. Als du im Bunker ankamst, hatte ich gerade meinen Job begonnen. Viel verhindern konnte ich nicht, aber wenigstens Peter auf dem Laufenden halten. Erst sah es ja auch so aus, als ob Clark dir nichts tut. Sie brauchten dich.«

Torben war fassungslos. Natürlich hatte er gemerkt, dass Miles kein Überflieger war. Aber mit dieser Wendung des Geschehens hätte er niemals gerechnet. »Deshalb warst du auch so nett zu mir – hast mir was zu essen und Lakritz besorgt …«

»… und Clarks Befehle sabotiert. Als ihr in die Programme der Bunkertechnik gegangen seid, habe ich nur so getan, als ob ich was dagegen unternehme. Clark hat sowieso nie begriffen, was ein Computer ist. Das machte es einfacher.«

June schenkte Miles ein anerkennendes Lächeln. »Respekt, hätte ich Ihnen nicht zugetraut.«

Er deutete eine Verbeugung an. »Ergebensten Dank, Madam!«

50

New York City – Trinity Church – Wall Street

Grübelnd saß Kilian in dem kleinen Garten vor der Trinity Church und musterte die Hochhäuser, die sie umgaben. Es war warm, die Sonne schien auf den Broadway, der sich allmählich wieder mit Menschen füllte. Kein Militärfahrzeug mehr, keine Soldaten. Vor der Kirche hatten sich vorwiegend junge Menschen versammelt, unter denen sich herumgesprochen hatte, dass hier der harte Kern von Anonymous kampierte.

Mit beiden Händen fuhr sich Kilian durch das schwarze Igelhaar, dann nahm er seine Brille ab und putzte sie mit einem Taschentuch. Seine Hose und sein helles Sakko waren fleckig und zerknittert. Doch es störte ihn nicht. Die letzten Tage hatten sein Weltbild völlig auf den Kopf gestellt.

Früher hatte er Nova und Torben mit ihrem Weltverbesserungsgerede eher kritisch gesehen. Jetzt hatte er seine Lektion gelernt. Für Nova hatte er sogar Hochachtung gewonnen. Diese widerborstige junge Frau hatte mehr Mumm in den Knochen als all die Mädels, mit denen er bisher zusammen gewesen war.

Gerade kam sie nach draußen. Blinzelnd trat sie in die Sonne, entdeckte Kilian und setzte sich zu ihm.

»Du glaubst nicht, wer gerade durch die Nachrichten geturnt ist: Mikael Wallins!«

»Wie bitte? Wallins?« Er kniff die Augen zusammen.

»Genau, unser Saicom-Chef. Der hatte doch echt die Frechheit, sich vor die Kameras zu stellen und ein Statement abzusondern, der Opportunist. Hat rumgetönt von quelloffener Software in freien Netzen. Und dann den Spruch rausgehau-

en: Freies Denken braucht freie Medien, freie Medien brauchen freie Technologien. Und dass Saicom jetzt die digitale Welt retten wird und so weiter.«
»Der würde auch Eiswürfel am Nordpol verkaufen.«
»Eine schleimige Ausgeburt, so ein Scheißanpasser.« Sie schob sich die Ärmel ihres Ringelshirts hoch. »Stell dir vor, er hat Anonymous zum grandiosen Sieg beglückwünscht! Ausgerechnet er! Dieser …«
Nova stockte. Im Gewühl vor dem Kircheneingang sah sie eine vertraute Gestalt. Ein Schauder lief ihr über den Rücken. Sie sprang auf und rannte los.
»Torben!«, schrie sie über die Köpfe der Leute hinweg. »Alte Ratte, was machst du für einen Bullshit?«
Sie drängelte sich durch die Menge und flog in seine Arme.
Torben brachte kein Wort hervor, drückte sie nur an sich. Nova war die beste Freundin, die er je gehabt hatte. Nach den Tagen voller Angst und Ungewissheit durchflutete ihn endlich Erlösung, gemischt mit Erschöpfung.
Nova schob ihn von sich und begutachtete ihn von oben bis unten. »Siehst ganz schön durchgeknetet aus. Aber du bist hier der absolute Held. In den Medien ist die Hölle los. Alle wollen wissen, wer der Irre ist, der sich mit der CIA angelegt hat.«
»Lass mal gut sein.« Torben befreite sich aus ihrem Griff. »Irgendwer musste das tun.«
Nova spürte einen Stich. Etwas war anders. Lag es an Torbens ernster Stimme? Es war, als wäre er erwachsener geworden, abgeklärter und distanzierter.
Er registrierte Novas Unsicherheit und drehte sich um.
»Darf ich dir June Madlow vorstellen? Ohne sie wäre ich nie aus dem Bunker rausgekommen.«
Nova musste nur den Blick sehen, mit dem er die athletische

dunkelhaarige Frau streifte, um zu wissen, was los war. Erstaunt stellte sie fest, dass sie keinerlei Eifersucht empfand.
»Er übertreibt, hören Sie nicht auf ihn.« June streckte Nova die Hand entgegen.
Nova ignorierte die Hand. Stattdessen umarmte sie June. »Danke, du hast mir meinen Bruder zurückgebracht.«
Torben hatte sich vor der Begegnung der beiden Frauen etwas gefürchtet.
Nun war alles ganz einfach. Nova hatte es endlich ausgesprochen: Er war ein Bruder für sie, nicht weniger, aber auch nicht mehr.
»Hey, der Anarcho ist wieder da!« Kilian war neben ihnen aufgetaucht. Er klopfte Torben auf die Schulter.
»Dass ich dich mal in einem Basislager von Anonymous sehen würde, ist schon ziemlich abgedreht. Hattest du eine Offenbarung oder so was?«
»Sagen wir mal, ich hatte Nova. Sie hat mir die Augen geöffnet für das, was wirklich läuft.«
Es war wie ein Remis. Torben hatte ihn bestohlen, und Kilian? Er hatte seinen Arsch gerettet. Torben konnte keinen Zorn mehr empfinden. Schließlich hatte er Kilians Verhalten mit seinem Diebstahl provoziert.
»Komm in meine Arme, Mann!«
»Es tut mir leid Torben. Ich hatte keine Ahnung, in was du da reingerutscht bist. Ich denke, wir sollten uns ein paar Tage nehmen und …«
»Vergiss es. Ist schon abgehakt, mein alter Freund! Du hast es ja nicht dabei belassen.« Torben drehte sich um. »Ich will euch noch jemanden vorstellen.«
Er winkte einer schwarzen Limousine zu, die jenseits der eisernen Pforte auf der Straße hielt. Zwei Männer in schwarzen Anzügen öffneten den Wagenschlag. Ein hagerer langhaari-

ger Typ in schmutzigen Jeans und blauem Shirt stieg aus und steuerte auf Torben zu.
»Darf ich vorstellen? Robert Miles.« Torben machte eine galante Geste. »Er war mein stiller Wächter im Bunker und hat mir tolle Nachrichten gebracht. Peter Norris lebt noch!«
Nova fiel fast die Kinnlade herunter. »Was? Wo ist er? Ich hätte einige Dinge mit ihm zu klären.«
»Es ist alles okay, Nova, er hat mich beschützt, so gut er konnte.«
»Komm, jetzt genießt du erst mal deinen Erfolg!« June zog ihn zur Limousine und bedeutete den drei anderen mitzukommen.
Torben war alles andere als nach feiern zumute. Als sie den Times Square erreichten, war der Platz überfüllt mit Menschen. Sie drängten sich zwischen Cafés, Fastfood-Restaurants und Souvenirläden und strömten auf den überdimensional großen Screen zu, auf dem üblicherweise Werbespots liefen. Jetzt sah man darauf Szenen der Occupy-Demonstrationen, bejubelt von der Menge. Die Limousine stoppte. Eine gigantische Party schien stattzufinden. Oder eher eine Art Halloween. Überall sah man Leute mit Guy-Fawkes-Masken, die Plakate schwenkten. Fliegende Händler verkauften Getränke und Hotdogs, aus mannshohen Boxen dröhnte rhythmische Musik.
»Was ist denn hier los?«, wunderte sich Torben, der zwischen June und Nova im Fond der Limousine saß.
»Eine Art Familientreffen«, antwortete Nova. »Alle freigelassenen Anonymous kommen heute hierher! Und ihre Anhänger natürlich.«
Robert Miles, der neben dem Fahrer saß, drehte sich zu ihnen um. »Ist euch eigentlich klar, dass gerade ein Erdrutsch stattfindet? Seht auf die Screens.« Auf einem Laufband wur-

de verkündet, dass vor einer Stunde weltweit Betreiber von Suchmaschinen und sozialen Netzwerken verhaftet wurden. »Die hingen alle mit drin, Facebook, Google und Konsorten.«

»Das war überfällig«, kommentierte Torben die Information. »Die User wurden systematisch bespitzelt, aber das ist erst der Anfang!«

»Wer wüsste das besser als ehemalige Saicom-Mitarbeiter«, bestätigte Kilian. »Jetzt drohen den Managern Anklagen wegen Datenmissbrauchs. Offenbar haben sie die Operation Silent Control unterstützt. Durch eine Spionagesoftware gingen alle Daten direkt zum NSA-Überwachungszentrum in Utah und dann zur weiteren Auswertung zur CIA.«

Auf einem der großen Screens erschien eine Livesendung von CNN.

»… Wie der Leiter des Repräsentantenhauses bestätigte, wird das weitere Vorgehen auf UN-Ebene besprochen. In Planung steht offenbar die Gründung einer Kommission, die neue Parameter für den Datenschutz ausarbeiten wird. Damit soll künftig der Zugriff auf private Daten reguliert werden. Am Rande wurde bekannt, dass die Software eines schwedischen Anonymous zum Einsatz kommen könnte, der vom suspendierten CIA-Direktor Roy Clark gefangen gehalten wurde. Sämtliche Regierungen wurden unterdessen mit …«

»Du bist gerade berühmt geworden!« Nova klatschte in die Hände.

Torben hörte das alles andere als gerne. Wenn er jetzt schon zu Anonymous gezählt wurde, wollte er sich an deren Ethos halten und nicht als Einzelkämpfer dastehen. Er war jetzt noch zufriedener, dass er nie Fotos von sich ins Netz gestellt hatte. Doch mit der neuen Entwicklung konnte er sich nicht anfreunden.

Gehörte er nun unfreiwillig zu diesem Kollektiv der Wächter über die Freiheit des Internets?
Während die anderen weiter aus dem Fenster sahen, stupste Nova Torben in die Seite. »Wirst du mich in Stockholm besuchen?«
Entgeistert sah er sie an. »Woher willst du wissen, dass ich hierbleibe?«
»Ich spüre, dass du nicht mitkommst.« Sie senkte ihre Stimme zu einem Flüstern. »June und du, ihr passt zusammen. Vielleicht habt ihr es noch nicht geschnallt, aber es knistert total zwischen euch.«
Sie bemerkte, dass June die Ohren spitzte, und verstummte.
»Du bleibst immer mehr als eine Freundin. Du bist meine Familie, das ist doch kl…«, Torben hielt inne. Ein Schauder durchfuhr ihn. Er stieß Robert Miles an. »Was meinte Norris mit … das ist erst der Anfang?«
»Keine Ahnung, Mann.«
»Ich brauche sofort einen Rechner und die Daten.«
»In der Kirche sitzen noch jede Menge Hacker und verbreiten die frohe Botschaft«, witzelte Kilian.
»Na, worauf warten wir dann noch.«
June strich sich nervös über ihre Jeans. »Was ist los?«
»Die Verschlüsselung einer Datei war zu gut für Clark. Da stimmt einfach was nicht. Miles hast du noch deinen RSA-Schlüssel dabei?«
»Klar!«
Es dauerte, bis die Limousine es durch die Menschenmenge wieder bis zur Trinity Church geschafft hatte.
Draußen war es inzwischen dunkel geworden. Auf dem Weg zu den Hackern sah Torben nachdenklich auf den goldenen Altar. Er musste an Peter denken. Sicher war er nicht, ob er ihn überhaupt jemals wiedersehen wollte. Er brauchte keine

Vaterfigur mehr, das wurde ihm mit einem Mal bewusst. Es fühlte sich gut an. Er musste jetzt etwas Eigenes auf die Beine stellen. Während des Flugs hatte er schon überlegt, ob er vielleicht mit Miles ein Start-up gründen sollte. Eine kleine Firma, die sich auf die Aufdeckung von Datenspionage spezialisieren würde. So etwas wie Saicom kam ohnehin nicht mehr infrage.

»Was ist? Kommst du nicht?« June stand vor ihm. Auf der Bank der hintersten Reihe saßen Kilian und Nova bereits mit Miles an einem Rechner.

»Lass mich mal ran.«

Miles legte Torben den Laptop auf den Schoß. »Dann gehen wir doch mal in die Zentrale der CIA.«

»Wieso, die Datei ist doch vor dir?«

»Ich brauche erst die verschiedenen Arten, wie die Passwörter der CIA generiert werden oder welche Kryptologie sie verwenden. Ich sagte ja: Das Ding ist nicht ohne. Mit dem Analyseprogramm kann ich das vielleicht in einigen Minuten schaffen. Es erkennt eine Tendenz, wie die Passwörter aufgebaut sind, und dann kann ich hoffentlich Clarks lösen.«

Ungewohnt langsam bewegte sich Torben durch die Programme. June beobachtete ihn, erkannte seine Erschöpfung und legte ihre Hand auf seine Schulter.

»Keine Sorge. Ich krieg das schon hin.« Auf dem Bildschirm öffneten sich verschiedene Fenster. In atemberaubender Geschwindigkeit fügten sich die unterschiedlichsten Zeichen in die Maske ein.

»Was glaubst du zu finden?« June strich sich ihre lange Mähne zurück. Kilian und Nova blickten gebannt auf den Bildschirm.

Miles verzog den Mund. »Er vermutet einen Plan B, richtig?«

»Ja. Allerdings!«

Das Programm stoppte mit einem lauten Piepton.
»Das ist es! Nicht schlecht für einen Mann, der von Passwörtern angeblich nichts versteht. Diese Datei ist niemals von Clark!« Torben kopierte das Passwort und gab es in die Maske ein, die die Datei »Operation Helix« schützte.
June riss die Augen auf. Miles erstarrte.
»Jetzt erinnere ich mich. Clark hatte unser Team mit der Entschlüsselung dieser Datei beauftragt.«
»Was ist denn das?«, fragte Nova, als diverse Zeichnungen auf dem Bildschirm Gestalt annahmen. Es war eine Bauanleitung für eine neue Generation von Psychotronics, die mit dreißig Satelliten den Einsatz der Strahlen weltweit zur gleichen Zeit ermöglichen würde. Langsam setzte der Rechner auch noch das Gesicht eines Mannes zusammen.
»Das ist doch …«
»Orlando! Was zum Henker …? Wo ist dieser Orlando abgeblieben?«, stotterte Torben.
»Was weiß ich.« June starrte fassungslos auf den Monitor. Warum hatte sie ihrem Instinkt nicht vertraut? »Dieser verdammte Hund! Von wegen nur für vierzig Leute. Er hat die ganze Zeit darauf hingearbeitet, dass wir Clark kaltstellen. Und am Ende konnte das Opferlamm auch noch brav mit seinen Daten nach Hause gehen. So ein Mist!«
Torben zog den Laptop etwas weiter nach vorn, damit es alle sehen konnten.
»Das ist also Plan B. Wenn das zum Einsatz kommt, können wir alle einpacken!«

Fakten

Der Angriff auf die Freiheit der Information bekommt eine neue Dimension. In Utah geht in den Vereinigten Staaten von Amerika im September 2013 das größte Abhörzentrum der Welt in Betrieb. Mit einer Billiarde Rechenoperationen pro Sekunde wird die NSA (National Security Agency) künftig weltweit jede E-Mail, jede Aktivität auf Facebook, Google und allen anderen Websites, jede digitale Spur eines Menschen erfassen, auswerten und kontrollieren können. Auch die EU plant unter Ausschluss der Öffentlichkeit zahlreiche Maßnahmen zur Regulierung des Internets und der Überwachung des öffentlichen Raumes.
Das totalitäre Potenzial des Internets bekommt eine neue Dimension, die Bürgerrechte in den westlichen Demokratien erleiden abermals einen schweren Rückschlag.

Die Freiheit des Internets findet ihr Ende. Durch Verhaftungen und Diffamierungskampagnen wird versucht, Anonymous-Aktivisten mundtot zu machen. Gelingt dies nicht, könnte das Internet in einem »kill to switch«-Akt abgeschaltet und von kritischen Websites bereinigt werden. Dazu werden jede Menge Bedrohungen vorgeschoben, die in keinem Verhältnis zum Abbau der Bürgerrechte stehen.

Die Gedankenkontrolle ist längst keine Science-Fiction: Die USA und Russland erforschen seit rund vierzig Jahren Technologien zur Beeinflussung des menschlichen Gehirns durch elektromagnetische Strahlen. Großbritanniens altehrwürdige Royal Society warnt vor den Folgen: Wissenschaftler seien sich nur selten darüber im Klaren, dass erste Waffengattungen bereits mithilfe von Gedanken gesteuert werden und Erkenntnisse der Hirnforschung nutzen. Weitere Anwendungsmöglichkeiten sind künstliche Telepathie sowie das Auslösen bestimmter Emotionen. Diese Waffen werden als sogenannte weiche Waffen gehandelt und sowohl im Krieg als auch gegen Demonstranten eingesetzt. Doch das Potenzial dieser Waffen ist weitaus dramatischer!

Glossar

Biometrie Verfahren zur Erkennung von Personen, um nur Befugten den Zutritt zu bestimmten Gebäuden, Geldautomaten sowie speziellen Bereichen der Informationstechnologie zu gewähren oder die Kontrolle von Personen, z.B. an Grenzübergängen oder Flughäfen, zu verbessern. Grundlage zum computergestützten Erkennen von Menschen: biologische Merkmale wie Fingerabdruck, Handabdruck, Hand- und Fingergeometrie, Gesicht, Auge (Iris und Netzhaut), typische Körperbewegungen, sogar der Körpergeruch oder die Stimme.

Black-Hat-Hacker handeln mit krimineller Energie und beabsichtigen beispielsweise, ein System zu beschädigen oder Daten zu stehlen.

Brute-Force-Attack Die Brute-Force-Methode ist eine Lösungsmethode für Probleme aus den Bereichen der Kryptologie, u.a. zur Entschlüsselung von Passwörtern. Es basiert auf dem Ausprobieren aller möglichen Fälle. Auch der Begriff »erschöpfende Suche« ist in Gebrauch.

Chatlog Aufgezeichneter Verlauf eines Chats/Gesprächs.

Crawler Ein Suchagent, der das Netz nach vorprogrammierten Eigenschaften durchwühlt.

Cyberwar Cyberkrieg ist zum einen die kriegerische Auseinandersetzung im und um den virtuellen Raum, den Cyberspace, vorwiegend mit Mitteln aus dem Bereich der Informationstechnik. Cyberkrieg bezeichnet zum anderen die hochtechnisierten Formen des Krieges im Informationszeitalter.

Cyborg-Insekten Insekten, denen Kameras, Mikrofone und andere Sensoren implantiert wurden. Einsatzmöglichkeiten im Bereich der Katastrophenhilfe, Sprengstoffsuche und Überwachung.

Darknet Ein Darknet ist ein privates Netz, in dem sich die Nutzer nur mit den Menschen verbinden, denen sie vertrauen. Nicht selten werden die Daten verschlüsselt übertragen und gespeichert.

DNS-Server Das DNS ist ein weltweit auf Tausende von Servern verteilter hierarchischer Verzeichnisdienst, der den Namensraum des Internets verwaltet. Dies ist vergleichbar mit einem Telefonbuch, das die Namen der Teilnehmer in ihre Telefonnummer auflöst.

EMP-Bombe Hierbei handelt es sich um eine sehr kurze, aber äußerst starke elektromagnetische Welle. Durch die induzierten Ströme in elektrisch leitfähigem Material kann so elektrisches und elektronisches Equipment zerstört werden. Es gibt mehrere Möglichkeiten, einen zumindest dem EMP ähnlichen Effekt zu erreichen.

Faradaykäfig Der Faradaykäfig ist eine allseitig geschlossene Hülle aus einem elektrischen Leiter. Bei äußeren statischen oder quasistatischen elektrischen Feldern bleibt der innere Bereich infolge der Influenz feldfrei. Statische oder langsam variierende Magnetfelder (wie das Erdmagnetfeld) werden durch einen faradayschen Käfig nicht abgeschirmt.

Hirn-zu-Hirn-Kommunikation Die Royal Society warnt vor einer Technologie, mit der Drohnen oder andere Systeme mit Gedanken gesteuert werden können. Menschen können fortan mithilfe von Computer-Hirn-Schnittstellen (Computer Brain Interfaces) Roboterarme bewegen, Waffen oder gar Menschen steuern. Der Bereich der technischen Telepathie wird ermöglicht.

IP-Adresse Eine IP-Adresse ist eine Adresse in Computernetzwerken. Sie wird Geräten zugewiesen, welche an das Netz angebunden sind, und macht die Geräte so adressierbar und damit erreichbar. Die IP-Adresse kann einen einzelnen Empfänger oder eine Gruppe von Empfängern bezeichnen. Umgekehrt können einem Computer mehrere IP-Adressen zugeordnet sein. Die IP-Adresse wird verwendet, um Daten von ihrem Absender zum vorgesehenen Empfänger transportieren zu können. Ähnlich der Postanschrift auf einem Briefumschlag werden Datenpakete mit einer IP-Adresse versehen, die den Empfänger eindeutig identifiziert.

IRC-Chat Internet Relay Chat ist ein rein textbasiertes Chatsystem. Es ermöglicht Gesprächsrunden mit einer beliebigen Anzahl von Teilnehmern in sogenannten Channels.

Kill switch Synchrones Abschalten aller Kommunikationseinrichtungen wie Internet und Mobilfunk durch die Regierungen im Falle eines nationalen Notstands oder einer Bedrohungslage.

Logfiles Aus Logfiles können Zugriffe auf ein System nachvollzogen werden.

Mirror-Server Ein Spiegelserver hält in Netzwerken eine exakte Kopie eines Datensatzes vor.

Psychotronics Auf der Suche nach Methoden, das Bewusstsein des Menschen durch elektromagnetische Strahlen zu beeinflussen, forschen US- und Sowjetmilitärs bereits seit vierzig Jahren. Der Frequenzbereich zwischen sechs und neun Hertz soll sich besonders gut zur Manipulation, aber auch zur direkten psychischen Einflussnahme eignen.

Root-Server Root-Nameserver, kurz Root-Server, sind Server zur Namensauflösung an der Wurzel *(Root)* vom Domaine Name System im Internet. Die Zone der Root-Server umfasst Namen und IP-Adressen aller Nameserver aller Top-Level-Domains. Praktisch jeder ans Internet angeschlossene Rechner bekommt einen Nameserver zugewiesen, der Namen auf die IP-Adresse übersetzen kann. Root-Server werden von verschiedenen Institutionen betrieben. Die Internet Corporation for Assigned Names and Numbers (ICANN) koordiniert den Betrieb.

RSA-Verschlüsselung RSA ist ein asymmetrisches kryptografisches Verfahren, das sowohl zur Verschlüsselung als auch zur digitalen Signatur verwendet werden kann. Es verwendet ein Schlüsselpaar, bestehend aus einem privaten Schlüssel, der zum Entschlüsseln oder Signieren von Daten verwendet wird, und einem öffentlichen Schlüssel, mit dem man verschlüsselt oder Signaturen prüft. Der private Schlüssel wird geheim gehalten und kann nur mit extrem hohem Aufwand aus dem öffentlichen Schlüssel berechnet werden.

Teslaspulen Ein Teslatransformator, auch als Teslaspule bezeichnet, ist ein nach seinem Erfinder Nikola Tesla benannter Resonanztransformator zur Erzeugung hochfrequenter Wechselspannung. Er dient zur Erzeugung von Hochspannung.

TOR Programm für ein weitestgehend anonymes Surfen im Internet.

Virus Ein Computervirus ist ein sich selbst verbreitendes Computerprogramm, welches sich in andere Computerprogramme einschleust und sich damit reproduziert. Die Klassifizierung als Virus bezieht sich hierbei auf die Verbreitungs- und Infektionsfunktion.

White-Hat-Hacker Verwenden ihr Wissen sowohl innerhalb der Gesetze als auch innerhalb der Hackerethik.

Wurm Ein Computerwurm ist ein Programm oder Skript mit der Eigenschaft, sich selbst zu vervielfältigen, nachdem es ausgeführt wurde. In Abgrenzung zum Computervirus verbreitet sich der Wurm, ohne fremde Dateien oder Bootsektoren mit seinem Code zu infizieren. Würmer verbreiten sich über Netzwerke oder über Wechselmedien wie USB-Sticks. Dafür benötigen sie gewöhnlich ein Hilfsprogramm wie einen Netzwerkdienst oder eine Anwendungssoftware als Schnittstelle zum Netz.

Danksagungen

Mein tiefer Dank und Respekt gelten vor allem einer langjährigen Freundschaft und Inspiration, dem ehemaligen CIA-Agenten Philip Agee. Ihm habe ich eine andere Sicht auf Vorgänge in Politik und Wirtschaft zu verdanken, als es mir mein Studium und meine journalistische Laufbahn je hätten vermitteln können. Ich danke meinem Verleger Christian Strasser für die umfassende Unterstützung. Für ein intensives und bereicherndes Lektorat danke ich Eckhard Graf und Christine Neumann. Genannt seien auch zahlreiche mutige Anonymous, an deren Aktionen und Informationen ich teilhaben durfte, sowie Vertreter der Occupy-Bewegung.

Besonderer Dank gilt Verena Strobl, die mich durch die Zeit des Schreibens als erste inspirierende Leserin begleitet hat.

Ohne die großzügige Unterstützung zahlreicher Menschen, die mich in Behörden und Medien an ihrem Wissen und ihren Kenntnissen beteiligt haben, wäre dieser Roman nicht entstanden.

Das Geheimnis des schmutzigen Geldes – ein atemberaubender Politthriller von beklemmender Aktualität

Thriller, Klappenbroschur, ISBN 978-3-95890-045-5

Vor der US-Botschaft in London wird die bestialisch zugerichtete Leiche eines korrupten chinesischen Handelsattachés gefunden. Der Scotland-Yard-Ermittlerin Rebecca Winter erscheint die Tat zunächst als Ritualmord: ein Racheakt der chinesischen Mafia. Doch bald schon muss sie erkennen, dass der Attaché eine brisante Rolle spielte in einem sich zuspitzenden Konflikt zwischen Washington und Peking, der sich zu einem veritablen Krieg entwickeln könnte.

Unversehens gerät sie zwischen die Fronten eines internationalen Machtkampfes ungeahnten Ausmaßes, in dem es für beide Seiten um viel, sehr viel Geld geht. Bald muss Rebecca feststellen, dass hier Kräfte am Wirken sind, die bereit sind, alles zu unternehmen, um die Ermittlerin daran zu hindern, eine Verschwörung offenzulegen, für die schon der Attaché sein Leben lassen musste …

Douglas Preston

DARK ZERO

Thriller

Die NASA entwickelt eine Raumsonde zum Saturnmond Titan, die mit einer völlig neuen Software bestückt ist – einer künstlichen Intelligenz namens »Dorothy«. Doch es kommt zu einem Unglück: Bei einem Testlauf entwickelt Dorothy so etwas wie Platzangst und beschädigt den Tank, in dem das Experiment stattfindet. Flüssiges Methan tritt aus, die ganze Anlage explodiert, sieben Wissenschaftler sterben. Die hyperintelligente Dorothy aber flieht über eine Schnittstelle ins Internet, hält sich dort versteckt und agiert immer eigenmächtiger …

»Douglas Preston ist der neue Michael Crichton.«
Tess Gerritsen

KNAUR